Tras el seudónimo JAMES S. A. COREY se esconden el autor de ciencia ficción y fantasía Daniel Abraham y Ty Franck, asistente personal de George R. R. Martin durante el desarrollo de la adaptación televisiva de *Juego de tronos*. La saga de *space opera* iniciada con *El despertar del Leviatán*, cuyos derechos han sido vendidos a más de veinte países, ha despertado el entusiasmo unánime del público y de la crítica, y cuenta ya con prescriptores de la talla de George R. R. Martin, quien no duda en definir esta serie como una de las mejores que ha leído en mucho tiempo. En 2015, la productora estadounidense Syfy empezó la emisión de *The Expanse*, la adaptación a la pantalla de *El despertar del Leviatán*, cuyo éxito garantizó la grabación de hasta cinco temporadas. A partir de la cuarta, estas se han ofrecido como serie original de Amazon Prime Video. En la actualidad estos títulos de James S. A. Corey se han convertido en una de las obras clave del género en todo el mundo, con dos millones y medio de lectores y el Premio Hugo 2020 a la mejor saga.

Papel certificado por el Forest Stewardship Council®

Penguin
Random House
Grupo Editorial

Título original: *Leviathan Wakes*

Primera edición en B de Bolsillo: enero de 2024

© 2011, Daniel Abraham y Ty Franck
Publicado por acuerdo con el autor, c/o BAROR INTERNATIONAL, INC.,
Armonk, Nueva York, EE.UU
© 2016, 2024, Penguin Random House Grupo Editorial, S. A. U.
Travessera de Gràcia, 47-49. 08021 Barcelona
© 2016, David Tejera Expósito, por la traducción
Diseño de la cubierta: ZPenguin Random House Grupo Editorial / S. Gómez, G. Pellicer
Fotografía de la cubierta: © Daniel Declu

Printed in Spain – Impreso en España

ISBN: 978-84-9070-671-8
Depósito legal: B-19.354-20232

Impreso en Novoprint
Sant Andreu de la Barca (Barcelona)

BB 0 6 7 1 8

El despertar del Leviatán

JAMES S. A. COREY

Traducción de David Tejera Expósito

*Para Jayné y Kat, que me animaron
a soñar despierto con naves espaciales*

Prólogo: Julie

Habían tomado la *Scopuli* ocho días antes, y por fin Julie Mao estaba lista para recibir el disparo.

Llegar a ese punto le había costado los ocho días que llevaba encerrada en una taquilla de almacenamiento. Los dos primeros se mantuvo inmóvil, segura de que los hombres acorazados que la habían dejado allí iban en serio. Durante las primeras horas, la nave a la que la habían llevado no estaba en propulsión, por lo que Julie flotaba en la amplia taquilla y daba suaves toques para evitar chocar contra las paredes o con el traje de presurización con el que compartía habitáculo. Cuando la nave se empezó a mover y la propulsión le devolvió su peso, se quedó de pie en silencio hasta que empezó a sentir dolor en las piernas contraídas, para luego pasar poco a poco a la posición fetal. Orinó en el mono e hizo caso omiso del calor, la humedad, el escozor y el olor, preocupada solo por no resbalar y caer en el charco que había dejado en el suelo. No podía hacer ruido. Le dispararían.

El tercer día, la sed la obligó a ponerse en marcha. El ruido de la nave era lo único que oía. El murmullo sordo, tenue e infrasónico del motor y el reactor. Los continuos siseos y golpetazos de la hidráulica y los cerrojos de acero al abrirse y cerrarse las puertas presurizadas que separaban las cubiertas. El retumbar de las botas pesadas que resonaba en el entramado metálico. Esperó a oír solo ruidos lejanos y luego descolgó el traje de presurización y lo dejó en el suelo de la taquilla. Lo desmanteló sin dejar de escuchar por si se acercaba algo y sacó el suministro de agua. Era un agua vieja y rancia, de un traje que, sin duda, llevaba una eternidad fuera de uso y mantenimiento. Julie no había probado trago en días y el agua templada y cenagosa de la reserva del traje le pareció la mejor que había bebido jamás. Tuvo que contenerse para no terminársela toda y que le provocara náuseas.

Cuando le volvieron a dar ganas de orinar, sacó la bolsa del catéter del traje y la usó para aliviarse. Se sentó en el suelo, ahora acolchado gracias al traje mullido, y casi le resultó cómodo, y se preguntó quiénes serían sus captores: ¿la Armada de la Coalición, piratas, algo peor? A veces se permitía dormir.

El cuarto día, la soledad, el hambre, el aburrimiento y la progresiva escasez de lugares en los que almacenar la orina la decidieron a ponerse en contacto con ellos. Había oído gritos de dolor amortiguados. En algún lugar cercano estaban torturando o golpeando a sus compañeros de tripulación. Si lograba llamar la atención de sus secuestradores, quizá conseguiría que la llevaran con los demás. Eso no estaría mal. Podía soportar los golpes. Parecían un buen precio a pagar a cambio de volver a ver gente.

La taquilla se encontraba junto a la puerta interior de la esclusa de aire. Durante las travesías era una zona poco concurrida, aunque en realidad Julie no tenía ni idea del diseño de esa nave en particular. Pensó en qué decir, cómo presentarse. Cuando por fin oyó que algo se acercaba, probó a gritar que quería salir de allí. Se sorprendió de lo áspera y acartonada que salió la voz de su gaznate. Tragó, intentó fabricar algo de saliva moviendo la lengua y lo volvió a intentar. El mismo estertor quedo surgió de su garganta.

Había gente justo al otro lado de la puerta de la taquilla. Oyó que alguien hablaba en voz baja. Julie ya había movido el brazo para dar un golpe en la puerta cuando oyó lo que decía.

«No. Por favor, no. Por favor.»

Dave. El mecánico de su nave. El que coleccionaba escenas de viejas series de dibujos animados y se sabía millones de chistes, suplicando con una vocecilla quebrada.

«No, por favor, no, por favor», dijo Dave.

El sistema hidráulico y los cerrojos rechinaron cuando se abrió la puerta interior de la esclusa de aire. Un golpe carnoso cuando tiraron algo dentro. Otro chasquido cuando se cerró el compartimento estanco. Un sonido sibilante al evacuar el aire.

Cuando acabó el ciclo de la esclusa, la gente de fuera se marchó. Julie no dio golpes para llamar su atención.

Habían limpiado la nave a conciencia. Aunque todos estuvieran entrenados para lidiar con ello, que los detuvieran las flotas de los planetas interiores era mal asunto. Borraron la información sensible referente a la APE y la sobrescribieron con registros de apariencia inofensiva y marcas de tiempo falsas. El capitán destruyó todo aquello que fuera demasiado delicado para confiarlo a un ordenador. Cuando los atacantes abordaran la nave, podrían hacerse los inocentes.

No importó.

No hubo preguntas sobre el cargamento ni los permisos. Los invasores habían entrado como si aquel lugar les perteneciera y el capitán Darren les había seguido el juego como un perrito faldero. Todos los demás, Dave, Mike y Wan Li, habían levantado las manos y guardado silencio. Los piratas, esclavistas o lo que quiera que fueran, los sacaron de la pequeña nave de carga que había sido su hogar y los llevaron por el conducto de abordaje sin ni siquiera un traje de aislamiento. La delgada película de PET del conducto era lo único que los separaba de la nada. Había que tener fe en que no se rasgara; adiós a los pulmones si lo hacía.

Julie también había pasado por el aro, hasta que los muy cabrones intentaron ponerle las manos encima para quitarle la ropa.

Cinco años de entrenamiento de jiu-jitsu a baja gravedad y sus adversarios en un espacio cerrado e ingrávido. Les hizo mucho daño. Llegó a pensar que podría ganarles, hasta que un puño enguantado salió de la nada y le cruzó la cara. Después de aquello todo se volvió borroso. Luego, la taquilla y el «dispárale si hace algún ruido». Cuatro días de no hacer ruido mientras ellos apaleaban a sus amigos más abajo y luego tiraban a uno por la esclusa.

El sexto día, todo quedó en silencio.

A caballo entre los sueños fragmentados y la conciencia, no registró del todo que los sonidos de los pasos, las voces, las puertas presurizadas, el retumbar del motor y el reactor se fueron apagando poco a poco. Cuando se detuvo el motor, y por ello dejó de haber gravedad, Julie despertó de un sueño en el que pilotaba su vieja pinaza de carreras y se encontró flotando y con un dolor en los músculos que fue remitiendo despacio.

Se impulsó hacia la puerta y apoyó la oreja contra el frío metal. Le entró el pánico hasta que alcanzó a oír el sonido apagado del reciclador de aire. La nave todavía tenía aire y energía, pero el motor no estaba en marcha y no había nadie que abriera puertas, caminara o hablara. Quizá la tripulación estuviera reunida. O había una fiesta en otra cubierta. O estaban todos en ingeniería arreglando un problema grave.

Se pasó el día escuchando y esperando.

El séptimo día ya no le quedaba ni un mísero sorbo de agua. Ninguna persona de la nave se había movido dentro del alcance de su oído durante veinticuatro horas. Succionó una etiqueta de plástico que había arrancado del traje de aislamiento para fabricar algo de saliva y luego empezó a gritar. Gritó hasta quedarse ronca.

No vino nadie.

El octavo día, estaba lista para recibir el disparo. Llevaba dos días sin agua y cuatro con la bolsa de desperdicios llena. Apoyó los hombros contra la pared del fondo de la taquilla y apretó las manos contra las paredes laterales. Luego empujó con ambas piernas con toda la fuerza que pudo. Aquel primer impulso con las piernas hizo que le diera un calambre y casi se desmayó. Pero en lugar de eso, gritó.

«Serás tonta», se dijo. Estaba deshidratada. Ocho días sin moverse eran más que suficientes para que los músculos empezaran a atrofiarse. Debería al menos haber hecho estiramientos.

Se masajeó los músculos agarrotados para deshacer los nudos y luego hizo estiramientos, concentrándose como si se encontrara en el *dojo*. Cuando recuperó el control de su cuerpo, volvió a empujar con las piernas. Otra vez. Y otra vez, hasta que empezó a entrar luz por los bordes de la puerta de la taquilla. Otra vez más, hasta que la puerta se dobló tanto que el único punto de contacto entre ella y el marco eran tres bisagras y la cerradura.

Y una última vez, hasta que la puerta se dobló tanto que la cerradura se salió del marco y pudo abrir.

Julie salió disparada de la taquilla, con las manos a medio levantar y preparada para parecer amenazadora o temerosa, según le pareciera más útil.

Pero no había nadie en toda la cubierta: ni en la esclusa de aire, ni en el almacén de trajes en el que había pasado los últimos ocho días, ni en la otra media docena de almacenes. Todo estaba vacío. De un kit para las maniobras extravehiculares cogió una llave mordaza magnética de un tamaño adecuado para reventar cráneos y luego bajó por la escalerilla de la tripulación hasta la cubierta inferior.

Y luego a la que se encontraba debajo, y a la de debajo de esa. Los camarotes estaban ordenados con una pulcritud casi militar. En la cafetería no había señales de pelea. En la enfermería, nadie. La sala de torpedos, vacía. El puesto de comunicaciones estaba sin atender, apagado y cerrado. Los pocos sensores que seguían activos no daban señales de la *Scopuli*. Se le hizo otro nudo en el estómago. Todas las cubiertas y todas las habitaciones estaban vacías. Había ocurrido algo. Una fuga radiactiva. Veneno en el aire. Algo que había forzado la evacuación. Se preguntó si sería capaz de controlar la nave por su cuenta.

Pero si habían evacuado, debería haberlos oído salir por la esclusa de aire, ¿no?

Llegó a la trampilla de la última cubierta, la que llevaba hasta ingeniería, y se detuvo cuando vio que no se abría de manera automática. Una luz roja en la consola de la cerradura indicaba que la estancia se había cerrado desde el interior. Volvió a pensar en radiación o en averías muy graves. Pero si aquel era el caso, ¿por qué cerrar la puerta desde dentro? Había atravesado infinidad de consolas de pared y ninguna de ellas le había advertido de nada. No, aquello no era radiación, era algo diferente.

Aquella zona estaba más alterada. Sangre. Herramientas y contenedores desordenados. Lo que hubiera ocurrido había ocurrido allí. No, había comenzado allí. Y había terminado detrás de aquella puerta cerrada.

Le llevó dos horas atravesar la trampilla que llevaba a ingeniería con la ayuda de un soplete y una llave de palanca que cogió del taller. Al no funcionar la hidráulica, tuvo que abrirla a la fuerza. Surgió una ráfaga de aire caliente y húmedo con un ligero aroma a hospital pero sin antisépticos. Un olor metálico y nauseabundo. Sería la cámara de tortura, pues. Sus amigos estarían dentro apaleados o desmembrados. Julie levantó la llave y se preparó para reventar al menos una cabeza antes de que la mataran. Flotó hacia dentro.

La cubierta de ingeniería era enorme y abovedada como una catedral. El reactor de fusión dominaba la parte central. Pero había algo extraño en él. Donde esperaba encontrar paneles de información, recubrimientos y sistemas, había una capa de algo parecido a cieno que parecía fluir a lo largo del núcleo del reactor. Julie flotó hacia ella poco a poco, sin soltar una mano de la escalerilla. Aquel extraño olor se hizo insoportable.

El cieno que recubría el reactor tenía una estructura que no se parecía a nada que hubiera visto antes. Tenía una especie de tubos que eran como venas o vías respiratorias. Y algunas partes latían. No era cieno, entonces.

Carne.

Una protuberancia que salía de aquella cosa avanzó hacia ella. En comparación con el resto, no sería mayor que un dedo, un meñique. Era la cabeza del capitán Darren.

—Socorro —dijo.

1

Holden

Ciento cincuenta años antes, cuando las desavenencias provincianas entre la Tierra y Marte casi desembocaron en una guerra, el Cinturón era un horizonte lejano muy rico en minerales pero fuera del alcance económico, y los planetas exteriores eran inalcanzables hasta en los más desbocados sueños corporativos. Fue entonces cuando Solomon Epstein construyó su pequeño motor de fusión modificado, lo montó en la parte trasera de su nave para tres personas y lo encendió. Con una buena mira podría haberse visto la nave viajando a un porcentaje marginal de la velocidad de la luz hacia el vacío. Se convirtió en el funeral más destacado y largo de la historia de la humanidad. Por suerte, había dejado los planos en su ordenador personal. El motor Epstein no consiguió acercar la humanidad a las estrellas, pero sí a los planetas.

La *Canterbury*, una nave de transporte colonial remodelada, tenía setecientos cincuenta metros de eslora, doscientos cincuenta de manga máxima, una forma parecida a una boca de riego y en su mayor parte estaba vacía por dentro. Hubo un tiempo en el que estuvo llena de personas, suministros, diagramas, máquinas, burbujas ambientales y esperanza. Las lunas de Saturno ya tenían algo menos de veinte millones de habitantes. La *Canterbury* era la nave que había transportado allí a cerca de un millón de sus antepasados. Había cuarenta y cinco millones en las lunas de Júpiter. Una de las lunas de Urano cargaba con cinco mil, y era el puesto fronterizo más alejado de la civilización humana, al menos hasta que los mormones terminaran la construcción de su nave generacional y viajaran hacia las estrellas, hacia un lugar en el que no tuvieran restricciones para procrear.

Y luego estaba el Cinturón.

Cualquier reclutador de la APE borracho y con aires de grandeza diría que había cien millones de habitantes en el Cinturón. Un encargado del censo de los planetas interiores diría que sobre los cincuenta millones. En todo caso, era mucha población y eso requería mucha agua.

Por eso la *Canterbury* y su docena de naves hermanas de la Compañía de Aguas Pur & Limp realizaban trayectorias circulares yendo y viniendo desde los abundantes anillos exteriores de Saturno al Cinturón para transportar glaciares, y seguirían haciéndolo hasta que el tiempo las convirtiera en chatarra.

Jim Holden sabía verle el lado poético.

—¿Holden?

Se dio la vuelta hacia el hangar. La jefa de ingeniería, Naomi Nagata, lo miró desde arriba. Medía unos dos metros de alto, llevaba una coleta negra de denso pelo ondulado, y en la cara lucía una expresión en algún punto entre el enfado y la diversión. Tenía esa costumbre cinturiana de encogerse de hombros haciendo un gesto con las manos en lugar de con los propios hombros.

—Holden, ¿me escuchas o estás ensimismado mirando por la ventana?

—Había un problema —dijo Holden—. Y como eres muy muy buena, has podido solucionarlo aunque no tengamos dinero ni recursos suficientes.

Naomi rio.

—Vale, no estabas escuchando —dijo.

—No, la verdad es que no.

—Bueno, pues has acertado en lo fundamental. El mecanismo de aterrizaje de la *Caballero* no funcionará bien en atmósfera hasta que reemplace las juntas. ¿Crees que será un problema?

—Le preguntaré al viejo —dijo Holden—. Pero ¿cuándo fue la última vez que usamos la lanzadera en atmósfera?

—Nunca, pero las normas dicen que necesitamos al menos una lanzadera atmoadaptable.

—¡Eh, jefa! —gritó desde el otro lado de la estancia Amos Burton, el ayudante terrícola de Naomi, agitando un brazo fornido hacia ellos. Se refería a Naomi. Por mucho que Amos estuviera en la nave del capitán McDowell y Holden fuera segundo de a bordo, en su mundo Naomi era la jefa.

—¿Qué pasa? —preguntó Naomi, también gritando.

—Un cable estropeado. ¿Podrías sostener este cabroncete mientras voy a por el repuesto?

Naomi miró a Holden con cara de «¿Has terminado ya?». Él le dedicó un sarcástico saludo militar y ella resopló, agitando la cabeza mientras se alejaba a pie con su figura alta y delgada, cubierta por un mono lleno de grasa.

Siete años en el ejército de la Tierra y cinco trabajando con civiles en el espacio no habían sido suficientes para que se acostumbrara a la improbabilidad de los huesos delgados y alargados de los cinturianos. Pasar su infancia bajo la influencia de la gravedad había marcado su percepción de las cosas para siempre.

En el ascensor central, Holden pasó el dedo un instante sobre el botón que llevaba a la cubierta de navegación, tentado por la perspectiva de visitar a Ade Tukunbo, con su sonrisa, su voz y aquel aroma mezcla de pachuli y vainilla que usaba para el pelo, pero en lugar de eso pulsó el botón de la enfermería. Primero el deber, luego el placer.

Shed Garvey, el técnico médico, se encontraba encorvado sobre su mesa de laboratorio y desbridaba el muñón del brazo izquierdo de Cameron Paj cuando entró Holden. El mes anterior, el codo de Paj había quedado atrapado por un bloque de hielo de treinta toneladas que se movía a cinco milímetros por segundo. Era una herida bastante común entre quienes se dedicaban al peligroso oficio de cortar y mover icebergs en gravedad cero, pero Paj se lo tomaba con el fatalismo de todo un profesional. Holden se inclinó por encima del hombro de Shed para ver cómo arrancaba uno de los gusanos medicinales del tejido necrosado.

—¿Cómo se ve el tema? —preguntó Holden.

—Pues pinta bastante bien, señor —dijo Paj—. Me han quedado algunos nervios y Shed me estaba contando que la prótesis se enganchará a ellos.

—Eso si es que podemos controlar la necrosis —añadió el médico—, y si evitamos que Paj cicatrice demasiado antes de llegar a Ceres. He comprobado la póliza y Paj ha estado de servicio el tiempo suficiente para optar a uno con resistencias, sensores de presión y temperatura y coordinación motriz de precisión. El paquete completo. Será casi tan bueno como uno de verdad. En los planetas interiores hay un biogel que regenera los miembros, pero eso no lo cubre nuestro seguro médico.

—Que les den por culo a los interianos. Y que se metan por donde les quepa su gelatina mágica. Prefiero tener un buen brazo falso pero cinturiano a lo que sea que esos cabrones fabrican en sus laboratorios. Seguro que ponerte un brazo pijo de los suyos te vuelve gilipollas —dijo Paj—. Esto... sin acritud, segundo —añadió al momento.

—No te preocupes. Me alegra ver que tiene solución —afirmó Holden.

—Cuéntele lo demás —dijo Paj, con una sonrisa amplia y retorcida en la cara.

Shed se ruborizó.

—Bueno, he escuchado comentarios de otros chicos que los tienen —empezó a decir Shed, sin mirar a la cara a Holden—. Parece ser que hay un período en el que el cuerpo todavía no se ha adaptado a la prótesis y al pajearse da la impresión de que lo hace otra persona.

Holden dejó que las palabras resonaran en el aire mientras las orejas de Shed pasaban a tener una tonalidad carmesí.

—Es bueno saberlo —respondió Holden—. ¿Y la necrosis?

—Está un poco infectado —afirmó Shed—, pero los gusanos la mantienen a raya. Además, en un caso como este la inflamación es buena, por lo que no daremos mucha caña a no ser que se empiece a extender.

—¿Crees que estará disponible para la siguiente misión? —preguntó Holden.

Por primera vez, Paj frunció el ceño.

—Claro que estaré listo, coño. Siempre estoy listo. Es mi trabajo, señor.

—Es probable —dijo Shed—. Depende de cómo vaya la cura. Si no es para esta, será para la siguiente.

—Y una mierda —se quejó Paj—. Puedo estar manco y recoger hielo mucho mejor que la mitad de los colgados que hay en esta barcaza.

—Como iba diciendo —dijo Holden, aguantando la risa—, es bueno saberlo. Continúa.

Paj resopló y Shed arrancó otro gusano. Holden volvió al ascensor y esta vez no vaciló.

La estación de navegación de la *Canterbury* no lucía muy impresionante. Las enormes pantallas de pared que Holden había imaginado cuando se presentó voluntario para la armada existían en las naves importantes, pero, incluso en ellas, eran más un elemento estético que necesario.

Ade estaba sentada frente a un par de pantallas un poco más grandes que un terminal portátil. En las esquinas se actualizaban en tiempo real gráficos de la eficiencia y el estado del reactor y el motor de la *Canterbury*, y en la parte derecha se desplegaban registros con información en bruto sobre los sistemas. Llevaba unos auriculares muy abultados que le cubrían las orejas y dejaban escapar el quedo retumbar de las notas de un bajo. Si ocurría alguna anomalía en la *Canterbury*, Ade se enteraría. Si el capitán McDowell dejaba el puesto de mando o la cubierta de control, también le llegaría un aviso, para que tuviera tiempo de bajar la música y hacerse la ocupada cuando llegara. Aquel hedonismo petulante era solo una de las miles de particularidades de Ade que la hacían atractiva para Holden. Anduvo hasta ponerse detrás de ella y le quitó con cuidado los auriculares.

—Hola —dijo.

Ade sonrió, tocó la pantalla y se colocó los auriculares alrededor de su delgado cuello, como si de una joya tecnológica se tratara.

—Segundo de a bordo James Holden —dijo Ade con una

formalidad exagerada, resaltada aún más por su cerrado acento nigeriano—. ¿Qué puedo hacer por usted?

—Es curioso que lo pregunte —respondió—. Justo pensaba que sería muy agradable volver con alguien a mi camarote cuando acabe el tercer turno. Preparar una cena romántica con la misma birria que sirven en las cocinas. Escuchar algo de música.

—Beber un poco de vino —continuó ella—. Saltarse un par de protocolos. Suena muy bien, pero esta noche no estoy de humor para sexo.

—No he hablado de sexo. Un poco de comida y una buena conversación.

—Yo sí que hablaba de sexo.

Holden se arrodilló junto a su silla. Con la propulsión actual de un tercio de g, era una postura cómoda. La sonrisa de Ade perdió fuelle. La pantalla de los registros pitó, y Ade lanzó una mirada hacia ella, la tocó y se volvió de nuevo hacia él.

—Ade, me gustas. Quiero decir... me gusta mucho tu compañía —dijo—. No entiendo por qué no podemos pasar algo de tiempo juntos con la ropa puesta.

—Holden. Cariño. Déjalo ya, ¿vale?

—¿Que deje el qué?

—Que dejes de intentar que sea tu novia. Eres un buen tipo, me gusta tu culo y eres divertido en la cama. Pero eso no quiere decir que estemos comprometidos.

Holden se echó atrás sobre los talones y frunció el ceño.

—Ade, para que esto funcione, yo necesito que haya algo más.

—Pero no lo hay —respondió ella, cogiéndole la mano—. Y es bueno que no lo haya. Eres el segundo de la nave y yo tengo un contrato temporal. Una misión más, quizá dos, y se acabó para mí.

—Yo tampoco voy a pasar toda mi vida en esta nave.

Ade rio con una mezcla de ternura e incredulidad.

—¿Cuánto llevas en la *Cant*?

—Cinco años.

—De aquí no te vas —continuó—. Se te ve cómodo.

—¿Cómodo? —preguntó—. La *Cant* es un carguero de hielo centenario. Hay peores trabajos en tripulaciones de por ahí, pero hay que esforzarse para encontrarlos. La gente está aquí porque no tiene la cualificación necesaria o porque la cagó a base de bien en su último curro.

—Y tú estás cómodo aquí —dijo ella, poniéndose un poco más seria. Se mordió el labio, bajó la mirada a la pantalla y luego la volvió a levantar.

—Oye, eso no me lo merecía —replicó él.

—Tienes razón —respondió ella—. Mira, ya te he dicho que esta noche no estoy de humor. Estoy un poco cascarrabias y necesito dormir bien. Mañana mejor.

—¿Me lo prometes?

—Hasta te prepararé una cena. ¿Disculpas aceptadas?

Holden se inclinó hacia delante y le plantó los labios en la boca. Ella le devolvió el beso, al principio con educación y luego con más intensidad. Le agarró el cuello con la mano un momento y luego lo apartó.

—Se te da demasiado bien. Deberías irte —dijo—. Estamos de servicio, ya sabes.

—Vale —respondió él, sin darse la vuelta para marcharse.

—Jim... —replicó ella, justo antes de que chasqueara el sistema general de comunicaciones de la nave.

—Holden, al puente —resonó a través de los altavoces la voz del capitán McDowell.

Holden respondió con una obscenidad. Ade rio. Él se reincorporó, la besó en la mejilla y se dirigió al ascensor central, deseando en silencio que al capitán McDowell le diera urticaria y sufriera una humillación pública por haber sido tan oportuno.

El puente tenía la mitad del tamaño de la cocina, no mucho más grande que el camarote de Holden. De no ser por la pantalla del capitán, que era algo más grande de lo normal porque a McDowell le fallaba la vista y no tenía mucha confianza en la cirugía, podría haberse confundido con la trastienda de una asesoría fiscal. El aire tenía un aroma acre y alguien se había preparado un mate muy fuerte. McDowell se dio la vuelta en su asiento mientras Holden se acercaba. El capitán se reclinó en su asiento y señaló por encima del hombro hacia los sistemas de comunicación.

—¡Becca! —ladró McDowell—. Cuéntaselo.

Rebecca Byers, la oficial de comunicaciones que estaba de servicio, parecía el resultado de cruzar un tiburón con un hacha de mano. Tenía los ojos negros, facciones afiladas y los labios tan finos que casi no se le veían. En la nave se decía que había aceptado el trabajo para evitar a las autoridades después de matar a su ex marido. A Holden le caía bien.

—Señal de emergencia —anunció—. La hemos captado hace dos horas. Nos acaba de llegar la confirmación del transpondedor desde *Calisto*. Es auténtica.

—Bien —dijo Holden—. Ah, no, mierda. ¿Somos los que estamos más cerca?

—La única nave en unos cuantos millones de *klicks* a la redonda.

—Bueno, qué le vamos a hacer —continuó.

Becca se volvió hacia el capitán. McDowell hizo petar sus nudillos y miró la pantalla, que refulgía en verde y le daba un extraño brillo en la cara.

—Está al lado de un asteroide registrado que no pertenece al Cinturón —dijo McDowell.

—¿En serio? —preguntó Holden, incrédulo—. ¿Han chocado con él o qué? Pero si ahí fuera no hay nada en millones de kilómetros.

—Quizá se desviaran un poco porque alguien tenía que echar una meada. Lo único que sabemos es que algún cabeza de chorlito está ahí fuera, ha activado una señal de emergencia y somos los que estamos más cerca. Eso suponiendo...

Las leyes del Sistema Solar eran muy específicas. En un entorno tan hostil para la vida como era el espacio, la ayuda y la buena voluntad humana no eran optativas. Una señal de emergencia obligaba, con su mera existencia, a que la nave más cercana se detuviera y proporcionara ayuda... aunque eso no significaba que todo el mundo respetara siempre aquella ley.

La *Canterbury* iba cargada hasta los topes. En su interior había más de un millón de toneladas de hielo que habían acelerado poco a poco con la nave a lo largo de todo el mes anterior. Iba a ser difícil frenar todo aquello, como lo había sido frenar el pequeño glaciar que había destrozado el brazo de Paj. Era tentador alegar que había habido un fallo de comunicaciones desconocido, borrar los registros y dejar que el gran dios Darwin se saliera con la suya.

Pero si aquella hubiera sido la intención de McDowell, no habría llamado a Holden. Ni habría hecho aquella insinuación donde lo oyeran los demás tripulantes. Holden se conocía el juego. El capitán haría como que tenía intención de escaquearse, pero allí estaría Holden para pararle los pies. Así, los trabajadores respetarían que el capitán no quisiera reducir los beneficios de aquella misión, pero también a Holden por insistir en que había que seguir las normas. Pasara lo que pasase, les odiarían a ambos solo por hacer lo que mandaban la ley y la decencia humana.

—Tenemos que frenar —dijo Holden, y añadió con resolución—. Podría haber alguien esperando rescate.

McDowell tocó su pantalla. La voz de Ade resonó en la consola, tan sosegada y cálida como si se encontrara en el puente.

—¿Sí, capitán?

—Necesito las cifras para detener este cacharro —dijo él.

—¿Señor?

—¿Cuánto nos va a costar ajustarnos a CA-2216862?

—¿Vamos a parar en un asteroide?

—Eso lo decidiré cuando cumpla mi orden, navegante Tukunbo.

—Sí, señor —respondió ella. Holden oyó una serie de clics—. Si volvemos la nave ahora mismo y quemamos como si no hubiera mañana durante casi dos días, podría dejarnos a unos cincuenta mil kilómetros, señor.

—¿Puede ser más concreta con eso de «quemar como si no hubiera mañana»? —le pidió McDowell.

—Necesitaremos a todo el mundo en asientos de colisión.

—Me lo suponía —suspiró McDowell mientras se rascaba su barba desaliñada—. Y llevar el hielo nos va a dar solo un par de millones de pavos de beneficio, si tenemos suerte. Estoy viejo para esto, Holden. De verdad.

—Sí, señor. Sí que lo está. Y su silla siempre me ha gustado —respondió Holden.

McDowell frunció el ceño y le dedicó un gesto obsceno. Rebecca soltó una risita, y el capitán se giró hacia ella.

—Envía un mensaje a la baliza para comunicar que vamos de camino. Y avisa a Ceres que llegaremos tarde. Holden, ¿cuál es el estado de la *Caballero*?

—No puede volar en atmósfera hasta que consigamos algunas piezas, pero no tendrá problema para recorrer cincuenta mil *klicks* en el vacío.

—¿Seguro?

—Eso dice Naomi. Por tanto, es cierto.

McDowell se incorporó. Medía casi dos metros y veinticinco centímetros y era más delgado que un adolescente de la Tierra. Su edad, sumada al hecho de que nunca había vivido en gravedad, iba a convertir el próximo acelerón en todo un infierno para el viejo. Holden sintió una punzada de compasión, aunque le ahorraría a McDowell la vergüenza de expresarla en público.

—Este es el plan, Jim —dijo McDowell en voz baja, de manera que solo lo oyera Holden—. Estamos obligados a detenernos y a intentarlo, pero tampoco tenemos por qué dejarnos los cuernos, no sé si me explico.

—Ya nos habremos detenido —respondió Holden.

McDowell agitó sus manos delgadas y alargadas. Era uno de esos gestos que habían evolucionado entre los cinturianos para poder verse con un traje de aislamiento puesto.

—Eso no lo puedo evitar —dijo—. Pero si ves algo raro ahí fuera, no te vuelvas a hacer el héroe. Recoge los juguetitos y vuélvete para casa.

—¿Para que la próxima nave que pase tenga que hacer lo mismo?

—Y no te pongas en peligro —dijo McDowell—. Es una orden. ¿Entendido?

—Entendido —respondió Holden.

El sistema de comunicaciones de la nave volvió a activarse y McDowell explicó la situación a la tripulación. Holden se imaginó un coro de quejidos procedente de todas las cubiertas. Se acercó a Rebecca.

—Veamos —empezó—. ¿Qué sabemos sobre esa nave varada?

—Carguero ligero con identificación marciana. Proviene del embarcadero de Eros y se llama *Scopuli*...

2

Miller

El inspector Miller se reclinó en el asiento de gomaespuma, con una sonrisa amable que invitaba a hablar, mientras hacía todo lo posible por comprender la historia de aquella chica.

—¡Y entonces todo hizo «pum»! La habitación se llenó de navajeros que gritaban y apuñalaban por aquí y por allá —dijo la chica mientras agitaba una mano—. Aquello parecía una coreografía de baile, 'nos que Bomie puso esa cara de no enterarse de nada y amén. ¿Me sigue o *quoi*?

Havelock, de pie al lado de la puerta, parpadeó dos veces. Su cara rechoncha bullía de impaciencia. Por eso Havelock nunca conseguiría un ascenso. Y también por eso era tan malo al póquer.

Miller era muy bueno jugando al póquer.

—Por supuesto —dijo Miller, que había modulado su voz con el tono nasal de un residente de los niveles interiores. Luego agitó la mano con despreocupación y trazó el mismo arco que la chica antes—. El Bomie ni idea. Como un uno-dos.

—Un puto uno-dos, sí, joder —repitió la chica, como si Miller hubiera recitado los Evangelios. Miller asintió, y la chica lo imitó como si fueran dos aves en pleno ritual de apareamiento.

Aquel cuchitril de alquiler tenía tres habitaciones moteadas de color negro y crema, un baño, una cocina y un salón. En el salón, los travesaños de una cama abatible se habían roto y reparado tantas veces que ya no se podía recoger. Y tan cerca del centro de rotación de Ceres, no podía ser culpa de la gravedad, sino de moverse mucho encima. El aire olía a cerveza fabricada con levadura vieja y a setas. La comida local. Quienquiera que hubiera dado tanta caña a la chica como para romper la cama, no había pagado lo suficiente por la comida. O quizá sí, y ella ya se lo había gastado en heroína, malta o MCK.

Fuera como fuese, era asunto suyo.

—¿Y después *quoi*? —preguntó Miller.

—Los pies del Bomie le llegaron al culo —dijo la chica, riendo entre dientes—. Por patas, ¿*kennis tu*?

—*Ken* —dijo Miller.

—Todos los navajeros ahí. Por todas partes. Me abrí.

—¿Y Bomie?

Los ojos de la chica recorrieron a Miller de arriba abajo, hasta su sombrero *pork pie*. Miller se rio entre dientes, dio un suave empujón a la silla hacia atrás y se irguió en aquella baja gravedad.

—Si aparece, pregunte por él, ¿de acuerdo? —dijo Miller.

—*Come non* —afirmó la chica. «Por supuesto.»

Las partes del túnel de fuera que no estaban mugrientas eran blancas. Medía unos diez metros de ancho y tenía una leve cuesta arriba en ambas direcciones. Los LED blancos no pretendían parecerse a la luz solar. Como a medio kilómetro más adelante, alguien había embestido la pared con tanta fuerza que se podía ver la roca de detrás, y todavía no la habían reparado. Quizá nunca lo hicieran. Aquello era lo hondo, muy cerca del centro de rotación. No era un lugar turístico.

Havelock lideró la marcha hasta la carreta, saltando demasiado en cada paso. No solía ir muy a menudo a los niveles de baja gravedad y no sabía moverse. Miller había vivido en Ceres toda la vida y, a decir verdad, tanto efecto Coriolis también lo volvía un poco torpe a veces.

—Bueno —dijo Havelock, mientras pulsaba el código de destino—. ¿Te lo has pasado bien?

—No sé a qué te refieres —respondió Miller.

El motor eléctrico se encendió y la carreta avanzó por el túnel con los leves chirridos de sus neumáticos de espuma.

—A tener una conversación extraterrestre delante de un tipo

de la Tierra —dijo Havelock—. No me he enterado ni de la mitad.

—No éramos un par de cinturianos que dejábamos al margen a un terrícola —afirmó Miller—, sino pobres poniéndole las cosas difíciles al sabiondo de turno. Y la verdad es que ha sido divertido.

Havelock se rio. Toleraba bien que le vacilaran. Era eso lo que lo hacía tan bueno en los deportes de equipo como el fútbol, el baloncesto o la política.

La clase de cosas que a Miller no se le daban muy bien.

Ceres, la ciudad portuaria del Cinturón y los planetas exteriores, tenía unos doscientos cincuenta kilómetros de diámetro y decenas de miles de kilómetros de túneles superpuestos unos sobre otros. Giraba a 0,3 g gracias a un proyecto en el que habían trabajado las mentes más brillantes de Tycho Manufacturing durante media generación y del que todavía se seguían vanagloriando. Ceres había pasado a contar con más de seis millones de residentes fijos y tenía un tráfico portuario de más de mil naves todos los días, lo que incrementaba su población hasta los siete millones.

Platino, acero y titanio del Cinturón. Agua de Saturno, carne y vegetales de los invernaderos abastecidos por la energía de los espejos colectores en las lunas Ganímedes y Europa. Células de energía de Ío, helio-3 de las refinerías de Rea y Jápeto. Ceres era un torrente de poder y riquezas sin parangón en la historia de la humanidad. Con un comercio de tan alto nivel, era inevitable que también hubiera crímenes. Y donde había crímenes, había fuerzas de seguridad para mantenerlos a raya. Hombres como Miller y Havelock, cuyo oficio consistía en desplazarse en carretas eléctricas por las amplias rampas, habituarse a que la falsa gravedad del giro se les escapara bajo los pies y preguntar a prostitutas ostentosas de baja estofa lo que ocurrió la noche que Bomie Chatterjee dejó de recaudar dinero para la protección del Club de la Rama Dorada.

La sede central de las Fuerzas de Seguridad Star Helix, cuerpo de policía y cuartel militar de la estación Ceres, se encontraba unos tres niveles hacia el interior del asteroide, ocupaba dos kilómetros cuadrados y llegaba a tal profundidad de la roca que Miller podía echar a andar desde su escritorio y descender cinco niveles más sin salir de las oficinas. Havelock entregó la carreta mientras Miller iba a su cubículo para descargar la grabación de la entrevista con la chica y volver a escucharla. A mitad de camino, su compañero lo alcanzó.

—¿Has sacado algo en claro?

—No mucho —respondió Miller—. A Bomie lo asaltaron unos gamberros locales que no pertenecen a ningún grupo. Pero un don nadie como Bomie podría contratar matones para simular un ataque y librarse de ellos en plan héroe. Mejora la reputación. A eso se refería la chica al decir que parecía una coreografía. Los tipos que fueron a por él parecían de esos, solo que en vez de dárselas de puto amo ninja, Bomie huyó y no se le ha vuelto a ver el pelo.

—¿Y ahora qué?

—Ahora nada —respondió Miller—. Por eso no lo pillo. Alguien se ha librado de un recaudador de la Rama Dorada y no ha habido consecuencias. Vale que Bomie es un sacacuartos de poca monta, pero...

—Pero si eliminan a los de poca monta, los importantes empezarán a recibir menos dinero —continuó Havelock—. ¿Por qué la Rama Dorada no ha impartido justicia como buenos mafiosos?

—Esto no me gusta —dijo Miller.

Havelock rio.

—Estos cinturianos... —dijo Havelock—. Se tuerce lo más mínimo y ya creen que el ecosistema entero se viene abajo. Si la Rama Dorada está demasiado débil para hacerse respetar, mejor que mejor. Son los malos, ¿recuerdas?

—Sí, vale —respondió Miller—. El crimen organizado será lo que tú quieras, pero al menos es organizado.

Havelock se sentó en una pequeña silla de plástico junto al escritorio de Miller y se inclinó para ver el vídeo.

—Bueno —dijo Havelock—. Y ¿qué coño es eso de uno-dos?

—Es un término de boxeo —respondió Miller—. Se refiere a un golpe que nadie ve venir.

El ordenador dio un pitido y se escuchó la voz de la capitana Shaddid por los altavoces.

—Miller, ¿está ahí?

—Uf... —resopló Havelock—. Eso no ha sonado bien.

—¿Cómo dice? —preguntó la capitana, elevando la voz. Nunca había llegado a superar sus prejuicios contra los orígenes interianos de Havelock.

Miller levantó una mano para indicar a su compañero que lo dejara hablar.

—Aquí estoy, capitana. ¿Qué puedo hacer por usted?

—Venga a mi despacho, por favor.

—Voy enseguida —respondió él.

Miller se levantó y Havelock se dejó caer en la silla. No dijeron nada. Sabían que si la capitana Shaddid quisiera que Havelock estuviera presente, lo habría dejado claro. Era otra razón por la que aquel hombre nunca conseguiría un ascenso. Miller lo dejó solo con el vídeo mientras intentaba relacionar las rebuscadas claves entre clase social, puesto de trabajo, orígenes y raza. Era un tema inabarcable.

La decoración del despacho de la capitana Shaddid tenía un toque femenino y acogedor. En las paredes había tapices de tela de verdad, y también un olor a café y canela que venía de un accesorio colocado en el filtro de aire y que costaba una décima parte del precio de las sustancias a las que olía. La capitana tenía un aspecto informal, con el pelo suelto cayéndole por los hombros, a pesar de que no estaba permitido por las normas de la empresa. Si hubiera tenido que describirla, seguro que en algún momento Miller habría usado las palabras «coloración engañosa». La capitana señaló una silla con la cabeza, y él se sentó.

—¿Qué ha averiguado? —preguntó, aunque tenía la mirada fija en la pared de detrás. Aquello no era un examen sorpresa, solo intentaba romper el hielo.

—A la Rama Dorada le ocurre lo mismo que a los hombres de Sohiro y los Loca Greiga. Siguen en la estación, pero... están como distraídos, diría yo. Se han vuelto muy permisivos. Tienen a menos matones rondando y han aflojado el control. Tengo una lista con media docena de mandos intermedios que han desaparecido.

Aquello llamó la atención de la capitana.

—¿Están muertos? —preguntó—. ¿Cree que la APE está detrás?

Que la Asociación de Planetas Exteriores estuviera detrás de algo era la peor pesadilla de los cuerpos de seguridad de Ceres. Como había ocurrido con Al Capone, Hamás, el IRA y los Militares Rojos, la APE contaba con el beneplácito de los ciudadanos a los que ayudaba y el terror de quienes se oponían a ellos. Era parte movimiento social, parte intento de estado, parte banda terrorista y no tenía ninguna conciencia institucional. Aunque a la capitana Shaddid no le gustara Havelock porque provenía de un pozo de gravedad, era capaz de trabajar con él. La APE lo habría lanzado por una esclusa de aire. A gente como Miller les dedicarían solo un disparo en el cráneo, y con balas buenas de plástico. Nada que pudiera dejar metralla en los conductos.

—No creo —respondió—. No tiene pinta de ser una guerra. Es más bien... La verdad, señora, es que no tengo ni la más remota idea de qué puede ser, pero los números han mejorado. Han bajado la extorsión y las apuestas ilegales. Cooper y Hariri han cerrado el burdel de menores que había en el seis y parece que no hay intenciones de que vuelva a abrir. Es cierto que hay más problemas con los independientes, pero, quitando eso, todo marcha bien. Lo único es que huele un poco raro.

La capitana asintió, pero su mirada había vuelto a la pared. Había perdido el interés con la misma facilidad con que lo había adquirido.

—Bueno, olvídese del tema —dijo—. Tengo otra cosa entre manos. Un trabajo nuevo, solo para usted. Sin Havelock.

Miller se cruzó de brazos.

—Un trabajo nuevo —repitió, despacio—. ¿Eso qué quiere decir?

—Quiere decir que Fuerzas de Seguridad Star Helix ha aceptado un trabajo independiente de la seguridad de Ceres y, como jefa de la empresa en la zona, soy la encargada de asignárselo.

—¿Estoy despedido? —preguntó.

La capitana Shaddid hizo una mueca de dolor.

—Es un encargo adicional —respondió—. Seguirá encargándose del mismo trabajo en Ceres que hasta ahora. Es solo eso, algo adicional. Mire, Miller, a mí me huele igual de mal que a usted. No le quito sus responsabilidades en la estación ni quiero que deje de lado el caso en el que está trabajando. Se trata de un favor que ha pedido un accionista a alguien de la Tierra.

—¿Ahora también hacemos favores a los accionistas? —preguntó Miller.

—Usted sí —respondió la capitana Shaddid, ya sin rastro del tono conciliador y la suavidad. Sus ojos habían perdido el brillo.

—Pues vale —dijo Miller—. Me encargaré.

La capitana Shaddid levantó su terminal portátil. Miller se revolvió en su asiento, sacó el suyo y aceptó la transferencia por haz estrecho. Fuera lo que fuese aquello, Shaddid no lo quería en la red general. Apareció en la pantalla una nueva carpeta llamada JMAO.

—Es un caso de hijita desaparecida —explicó la capitana Shaddid—. La hija de Ariadne y Jules-Pierre Mao.

Aquellos nombres le sonaban de algo. Miller tocó con la punta de los dedos la pantalla de su terminal portátil.

—¿Mercancías Mao-Kwikowski? —preguntó.

—La misma.

Miller silbó por lo bajo.

Puede que Maokwik no fuera una de las diez empresas más importantes del Cinturón, pero sí que estaba entre las cincuenta primeras. Había empezado como agencia jurídica implicada en el estrepitoso fracaso de las ciudades flotantes venusianas. Y habían usado el dinero de aquel litigio que duró décadas para diversificarse y expandirse, en gran medida hacia el negocio del transporte interplanetario. En la actualidad, la estación de la sede de la empresa era independiente y flotaba entre el Cinturón y los planetas interiores con la ceremoniosa majestuosidad de un transatlántico en mares antiguos. El simple hecho de que Miller supiera tanto sobre ella significaba que tenían dinero suficiente para comprar y vender los servicios de hombres como él sin tener que ocultar nada.

Acababan de comprar sus servicios.

—Tienen la sede en la Luna —dijo la capitana Shaddid—. Cuentan con los mismos derechos y privilegios que los ciudadanos de la Tierra. Pero tienen muchos contratos de transporte por aquí.

—¿Y se les ha perdido una hija?

—La oveja negra —respondió la capitana—. Cuando llegó a la universidad, se metió en un grupo llamado Fundación Horizontes Lejanos. Estudiantes activistas.

—Una tapadera de la APE —dijo Miller.

—Están asociados —lo corrigió Shaddid. Miller no insistió, pero tuvo una punzada de curiosidad. Se preguntó en qué bando estaría la capitana Shaddid en caso de un ataque de la APE—. La familia pensó que se trataba de algo pasajero. Tienen otros dos hijos mayores interesados en dirigir la empresa, por lo que no había problema en que Julie se paseara por el vacío creyéndose una adalid de la libertad.

—Pero ahora quieren encontrarla —dijo Miller.

—Eso es.

—¿Qué ha cambiado?

—No parecen muy dispuestos a compartir esa información.

—Pues vale.

—Según la información más reciente, tenía trabajo en la estación Tycho, pero también pagaba un apartamento aquí. He encontrado su partición en la red y la he bloqueado. Tiene la contraseña en los archivos.

—De acuerdo —repitió Miller—. ¿Cuál es la misión?

—Encontrar a Julie Mao, detenerla y mandarla a casa en una nave.

—Un secuestro, vaya —dijo él.

—Sí.

Miller bajó la cabeza hacia su terminal portátil y empezó a abrir los archivos sin ton ni son para darles un vistazo rápido. Se le formó un extraño nudo en la garganta. Llevaba dieciséis años trabajando en las fuerzas de seguridad de Ceres, y no es que al principio estuviera muy motivado. Se solía afirmar que en Ceres no había leyes, sino policía. Miller no era trigo limpio, al igual que la capitana Shaddid. En ocasiones la gente se caía por esclusas de aire. A veces las pruebas desaparecían de los depósitos. No era tan importante que estuviera bien o mal como que estuviera justificado. Cuando uno se pasaba la vida en una burbuja de piedra con la comida, el agua y hasta el aire enviado desde lugares tan distantes que ni se podían ver con un telescopio, una cierta flexibilidad moral se hacía imprescindible. Pero aquella era la primera vez que le encargaban un secuestro.

—¿Algún problema, inspector? —preguntó la capitana Shaddid.

—No, señora —respondió—. Yo me encargo.

—Tampoco le dedique demasiado tiempo —añadió ella.

—Bien, señora. ¿Algo más?

La mirada de la capitana Shaddid se apaciguó, como si se pusiera una máscara. Sonrió.

—¿Va todo bien con su compañero?

—Havelock está bien —respondió Miller—. El contraste de tenerlo cerca nos hace mejores a la gente como yo. Me gusta.

El único cambio en la sonrisa de la capitana fue que pasó a ser un poco más sincera. No hay nada como un poco de racismo compartido para afianzar los vínculos con la jefa. Miller asintió con respeto y se marchó.

Su hueco estaba en el octavo nivel, situado en un túnel residencial de cien metros de ancho dividido a lo largo por un parque verde de cincuenta metros cuidado con esmero. El techo abovedado del pasillo principal tenía luces refractantes y estaba pintado de un azul que, según Havelock, se parecía mucho al cielo estival de la Tierra. Vivir en la superficie de un planeta, sentir el peso de cada uno de tus huesos y tus músculos y sin nada más que la gravedad para retener el oxígeno a tu alrededor parecía una manera muy rápida de volverse loco. Aunque aquel azul le parecía bien.

Había quienes imitaban a la capitana Shaddid y perfumaban el aire de sus hogares. No siempre con aromas a café y canela, por supuesto. El hueco de Havelock olía a pan recién horneado. Otros optaban por aromas florales o semiferomonas. Candace, la ex mujer de Miller, prefería algo llamado TerriLirio, que a él siempre le recordaba a los niveles donde se reciclaban los residuos. Miller se había limitado a dejar el olor algo áspero de la propia estación. Un aire reciclado que había pasado por millones de pulmones. Un agua del grifo tan limpia que podría usarse en un laboratorio, aunque en realidad viniera de la orina, la mierda, las lágrimas o la sangre, cosas en las que se volvería a convertir. El círculo de la vida en Ceres era tan pequeño que podía distinguirse la curva. Y a él le gustaba así.

Se preparó un vaso de whisky de musgo, un licor autóctono de Ceres que se fabricaba con levadura artificial, se quitó los zapatos y se echó en la cama de gomaespuma. Aún podía ver a Candace frunciéndole el ceño y oír su resoplido. Hizo un gesto, como para pedir perdón a sus recuerdos, y se puso a trabajar.

Juliette Andromeda Mao. Repasó su vida laboral y sus registros académicos. Una excelente piloto de pinaza. Había una fotografía suya de cuando tenía dieciocho años en la que llevaba un traje espacial sin el casco: era una niña bonita, con la complexión típica de los selenitas y el pelo negro y largo. Tenía una sonrisa tan amplia que parecía que el propio universo acababa de darle un beso. El texto de la fotografía aseguraba que acababa de quedar primera en algo llamado la Parrish/Dorn 500K. Hizo una búsqueda rápida. Era una carrera que solo los más ricos se podían permitir. Su pinaza, la *Jabalí*, había batido el récord anterior y lo había mantenido durante dos años.

Miller tomó un trago de whisky y se preguntó qué le podría haber pasado por la cabeza para venir a Ceres a una chica con la riqueza y el poder suficientes para tener su propia nave. Había todo un mundo entre competir en lujosas carreras espaciales y que te enviaran a casa en una cápsula amarrada como un puerco. O quizá no.

—Pobre niñita rica —dijo Miller a la pantalla—. Menuda putada ser tú, ¿verdad?

Cerró los archivos y continuó bebiendo en silencio y con seriedad, mientras miraba hacia el techo vacío que tenía encima. La silla donde Candace solía sentarse y preguntarle qué tal había ido el día estaba vacía, pero él seguía viéndola allí. Ahora que no estaba para hacerle hablar, era más fácil respetar el impulso. Miller había comprendido demasiado tarde que ella se sentía sola. En su imaginación, Candace puso los ojos en blanco.

Una hora más tarde, con la calidez de la bebida en la sangre, se calentó un plato de arroz de verdad y judías falsas (la levadura y los hongos podían parecerse a cualquier cosa después del suficiente whisky), abrió la puerta de su hueco y cenó mirando el tráfico que recorría la suave curva. El segundo turno entraba a raudales en las estaciones de metro y otros salían de ellas. Los niños que vivían dos huecos por debajo del suyo, una niña de ocho años y su hermano de cuatro, se reunieron con su padre entre abrazos, gritos, acusaciones mutuas y lágrimas. La luz refractante del techo azul brillaba inerte, estática, reconfortante. Un gorrión aleteó por el túnel, flotando de una manera que Havelock le había asegurado que era imposible en la Tierra. Miller le tiró una judía falsa.

Intentó pensar en la hija de Mao, pero la verdad era que no le importaba mucho. Ocurría algo con las familias del crimen organizado de Ceres, y eso sí que lo ponía muy nervioso.

¿Lo de Julie Mao? Para él, era secundario.

3

Holden

Después de pasar casi dos días enteros en alta gravedad, a Holden le dolían las rodillas, la espalda y el cuello. Y también la cabeza. Joder, hasta los pies. Atravesó la compuerta que daba a los camarotes de la *Caballero* justo cuando Naomi subía por la escalerilla desde la bodega. La ingeniera sonrió y levantó un pulgar.

—El *mecha* de salvamento está asegurado —dijo—. El reactor se está calentando. Estamos listos para volar.

—Bien.

—¿Ya tenemos piloto? —preguntó ella.

—Alex Kamal está de guardia hoy, así que es nuestro hombre. A mí me habría gustado que fuera Valka, en realidad. No es tan buen piloto como Alex, pero es más callado y me duele la cabeza.

—Me gusta Alex. Es un nervio —dijo Naomi.

—No sé a qué te refieres con «nervio», pero si es a la forma de ser de Alex, a mí me cansa.

Holden empezó a subir por la escalerilla que llevaba al centro de mando y la cabina. Vio la sonrisita que le lanzaba Naomi desde su espalda reflejada en la brillante superficie negra de la consola de pared desactivada. No podía comprender cómo los cinturianos, delgados como fideos, eran capaces de recuperarse de una gravedad tan alta en tan poco tiempo. Décadas de práctica y selección natural, supuso.

En el centro de mando, Holden se amarró a la consola de control y el asiento de colisión se ajustó a su cuerpo en silencio.

Ade los había dejado a medio g para el acercamiento final, y en esas circunstancias la gomaespuma era cómoda. Dejó escapar un pequeño gemido. Los interruptores, fabricados en metal y plástico para soportar aceleraciones duras y cientos de años, chasquearon con brusquedad. La *Caballero* respondió con el brillo de una fila de indicadores de diagnóstico y un zumbido casi imperceptible.

Unos minutos después, Holden levantó la vista y vio el escaso pelo negro de Alex Kamal, seguido de su cara rechoncha y alegre, que era de un marrón tan oscuro que ni décadas a bordo de una nave eran capaces de hacer palidecer. Alex se había criado en Marte y su complexión era mucho más robusta que la de un cinturiano. Era delgado en comparación con Holden pero, aun así, el traje de vuelo le apretaba su vientre prominente. Alex había formado parte del ejército marciano, pero saltaba a la vista que había dejado la rutina del ejercicio militar.

—Qué hay, segundo —dijo arrastrando las palabras. Tenía un acento del viejo Oeste que era propio de los habitantes del Valles Marineris y que molestaba mucho a Holden. No quedaban vaqueros en la Tierra desde hacía un siglo, y en Marte no había ni una brizna de hierba que no estuviera bajo una cúpula ni caballo que no estuviera en un zoo. El Valles Marineris lo habían colonizado indios, chinos y un pequeño grupo de texanos. Al parecer, aquella inflexión en la voz se había hecho viral y había contagiado a todos ellos—. ¿Cómo anda el viejo lobo?

—Bien por ahora. Necesitamos un plan de vuelo. Ade nos dejará en parada relativa dentro de unos... —Miró las lecturas de tiempo—, cuarenta, así que ponte a ello. Quiero salir de aquí, hacer el trabajo y devolver a la *Cant* a su ruta original hacia Ceres antes de que se empiece a oxidar.

—Entendido —dijo Alex, subiendo hacia la cabina de la *Caballero*.

Los auriculares de Holden chasquearon antes de que llegara la voz de Naomi.

—Amos y Shed ya están a bordo. Todo listo por aquí abajo.

—Gracias. Esperamos a que Alex haga los últimos cálculos y listos para partir.

La tripulación era la mínima necesaria: Holden como comandante, Alex para llevarlos y traerlos, Shed por si había supervivientes que necesitaran ayuda médica y Naomi y Amos para llevarse la nave en caso de que no.

Poco después, se escuchó la voz de Alex.

—Volando a hervores será un viaje de unas cuatro horas. Usaremos un treinta por ciento del combustible, aunque tenemos el tanque lleno. Tiempo total de la misión: once horas.

—Recibido. Gracias, Alex —dijo Holden.

«Volar a hervores» era como llamaban en jerga de la marina a utilizar los propulsores de maniobra, que empleaban vapor supercalentado como masa de reacción. Era muy peligroso usar la antorcha de fusión de la *Caballero* tan cerca de la *Canterbury*, y también un desperdicio para un viaje tan corto. Aquellas antorchas eran motores de fusión anteriores al de Epstein y mucho menos eficientes.

—Solicitando permiso para dejar el nido —dijo Holden, mientras cambiaba las comunicaciones del sistema interno de la *Caballero* al puente de la *Canterbury*—. Aquí Holden. La *Caballero* está lista para volar.

—De acuerdo, Jim, adelante —dijo McDowell—. Ade ya está acabando de detener la nave. Tened cuidado ahí fuera, niños. Esa lanzadera es cara y Naomi siempre me ha hecho un poco de tilín.

—Recibido, capitán —respondió Holden. Volvió a cambiar las comunicaciones a los sistemas internos de la nave y abrió un canal con Alex.

—Venga, sácanos de aquí.

Holden se reclinó en la silla y escuchó los chirridos de las últimas maniobras de la *Canterbury*, el ruido del acero y la cerámica, tan atronadores y ominosos como las planchas de madera de un barco. O como las articulaciones de un terrícola después de someterlas a gravedades altas. Por un momento, Holden sintió compasión por la nave.

En realidad no se detenían, por supuesto. En el espacio las cosas jamás se detienen de verdad, solo se quedan orbitando alrededor de algo. Habían pasado a seguir a CA-2216862 en su feliz viaje milenario alrededor del Sol.

Ade les dio luz verde y Holden vació el aire del hangar y cerró las puertas. Alex los sacó del muelle entre conos blancos de vapor supercalentado.

Partieron en busca de la *Scopuli*.

CA-2216862 era una roca de medio kilómetro de diámetro que había escapado del Cinturón y se había topado con la enorme fuerza gravitatoria de Júpiter. Poco a poco había conformado su lenta órbita propia alrededor del Sol, en la amplia zona entre el Cinturón y Júpiter, un sector demasiado vacío hasta para tratarse del espacio.

Cuando vio la *Scopuli* posada tranquilamente a un lado del asteroide y sostenida por la minúscula gravedad de aquella roca, Holden sintió un escalofrío. Aunque volara a ciegas y con los sistemas apagados, la probabilidad de dar con un cuerpo como aquel por casualidad era, de remota, casi imposible. Era como encontrarse con medio kilómetro de carriles bloqueados en una autopista de millones de kilómetros de anchura. No estaba ahí por casualidad. Se rascó los pelillos que se le habían erizado en la nuca.

—Alex, mantennos a dos *klicks* —ordenó Holden—. Naomi, ¿qué me puedes decir sobre esa nave?

—La estructura del casco concuerda con la información del registro. Es la *Scopuli*, sin duda. No hay radiación electromagnética ni de infrarrojos. Solo esa pequeña baliza de emergencia. Parece que el reactor está apagado. Debe de haber sido manual y no debido a ningún daño, porque tampoco se detectan fugas de radiación —explicó Naomi.

Holden echó un vistazo a las imágenes que les proporcionaban las cámaras de la *Caballero*, y también a las que la *Caballero* creaba al hacer que un láser rebotara en el casco de la *Scopuli*.

—¿Y qué me dices de eso que parece un agujero a un lado?

—Pues... —respondió Naomi—. Según el radar láser, es un agujero a un lado.

Holden frunció el ceño.

—Vale. Vamos a quedarnos aquí un momento y echar otro

vistazo a los alrededores. ¿Ves algo por las cámaras, Naomi?

—Nada. Y los sistemas de la *Canterbury* podrían detectar a un niño que tirara piedras en la Luna. Becca dice que ahora mismo no hay nadie en veinte millones de *klicks* a la redonda —respondió Naomi.

Holden tamborileó con los dedos un ritmo complicado en el reposabrazos de la silla y flotó un poco hacia arriba en los amarres. Tenía calor y acercó la cara a la boquilla de aire más cercana. Un cosquilleo recorrió su cuero cabelludo a medida que el sudor se evaporaba.

«Pero si ves algo raro ahí fuera, no te vuelvas a hacer el héroe. Recoge los juguetitos y vuélvete para casa.» Esas eran sus órdenes. Miró la imagen de la *Scopuli* y el agujero en uno de sus flancos.

—De acuerdo —afirmó—. Alex, llévanos a un cuarto de *klick* y mantén la nave ahí. Nos acercaremos a la superficie con el *mecha*. Ah, y ten la antorcha calentada y a punto. Si hay algo feo escondido en esa nave, quiero poder escapar tan rápido como podamos y de paso achicharrar lo que sea que venga detrás. ¿Recibido?

—Alto y claro, jefe. La *Caballero* se queda en modo poner pies en polvorosa hasta nueva orden —respondió Alex.

Holden echó un vistazo a la consola de control una vez más, con la esperanza de encontrar la luz de advertencia roja y parpadeante que le permitiría volver a la *Cant*. Pero todo seguía de un verde suave. Se desabrochó las hebillas y se impulsó para levantarse de la silla. Luego empujó la pared con un pie para llegar hasta la escalerilla y descendió bocabajo dando golpecitos en los escalones.

En la cabina de tripulantes, Naomi, Amos y Shed seguían amarrados a los asientos de colisión. Holden se agarró a la escalerilla y rotó para que la tripulación no tuviera que hablar con él del revés. Todos empezaron a desabrocharse.

—Vale, así están las cosas. Agujerearon la *Scopuli* y alguien la dejó flotando al lado de esta roca. No se ve a nadie en los monitores, así que es probable que haya ocurrido hace tiempo y ya se hayan marchado. Naomi, tú manejarás el *mecha* de rescate, y nosotros tres nos engancharemos a él para que nos baje hasta los restos. Shed, tú te quedas con el *mecha* a menos que encontremos algún herido, lo que no parece muy probable. Amos y yo entraremos en la nave por ese agujero y echaremos un vistazo. Si encontramos algo que tenga el mínimo indicio de ser una trampa, volveremos al *mecha*, Naomi nos traerá de vuelta a la *Caballero* y saldremos de aquí. ¿Alguna pregunta?

Amos levantó una de sus robustas manos.

—¿No cree que deberíamos ir armados, segundo? Por si hay piratas o algo por el estilo rebuscando en la nave.

Holden rio.

—Bueno, si los hay, se han quedado sin nave a la que volver. Pero si así te sientes más seguro, por mí no te cortes de llevar un arma.

Que aquel mecánico terrícola gigantón y corpulento llevara un arma también lo hacía sentirse más seguro a él, pero mejor no decirlo en voz alta. Que pensaran que la persona al cargo las tenía todas consigo.

Holden usó su llave de oficial para abrir la taquilla de las armas, y Amos cogió una automática de alto calibre que disparaba munición autopropulsada, no tenía retroceso y estaba diseñada para ser usada en gravedad cero. Había antiguos lanzacachos que eran mucho más fiables, pero en gravedad se comportaban como propulsores de maniobra. Una pistola tradicional daba impulso más que suficiente para alcanzar la velocidad de escape en una roca del tamaño de CA-2216862.

La tripulación bajó hasta la bodega, donde se encontraba el *mecha* en forma de huevo y patas de araña que iba a conducir Naomi. Cada una de sus cuatro patas terminaba en una garra operadora dotada de una gran variedad de herramientas de corte y soldadura. Las dos de atrás se podían aferrar al casco de una nave o cualquier otra estructura mientras las de delante realizaban reparaciones o desguazaban los restos para convertirlos en piezas transportables.

—A ponerse el casco —dijo Holden, y todos empezaron a ayudarse unos a otros a ponérselos y asegurarlos. Cada uno comprobó su propio traje y el de otra persona. Cuando se abrieran las puertas de la bodega, sería demasiado tarde para confirmar que estuvieran bien abrochados.

Mientras Naomi subía a su *mecha*, Amos, Holden y Shed engancharon los cables de sus trajes a las barras de metal de la cabina. Naomi comprobó los sistemas y luego pulsó el interruptor que activaba la secuencia atmosférica de la bodega y abría las compuertas. Dentro del traje de Holden, el sonido se redujo al siseo del aire y la queda estática de la radio. Aquel aire tenía un cierto olor medicinal.

Naomi iba delante e hizo que el *mecha* bajara hasta la superficie del asteroide mediante pequeños impulsos de nitrógeno comprimido, tirando del resto de la tripulación en sus cables de tres metros de largo. Mientras volaban, Holden echó la vista atrás hacia la *Caballero*, una cuña tosca y gris con un motor en forma de cono enclavado por la parte más ancha. Igual que todo lo que la humanidad construía para viajar en el espacio, la habían fabricado para ser práctica, no bonita. Aquello siempre entristecía un poco a Holden. También debería haber lugar para la estética allí fuera.

La *Caballero* parecía alejarse y hacerse cada vez más y más pequeña mientras él permanecía estático. Aquella ilusión se evaporó cuando se dio la vuelta para mirar el asteroide y sintió que se precipitaban hacia él. Abrió un canal de comunicaciones con Naomi, pero la escuchó tararear ensimismada, lo que significaba que al menos ella no estaba preocupada. No dijo nada, pero dejó el canal abierto para escuchar su canturreo.

De cerca, la *Scopuli* no parecía tan maltrecha. Aparte del agujero enorme en un flanco, no tenía más daños. Saltaba a la vista que no había chocado contra el asteroide, solo había quedado tan cerca como para que la microgravedad la atrajera poco a poco. Mientras se aproximaban a la nave, sacó fotografías con el casco del traje y las transmitió a la *Canterbury*.

Naomi los ralentizó y se quedó flotando tres metros por encima del agujero del flanco de la *Scopuli*. Amos silbó por el canal general de los trajes.

—El agujero este no parece cosa de un torpedo, segundo. Parece más bien la brecha de una carga explosiva. ¿Ve cómo se dobla el metal por los bordes? Eso solo se consigue colocando cargas en el casco —explicó Amos.

Además de ser un buen mecánico, Amos era el encargado de trabajar con explosivos para romper los icebergs que flotaban alrededor de Saturno y hacerlos más manejables. Otra buena razón para tenerlo a bordo de la *Caballero*.

—Entonces —dijo Holden—, nuestros amigos de la *Scopuli* se detuvieron y dejaron que alguien se encaramara al casco y colocara una carga explosiva para reventar la nave y soltar todo el aire. ¿Alguien lo ve factible?

—De ningún modo —respondió Naomi—. No tiene sentido. ¿Seguís queriendo entrar?

«Pero si ves algo raro ahí fuera, no te vuelvas a hacer el héroe. Recoge los juguetitos y vuélvete para casa.»

Pero ¿qué esperaba? Había quedado patente que la *Scopuli* no estaba operativa, de modo que por supuesto que iba a haber algo raro. Lo *raro* habría sido no ver nada raro.

—Amos —llamó Holden—, ten a mano el arma, por si acaso. Naomi, ¿podrías ensanchar un poco el agujero? Y ten cuidado. Si ves algo raro, sácanos de aquí.

Naomi acercó más el *mecha*, entre blancas ráfagas de nitrógeno, como el aliento condensado en una noche fría. El soplete del *mecha* se encendió y pasó de una llama roja y reluciente a una blanca, y luego azul. Los brazos del *mecha* se desplegaron en silencio con un ritmo insectoide y Naomi empezó a cortar. Holden y Amos descendieron hasta la superficie de la nave y quedaron sujetos con las botas magnéticas. Naomi arrancó un trozo del casco y Holden sintió la vibración en sus pies. Poco después se apagó el soplete, y Naomi disparó a los bordes del agujero con el extintor del *mecha* para enfriarlos. Holden levantó el pulgar a Amos y se dejó caer muy despacio al interior de la *Scopuli*.

Alguien había colocado la carga explosiva casi en el mismo centro de la nave, y el agujero se había abierto en la cocina. Cuando Holden aterrizó y sus botas se engancharon en la pared de la cocina, notó que aplastaba pedazos de comida congelada. No había cuerpos a la vista.

—Entra, Amos. No se ve a nadie de la tripulación, por ahora —anunció Holden por el sistema de comunicaciones del traje.

Se echó a un lado y un momento después, Amos se dejó caer con la pistola aferrada en la mano derecha y una linterna potente en la izquierda. El haz de luz blanca se paseó por las paredes de la cocina destrozada.

—¿Por dónde vamos primero, segundo? —preguntó Amos.

Holden se dio palmaditas en el muslo, pensativo.

—A ingeniería. Quiero saber por qué el reactor está desactivado.

Usaron la escalerilla de la tripulación para subir hasta la popa de la nave. Todas las puertas presurizadas que conectaban los compartimentos estaban abiertas: mala señal. Tenían que estar cerradas por omisión, sobre todo si había sonado la alarma por pérdida de atmósfera. Que estuvieran abiertas solo podía significar que no quedaban cubiertas presurizadas en toda la nave. Lo que implicaba que no habría supervivientes. Era de esperar, pero no dejaba de ser una derrota. Atravesaron la pequeña nave muy rápido y pararon en el taller mecánico. Por el lugar todavía quedaban herramientas y partes de motor caras.

—No tiene pinta de que quisieran robar nada —comentó Amos.

Holden no soltó un «¿Y entonces a qué viene todo esto?», aunque la pregunta quedó flotando entre ellos de todos modos.

La sala de máquinas estaba limpia como una patena, y también fría y muerta. Holden esperó mientras Amos pasaba al menos diez minutos sin hacer nada más que flotar alrededor del reactor.

—Alguien activó el procedimiento de apagado —afirmó Amos—. La explosión no dejó fuera de servicio el reactor, lo apagaron después. No veo daños. No tiene sentido. Si todo el mundo murió en el ataque, ¿quién lo apagó? Y si eran piratas, ¿por qué no se llevaron la nave? Todavía puede volar.

—Y antes de desactivar la energía, fueron una a una y abrieron todas las puertas presurizadas de la nave para vaciarla de aire. Supongo que querían asegurarse de que no hubiera nadie escondido —añadió Holden—. Bueno, vayamos al centro de mando para ver si podemos acceder por la fuerza al ordenador central. Quizá nos ayude a descubrir qué ha ocurrido.

Volvieron flotando hacia proa por la escalerilla de la tripulación y continuaron subiendo hacia la cubierta del centro de mando. También estaba intacta y vacía. La ausencia de cadáveres empezaba a inquietar a Holden, mucho más que si los hubieran encontrado. Flotó hacia la consola del ordenador principal y pulsó unas pocas teclas para comprobar si quedaba algo de energía en el suministro de emergencia. No era el caso.

—Amos, ponte a sacar el núcleo. Nos lo llevaremos. Me acercaré a comunicaciones para ver si encuentro la baliza.

Amos fue hacia el ordenador y comenzó a sacar herramientas y engancharlas en el mamparo que tenía al lado. Luego empezó a soltar por lo bajo una ristra de insultos mientras se ponía manos a la obra. Aquel canturreo no era tan encantador como el de Naomi, por lo que Holden cerró la conexión con Amos mientras se acercaba a la consola de comunicaciones. Estaba fuera de servicio, como el resto de la nave, pero encontró la baliza.

Nadie la había activado. Habían acudido allí llamados por alguna otra cosa. Holden volvió atrás con el ceño fruncido.

Echó un vistazo a su alrededor, buscando algo que estuviera fuera de lugar. Y allí estaba, debajo de la consola del operador de comunicaciones. Una pequeña caja negra que no estaba conectada a nada.

El corazón le hizo una larga pausa entre latido y latido.

—¿Crees que esto puede ser una bomba? —preguntó a Amos.

Amos hizo caso omiso. Holden volvió a conectar las comunicaciones.

—Amos, ¿crees que esto puede ser una bomba? —Señaló hacia la caja negra de la cubierta.

Amos dejó lo que estaba haciendo con el ordenador y se acercó flotando para mirar, y luego, con un movimiento que dio un escalofrío a Holden, cogió la caja y la levantó.

—Qué va. Es un transmisor. ¿Lo ve? —Lo colocó delante del casco de Holden—. Tiene una batería pegada con cinta. ¿Qué hará esto aquí?

—Es la baliza que seguíamos. Dios mío. La baliza de la nave

nunca llegó a activarse. Alguien fabricó una falsa con este transmisor y le acopló una batería —dijo Holden con tranquilidad, mientras intentaba no entrar en pánico.

—¿Para qué haría alguien algo así, segundo? No le veo mucho sentido.

—Lo tendría si este transmisor tuviera alguna diferencia respecto al original —dijo Holden.

—¿Cómo cuál?

—Como si activara una segunda señal cuando alguien lo encontrara —dijo Holden. Luego habló por el canal de comunicaciones general de los trajes—. Señoras y señores, hemos encontrado algo raro y nos vamos de aquí. Volvemos a la *Caballero*, y tened cuidado cuando...

El canal externo de la radio repicó y la voz de McDowell resonó en su casco.

—¿Jim? Puede que tengamos un problema.

4

Miller

Miller llevaba más de la mitad de la cena cuando sonó el sistema de su hueco. Miró el identificador del remitente. La Rana Azul. Era un bar portuario que atendía al millón de visitantes que había siempre en Ceres y que se promocionaba como una réplica casi exacta de un famoso bar de Bombay en la Tierra, a diferencia de que este tenía prostitutas y drogas legales. Miller se llevó a la boca otro tenedor lleno de judías fúngicas y arroz cultivado en tanques y dudó si aceptar la conexión.

«Debería habérmelo imaginado», pensó.

—¿Qué pasa? —respondió.

La pantalla se iluminó. Hasini, el subgerente, era un hombre de piel oscura con los ojos del color del hielo. La semisonrisa de su cara se debía a daños neuronales. Miller le había hecho un favor cuando Hasini cometió el error de apiadarse de una prostituta sin licencia. Desde entonces, el inspector de seguridad y el barman portuario intercambiaban favores. La economía gris y sumergida de la civilización.

—Ha vuelto tu compañero —se oyó decir a Hasini entre el barullo rítmico de la música bhangra—. Creo que tiene mala noche. ¿Le sigo poniendo copas?

—Claro —respondió Miller—. Haz que siga feliz durante al menos... Dame unos veinte minutos.

—No tiene pinta de que quiera estar feliz. De hecho, parece que busca razones para estar triste.

—Que no las encuentre. Estoy de camino.

Hasini asintió, sonriendo con su semisonrisa dañada, y se desconectó. Miller miró la mitad de la cena que le quedaba, suspiró y tiró la comida en la papelera de reciclaje. Se puso una camisa limpia y dudó. En la Rana Azul siempre hacía más calor del que le gustaba y odiaba llevar chaqueta. En lugar de eso, metió una pistola compacta de plástico en la funda del tobillo. Se desenfundaba más despacio, pero llegados a ese extremo, ya estabas jodido de igual manera.

No había ninguna diferencia entre el día y la noche en Ceres. En los primeros tiempos de la estación se intentó reducir y aumentar la intensidad de las luces para imitar el tradicional ciclo de veinticuatro horas de los humanos y así imitar la rotación de la Tierra. La medida duró cuatro meses antes de que el consejo terminara por dejarla de lado.

Si hubiera estado de servicio, Miller habría usado una carreta eléctrica para conducir por los amplios túneles y bajar a los niveles portuarios. Estuvo tentado de hacerlo a pesar de no estar en horas de trabajo, pero lo detuvo una superstición muy arraigada. Si se llevaba la carreta, iría en calidad de policía, y en realidad el metro funcionaba bien. Miller anduvo hacia la estación más cercana, comprobó cuánto faltaba y se sentó en un banco bajo de piedra. Un hombre que parecía tener la edad de Miller y una niña de no más de tres años se acercaron poco después y se sentaron a su lado. La niña hablaba rápido y de forma ininteligible, y su padre respondía con gruñidos y asentía en los momentos que consideraba adecuados.

Miller y aquel hombre se miraron y asintieron. La niña tiró de la manga de su padre para recuperar su atención. Miller le echó un vistazo: ojos negros, pelo claro y piel suave. Ya era demasiado alta para pasar como niña terrícola y tenía los miembros largos y enjutos. Su piel tenía el rubor rosáceo de los bebés cinturianos, debido al cóctel de fármacos que aseguraba que los músculos y los huesos crecieran fuertes. Miller vio que el padre reparaba en la atención que estaba prestando a la niña. Sonrió y la señaló con la cabeza.

—¿Qué edad tiene?

—Dos años y medio —dijo el padre.

—Buena edad.

El padre hizo un gesto con las manos, pero sonrió.

—¿Tiene hijos?

—No —respondió Miller—. Pero sí un divorcio de más o menos esa edad.

Ambos se rieron entre dientes, como si les hubieran contado un chiste. En la imaginación de Miller, Candace se cruzó de brazos y apartó la mirada. La suave brisa con aroma a aceite y ozono anunció que se acercaba el tren. Miller dejó pasar delante al padre y a la niña y luego se apostó en un vagón diferente.

Los vagones eran redondos para encajar en los túneles de transporte. No tenían ventanas, ya que la única vista posible sería la roca zumbando a unos tres centímetros. En su lugar contaba con grandes pantallas en las que se anunciaban todo tipo de entretenimientos, se mostraban noticias sobre escándalos políticos de los planetas interiores o se ofrecía la oportunidad de apostar el sueldo de una semana en casinos tan maravillosos que hasta parecían enriquecer solo por la experiencia. Miller observó cómo danzaban aquellos colores brillantes y vacíos e ignoró el contenido. En su cabeza, seguía haciéndose a la idea de su problema, examinándolo desde todos los ángulos, sin ni siquiera buscarle solución.

Era un ejercicio mental simple: observar los hechos sin opinar sobre ellos. Havelock era terrícola. Havelock había acudido de nuevo a un bar portuario para buscar pelea. Havelock era su compañero. Afirmación tras afirmación, hecho tras hecho, matiz tras matiz. No se preocupó ni de ponerlos en orden para sacar algo en claro, eso vendría después. Por ahora era suficiente con dejar de pensar en los casos del día y prepararse para lo que estaba por venir en ese momento. Cuando el tren llegó a la estación, se sentía más centrado. Con todo el pie apoyado, como solía describirlo antes, cuando tenía alguien a quien describírselo.

La Rana Azul estaba llena de gente, y el calor animal de los cuerpos se sumaba a la falsa alta temperatura y la contaminación artificial que simulaban las de Bombay. Las luces parpadeaban y brillaban a ritmo epiléptico. Las mesas eran curvadas y onduladas y las luces del fondo les daban una tonalidad más oscura que el propio color negro. La música se arrastraba por el aire, como si tuviera presencia física, y cada compás era como un golpetazo. Hasini, que estaba de pie entre un cúmulo de matones mejorados con esteroides y camareras ligeras de ropa, miró a los ojos a Miller e hizo un gesto con la cabeza hacia la parte trasera. Miller no acusó recibo y siguió andando a través del gentío.

Los bares portuarios siempre eran volátiles. Miller iba con cuidado de no empujar a nadie si podía evitarlo. Cuando no quedaba opción, elegía a cinturianos en lugar de a planetarios, y a mujeres antes que a hombres. Y siempre caminaba con un leve gesto de disculpa en la cara.

Havelock estaba sentado solo, con una de sus gruesas manos alrededor de un vaso de tubo. Cuando Miller se sentó a su lado, su compañero se giró hacia él listo para insultarlo, con las fosas nasales y los ojos muy abiertos. Pero entonces mostró sorpresa. Y luego una lúgubre vergüenza.

—Miller —dijo. En los túneles de fuera habría sonado como un grito. En aquel lugar el sonido no llegaba mucho más allá de la silla en la que se sentaba Miller—. ¿A qué has venido?

—No tenía mucho que hacer en mi hueco —respondió Miller—. He pensado que quizá me vendría bien una pelea.

—Se ha quedado buena noche para una, sí —afirmó Havelock.

Era verdad. Hasta en los bares que también servían a interianos, la proporción no solía ser de más de un terrícola o un marciano de cada diez parroquianos. Con un vistazo rápido, Miller vio que los hombres y mujeres bajitos y robustos llegaban a un tercio del total.

—¿Ha entrado alguna nave? —preguntó Miller.

—Ajá.

—¿La ACTM? —preguntó. La Armada de la Coalición Tierra-Marte solía pasar por Ceres de camino a Saturno, Júpiter y las estaciones del Cinturón, pero hacía tiempo que Miller no prestaba atención a la posición relativa de los planetas y no sabía cómo estaban las órbitas.

Havelock negó con la cabeza.

—Rotación de personal en la seguridad corporativa de Eros —respondió—. Me parece que era Protogen. —Una camarera se acercó a Miller, con tatuajes brillantes por toda la piel y los dientes brillando a la luz ultravioleta. Miller cogió la bebida que le ofrecía, aunque no la había pedido. Agua con gas.

—¿Sabes? —dijo Miller, inclinándose hacia Havelock lo suficiente para hablarle a un volumen de voz más normal en una conversación—. No importa cuántas veces les patees el culo. No le vas a caer bien a Shaddid.

Havelock se giró con brusquedad para mirar a Miller y la furia de sus ojos no logró ocultar el dolor y la vergüenza.

—Es cierto —dijo Miller.

Havelock se levantó y anduvo dando bandazos hacia la puerta. Intentó pisar con fuerza, pero entre la gravedad de Ceres y su estado de embriaguez, no era capaz de calcular bien. Daba la impresión de ir dando saltitos. Miller, con el vaso en la mano, atravesó la multitud para ir detrás de él, calmando con sonrisas y gestos de indiferencia las caras ofendidas que su compañero dejaba a su paso.

Los túneles públicos que salían del embarcadero estaban cubiertos por una capa de grasa y mugre contra la que ni los depuradores de aire ni los limpiadores astringentes tenían nada que hacer. Havelock caminaba con los hombros encogidos y los labios apretados, y parecía irradiar ondas caloríficas de rabia. Las puertas de la Rana Azul se cerraron detrás de ellos y la música se apagó como si alguien pulsara el botón de silenciar. Había pasado lo peor.

—No estoy borracho —declaró Havelock en voz muy alta.

—No he dicho que lo estuvieras.

—Y tú —dijo Havelock, girándose y empujando a Miller con un dedo acusador en el pecho— no eres mi niñera.

—También es verdad.

Caminaron juntos durante unos doscientos cincuenta metros, bajo las luces brillantes de los carteles LED. Burdeles y galerías de tiro, cafeterías y clubs de poesía, casinos y espectáculos de peleas. El aire olía a orina y a comida añeja. Havelock empezó a ir más despacio y a relajar los hombros.

—Trabajé en homicidios en Terrytown —dijo Havelock—. Tres años en la brigada antivicio de L-5. ¿Te haces a la idea de lo que tuve que pasar? Allí comerciaban con niños, y yo fui uno de los tres tipos que acabó con ello. Soy un buen policía.

—Sí que lo eres.

—Soy un policía de puta madre.

—Lo eres.

Pasaron por delante de un restaurante de fideos. De un hotel cápsula. De una terminal pública que emitía noticias gratuitas: PROBLEMAS DE COMUNICACIÓN AFECTAN A LA ESTACIÓN CIENTÍFICA DE FEBE. EL NUEVO JUEGO DE ANDREAS K SE EMBOLSA 6.000 MILLONES DE DÓLARES EN 4 HORAS. NO HAY TRATO CON MARTE PARA EL CONVENIO DE TITANIO DEL CINTURÓN. Las pantallas brillaban en los ojos de Havelock, pero él miraba al infinito.

—Soy un policía de puta madre —repitió. Y un momento después—: ¿A qué coño ha venido eso?

—No es por ti —respondió Miller—. Cuando la gente te mira, no ven al buen policía Dimitri Havelock, sino la Tierra.

—Y una mierda. Me pasé ocho años en los orbitales y luego en Marte antes de poner un pie aquí. En total, creo que he trabajado unos seis meses en la Tierra.

—La Tierra. Marte. No hay tanta diferencia —apuntó Miller.

—Ve y dile eso a un marciano —replicó Havelock con una risa amarga—. Te darían una buena tunda.

—No era mi intención... Mira, estoy seguro de que hay muchas diferencias. La Tierra odia a Marte por tener mejor flota. Marte odia a la Tierra por tenerla más numerosa. Quizás el fútbol sea mejor en la gravedad de la Tierra. O no. No lo sé. Lo que quiero decir es que a la gente que está a esta distancia del Sol no le importa lo más mínimo. Desde aquí se pueden tapar ambos planetas con un pulgar. Y además...

—Y, además, soy extranjero —terminó Havelock.

La puerta del restaurante de fideos que tenían detrás se abrió y salieron de él cuatro cinturianos con uniformes grises. Uno de ellos llevaba en la manga el círculo dividido de la APE. Miller se puso tenso, pero los cinturianos no se acercaron, y Havelock ni se dio cuenta. Por los pelos.

—Yo lo sabía —continuó Havelock—. Cuando firmé el contrato con Star Helix sabía que tendría que esforzarme para encajar. Pensé que sería igual que en cualquier otro sitio, ¿sabes? Entras, te dan candela un tiempo y, cuando se dan cuenta de que eres capaz de soportarlo, te tratan como si fueras uno más del equipo. Pero aquí no es así.

—No, no lo es —dijo Miller.

Havelock negó con la cabeza, escupió y miró el vaso de tubo que tenía en la mano.

—Creo que acabamos de robar un par de vasos de la Rana Azul —dijo.

—También estamos en un túnel público con alcohol sin sellar —apuntó Miller—. Bueno, al menos tú. Lo mío es agua con gas.

Havelock rio entre dientes, pero con cierta tristeza. Cuando volvió a hablar, sonaba arrepentido.

—Seguro que crees que bajo aquí para pelearme con gente de los planetas interiores y causarles buena impresión a Shaddid y Ramachandra y todos los demás.

—Se me ha pasado por la cabeza.

—Pues te equivocas —dijo Havelock.

—Pues vale —respondió Miller. Sabía que no se equivocaba.

Havelock levantó su vaso de tubo.

—¿Los devolvemos? —preguntó.

—¿Y si vamos al Jacinto Ilustre? —propuso Miller—. Invito yo.

La cafetería Jacinto Ilustre estaba tres niveles por encima, lo bastante lejos para tener una afluencia mínima de gente del embarcadero. Y era un bar de policías. En su mayor parte de Fuerzas de Seguridad Star Helix, pero también de otras empresas de seguridad más pequeñas como Protogen, Pinkwater o Al Abbiq. Miller estaba seguro al cincuenta por ciento de que la crisis de su compañero estaba superada, pero en caso de equivocarse, mejor que el asunto quedara en familia.

La decoración era típica cinturiana: mesas plegables antiguas que parecían sacadas de una nave y sillas fijadas a las paredes y el techo, como si en cualquier momento se fuera a ir la gravedad. Unas plantas de serpiente y unos potos, reductos de la primera generación de recicladores de aire, decoraban las paredes y las columnas. La música estaba a un volumen que permitía hablar pero mantenía las conversaciones privadas. El primer propietario, Javier Liu, había sido un ingeniero estructural de Tycho que llegó durante la gran aceleración y al que la estación le gustó lo suficiente para quedarse. Ahora el propietario era su nieto. Javier Tercero se encontraba detrás de la barra y charlaba con la mitad de la brigada antivicio y el equipo de explotación. Miller encabezó la marcha, asintiendo a hombres y mujeres a medida que avanzaba, hasta llegar a una mesa del fondo. Mientras en la Rana Azul prefería ir de diplomático, allí ponía su masculinidad por bandera. Las dos actitudes eran igual de fingidas.

—Bueno —dijo Havelock mientras Kate, la hija de Javier (y cuarta generación de encargados del mismo bar), se alejaba de la mesa con los vasos que habían traído de la Rana Azul en una bandeja—, ¿cuál es ese caso supersecreto que te ha encargado Shaddid? ¿O este paria terrícola no tiene derecho a saberlo?

—¿Por eso estabas así? —respondió Miller—. No es nada. Unos accionistas que han perdido a su hija y quieren que le siga la pista y la embarque para casa. Un caso de mierda.

—Parece más cosa de ellos —dijo Havelock mientras señalaba con la cabeza hacia la brigada de AV y E.

—La cría no es menor —dijo Miller—. Me ha tocado un secuestro.

—¿Y te parece bien?

Miller se reclinó en el asiento. El poto que tenía encima se agitó. Havelock esperó la respuesta, y a Miller le dio la extraña sensación de que se habían girado las tornas.

—Es mi trabajo —respondió Miller.

—Claro, pero estamos hablando de una adulta, ¿no? No hay nada que le impida volver a casa si quiere. Pero en vez de eso, sus padres contratan a un servicio de seguridad para que vuelva a la fuerza. Eso ya no es trabajo policial. Ni siquiera es trabajo de seguridad privada de la estación. No es más que una familia disfuncional que usa la fuerza bruta.

Miller recordó la imagen de aquella chica delgada junto a su pinaza de carreras. Con su amplia sonrisa.

—Ya te he dicho que es un caso de mierda —señaló.

Kate Liu volvió a la mesa con una cerveza local y un vaso de whisky en la bandeja. A Miller le pareció muy bien aquella distracción. La cerveza era para él. Era ligera, con cuerpo y el toque justo de amargor. Un prodigio ecológico basado en la levadura y la fermentación que requería una elaboración muy sutil.

Havelock no dejaba de manosear el whisky. Miller se tomó aquello como confirmación de que se le iba pasando la borrachera. No había nada como rodearse de los compañeros de la oficina para que descontrolarse perdiera toda la magia.

—¡Anda, pero si son Havelock y Miller! —dijo una voz familiar. Yevgeny Cobb, de homicidios. Miller lo saludó con la mano, y la conversación derivó hacia las fanfarronadas de aquel departamento sobre un caso particularmente grotesco. Tres meses de trabajo para descubrir el origen de unas toxinas que terminaron con la esposa del cadáver consiguiendo la cobertura total del seguro y una prostituta del mercado gris deportada a Eros.

Al final de la noche, Havelock no dejaba de reír e intercambiar chistes con todos los demás. Y si por casualidad alguien fruncía el ceño o le lanzaba una pulla sutil, la encajaba como si no ocurriera nada.

Miller iba de camino a la barra para pedir otra ronda cuando sonó su terminal portátil. Y luego el mismo sonido se expandió a lo largo de todo el bar y pitaron otros cincuenta terminales. A Miller se le hizo un nudo en el estómago mientras él y el resto de agentes de seguridad que se encontraban en el lugar sacaron sus aparatos.

La capitana Shaddid apareció en la pantalla del aparato. Tenía la mirada soñolienta y llena de una rabia impotente, el vivo retrato de una mujer importante a la que acabaran de despertar antes de la cuenta.

—Señoras y señores —empezó a decir—, no importa qué

estén haciendo. Déjenlo de inmediato y acudan a su oficina correspondiente para recibir órdenes. Tenemos un problema.

»Hace diez minutos, hemos recibido un mensaje sin cifrar y firmado de algún lugar en la dirección de Saturno. No hemos podido confirmar su autenticidad, pero la rúbrica concuerda con la de nuestros registros. Lo he marcado como retenido, pero podemos dar por hecho que algún gilipollas lo colgará en la red y una enorme carretada de mierda nos caerá encima unos cinco minutos después. Si tienen civiles cerca que puedan escuchar, desconecten ahora mismo. Los demás, escuchen a qué nos enfrentamos.

Shaddid se apartó a un lado y tocó el interfaz de su sistema. La pantalla se puso en negro. Un instante después, aparecieron la cara y los hombros de un hombre. Llevaba puesto un traje espacial naranja sin el casco. Era terrícola y quizá rondara los treinta años. Piel pálida, ojos azules y pelo corto. Antes de que aquel hombre abriera la boca, Miller ya se había percatado de la ira y la conmoción que emanaban de sus ojos y de la forma en la que echaba hacia delante la cabeza.

—Me llamo James Holden —dijo.

5

Holden

Holden llevaba diez minutos a dos g y ya le empezaba a doler la cabeza. Pero McDowell les había dicho que se dieran prisa en volver. El enorme motor de la *Canterbury* ya se calentaba para partir. Holden no quería llegar tarde.

—¿Jim? Es posible que tengamos un problema.
—Usted dirá.
—Becca ha encontrado algo, y es tan raro que se me han puesto los huevos de corbata. Nos vamos pitando de aquí.

—Alex, ¿cuánto falta? —preguntó Holden por tercera vez en tres minutos.

—Estamos a más de una hora de distancia. ¿Quieres que nos piquemos el zumo? —dijo Alex.

«Picarse el zumo» era la forma en que los pilotos se referían a realizar una ignición con la aceleración suficiente para dejar inconsciente a un humano que no estuviera medicado. Aquel «zumo» era un cóctel de drogas que la silla del piloto le inyectaba para mantenerlo consciente, alerta y con un poco de suerte a salvo de derrames cerebrales cuando su cuerpo pasara a pesar quinientos kilos. Holden había usado el zumo muchas veces en el ejército, y la resaca que dejaba después no era nada agradable.

—Solo si es necesario —respondió.

—¿*Raro en qué sentido?*

—*Becca, enlázalo. Jim, quiero que veas esto.*

Holden se acercó con la lengua un analgésico del casco de su traje y volvió a revisar la información del sensor de Becca por quinta vez. Aquella mancha en el espacio se encontraba a unos doscientos mil kilómetros de la *Canterbury*. La información que había llegado a la *Cant* mostraba una fluctuación, un aumento gradual de temperatura en el borde de aquel color falso negro-grisáceo. La diferencia de temperatura era mínima, menos de dos grados. A Holden le pareció increíble que Becca hubiera podido verla. Recordaría darle una muy buena recomendación la próxima vez que aspirara a un ascenso.

—¿*De dónde ha salido eso?* —*preguntó Holden.*

—*No tenemos ni idea. Es poco más que una pequeña mancha algo más caliente que todo lo que la rodea* —*explicó Becca*—. *Diría que es una nube de gas, porque el radar no nos devuelve nada, pero no debería haber ninguna nube de gas ahí fuera. ¿De dónde iba a salir?*

—*Jim, ¿crees que la* Scopuli *pudo haber destruido la nave que la aniquiló a ella? ¿Podría ser la nube de vapor de una nave destruida?* —*preguntó McDowell.*

—*No lo creo, señor. La* Scopuli *no tiene armas. El agujero en su costado es por una carga explosiva, no por torpedos, así que no creo que hubiera podido responder a un ataque. Quizá sea el aire que escapó de la nave, pero...*

—*O quizá no. Vuelve a la nave, Jim. Ahora mismo.*

—Naomi, ¿qué puede ser algo que se calienta poco a poco y que no da señal alguna en el radar normal ni en el láser? ¿Se te ocurre? —preguntó Holden.

—Mmm... —dijo Naomi, tomándose su tiempo para pensar—. Si ese algo absorbiera la energía de los sensores, no daría retorno. Pero podría calentarse al liberar esa energía que ha absorbido.

El monitor de infrarrojos de la consola de sensores que estaba al lado de la silla de Holden refulgió. Alex renegó en voz alta por el canal general de comunicaciones.

—¿Habéis visto eso? —dijo.

Holden no le hizo caso y abrió un canal con McDowell.

—Capitán, acabamos de tener un pico infrarrojo enorme —anunció Holden.

El canal quedó en silencio unos segundos. Cuando McDowell habló, fue con voz tensa. Holden nunca había notado el miedo en la voz del viejo.

—Jim, acaba de aparecer una nave en ese punto caliente. La cabrona irradia mucho calor —dijo McDowell—. ¿De dónde cojones ha salido?

Holden empezó a articular la respuesta, pero entonces oyó la tenue voz de Becca a través del micrófono del capitán.

—Ni idea, señor, pero es más pequeña que su signatura de calor. Según el radar, tiene el tamaño de una fragata.

—¿Cómo? —preguntó McDowell—. ¿Invisibilidad? ¿Teletransporte mágico a través de un agujero de gusano?

—Señor —dijo Holden—. Naomi especulaba que el calor que hemos detectado podía venir de materiales capaces de absorber energía. Materiales de camuflaje. Lo que podría significar que esa nave se ocultaba a conciencia. Lo que podría significar que no tiene buenas intenciones.

Como si lo hubieran escuchado, aparecieron seis señales más en el radar, que brillaron en amarillo al aparecer y al momento cambiaron a naranja, color con el que el sistema indicaba que aceleraban.

—¡Atacantes! —gritó Becca en la *Canterbury*—. ¡Seis nuevos contactos de alta velocidad en trayectoria de colisión!

—Me cago en la virgen y en todos sus muertos. ¿Esa nave acaba de dispararnos una ráfaga de torpedos? —preguntó McDowell—. ¿Intentan destruirnos?

—Afirmativo, señor —respondió Becca.

—¿Tiempo para el impacto?

—Menos de ocho minutos, señor —repuso ella.

McDowell soltó un improperio en voz baja.

—Son piratas, Jim.

—¿Qué quiere que hagamos? —preguntó Holden, intentando mantener la calma y parecer profesional.

—Necesito que apagues la radio y dejes trabajar a mi tripulación. Estáis a una hora, como poco. Los torpedos, a ocho minutos. Corto —dijo el capitán, para luego desconectar el canal y dejar a Holden con el ligero siseo de la estática.

El canal general de comunicaciones se llenó de voces: Alex exigía usar el zumo para llegar a la *Cant* antes que los torpedos, Naomi comentaba algo sobre interferir la señal de los proyectiles y Amos no dejaba de soltar insultos contra la nave camuflada y acordarse de toda la parentela de su tripulación. Shed era el único que no decía nada.

—¡A callar todo el mundo! —gritó Holden por su micrófono. Un silencio sorprendido se apoderó de la nave—. Alex, busca la ruta más rápida hacia la *Cant* que no vaya a matarnos. Avisa cuando la tengas. Naomi, establece una conexión a tres entre Becca, tú y yo. Haremos lo que podamos para ayudar. Amos, sigue cagándote en ellos, pero apaga el micro.

Esperó.

El tiempo jugaba en su contra.

—Conexión establecida —dijo Naomi. Holden oyó el sonido ambiental de dos lugares diferentes por el canal.

—Becca, aquí Jim. Naomi también está en el canal. Dinos cómo podemos ayudarte. Naomi pensaba interferir la señal de los torpedos, ¿qué te parece?

—Hago todo lo que está en mi mano —dijo Becca, con una voz sorprendentemente calmada—. Tenemos su láser de objetivo encima. Intento emitir una señal falsa para quitárnoslo de encima, pero tienen un equipo de la hostia. Si estuviéramos más cerca, ese láser ya nos habría hecho un agujero en el casco.

—¿Y si pruebas con un señuelo físico? —sugirió Naomi—. ¿Por qué no sueltas nieve?

Mientras hablaban Naomi y Becca, Jim abrió un canal privado con Ade.

—Oye, soy Jim. Tengo a Alex buscando la manera de llegar lo más pronto posible, antes de que...

—¿De que los misiles nos conviertan en un ladrillo flotante? Buena idea. Un abordaje pirata es algo que no te puedes perder —dijo Ade. Holden notaba el miedo en sus palabras, debajo del tono burlesco.

—Ade, por favor, quiero que sepas una cosa...

—¿Tú qué opinas, Jim? —preguntó Naomi por el otro canal.

Holden maldijo.

—¿Qué opino sobre qué? —preguntó, para cubrirse las espaldas.

—Sobre intentar usar la *Caballero* como señuelo para atraer los misiles —dijo Naomi.

—¿Podemos hacerlo?

—Quizá. ¿Es que no escuchabas?

—Es que... ha ocurrido algo por aquí que requería mi atención. Repítemelo —pidió Holden.

—Podemos intentar imitar la frecuencia de dispersión de luz de la *Cant* y emitirla con nuestros sistemas de comunicación. Quizá los torpedos crean que nosotros somos el objetivo —dijo Naomi, como si se lo explicara a un niño.

—¿Y entonces vendrán a hacernos explotar?

—Yo pensaba más bien en huir cuando los torpedos vinieran a por nosotros. Luego, cuando estuviéramos a una distancia prudencial de la *Cant*, podríamos desactivar la señal e intentar escondernos detrás del asteroide —explicó Naomi.

—No va a funcionar —afirmó Holden con un suspiro—. Siguen la dispersión del láser de objetivo como guía general, pero también sacan tomas telescópicas del objetivo cuando está a tiro. Nos verán y sabrán que no somos el blanco.

—¿No crees que merece la pena probar?

—Aunque lo consigamos, esos torpedos están diseñados para dañar la *Cant*. A nosotros nos convertirían en una mancha grasienta en el vacío.

—Venga, vale —dijo Naomi—. ¿Qué más opciones tenemos?

—Ninguna. Los chicos listos de los laboratorios navales ya habrán pensado en todo lo que se nos pueda ocurrir en estos ocho minutos —afirmó Holden. Decirlo en voz alta hizo que lo reconociera para sí mismo.

—Y, entonces, ¿qué estamos haciendo aquí, Jim? —preguntó Naomi.

—Siete minutos —informó Becca, con la voz tan tranquila que ponía los pelos de punta.

—Iremos hasta allí. Quizá podamos sacar a alguien de la nave antes del impacto o ayudar con el control de daños —respondió Holden—. Alex, ¿tienes ya esa ruta?

—Hecho, segundo. Quemar y rotar a una g de la hostia. Aproximación en ángulo para que la antorcha no haga un agujero en la *Cant*. ¿Quiere que le meta caña? —respondió Alex.

—Sí. Naomi, que tu gente se amarre y se prepare para el acelerón —dijo Holden. Luego abrió un canal con el capitán McDowell—. Capitán, vamos a toda velocidad. Intente sobrevivir. Usaremos la *Caballero* como bote de salvamento o para ayudar con el control de daños.

—Recibido —respondió McDowell antes de cerrar la comunicación.

Holden volvió a abrir un canal con Ade.

—Ade, vamos a quemar a saco, por lo que no podré hablar, pero deja este canal abierto, ¿vale? Ve contándome lo que pasa. O tararea algo, lo que sea. Me gusta que tararees. Solo quiero oírte para saber que estás bien.

—Vale, Jim —respondió Ade. No tarareó nada, pero dejó abierto el canal de comunicaciones. Holden la oyó respirar.

Alex comenzó la cuenta atrás por el canal general de comunicaciones. Holden comprobó las sujeciones de su asiento de colisión y pulsó el botón que activaba el zumo. Se le clavaron una docena de agujas en la espalda a través de la membrana de su traje. Su corazón se estremeció y unas cinchas de acero químicas le estrujaron el cerebro. Un frío glacial le recorrió la espalda, y su cara ardió como si hubiera sufrido una quemadura por radiación. Dio un puñetazo en el reposabrazos del asiento de colisión. Aquella parte no le gustaba nada, pero la siguiente era aún peor. Por el canal general de comunicaciones, Alex vitoreó cuando sintió que las drogas penetraban en su cuerpo. En las cubiertas inferiores, los demás estaban recibiendo drogas que, aparte de evitar que murieran, también los mantenían sedados durante la peor parte.

Alex dijo «uno» y, en ese momento, Holden pesó quinientos kilos. Los nervios de las cuencas de los ojos se resintieron ante el aumento de peso repentino de sus globos oculares. Los testículos se le aplastaron contra los muslos. Se tuvo que concentrar para no atragantarse con la lengua. A su alrededor, la nave crujía y chirriaba. Oyó un sonido fuerte y desconcertante que venía de los compartimentos inferiores, pero no vio que nada se pusiera rojo en el panel de control. La antorcha de fusión de la *Caballero* podía conseguir mucho impulso, pero el coste en combustible era exagerado. Si gracias a ello conseguían salvar la *Cant*, bienvenido fuera.

Por encima del retumbar de la sangre en sus oídos, Holden oyó la respiración tranquila de Ade y cómo tecleaba. Deseó poder dormirse con aquellos sonidos, pero el zumo cantaba y ardía en su sangre. Estaba más despierto que nunca.

—Sí, señor —dijo Ade por el canal.

Holden tardó un segundo en comprender que hablaba con McDowell. Subió el volumen para oír mejor lo que decía el capitán.

—... enciende los principales. A máxima potencia.

—Vamos a tope de carga, señor. Si quemamos así de fuerte, arrancaremos el motor de la montura —respondió Ade.

McDowell debía de haberle ordenado encender el Epstein.

—Señorita Tukunbo —dijo McDowell—, nos quedan... cuatro minutos. Si lo rompe, no se lo voy a hacer pagar.

—Sí, señor. Encendiendo los principales. Preparando máxima potencia —dijo Ade. De fondo, Holden oyó la sirena que anunciaba el acelerón. También le llegaron los chasquidos cuando Ade se puso las correas.

—Motores principales activados en tres... dos... uno... ignición —dijo Ade.

La *Canterbury* rechinó tanto, que Holden tuvo que bajar

el volumen del canal. Pasó varios segundos quejándose y aullando como una *banshee*, y luego se oyó un choque estrepitoso. Holden activó la vista del exterior, luchando contra el desvanecimiento por alta gravedad que lo amenazaba desde los bordes de su visión. La *Canterbury* seguía de una pieza.

—Ade, ¿qué demonios ha sido eso? —preguntó McDowell, arrastrando las palabras.

—El motor descacharrándose. Los principales están fuera de servicio, señor —respondió Ade, evitando las palabras «justo lo que dije que ocurriría».

—¿Cuánto tiempo hemos conseguido? —preguntó McDowell.

—No demasiado. Ahora los torpedos van a más de cuarenta *klicks* por segundo y acelerando. A nosotros solo nos quedan los propulsores de maniobra —explicó Ade.

—¡Mierda! —exclamó McDowell.

—Vienen contra nosotros, señor —dijo Ade.

—Jim —dijo McDowell, con una voz repentinamente alta por el canal directo que acababa de abrir—, nos van a dar y no podemos hacer nada para evitarlo. Da dos clics si me recibes.

Jim hizo dos clics con la radio.

—Bien, lo que tenemos que hacer ahora es buscar la manera de sobrevivir después del impacto. Si lo que quieren es lisiarnos antes de abordarnos, irán a por el motor y el sistema de comunicaciones. Becca ha estado emitiendo una señal de auxilio desde que dispararon los torpedos, pero me gustaría que vosotros siguierais chillando si nosotros paramos. Si se enteran de que estáis ahí fuera, hay menos posibilidades de que tiren a todo el mundo por una esclusa de aire. Testigos y esas cosas —dijo McDowell.

Jim volvió a hacer dos clics.

—Da la vuelta, Jim. Escóndete detrás de ese asteroide y pide ayuda. Es una orden.

Jim hizo dos clics y luego ordenó a Alex un apagado total. En un instante, el enorme peso que le atenazaba el pecho desapareció y dio paso a una sensación de ligereza. El cambio repentino lo habría hecho vomitar si no hubiera tenido las venas hasta arriba de drogas para evitarlo.

—¿Qué ocurre? —preguntó Alex.

—Nuevas órdenes —respondió Holden, con los dientes castañeteando por el zumo—. Vamos a pedir ayuda y negociar una liberación de prisioneros cuando los malos se hayan hecho con la *Cant*. Quema de vuelta hacia ese asteroide, ya que es lo que tenemos más cerca para ocultarnos.

—Recibido, jefe —dijo Alex—. Ahora mismo mataría por tener un buen par de cañones o un cañón de riel instalados en la nave —añadió luego en voz baja.

—Ya te digo.

—¿Despertamos a los niños de abajo?

—Déjalos dormir.

—Recibido —respondió Alex, y cerró la transmisión.

Antes de que volviera la alta gravedad, Holden activó la señal de auxilio de la *Caballero*. El canal con Ade seguía abierto y, ahora que McDowell no estaba en línea, volvía a escuchar su respiración. Subió el volumen al máximo y se reclinó en el asiento de colisión mientras esperaba la sensación de sentirse aplastado. Alex no lo decepcionó.

—Un minuto —dijo Ade, en voz tan alta que sonó distorsionada a través de los altavoces del casco de Holden. No bajó el volumen. Era sorprendente lo calmada que sonaba la voz de Ade mientras iba recitando la cuenta atrás para el impacto—. Treinta segundos.

Holden estaba desesperado por hablar. Por consolarla y hacer afirmaciones falsas y ridículas sobre el amor. El gigante que atenazaba su pecho rio con el profundo retumbar de la antorcha de fusión.

—Diez segundos.

—Prepárate para apagar el reactor y hacernos los muertos después del impacto de los torpedos. Si no somos una amenaza, no nos volverán a disparar —dijo McDowell.

—Cinco —anunció Ade.

»Cuatro.

»Tres.

»Dos.

»Uno.

La *Canterbury* se estremeció y la imagen del monitor se puso en blanco. Ade tomó aire de golpe, sonido que se interrumpió al romperse su radio. El ruido de la estática casi perforó los tímpanos de Holden. Bajó el volumen y cambió al canal de Alex.

El impulso remitió de repente a unos tolerables dos g, y los sensores de la nave brillaron por la sobrecarga. Una luz resplandeciente se coló por el ojo de buey de la pequeña esclusa de aire.

—¡Informa, Alex, informa! ¿Qué ha pasado? —gritó Holden.

—Dios santo. Eran misiles nucleares. Han atacado la *Cant* con misiles nucleares —respondió Alex, aturdido y en voz baja.

—¿En qué estado está? ¡Dime algo de la *Canterbury*! Por aquí los sensores no detectan nada. ¡Está todo en blanco!

Hubo una pausa larga.

—Aquí también está todo en blanco, jefe —respondió Alex al cabo—. Pero puedo informarte del estado de la *Cant*. La veo desde aquí.

—¿La ves desde aquí?

—Sí. Veo una nube de vapor del tamaño del monte Olimpo. No queda ni rastro, jefe. Está destruida.

«No puede ser», pensó Holden. Esas cosas no ocurrían. Los piratas no lanzaban bombas nucleares a los transportadores de agua. Nadie saldría ganando. Nadie obtenía beneficios. Y si querían asesinar a cincuenta personas, entrar en un restaurante con una ametralladora era mucho más fácil.

Quería chillar, gritarle a Alex que se equivocaba. Pero tenía que mantener la compostura. «Ahora el viejo soy yo.»

—Está bien. Nuevas órdenes, Alex. Somos testigos de asesinato. Volvamos a ese asteroide y, mientras, empezaré a preparar una transmisión. Despierta a todo el mundo. Tienen que saberlo —dijo Holden—. Reiniciaré los sensores.

Apagó metódicamente todos los sensores y sus programas informáticos, esperó dos minutos y luego los encendió poco a poco. Le temblaban las manos. Tenía náuseas. Sentía como si controlara su cuerpo a distancia, y no sabía cuánto se debía al zumo y cuánto al estado de conmoción.

Los sensores volvieron a activarse. Como cualquier otra nave que volara en las rutas espaciales, la *Caballero* estaba protegida contra la radiación. Era imposible acercarse al inmenso cinturón radiactivo de Júpiter sin estarlo. Pero Holden dudaba de que, cuando pensaron en las especificaciones de la nave, los diseñadores tuvieran en cuenta la radiación emitida por media docena de explosiones nucleares cercanas. Habían tenido suerte. Aunque el vacío los protegiera de un impulso electromagnético, la radiación de choque podría haber frito todos los sensores de la nave.

Cuando los sistemas volvieron a estar listos, escaneó el espacio donde había estado la *Canterbury*, pero allí no había nada mayor que una pelota. Pasó a escanear la nave que había realizado el disparo, que volaba en dirección al Sol sin mucha prisa, a un relajado g. A Holden le empezó a arder el pecho.

No tenía miedo. Una ira incontrolable hizo que le palpitaran las sienes y que apretara los puños hasta que le dolieron los tendones. Encendió las comunicaciones y apuntó con el haz hacia la nave que se batía en retirada.

—Este es un mensaje dirigido a quienquiera que haya ordenado la destrucción de la *Canterbury*, el transportador de hielo civil que acabáis de convertir en una nube de gas. No te vas a salir con la tuya, asesino hijo de puta. No importa cuáles sean tus razones, acabas de matar a cincuenta amigos míos. Y me voy a asegurar de que sepas quiénes eran. Te envío el nombre y una fotografía de todos los que acaban de morir en esa nave. Echa un buen vistazo a lo que acabas de hacer. Medítalo bien mientras intento descubrir quién eres.

Cerró el canal de comunicaciones, abrió los archivos del personal de la *Canterbury* y empezó a transmitir las fichas de la tripulación a la otra nave.

—¿Qué haces? —preguntó Naomi a su espalda, no por los altavoces del casco.

Estaba ahí en pie, sin casco. El sudor le aplastaba su espesa melena negra contra la cabeza y el cuello. La expresión de su cara era ilegible. Holden se quitó el casco.

—Enseñarles que la *Canterbury* era un lugar auténtico en el que vivía gente de verdad. Gente con nombres y familias —dijo, y el zumo hizo que su voz sonara más temblorosa de lo que le hubiera gustado—. Si hay algo remotamente parecido a un ser humano dando órdenes en esa nave, espero que lo atormente hasta el día que lo metan en un reciclador por asesinato.

—No creo que les haya hecho gracia —dijo Naomi, señalando hacia el panel que Holden tenía detrás.

La nave enemiga había pasado a apuntarlos a ellos con el láser de objetivo. Holden contuvo el aliento. No lanzaron ningún torpedo y, después de unos segundos, la nave de camuflaje apagó el láser y su motor dio un fogonazo al marcharse con un buen acelerón. Naomi dejó escapar un suspiro entrecortado.

—Entonces, ¿ya no hay *Canterbury*? —preguntó Naomi.

Holden negó con la cabeza.

—La hostia, joder —dijo Amos.

Amos y Shed estaban juntos en la escalerilla de la tripulación. Amos tenía la cara moteada de rojo y blanco, y sus enormes manos se abrían y se cerraban. Shed se dejó caer de rodillas y se golpeó contra el suelo de la cubierta con el fuerte impulso a dos g. No lloró. Miró a Holden y dijo:

—Supongo que Cameron nunca podrá conseguir ese brazo. —Luego enterró la cabeza entre las manos y se echó a temblar.

—Ve más despacio, Alex. Ya no hay prisa —dijo Holden por el comunicador. La gravedad de la nave bajó poco a poco hasta un g.

—¿Y ahora qué, capitán? —dijo Naomi, clavándole la mirada. «Estás al mando. Actúa como tal.»

—Darles su merecido sería lo primero que haría, pero como no tenemos armas... vamos a seguirlos. No los pierdas de vista hasta que sepamos hacia dónde se dirigen. Y denunciaremos esto a todo el mundo —respondió Holden.

—Que te cagas —exclamó Amos.

—Amos —llamó Naomi por encima del hombro—, lleva a Shed abajo y ponlo en un asiento de colisión. Si ves que es necesario, dale algo para dormir.

—Hecho, jefa. —Amos rodeó la cintura de Shed con sus brazos fornidos y se lo llevó abajo.

Cuando se hubo marchado, Naomi se giró de nuevo hacia Holden.

—Y no, señor. No vamos a ir detrás de esa nave. Vamos a pedir ayuda y luego iremos donde nos diga quien nos ayude.

—Yo... —empezó de decir Holden.

—Sí, tú estás al mando. Lo que me convierte a mí en segunda, y una de las funciones del segundo es decírselo al capitán cuando está haciendo el gilipollas. Y usted está haciendo el gilipollas, señor. Ya has intentado provocarlos con esa transmisión para que nos maten. ¿Y ahora quieres que los persigamos? ¿Y qué harás si nos dejan alcanzarlos? ¿Darles otro discursito emotivo? —dijo Naomi mientras se acercaba a él—. Lo que vas a hacer es poner a salvo a los cuatro miembros restantes de la tripulación. Nada más. Y cuando estemos a salvo, ya podrás partir en tu cruzada personal. Señor.

Holden desabrochó las correas del asiento y se levantó. Los efectos del zumo empezaban a desaparecer, y ya sentía el cuerpo cansado y enfermo. Naomi levantó la barbilla y no se echó atrás.

—Me alegro de que estés conmigo, Naomi —dijo Holden—. Vete con la tripulación. McDowell me dio una última orden.

Naomi le lanzó una mirada crítica, y él vio la desconfianza en sus ojos. No se defendió, solo esperó a que ella hubiera terminado. Al final, Naomi asintió y bajó por la escalerilla hacia la cubierta inferior.

Holden se puso manos a la obra de manera metódica para crear un paquete informativo que incluyera los datos de los sensores de la *Canterbury* y de la *Caballero*. Alex bajó de la cabina y se dejó caer a plomo en la silla de al lado.

—¿Sabe, capitán?, he estado pensando... —dijo. Tenía en la voz el mismo temblor que Holden, habitual después de que pasaran los efectos del zumo.

Holden contuvo el enfado por la interrupción y dijo:

—¿En qué?

—Esa nave camuflada.

Holden dejó lo que estaba haciendo y se volvió hacia él.

—Dime.

—Es que no conozco a ningún pirata que tenga algo así.

—Continúa.

—De hecho, la única vez que he visto tecnología parecida fue cuando estuve en la armada —dijo Alex—. Trabajábamos con naves cuyos cascos eran capaces de absorber energía y que tenían disipadores térmicos internos. Un arma mucho más estratégica que táctica. No podía esconderse con el motor activado, pero una vez colocado en posición y con el motor apagado, era capaz de esconder todo el calor del interior y ocultarse bastante bien. Con eso y el casco que absorbe energía, ni los radares normales o láser ni los sensores pasivos pueden detectarte. Eso y que es muy difícil hacerse con torpedos nucleares si no se está en el ejército.

—¿Estás diciendo que esto ha sido cosa de la armada marciana?

Alex hizo una inspiración profunda y entrecortada.

—Si nosotros teníamos esa tecnología, se sabe que los terrícolas también estarían trabajando en ella —dijo.

Se miraron desde muy cerca, notando el peso de aquellas palabras como el de un acelerón de diez g. Holden sacó del bolsillo ajustado de su traje el transmisor y la batería que se habían llevado de la *Scopuli*. Empezó a desmontarlo, buscando un sello o un emblema. Alex miraba atentamente, callado por una vez. El transmisor era genérico y podría haber salido de la sala de comunicaciones de cualquier nave del Sistema Solar. La batería era un bloque gris y anodino. Alex extendió la mano y Holden se la pasó. El piloto quitó la cobertura de plástico gris y dio vueltas en sus manos a la batería de metal. Sin decir nada, puso la parte inferior delante de la cara de Holden. Grabado en el metal negro de la batería había un número de serie que comenzaba con las letras ARCM.

Armada de la República Congresual de Marte.

La radio estaba preparada para transmitir a máxima potencia. El paquete de datos estaba listo. Holden se colocó delante de la cámara y se inclinó un poco hacia delante.

—Me llamo James Holden —dijo—. Y mi nave, la *Canterbury*, acaba de ser destruida por un navío de guerra con tecnología de camuflaje y lo que parecen ser piezas grabadas con números de serie de la armada marciana. Adjunto los datos pertinentes con la transmisión.

6

Miller

La carreta aceleró por el túnel mientras el sonido de la sirena apagaba el quejido del motor. Detrás de ellos dejaban civiles curiosos y una agitación cada vez más patente. Miller se inclinó hacia delante en su asiento, como si esperara que así la carreta circulara más deprisa. Estaban a unos tres niveles y quizá cuatro kilómetros de distancia de la comisaría.

—Vale —dijo Havelock—. Me vas a perdonar, pero creo que hay algo que no entiendo.

—¿Qué? —preguntó Miller. Lo que en realidad quería decir era: «¿Mascullas algo?», pero Havelock lo tomó por un: «¿Qué es lo que no has entendido?»

—Acaban de vaporizar un transportador de agua a millones de *klicks* de distancia. ¿Por qué pasamos a alerta roja? Tenemos reservas para meses antes de tener que empezar a racionar siquiera. Y hay otros muchos transportadores. ¿Qué tiene esto de crisis?

Miller se volvió para mirar a su compañero cara a cara. Esa cara pequeña y rechoncha, con los huesos anchos de su infancia a un g. Igual que el gilipollas de la transmisión. No eran capaces de entenderlo. De estar en la misma situación que James Holden, el pardillo de Havelock habría hecho la misma tontería irresponsable. Por un instante, no eran oficiales de seguridad. No eran compañeros. Eran un cinturiano y un terrícola. Miller apartó la mirada antes de que Havelock viera el cambio en sus ojos.

—Tiene que ese capullo de Holden, el de la transmisión —dijo Miller—, acaba de declararnos en guerra con Marte.

La carreta viró y se meció cuando su ordenador interno se anticipó a unos posibles problemas de tráfico medio kilómetro más adelante. Havelock se revolvió en su asiento y se agarró a un montante. Tomaron una rampa que iba hacia un nivel superior, mientras los peatones se apartaban.

—Tú creciste en un sitio donde el agua, aunque estuviera sucia, caía del cielo —dijo Miller—. Un lugar donde el aire tampoco era muy limpio, pero no lo perdías si fallaba el sellado de una puerta. Aquí fuera las cosas funcionan de otra manera.

—Pero nosotros no íbamos en ese transportador. No necesitamos el hielo. No estamos bajo amenaza —replicó Havelock.

Miller suspiró y se frotó los ojos con los pulgares y los nudillos hasta que unas manchas de colores le nublaron la vista.

—Cuando estaba en homicidios, tuvimos un caso —dijo Miller—. Un especialista en gestión de propiedades que trabajaba aquí contratado por la Luna. Le quemaron la mitad del pellejo y luego lo tiraron por una esclusa de aire. Descubrimos que era el responsable de mantenimiento de sesenta huecos en el nivel treinta. Un barrio de lo peor. Se había intentado ahorrar un pico y no había cambiado los filtros desde hacía tres meses. Había empezado a salir moho en tres unidades. ¿Y sabes qué descubrimos luego?

—¿Qué? —preguntó Havelock.

—Nada de nada, porque dejamos de investigar. Hay gente que simplemente tiene que morir, y él era uno de ellos. El tío que le sustituyó limpió los conductos y cambió los filtros cuando correspondía. Así es como funcionan las cosas en el Cinturón. Todos los que vienen aquí fuera y no anteponen los sistemas medioambientales a cualquier otra cosa mueren jóvenes. Los que seguimos adelante somos los que tenemos eso en cuenta.

—¿Efecto selectivo? —dijo Havelock—. ¿Me dices en serio que estás a favor del efecto selectivo? Nunca creí que fueras capaz de soltar una mierda así.

—¿De qué me hablas?

—Propaganda racista de los cojones —replicó Havelock—.

La misma que afirma que las diferencias ambientales han cambiado tanto a los cinturianos que han pasado de ser unos flacuchos obsesivo-compulsivos a dejar de ser humanos del todo.

—No he dicho eso —dijo Miller, aunque sospechaba que era justo lo que acababa de decir—. Solo me refiero a que los cinturianos no se andan con chorradas si alguien toca los huevos con los recursos básicos. Esa agua iba a convertirse en aire, en masa impulsora y también habría servido para consumo. No tenemos ningún sentido del humor con esas cosas.

La carreta tomó una rampa de rejilla metálica y dejaron atrás el nivel inferior. Havelock se quedó un momento en silencio.

—El tal Holden no dice que haya sido Marte —dijo Havelock después—. Solo que la batería que han encontrado era marciana. ¿Crees que la gente va a... declarar la guerra? ¿Basándose solo en las imágenes del tipo ese con una batería?

—Los que quieren esperar a conocer todos los detalles no son el problema.

«Al menos esta noche no —pensó—. Ya veremos lo que pasa cuando se descubra toda la verdad.»

La comisaría estaba a algo más de la mitad de su capacidad. Había grupos del personal de seguridad que asentían entre ellos, con los ojos entornados y apretando los dientes. Se oyó reír a uno de la brigada antivicio, con un humor estridente, forzado y que olía a miedo. Miller percibió el cambio que tuvo lugar en Havelock a medida que andaban por la zona común hacia sus escritorios. Havelock había podido achacar la reacción de Miller al exceso de sensibilidad de un solo hombre. Pero no esperaba encontrar una sala llena de gente así. Ni mucho menos, toda la comisaría. Cuando llegaron a las sillas, Havelock tenía los ojos como platos.

La capitana Shaddid entró, ya sin aquella mirada soñolienta. Tenía el pelo recogido, el uniforme impecable y profesional y la voz tranquila, como la de un cirujano en un hospital de campaña. Se subió al primer escritorio que encontró y lo usó de púlpito.

—Señoras y señores —dijo—. Ya han visto la transmisión. ¿Alguna pregunta?

—¿Quién le ha dado una radio a ese puto terrícola? —gritó alguien.

Miller vio que Havelock se reía con los demás, pero la expresión no le alcanzaba los ojos. Shaddid frunció el ceño y se hizo el silencio.

—Esta es la situación —continuó—. No podemos controlar la información de ninguna manera. Se ha transmitido a todas partes. Hay cinco sitios de la red interna ofreciendo copias, y deberíamos dar por sentado que se habrá hecho pública hace unos diez minutos. Nuestro trabajo a partir de este momento es controlar las revueltas y velar por la seguridad de la estación en la zona portuaria. La comisaría cincuenta y la dos trece también nos ayudarán. La autoridad portuaria ha dado permiso de vuelo a todas las naves con registro de los planetas interiores. Eso no quiere decir que ya hayan partido, porque aún tendrán que reunir a sus tripulaciones, pero lo harán.

—¿Las oficinas del gobierno? —preguntó Miller, en voz bien alta para que se le escuchara.

—No son nuestro problema, por suerte —respondió Shaddid—. Tienen la infraestructura necesaria. Ya han cerrado y sellado las puertas de seguridad. También se han desconectado de los principales sistemas medioambientales, por lo que ya ni siquiera respiramos el mismo aire que ellos.

—Qué alivio —dijo Yevgeny desde un grupo de inspectores de homicidios.

—Y ahora, las malas noticias —continuó Shaddid. Miller captó el silencio de ciento cincuenta agentes conteniendo la respiración—. Tenemos a ochenta agentes conocidos de la APE en la estación. Todos tienen empleo y los papeles en regla, pero sabéis que algo como esto es justo lo que llevan tiempo esperando. Por orden del gobernador, no podemos realizar detenciones preventivas. Prohibido arrestar a nadie hasta que haga algo.

Hubo un tumulto de voces enfadadas.

—¿De qué va ese? —gritó alguien desde el fondo.

Shaddid saltó como un muelle al escuchar el comentario.

—El gobernador es el que paga nuestro sueldo para que

todo siga funcionando bien en la estación —respondió—. Acataremos sus órdenes.

Por el rabillo del ojo, Miller vio cómo Havelock asentía. Se preguntó cuál sería la opinión del gobernador sobre la independencia de los cinturianos. Quizá los de la APE no eran los únicos que esperaban a que ocurriera algo como aquello. Shaddid siguió explicando las respuestas de seguridad que tenían permitidas. Miller escuchaba a medias, tan ensimismado en las implicaciones políticas de la situación que casi ni se enteró cuando Shaddid lo mencionó.

—Miller llevará al segundo equipo al nivel portuario y cubrirá desde el sector trece al veinticuatro. Kasagawa, al equipo tres y sectores veinticinco al treinta y seis. Y así. Eso hacen veinte hombres por equipo, excepto en el de Miller.

—Me va bien con diecinueve —dijo Miller, y luego se dirigió a Havelock en voz más baja—. Te vas a tener que quedar fuera, compañero. Un terrícola con un arma solo complicaría las cosas ahí fuera.

—Claro —respondió Havelock—. Me lo imaginaba.

—De acuerdo —continuó Shaddid—. Ya saben todos cómo va esto. Manos a la obra.

Miller reunió a su comando antidisturbios. Todas las caras le sonaban de algo, todos eran hombres y mujeres con los que había trabajado a lo largo de sus años en seguridad. Los organizó mentalmente de forma casi automática. Brown y Gelbfish tenían experiencia en equipos tácticos, por lo que encabezarían los flancos si era necesario controlar a multitudes. Aberforth tenía tres partes por exceso de violencia desde que habían pillado a su hijo por tráfico de drogas en Ganímedes, por lo que ella iría en segunda fila. Ya tendría oportunidad de tratar sus problemas de control de ira más adelante. Miller oyó cómo los demás comandantes de pelotón tomaban decisiones similares por toda la comisaría.

—Muy bien —dijo Miller—. Pongámonos los trajes.

Avanzaron en grupo hacia la sala de equipamiento. Miller se detuvo. Havelock seguía apoyado en su escritorio, con los brazos cruzados y la vista perdida. Miller no podía evitar sentir empatía por su compañero, pero también iba con prisa. Tenía que ser complicado formar parte del grupo, pero, al mismo tiempo, estar fuera de él. Por otra parte, ¿qué era lo que esperaba al venir a trabajar al Cinturón? Havelock levantó la mirada y encontró los ojos de Miller. Ambos asintieron. Miller fue el primero que se dio la vuelta.

La sala de equipamiento era una mezcla entre un almacén y la caja fuerte de un banco, y estaba diseñada por alguien más preocupado por aprovechar el espacio que por la eficacia. Las luces eran bombillas LED incrustadas en las paredes que les daban un aspecto estéril. El eco de las voces y las pisadas rebotaba en la piedra lisa. Había paneles llenos de munición y armas de fuego, de bolsas de pruebas y material de laboratorio, de servidores y uniformes de repuesto por todas las paredes, ocupando la mayor parte del espacio. El material antidisturbios estaba en la sala contigua, en unas taquillas de acero gris con cerraduras electrónicas de alta seguridad. El uniforme básico estaba compuesto por escudos de plástico de alto impacto, porras eléctricas, canilleras, chaleco antibalas, una armadura ceñida y un casco con protector facial reforzado. Todo ello diseñado para convertir al equipo de seguridad de la estación en un pelotón intimidatorio e inhumano.

Miller introdujo su código de acceso. Saltaron las cerraduras y se abrieron las taquillas.

—Vaya —dijo Miller con sorna—. No me jodas.

Las taquillas estaban vacías, como ataúdes grises sin cadáveres. Por la habitación escuchó los gritos de ira de uno de los otros grupos. Miller abrió por inercia todas las taquillas antidisturbios que tenía a mano. Todas estaban igual. Shaddid apareció a su lado, con la cara pálida de rabia.

—¿Y cuál es el plan B? —preguntó Miller.

Shaddid escupió en el suelo y luego cerró los ojos. Se movían bajo los párpados como si soñara. Inspiró profundamente dos veces y los abrió.

—Revisa las taquillas de los equipos tácticos. Debería haber suficiente para dos personas de cada equipo.

—¿Francotiradores? —preguntó Miller.

—¿Se le ocurre algo mejor, inspector? —dijo Shaddid, con énfasis en la última palabra.

Miller levantó las manos en gesto de rendición. El material antidisturbios se usaba para intimidar y controlar. El de los equipos tácticos, para matar de la manera más eficiente posible. Por lo visto, las órdenes habían cambiado.

Un día cualquiera había miles de naves atracadas en la estación Ceres, era difícil que disminuyera la actividad e imposible que se detuviera. En cada sector había espacio para veinte naves, el tráfico de personas y mercancías, los vehículos de transporte, intergrúas y montacargas industriales. Y su grupo tenía que hacerse responsable de veinte de esos sectores.

El aire apestaba a aceite y refrigerante. La gravedad era algo mayor de 0,3 g, y solo la rotación de la estación bastaba para conferir al lugar una sensación opresiva y de peligro. A Miller no le gustaba el embarcadero. Tener el vacío tan cerca debajo de sus pies lo ponía muy nervioso. Mientras pasaba al lado de los estibadores y los transportistas, no sabía a quién fruncirle el ceño y a quién sonreír. Estaba en aquel lugar para intimidar a la gente y hacer que se comportaran, y también para asegurarles que todo estaba bajo control. Después de los primeros tres sectores, decidió poner una sonrisa. Era el tipo de mentira que mejor se le daba.

Cuando llegaron al acceso entre los sectores diecinueve y veinte, oyeron un grito. Miller sacó el terminal portátil del bolsillo, se conectó a la red central de seguridad y accedió a las cámaras. Tardó unos segundos en encontrarlo: un grupo de unos cincuenta o sesenta civiles que cubría gran parte del túnel y bloqueaba el tráfico en ambos extremos. Agitaban armas sobre las cabezas. Cuchillos, porras. Dos pistolas, como mínimo. Con los puños al aire. Y en el centro del grupo había un gigantón sin camisa dando una paliza de muerte a una mujer.

—Empieza la fiesta —anunció Miller, mientras con la mano indicaba a su equipo que corriera hacia delante.

Quedaban todavía unos cien metros antes de llegar a la curva que los llevaría al grupo violento cuando vio al descamisado golpeando a su víctima en el suelo y luego pisándole el cuello. La cabeza se quedó girada en un ángulo que no dejaba lugar a dudas. Miller hizo que el grupo redujera la marcha. Llevarse detenido al asesino mientras estaba rodeado por sus amigos ya iba a ser complicado aun sin llegar agotados.

Aquello iba a acabar mal. Miller podía sentirlo. El tumulto iba a avanzar. Se dirigiría hacia la estación, hacia las naves. Si la gente empezaba a incorporarse a aquel caos... ¿qué se les ocurriría hacer? Había un burdel un nivel más arriba y medio kilómetro en dirección antirrotatoria que tenía clientela de los planetas interiores. El inspector de aduanas del sector veintiuno estaba casado con una chica de la Luna y fanfarroneaba al respecto demasiado a menudo.

Mientras ordenaba por gestos a los francotiradores que se separaran a los lados, Miller pensó que había muchos objetivos posibles. Era como intentar razonar con el fuego. Si lo detenías aquí y ahora, no moriría nadie más.

En su imaginación, Candace se cruzó de brazos y dijo: «¿Cuál es el plan B?»

La parte exterior del tumulto se puso en alerta mucho antes de que llegara Miller. La marea de cuerpos y amenazas cambió de dirección. Miller se echó el sombrero hacia atrás. Hombres, mujeres. De pieles oscuras, pálidas, de color ocre, y todos con la estructura alta y delgada de los cinturianos, todos con la expresión tensa y la boca entreabierta de un chimpancé iracundo.

—Deje que tumbe a un par, señor —sugirió Gelbfish por el terminal—. Metámosles el miedo en el cuerpo.

—Cuando toque —dijo Miller, sonriendo a la turba enfurecida—. Cuando toque.

Vio al que esperaba aparecer entre el tumulto. El descamisado. El grandullón, con las manos cubiertas de sangre y las mejillas salpicadas. El verdadero problema.

—¿Y a ese? —preguntó Gelbfish.

Miller vio cómo un pequeño punto rojo adornaba la frente del descamisado, mientras este fulminaba con la mirada a Miller y a todos los uniformados que tenía detrás.

—No —respondió Miller—. Solo exaltaría a los demás.

—Y, entonces, ¿qué hacemos? —preguntó Brown.

Era muy buena pregunta.

—Señor —dijo Gelbfish—. Ese cabronazo gigante tiene un tatuaje de la APE en el hombro izquierdo.

—Bueno —respondió Miller—, pues si tienes que dispararle, empieza por ahí.

Dio un paso al frente y enlazó su terminal con el sistema local para imponerse al sistema de alarma. Cuando habló, su voz retumbó por los altavoces.

—Soy el inspector Miller. A menos que queráis que os encierren como cómplices de asesinato, os sugiero que os disperséis ahora mismo. —Silenció el micrófono del terminal y dijo al descamisado—: Tú no, grandullón. Como muevas un pelo, te disparamos.

Alguien de la muchedumbre arrojó una llave inglesa, y el metal plateado dibujó un arco por los aires hacia la cabeza de Miller. Casi la esquivó del todo, pero el mango le dio en una oreja. Sintió la cabeza como un bombo y la humedad de la sangre que le bajaba por el cuello.

—No disparéis —gritó Miller—. No disparéis.

La multitud rio, como si Miller les hablara a ellos. Idiotas. El descamisado se envalentonó y dio un paso al frente. Los esteroides habían hinchado tanto sus muslos que tenía andares de pato. Miller volvió a encender el micro del terminal. Mientras la multitud mirara cómo se enfrentaba a él, no rompería cosas ni se expandiría. Al menos por el momento.

—Bueno. Amigo. ¿Solo revientas a patadas a gente indefensa o se puede apuntar cualquiera? —preguntó Miller, con tono tranquilo pero a través de los altavoces del embarcadero, como si fuera la palabra de Dios.

—¿Qué carajo ladras, perro terrícola? —preguntó el descamisado.

—¿Terrícola? —dijo Miller, riendo entre dientes—. ¿Tengo pinta de haber crecido en un pozo de gravedad? Nací en esta roca.

—Eres pienso de interianos, su zorra —dijo el descamisado—. Eres su perro.

—¿Eso crees?

—*Dui*, joder —dijo el descamisado. «Claro, joder.» Tensó los pectorales. Miller reprimió las ganas de reírse.

—¿Y también crees que matar a esa pobre diabla ha sido por el bien de la estación? —preguntó Miller—. ¿Por el bien del Cinturón? No seas tonto del culo, chico. Se están quedando con vosotros. Solo quieren que actuéis como un puñado de vándalos estúpidos y que les deis motivos para cerrar este sitio.

—*Schrauben sie sie weibchen* —dijo el descamisado, en un alemán muy vulgar y con acento cinturiano, mientras se inclinaba hacia delante.

«Vale, ya es la segunda vez que me llama zorra», pensó Miller.

—A las rótulas —dijo, y las piernas del descamisado se convirtieron en sendas fuentes carmesíes mientras él se derrumbaba aullando. Miller pasó a su lado mientras se retorcía, en dirección al gentío.

—¿Dejáis que este *cazzo* os dé órdenes? —dijo—. Escuchadme, todos sabemos lo que viene ahora. Que empieza el baile y que toca pum-pum. Que nos han jodido *l'eau* y todos sabemos cómo se responde a eso. Abriendo una esclusa de aire, ¿verdad?

Vio en sus caras el miedo repentino a los francotiradores y luego la confusión. Siguió presionando, sin darles tiempo a pensar. Cambió de vuelta a la jerga de los niveles inferiores, el idioma de la educación y de la autoridad.

—¿Sabéis lo que quiere Marte? Quiere que hagáis justo eso. Quiere que este capullo se asegure de que, cuando alguien vea a un cinturiano, piense que no son más que un hatajo de psicópatas capaces de cargarse su propia estación. Quieren convencerse a sí mismos de que somos como ellos. Pues no lo somos. Somos cinturianos y nos preocupamos por los nuestros.

Eligió a un hombre del borde de la muchedumbre. No tan fuerte como el descamisado, pero también grande. Tenía un círculo dividido de la APE en el brazo.

—Tú —dijo Miller—. ¿Quieres luchar por el Cinturón?

—*Dui* —respondió el hombre.

—No me cabe duda. Él también quería —dijo Miller, señalando con el pulgar al descamisado—. Pero ahora es un lisiado y lo van a encerrar por asesinato, así que uno menos que tenemos. ¿Ves? Nos están enfrentando entre nosotros. No podemos dejar que nos hagan esto. Y todos los que me obliguéis a detener, a lisiar o a matar serán otros tantos menos para cuando llegue el día. Y ese día llegará. Pero no es hoy. ¿Entendido?

El hombre de la APE torció el gesto. La multitud se apartó de él para hacer espacio. Miller lo sintió como una corriente que cambiaba.

—El día ya viene, *mann* —dijo el hombre de la APE—. ¿De parte de quién estás?

Sonaba a amenaza, pero no tenía autoridad detrás. Miller respiró tranquilo. Se había terminado.

—De parte de los ángeles, siempre —respondió—. ¿Por qué no volvéis a trabajar? Se ha terminado la fiesta y todos tenemos mucho que hacer.

Había conseguido calmar los ánimos y la turba empezó a disgregarse. Primero se marcharon uno o dos de la parte exterior, y luego se deshizo el nudo de golpe. Cinco minutos después de la llegada de Miller, la única prueba de que allí había pasado algo era el descamisado que gimoteaba en un charco de su propia sangre, la herida en la oreja de Miller y el cuerpo de la mujer a la que habían dado una paliza de muerte ante la atenta mirada de cincuenta buenos ciudadanos. Era de baja estatura y llevaba el traje de un carguero marciano.

«Solo hay un cadáver. No ha sido una noche tan mala», pensó Miller con tristeza.

Se acercó al hombre del suelo. Tenía el tatuaje de la APE manchado de rojo. Miller se puso de rodillas.

—Amigo —dijo—. Quedas detenido por el asesinato de esa señora de ahí, sea quien coño sea. No estás obligado a participar en un interrogatorio sin la presencia de un abogado o representante sindical. Y como se te ocurra mirarme mal, te tiro al vacío. ¿Ha quedado claro?

Por la mirada del hombre, Miller supo que sí.

7

Holden

Holden podía beber café a medio g. Y también sentarse con una taza debajo de la nariz y dejar que ascendiera el aroma. Beberlo despacio, sin quemarse la lengua. Beber café era una de esas actividades que no se trasladaban muy bien a un entorno de microgravedad, pero a medio g todavía era factible.

Estaba sentado en silencio, intentando pensar en el café y en la gravedad en la pequeña cocina de la *Caballero*. Hasta Alex, que solía ser muy locuaz, no decía nada. Amos había dejado su pesada pistola en la mesa y la miraba con una concentración que asustaba. Shed dormía. Y Naomi, sentada al otro lado de la habitación, bebía té sin dejar de mirar la consola de pared que tenía al lado. La había conectado al centro de mando. Mientras pensara en el café no tendría que hacerlo en aquel último respingo temeroso de Ade antes de convertirse en vapor centelleante.

Alex lo echó todo a perder y rompió el silencio.

—En algún momento tendremos que decidir adónde vamos —dijo.

Holden asintió, dio un sorbo al café y cerró los ojos. Los músculos le vibraban como las cuerdas tensas de un instrumento, y tenía la visión periférica moteada de puntos de luz imaginaria. Empezaba a sufrir las primeras secuelas de la resaca del zumo, e iba a ser de las malas. Quería disfrutar de aquellos últimos momentos antes de que empezara el dolor.

—Tiene razón, Jim —dijo Naomi—. No podemos seguir volando en círculos a medio g para siempre.

Holden no abrió los ojos. La oscuridad detrás de sus párpados refulgía y danzaba y le daba unas leves náuseas.

—No va a ser para siempre —respondió—. Tenemos que esperar cincuenta minutos a que la estación Saturno me devuelva la llamada y me diga qué debemos hacer con su nave. La *Caballero* sigue siendo propiedad de P y L. Todavía trabajamos para ellos. Queríais que pidiera ayuda y es lo que he hecho. Ahora esperaremos a ver qué pinta tiene esa ayuda.

—¿Y no deberíamos empezar a volar hacia la estación Saturno, jefa? —preguntó Amos a Naomi.

Alex resopló.

—Con el motor de la *Caballero*, ni de broma. Aunque tuviéramos combustible para el paseo, que no es el caso, no quiero estar aquí enlatado durante tres meses —dijo—. Qué va, si vamos a algún sitio tendrá que ser al Cinturón o a Júpiter. Estamos justo en el medio.

—Yo voto por seguir hacia Ceres —dijo Naomi—. Allí hay oficinas de P y L y no conocemos a nadie en el complejo de Júpiter.

Holden negó con la cabeza sin abrir los ojos.

—No, esperaremos a que contacten con nosotros.

Naomi soltó un bufido irritado. Holden pensó que era curioso poder identificar la voz de alguien incluso a partir de sonidos tan escuetos. Con una tos o un suspiro. O el pequeño y último respingo antes de morir.

Holden se incorporó en el asiento y abrió los ojos. Dejó con cuidado la taza de café en la mesa mientras sentía cómo se le empezaban a paralizar los músculos de las manos.

—No quiero volar en dirección al Sol hacia Ceres porque es la misma dirección que ha tomado la nave torpedera, y he entendido lo que decías sobre perseguirlos, Naomi. Tampoco quiero viajar a Júpiter porque solo tenemos combustible para el viaje de ida y, cuando llevemos un tiempo en esa dirección, no habrá vuelta atrás. Estamos aquí sentados y bebiendo tranquilamente café porque tengo que tomar una decisión, y P y L tiene algo que decir en ella. Así que, de momento, vamos a esperar su respuesta, y luego decidiré qué hacer. —Holden se levantó despacio y con cuidado y empezó a moverse hacia la escalerilla de la tripulación—. Voy a echarme un poco hasta que pase lo peor. Si llaman de P y L, avisadme.

Holden tomó unas tabletas sedantes (unas pastillitas amargas que dejaban un regusto como a moho en el pan), pero ni así consiguió dormir. Una y otra vez veía cómo McDowell le ponía la mano en el hombro y lo llamaba Jim. Cómo Becca se reía y maldecía como un marinero. Cómo Cameron no dejaba de fanfarronear sobre lo bien que se le daba el hielo.

Ade dio un respingo.

Holden había hecho el recorrido de Ceres a Saturno en la *Canterbury* nueve veces. Dos viajes de ida y vuelta al año durante casi cinco años. Y la mayor parte de la tripulación lo había acompañado desde el principio. Volar en la *Cant* podía ser lo peor de lo peor, pero también significaba que no había otro sitio donde ir. La gente se quedaba allí y llegaba a convertirla en su hogar. Después de los cambios de destino constantes que había tenido que sufrir en la armada, le había sentado muy bien la estabilidad. Él también la había convertido en su hogar. McDowell dijo algo que no llegó a escuchar bien. La *Cant* chirrió como si hubiera pegado un acelerón.

Ade sonrió y le guiñó un ojo.

Todos los músculos de su cuerpo sufrieron al mismo tiempo lo que podría considerarse como el peor calambre en los gemelos de la historia. Holden apretó los dientes contra el protector bucal de goma mientras gritaba. El dolor fue como una bendición que le hizo olvidar todo lo demás. Su mente se apagó, abrumada por las necesidades de su cuerpo. Por suerte, o quizá no, las drogas empezaron a hacer efecto. Se le desagarrotaron los músculos. Los nervios dejaron de bramar y recuperó la conciencia, con las pocas ganas de un niño que no quiere ir al colegio. Cuando se quitó el protector, le dolía la mandíbula. Había dejado las marcas de los dientes en la goma.

Bajo la luz tenue y azulada del camarote, pensó en qué clase de hombre sería capaz de cumplir la orden de destruir una nave civil.

Había hecho cosas en la armada que no le dejaban dormir por las noches. Había cumplido órdenes con las que no estaba para nada de acuerdo. Pero ¿fijar el objetivo en una nave civil con cincuenta tripulantes y pulsar el botón para lanzar seis bombas nucleares? No lo habría hecho. Y en caso de que su superior hubiera insistido, la habría tachado de orden ilegal y habría pedido al segundo de a bordo que tomara el control de la nave y arrestara al capitán. Y tendrían que haberle disparado para sacarlo del control de armas.

Conocía al tipo de gente capaz de acatar una orden como esa, sin embargo. Se dijo que eran unos sociópatas y unos animales, piratas capaces de abordar tu nave, inutilizar el motor y llevarse el aire. Que no eran humanos.

Pero a pesar de todo el odio que sentía y de aquella ira alimentada por el estupor de las drogas que le ofrecía un consuelo nihilista, no podía creerse que fueran estúpidos. Seguía sin poder quitarse aquellas preguntas de la cabeza. «¿Por qué? ¿Por qué le puede interesar a alguien destruir un transportador de hielo? ¿Quién cobra de esto? Siempre hay alguien que cobra.»

«Descubriré quiénes sois. Lo haré, os encontraré y acabaré con vosotros. Pero antes haré que me lo expliquéis.»

Una segunda oleada de medicamentos estalló en su flujo sanguíneo. Estaba ardiendo y débil, con las venas llenas de jarabe espeso. Justo antes de que las tabletas sedantes le hicieran perder el conocimiento, Ade sonrió y le guiñó un ojo.

Y se disgregó como una nube de polvo.

Oyó el sonido del comunicador. Llegó la voz de Naomi.

—Jim, ya nos han respondido de P y L. ¿Quieres que te la envíe ahí abajo?

Holden se esforzó en encontrar sentido a las palabras. Parpadeó. Había algo raro en su catre. En la nave. Recordó poco a poco.

—¿Jim?

—No —dijo—. Lo veré ahí arriba contigo, en el centro de mando. ¿Cuánto tiempo llevo inconsciente?

—Tres horas —respondió ella.

—Madre mía. Se han tomado su tiempo para responder, ¿eh?

Holden salió del diván y se limpió las legañas que no le dejaban abrir los ojos. Había llorado en sueños. Se intentó convencer de que era por la resaca del zumo y que el dolor que le oprimía el pecho era solo tensión en los cartílagos.

«¿Qué habéis estado haciendo estas tres horas que habéis tardado en responder?», pensó.

Naomi lo esperaba en el puesto de comunicaciones, y en la pantalla que tenía delante vio la cara de un hombre congelada a mitad de palabra. Le sonaba de algo.

—Ese no es el jefe de operaciones.

—Qué va. Es el abogado de P y L en la estación Saturno. ¿Te acuerdas? El que nos hizo aquel discurso cuando se pusieron duros con el tema de afanar suministros —dijo Naomi—. El tipo aquel de «robar a la empresa es lo mismo que robarte a ti mismo».

—Un abogado —dijo Holden, haciendo una mueca—. Entonces no van a ser buenas noticias.

Naomi volvió a reproducir el mensaje y el abogado empezó a moverse.

—James Holden, aquí Wallace Fitz desde la estación Saturno. Hemos recibido su solicitud de ayuda y el informe de lo ocurrido. También hemos recibido la transmisión en la que acusa a Marte de haber destruido la *Canterbury*. Debo decirle que ha sido una decisión como poco desacertada. Cinco minutos después de recibir la transmisión, tenía en mi despacho al representante de Marte en la estación Saturno y la RCM está muy molesta por lo que consideran las infundadas acusaciones de piratería que ha hecho usted contra su gobierno.

»Para ahondar en lo ocurrido y ayudar a descubrir quiénes son los verdaderos responsables, si es que los hay, la ARCM ha enviado a recogerles a una de sus naves desde el sistema de Júpiter. La embarcación se llama *ARCM Donnager*. Sus órdenes por parte de P y L son las siguientes: viajarán a la mayor velocidad posible hacia el sistema de Júpiter. Acatarán todas las instrucciones que reciban de la *ARCM Donnager* o de cualquier oficial de la Armada de la República Congresual de Marte. Ayudarán a la ARCM en la investigación de la destrucción de la *Canterbury*. Y no realizarán ninguna transmisión más excepto con nosotros o con la *Donnager*.

»Si incumplen estas órdenes de la empresa y del gobierno de Marte, su contrato con P y L quedará rescindido y asumiremos que están en posesión ilegal de una lanzadera de la empresa. Los perseguiremos con todos los recursos que nos permite la ley.

»Corto.

Holden frunció el ceño al monitor y luego negó con la cabeza.

—Yo no he dicho que lo hiciera Marte.

—Un poco sí —replicó Naomi.

—No he dicho nada que no sean hechos refrendados por los datos que he transmitido, y no he hecho la menor especulación sobre esos hechos.

—Bueno —dijo Naomi—, y ahora, ¿qué hacemos?

—Ni de coña —dijo Amos—. Ni de puta coña.

La cocina era un recinto pequeño. Cabían los cinco, pero estaban un poco apretados. Las láminas grises de las paredes tenían arañazos circulares y relucientes en los lugares donde había salido moho y lo habían limpiado con microondas y lana de acero. Shed estaba sentado con la espalda apoyada contra la pared y Naomi sobre la mesa. Alex estaba en el umbral de la puerta. Antes de que el abogado hubiera terminado la primera frase, Amos había empezado a andar de un lado a otro —dos pasos rápidos y giro— al fondo.

—A mí tampoco me gusta, pero es lo que nos han ordenado desde la central —dijo Holden mientras señalaba hacia la pantalla de la cocina—. No pretendía meteros a todos en problemas.

—No pasa nada, Holden. Sigo pensando que ha hecho lo correcto —respondió Shed, mientras se atusaba el pelo rubio y liso con una mano—. ¿Qué cree que harán con nosotros los marcianos?

—Creo que nos arrancarán los putos dedos de los pies hasta

que Holden haga otra transmisión diciendo que no han sido ellos —dijo Amos—. Pero ¿esto a qué coño viene? ¿Nos han atacado y se supone que ahora tenemos que cooperar? ¡Han matado al capitán!

—Amos —dijo Holden.

—Lo siento, Holden. Capitán —dijo Amos—. Pero que les den por saco. Nos la están metiendo doblada. No vamos a hacerles caso, ¿verdad?

—No me gustaría desaparecer para siempre en una nave prisión marciana —respondió Holden—. En mi opinión, tenemos dos opciones: o les hacemos caso, que equivale a quedar a su merced, o escapamos e intentamos llegar al Cinturón para escondernos.

—Voto por el Cinturón —dijo Naomi, con los brazos cruzados.

Amos levantó la mano para secundar la moción. Shed también levantó la suya poco a poco.

Alex negó con la cabeza.

—Conozco la *Donnager* —dijo—. No es una saltarrocas cualquiera. Es nada menos que la nave insignia de la flota joviana de la ARCM. Un acorazado. Un cuarto de millón de toneladas de mal rollo. ¿Ha servido alguna vez en una mole así?

—No. La mayor en la que he estado era un destructor —respondió Holden.

—Yo estuve de servicio en la *Bandon*, de la flota local. No podemos ir a ninguna parte donde una nave como esa no nos encuentre. Tiene cuatro motores principales, cada uno de ellos más grande que esta nave. Está diseñada para soportar largos períodos de aceleración alta con todos los tripulantes hasta las trancas de zumo. No podemos escapar, señor. Y aunque lo consiguiéramos, sus sensores son capaces de encontrar una pelota de golf y darle con un torpedo a medio Sistema Solar de distancia.

—Que les den por culo, señor —dijo Amos, levantándose—. ¡Esos marcianos pichaflojas han destruido la *Cant*! Yo digo que corramos. Al menos, podemos ponérselo difícil.

Naomi agarró a Amos por el antebrazo y el mecánico grandullón se quedó quieto, meneó la cabeza y se sentó. La cocina quedó en silencio. Holden se preguntó si McDowell había tenido que tomar alguna vez una decisión de aquel calibre, y qué habría hecho el viejo en su situación.

—Jim, la decisión es tuya —dijo Naomi, con dureza en la mirada. «Lo que vas a hacer es poner a salvo a los cuatro miembros restantes de la tripulación. Nada más.»

Holden asintió y se dio golpecitos en los labios con los dedos.

—P y L no nos va a cubrir las espaldas. Es probable que no podamos escapar, pero tampoco me gustaría desaparecer —dijo Holden—. Creo que aceptaremos, pero no en silencio. ¿Qué os parece si desobedecemos el sentido de una orden, ya que no su enunciado?

Naomi terminó de trabajar con la consola de comunicaciones, con el pelo flotando a su alrededor como una nube negra en la ingravidez.

—Vale, Jim. Voy a desviar toda la energía hacia la matriz de comunicaciones. Esto se va a escuchar alto y claro desde aquí hasta Titania —dijo.

Holden levantó la mano para atusarse el pelo sudoroso. Lo único que consiguió así en gravedad cero fue que se le despeluzara en todas direcciones. Se abrochó el traje de vuelo y pulsó el botón de grabar.

—Aquí James Holden, ex tripulante de la *Canterbury* y ahora en la lanzadera *Caballero*. Cooperamos en una investigación para descubrir quién destruyó la *Canterbury* y, en aras de ello, hemos accedido a subir a bordo de su nave, la *ARCM Donnager*. Esperamos que dicha cooperación asegure que no nos hagan prisioneros ni nos lastimen. Tales acciones solo servirían para apoyar la teoría de que la *Canterbury* ha sido destruida por una nave marciana. Corto.

Holden se reclinó.

—Naomi, envía el mensaje por banda ancha.

—Qué truco más sucio, jefe —dijo Alex—. Ahora sí que no podrán hacernos desaparecer.

—Siempre he creído en la idea de una sociedad transparente del todo, señor Kamal —respondió Holden.

Alex sonrió, se impulsó y desapareció por la pasarela. Naomi pulsó el panel de comunicaciones e hizo un pequeño sonido de satisfacción con la garganta.

—Naomi —llamó Holden.

Ella se dio la vuelta, y su pelo flotó despacio, como si ambos estuvieran sumergidos.

—Si esto sale mal, quiero que... Quiero que...

—Te eche a los leones —dijo ella—. Que te culpe de todo y ponga a los demás a salvo en la estación Saturno.

—Eso mismo —dijo Holden—. No te hagas la heroína.

Naomi dejó que las palabras flotaran en el aire hasta que toda la ironía desapareciera de ellas.

—Ni se me había pasado por la cabeza, señor —respondió.

—*Caballero*, aquí la capitana Theresa Yao de la *ARCM Donnager* —anunció una mujer de mirada inflexible por la pantalla de comunicaciones—. Mensaje recibido. Por favor, absténgase de realizar cualquier otra transmisión abierta. El navegador de mi nave le enviará dentro de poco información sobre la ruta a seguir. Sígala sin desviarse. Corto.

Alex se rio.

—Parece que la ha cabreado —dijo—. Ya tengo la información de ruta. Nos recogerán dentro de trece días. Tiempo suficiente para que macere bien sus ánimos.

—Quedan trece días hasta que me ajusten los hierros y me claven agujas debajo de las uñas —suspiró Holden, reclinándose en el asiento—. Venga, es hora de volar hacia el encarcelamiento y la tortura. Fije la ruta que nos han transmitido, señor Kamal.

—Recibido, capi. Esto... —dijo Alex.

—¿Qué ocurre?

—La *Caballero* acaba de realizar el barrido preventivo en busca de obstáculos antes de quemar —continuó Alex—. Y hay seis objetos cinturianos en medio de la ruta.

—¿Objetos cinturianos?

—Contactos sin señal de transpondedor —respondió Alex—. Naves que intentan pasar desapercibidas. Nos interceptarán dos días antes que la *Donnager*.

Holden lo pasó a su pantalla. Seis pequeñas señales anaranjadas que pasaban a un tono rojizo. Aceleraban en serio.

—Vale —dijo Holden a la pantalla—. ¿Y vosotros quién coño sois?

8

Miller

—La Tierra y Marte sobreviven porque se aprovechan del Cinturón. Nuestra debilidad es su fuerza —anunció una mujer enmascarada en la pantalla del terminal de Miller. Detrás de ella se veía el círculo dividido de la APE, como pintado en una sábana—. No les tengáis miedo. Vuestro miedo es su única ventaja.

—Hombre, el miedo y unas cien naves de combate —dijo Havelock.

—Por lo que he oído —dijo Miller—, si cruzas los dedos y dices que crees en ellos, no pueden dispararte.

—Voy a tener que probar.

—¡Debemos alzarnos! —continuó la mujer, con una voz cada vez más estridente—. ¡No debemos dejar que nos arrebaten nuestro destino! ¡Recordad la *Canterbury*!

Miller cerró el reproductor y se inclinó hacia atrás en la silla. El cambio de turno tenía la comisaría patas arriba, con todo el mundo vociferando mientras el turno anterior de agentes ponía al día a los que acababan de llegar. El olor a café recién hecho competía con el del humo de los cigarrillos.

—Es muy posible que haya alrededor de una docena como ella —dijo Havelock, señalando con la cabeza la pantalla apagada del terminal—. Aunque es la que más me gusta. De verdad que a veces creo que va a echar espumarajos.

—¿Cuántos archivos más han aparecido? —preguntó Miller, y su compañero se encogió de hombros.

—Doscientos o trescientos —dijo Havelock, antes de dar

una calada a un cigarrillo. Había empezado a fumar otra vez—. Aparece uno nuevo cada pocas horas. Y no vienen del mismo sitio. A veces se transmiten por radio. Otras aparecen en particiones públicas. Orlan encontró a unos tipos en un bar portuario pasándose esos pequeños calamares de RV como si fueran panfletos.

—¿Y los detuvo?

—No —respondió Havelock, sin darle importancia.

Había pasado una semana desde que James Holden, el autoproclamado mártir, anunciara con orgullo que su tripulación y él iban a hablar con alguien del ejército marciano en lugar de airear mierda a diestro y siniestro. El metraje de la explosión de la *Canterbury* estaba por todas partes y había discusiones por cada fotograma. Algunos decían que los archivos de los registros que documentaban el accidente eran legítimos del todo y otros afirmaban que eran una falsificación muy clara. Que los torpedos que habían destruido el transporte eran armas nucleares o que era armamento común entre los piratas y había impactado por error en el motor. O que todo era una gran mentira que habían creado con metraje antiguo para cubrir lo que había destruido de verdad la *Cant*.

Los disturbios se habían sucedido de forma intermitente durante los primeros tres días, como un fuego que se aviva con cada nueva ráfaga de viento. Las oficinas administrativas habían vuelto a abrir sus puertas, aunque con fuertes medidas de seguridad. El tráfico portuario estaba retrasado, pero ya se iba poniendo al día. El cabrón descamisado al que Miller había ordenado disparar estaba en la enfermería de Star Helix, donde le iban a poner rodillas nuevas, rellenaba reclamaciones contra Miller y se preparaba para ser juzgado por asesinato.

Se habían perdido seiscientos metros cúbicos de nitrógeno de un depósito en el sector quince. Habían dado una paliza a una prostituta sin licencia y la habían encerrado en un almacén de alquiler y, tan pronto como terminara de declarar contra sus agresores, la detendrían a ella. Habían pillado a unos críos que habían roto las cámaras de vigilancia del nivel dieciséis. A primera vista, todo iba más o menos como siempre.

A primera vista.

Cuando Miller empezó a trabajar en homicidios, una de las cosas que más le había llamado la atención era esa calma tan surrealista de las familias de las víctimas. Gente que había perdido esposas, maridos, hijos o amantes. Gente cuyas vidas habían quedado marcadas por la violencia. Lo común entre ellos era tomárselo con calma, ofrecer algo de beber y responder a las preguntas, para que los inspectores se sintieran como en casa. Un civil que no supiera de qué iba aquello pensaría que no tenían ningún problema. Pero la magnitud de sus heridas se notaba en la manera cuidadosa que tenían de comportarse y en el cuarto de segundo adicional que sus ojos tardaban en enfocar.

La estación Ceres se estaba comportando con precaución. Sus ojos tardaban un cuarto de segundo adicional en enfocar. La gente de clase media, los tenderos, trabajadores de mantenimiento o informáticos, lo evitaban en el metro de la misma manera en que lo hacían los delincuentes de poca monta. Las conversaciones se apagaban cuando Miller pasaba cerca. En la comisaría, la sensación de estar bajo asedio era cada vez mayor. Un mes antes, Miller y Havelock, Cobb, Richard y el resto habían sido el brazo firme de la ley. Ahora eran empleados de una empresa de seguridad terrícola.

La diferencia era sutil pero importante. A Miller le daban ganas de estirarse y demostrar con su cuerpo que era un cinturiano. Que aquel era su lugar. Volver a ganarse el favor de la gente. Hacer la vista gorda con unos chicos que se pasaban propaganda en realidad virtual dándoles solo una pequeña reprimenda.

Pero aquella no era una reacción muy inteligente.

—¿Qué tenemos hoy? —preguntó Miller.

—Dos robos que parecen cortados por el mismo patrón —respondió Havelock—. Aún hay que cerrar el informe de la disputa doméstica de la semana pasada. Y también han atacado el Consorcio de Importación de Nakanesh, pero Shaddid se lo estaba comentando a Dyson y Patel, por lo que seguramente se encarguen ellos.

—Entonces quieres que...

Havelock levantó la mirada y la apartó, quizá para ocultar

que evitaba el contacto visual. Lo hacía más a menudo desde que todo se había puesto patas arriba.

—Tenemos que terminar esos informes —dijo Havelock—. No solo los locales. Hay cuatro o cinco carpetas que siguen abiertas a la espera de darles un repaso.

—Pues vale —respondió Miller.

Desde los disturbios, se había dado cuenta de que en el bar servían a todo el mundo antes que a Havelock. Había visto cómo el resto de policías a las órdenes de Shaddid se acercaban a él para asegurarle que todavía era uno de los «buenos», como dándole el pésame por tener que trabajar con un terrícola. Y Havelock también lo había visto.

Aquello hacía que Miller quisiera proteger a su compañero, dejar que Havelock pasara los días a salvo entre el papeleo y el café de la comisaría. Ayudarlo a hacer como si no lo odiaran por haber crecido en un entorno con más gravedad.

Aquella tampoco era una reacción muy inteligente.

—¿Y qué tal tu caso de mierda?

—¿Qué?

Havelock levantó una carpeta. El caso de Julie Mao. El secuestro. La distracción. Miller asintió y se frotó los ojos. Alguien gritó delante del edificio de la comisaría. Otra persona se rio.

—Es verdad. No... —dijo Miller—. Ni lo he tocado.

Havelock sonrió y le pasó la carpeta. Miller la cogió, la abrió y vio cómo le sonreía aquella chica de dieciocho años con la dentadura perfecta.

—No quiero cargarte a ti con todo el papeleo —dijo Miller.

—Oye, que de ese caso no me apartaste tú. Fue cosa de Shaddid. Y, además, solo es papeleo. Eso nunca ha matado a nadie. Si te sientes culpable, te dejo que me invites a una cerveza después del trabajo.

Miller dio golpecitos en la esquina de su mesa con la carpeta para asentar los documentos de su interior.

—Hecho —respondió—. Voy a darle un par de vueltas a este rollo. Volveré a la hora del almuerzo y escribiré algo para tener contenta a la jefa.

—Aquí te espero —dijo Havelock—. Oye, una cosa. No quería decir nada hasta estar seguro, pero no quiero que te lo cuente otra persona... —añadió mientras Miller se levantaba.

—¿Has pedido un traslado? —preguntó Miller.

—Sí. He hablado con unos contratistas de Protogen que estaban de paso. Dicen que en Ganímedes buscan un nuevo investigador jefe y he pensado... —Havelock se encogió de hombros.

—Es un buen cambio —dijo Miller.

—Me gustaría ir a algún lugar que tenga cielo, aunque haya que mirarlo a través de una cúpula —dijo Havelock, y ni toda la falsa masculinidad policial pudo ocultar la melancolía de sus palabras.

—Es un buen cambio —repitió Miller.

El hueco de Juliette Andromeda Mao estaba en el noveno nivel de un túnel de catorce hileras cercano al embarcadero. La gran V invertida tenía casi medio kilómetro de ancho en la parte superior y la anchura normal en la inferior. Era una buena forma de aprovechar una de las docenas de cámaras de reacción de masas de los años anteriores a que el asteroide tuviera aquella gravedad falsa. Ahora había miles de huecos baratos excavados en las paredes, cientos de ellos en cada nivel, y con las habitaciones en línea hacia detrás. Los niños jugaban por fuera de las casas, y gritaban y reían sin razón. Al fondo había alguien que hacía volar una cometa gracias a la brisa suave y constante de la rotación, y el brillo diamantado del plástico PET se sacudía y giraba con las microturbulencias. Miller volvió a comparar los números que tenía en su terminal con los que estaban pintados en la pared. 5151-I. El hogar dulce hogar de aquella pobre niñita rica.

Introdujo su código de anulación y la puerta verde y sucia se desbloqueó para dejarlo pasar.

El hueco se inclinaba hacia arriba y penetraba en la estación. Constaba de tres habitaciones pequeñas: una general en la parte delantera, luego un dormitorio casi del mismo tamaño que el catre que había en él, y al fondo un pequeño compartimento con una ducha, baño y un lavabo, que dejaban espacio para poco más. Era el diseño estándar. Lo había visto miles de veces.

Miller se detuvo un momento, sin mirar nada en particular, mientras oía el siseo reconfortante del aire al pasar por los conductos. Prefirió no prejuzgar y esperó a que su mente se forjara una impresión de aquel lugar y, por lo tanto, de la chica que había vivido en él.

Espartano quizá no fuera la definición correcta. Aquel lugar era sencillo, sí. Las únicas decoraciones eran un retrato pequeño y enmarcado hecho con acuarelas de la cara de una mujer, que estaba sobre la mesa de la primera habitación, y un grupo de placas de tamaño naipe sobre el catre. Se acercó para leer la inscripción. Era un premio a nombre de Julie Mao (no Juliette) por haber conseguido el cinturón púrpura en el Centro de Jiu-Jitsu de Ceres. Y otro de cuando ascendió a cinturón marrón. Con dos años de diferencia entre ellos. Por tanto, era una escuela de las duras. Pasó los dedos por el espacio vacío de la pared donde habría cabido el del cinturón negro. No había nada pomposo: ni elegantes estrellas ninja ni espadas de imitación. Solo un pequeño reconocimiento por lo que Julie Mao había conseguido. Ya le caía un poco mejor.

En los cajones tenía dos mudas de ropa, una que consistía en un abrigo pesado y unos vaqueros y otra, en una blusa de lino azul y un pañuelo de seda. Una para el trabajo y otra para el esparcimiento. Era menos de lo que tenía Miller, y no es que a él le gustaran mucho los trapitos.

Al lado de los calcetines y la ropa interior tenía un brazalete ancho con el círculo dividido de la APE. No era algo sorprendente en una chica que había dejado atrás tanto privilegio y riquezas para vivir en un vertedero como aquel. En el frigorífico había dos cajas de comida para llevar con sobras estropeadas y un botellín de la cerveza local.

Miller titubeó y luego cogió la cerveza. Se sentó en la mesa y accedió al terminal integrado del hueco. Como había dicho Shaddid, la partición de Julie se abrió con la contraseña de Miller.

El fondo personalizado era una pinaza de carreras. Los iconos del interfaz también estaban personalizados y eran pequeños y legibles. Comunicaciones, entretenimiento, trabajo, personal. Elegante. Esa era la palabra para definirlo. No espartano, sino elegante.

Pasó por los archivos personales deprisa para que su cabeza se hiciera una idea general, igual que había hecho al llegar al hueco. Ya habría tiempo para ponerse minuciosos, y una primera impresión solía ser más útil que una enciclopedia. Tenía vídeos de entrenamiento en varias naves de transporte ligeras. Algunos archivos políticos, pero nada que llamara la atención. También un poemario escaneado de varios de los primeros habitantes del Cinturón.

Pasó a comprobar la correspondencia personal. Lo tenía todo igual de limpio y ordenado que un cinturiano. Todos los mensajes entrantes estaban ordenados en subcarpetas. Trabajo, Personal, Transmisión, Compras. Abrió la de Transmisión. Doscientas o trescientas noticias, resúmenes de grupos de discusión, boletines y anuncios. La joven había abierto algunos de vez en cuando, pero parecía que no les dedicaba demasiado tiempo. Julie era una de esas mujeres capaces de sacrificarse por su causa, pero no de las que se divertía leyendo propaganda. Miller tomó nota.

La carpeta de Compras solo contenía una larga lista de mensajes de tiendas. Algunas facturas, publicidad y algunos pedidos de bienes y servicios. Le llamó la atención la cancelación de un servicio de citas para solteros del Cinturón. Julie se había apuntado al servicio de citas «sin gravedad, sin presiones» en febrero del año anterior y lo había cancelado en junio sin usarlo.

La carpeta Personal era más variada. A ojo, habría unas sesenta o setenta subcarpetas en orden alfabético. Algunas tenían nombres de personas, como Sascha Lloyd-Navarro o Ehren Michaels. Otras eran anotaciones privadas, como Círculo de Entrenamiento o APE.

Mierdas Que Me Hacen Sentir Culpable.

—Bien, la cosa se pone interesante —dijo en el silencio del hueco.

Cincuenta mensajes durante los últimos cinco años, todos enviados desde las sedes de Mercancías Mao-Kwikowski del Cinturón y de la Luna. Al contrario que los mensajes políticos, estaban todos abiertos menos uno.

Miller dio un trago a la cerveza y se centró en los dos mensajes más recientes. El último, que seguía sin leer, era de JPM. Jules-Pierre Mao, supuso. El anterior a ese tenía tres respuestas en borradores y no se había enviado ninguna. Era de Ariadne. La madre.

Ser inspector siempre tenía un punto de voyerismo. Para él era legal hurgar en la vida privada de una mujer que no conocía. Formaba parte de su investigación descubrir que se sentía sola y que sus únicas pertenencias eran los artículos de aseo del baño. Que era orgullosa. Nadie podría decir nada a Miller, o al menos nada que le acarreara problemas en el trabajo, si se ponía a leer todos los mensajes privados de la partición. Beberse su cerveza era lo más cuestionable que había hecho desde que había entrado allí.

Y, aun así, dudó unos instantes antes de abrir el penúltimo mensaje.

Cambió la imagen de la pantalla. Con un equipo mejor, habría sido difícil distinguir aquel mensaje de uno de papel y tinta, pero en el equipo barato de Julie las líneas más finas temblaban y por la parte izquierda se escapaba un ligero brillo. La caligrafía era exquisita y legible, por lo que o bien estaba creada con un programa de caligrafía tan bueno como para cambiar la forma de las letras y la anchura de las líneas o bien se había escrito a mano.

Cariño:

Espero que te vaya todo bien. Me gustaría que me escribieras de vez en cuando. Siento como si hiciera falta entregar una solicitud por triplicado para saber algo de mi propia hija. Sé que en esta aventura en la que te has embarcado la libertad y la independencia son muy importantes, pero también estaría bien que fueras un poco considerada.

La razón principal por la que me pongo en contacto contigo es porque tu padre ha entrado de nuevo en una de sus etapas de consolidación y pensamos vender la Jabalí. *Sé que era importante para ti, pero supongo que ya hemos perdido la fe en que te dediques a las carreras. Para lo único que nos sirve ahora es para acumular gastos de almacenaje, así que tenemos que dejar de lado los sentimentalismos.*

Estaba firmado con las iniciales *A. M.*

Miller sopesó las palabras. Por algún motivo, había creído que los chantajes emocionales paternos de los ricos serían mucho más sutiles. «Si no haces lo que decimos, te quitaremos tus juguetes. Si no nos escribes. Si no vuelves a casa. Si no nos quieres.»

Miller abrió el primero de los borradores.

Madre, si es eso lo que te consideras:
Muchas gracias por volver a regalarme un día de mierda. No puedo creer lo egoístas, mezquinos y bruscos que sois. No puedo creer que seáis capaces de dormir por las noches o que siquiera hayáis pensado que yo...

Miller leyó el resto por encima. El tono era el mismo en todo el mensaje. El segundo borrador tenía fecha de dos días después. Entró para leerlo.

Mamá:
Siento haber estado tan ausente estos últimos años. Sé que ha sido difícil para ti y para papá. Espero que sepáis que las decisiones que he tomado no han sido para haceros daño.
Me gustaría que reconsiderarais lo de la Jabalí. *Es mi primera nave y*

Acababa ahí. Miller se reclinó.

—No te derrumbes, chica —dijo Miller a una Julie imaginaria. Luego abrió el último borrador.

Ariadne:
Haz lo que tengas que hacer.

Julie

Miller rio y levantó la botella hacia la pantalla para brindar. Sus padres sabían cómo hacerle daño y Julie supo encajar el golpe. Si conseguía atraparla y enviarla de vuelta a casa, iba a ser un mal día para ambos. Para todos.

Terminó la cerveza, tiró el botellín en el conducto de reciclado y abrió el último mensaje. No le apetecía mucho conocer el destino final de la *Jabalí*, pero su trabajo consistía en conocer el máximo de detalles posible.

Julie:
Esto no es una broma ni una de las exageraciones de tu madre. Tengo información fehaciente que asegura que el Cinturón se va a convertir en un lugar muy peligroso dentro de poco. Ya solucionaremos nuestras diferencias más adelante.
POR TU SEGURIDAD, VUELVE A CASA AHORA MISMO.

Miller frunció el ceño. El reciclador de aire zumbó. Fuera se oía el alboroto agudo de los niños de la zona. Tocó la pantalla para cerrar el último mensaje de Mierdas Que Me Hacen Sentir Culpable y luego lo abrió otra vez.

Lo habían enviado desde la Luna, dos semanas antes de que James Holden y la *Canterbury* avivaran el fantasma de la guerra entre Marte y el Cinturón.

Aquella distracción se ponía interesante.

9

Holden

—Las naves siguen sin responder —dijo Naomi mientras pulsaba una secuencia de teclas en la consola de comunicaciones.

—No esperaba que lo hicieran, pero quería que la *Donnager* viera que nos preocupa que nos sigan. Llegados a este punto, lo importante es cubrirnos las espaldas —dijo Holden.

Naomi se estiró y la espalda le crujió. Holden sacó una barrita de proteínas de la caja que tenía en su regazo y se la tiró.

—Come.

Naomi le quitó el envoltorio mientras Amos ascendía por la escalerilla y se dejaba caer en el sofá al lado de ella. Tenía el mono tan sucio que brillaba. Igual que para el resto, haber pasado tres días en aquella lanzadera no había sentado bien a su higiene personal. Holden levantó la mano y se rascó con asco el pelo grasiento. La *Caballero* era muy pequeña, por lo que no tenía duchas, y los lavabos de gravedad cero eran demasiado estrechos para meter la cabeza. Amos había resuelto el problema del pelo rapándoselo y ahora tenía un anillo de pelo muy corto alrededor de su calva. De alguna manera, Naomi se las había apañado para tener el pelo brillante y sin apenas grasa. Holden se preguntaba cómo lo había conseguido.

—Écheme algo para zampar, segundo —dijo Amos.

—Capitán —lo corrigió Naomi.

Holden le lanzó otra barrita de proteínas. Amos la atrapó y miró con asco aquel paquete largo y fino.

—Madre mía, jefe, cambiaría el cojón izquierdo por comida

que no tuviera forma de consolador —dijo Amos, y luego dio un golpecito a la barra de Naomi con la suya, como brindando.

—Háblame de nuestra agua —dijo Holden.

—Bueno, llevo dando vueltas entre cascos todo el día. He apretado todo lo que se puede apretar y usado resina epóxica en todo lo que no, así que ya no hay goteras en ningún sitio.

—Aun así, iremos apurados, Jim —dijo Naomi—. Los sistemas de reciclaje de la *Caballero* son una mierda. No está hecha para procesar y reciclar los desperdicios de cinco personas durante dos semanas.

—Si es solo ir apurados, me vale. Tendremos que acostumbrarnos a la peste de los demás. Lo que me preocupaba era un «ni de milagro nos llega».

—Hablando del tema, voy a acercarme a mi estante para ponerme desodorante —terció Amos—. Arrastrarme todo el día por las entrañas de la nave me ha dejado con una peste que seguro que no me dejará dormir ni a mí.

Amos tragó el último pedazo de la comida, se relamió con sorna, se apartó del asiento y bajó por la escalerilla de la tripulación. Holden dio un mordisco a su barrita. Sabía a cartón grasiento.

—¿Qué hace Shed? —preguntó—. Está muy callado.

Naomi frunció el ceño y dejó su barrita mordida sobre la consola de comunicaciones.

—De eso quería hablar contigo. No está bien, Jim. Es el que peor lleva... todo lo que ha pasado. Alex y tú estabais en la armada y allí os entrenan para superar la pérdida de compañeros. Amos lleva mucho tiempo volando y esta es la tercera nave que ve caer, aunque no te lo creas.

—Y tú estás hecha de hierro fundido y titanio —dijo Holden, solo fingiendo bromear.

—No del todo. Un ochenta o noventa por ciento, como mucho —respondió Naomi, amagando una sonrisa—. Pero en serio, creo que deberías hablar con él.

—¿Y qué le digo? No soy psiquiatra. Lo que nos decían en la armada era en plan deber, sacrificio honorable y vengar a los camaradas caídos. Eso no funciona tan bien cuando han asesinado a tus amigos sin motivo aparente y es un hecho que no puedes hacer nada al respecto.

—No digo que lo ayudes a superarlo. Solo que hables con él.

Holden se separó de su asiento e hizo un saludo militar a Naomi.

—Sí, señora —dijo. Paró en la escalerilla—. Gracias otra vez, Naomi. De verdad que...

—Lo sé. Vete a hacer de capitán —respondió ella, girándose hacia la consola y abriendo la pantalla de control de la nave—. Yo seguiré saludando a los vecinos.

Holden encontró a Shed en la pequeña enfermería de la *Caballero*, que era poco más que un botiquín. Contaba con un catre reforzado, armarios con suministros y media docena de instrumentos de pared, que apenas dejaban espacio suficiente para un taburete adherido al suelo por sus patas magnéticas. Shed estaba sentado en él.

—Eh, colega, ¿te importa que pase? —preguntó Holden. «¿En serio he dicho "eh, colega"?»

Shed hizo un gesto de indiferencia y activó la pantalla de inventario de la consola de pared para luego abrir varios cajones y echar un vistazo a los contenidos. Se hacía el ocupado.

—Mira, Shed. Lo de la *Canterbury* nos ha afectado mucho a todos, y tú... —dijo Holden.

Shed se dio la vuelta con un tubo blanco en la mano.

—Disolución al tres por ciento de ácido acético. No sabía que teníamos esto por aquí. En la *Cant* se había terminado y tenía a tres personas con VG a las que habría venido muy bien. Me pregunto por qué la dejarían en la *Caballero* —dijo Shed.

—¿VG? —fue todo lo que se le ocurrió preguntar a Holden.

—Verrugas genitales. Una disolución de ácido acético es el mejor tratamiento para una verruga visible. Las quema. Duele un carajo, pero funciona. No había razón para tener esto en la lanzadera. El inventario médico siempre es un desastre.

Holden hizo un amago de hablar, pero no se le ocurrió nada que decir y volvió a cerrar la boca.

—Tenemos pomada de ácido acético —continuó Shed, con la voz cada vez más estridente—, pero nada para el dolor. ¿Qué cree que haría más falta en una lanzadera de rescate? Si encontráramos a alguien entre los restos con un caso grave de VG, iríamos surtidos. ¿Con un hueso roto? Mala suerte, toca aguantarse.

—Escucha, Shed —interrumpió Holden, intentando centrar la conversación.

—Ah, y mire. No hay acelerador coagulante. Pero ¿qué coño? Porque, claro, seguro que en una misión de rescate es imposible que alguien se ponga a... no sé, ¿a sangrar? Que te salgan bultos en el paquete sí, claro, pero ¿sangrar? ¡Ni de broma! O sea, tenemos cuatro casos de sífilis en la *Cant*, una de las enfermedades más antiguas del registro, y todavía no hemos conseguido erradicarla. Yo siempre les digo: «Las putas de la estación Saturno se follan a todos los hieleros de la ruta, así que poneos gomita.» Pero ¿me hacen caso? No, así que así nos va con la sífilis y tenemos escasez de ciprofloxacina.

Holden notó que se le desencajaba la mandíbula. Se agarró a un lado de la escotilla y se inclinó hacia dentro de la estancia.

—Todos los de la *Cant* están muertos —dijo, haciendo que cada una de las palabras sonara nítida, cruda y brutal—. Todos están muertos. Nadie necesita los antibióticos. Nadie necesita esa crema para las verrugas.

Shed dejó de hablar y soltó aire como si acabara de recibir un golpe. Cerró los cajones del armario de suministros y apagó la pantalla del inventario con movimientos cortos y precisos.

—Lo sé —dijo en voz baja—. No soy estúpido. Solo necesito algo de tiempo.

—Todos lo necesitamos, pero estamos juntos dentro de esta lata minúscula. Para serte sincero, he bajado porque Naomi está preocupada por ti, pero ahora que te he visto, me has asustado mucho. No pasa nada, porque ahora soy el capitán y es mi trabajo, pero no puedo permitir que asustes a Alex o a Amos. Quedan diez días para que nos recoja una nave de batalla marciana y eso ya da bastante miedo sin que el médico se venga abajo.

—No soy médico, solo un técnico —dijo Shed con un hilillo de voz.

—Eres nuestro médico, ¿de acuerdo? Para los cuatro que estamos contigo en la nave, eres nuestro médico. Si Alex empezara a tener problemas de estrés postraumático y necesitara medicamentos para superarlo, acudiríamos a ti. Y si en ese caso te encontrara aquí balbuceando sobre verrugas, se daría la vuelta, subiría a la cabina y pilotaría fatal. ¿Quieres llorar? Pues hagámoslo juntos. Nos sentamos en la cocina, nos emborrachamos y lloramos como bebés, pero juntos y a salvo. Nada de esconderse aquí abajo.

Shed asintió.

—¿Podríamos hacerlo? —preguntó.

—¿Hacer el qué? —dijo Holden.

—¿Emborracharnos y llorar como bebés?

—Sí, joder. Será la misión oficial de esta noche. Preséntese en la cocina a las veinte cero cero, señor Garvey. Traiga un vaso.

Shed iba a responder, pero el sistema de comunicaciones de la nave chasqueó antes de que llegara la voz de Naomi.

—Jim, vuelve al centro de mando.

Holden agarró el hombro de Shed unos instantes y luego se marchó.

En el centro de mando, Naomi había abierto la pantalla de comunicaciones y hablaba con Alex en voz baja. El piloto negaba con la cabeza y tenía el ceño fruncido. En la pantalla de Naomi resplandecía un mapa.

—¿Qué ocurre? —dijo Holden.

—Hemos recibido un mensaje láser, Jim. Nos ha apuntado y ha empezado a transmitir hace unos minutos —respondió Naomi.

—¿De la *Donnager*? —Lo único que se le ocurría que podía estar dentro del alcance de una comunicación láser era el acorazado marciano.

—No. Del Cinturón —respondió Naomi—. Y no de Ceres ni Eros ni Palas. De ninguna de las grandes estaciones.

Señaló un pequeño punto en la pantalla.

—Viene de aquí.

—Ahí no hay nada —dijo Holden.

—Incorrecto. Alex lo ha comprobado y es el lugar donde Tycho lleva a cabo un gran proyecto de construcción. No sabemos muchos detalles, pero el radar detecta algo grande.

—Algo de ahí tiene un sistema de comunicaciones tan potente como para pintarnos un círculo del tamaño de tu ojete a tres UA de distancia —continuó Alex.

—Vaya, impresionante. ¿Y qué dice ese ojete parlanchín? —preguntó Holden.

—No te lo vas a creer —dijo Naomi, y reprodujo una grabación.

Un hombre de piel oscura, con los huesos faciales anchos como los de un terrícola, apareció en la pantalla. Tenía algunas canas en el pelo y el cuello fibroso, con músculos envejecidos.

—Hola, James Holden. Me llamo Fred Johnson —dijo con una sonrisa.

Holden detuvo el vídeo.

—Este tío me suena. Busca su nombre en la base de datos de la nave —dijo.

Naomi se lo quedó mirando con cara perpleja en vez de moverse.

—¿Qué pasa? —dijo Holden.

—Es Frederick Johnson —dijo ella.

—Bien.

—El coronel Frederick Lucius Johnson.

Se hizo un silencio que lo mismo podría haber durado un segundo que una hora.

—No jodas —fue todo lo que pudo decir Holden.

El hombre de la pantalla había sido uno de los oficiales más condecorados del ejército de las Naciones Unidas, pero acabó convertido en uno de los peores fracasos del cuerpo. Para los cinturianos, era como el *sheriff* terrícola de Nottingham convertido en Robin Hood. Para los terrícolas, era un héroe caído en desgracia.

Fred Johnson consiguió su fama con una serie de capturas importantes de piratas cinturianos durante uno de los períodos de mayor tensión entre la Tierra y Marte, uno de esos que tenía lugar cada pocas décadas y luego perdía fuelle. La tasa de crímenes del Cinturón aumentaba durante todos esos intervalos en los que las dos superpotencias solucionaban sus rifirrafes. El coronel Johnson (que por aquel entonces era el capitán Johnson) y su pequeño escuadrón de tres fragatas misileras destruyeron una docena de naves piratas y dos grandes bases en un período de dos años. Para cuando la Coalición dejó de reñir, la piratería había incluso descendido en el Cinturón y Fred Johnson estaba en boca de todo el mundo. Lo ascendieron y lo pusieron al mando de la división de infantería de marina de la Coalición que se encargaba de proteger el Cinturón, y allí continuó haciendo honor a su fama.

Hasta lo que ocurrió en la estación Anderson.

Era una pequeña terminal de carga casi en el lado opuesto del Cinturón al gran embarcadero de Ceres, y prácticamente nadie, ni siquiera entre los cinturianos, sería capaz de ubicar la estación Anderson en un mapa. Era poco más que una pequeña estación de distribución de agua y aire en uno de los lugares más despoblados del Cinturón. Algo menos de un millón de cinturianos tenían aire gracias a la Anderson.

Gustav Marconi, un burócrata con amplia trayectoria en la Coalición que trabajaba en la estación, decidió establecer un impuesto adicional del tres por ciento en todos los cargamentos que pasaran por la estación, con la esperanza de incrementar los beneficios. Menos de un cinco por ciento de los cinturianos que compraban aire a la Anderson tenían problemas económicos, por lo que algo menos de cincuenta mil tendrían que pasar un día al mes sin respirar para compensar la subida de precio. Solo un pequeño porcentaje de esos cincuenta mil no tenían forma de compensar esa pequeña pérdida en sus sistemas de reciclaje. Y de ellos, solo una pequeña parte creía que un levantamiento armado era la respuesta adecuada.

Fue por eso que, del millón de habitantes que se vio afectado, solo ciento setenta cinturianos armados llegaron a la estación, la tomaron por la fuerza y tiraron a Marconi por una esclusa de aire. Exigieron al gobierno garantías de que no se volvieran a establecer impuestos adicionales al precio del aire o del agua que pasara por la estación.

La Coalición envió al coronel Johnson.

Durante la Masacre de la Estación Anderson, los cinturianos no desconectaron las cámaras y se retransmitió por completo a todo el Sistema Solar. Todo el mundo vio cómo los marines de la Coalición combatieron largo y tendido, pasillo a pasillo, contra hombres que no tenían nada que perder ni razones para rendirse. La Coalición salió vencedora (como era de esperar), pero fueron tres días de masacre televisada. Pero la imagen más emblemática de la retransmisión no fue la de la batalla, sino la última que captaron las cámaras antes de que se cortara: el coronel Johnson en el centro de mando de la estación rodeado por los cadáveres de los cinturianos que habían resistido hasta el último momento, analizando la matanza con la mirada inexpresiva y los brazos a ambos lados del cuerpo.

La ONU intentó que la dimisión del coronel Johnson no armara mucho revuelo, pero era una persona demasiado pública. El vídeo de la batalla recorrió la red durante semanas y su importancia solo se vio superada por otro vídeo en el que el coronel Johnson pedía perdón en público por la masacre y anunciaba que las relaciones entre el Cinturón y los planetas interiores eran muy inestables y podían acabar en tragedias incluso mayores.

Luego desapareció. Todo el mundo se olvidó de él casi por completo, dejándolo como una nota al pie de la historia de las atrocidades de la humanidad, hasta la revuelta en la colonia de Palas que ocurrió cuatro años después. En aquella ocasión, los metalúrgicos de una refinería echaron al gobernador de la Coalición de la estación. Pero en aquel caso no se trataba de una pequeña estación de paso con ciento setenta rebeldes, sino de una gran roca del Cinturón con más de ciento cincuenta mil habitantes. Cuando la Coalición envió a los marines, todo el mundo esperaba una carnicería.

Pero entonces el coronel Johnson salió de la nada, apaciguó los ánimos de los trabajadores y habló con los comandantes de la Coalición para que no ordenaran el ataque y resolvieran la crisis de manera pacífica. Pasó más de un año negociando con el gobernador de la estación para mejorar las condiciones de trabajo en las refinerías. Y de la noche a la mañana, el Carnicero de la Estación Anderson se convirtió en un héroe del Cinturón y en todo un símbolo.

Un símbolo que estaba enviando mensajes privados a la *Caballero*.

Holden pulsó un botón para reanudar el mensaje y fue ese Fred Johnson el que habló.

—Señor Holden, creo que están engañándolo. Déjeme decirle sin tapujos que le hablo como representante oficial de la Alianza de Planetas Exteriores. No sé qué habrá escuchado, pero no somos un hatajo de vaqueros con la intención de ganarnos la libertad a base de tiros. Me he pasado los últimos diez años trabajando para mejorar la vida de los cinturianos sin que nadie reciba un disparo. Mire si creo en esos ideales que renuncié a mi ciudadanía terrícola cuando vine aquí fuera.

»Se lo digo para que se dé cuenta de lo en serio que le hablo. Soy una de las personas del Sistema Solar que está menos interesada en la guerra y mi voz se escucha en el consejo de la APE.

»Puede que ya esté al tanto de las transmisiones que resuenan como tambores de guerra y piden venganza contra Marte por lo que le ocurrió a su nave. He hablado con todos los líderes de células de la APE que conozco y ninguno se ha hecho responsable.

»Alguien está poniendo todo de su parte para que estalle una guerra. Si es Marte, cuando suba a esa nave ya nunca volverá a decir en público una sola palabra que no esté dictada por sus líderes. Pero no quiero pensar que sea cosa de Marte. No se me ocurre qué beneficio podrían obtener de una guerra. Así que confío en que, incluso después de que embarque en la *Donnager*, seguirá siendo determinante para lo que está por llegar.

»Le sugiero una palabra clave. La próxima vez que realice una transmisión pública, utilice la palabra "ubicuo" en la primera frase de su mensaje para indicar que no está coaccionado. Si no la usa, daré por hecho que sí. Sea como fuere, quería que supiera que tiene aliados en el Cinturón.

»No sé quién era ni a qué se dedicaba antes, pero ahora es una persona influyente. Si quiere emplear esa influencia para mejorar las cosas, haré todo lo que esté en mi mano para ayudarle. Cuando esté libre, póngase en contacto conmigo en la siguiente dirección. Creo que quizás usted y yo tengamos bastante de lo que hablar.

»Corto.

La tripulación estaba sentada en la cocina y bebía una botella de sucedáneo de tequila que Amos había rescatado de alguna parte. Shed daba sorbitos educados a un vaso pequeño e intentaba reprimir las muecas cada vez. Alex y Amos bebían como cosacos, todo un dedo del licor cada vez que levantaban el vaso. Alex tenía la manía de soltar un «¡la puta!» después de cada trago. Amos soltaba palabrotas diferentes cada vez que bebía. Llevaba once chupitos, y hasta el momento no había repetido ninguna.

Holden miraba a Naomi. Ella removió el tequila en su vaso y le devolvió la mirada. Holden se descubrió preguntándose qué mezcla genética habría originado sus facciones. Sin duda había algo de África y de América del Sur. Su apellido insinuaba una ascendencia japonesa que apenas se le notaba, más allá de un ligero pliegue epicántico. No se podía decir que fuera guapa de una manera convencional, pero mirada desde el ángulo bueno, en realidad era bastante impresionante.

«Mierda. Estoy más borracho de lo que pensaba.»

—Pues... —dijo, para disimular.

—Pues ahora te hablas con el coronel Johnson. Se ha convertido usted en toda una celebridad, señor —dijo Naomi.

Amos dejó su vaso en la mesa con sumo cuidado.

—Quería preguntarle al respecto, señor. ¿Sería posible aceptar esa propuesta de ayuda y volver al Cinturón? —preguntó—. No sé a vosotros, pero tener delante ese acorazado marciano y media docena de naves misteriosas detrás empieza a agobiarme un huevo.

Alex resopló.

—¿Estás de broma? Si damos media vuelta ahora, nos quedaremos secos más o menos al mismo tiempo que nos pillaría la *Donnager*. Está quemando a tope para alcanzarnos antes de que lo hagan las naves cinturianas. Si vamos ahora hacia ellas, la *Donnie* podría interpretar que somos unos chaqueteros y hacernos picadillo.

—Estoy de acuerdo con el señor Kamal —afirmó Holden—. Ya hemos decidido la ruta y no vamos a cambiar ahora. Seguiremos teniendo a mano la información de contacto de Fred. Y hablando del tema, ¿ya has borrado su mensaje, Naomi?

—Sí, señor. No ha quedado ni rastro de él en la memoria de la nave. Los marcianos nunca sabrán que se ha puesto en contacto con nosotros.

Holden asintió y se desabrochó un poco más el mono. La cocina empezaba a caldearse demasiado con cinco borrachos en ella. Naomi enarcó una ceja al ver la camiseta que llevaba días puesta debajo. Holden volvió a subirse la cremallera, avergonzado.

—Lo de esas naves no tiene sentido, jefe —dijo Alex—. Media docena de naves en misión kamikaze con bombas nucleares enganchadas al casco a lo mejor podrían hacer algún daño a una bestia como la *Donnie*, pero poco más sería capaz de hacerle un rasguño. Si activan los sistemas de defensa en punta y los cañones de riel, podrían crear una zona de exclusión aérea que cubriera un espacio de miles de *klicks*. Y ya podrían haber destruido esas seis naves con torpedos, pero me da a mí que tienen tan poca idea como nosotros de quiénes son.

—Estoy seguro de que saben que no pueden pillarnos antes de que nos recoja la *Donnager* —dijo Holden—. Y que no son una amenaza para ella. Por lo que no tengo ni idea de qué traman.

Amos sirvió lo que quedaba de botella en los vasos de todos y levantó el suyo para brindar.

—Qué coño, está claro que lo vamos a averiguar.

10

Miller

La capitana Shaddid solía tocarse la punta del dedo corazón con el pulgar cuando empezaba a estar molesta. Era un sonido casi imperceptible, como el de las patas de los gatos, pero desde que Miller descubrió aquella manía, lo oía más alto. Por quedo que fuera, podía llenar su despacho.

—Miller —dijo con una sonrisa que parecía de verdad—, estos días todos estamos al límite. Han sido tiempos muy complicados.

—Sí, señora —respondió Miller, bajando la cabeza como un corredor de fútbol americano que se preparara para abalanzarse sobre la defensa—, pero creo que esto es importante y merece que...

—Es un favor para un accionista —lo interrumpió Shaddid—. Su padre se puso nervioso. No hay razón para pensar que se refería a que Marte iba a destruir la *Canterbury*. Los impuestos han vuelto a subir. Ha habido un reventón en una de las minas de Luna Roja. Eros tiene problemas con su granja de levadura. No hay día en el que no pase algo en el Cinturón capaz de hacer que un padre se asuste por lo que podría ocurrirle a su preciosa florecilla.

—Sí, señora, pero ha pasado en un momento...

El sonido incrementó el ritmo. Miller se mordió el labio. Aquello estaba perdido.

—No te pongas a inventarte conspiraciones —dijo Shaddid—. Ya tenemos entre manos muchos crímenes que sí que son reales. ¿Política, guerra, cábalas de tipos malos de los planetas interiores que intentan jodernos? Todo eso cae fuera de nuestra jurisdicción. Limítate a enviarme un informe que diga que estás buscando. Yo se lo enviaré a mis superiores y podremos seguir con nuestro trabajo.

—Sí, señora.

—¿Algo más?

—No, señora.

Shaddid asintió y se giró hacia su terminal. Miller cogió el sombrero de la esquina del escritorio y salió del despacho. Un filtro de aire de la comisaría se había averiado durante el fin de semana y el repuesto impregnaba el ambiente de un olor a plástico nuevo y ozono. Miller se sentó en su escritorio, entrelazó los dedos por detrás de la cabeza y miró hacia las luces que tenía encima. El nudo que se le había hecho en la garganta no remitía. Mal asunto.

—Entonces, ¿no ha ido muy bien? —preguntó Havelock.

—Podría haber ido mejor.

—¿Te ha quitado el caso?

Miller negó con la cabeza.

—No, sigue siendo mío. Pero no quiere que me dedique mucho.

—Podría ser peor. Al menos, aún puedes investigar qué ha pasado. A lo mejor puedes echarle unas horas después del trabajo, así como para practicar, ¿sabes?

—Sí —respondió Miller—. Practicar.

Los escritorios estaban extrañamente limpios, tanto el suyo como el de Havelock. La barrera de documentos que Havelock había creado entre su lugar de trabajo y la comisaría había desaparecido, y Miller notaba en la mirada de su compañero y en su forma de mover las manos que el policía que habitaba en su interior quería volver a los túneles. No sabía si para ponerse a prueba antes del traslado o solo para romper unas cuantas cabezas. Quizá fueran dos maneras de decir lo mismo.

«Mientras no dejes que te maten antes de salir de aquí...», pensó Miller.

—¿Qué tenemos hoy? —dijo luego en voz alta.

—Una tienda de componentes. Sector ocho, tercer nivel —dijo Havelock—. Quejas por extorsión.

Miller se sentó un momento para pensar en su reticencia como si fuese la de otro. Era como si Shaddid hubiera dejado probar carne fresca a un perro y luego le siguiera dando pienso. Tuvo la tentación de pasar de la tienda de componentes y la sopesó por unos instantes. Luego suspiró, bajó los pies al suelo y se puso en pie.

—Venga, va —dijo—. Hagamos que la estación sea un lugar seguro para comerciar.

—Así se habla —respondió Havelock, comprobando su arma. Lo hacía mucho más a menudo los últimos días.

La tienda era una franquicia de entretenimiento. Tenía muebles blancos y limpios llenos de equipos personalizados para mundos interactivos: simuladores de batalla, juegos de exploración o sexo. La voz de una mujer vociferaba por el sistema de sonido algo a medio camino entre una llamada islámica a la oración y un orgasmo rítmico. La mitad de los carteles estaban en hindi y tenían traducciones al chino y al español. La otra mitad estaba en inglés y luego en hindi como segundo idioma. El tendero no era más que un niño. Tendría unos dieciséis o diecisiete años y una barba rala de la que se le veía orgulloso.

—¿Puedo ayudarles? —dijo el chico, mirando a Havelock con un reparo que rayaba el desprecio.

Havelock sacó su identificación, asegurándose de que el chico viera bien su pistola al hacerlo.

—Nos gustaría hablar con... —Miller echó un vistazo al formulario de reclamaciones en la pantalla de su terminal—. Asher Kamamatsu. ¿Está aquí?

El encargado era gordo para ser cinturiano. Era más alto que Havelock y tenía una capa de grasa alrededor del estómago y de los gruesos músculos de los hombros, brazos y cuello. Entornando los ojos, Miller podía ver al chico de diecisiete años que una vez fue debajo de aquellas capas de tiempo y decepción, y se parecía mucho al del mostrador. El despacho era casi demasiado pequeño para los tres y estaba lleno de cajas de programas pornográficos.

—¿Lo han detenido? —dijo el encargado.

—No —respondió Miller—. Todavía hay que descubrir quiénes son.

—Ya se lo he dicho, joder. Tenemos imágenes en la cámara de la tienda y le he dado su maldito nombre.

Miller miró su terminal. El sospechoso se llamaba Mateo Judd, un estibador con unos antecedentes poco espectaculares.

—Entonces cree que es solo este tipo —dijo Miller—. Bien. Iremos a por él y lo encerraremos. No merece la pena descubrir para quién trabaja. Total, seguro que le trae sin cuidado que hayamos detenido a su chico. Mi experiencia con estos chantajes me dice que reemplazan a los ladronzuelos cada vez que alguno desaparece. Pero ya que está usted tan seguro de que el problema se reduce al chico...

La expresión resentida del encargado dijo a Miller que lo había entendido. Havelock sonrió, apoyado en una pila de cajas que rezaban СИРОТЛИВЫЕ ДЕВУШКИ.

—¿Por qué no me dice lo que quería?

—Ya se lo he dicho al policía anterior —respondió el encargado.

—Dígamelo a mí.

—Nos quería vender un plan de seguros privado. Cien al mes, como el anterior.

—¿El anterior? —preguntó Havelock—. Entonces, ¿ya había ocurrido antes?

—Claro —dijo el encargado—. Aquí pagamos todos, ya saben. El precio de los negocios.

Miller cerró el terminal y frunció el ceño.

—Qué filosófico. Pero si ese es el precio de los negocios, ¿qué pintamos nosotros aquí?

—Es que creía que... que su gente lo tenía bajo control. Desde que dejamos de pagar a los Loca, he podido sacar unos beneficios decentes. Pero ahora está empezando todo otra vez.

—Un momento —dijo Miller—. ¿Los Loca Greiga dejaron de cobrarle por protección?

—Claro. Y no solo a mí. La mitad de los tíos que conozco han dejado de pasarse por la Rama. Creíamos que la policía se había puesto las pilas de una vez. Y ahora tenemos a estos cabrones nuevos dando la lata y todo vuelve a ser la misma mierda de siempre.

Miller sintió un cosquilleo en la nuca. Miró a Havelock, que negó con la cabeza. Él tampoco sabía nada. El Club de la Rama Dorada, los hombres de Sohiro, los Loca Greiga. Todo el crimen organizado de Ceres sufría el mismo colapso ecológico, y había alguien nuevo que quería ocupar el nicho vacío. Casi se le quitaron las ganas de hacer las siguientes preguntas. Havelock pensaría que estaba paranoico.

—¿Cuándo fue la última vez que pasaron los de antes a cobrarle la protección?

—No lo sé. Hace mucho.

—¿Antes o después de que Marte destruyera ese transportador de agua?

El encargado cruzó sus brazos robustos y entornó los ojos.

—Antes —respondió—. Puede que hace un mes o dos. ¿Qué tiene que ver eso?

—Solo intentaba ordenar los acontecimientos —respondió Miller—. Ese tipo nuevo, Mateo, ¿le dijo quién respalda ese nuevo plan de seguros?

—Descubrir eso es su trabajo, ¿o no?

La expresión del encargado se había cerrado tan de golpe que Miller hasta imaginó que oía el chasquido. Estaba claro que Asher Kamamatsu sabía quién quería extorsionarle. Y tenía los cojones suficientes para quejarse por ello, pero no para señalar al culpable.

Interesante.

—Bueno, gracias por todo —dijo Miller mientras se levantaba—. Le informaremos sobre lo que descubramos.

—Me tranquiliza saber que están investigando —dijo el encargado, igualando el nivel de sarcasmo de Miller.

En el túnel exterior, Miller se detuvo. El barrio se encontraba en la frontera entre lo respetable y lo sórdido. Había manchas blancas que cubrían lo que antes eran grafitis. Hombres en bicicleta que se balanceaban a lomos de ruedas de gomaespuma sobre la piedra pulida. Miller caminó despacio con los ojos puestos en el alto techo hasta que encontró una cámara de seguridad. Sacó el terminal, buscó en los registros que se correspondían con el número de serie de la cámara y buscó el vídeo del momento en que se tomaron las imágenes estáticas que le habían dado en la tienda. Jugó con los controles un momento, haciendo que la gente pasara a cámara rápida hacia delante y atrás. Y allí estaba Mateo, saliendo de la tienda. Con una sonrisa petulante que le deformaba la cara. Miller detuvo la imagen y la amplió. Havelock, que miraba por encima de su hombro, silbó por lo bajo.

El círculo dividido de la APE se podía ver perfectamente en el brazalete del matón, el mismo tipo de brazalete que había encontrado en el hueco de Julie Mao.

«¿Con qué clase de gente andabas metida, niña? —pensó Miller—. Te mereces algo mucho mejor. Sabes que te mereces algo mucho mejor, ¿verdad?»

—Compañero —dijo en voz alta—. ¿Crees que podrías encargarte tú del informe de esta entrevista? Me gustaría ponerme con una cosa y creo que no sería muy inteligente que vinieras conmigo. Sin ofender.

Las cejas de Havelock se alzaron hacia el nacimiento del pelo.

—¿Vas a preguntar a la APE?

—A remover un poco las aguas, nada más —respondió Miller.

Miller pensaba que el simple hecho de ser un trabajador de seguridad y encontrarse en un bar de simpatizantes de la APE sería suficiente para llamar la atención. Pero más de la mitad de las caras que reconoció a la luz tenue del Club para Caballeros de John Rock pertenecían a ciudadanos de a pie. Más de uno también trabajaba, igual que él, para Star Helix en sus horas de servicio. La música era muy cinturiana: un suave repiqueteo acompañado de cítaras y guitarras con letras en media docena de idiomas. Llevaba cuatro cervezas y habían pasado dos horas desde que había acabado su turno, y justo cuando estaba a punto de renunciar a su plan, un hombre alto y delgado se sentó junto a él en la barra. Tenía las mejillas llenas de marcas de acné que daban una imagen demacrada a una cara que, por otra parte, parecía al borde de la carcajada. No era el primer brazalete de la APE que había visto aquella noche, pero ese tipo lo llevaba con petulancia y autoridad. Miller saludó con la cabeza.

—He oído que vas por ahí preguntando por la APE —dijo el hombre—. ¿Te gustaría alistarte?

Miller sonrió y levantó el vaso, un gesto evasivo intencionado.

—¿Tendría que hablar contigo si fuera el caso? —preguntó con tono informal.

—Quizá podría ayudar.

—Entonces quizá también podrías decirme algunas cosas más —dijo, mientras sacaba su terminal y lo dejaba en la barra de bambú falso con un golpe audible.

La imagen de Mateo Judd brillaba en la pantalla. El hombre de la APE frunció el ceño y se giró hacia la pantalla para verla mejor.

—Soy realista —continuó Miller—. Cuando Chucky Snails llevaba el tema de la protección, no hacía ascos a hablar con sus hombres. Tampoco cuando la Mano empezó a encargarse de la seguridad ni luego con el Club de la Rama Dorada. Mi trabajo no consiste en impedir que la gente estire las normas, sino en mantener Ceres estable. ¿Entiendes?

—No sabría decirte —dijo el hombre. Tenía un acento que lo hacía parecer más educado de lo que Miller había esperado—. ¿Quién es este hombre?

—Se llama Mateo Judd y ha montado un negocio de protección en el sector ocho. Dice que lo respalda la APE.

—La gente dice muchas cosas, inspector. Eres inspector, ¿verdad? Pero me estabas hablando de realismo.

—Si la APE está entrando en la economía sumergida de Ceres, será mejor para todos que empecemos a hablar. A relacionarnos.

El hombre se rio entre dientes y echó a un lado el terminal. El camarero andaba cerca, con una mirada interrogativa que no tenía nada que ver con servir copas. No iba dirigida a Miller.

—He oído que tienen algún que otro problemilla con la corrupción en Star Helix —dijo el hombre—. Admito que me impresiona tu franqueza. Pero un pequeño apunte. La APE no es una organización criminal.

—¿De verdad? Me habré equivocado. Creía que, con eso de matar a tanta gente...

—No vas a conseguir que muerda el anzuelo. Es cierto que nos defendemos de aquellos que quieren perpetuar el terrorismo económico en el Cinturón. Sean terrícolas o marcianos. Nuestro objetivo es defender a los cinturianos —dijo el hombre—. Incluido tú, inspector.

—¿Terrorismo económico? —dijo Miller—. Me parece un poco exagerado.

—¿Eso crees? Para los planetas interiores no somos más que mano de obra. Nos fríen a impuestos. Nos dicen qué hacer. Nos imponen sus leyes e ignoran las nuestras en pos de la estabilidad. Durante el último año han duplicado los aranceles a Titania. A las cinco mil personas que habitan en una bola de hielo que orbita alrededor de Neptuno, a meses de distancia de cualquier parte. Para esas personas, el Sol es poco más que una estrella brillante. ¿Crees que están en posición de obtener alguna compensación? Y han prohibido a los cargueros cinturianos aceptar contratos de Europa. Nos cobran el doble por desembarcar en Ganímedes. ¿La estación científica de Febe? No se nos permite ni orbitar a su alrededor. En ese lugar no hay ni un cinturiano. Sea lo que sea que desarrollen allí, no lo sabremos hasta que nos lo vendan, dentro de unos diez años.

Miller dio un sorbo a la cerveza y señaló el terminal con la cabeza.

—¿Así que no es de los vuestros?

—No, no lo es.

Miller asintió y guardó el terminal en el bolsillo. Era raro, pero creía a aquel hombre. No tenía aires de matón ni fanfarroneaba como si intentara impresionar a todo el mundo. No, se le veía seguro y sabía de qué hablaba y, en el fondo, también parecía muy cansado. Miller había conocido soldados que reunían esas características, pero no criminales.

—Una cosa más —dijo Miller—. Busco a alguien.

—¿Otro caso?

—No exactamente. Juliette Andromeda Mao. La llaman Julie.

—¿Debería sonarme de algo?

—Es de la APE —dijo Miller, haciendo un gesto con las manos.

—¿Tú conoces a todos los de Star Helix? —dijo el hombre, y siguió hablando al ver que Miller no respondía—. Pues nosotros somos bastante más grandes que tu empresa.

—Muy cierto —dijo Miller—. Pero te agradecería que mires a ver si oyes algo.

—No creo que estés en posición de pedir favores.

—Tenía que intentarlo.

El hombre de la cara marcada rio entre dientes y puso una mano en el hombro de Miller.

—No vuelvas por aquí, inspector —dijo. Y se perdió entre el gentío.

Miller dio otro sorbo a la cerveza con el ceño fruncido. Tenía la incómoda sensación de haber dado un paso en falso. Estaba seguro de que la APE se movilizaba en Ceres, aprovechando la destrucción del transportador de agua y el aumento de temor y odio contra los planetas interiores que había surgido en el Cinturón. Pero ¿qué tenía que ver todo aquello con el padre de Julie Mao y su sospechosa y oportuna ansiedad? ¿O con la desaparición de los sospechosos habituales de la estación Ceres, ya puestos? Meditar sobre ello era como ver un vídeo un poco desenfocado. Daba esa sensación de casi tenerlo, pero solo casi.

—Demasiados puntos —dijo Miller—. Y pocas líneas.

—¿Decía algo? —preguntó el camarero.

—Nada —dijo Miller, empujando la botella medio vacía hacia el fondo de la barra—. Gracias.

Ya en su hueco, Miller puso música. El tipo de coros líricos que gustaban a Candace, cuando eran jóvenes y, si no optimistas, al menos sí más felices dentro de su fatalismo. Bajó las luces a media potencia para relajarse, para ver si aunque solo fuera por unos minutos podía olvidar aquella sensación de haber dejado pasar algún detalle importante que le reconcomía, y así quizá la pieza que faltaba le vendría a la mente.

Esperaba que Candace apareciera en sus pensamientos, suspirando y mirándolo contrariada como había hecho en la realidad. Pero, en su lugar, se encontró hablando con Julie Mao. En la duermevela del alcohol y el cansancio, la imaginó sentada en el escritorio de Havelock. La edad no era la suya, parecía menor de lo que era en la realidad. Quizá la edad que tenía la niña que sonreía en aquella fotografía. La chica que había competido con la *Jabalí* y había ganado. Le dio la sensación de hacerle preguntas y de que sus respuestas eran reveladoras. Todo tenía sentido. No solo el cambio en el Club de la Rama Dorada y el secuestro de la propia chica, sino también el traslado de Havelock, la destrucción del transportador de hielo y hasta la propia vida y el trabajo de Miller. Soñó que Julie Mao reía y se despertó tarde y con dolor de cabeza.

Havelock lo esperaba en su escritorio. La cara ancha y pequeña del terrícola le pareció extraña y alienígena, pero Miller intentó quitarse de encima la sensación.

—Estás hecho unos zorros —dijo Havelock—. ¿Noche ajetreada?

—Me hago viejo y bebo cerveza barata —respondió Miller.

Una de la brigada antivicio gritó enfadada algo sobre que le habían vuelto a bloquear los archivos, y un informático apareció corriendo por la comisaría como una cucaracha nerviosa. Havelock se inclinó hacia él, con la expresión seria.

—En serio, Miller —dijo—. Todavía somos compañeros y... te juro por Dios que creo que eres el único de esta roca al que puedo llamar amigo. Puedes confiar en mí. Si hay algo que quieras contarme, aquí estoy.

—Muchas gracias —respondió Miller—. Pero de verdad que no sé a qué te refieres. Anoche fue un fiasco.

—¿Nadie de la APE?

—Claro que sí. En esta estación das una patada a una piedra y salen tres tipos de la APE de debajo. Pero no conseguí información.

Havelock se echó hacia detrás, con los labios blancos de la fuerza con la que los apretaba. Miller levantó los hombros en gesto de pregunta y el terrícola señaló la pizarra con la cabeza.

Había un nuevo homicidio en lo alto de la lista. A las tres de la madrugada, mientras Miller balbuceaba en sueños, alguien había entrado en el hueco de Mateo Judd y le había disparado un cartucho de escopeta lleno de gel balístico en el ojo izquierdo.

—Bueno —dijo Miller—, veo que en esto me equivocaba.

—¿En qué? —preguntó Havelock.

—La APE no está entrando en el negocio de los criminales —respondió Miller—. Está entrando en el de la policía.

11

Holden

La *Donnager* era horrenda.

Holden había visto en fotos y vídeos los viejos transatlánticos de la Tierra y hasta en aquella edad de acero tenían algo bonito. Eran largos y elegantes, con la apariencia de algo capaz de surcar el viento, de criaturas casi incontenibles. La *Donnager* no tenía nada de aquello. Como todas las naves preparadas para vuelos largos, estaba construida como un edificio de oficinas: cada cubierta era como un piso del edificio y tenía las escalerillas o ascensores en su eje. El impulso constante sustituía a la gravedad.

Pero de lado, la *Donnager* sí que se parecía de verdad a un edificio de oficinas. Era cuadrada y tosca, con algunas protuberancias en lugares en apariencia aleatorios. Medía casi quinientos metros de largo, lo que se correspondía con un edificio de ciento treinta pisos. Alex decía que vacía pesaba unas doscientos cincuenta mil toneladas, y daba la sensación de que se quedaba corto. Holden pensó, y no por primera vez, en cuánto del sentido estético de la humanidad se había desarrollado en una época en la que los objetos elegantes cortaban el aire. La *Donnager* nunca cruzaría nada más denso que el gas interestelar, por lo que las formas curvadas y angulares eran un desperdicio de espacio. El resultado era algo horrendo.

También era amenazadora. Mientras Holden miraba la nave desde un asiento de la cabina de la *Caballero* junto a Alex, el enorme acorazado ajustó su curso al de ellos, acercándose y pareciendo detenerse encima. Se abrió un embarcadero y un cuadrado de tenue luz roja se destacó en el vientre liso y negro de la *Donnager*. Los sistemas de la *Caballero* emitieron un pitido insistente, para recordarle que los láseres de objetivo perfilaban el casco. Holden buscó cañones de defensa en punta dirigidos hacia ellos, pero no vio ninguno.

Dio un respingo cuando escuchó la voz de Alex.

—Recibido, *Donnager* —dijo el piloto—. Bloqueo de dirección recibido. Apagando propulsores.

La sensación de peso se desvaneció. Ambas naves seguían moviéndose a cientos de kilómetros por minuto, pero sus cursos igualados daban sensación de quietud.

—Tenemos permiso para atracar, capi. ¿Entramos?

—Diría que es tarde para escapar, señor Kamal —respondió Holden. Imaginó que Alex cometía algún error que la *Donnager* interpretaba como una amenaza y que los cañones de defensa en punta les disparaban cientos de miles de proyectiles de acero revestidos de teflón que los hacían picadillo—. Despacio, Alex —dijo.

—Dicen que con una de estas se puede destruir un planeta —se oyó decir a Naomi por el canal de comunicaciones. Estaba en el centro de mando, una cubierta por debajo.

—Cualquiera puede destruir un planeta desde la órbita —respondió Holden—. Ni siquiera se necesitan bombas. Solo hay que ponerse a tirar yunques por una esclusa. Eso de ahí fuera podría destruir... joder, cualquier cosa.

Notaron como pequeñas turbulencias cuando se activaron los cohetes de maniobra. Holden sabía que era Alex quien los guiaba, pero no pudo evitar tener la sensación de que la *Donnager* los engullía.

Atracar les llevó casi una hora. Cuando la *Caballero* llegó al muelle, un enorme brazo operador asió la nave y la colocó en una sección vacía del hangar. Unos cepos la atenazaron y el casco vibró con un estallido metálico que recordó a Holden el ruido de las cerraduras magnéticas de una cárcel militar.

Los marcianos sacaron un tubo de abordaje de una de las paredes y lo encajaron en la esclusa de la *Caballero*. Holden reunió a la tripulación en la puerta interior.

—Sin armas de fuego, puñales ni nada que pueda parecer un arma —dijo—. Es probable que no les importe que llevemos los terminales portátiles, pero mantenedlos apagados por si acaso. Si nos los piden, dádselos sin rechistar. Nuestra supervivencia puede depender de que nos tomen por unos quejicas.

—Claro —dijo Amos—. Estos cabronazos mataron a McDowell, pero nosotros tenemos que ir de buenas...

Alex hizo un amago de responder, pero Holden lo interrumpió.

—Alex, hiciste veinte vuelos con la ARCM. ¿Algo que debamos saber?

—Lo que ya ha dicho, jefe —respondió él—. Sí, señor. No, señor. Y no rechistar cuando se nos dé una orden. La tropa no nos dará problemas, pero a los oficiales los entrenan para perder el sentido del humor.

Holden echó un vistazo a su pequeña tripulación y esperó no haberlos traído a su tumba. Activó el ciclo de apertura de la cerradura y se impulsaron en gravedad cero hacia el pequeño tubo de abordaje. Cuando llegaron a la esclusa del fondo (cuyas piezas eran de un gris monótono y estaba limpia como una patena), todos se impulsaron hacia el suelo. Las botas magnéticas se engancharon. La esclusa se cerró y siseó varios segundos antes de abrirse hacia una gran habitación en la que había como una docena de personas. Holden reconoció a la capitana Theresa Yao. Había otros con uniforme de oficial de la armada que debían de ser su personal de confianza, y también un hombre con uniforme de suboficial y mirada impaciente y seis marines con armadura de combate pesada que llevaban rifles de asalto. Los rifles apuntaban hacia él, así que Holden levantó las manos.

—No estamos armados —dijo, con una sonrisa e intentando parecer inofensivo.

Los marines no apartaron los rifles, pero la capitana Yao dio un paso al frente.

—Bienvenidos a bordo de la *Donnager* —dijo—. Jefe, cachéelos.

El suboficial se acercó a ellos y los cacheó con presteza y profesionalidad. Luego levantó el pulgar en dirección a los marines. Bajaron los rifles, y Holden se esforzó para no suspirar aliviado.

—¿Y ahora qué, capitana? —preguntó Holden, todavía con ese tono inofensivo.

Yao escrutó a Holden durante unos segundos antes de responder. Llevaba el pelo recogido y tirante, y tenía unos pocos y rectos mechones canos. En persona, Holden distinguió la distensión de la edad en su mandíbula y en los pliegues de sus ojos. Su expresión insensible tenía la misma arrogancia parsimoniosa que la de todos los capitanes que había conocido hasta el momento. Holden se preguntó qué estaría viendo ella en él al mirarlo. Se esforzó para no atusarse el pelo grasiento.

—El jefe Gunderson les llevará abajo, a sus camarotes, y les ayudará a ponerse cómodos —dijo ella—. Alguien irá a informarles pronto.

El jefe Gunderson empezó a guiarlos fuera de la estancia y Yao volvió a hablar, con un tono más duro.

—Señor Holden, si sabe algo sobre las seis naves que lo siguen, dígalo ahora —dijo—. Les hemos dado un límite de dos horas para cambiar de ruta y ya ha pasado una. Por el momento no lo han hecho. Dentro de una hora tendré que dar la orden de disparar los torpedos. En caso de que sean sus amigos, podría ahorrarles un gran problema.

Holden meneó la cabeza con fuerza.

—Lo único que sé es que vienen del Cinturón y que aparecieron cuando se interesó por conocernos, capitana —respondió Holden—. No han hablado con nosotros. Creemos que son unos ciudadanos del Cinturón preocupados que vienen a ver qué pasa.

Yao asintió. Si la inquietaba que hubiera testigos, no lo reveló.

—Llévelos abajo, jefe —dijo antes de darse la vuelta.

El jefe Gunderson silbó con suavidad y señaló una de las dos puertas. La tripulación de Holden lo siguió y los marines cerraron la marcha. Mientras avanzaban por la *Donnager*, Holden por fin vio de cerca una de las naves insignia marcianas. Él nunca llegó a servir en un acorazado de la ONU y quizás hubiera puesto pie en ellos unas tres veces en siete años, siempre cuando estaban atracados y casi siempre para una fiesta. Cada centímetro de la *Donnager* parecía mucho más aprovechado que los de cualquier nave de la ONU en la que había servido. «Es cierto que las de Marte están mejor construidas.»

—La hostia, segundo, no vea si mantienen esto como los chorros —dijo Amos detrás de él.

—La mayor parte de la tripulación no tiene nada qué hacer en vuelos tan largos, Amos —respondió Alex—. Y cuando no hay nada que hacer, te pones a limpiar.

—¿Ves? Por eso trabajo en transportadores —dijo Amos—. Si hay que elegir entre limpiar cubiertas o emborracharse y follar, creo que lo tengo fácil.

Recorrieron un laberinto de pasillos, empezaron a sentir una ligera vibración en la nave y, poco a poco, la gravedad empezó a regresar. Habían encendido los propulsores. Holden usó los talones para tocar los controles deslizantes de las botas y apagar los imanes.

No vieron a casi nadie, y los pocos a los que vieron andaban rápido, decían poca cosa y casi ni los miraron. Tenían seis naves a la cola y todo el mundo estaba en posición. Cuando la capitana Yao había dicho que dispararían los torpedos en una hora, no se había notado ni un atisbo de amenaza en su voz. Fue la simple enunciación de un hecho. Para la mayor parte de los jóvenes tripulantes de la nave, probablemente sería la primera vez que entraban en combate real, si es que al final sucedía. Holden apostaba a que no.

Se preguntaba qué deducir del hecho de que Yao estuviera dispuesta a destruir un grupo de naves cinturianas solo por seguirlos de cerca en silencio. Aquello implicaba que tampoco dudarían en destruir un transportador de agua como la *Cant*, si consideraban que había razones para ello.

Gunderson hizo que se detuvieran delante de una escotilla

con el código CO117. Deslizó una tarjeta por la cerradura e indicó a todos que entraran.

—Mejor de lo que esperaba —dijo Shed, que parecía impresionado.

El compartimento era grande para ser de una nave. Contaba con seis asientos de alta gravedad y una pequeña mesa con cuatro sillas que se sujetaban al suelo mediante patas magnéticas. En uno de los mamparos había una puerta abierta a través de la que se veía una habitación más pequeña con un retrete y un lavabo. Gunderson y el teniente de infantería acompañaron dentro a la tripulación.

—Por el momento, este será su camarote —dijo el jefe—. Hay una consola de comunicaciones en la pared. Dos de los hombres del teniente Kelly estarán fuera. Díganselo y les traerán cualquier cosa que necesiten.

—¿Qué tal algo de comer? —preguntó Amos.

—Les enviaremos algo. Se quedarán aquí hasta que se requiera su presencia —respondió Gunderson—. Teniente Kelly, ¿algo que añadir, señor?

El teniente de los marines los miró de arriba abajo.

—Los hombres de fuera están ahí para protegerles, pero no se andarán con chiquitas si causan algún problema —dijo—. ¿Recibido?

—Alto y claro, teniente —dijo Holden—. No se preocupe. Mis hombres serán los mejores huéspedes que haya tenido.

Kelly asintió a Holden con una gratitud que le pareció sincera. No era más que un profesional que realizaba un trabajo desagradable.

Holden lo entendía. Y también había conocido a suficientes marines para saber hasta qué punto no se andarían con chiquitas si se veían amenazados.

—Teniente, ¿puede llevar al señor Holden a su cita ahora cuando se marche? —pidió Gunderson—. Me gustaría dejarlo todo organizado con los demás.

Kelly asintió y agarró a Holden por el codo.

—Venga conmigo, señor —dijo.

—¿Dónde me lleva, teniente?

—El teniente Lopez me ha dicho que quería hablar con usted nada más llegara. Lo llevo con él.

Shed no dejaba de mirar nervioso al marine y a Holden. Naomi asintió. Seguro que se volverían a ver, se dijo Holden. Y hasta llegó a pensar que era lo más probable.

Kelly guio a Holden a paso ligero por la nave. Ya no tenía el rifle preparado, sino suelto y colgando del hombro. O había llegado a la conclusión de que Holden no iba a causar problemas o pensaba que podría reducirlo con facilidad.

—¿Puedo preguntar quién es el teniente Lopez?

—El tipo que ha pedido verle —respondió Kelly.

El teniente se detuvo delante de una puerta de color gris, llamó una vez y luego guio a Holden al interior de una pequeña habitación con una mesa y dos sillas que no parecían nada cómodas. Un hombre de cabello oscuro estaba preparando una grabadora. Señaló una de las sillas con un gesto vago. Holden se sentó. La silla era todavía menos cómoda de lo que parecía.

—Puede marcharse, señor Kelly —dijo el hombre que Holden supuso que sería Lopez.

Kelly se retiró y cerró la puerta.

Cuando Lopez terminó de instalar la grabadora, se sentó enfrente de Holden y le tendió una mano. Holden se la estrechó.

—Soy el teniente Lopez, como seguro que le habrá dicho Kelly. Trabajo para inteligencia naval, cosa que casi seguro que no le ha dicho. Mi trabajo no es secreto, pero los marines están entrenados para no dar detalles.

Lopez se metió una mano en el bolsillo, sacó una cajetilla de pastillas blancas y se metió una en la boca. No le ofreció otra a Holden. Las pupilas del teniente se contrajeron hasta convertirse en puntitos mientras chupaba la pastilla. Droga de concentración. Sería capaz de discernir el más mínimo movimiento de las facciones de la cara de Holden durante el interrogatorio. Mentir sería complicado.

—Teniente James R. Holden, de Montana —dijo. No era una pregunta.

—Sí, señor —respondió Holden de todas maneras.

—Siete años en la AONU, su último destino fue el destructor *Zhang Fei*.

—Eso es.

—Su ficha dice que lo expulsaron por agredir a un oficial superior —dijo Lopez—. Suena a un hecho común, Holden. ¿Le dio un puñetazo al viejo? ¿En serio?

—No, fallé. Me rompí la mano contra un mamparo.

—¿Cómo pudo ocurrir?

—Era más rápido de lo que esperaba —respondió Holden.

—¿Y por qué lo hizo?

—Proyecté en él el odio que sentía por mí mismo. Fue un golpe de suerte que acabara haciendo daño a la persona que se lo merecía —dijo Holden.

—Parece que es un tema sobre el que ha pensado mucho desde entonces —dijo Lopez, sin dejar de escrutar el rostro de Holden con los agujeritos que eran sus pupilas—. ¿Terapia?

—Mucho tiempo para darle vueltas en la *Canterbury* —respondió Holden.

Lopez dejó pasar aquel pie tan evidente.

—¿Y a qué conclusión ha llegado después de tantas vueltas? —preguntó.

—A que la Coalición lleva más de cien años pisoteando a todo el mundo ahí fuera. No me gustaba ser la bota.

—¿Es simpatizante de la APE, entonces? —dijo Lopez, sin un atisbo de cambio en su expresión.

—No, no he cambiado de bando, pero sí que he dejado de jugar. No he renunciado a mi ciudadanía. Me gusta Montana. Estoy aquí porque me gusta volar, y solo una caja oxidada cinturiana como la *Canterbury* me contrataría.

Lopez sonrió por primera vez.

—Es usted un hombre de lo más sincero, señor Holden.

—Sí.

—¿Por qué afirmó que un navío del ejército marciano había destruido su nave?

—No lo hice. Lo expliqué todo en la transmisión. Contaban con tecnología que solo está disponible en las flotas de los planetas interiores, y encontré un componente de la ARCM en el dispositivo que nos engañó para detenernos.

—Nos gustaría verlo.

—Sin problema.

—Su ficha dice que es hijo único de una familia cooperativa —continuó Lopez, como si nunca hubieran dejado de hablar del pasado de Holden.

—En efecto. Cinco padres y tres madres.

—Son muchos padres para un solo niño —dijo Lopez, mientras sacaba despacio otra pastilla. Los marcianos disponían de espacio de sobra para las familias más tradicionales.

—La exención tributaria para ocho adultos que solo tienen un hijo les permitió poseer un buen terreno cultivable de veintidós acres. La Tierra tiene más de treinta mil millones de habitantes. Veintidós acres son todo un parque nacional —respondió Holden—. Y, además, la mezcla de ADN es legítima. Son padres biológicos.

—¿Cómo decidieron quién quedaría encinta?

—Madre Elisa tenía las caderas más anchas de todas.

Lopez se metió la segunda pastilla en la boca y la chupó unos momentos. Antes de que pudiera volver a hablar, el suelo vibró y la grabadora de vídeo tembló en su brazo articulado.

—¿Lanzamientos de torpedos? —preguntó Holden—. Parece que esas naves cinturianas no han virado.

—¿Tiene algo que decir sobre el tema, señor Holden?

—Solo que parecen muy dispuestos a destruir naves cinturianas.

—Nos ha dejado en una situación en la que no podemos permitirnos parecer débiles. Después de sus acusaciones, hay mucha gente que no nos toma en serio.

Holden se encogió de hombros. Si Lopez esperaba que se sintiera culpable o arrepentido, no era su día de suerte. Las naves cinturianas sabían hacia dónde se dirigía la *Caballero* y aun así no se habían retirado. Había algo en aquello que le olía mal.

—Puede que los odien con todo su ser —dijo Holden—, pero es difícil encontrar tripulación suicida para seis naves. Quizá crean que pueden evitar los torpedos.

Lopez no se movió y su cuerpo mantuvo aquella quietud tan antinatural a causa de las drogas de concentración que fluían por su cuerpo.

—Hemos... —empezó a decir, pero en ese momento sonó la alarma general. El ruido era ensordecedor en aquella pequeña habitación de metal.

—Joder, ¿están devolviendo el fuego? —preguntó Holden.

Lopez se sacudió, como si despertara de una duermevela. Se levantó y pulsó el botón de comunicaciones de la puerta. Unos segundos después entró un marine.

—Lleve al señor Holden de vuelta a su camarote —dijo Lopez antes de salir corriendo de la habitación.

El marine señaló el pasillo con la punta de su rifle. Tenía una expresión muy seria.

«Todo son risas y fiestas hasta que alguien contraataca», pensó Holden.

Naomi tocó el asiento vacío que tenía al lado y sonrió.

—¿No te han clavado astillas debajo de las uñas? —preguntó.

—No, en realidad ha sido mucho más humano de lo que suelen ser los sabihondos de inteligencia naval —respondió Holden—. Pero seguro que solo calentaba. ¿Habéis oído algo sobre las otras naves?

—Nada de nada, pero esa alarma suena a que de repente se las están tomando en serio —aventuró Alex.

—Qué locura —dijo Shed con tranquilidad—. Volamos en burbujas de metal e intentamos agujerearnos los unos a los otros. ¿Habéis visto alguna vez los efectos que tienen el síndrome de descompresión y una exposición prolongada al frío? Rompen los capilares de los ojos y de la piel. Dañan los tejidos de los pulmones, lo que puede provocar neumonía crónica y cicatrices parecidas a los enfisemas pulmonares. Todo eso si uno no muere y ya está, claro.

—Qué manera más cojonuda de alegrarnos el puto día, doc. Gracias, ¿eh? —dijo Amos.

La nave empezó a vibrar de repente con un ritmo sincopado

pero a muchísima velocidad. Alex miró a Holden con los ojos abiertos como platos.

—Son los sistemas de defensa en punta activándose. Significa que se acercan torpedos —dijo—. Será mejor que nos amarremos bien, niños. Puede que esto empiece a dar algunos bandazos.

Todos menos Holden ya se habían abrochado a los asientos. Holden se amarró el arnés.

—Menuda mierda. La verdadera fiesta es a miles de *klicks* de distancia y no tenemos manera de verlo —dijo Alex—. No hay forma de saber si a los de artillería se les ha escapado algo en sus pantallas hasta que atraviese el casco de la nave.

—Que sí, hombre, aquí nos lo estamos pasando todos de putísima madre —gritó Amos.

Shed tenía los ojos muy abiertos y la cara pálida. Holden negó con la cabeza.

—Eso no ocurrirá. Es imposible destruir este cacharro. Sean de quienes sean, esas naves podrán ponérselo difícil, pero poco más.

—Con todos mis respetos, capitán —dijo Naomi—, sean de quienes sean esas naves, ya deberían estar destruidas y no lo están.

El ruido remoto del combate que se disputaba en la distancia no cesaba. De vez en cuando se sentía el temblor que acompañaba el lanzamiento de un torpedo. Y también la vibración casi constante de las armas de defensa en punta de alta velocidad. Holden no se dio cuenta de que se había quedado dormido hasta que lo despertó un clamor ensordecedor. Amos y Alex gritaban. Shed chillaba.

—¿Qué ha pasado? —preguntó Holden, elevando la voz por encima del ruido.

—¡Nos han dado, capi! —respondió Alex—. ¡Un torpedo ha impactado!

La gravedad disminuyó de repente. La *Donnager* había detenido sus motores. O algo los había destruido.

Amos seguía gritando «mierda mierda mierda» por encima del resto de sonidos, pero al menos Shed había dejado de chillar.

Tenía los ojos abiertos como platos, la mirada perdida y la cara pálida. Holden se desabrochó los amarres y se impulsó hacia el panel de comunicaciones.

—¡Jim! —exclamó Naomi—. ¿Qué haces?

—Necesitamos averiguar qué ocurre —respondió Holden por encima del hombro.

Cuando llegó hasta el mamparo de al lado de la escotilla, golpeó el botón de llamada del panel de comunicaciones. No hubo respuesta. Lo pulsó de nuevo y luego se puso a dar puñetazos en la escotilla. No vino nadie.

—¿Dónde están esos marines de mierda? —preguntó.

Las luces se atenuaron y volvieron a la normalidad. Una y otra vez, a un ritmo pausado.

—Disparan las torretas Gauss, joder. Es una batalla cuerpo a cuerpo —dijo Alex, sorprendido.

En toda la historia de la Coalición, ningún buque insignia había participado en una batalla cuerpo a cuerpo. Pero ahora se estaban disparando los grandes cañones de la nave, lo que significaba que se encontraban a tan poca distancia que era posible disparar sin armas guiadas. Quizás el enemigo estuviera a cientos o incluso a decenas de kilómetros, no a miles. De alguna manera, las naves cinturianas habían evitado la descarga de torpedos de la *Donnager*.

—¿Soy el único que piensa que esto es una locura rara de cojones? —preguntó Amos, con un matiz de pánico.

La *Donnager* empezó a resonar como un gong recibiendo fuertes y continuos martillazos. Contraatacaban.

El proyectil de cañón Gauss que mató a Shed ni siquiera hizo ruido. Como si de un truco de magia se tratara, aparecieron dos agujeros en forma de circunferencia perfecta a ambos lados de la habitación, y la línea que los unía atravesaba el asiento de Shed. En un abrir y cerrar de ojos, la cabeza del médico desapareció de la nuez hacia arriba. La sangre arterial salió bombeada en forma de nube roja, compuso dos finas líneas y se arremolinó hacia los agujeros de las paredes de la habitación con el aire que escapaba.

12

Miller

Miller llevaba doce años trabajando en el negocio de la seguridad. La violencia y la muerte no le eran ajenas. Hombres o mujeres. Animales. Niños. En una ocasión, le había dado la mano a una mujer mientras se desangraba hasta morir. Había matado a dos personas y todavía recordaba sus muertes si cerraba los ojos y pensaba en ello. En su opinión, no había muchas cosas más que pudieran perturbarle.

Pero nunca había visto el principio de una guerra.

El salón del Jacinto Ilustre estaba con el ajetreo del cambio de turno. Hombres y mujeres con uniformes de seguridad (la mayoría de Star Helix, aunque también de algunas empresas menores) bebían allí la copa para relajarse después del trabajo o hacían viajes al bufé de desayuno para buscar café, setas aliñadas con salsa de azúcar o salchichas, que tenían carne como mucho en proporción de uno a mil. Miller masticaba una salchicha y miraba la pantalla de un monitor de pared, en el que un jefe de relaciones exteriores de Star Helix con la mirada sincera y los gestos calmados y seguros explicaba cómo todo se iba a la mierda.

—Los escaneos preliminares parecen indicar que la explosión ha sido el resultado de un intento fallido de conectar un dispositivo nuclear a una estación de amarre. Los oficiales del gobierno marciano solo se han referido al incidente como una «presunta acción terrorista» y no harán comentarios al respecto hasta que concluyan las investigaciones.

—Otro —dijo Havelock detrás de él—. ¿Sabes? Alguno de esos capullos terminará saliéndose con la suya algún día.

Miller giró su asiento y señaló con la cabeza la silla que tenía al lado. Havelock se sentó.

—Será un día interesante —dijo Miller—. Estaba a punto de llamarte.

—Sí, lo siento —respondió su compañero—. Me quedé despierto hasta tarde.

—¿Sabes algo del traslado?

—No —respondió Havelock—. Supongo que mi solicitud estará perdida en algún escritorio del monte Olimpo. ¿Qué tal tú? ¿Algo nuevo sobre esa chica de tu caso especial?

—Todavía no —dijo Miller—. Mira, quería verte antes del trabajo... porque necesito tomarme unos días para seguir unas pistas del tema de Julie. Con todo lo que está pasando, lo único que quiere Shaddid es que haga un par de llamadas y ya.

—Pero no vas a hacerle caso —dijo Havelock. No era una pregunta.

—Tengo un presentimiento.

—¿Y cómo puedo ayudarte?

—Necesito que me cubras las espaldas.

—¿Y cómo voy a hacerlo? —preguntó Havelock—. No puedo decirles que estás enfermo. Tienen acceso a los registros médicos de todo el mundo.

—Diles que últimamente bebo mucho —respondió Miller—. Que ha vuelto Candace. Es mi ex mujer.

Havelock masticó una salchicha con el ceño fruncido. El terrícola negó con la cabeza despacio... no para rechazar nada, sino como preludio a una pregunta. Miller esperó.

—¿Prefieres que la jefa crea que no vas a trabajar porque eres un borrachuzo con mal de amores y problemas mentales a que se entere de que te encargas de un trabajo que ella misma te ordenó? No entiendo nada.

Miller se humedeció los labios, se inclinó hacia delante y apoyó el codo en la mesa blanquecina. Alguien había rayado un dibujo en el plástico. Un círculo dividido. En un bar de policías.

—No entiendo lo que veo —explicó Miller—. Sé que las cosas tienen que encajar de alguna manera, pero todavía no estoy seguro de cómo. Y hasta que lo averigüe, tengo que ser discreto. ¿Un tipo que se enrolla con una ex y le da a la botella un par de días? No llamará la atención de nadie.

Havelock volvió a negar con la cabeza, en esa ocasión para indicar que no las tenía todas consigo. Si hubiera sido cinturiano, habría hecho el gesto con las manos, para que pudiera verse llevando puesto un traje de aislamiento. Otro de los miles de detalles que traicionaban a alguien que no había crecido en el Cinturón. El monitor de la pared pasó a mostrar la imagen de una mujer rubia con un uniforme austero, mientras el jefe de asuntos exteriores seguía hablando sobre la respuesta táctica de la armada marciana y sobre si la APE podría estar detrás de los crecientes problemas de vandalismo. Así era como llamaba a dejar caer un reactor de fusión sobrecargado para hacer explotar una nave: vandalismo.

—Es que no tiene sentido, joder —dijo Havelock, y por un momento Miller no supo si se refería a las acciones de los insurgentes, a la respuesta de Marte o al favor que le había pedido—. Pero ¿dónde coño está la Tierra? Se está liando parda y no tenemos ni puta idea de lo que hacen.

—¿Y por qué deberíamos? —preguntó Miller—. Esto es cosa de Marte y el Cinturón.

—¿Cuándo fue la última vez que la Tierra dejó que pasara algo de esta magnitud sin entrometerse? —dijo Havelock. Luego suspiró—. Venga, vale. Estás muy borracho para trabajar y tu vida sentimental es un desastre. Intentaré cubrirte las espaldas.

—Solo unos días.

—Asegúrate de estar de vuelta antes de que a alguien se le ocurra pensar que un tiroteo aleatorio es la ocasión perfecta para matar a un policía terrícola.

—Hecho —dijo Miller, levantándose—. Cuídate.

—Ya te digo —dijo Havelock.

El Centro de Jiu-Jitsu de Ceres estaba cerca del embarcadero, donde la gravedad de la rotación era más potente. Aquel hueco era un almacén de antes de la gran aceleración que habían reconvertido. Un cilindro que habían aplanado y al que se había colocado un suelo a un tercio de su altura. Había varias estanterías que sostenían varas de todos los tamaños y espadas de bambú, y también cuchillos de entrenamiento embotados que colgaban del techo abovedado. La piedra pulida hacía retumbar los gruñidos de los hombres que entrenaban en una hilera de máquinas de resistencia y los golpes amortiguados de una mujer que se afanaba al fondo con un saco. Había tres alumnos que hablaban en voz baja en el tatami del centro.

Unas fotografías colmaban la pared delantera a ambos lados de la puerta. Soldados con uniforme. Agentes de seguridad de media docena de empresas cinturianas. De los planetas interiores, solo algunas. También había unas placas que conmemoraban puestos altos en las competiciones. Era una página llena de letra pequeña que resumía la historia de la academia.

Una estudiante gritó y cayó al suelo, llevándose a otro con ella al tatami. El que había quedado en pie aplaudió y los ayudó a levantarse. Miller buscó en las fotografías de la pared con la esperanza de encontrar a Julie.

—¿Puedo ayudarle?

Aquel hombre medía media cabeza menos que Miller y era como mínimo el doble de ancho. Aquello debería haberle dado aspecto de terrícola, pero todo lo demás dejaba claro que era cinturiano. Llevaba una sudadera clara que lo hacía parecer más moreno todavía. Tenía una sonrisa extraña y serena, como la de un depredador bien alimentado. Miller asintió.

—Inspector Miller —dijo—. Soy agente de seguridad de la estación y me gustaría hacerle unas preguntas sobre una de sus estudiantes.

—¿Es una investigación oficial? —preguntó el hombre.

—Sí —respondió Miller—. Me temo que sí.

—Entonces traerá una orden.

Miller sonrió. El hombre le devolvió la sonrisa.

—No podemos dar información sobre nuestros alumnos sin una orden —dijo—. Normas de la academia.

—Lo respeto —dijo Miller—. En serio. Pero es que... hay partes de la investigación que se podría decir que son más oficiales que el resto. La chica no corre peligro. No ha hecho nada malo. Pero su familia en la Luna quiere que la encontremos.

—Un secuestro —dijo el hombre, cruzando los brazos. La serenidad de su cara se había convertido en una expresión seria sin movimiento aparente.

—Esa es la parte oficial —respondió Miller—. Puedo conseguir una orden y podemos hacerlo todo por lo legal. Pero entonces tendría que contárselo a mi jefa. Y cuanto más sepa, menos cancha tendré para maniobrar.

El hombre no reaccionó. Su quietud era perturbadora. Miller intentó no ponerse nervioso. La mujer que entrenaba con el saco al fondo dio una ráfaga de golpes acompañadas de sendos gritos.

—¿Nombre? —preguntó el hombre.

—Julie Mao —dijo Miller. Si hubiera dicho que buscaba a la madre de Buda, la reacción hubiera sido la misma—. Creo que tiene problemas.

—¿Y qué más le da si es así?

—Pues no estoy muy seguro —dijo Miller—. Pero me da. Si no quiere ayudarme, no lo haga.

—Y entonces usted irá a conseguir esa orden. Lo haríamos por lo legal.

Miller se quitó el sombrero y se pasó la mano larga y delgada por la cabeza antes de volvérselo a poner.

—Seguramente, no.

—Déjeme ver su identificación —pidió el hombre.

Miller sacó su terminal para que su interlocutor confirmara quién era. El hombre lo devolvió y señaló hacia una puerta pequeña que había detrás de los sacos. Miller siguió su indicación.

La oficina era estrecha. Había un pequeño escritorio laminado con una esfera acolchada detrás en lugar de una silla. Dos taburetes que parecían sacados de un bar. Un archivador con un pequeño procesador de metales que apestaba a ozono y aceite y en el que probablemente se hicieran las placas y los certificados.

—¿Por qué quiere su familia que vuelva? —preguntó el hombre, dejándose caer en la esfera. Era como una silla, pero había que mantener el equilibrio todo el rato. Un lugar para descansar en el que no se podía descansar.

—Creen que está en peligro. O al menos eso dicen, y aún no tengo razones para no creerlos.

—¿Qué clase de peligro?

—No lo sé —respondió Miller—. Sé que estaba en la estación. Sé que embarcó hacia Tycho y, después de eso, nada.

—¿La familia quiere que vuelva a su estación?

Aquel hombre sabía quiénes eran los familiares. Miller tomó nota mental de aquella información sin que se le notara.

—No lo creo —respondió—. El último mensaje que recibió de ellos venía de la Luna.

—Un pozo de gravedad. —El tono lo hizo sonar como una enfermedad.

—Busco a alguien que sepa con quién embarcó. Si es cierto que está a la fuga, dónde va y cuándo tiene previsto llegar. Si está al alcance de un mensaje láser.

—Pues no le puedo responder a nada de eso —dijo el hombre.

—¿Sabe a quién debería preguntar?

Hubo una pausa.

—Quizá. Veré de qué puedo enterarme.

—¿Algo más que pueda decirme sobre ella?

—Empezó en la academia hará unos cinco años. Cuando vino por primera vez estaba... enfadada. Era indisciplinada.

—Pero mejoró —dijo Miller—. Llegó a cinturón marrón, ¿verdad?

El hombre enarcó las cejas.

—Soy policía —añadió Miller—. Descubro cosas.

—Mejoró —dijo el profesor—. Había sufrido un ataque, al poco de llegar al Cinturón. Se aseguró de que no volviera a ocurrir.

—Ataque —repitió Miller, analizando el tono de voz que había usado el hombre—. ¿La violaron?

—No le pregunté. Entrenaba duro, hasta cuando no estaba en la estación. Cuando la gente lo deja de lado, se nota. Vuelven más débiles. Ella nunca.

—Una chica dura —dijo Miller—. Bien por ella. ¿Tenía amigos? ¿O gente con la que entrenara?

—Algunos. Ningún amante que yo sepa, ya que es su siguiente pregunta.

—Es raro, para una chica así.

—Así, ¿cómo, inspector?

—Bonita —respondió Miller—. Competente. Lista. Entregada. ¿Quién no querría estar con alguien así?

—Quizá no había conocido a la persona adecuada.

Lo dijo de una manera que sugería cierta diversión. Miller hizo un gesto de indiferencia, pero notó una punzada de incomodidad.

—¿A qué se dedicaba? —preguntó.

—Trabajaba en un carguero ligero. No sé si de alguna mercancía en particular. Me daba la impresión de que la embarcaban hacia donde hacía falta.

—Entonces, ¿no tenía una ruta regular?

—Eso me parecía a mí.

—¿De quién eran las naves en las que trabajaba? ¿Iba en un solo carguero o en el que le tocara? ¿Alguna empresa en concreto?

—Veré de qué puedo enterarme —respondió el hombre.

—¿Mensajera de la APE?

—Veré... —repitió el hombre— de qué puedo enterarme.

Las noticias de aquella tarde eran todas referentes a Febe. La estación científica del lugar, aquella en la que los cinturianos no tenían permitido atracar, había sufrido un atentado. El informe oficial decía que la mitad de los habitantes de la base habían muerto y la otra mitad estaban desaparecidos. Nadie había asumido la autoría por el momento, pero se rumoreaba que un grupo cinturiano, quizá la APE o algún otro, había conseguido por fin realizar un acto de «vandalismo» con víctimas mortales. Miller estaba sentado en su hueco, viendo la transmisión y bebiendo.

Todo se iba al carajo. Las emisiones piratas de la APE llamaban a la guerra. Cada vez había más ataques de insurgentes. Todo. Llegaría un momento en el que Marte dejaría de pasar todo aquello por alto. Y cuando Marte actuara, daría igual que la Tierra hiciera lo mismo. Sería la primera guerra real en el Cinturón. Había una catástrofe en camino, y ningún bando parecía comprender lo vulnerable que era. Y no había nada, joder, ni una maldita cosa, que él pudiera hacer para impedirlo. Ni siquiera podía retrasarlo.

Julie Mao le sonrió desde aquella instantánea, con su pinaza de fondo. Había sufrido un ataque, según aquel hombre. No había nada sobre eso en su archivo. Quizás había sido un atraco o quizás algo peor. Miller conocía muchas víctimas y las clasificaba en tres categorías. Primero estaban los que hacían como si no hubiera pasado nada, o como si no importara. En ese saco caía más de la mitad de la gente con la que hablaba. Luego estaban los profesionales, los que usaban su condición de víctimas como justificación para hacer lo que les diera la gana. Eran la mayor parte del resto.

Quizás un cinco por ciento, o quizá menos, apechugaba con lo ocurrido, aprendía la lección y seguía adelante. Las Julie. Los que merecían la pena.

Sonó el timbre de la puerta tres horas después de que hubiera acabado su turno oficial. Miller se levantó y comprobó que le costaba más mantener el equilibrio de lo que esperaba. Contó los botellines en la mesa. También había más de los que esperaba. Dudó un momento, debatiéndose entre abrir la puerta o tirar las botellas al reciclador. El timbre volvió a sonar. Fue hacia la puerta. Si era alguien de la comisaría, esperarían encontrarlo borracho de todas maneras. ¿Para qué decepcionarlos?

La cara le sonaba. Marcas de acné, seguro de sí mismo. El tipo del brazalete de la APE del bar. El que había hecho que mataran a Mateo Judd.

El policía.

—Buenas noches —saludó Miller.

—Inspector Miller —dijo el hombre de la cara marcada—. Creo que la otra vez no terminamos muy bien. Esperaba que me dieras otra oportunidad.

—Claro.

—¿Puedo entrar?

—Procuro no meter a extraños en casa —respondió Miller—. Ni siquiera sé cómo te llamas.

—Anderson Dawes —dijo el hombre de la cara marcada—. Soy el enlace de la Asociación de Planetas Exteriores en Ceres. Creo que podríamos ayudarnos el uno al otro. ¿Puedo entrar?

Miller dio un paso atrás y el hombre de la cara marcada, Dawes, entró. Dawes respiró despacio dos veces mientras echaba un vistazo al hueco y luego se sentó como si las botellas y la peste a cerveza rancia no merecieran comentario. Miller se sentó enfrente, maldiciéndose y deseando estar sobrio.

—Necesito que me hagas un favor —dijo Dawes—. Y estoy dispuesto a pagarlo. No con dinero, claro. Con información.

—¿Qué es lo que quieres? —preguntó Miller.

—Que dejes de buscar a Julie Mao.

—Imposible.

—Intento que haya paz, inspector —continuó Dawes—. Deberías escucharme al menos.

Miller se inclinó hacia delante, con los codos en la mesa. ¿Don Sereno, el entrenador de jiu-jitsu, también trabajaba para la APE? El momento de la visita de Dawes parecía confirmarlo. Miller tomó nota mental de aquella posibilidad, pero no dijo nada.

—Mao trabajaba para nosotros —dijo Dawes—. Aunque eso ya lo habías descubierto.

—Más o menos. ¿Sabéis dónde está?

—No lo sabemos. La estamos buscando. Y tenemos que encontrarla nosotros, no tú.

Miller negó con la cabeza. Había una respuesta para eso, la respuesta adecuada. La tenía en la punta de la lengua. Quizá si no le doliera tanto la cabeza...

—Eres uno de ellos, inspector. Quizás hayas vivido aquí fuera toda la vida, pero tu sueldo lo paga una empresa de los planetas interiores. Y no, no te lo censuro. Sé cómo funcionan las cosas. Necesitabas trabajo y ellos te contrataron. Pero... esto es una burbuja a punto de estallar. Está la *Canterbury* y están los extremistas del Cinturón que quieren desencadenar una guerra.

—Está la estación Febe.

—Sí, también nos echarán la culpa de eso. Si le sumamos la hija pródiga de una empresa de la Luna...

—Crees que le ha pasado algo.

—Estaba en la *Scopuli* —respondió Dawes, y al ver que Miller no decía nada, añadió—: El carguero que Marte usó como cebo para destruir la *Canterbury*.

Miller dedicó un tiempo a asimilar la información y luego silbó por lo bajo.

—No sabemos qué ha ocurrido —continuó Dawes—. Y hasta que lo sepamos, no podemos dejar que sigas removiendo las aguas. Ya están bastante enfangadas.

—¿Y qué información me ofreces? —preguntó Miller—. Ese era el trato, ¿no?

—Te contaré lo que averigüemos. Cuando la encontremos —dijo Dawes. Miller rio entre dientes, y el hombre de la APE siguió hablando—. Es una oferta generosa, teniendo en cuenta quién eres. Empleado de la Tierra. Compañero de un terrícola. Hay quienes te declararían su enemigo solo por eso.

—Pero tú no —dijo Miller.

—Yo creo que a grandes rasgos tú y yo queremos lo mismo. Estabilidad. Seguridad. Los tiempos complicados requieren alianzas complicadas.

—Dos preguntas.

Dawes abrió los brazos, aceptándolas.

—¿Quién se llevó el equipo antidisturbios? —preguntó Miller.

—¿Equipo antidisturbios?

—Antes de que explotara la *Canterbury*, alguien se llevó nuestro equipo antidisturbios. Puede que quisieran equipar soldados para controlar las revueltas. O puede que no quisieran que nosotros controláramos las nuestras. ¿Quién se lo llevó? ¿Por qué?

—Nosotros no fuimos —respondió Dawes.

—Eso no es una respuesta. A ver qué tal esta. ¿Qué le ocurrió al Club de la Rama Dorada?

Dawes pareció quedarse en blanco.

—¿Los Loca Greiga? —preguntó Miller—. ¿Sohiro?

Dawes abrió la boca y la volvió a cerrar. Miller tiró su botellín de cerveza en el reciclador.

—No es nada personal, amigo —dijo—, pero no es que tus técnicas de investigación me estén impresionando mucho. ¿Qué te hace pensar que puedes encontrarla?

—No es una prueba justa —dijo Dawes—. Dame unos días. Conseguiré esas respuestas.

—Ven a hablar conmigo cuando las tengas. Mientras, intentaré no hacer estallar una guerra, pero no voy a soltar a Julie. Ya puedes irte.

Dawes se levantó con gesto contrariado.

—Cometes un error —dijo.

—No sería el primero.

Cuando estuvo solo, Miller se volvió a sentar. Qué estúpido había sido. Peor, había bajado la guardia. Se había emborrachado en lugar de ponerse manos a la obra. En lugar de encontrar a Julie. Pero ahora sabía algo más. La *Scopuli*. La *Canterbury*. Tenía más líneas para unir los puntos.

Retiró las botellas, se dio una ducha y sacó el terminal para buscar información sobre la nave de Julie. Una hora después, se le ocurrió otra idea, una que le daba más miedo cuantas más vueltas le daba. Cerca de medianoche, hizo una llamada al hueco de Havelock.

Su compañero tardó dos minutos en responder. Cuando lo hizo, estaba soñoliento y despeinado.

—¿Miller?

—Havelock, ¿te queda algún día de vacaciones?

—Alguno.

—¿Y días por enfermedad?

—Claro —respondió Havelock.

—Cógetelo todo —dijo Miller—. Ahora mismo. Sal de la estación. Vete a algún lugar en el que estés a salvo, si es que lo encuentras. Algún lugar en el que no vayan a empezar a matar terrícolas por echarse unas risas cuando se tuerzan las cosas.

—No entiendo nada. ¿De qué hablas?

—Ha venido a visitarme un agente de la APE. Quería convencerme de que dejara de investigar el caso del secuestro. Creo que... que estaba nervioso. Nervioso y asustado.

Havelock se quedó en silencio un momento mientras las palabras llegaban a su cerebro ebrio y adormilado.

—Joder —dijo—. ¿Qué puede asustar a la APE?

13

Holden

Holden se quedó inmóvil mientras veía cómo la sangre manaba del cuello de Shed para luego alejarse hacia el vacío como el humo hacia un extractor de aire. Los sonidos del combate comenzaron a apagarse a medida que la habitación se quedaba sin aire. Los oídos le zumbaban y luego le empezaron a doler como si se los atravesaran con un picahielos. Mientras se afanaba en quitarse el arnés del asiento, echó un vistazo a Alex. El piloto gritaba algo, pero el poco aire que quedaba no era suficiente para transmitir el sonido. Naomi y Amos ya habían salido de sus asientos y se habían impulsado a través de la habitación hacia los dos agujeros. Amos tenía una bandeja de comida de plástico en una mano. Naomi, un clasificador de tres anillas blanco. A Holden le llevó medio segundo comprender lo que hacían. El mundo se empequeñeció, y empezó a ver oscuridad y estrellas con el rabillo del ojo.

Cuando consiguió liberarse, Amos y Naomi ya habían cubierto los agujeros con sus parches improvisados. Se escuchó por toda la habitación el agudo silbido del aire intentando escapar por los resquicios de los objetos que habían colocado. Holden empezó a recuperar la vista con el incremento de la presión del aire. Jadeó, sin aliento. De pronto, pareció como si alguien hubiera girado el dial del volumen de la habitación y se oyó a Naomi pidiendo ayuda a voces.

—¡Jim, abre la taquilla de emergencias! —gritó.

Señalaba hacia un pequeño panel rojo y amarillo del mamparo que había cerca del asiento de Holden. Sus años de entrenamiento a bordo consiguieron abrirse camino a través de la anoxia y la despresurización y le permitieron tirar de la pestaña que mantenía cerrada la taquilla y abrirla. Dentro había un botiquín de primeros auxilios con el vetusto símbolo de la cruz roja, media docena de máscaras de oxígeno y una bolsa cerrada de discos de plástico endurecidos unidos a una pistola de pegamento. Era el equipo de sellado de emergencia. Lo asió.

—¡Solo la pistola! —gritó Naomi.

No estaba seguro de si su voz había sonado distante por la escasez de aire o porque la bajada de presión le había reventado los tímpanos.

Holden sacó la pistola de la bolsa de parches y se la tiró. Naomi impregnó los bordes del clasificador de tres anillas con pegamento instantáneo de sellado. Luego lanzó la herramienta a Amos, que la atrapó sin esfuerzo con un revés con la mano e hizo lo mismo con su bandeja de comida. El silbido se apagó y en su lugar llegó el siseo del sistema atmosférico, que se esforzaba en devolver la presión a la normalidad. Quince segundos.

Todos se quedaron mirando a Shed. Ya sin vacío, su sangre manaba y formaba una especie de esfera roja justo encima del cuello, como un espantoso reemplazo de su cabeza en unos dibujos animados.

—Dios santo, jefa —dijo Amos mientras apartaba la mirada de Shed hacia Naomi. Sonó un chasquido cuando entrechocó los dientes con fuerza y negó con la cabeza—. Pero qué...

—Munición Gauss —dijo Alex—. Esas naves tienen cañones de riel.

—¿Naves cinturianas con cañones de riel? —se sorprendió Amos—. ¿Ahora va a resultar que tienen una puta armada y no me había enterado?

—Jim, el pasillo de fuera y el compartimento del otro lado están en vacío —dijo Naomi—. La integridad de la nave peligra.

Holden hizo un ademán de responder, pero entonces se fijó en el clasificador que Naomi había usado para cerrar la brecha. La cubierta blanca tenía unas letras negras que rezaban: PROCEDIMIENTOS DE EMERGENCIA DE LA ARCM. Tuvo que reprimir una sonora carcajada que casi sin duda le habría hecho perder el control.

—Jim —dijo Naomi, con voz preocupada.

—Estoy bien, Naomi —repuso Holden. Luego respiró hondo—. ¿Cuánto aguantarán esos parches?

Naomi hizo un gesto vago con las manos y luego se recogió el pelo hacia atrás y se lo ató con una cinta roja de plástico.

—Más de lo que aguantará el aire. Si todo lo que tenemos alrededor está en el vacío, este compartimento está usando las reservas de emergencia. No estamos reciclando. No sé cuánto hay en cada sala, pero no creo que sea más de unas horas.

—Dan putas ganas de habernos traído los trajes, ¿verdad? —dijo Amos.

—Habría dado igual —respondió Alex—. Si hubiéramos llegado aquí con los trajes ambientales, nos los habrían quitado.

—Podríamos haberlo intentado —insistió Amos.

—Pues si quieres retroceder en el tiempo e intentarlo, por mí adelante, colega.

—Eh —exclamó Naomi, pero luego se quedó en silencio.

Nadie hablaba de Shed. Se esforzaban para no mirar hacia el cuerpo. Holden carraspeó para llamar la atención de todos y flotó hacia el asiento de Shed, arrastrando las miradas de los demás. Hizo una pausa para que todos pudieran dar un buen vistazo al cuerpo decapitado y luego sacó una sábana del cajón de almacenamiento que tenía debajo del asiento. La ciñó al cadáver de Shed con las correas del arnés.

—Acaban de matar a Shed. Estamos en grave peligro. Discutir no va a darnos ni un segundo más de vida —dijo Holden, mientras miraba uno a uno a los miembros de la tripulación—. ¿Qué nos lo puede dar?

Nadie dijo nada. Holden se volvió primero hacia Naomi.

—Naomi, ¿qué podríamos hacer para sobrevivir más tiempo del que tenemos ahora mismo? —preguntó.

—Miraré a ver si encuentro el aire de emergencia. Esta habitación está hecha para seis y ahora somos... cuatro. Quizá pueda bajar la potencia para hacer que dure más.

—Bien. Gracias. ¿Alex?

—Si ha quedado alguien ahí fuera, estarán buscando supervivientes. Empezaré a dar golpes en el mamparo. No los oirán en el vacío, pero si hay estancias con aire, el sonido llegará a través del metal.

—Buen plan. Me niego a creer que somos los únicos que quedamos en la nave —dijo Holden, mientras se giraba hacia Amos—. ¿Amos?

—Déjeme comprobar la consola de comunicaciones. Puede que consigamos comunicarnos con el puente o control de daños... o con lo que sea, joder —respondió Amos.

—Gracias. Me encantaría poder decirle a alguien que seguimos por aquí —dijo Holden.

Todos se pusieron manos a la obra mientras Holden flotaba en el aire al lado de Shed. Naomi empezó a arrancar paneles de acceso de los mamparos. Alex, tumbado en el suelo, apoyó las manos en un asiento para hacer palanca y empezó a dar patadas en el mamparo de enfrente. La habitación vibraba un poco con cada golpe. Amos sacó de su bolsillo una multiherramienta y empezó a desmontar la consola de comunicaciones.

Cuando se aseguró de que todos tenían algo que hacer, Holden puso una mano en el hombro de Shed, justo debajo de la mancha roja que se extendía por la sábana.

—Lo siento —susurró al cuerpo. Le ardían los ojos y se los apretó con los pulgares.

La unidad de comunicaciones ya colgaba de unos cables desde el mamparo cuando dio un fuerte zumbido. Amos aulló sorprendido y se impulsó con fuerza a través de la habitación. Holden lo atrapó en el aire y se hizo daño en el hombro al intentar anular el impulso de ciento veinte kilos de mecánico terrícola. La unidad zumbó de nuevo. Holden soltó a Amos y flotó hacia ella. Un LED amarillo se iluminó al lado del botón blanco de la unidad. Holden lo pulsó. Después de unos chasquidos, se escuchó la voz del teniente Kelly.

—Apártense de la escotilla, vamos a entrar —dijo.

—¡Agarraos a algo! —gritó Holden a la tripulación, y luego cogió la correa de un arnés y se rodeó con ella la mano y el antebrazo.

Holden esperaba que todo el aire escapara de la habitación cuando se abrió la escotilla, pero solo se oyó un chasquido muy fuerte y bajó la presión durante un segundo. El pasillo de fuera tenía unas láminas gruesas de plástico con las que se habían sellado las paredes y creado un compartimento estanco improvisado. Las nuevas paredes temblaban peligrosamente debido a la presión del aire, pero aguantaban. Dentro de aquella nueva estancia estaban el teniente Kelly y tres de sus marines, con armaduras pesadas adaptadas para el vacío y armas suficientes como para combatir en varias guerras menores.

Los marines entraron rápidamente en la habitación con las armas preparadas y cerraron la escotilla. Uno de ellos tiró a Holden una bolsa grande.

—Cinco trajes de vacío. Pónganselos —dijo Kelly. Su mirada pasó a la sábana ensangrentada que cubría a Shed y luego a los dos parches improvisados—. ¿Una baja?

—Nuestro médico, Shed Garvey —respondió Holden.

—Sí. ¿A qué coño ha venido esto? —casi gritó Amos—. ¿Quién está ahí fuera dándole caña a vuestra preciosa navecita?

Naomi y Alex no dijeron nada, pero empezaron a sacar los trajes de la bolsa y a pasarlos.

—No lo sé —dijo Kelly—. Pero estamos evacuando. Tengo órdenes de sacarles de la nave. Tenemos menos de diez minutos para llegar hasta el hangar, tomar posesión de una nave y salir de la zona de combate. Vístanse rápido.

Holden se puso el traje sin dejar de dar vueltas a lo que implicaba aquella evacuación.

—Teniente, ¿la nave va a caer? —preguntó.

—Todavía no, pero nos están abordando.

—Y, entonces, ¿por qué nos vamos?

—Porque estamos perdiendo.

Kelly no dio golpecitos de impaciencia en el suelo mientras esperaba a que sellaran los trajes, pero Holden supuso que era porque los marines tenían activadas las botas magnéticas. Cuando todos estuvieron listos, Kelly comprobó los sistemas de radio de los trajes y luego se dirigió hacia el pasillo. Ocho personas, cuatro de ellas con servoarmaduras, eran demasiadas para aquel pequeño compartimento estanco. Kelly sacó un machete de una funda en el peto de la armadura y rajó la barrera de plástico con un gesto rápido. La escotilla que acababan de atravesar se cerró de golpe y todo el aire del pasillo se esfumó mientras las solapas de plástico aleteaban sin sonido. Kelly corrió por el pasillo mientras la tripulación intentaba mantener el ritmo.

—Vamos a toda velocidad hacia la sala de ascensores de la quilla —dijo Kelly por la radio—. Están bloqueados por la alerta de abordaje, pero podemos abrir las puertas de uno y bajar flotando por el hueco hasta el hangar. Tenemos mucha prisa. Si ven intrusos, no se paren. No dejen de moverse por nada. Nosotros nos encargaremos de los hostiles. ¿Entendido?

—Recibido —resolló Holden—. ¿Por qué les abordan, teniente?

—El núcleo de información estratégica —explicó Alex en su lugar—. Es el santo grial. Códigos, despliegues, ordenadores, un sinfín de información. Acceder al NIE de una nave insignia es el sueño húmedo de cualquier estratega.

—Basta de cháchara —espetó Kelly. Holden no le hizo caso.

—Entonces, preferirán hacer explotar el núcleo antes que dejar que ocurra, ¿verdad?

—Eso mismo —respondió Alex—. Protocolo estándar de abordaje. Los marines tienen que defender el puente, el NIE e ingeniería. Si entran hostiles en cualquiera de esas tres zonas, las otras dos pulsan el interruptor y la nave se convierte en una supernova durante unos segundos.

—Cómo que protocolo —gruñó Kelly—. Ahí tengo amigos.

—Lo siento, teniente —dijo Alex—. Serví en la *Bandon*. No pretendía quitarle peso.

Doblaron una esquina y por fin vieron la sala de ascensores. Los ocho estaban sellados. Las pesadas compuertas presurizadas se habían cerrado de un portazo cuando la nave sufrió un agujero en el casco.

—Gomez, puentéalo —ordenó Kelly—. Mole, Dookie, vigilad los pasillos.

Dos de los marines se apartaron y apuntaron a los pasillos,

mirando por las mirillas de sus armas. El tercero se acercó a la puerta de un ascensor y empezó a hacer algo complicado con los controles. Holden ordenó a su tripulación que se pegara a una pared para no quedarse en la línea de fuego. La cubierta vibraba bajo sus pies cada cierto tiempo. Era probable que las naves enemigas hubieran dejado de disparar, ahora que los habían abordado. Debían de ser disparos de armas de mano o explosivos ligeros. Pero mientras esperaban allí, en el perfecto silencio del vacío, todo lo que ocurría alrededor empezó a parecer distante e irreal. Holden se dio cuenta de que su cabeza no iba bien. Estrés postraumático. La destrucción de la *Canterbury*, las muertes de Ade y McDowell. Y ahora habían matado a Shed en su asiento. Era demasiado, le costaba procesar todo eso. Sintió cómo todo lo que tenía alrededor se alejaba cada vez más.

Holden miró detrás de él, hacia Naomi, Alex y Amos. Su tripulación. Ellos le devolvieron la mirada, con expresiones cenicientas y fantasmagóricas a la luz verde de la pantalla de los trajes. Gomez levantó el puño en señal de victoria cuando se abrió la compuerta presurizada y quedaron al descubierto las puertas del ascensor. Kelly hizo un gesto a sus hombres.

El que había llamado Mole se giró y empezó a caminar hacia el ascensor, y en ese momento su cabeza se desintegró en una lluvia de pedacitos de cristal blindado y sangre. La parte superior de su armadura y el mamparo que tenía al lado se iluminaron con cientos de pequeñas detonaciones y soltaron volutas de humo. El cuerpo del marine se sacudió y se balanceó, sujeto a la cubierta por las botas magnéticas.

La adrenalina se llevó el sentido de irrealidad de Holden. El fuego que salpicaba la pared y el cadáver de Mole se debía a proyectiles explosivos de un arma de fuego rápido. El canal de comunicaciones resonó con los gritos de los marines y la tripulación. A la izquierda de Holden, Gomez consiguió forzar las puertas del ascensor usando la fuerza aumentada de su servoarmadura y dejó a la vista el hueco vacío.

—¡Dentro! —gritó Kelly—. ¡Todos dentro!

Holden esperó para empujar a Naomi y luego a Alex. El último marine, el que Kelly había llamado Dookie, disparó con su fusil en modo automático a un objetivo que había al otro lado de la esquina. Cuando el arma se quedó sin proyectiles, el marine bajó una rodilla al suelo y retiró el cargador con un solo movimiento. Luego sacó un nuevo cargador de su arnés y lo colocó en el arma, tan rápido que Holden casi no pudo ni seguirlo con la vista. Menos de dos segundos después de que se le hubieran acabado las balas, ya estaba disparando de nuevo.

Naomi gritó a Holden que entrara en el hueco del ascensor, y luego una mano robusta lo agarró del hombro, lo arrancó de la sujeción magnética del suelo y lo empujó a través de las puertas abiertas del ascensor.

—Si quiere morir, que sea cuando yo no esté al mando —ladró el teniente Kelly.

Se impulsaron usando las paredes del hueco del ascensor y flotaron hacia abajo por el largo túnel hacia la popa de la nave. Holden no dejaba de mirar atrás hacia la puerta abierta, que se empequeñecía en la distancia a sus espaldas.

—Dookie no nos sigue —dijo.

—Cubre nuestra huida —respondió Kelly.

—Así que es mejor que nos demos prisa —añadió Gomez—. Hagamos que valga la pena.

Kelly, que encabezaba el grupo, se agarró a un saliente de la pared del hueco y se detuvo de improviso. El resto lo imitó.

—Aquí está la salida. Gomez, compruébala —dijo Kelly—. Holden, este es el plan. Nos llevaremos una corbeta del hangar.

Holden pensó que tenía sentido. Las corbetas eran fragatas ligeras. Naves que se utilizaban para escoltar flotas, las más pequeñas que estaban equipadas con motores Epstein. Tan rápidas como para viajar a cualquier parte del sistema y escapar de la mayoría de las amenazas. También servían como bombarderos, así que podrían defenderse. Dentro del casco, Holden asintió a Kelly y luego hizo un gesto para que continuara. Kelly esperó hasta que Gomez terminó de abrir las puertas del ascensor y entró en el hangar.

—Bien, tengo la tarjeta de acceso y el código de activación que nos permitirán entrar en la nave y encender los motores. Iré derecho hacia ella, así que no pierdan de vista mi culo y asegúrense de que tienen desactivadas las botas magnéticas. Nos impulsaremos en la pared y flotaremos hacia ella, así que quien no apunte bien se queda aquí. ¿Listos?

Todo el mundo afirmó.

—Estupendo. Gomez, ¿cómo están las cosas ahí fuera?

—Hay problemas, teniente. Media docena de piratas inspeccionando las naves del hangar. Tienen servoarmaduras, mochilas de maniobra en cero g y armas pesadas. Hasta las trancas —respondió Gomez en susurros. Cuando estaba escondida, la gente siempre susurraba. Gomez estaba dentro de un traje espacial y rodeado de vacío, por lo que podría haber tirado petardos dentro de su traje y nadie los habría oído, pero aun así susurraba.

—Nos lanzaremos hacia la nave y nos abriremos camino a tiros —dijo Kelly—. Gomez, llevo para allá a los civiles en diez segundos. Danos fuego de cobertura. Fuego y movimiento. Intenta que crean que eres un pelotón pequeño.

—¿Me ha llamado pequeño, señor? —dijo Gomez—. Como mínimo caerán seis de esos cabrones.

Holden, Amos, Alex y Naomi siguieron a Kelly al salir del hueco del ascensor hacia el hangar y se detuvieron detrás de una pila de cajas de color verde oliva. Holden echó un vistazo por encima y vio a los piratas. Estaban divididos en dos grupos de tres cerca de la *Caballero*, uno andando por encima y otro en la cubierta de debajo. Llevaban armaduras negras sin marcas. Holden jamás había visto un diseño parecido.

Kelly los señaló y miró a Holden. Holden asintió. Kelly señaló al otro lado del hangar, hacia una fragata negra y achaparrada que había a unos veinticinco metros, a medio camino entre ellos y la *Caballero*. Levantó la mano izquierda y empezó una cuenta atrás con los dedos. Cuando iba por dos, el hangar se iluminó como una discoteca. Gomez abrió fuego desde su posición, a diez metros de ellos. La primera descarga alcanzó a dos piratas de la parte superior de la *Caballero* y los envió flotando a la deriva. Al instante, hubo una segunda ráfaga disparada cinco metros más cerca que la primera. Holden habría jurado que las habían disparado dos personas diferentes.

Kelly bajó el último dedo de la mano, plantó los pies en la

pared y se impulsó hacia la corbeta. Holden esperó a Alex, Amos y Naomi, y se impulsó el último. Cuando empezó a flotar, Gomez ya disparaba desde otra posición. Un pirata de la cubierta apuntó un arma grande hacia el último destello que había iluminado la boca del arma de Gomez. El marine y la caja tras la que se cubría desaparecieron en una nube de fuego y metralla.

Se encontraban a medio camino de la nave y Holden ya empezaba a creer que lo conseguirían cuando una línea de humo cruzó la habitación, alcanzó a Kelly y el teniente desapareció en un estallido de luz.

14

Miller

La *Xinglong* quedó destruida por una estupidez. Luego todo el mundo supo que era otra más de las miles de pequeñas naves de prospección saltarrocas. El Cinturón estaba infestado de ellas: era un negocio en el que cinco o seis familias reunían lo suficiente para pagar la entrada de una nave y empezaban a trabajar. Cuando ocurrió aquello, llevaban tres pagos retrasados y su banco, Consolidated Holdings and Investments, tenía la nave en gravamen. Y, por ello, como era de esperar, habían desactivado el transpondedor. Eran personas honradas que solo querían seguir volando con su cacharro oxidado.

Si hubiera un cartel que representara el sueño cinturiano, tendría una imagen de la *Xinglong*.

La *Scipio Africanus*, un destructor patrullero, estaba a punto de regresar a Marte después de un viaje de dos años por el Cinturón. Para reabastecerse de agua, ambas naves se dirigían hacia un cuerpo celeste capturado a unos cientos de miles de kilómetros de Quirón.

Cuando la nave prospectora estuvo a su alcance, la *Scipio* tan solo vio una nave rápida que no emitía identificación, marchando más o menos hacia donde ellos. Todas las notas de prensa marcianas aseguraban que la *Scipio* intentó ponerse en contacto varias veces. Todas las emisoras piratas de la APE afirmaban que era mentira y que ninguna estación de escucha del Cinturón interceptó mensajes ni nada parecido. Todo el mundo estaba de acuerdo en que la *Scipio* había activado sus cañones de defensa en punta y convertido la nave prospectora en chatarra resplandeciente.

La reacción fue tan predecible como la física más elemental. Los marcianos desviaron hacia allá unas docenas de naves para que ayudaran a «mantener el orden». Los simpatizantes más extremistas de la APE pidieron la guerra a gritos, y cada vez menos páginas independientes y emisiones estaban en desacuerdo. La enorme e implacable maquinaria de relojería de la guerra se encontraba un paso más cerca del enfrentamiento armado.

Y alguien de Ceres había torturado durante ocho o nueve horas a un ciudadano marciano llamado Enrique Dos Santos para luego clavar sus restos en una pared cercana a la planta de reciclaje de agua del sector once. Identificaron el cuerpo gracias al terminal que estaba en el suelo junto a la alianza del hombre y una pequeña cartera de imitación de cuero que contenía los datos de acceso a su cuenta de crédito y treinta mil neoyenes emitidos en la luna Europa. Aquel marciano muerto estaba sujeto a la pared por una lanza de prospector de una sola carga. Cinco horas después, los recicladores de aire todavía intentaban eliminar el olor acre. El equipo de forenses ya había tomado las muestras necesarias. Ya se podía bajar de ahí a aquel pobre diablo.

La apariencia tranquila de los muertos no dejaba de sorprender a Miller. Por muy terribles que hubieran sido las circunstancias de la muerte, al final siempre irradiaban la misma calma que una persona dormida. Le hacía preguntarse si, cuando llegara su turno, llegaría a sentir de verdad esa tranquilidad.

—¿Cámaras de vigilancia? —dijo.

—Llevan apagadas tres días —respondió su nueva compañera—. Las rompieron unos niños.

Octavia Muss había empezado en la división de crímenes contra personas, antes de que Star Helix la dividiera en especialidades. A partir de ese momento, pasó a trabajar en la de violaciones. Luego estuvo algunos meses en crímenes contra niños. Si a aquella mujer todavía le quedaba algo de alma, lo disimulaba muy bien. Sus ojos nunca mostraban más que un leve asombro.

—¿Sabemos qué niños?

—Algunos maleantes de arriba —dijo ella—. Están fichados, se les ha puesto una multa y ya están fuera.

—Deberíamos volver a hablar con ellos —dijo Miller—. Sería interesante saber si alguien les pagó para destrozar esas cámaras en concreto.

—Yo diría que no.

—Pues el que lo hizo sabía de antemano que esas cámaras no funcionaban.

—¿Alguien de mantenimiento?

—O un policía.

Muss se humedeció los labios y luego hizo un gesto de indiferencia con las manos. Era una cinturiana de tercera generación. Tenía familia en naves similares a la que la *Scipio* había destruido. La piel, los huesos y los cartílagos que colgaban delante de ellos no la impresionaban. Cuando uno suelta un martillo en una nave propulsada, el martillo cae en cubierta. Cuando un gobierno asesina a seis familias de prospectores chinos, alguien clava a alguien en la roca de Ceres con una lanza de aleación de titanio de un metro. Así son las cosas.

—Esto va a tener consecuencias —dijo Miller, lo que significaba: «Esto no es un cadáver. Es un tablón de anuncios. Es una llamada a las armas.»

—No las habrá —respondió Muss. «La guerra ya viene de todas formas, haya carteles o no.»

—Vale —asintió Miller—. Tienes razón. No las habrá.

—¿Quieres encargarte de encontrar al pariente más cercano? Voy a echar un vistazo a los vídeos de los alrededores. No le quemaron los dedos en el pasillo, así que tuvieron que arrastrarlo desde alguna parte.

—Vale —respondió Miller—. Tengo un modelo de carta de condolencias que servirá. ¿Esposa?

—No lo sé —respondió ella—. No he buscado.

De nuevo en la comisaría, Miller se sentó solo en su escritorio. Muss ya tenía el suyo propio, a dos cubículos de distancia y personalizado. El escritorio de Havelock estaba vacío y limpio como una patena, como si los de servicios quisieran borrar cualquier rastro de olor a terrícola de aquella buena silla cinturiana. Miller cogió la ficha del muerto y encontró el pariente más cercano. Jun-Yee Dos Santos, que trabajaba en Ganímedes. Llevan casados seis años. Sin hijos. Algo de lo que alegrarse, al menos. Ya que has muerto, mejor no destrozar la vida de nadie.

Abrió el modelo de carta de condolencias y escribió el nombre de la reciente viuda y su dirección de contacto. «Querida señora Dos Santos: Siento mucho tener que informarle de que blablablá. Su —seleccionó una opción del menú desplegable— marido era un miembro muy valioso y respetado de la comunidad Ceres, y le puedo asegurar que haremos todo lo posible para que el asesino o asesinos de su esposa —Miller cambió el sustantivo— esposo respondan ante la justicia. Sinceramente...»

Era un gesto inhumano. Era impersonal, frío y más vacío que el espacio exterior. Aquel pedazo de carne que colgaba en el pasillo había sido un hombre de verdad con miedos e ilusiones, como cualquier otra persona. Miller quería preguntarse qué decía de él la facilidad con que pasaba por alto ese hecho, pero ya conocía la respuesta. Envió el mensaje e intentó no pensar en el dolor que iba a causar con él.

El tablón estaba a reventar. El número de incidentes iba por el doble de lo normal. «Esta es la pinta que tiene», pensó. Sin disturbios. Sin intervenciones militares de hueco en hueco ni marines por los pasillos. Tan solo muchos homicidios sin resolver.

Luego se corrigió. «Esta es la pinta que tiene de momento.»

Aquello no hizo que su próxima tarea resultara sencilla.

Shaddid se encontraba en su despacho.

—¿Qué puedo hacer por usted? —preguntó.

—Necesito solicitar las transcripciones de unos interrogatorios —dijo él—. Pero se sale de lo habitual, así que he pensado que sería mejor pedirlas a través de usted.

Shaddid se reclinó en la silla.

—Me lo pienso —respondió—. ¿Qué buscamos?

Miller asintió, como si afirmar para sí mismo fuera a conseguir que la capitana también lo hiciera.

—Jim Holden. El terrícola de la *Canterbury*. Es posible que

Marte ya esté recogiendo a su gente, y necesito las transcripciones de los interrogatorios.

—¿Tiene un caso que está relacionado con la *Canterbury*?

—Sí —respondió—. O eso parece.

—Pues dígame qué sabe —dijo ella—. Ahora mismo.

—Es ese caso secundario. Lo de Julie Mao. He investigado...

—Ya he leído el informe.

—Entonces sabrá que estaba relacionada con la APE. Por lo que he descubierto, parece que iba en un carguero que hacía trabajos de mensajería para ellos.

—¿Tiene pruebas de eso?

—Tengo a uno de la APE que lo afirma.

—¿Oficialmente?

—No —negó Miller—. Fue algo informal.

—¿Y cómo se relaciona todo eso con la destrucción de la *Canterbury* por parte de la armada marciana?

—Ella estaba en la *Scopuli* —respondió Miller—. La nave que se usó como cebo para detener la *Canterbury*. El caso es que en la transmisión de Holden, dice que encontraron una baliza de la armada marciana, pero ningún tripulante.

—¿Y cree que allí va a encontrar algo que le ayude?

—No lo sabré hasta que lo tenga —respondió Miller—. Pero si Julie no estaba en ese carguero, se la tuvo que haber llevado alguien.

La sonrisa que puso Shaddid no parecía muy sincera.

—Y quiere pedir a la armada marciana que, por favor, le proporcione todo lo que saben sobre Holden.

—Si vio algo en esa nave, algo que nos dé la más mínima idea de lo que le ocurrió a Julie y a los otros...

—Está claro que no lo ha pensado muy bien, Miller —dijo Shaddid—. La armada marciana destruyó la *Canterbury*. Lo hicieron para incitar al Cinturón y así tener una excusa para venir a atacarnos. La única razón por la que «interrogan» a los supervivientes es para que nadie hable antes con esos pobres diablos. En estos momentos, Holden y su tripulación estarán muertos o los especialistas en interrogatorios de Marte les estarán exprimiendo las mentes.

—No podemos estar seguros...

—Y aunque pudiera conseguir una grabación completa de lo que dijeron mientras les arrancaban las uñas de los pies una a una, no le serviría para nada, Miller. La armada marciana no va a preguntar por la *Scopuli*. Saben muy bien lo que ocurrió a su tripulación. Fueron ellos los que pusieron ahí la *Scopuli*.

—¿Esa es la postura oficial de Star Helix? —preguntó Miller. Mientras las palabras salían de su boca, se dio cuenta de que cometía un error. La cara de Shaddid se ensombreció como si hubiera pulsado un interruptor. Al terminar la frase, Miller comprendió la amenaza implícita que acababa de hacer.

—Solo estoy señalando el problema de fiabilidad de la fuente —respondió Shaddid—. No puede ir a un sospechoso y preguntarle dónde cree que deberíamos buscar a continuación. Y ya sabe que recuperar a Julie Mao no es su prioridad.

—No digo que lo sea —dijo Miller, lamentando el tono defensivo de sus palabras.

—Tenemos ahí fuera un tablón que cada vez está más lleno. Nuestra prioridad es la seguridad y hacer nuestro trabajo. Si lo que hace no está relacionado con ello, es que podría aprovechar mejor su tiempo.

—Esta guerra...

—No es nuestro trabajo —dijo Shaddid—. Nuestro trabajo es Ceres. Entregue un informe definitivo sobre Juliette Mao. Lo enviaré a quien corresponda. Hemos hecho todo lo que hemos podido.

—No creo que...

—Yo sí —dijo Shaddid—. Hemos hecho todo lo que hemos podido. Ahora deje de hacer el gilipollas y mueva el culo para capturar a los malos, inspector.

—Sí, capitana —respondió Miller.

Cuando Miller volvió a su escritorio, Muss estaba sentada en él con una taza en la mano que contenía un té muy fuerte o un café muy flojo. Señaló con la barbilla el monitor del escritorio. En él se veían tres cinturianos (dos hombres y una mujer) que salían por la puerta de un almacén cargando un contenedor de plástico naranja. Miller enarcó las cejas.

—Empleados de una compañía independiente de transporte de gases. Nitrógeno, oxígeno. Componentes atmosféricos básicos. Nada raro. Parece que tenían a ese pobre diablo en un almacén de la empresa. He enviado allí a los forenses para ver si encuentran alguna muestra de sangre que lo confirme.

—Buen trabajo —dijo Miller.

Muss hizo un gesto de indiferencia con las manos. Como si dijera: «Yo cumplo y punto.»

—¿Dónde están los culpables?

—Embarcaron ayer —respondió—. Los registros de vuelo indican que viajan hacia Ío.

—¿A Ío?

—La sede central de la Coalición Tierra-Marte —dijo Muss—. ¿Quieres apostarte algo a que terminan apareciendo allí?

—Claro —respondió Miller—. Me apuesto cincuenta a que no.

Muss incluso rio al escucharlo.

—Los he marcado en el sistema de alarma —dijo—. Dondequiera que atraquen, los lugareños recibirán un aviso y un número de seguimiento para lo de Dos Santos.

—O sea que caso cerrado —dijo Miller.

—Otro punto para los buenos —afirmó Muss.

El resto del día fue frenético. Tres agresiones, dos de ellas más políticas de lo habitual y una doméstica. Muss y Miller las retiraron del tablón antes de que se les acabara el turno. Seguro que al día siguiente habría más.

Después del trabajo, Miller paró delante de un carrito de comida que había cerca de la estación de metro y pidió un bol de arroz sintético con carne de soja que casi se parecía a pollo teriyaki. Todo parecía normal a su alrededor en el tren: había ciudadanos que leían las noticias y otros que escuchaban música. Una joven pareja que tenía a medio vagón de distancia hablaba en susurros y reía por lo bajo. Tendrían dieciséis años. O diecisiete. Vio cómo la mano del chico se deslizaba por debajo de la camisa de la chica. Ella no se quejó. Una anciana que Miller tenía enfrente dormía y su cabeza rebotaba contra la pared del vagón mientras roncaba casi con delicadeza.

Aquella gente era lo único importante, se dijo Miller. Gente normal que vivía vidas apacibles en una burbuja hecha de roca y rodeada de vacío. Si dejaban que la estación acabara siendo pasto de los disturbios, que desapareciera aquel orden, todas esas vidas quedarían hechas papilla, igual que un gatito en una picadora de carne. Su trabajo, el de Muss y hasta el de Shaddid era impedirlo.

«Entonces —dijo una vocecilla en su cabeza—, ¿por qué tu trabajo no consiste en evitar que Marte lance una bomba nuclear y haga que Ceres estalle como una piñata? ¿Qué pone más en peligro a ese tío de ahí, unas pocas putas sin licencia o una guerra entre el Cinturón y Marte?»

¿Qué daño haría descubrir qué ocurrió con la *Scopuli*?

Pero ya sabía la respuesta a esa pregunta, claro. No podía juzgar la peligrosidad de la verdad hasta que la supiera, lo que ya de por sí era una buena razón para seguir investigando.

El hombre de la APE, Anderson Dawes, estaba sentado en una silla plegable de tela fuera del hueco de Miller y leía un libro. Un libro de verdad, con páginas de papel cebolla encuadernadas en lo que parecía ser cuero auténtico.

Miller había visto imágenes de uno de ellos antes, pero la idea que un escaso megabyte de datos pesara tanto se le antojaba decadente.

—Inspector.

—Señor Dawes.

—Esperaba que pudiéramos hablar.

Cuando pasaron al interior, Miller se alegró de haber recogido un poco. Todos los botellines de cerveza estaban en el reciclador. Había limpiado el polvo de las mesas y de los muebles. Había arreglado o reemplazado los cojines de las sillas. Cuando Dawes se sentó, Miller se dio cuenta de que había recogido la casa porque esperaba aquel encuentro. No lo había sabido hasta ese momento.

Dawes dejó el libro en la mesa, rebuscó en el bolsillo de su chaqueta y le pasó una memoria de cinta negra y pequeña. Miller la cogió.

—¿Qué hay aquí dentro? —preguntó.

—Nada que no se pueda confirmar con las grabaciones —respondió Dawes.

—¿Algo falsificado?

—Sí —respondió Dawes. La sonrisa que puso no mejoró en nada su aspecto—. Pero no lo hemos hecho nosotros. Me habías preguntado por el equipo antidisturbios que había desaparecido. Había una orden firmada por la sargento Pauline Trikoloski para transferir el equipo a la unidad veintitrés de servicios especiales.

—¿La veintitrés de servicios especiales?

—Eso es —respondió Dawes—. No existe. Trikoloski tampoco. El equipo se guardó en cajas, se firmó la orden y se envió a un embarcadero. El carguero que había allí amarrado en ese momento estaba a nombre de la Corporação do Gato Preto.

—¿Gato Negro?

—¿Los conoce?

—Importan y exportan, como todo el mundo —dijo Miller, haciendo un gesto de indiferencia—. Los hemos investigado como posible tapadera de los Loca Greiga, aunque nunca hemos conseguido relacionarlos.

—Pues teníais razón.

—¿Tienes pruebas?

—Ese no es mi trabajo —respondió Dawes—. Pero quizás esto te interese. Los registros automáticos de embarque de esa nave cuando salió de aquí y cuando llegó a Ganímedes. Pesaba tres toneladas menos, ya después de descontar el consumo de masa de reacción. Y el tiempo de viaje es mayor que el de los pronósticos de mecánica orbital.

—Se encontraron con alguien —dijo Miller—. Transfirieron la carga a otra nave.

—Ahí tienes tu respuesta —dijo Dawes—. Ambas respuestas. El crimen organizado local sacó el equipo antidisturbios de la estación. No hay registros que respalden la afirmación, pero creo que podemos asumir que también se trasladó al personal que va a usar el equipo.

—¿Adónde?

Dawes levantó las manos. Miller asintió. Ya no estaban en la estación. Caso cerrado. Otro punto para los buenos.

Mierda.

—He cumplido con mi parte del trato —dijo Dawes—. Me pediste información y te la he proporcionado. ¿Cumplirás ahora tu parte?

—Dejar la investigación de Mao —dijo Miller. No era una pregunta, y Dawes no actuó como si lo fuera. Miller se reclinó en la silla.

Juliette Andromeda Mao. Heredera de los planetas interiores que se había convertido en una mensajera de la APE. Conductora de pinazas de carreras. Cinturón marrón, con aspiraciones al negro.

—Pues claro, qué cojones —dijo—. Tampoco la habría enviado de vuelta a casa si la hubiera encontrado.

—¿No?

Miller hizo un gesto con las manos que significaba: «Pues claro que no.»

—Parece buena chica —dijo Miller—. ¿Cómo te sentirías tú si, como adulto, mami todavía pudiera agarrarte por la oreja y arrastrarte a casa? Era un caso de mierda desde el principio.

Dawes volvió a sonreír. Aquella vez sí que le sentó un poco bien.

—Me alegra que digas eso. Y no te olvides del resto de nuestro acuerdo. Cuando la encontremos, te lo comunicaré. Tienes mi palabra.

—Te lo agradezco —respondió Miller.

Hubo un momento de silencio. A Miller no le quedó claro si fue amistoso o incómodo. Quizá podía ser las dos cosas a la vez.

Dawes se levantó y extendió la mano. Miller se la estrechó. Dawes se marchó. Eran dos policías que trabajaban en bandos diferentes. Quizá tuvieran cosas en común.

Lo que tampoco quería decir que a Miller le preocupara mucho haberle mentido.

Abrió el programa de cifrado de su terminal, lo conectó a

su sistema de comunicaciones y empezó a hablar a la cámara.

—Señor, no nos conocemos, pero espero que tenga unos minutos para ayudarme. Soy el inspector Miller de Fuerzas de Seguridad Star Helix. Trabajo en la sede de Ceres y me han encargado encontrar a su hija. Tengo algunas preguntas.

15

Holden

Holden se agarró a Naomi y luchó por orientarse mientras los dos flotaban por el embarcadero sin nada con lo que impulsarse o corregir su trayectoria. Estaban en medio del hangar, sin cobertura.

La explosión había arrojado a Kelly cinco metros por los aires y lo había dejado al lado de unas cajas, donde ahora flotaba con una bota magnética enganchada a un lado del contenedor y la otra intentando fijarse en cubierta. También alcanzó a Amos, que yacía bocabajo en el suelo con una pierna retorcida en un ángulo imposible. Alex se agachó a su lado.

Holden estiró el cuello para inspeccionar a los agresores. Había un pirata con un lanzagranadas, que era el que había disparado a Kelly y estaba apuntándoles a ellos para dar el golpe de gracia. «Estamos muertos», pensó Holden. Naomi hizo un gesto obsceno. El hombre con el lanzagranadas tembló y se deshizo entre chorros de sangre y pequeñas detonaciones.

—¡Subid a la nave! —gritó Gomez por la radio. Tenía la voz aguda y rasposa, en parte por el dolor intenso y en parte por la emoción de la batalla.

Holden sacó el cable que había dentro del traje de Naomi.

—Pero ¿qué estás...?

—Confía en mí —dijo. Luego puso los pies en el estómago de Naomi y le dio un fuerte empellón. Holden se golpeó contra la cubierta mientras ella flotaba hacia el techo. Luego activó las botas magnéticas y tiró de la cuerda para atraerla hacia él.

Los reflejos de los disparos de las armas de fuego inundaban la habitación.

—Quédate agachada —dijo Holden, y corrió hacia Alex y Amos tan rápido como le permitieron las botas magnéticas.

El mecánico movió un poco las extremidades, por lo que aún seguía con vida. Holden reparó en que seguía teniendo en la mano el cabo del cable de Naomi, por lo que se lo ató a una hebilla del traje. Nada de volver a separarse.

Holden levantó a Amos de la cubierta y luego corrigió la inercia. El mecánico gruñó y murmuró algo obsceno. Luego Holden también ató el cable de Amos a su traje. Si era necesario, cargaría con toda su tripulación. Sin decir una palabra, Alex enganchó su cable a Holden y levantó un cansado pulgar para darle el visto bueno.

—Eso ha sido... O sea, la hostia —dijo Alex.

—Ya —respondió Holden.

—Jim —dijo Naomi—. ¡Mira!

Holden le siguió la mirada. Kelly se tambaleaba hacia ellos. Tenía la armadura destrozada por la parte izquierda del torso, y el fluido hidráulico dejaba a su paso un rastro de gotas que flotaban tras él. Aun así, avanzaba hacia la fragata.

—De acuerdo —dijo Holden—. Vamos.

Los cinco empezaron a moverse en grupo hacia la nave mientras el espacio a su alrededor se llenaba de pedazos de cajas destrozadas en la refriega. Holden sintió un aguijonazo en el brazo y la pantalla de estado de su traje le indicó que se acababa de sellar una pequeña brecha. Sintió cómo algo caliente le recorría el bíceps.

Gomez gritaba como un loco por la radio mientras corría sin cesar por la periferia del embarcadero, disparando a todo lo que se movía. El enemigo tampoco dejaba de dispararle a él. Holden vio cómo alcanzaban al marine una y otra vez, cómo su traje iba rodeándose de pequeñas explosiones y nubes de gas hasta que a Holden le costó creer que pudiera quedar algo vivo dentro. Pero Gomez consiguió retener la atención del enemigo, y Holden y la tripulación se arrastraron cojeando hasta la protección parcial de la esclusa de aire de la corbeta.

Kelly sacó una pequeña tarjeta de metal de un bolsillo de su armadura y, con una pasada, abrió la compuerta exterior. Holden empujó hacia dentro el cuerpo de Amos. Naomi, Alex y el marine herido entraron detrás, sin dejar de intercambiar miradas de incredulidad mientras se activaba el cierre de la esclusa de aire y se abrían las puertas interiores.

—No puedo creer que hayamos... —dijo Alex,

—Ya habrá tiempo de hablar —ladró Kelly—. Alex Kamal, usted ha servido en naves de la ARCM. ¿Sabe pilotar este trasto?

—Claro, teniente —respondió Alex, y luego cambió visiblemente de actitud—. ¿Por qué yo?

—Están matando ahí fuera al otro piloto que tenemos. Tome —dijo Kelly, pasándole la tarjeta de metal—. El resto, vayan amarrándose. Ya hemos perdido mucho tiempo.

De cerca, el daño que había recibido la armadura de Kelly era incluso más evidente. Tenía que tener heridas muy graves en el torso. Y no todo el líquido que salía del traje era fluido hidráulico. Sin duda también había sangre.

—Déjeme ayudarle —dijo Holden, inclinándose hacia él.

—No me toque —respondió Kelly, con una ira en la voz que sorprendió a Holden—. Usted abróchese y cierre la puta boca. Ahora mismo.

Holden no discutió. Desenganchó los cables de su traje y ayudó a Naomi a transportar a Amos a los asientos de colisión para amarrarlo. Kelly se quedó en la cubierta superior, pero su voz llegó por el canal de comunicaciones de la nave.

—Señor Kamal, ¿estamos listos para volar? —dijo.

—Todo listo, teniente. El reactor ya estaba caliente cuando hemos subido.

—La *Tachi* estaba lista y en espera, por eso es la que nos llevamos. Venga, en marcha. Y desde el momento en que salgamos del hangar, a toda máquina.

—Recibido —dijo Alex.

La gravedad volvió en pequeñas ráfagas desde todas las direcciones cuando Alex levantó la nave de la cubierta y la volteó hacia la puerta del hangar. Holden terminó de abrocharse el arnés y comprobó que Naomi y Amos estuvieran listos. El mecánico gemía y se agarraba a un lado del asiento como si su vida dependiera de ello.

—¿Cómo va eso, Amos? —preguntó Holden.

—De putísima madre, capi.

—Mierda, veo a Gomez desde aquí —dijo Alex por el canal de comunicaciones—. Ha caído. ¡Serán hijos de puta! ¡Y le siguen disparando! ¡Pero qué cabrones! —La nave dejó de moverse y Alex añadió, en voz más baja—: Chupaos esta, gilipollas.

La nave vibró durante medio segundo y luego quedó en calma antes de continuar hacia la puerta.

—¿Cañones de defensa en punta? —preguntó Holden.

—Justicia de la carretera —gruñó Alex.

Holden estaba imaginando lo que varios centenares de proyectiles de wolframio revestidos de teflón viajando a cinco mil metros por segundo podrían hacer a un cuerpo humano cuando Alex aceleró a fondo y le cayó sobre el pecho una manada de elefantes.

Holden despertó en gravedad cero. Le dolían las cuencas de los ojos y los testículos, por lo que seguro que llevarían ya un rato a máxima propulsión. La consola de pared que tenía al lado le informó de que había pasado casi media hora. Naomi se movía en su asiento, pero Amos estaba inconsciente y por uno de los agujeros de su traje se derramaba sangre a una velocidad alarmante.

—Naomi, echa un vistazo a Amos —graznó Holden a través de su dolor de garganta—. Alex, informa.

—La *Donnie* ha estallado detrás de nosotros, capi. Parece que los marines no han conseguido aguantar. Ha desaparecido —respondió Alex, con voz triste.

—¿Y las seis naves atacantes?

—No he visto ni rastro de ellas desde la explosión. Supongo que también han estallado.

Holden asintió para sí. Justicia de la carretera, pura y dura. Abordar una nave era una de las maniobras más arriesgadas del combate naval. Consistía, básicamente, en una carrera entre los agresores que corrían hacia la sala de máquinas y la voluntad colectiva de quienes tenían los dedos sobre el botón de autodestrucción. Con tan solo una mirada a la capitana Yao, Holden podría haberles dicho quién iba a perder esa carrera.

Aun así, alguien había pensado que merecía la pena correr el riesgo.

Holden se desabrochó el arnés y flotó hacia Amos. Naomi tenía abierto un botiquín de emergencia y estaba cortando el traje del mecánico con unas tijeras pesadas. El traje se había rasgado contra la tibia rota de Amos al apretarse contra ella a doce g.

Cuando terminó de cortar el traje, Naomi palideció ante la masa sanguinolenta y viscosa en la que se había convertido la parte inferior de la pierna de Amos.

—¿Qué hacemos? —preguntó Holden.

Naomi lo miró y luego soltó una risotada.

—No tengo ni idea —respondió.

—Pero tú... —empezó a decir Holden. Naomi le pisó la frase.

—Si estuviera hecho de metal, le daría unos martillazos para enderezarla y volverla a poner en su sitio —dijo.

—Pensaba...

—Pero no está hecho de partes de naves —continuó, levantando cada vez más la voz—. Así que, ¿por qué me preguntas a mí qué hacemos?

Holden levantó las manos para tranquilizarla.

—Vale, lo he pillado. Vamos a centrarnos en detener la hemorragia, ¿te parece?

—Y si matan a Alex, ¿me pedirás también que pilote yo?

Holden abrió la boca para responder, pero se detuvo. Naomi tenía razón. Siempre que no sabía qué hacer, Holden acudía a ella. Llevaba años haciéndolo. Era inteligente, competente y, la mayoría de las veces, imperturbable. Se había convertido en su principal apoyo y se había enfrentado a los mismos traumas que él. Si no empezaba a prestar atención, conseguiría que se derrumbara, y no podía permitírselo.

—Tienes razón. Yo me ocupo de Amos —dijo—. Tú sube y comprueba cómo está Kelly. Iré en unos minutos.

Naomi lo miró sin pestañear hasta que empezó a respirar más despacio.

—De acuerdo —dijo al poco, y se dirigió a la escalerilla de la tripulación.

Holden roció la pierna de Amos con acelerador coagulante y la envolvió con las gasas del botiquín de primeros auxilios. Luego accedió a la base de datos de la nave en la consola de pared e hizo una búsqueda sobre fracturas abiertas. Estaba leyendo los resultados con creciente desánimo cuando oyó la voz de Naomi.

—Kelly ha muerto —dijo con voz llana.

El estómago de Holden dio un vuelco, y respiró hondo tres veces para que el pánico no inundara su voz.

—De acuerdo. Voy a necesitar tu ayuda para colocarle el hueso. Vuelve abajo. ¿Alex? Reduce la aceleración a medio g mientras nos ponemos con Amos.

—¿Alguna dirección en particular, capi? —preguntó Alex.

—Me da igual. Tú pon la nave a medio g y no uses la radio hasta que te avise.

Naomi se dejó caer por el hueco de la escalerilla mientras la gravedad iba aumentando.

—Creo que Kelly tenía rotas todas las costillas del lado izquierdo del torso —dijo—. Con la aceleración es posible que le hayan perforado los órganos.

—Seguro que sabía que ocurriría algo así —dijo Holden.

—Sí.

Era fácil burlarse de los marines cuando no estaban presentes. Durante el tiempo que Holden había pasado en la armada, hacerlo era casi tan natural como soltar tacos. Pero cuatro marines habían muerto para sacarlos de la *Donnager*, tres de ellos después de tomar la decisión consciente de hacerlo. Holden se hizo la promesa de no volver a burlarse de ellos jamás.

—Necesitamos enderezar el hueso antes de colocarlo. Agarra a Amos y yo le tiraré del pie. Avísame cuando el hueso esté dentro y alineado.

Naomi empezó a protestar.

—Ya sé que no eres médico. Tú intenta hacerlo a ojo —continuó Holden.

Fue una de las cosas más horribles que Holden había hecho nunca. Amos despertó y empezó a chillar en pleno proceso. Holden tuvo que tirar de la pierna dos veces, porque la primera vez los huesos no se enderezaron y, cuando la soltó, el borde aserrado de la tibia volvió a salir por el agujero entre un reguero de sangre. Por suerte, después de eso Amos se desmayó y pudieron intentarlo una segunda vez sin los gritos. Pareció funcionar. Holden roció la herida con antisépticos y coagulante. Grapó el agujero y lo taponó con una venda estimuladora de crecimiento, para terminar con una escayola de aire automática y un parche de antibióticos en el muslo del mecánico.

Luego se dejó caer sobre la cubierta y se permitió temblar. Naomi fue a su asiento y empezó a sollozar. Era la primera vez que Holden la veía llorar.

Holden, Alex y Naomi flotaban formando un amplio triángulo alrededor del asiento de colisión en el que yacía el cuerpo del teniente Kelly. Abajo, Amos dormía gracias a los sedantes. La *Tachi* vagaba por el espacio sin rumbo fijo. Por primera vez en mucho tiempo, nadie los seguía.

Holden sabía que los dos esperaban a que dijera algo. Esperaban escuchar cómo pensaba salvarlos. Lo miraban expectantes. Él intentó parecer calmado y pensativo, pero en su interior estaba aterrorizado. No tenía ni idea de adónde ir. Ni idea de qué hacer. Desde que se habían topado con la *Scopuli*, todo lugar supuestamente seguro se había convertido en una trampa mortal. La *Canterbury*, la *Donnager*. Holden era muy reacio a ir a cualquier parte, por miedo a que explotara al poco tiempo.

«Haced algo —había dicho una década antes un instructor que aleccionaba a jóvenes oficiales—. No tiene por qué tener sentido, la cuestión es hacer algo.»

—Que alguien se ponga a investigar qué ha ocurrido con la *Donnager* —dijo Holden—. Ahora mismo hay naves marcianas corriendo a toda máquina hacia allí. Y seguro que ya sabrán que la *Tachi* pudo escapar, porque nuestro transpondedor está chivándose a todo el Sistema Solar.

—No, no lo está —refutó Alex.

—Explíquese, señor Kamal.

—Estamos en un torpedero. ¿Cree que le interesa emitir una buena señal de transpondedor a la que fijar objetivo cuando los envían a dar pasadas contra las naves enemigas? Qué va, hay un interruptor muy bonito en la cabina que pone «apagar transpondedor». Le he dado antes de salir de allí. No somos más que otro objeto móvil entre millones como nosotros.

Holden se quedó en silencio unos instantes.

—Alex, puede que sea la cosa más maravillosa que se haya hecho jamás en la historia del universo —dijo.

—Pero no podemos aterrizar, Jim —apuntó Naomi—. Primero, no hay embarcadero que vaya a dejar que se acerque una nave sin señal de transpondedor. Y, segundo, tan pronto como entremos en alcance visual, será difícil ocultar que somos una nave de guerra marciana.

—Sí, eso es lo malo —coincidió Alex.

—Fred Johnson nos dio una dirección de red para ponernos en contacto con él —dijo Holden—. Estoy pensando que la APE podría ser la única facción que nos deje atracar en alguna parte nuestra nave de guerra marciana robada.

—No es robada —dijo Alex—. Ahora es material rescatado de manera legítima.

—Ya, y si la ARCM nos pilla puedes irles con ese cuento, pero vamos a intentar evitarlo.

—Entonces, ¿esperamos aquí hasta que responda el coronel Johnson? —preguntó Alex.

—No. Yo espero. Vosotros os encargaréis de preparar el cuerpo del teniente Kelly para el entierro. Alex, tú estuviste en la ARCM. Conoces sus tradiciones. Hazlo con todos los honores y que quede registrado. Murió para sacarnos de esa nave y vamos a presentarle todos nuestros respetos. Tan pronto como aterricemos en cualquier parte, enviaremos toda la información al centro de mando de la ARCM para que lo hagan oficial.

Alex asintió.

—Lo haremos como se debe, señor.

Fred Johnson respondió al mensaje tan deprisa que Holden llegó a preguntarse si habría montado guardia junto al terminal hasta recibirlo. La respuesta de Johnson solo contenía unas coordenadas y las palabras «mensaje láser». Holden apuntó con los sistemas láser a ese lugar específico, que era el mismo desde donde Fred había enviado su primer mensaje, y luego activó su micrófono.

—¿Fred? —dijo.

Las coordenadas que había recibido se encontraban a más de once minutos luz de distancia. Holden se preparó para esperar los veintidós minutos que tardaría en llegar la respuesta. Para entretenerse, envió la posición a la cabina y dijo a Alex que volara a un g en esa dirección cuando hubieran terminado con el teniente Kelly. Veinte minutos después se encendieron los propulsores y Naomi apareció por la escalerilla. Se había quitado el traje espacial y llevaba un mono marciano rojo que le quedaba quince centímetros corto y era el triple de ancho que ella. Su pelo y su cara parecían limpios.

—Esta nave tiene una alcachofa de ducha. ¿Podemos quedárnosla? —preguntó.

—¿Qué tal ha ido?

—Nos hemos encargado de todo. En ingeniería hay una bodega de tamaño decente. Lo hemos dejado ahí hasta que tengamos manera de enviarlo a casa. He desconectado el soporte vital de la zona para que se conserve.

Extendió el brazo y soltó un cubo pequeño y negro en el regazo de Holden.

—Tenía esto en un bolsillo debajo de la armadura —dijo.

Holden levantó el objeto. Parecía algún tipo de dispositivo de almacenamiento de datos.

—¿Puedes descubrir qué contiene? —preguntó él.

—Claro. Dame algo de tiempo.

—¿Y Amos?

—Se le ha estabilizado la presión sanguínea —respondió Naomi—. Eso tiene que ser bueno.

La consola de comunicaciones dio un pitido y Holden reprodujo el mensaje.

—Jim, las noticias de la *Donnager* acaban de llegar a la red. Admito que estoy muy sorprendido de haber recibido tu mensaje —dijo la voz de Fred—. ¿Qué puedo hacer por ti?

Holden lo puso en pausa un momento mientras preparaba su respuesta. Había una sospecha evidente en el tono de Fred, pero justo por esa razón había proporcionado a Holden una palabra clave.

—Fred, nuestros enemigos son cada vez más ubicuos y nuestra lista de amigos se va acortando. De hecho, eres casi el único. Estoy en una nave robada...

Alex carraspeó.

—Un torpedero de la ARCM que hemos rescatado —se corrigió Holden—. Necesito alguna forma de ocultar este hecho. También necesito algún lugar al que ir donde no me disparen nada más verme. Ayúdame.

La respuesta tardó media hora en llegar.

—He adjuntado un fichero en un subcanal —dijo Fred—. Contiene vuestro nuevo código de transpondedor y las instrucciones para instalarlo. El código pasará cualquier control. Es legítimo. También te envío unas coordenadas que te llevarán a puerto seguro. Nos veremos allí. Tenemos mucho de qué hablar.

—¿Un nuevo código de transpondedor? —preguntó Naomi—. ¿Cómo consigue la APE nuevos códigos de transpondedor?

—O han pirateado los protocolos de seguridad de la Coalición Tierra-Marte o tienen un topo en la oficina de registro —dijo Holden—. En cualquier caso, me parece que hemos pasado a codearnos con los grandes.

16

Miller

Miller vio la transmisión de Marte al mismo tiempo que el resto de la estación. El atril estaba cubierto con una tela negra, lo que era mala señal. La estrella y las treinta barras de la República Congresual de Marte colgaban al fondo no una, sino ocho veces. Lo que era peor señal.

—Todo esto no puede haber ocurrido sin una planificación minuciosa —decía el presidente marciano—. La información que pretendían conseguir habría puesto en peligro de manera rotunda la seguridad de la flota marciana. Han fallado, pero nos ha costado la vida de dos mil ochenta y seis ciudadanos de Marte. El Cinturón se ha preparado para este ataque durante años.

«El Cinturón —pensó Miller—. No la APE, sino el Cinturón.»

—Desde la semana posterior al ataque, hemos sido testigos de treinta incursiones en el radio de seguridad de naves y bases marcianas, entre ellas la estación Palas. Si perdiéramos esas refinerías, la economía de Marte podría sufrir un daño irreversible. Llegados al punto de enfrentarnos a una guerrilla armada y organizada, no tenemos más opción que enviar destacamentos militares a las estaciones, bases y naves del Cinturón. El Congreso ha transmitido nuevas órdenes a todas las unidades navales que no se encuentran cumpliendo funciones de la Coalición, y esperamos que nuestros hermanos y hermanas de la Tierra aprueben maniobras conjuntas de la Coalición a la mayor brevedad posible.

»El nuevo objetivo de la armada marciana es asegurar la seguridad de todos los buenos ciudadanos, desmantelar las infraestructuras del mal que se ocultan en el Cinturón y llevar ante la justicia a los responsables de los ataques. Me complace comunicarles que nuestras primeras acciones han causado la destrucción de dieciocho buques de guerra ilegales y...

Miller apagó la transmisión. Bueno, pues ya estaba en marcha. La guerra secreta había quedado al descubierto. Papá Mao había tenido motivos para querer sacar a Julie, pero ya era demasiado tarde. Su querida hija iba a tener que jugársela, como todos los demás.

Como poco, aquello iba a significar toques de queda y seguimientos por toda la estación Ceres. Oficialmente, la estación era territorio neutral. La APE no era su propietaria, ni de ella ni de nada. Y Star Helix era una empresa terrícola que no tenía contratos ni pactos de colaboración con Marte. Lo mejor que podía ocurrir era que Marte y la APE mantuvieran la batalla fuera de la estación. Lo peor, que hubiera más disturbios en Ceres. Más muertes.

No, mentira. Lo peor sería que Marte o la APE dieran un puñetazo en la mesa y arrojaran una roca o un puñado de cabezas nucleares contra la estación. O que hicieran estallar el motor de fusión de una nave atracada. Si las cosas se iban de las manos, significaría la muerte de seis o siete millones de personas y el final del único mundo conocido por Miller.

Lo raro es que todo aquello casi le hiciera sentir aliviado.

Miller lo sabía desde hacía semanas. Todo el mundo lo sabía. Pero no había ocurrido, por lo que cada conversación, cada chiste, cada interacción fortuita, cada inclinación de cabeza semianónima, cada gesto educado y cada charla trivial en el metro parecían una manera de evadirse. No había podido curar el cáncer de la guerra, ni siquiera ralentizar su propagación, pero al menos ya podía admitir que era una realidad. Se estiró, dio la última cucharada a su cuajada fúngica, bebió los posos de algo que tenía cierto parecido al café y salió a mantener la paz en tiempos de guerra.

Muss lo saludó con un ligero movimiento de cabeza cuando

llegó a la comisaría. El tablón estaba lleno de casos, crímenes que había que investigar, otros para los que ya había pruebas y otros que se habían desestimado. Había el doble que el día anterior.

—Una mala noche —dijo Miller.

—Podría ser peor —repuso Muss.

—¿Ah, sí?

—Star Helix podría ser una empresa marciana. Mientras la Tierra siga neutral, no tendremos que ir en plan Gestapo.

—¿Y cuánto tiempo crees que durará?

—¿Qué hora es? —preguntó ella—. Una cosa sí que te digo. Cuando todo se vaya al traste, me gustaría parar un momento cerca del núcleo. Hay un tipo allí al que nunca pudimos echar el guante cuando estaba en la brigada de violaciones.

—¿Y por qué esperar? —dijo Miller—. Podemos ir, meterle una bala en la sesera y estar de vuelta para el almuerzo.

—Sí, pero ya sabes lo que pasa —respondió—. Hay que intentar ser profesional. De todas formas, si lo hiciéramos, nos encargarían investigar el caso y ya no queda espacio en el tablón.

Miller se sentó en su escritorio. Estaban de cháchara. El típico humor socarrón y exagerado al que se entrega uno cuando va a tener que enfrentarse a un día lleno de prostitutas menores de edad y drogas contaminadas. Y, aun así, se podía mascar la tensión en la comisaría por la manera en la que la gente se reía y por las posturas. Había más cartucheras a la vista de lo habitual, como si, al enseñar las armas, creyeran estar más seguros.

—¿Crees que es cosa de la APE? —preguntó Muss, bajando la voz.

—¿La destrucción de la *Donnager*, dices? ¿Quién si no? Además, se lo han atribuido.

—Solo algunos grupos. Por lo que tengo entendido, hoy en día hay varias facciones de la APE. Los más antiguos no tienen ni idea de lo que pasa, están cagados e intentan seguir la pista de las transmisiones piratas que reconocen la autoría.

—¿Y qué piensan conseguir? —preguntó Miller—. Por mucho que les cierren la bocaza a todos los charlatanes del Cinturón, no cambiarán nada.

—Pero si la APE está dividida... —Muss miró hacia el tablón.

Si la APE estaba dividida, aquel tablón que tenían delante iba a ser una minucia. Miller había vivido dos grandes guerras de bandas. Primero, cuando los Loca Greiga desplazaron y aniquilaron a los Aviadores Arios, y luego cuando se dividió la Rama Dorada. La APE era más grande, más peligrosa y más profesional que cualquiera de ellos. Aquello podría dar comienzo a una guerra civil en el Cinturón.

—No tiene por qué ser así —dijo Miller.

Shaddid salió de su despacho y barrió la comisaría con la mirada. Todo el mundo bajó la voz. Shaddid se detuvo en los ojos de Miller e hizo un gesto brusco. «Al despacho.»

—La cagaste —dijo Muss.

En el despacho estaba Anderson Dawes, sentado con tranquilidad en una de las sillas. Miller sintió cómo se le crispaba el cuerpo cuando procesó esa información. Marte y el Cinturón en pleno y abierto conflicto armado y el rostro visible de la APE en Ceres sentado en el despacho de la capitana del cuerpo de seguridad.

«Conque esas tenemos», pensó.

—Aún está investigando el caso de Mao —dijo Shaddid mientras tomaba asiento. A Miller no le habían ofrecido sentarse, por lo que se agarró las manos por detrás de la espalda.

—Fue usted la que me lo asignó —dijo.

—Y le dije que no era una prioridad —replicó la capitana.

—Y yo no estuve de acuerdo —dijo Miller.

Dawes sonrió. Su expresión tenía una calidez inesperada, sobre todo comparada con la de Shaddid.

—Inspector Miller —dijo Dawes, hablándole esta vez de usted—. No entiende lo que ocurre. Estamos encima de un recipiente a presión y usted no deja de darle con un pico. Tiene que parar.

—Queda relegado del caso de Mao —dijo Shaddid—. ¿Lo entiende? Le retiro oficialmente de esa investigación con efecto inmediato. Cualquier investigación subsiguiente que realice tendrá como consecuencia la apertura de un expediente por trabajar fuera de asignación y por uso indebido de los recursos de

Star Helix. Me devolverá de inmediato todo el material que tenga sobre el caso. Borrará cualquier dato que haya guardado en su partición personal. Y lo hará antes de que termine su turno de hoy.

El cerebro de Miller iba a toda máquina, pero tenía la cara impasible. Lo apartaban del caso de Julie, pero él no iba a permitirlo. Era un hecho, pero no el problema más acuciante.

—Tengo unas investigaciones en proceso... —empezó a decir Miller.

—No, no las tiene —lo interrumpió Shaddid—. Su mensajito a los padres fue una infracción del protocolo. Cualquier contacto con los accionistas debe realizarse a través de mí.

—O sea que el mensaje nunca llegó a enviarse —afirmó Miller. Como diciendo: «Ha estado vigilando mis movimientos.»

—No, no se ha enviado —respondió Shaddid. «Sí, eso hacía. ¿Piensa hacer algo al respecto?»

Y no había nada que pudiera hacer.

—¿Y las transcripciones del interrogatorio de James Holden? —preguntó Miller—. ¿Se enviaron antes de que...?

¿Antes de que la destrucción de la *Donnager* y, con ella, de los únicos testigos de la *Scopuli*, llevara a la guerra al Sistema Solar? Miller sabía que la pregunta sonaba a lloriqueo. Shaddid apretó los dientes. No le habría sorprendido oír cómo empezaban a quebrarse. Dawes rompió el silencio.

—Podemos hacer todo esto un poco más fácil —dijo—. Inspector, si no estoy interpretándole mal, cree que estamos enterrando el caso. Pero no es así. Solo que a nadie le interesa que Star Helix sea quien encuentre las respuestas que buscamos. Piense en ello. Puede que sea cinturiano, pero trabaja para una empresa terrícola. Ahora mismo, la Tierra es la única superpotencia que no está metida en el ajo. Posiblemente la única que puede negociar con todas las partes.

—¿Y por qué no querrían ellos conocer la verdad? —preguntó Miller.

—El problema no es ese —respondió Dawes—. El problema es que no se debe percibir a Star Helix y la Tierra como implicados en modo alguno. Tienen que quedarse al margen. Y el problema ya se sale de su jurisdicción, Miller. Juliette Mao no está en Ceres, y quizás hubo un tiempo en el que podría haber subido a una nave, viajar dondequiera que esté y realizar el secuestro. Extradición. Extracción. O cómo quiera llamarlo. Pero ese momento ha pasado. Star Helix está en Ceres, parte de Ganímedes y unas pocas docenas de asteroides almacén. Si sale de ellos, está entrando en territorio enemigo.

—Pero la APE no —dijo Miller.

—Tenemos los recursos para solucionarlo —dijo Dawes mientras asentía—. Mao es de los nuestros. La *Scopuli* era nuestra.

—Y la *Scopuli* fue el cebo con el que se destruyó la *Canterbury* —señaló Miller—. Y la *Canterbury*, el cebo con el que se destruyó la *Donnager*. Por lo que ¿me puede explicar en qué beneficia a nadie que sean ustedes los únicos que investiguen algo que podría haber sido cosa de ustedes mismos?

—Todavía cree que lanzamos bombas nucleares a la *Canterbury*, ¿verdad? —dijo Dawes—. La APE, con sus buques de guerra marcianos de alta tecnología...

—Puso a la *Donnager* en una posición donde la pudieran atacar. Si hubiera permanecido con la flota, no la habrían abordado.

Dawes parecía resentido.

—Teorías conspiratorias, señor Miller —respondió—. Si dispusiéramos de naves marcianas camufladas, no estaríamos perdiendo.

—Les bastó con seis naves para destruir la *Donnager*.

—No, no es así. Para destruir la *Donnager* habríamos tenido que enviar a toda una flota de cargueros prospectores cargados con bombas nucleares en misión suicida. Tenemos muchísimos recursos, pero no dedicamos ninguno a lo que ocurrió con la *Donnager*.

El silencio solo se vio interrumpido por el zumbido del reciclador de aire. Miller se cruzó de brazos.

—Pues... no entiendo nada —dijo—. Si la APE no empezó todo esto, ¿quién ha sido?

—Eso es justo lo que Juliette Mao y la tripulación de la *Sco-*

puli podrán contarnos —dijo Shaddid—. Así están las cosas, Miller. Nos falta un quién, un porqué y una manera de detenerlo de una vez, por Dios.

—¿Y usted no quiere esas tres cosas? —preguntó Miller.

—No quiero que las busque usted —respondió Dawes—. Porque hay gente que puede hacerlo mejor.

Miller negó con la cabeza. Se estaba pasando y lo sabía. Pero por otra parte, a veces pasarse servía para enterarse de cosas.

—No me lo trago —dijo.

—No hace falta que se trague nada —replicó Shaddid—. Esto no es una negociación. No le hemos traído aquí para pedirle ningún puto favor. Soy su jefa. Es una orden. ¿Sabe lo que significan esas palabras? Es. Una. Orden.

—Tenemos a Holden —dijo Dawes.

—¿Cómo? —exclamó Miller.

—Eso no tenía que saberlo —dijo Shaddid al mismo tiempo.

Dawes alzó un brazo hacia Shaddid, gesto que en el lenguaje corporal del Cinturón equivalía a ordenar silencio a alguien. Para sorpresa de Miller, Shaddid obedeció al hombre de la APE.

—Tenemos a Holden. Su tripulación y él no han muerto y están a punto de pasar a custodia de la APE. ¿Entiende lo que ello supone, inspector? ¿Ve lo que quiero decir? Puedo llevar a cabo la investigación porque cuento con los recursos necesarios. Usted no puede ni descubrir lo que ocurrió con sus trajes antidisturbios.

Aquello fue un golpe bajo. Miller se miró los pies. Había incumplido su promesa a Dawes de dejar de lado el caso, y el hombre no había sacado el tema hasta aquel momento. Eso había que reconocérselo al agente de la APE. Además, si Dawes tenía de verdad a James Holden, era imposible que Miller accediera al interrogatorio.

La voz de Shaddid sonó sorprendentemente amable cuando volvió a hablar.

—Ayer hubo tres asesinatos. Creemos que un mismo grupo de personas ha allanado ocho almacenes. Tenemos a seis hospitalizados en varias salas médicas de la comisaría con los nervios destrozados por una remesa de seudoheroína de garrafón. La comisaría está que salta —dijo—. Tiene muchos frentes en los que ayudar, Miller. Vaya a encargarse de los tipos malos.

—Claro, capitana —respondió Miller—. Sin falta.

Muss estaba apoyada en el escritorio de Miller, esperándolo. Tenía los brazos cruzados y la misma mirada de aburrimiento que había dedicado al cadáver de Dos Santos que habían encontrado clavado en la pared del pasillo.

—¿Te han hecho un ojete nuevo? —preguntó.

—Sí.

—Ya se cerrará. Dale tiempo. Nos he agenciado uno de los asesinatos. Un contable de nivel medio de Naobi-Shears al que han volado la cabeza a la salida de un bar. Pintaba bien.

Miller sacó el terminal portátil y leyó la información básica. No estaba muy centrado.

—Oye, Muss —dijo—. Tengo una pregunta.

—Dispara.

—Si tuvieras un caso que no quisieras resolver, ¿qué harías?

Su nueva compañera frunció el ceño, inclinó la cabeza a un lado e hizo un gesto vago.

—Se lo encargaría a un pringado —respondió ella—. En crímenes contra niños teníamos a un tipo así. Cuando sabíamos que el culpable era un soplón nuestro, siempre se lo endosábamos a él. No pillaron nunca a ningún informador.

—Ya —dijo Miller.

—Y ya puestos, si necesitara que alguien cargara con un compañero de mierda, haría lo mismo —continuó Muss—. Ya sabes. Alguien con el que nadie más quiera trabajar. Que tenga mal aliento o sea gilipollas, cualquier cosa, pero que necesite un compañero. Quizás elegiría a un tipo que antes era bueno, pero que entonces se divorció. Y empezó a empinar el codo. Un tipo que aún se cree la caña, que se comporta como si lo fuera aunque sus cifras sean del montón. A ese le asignaría los casos de mierda. Al compañero de mierda.

Miller cerró los ojos. Tenía el estómago revuelto.

—¿Qué hiciste? —preguntó.

—¿Para que me pusieran contigo? —dijo Muss—. Un superior mío empezó a acosarme y le pegué un tiro.

—Por lo que no te quedó otra.

—Algo así. Pero venga, Miller, no eres tonto —dijo Muss—. Tenías que haberlo sospechado.

Tenía que haber imaginado que era el hazmerreír de la comisaría. El tipo que antes era bueno. El tipo que ya no lo era.

Pues no, en realidad no lo había sospechado. Abrió los ojos. Muss no parecía ni alegre ni triste, ni satisfecha por el dolor de Miller ni muy afligida por él. Para ella, solo era trabajo. Los muertos, los heridos, los lesionados. Le daban igual. Que le dieran igual era su forma de soportar el día.

—Quizá no deberías haber rechazado a ese tío —dijo Miller.

—Bueno, tú no estás tan mal —dijo Muss—. Y tenía pelos en la espalda. Odio los pelos en la espalda.

—Me alegra saberlo —afirmó Miller—. Vamos a impartir algo de justicia.

—Estás borracho —dijo el cretino.

—*Shoy* poli —respondió Miller, señalándolo con el dedo—. Cuidadito conmigo.

—Sé que eres poli. Vienes a mi bar desde hace tres años. Soy yo. Hasini. Y estás borracho, amigo. Tan borracho que das miedo.

Miller miró a su alrededor. Sí que estaba en el Rana Azul, sí. No recordaba cómo había llegado allí, pero allí estaba. Y el cretino había resultado ser Hasini.

—Yo... —empezó a decir Miller, pero perdió el hilo.

—Venga —dijo Hasini, pasándole un brazo alrededor—. No está tan lejos. Te llevo a casa.

—¿Qué hora es? —preguntó Miller.

—Tarde.

La palabra tenía peso. «Tarde.» Era tarde. Toda posibilidad de solucionar las cosas se le había pasado. El sistema estaba en guerra y nadie sabía muy bien por qué. El propio Miller iba a cumplir cincuenta años en junio. Era tarde. Tarde para volver a empezar. Tarde para pensar en cuántos años había pasado recorriendo el camino equivocado. Hasini lo llevó hacia una carreta eléctrica que tenía en el bar para ocasiones como aquella. De la cocina salía olor a aceite caliente.

—Espera —dijo Miller.

—¿Vas a vomitar? —preguntó Hasini.

Miller se lo pensó un momento. No, ya era tarde para vomitar. Se tambaleó hacia delante. Hasini lo ayudó a recostarse en la carreta, encendió el motor y salieron al pasillo con un chirrido. Las luces que los alumbraban desde muy arriba eran tenues. La carreta no dejaba de vibrar mientras pasaban una y otra intersección. O quizá no. Quizá fuera su cuerpo.

—Creía que era bueno —dijo—. ¿Sabes? Todo este tiempo creía que, por lo menos, era bueno.

—Lo haces bien —dijo Hasini—. Es solo que tienes un trabajo de mierda.

—Que se me daba bien.

—Lo haces bien —repitió Hasini, como si así consiguiera hacerlo realidad.

Miller estaba tumbado al fondo de la carreta, con el arco de plástico de la rueda clavándosele en un costado. Dolía, pero moverse era demasiado esfuerzo. Pensar era demasiado esfuerzo. Había podido superar el día junto a Muss. Había entregado los datos y el material del caso de Julie. No tenía nada por lo que mereciera la pena volver a su hueco, ni ningún otro sitio al que ir.

Las luces entraban y salían de su campo de visión. Se preguntaba si mirar las estrellas sería algo parecido. Nunca había podido ver el cielo. La mera idea le daba un poco de vértigo. Una sensación de miedo al infinito que era hasta casi agradable.

—¿Tienes a alguien que se pueda encargar de ti? —preguntó Hasini cuando llegaron al hueco de Miller.

—Estaré bien. Solo ha sido... un mal día.

—Julie —dijo Hasini mientras asentía.

—¿Cómo sabes tú lo de Julie? —preguntó Miller.

—Llevas toda la noche hablando de ella —respondió Hasini—. Será una chica que te trae loco, ¿no?

Miller, con una mano todavía apoyada en la carreta, frunció

el ceño. Julie. Había hablado sobre Julie. Por eso se había puesto así. No era por el trabajo. No era por su reputación. Le habían quitado a Julie. El caso especial. El que importaba.

—Estás enamorado de ella.

—Sí, algo así —dijo Miller, mientras algo parecido a una revelación se abría paso entre el alcohol—. Creo que lo estoy.

—Pues mala suerte —dijo Hasini.

17

Holden

La cocina de la *Tachi* estaba bien equipada y tenía una mesa con espacio para doce. También tenía una cafetera grande que podía servir cuarenta tazas de café en menos de cinco minutos, ya estuviera la nave en gravedad cero o en pleno acelerón a cinco g. Holden dio gracias en silencio por lo exagerados que eran los presupuestos militares y luego pulsó el botón de encendido. Tuvo que contenerse para no acariciar el acero inoxidable de la máquina mientras hacía sus suaves ruiditos de filtrado.

El aroma a café comenzó a llenar la estancia y a competir con el olor a pan de lo que fuera que Alex tenía al horno. Amos daba tumbos alrededor de la mesa con su nueva escayola mientras repartía platos de plástico y colocaba una cubertería de las de verdad, de las metálicas. Naomi estaba mezclando en un bol algo que tenía el olor a ajo de un buen *hummus*. Ver a la tripulación encargándose de aquellas tareas domésticas dio a Holden una sensación de paz y seguridad que le levantó el ánimo.

Huían desde hacía semanas, siempre perseguidos por naves de procedencia misteriosa. Por primera vez desde que destruyeran la *Canterbury*, nadie sabía dónde se encontraban. Nadie les exigía nada. Para el resto del Sistema Solar, Holden y los suyos no eran más que unas víctimas más entre las miles de la *Donnager*.

La visión mental de la cabeza de Shed desapareciendo como por arte de magia le recordó que al menos un miembro de su tripulación sí que era una víctima. Y, aun así, estaba tan satisfecho por ser dueño de su propio destino que ni los remordimientos podían arrebatarle del todo la sensación.

Sonó una alarma y Alex sacó una bandeja en la que había un pan fino y ácimo. Empezó a cortarlo en rebanadas sobre las que Naomi extendió una pasta que de verdad parecía *hummus*. Amos las puso en platos por la mesa. Holden vertió café recién hecho en unas tazas que tenían el nombre de la nave impreso por un lado y las fue pasando. Entonces hubo un momento incómodo en el que todos se quedaron admirando la mesa tan bien puesta, como si tuvieran miedo de destruir la perfección de la escena.

Amos se encargó de romper el encanto diciendo:

—Tengo más hambre que un puto cerdo. —Se dejó caer de golpe en el asiento—. Venga, venga, que alguien me pase la pimienta.

Nadie dijo nada durante unos minutos, solo comían. Holden dio un mordisquito al pan con *hummus* y sus potentes sabores lo dejaron aturdido después de llevar semanas comiendo insípidas barritas de proteínas. Luego empezó a meterse la comida en la boca tan rápido que sus glándulas salivales no daban abasto. Miró alrededor de la mesa, avergonzado, pero los demás estaban comiendo igual de rápido, así que dejó de lado los buenos modales y se centró en la comida. Cuando terminó lo que le quedaba en el plato, se inclinó hacia atrás, suspiró y deseó que aquella felicidad durara el mayor tiempo posible. Alex dio un sorbo a su café con los ojos cerrados. Amos estaba apurando los restos de *hummus* que quedaban en el bol con una cuchara. Y Naomi lanzó a Holden una mirada con ojos soñolientos que de pronto le pareció muy sexi. Holden aplastó el pensamiento y levantó su taza.

—Por los marines de Kelly. Héroes hasta el último momento. Descansen en paz —dijo.

—Por los marines —repitieron todos los de la mesa. Luego entrechocaron las tazas y bebieron.

Alex levantó de nuevo su taza.

—Por Shed —dijo.

—Eso, por Shed y por que los cabronazos que lo mataron se pudran en el infierno —dijo Amos en voz baja—. Al lado del grandísimo hijo de puta que se cargó la *Cant*.

El ánimo de los comensales empezó a decaer. Holden sintió cómo aquel momento de tranquilidad empezaba a esfumarse tan deprisa como había llegado.

—Bueno —dijo—. ¿Qué puedes contarme de nuestra nueva nave, Alex?

—Es una monada, capi. La he tenido acelerando a doce g media hora cuando escapábamos de la *Donnie* y no dejaba de ronronear como un gatito. Además, el asiento del piloto es comodísimo.

Holden asintió.

—¿Amos? ¿Te ha dado tiempo de echar un vistazo a la sala de máquinas? —preguntó.

—Claro. Funciona como un reloj. Menudo viaje más aburrido le espera a un chapuzas como yo —respondió el mecánico.

—Eso de aburrido suena bien —dijo Holden—. Naomi, ¿tú qué opinas?

Ella sonrió.

—Me encanta. Tiene las mejores duchas que he visto en una nave de este tamaño. Y además la enfermería es una bestialidad: tiene un sistema especializado y computerizado capaz de arreglar marines rotos. Tendríamos que haber buscado mejor antes de ponernos con Amos por nuestra cuenta.

Amos se golpeó la escayola con un nudillo.

—Hicisteis un buen trabajo, jefa.

Holden contempló lo limpia que estaba su tripulación y se pasó la mano por el pelo. Era la primera vez que no la sacaba llena de grasa en semanas.

—Sí, eso de tener duchas y no tener que curar piernas rotas suena bien. ¿Algo más?

Naomi echó atrás la cabeza y movió los ojos como si revisara una lista mental.

—Tenemos el agua a tope, en los inyectores hay cargas de combustible como para que el reactor aguante unos treinta años y la cocina está abastecida del todo. Vais a tener que atarme si queréis devolvérsela a la armada. Me encanta.

—Sí que es una monada de nave —dijo Holden, sonriendo—. ¿Has podido mirar el armamento?

—Dos cañones y veinte torpedos de largo alcance con cabezas explosivas de plasma de alto rendimiento —respondió Naomi—. O al menos, eso pone en el manifiesto. Son de carga exterior, así que no podemos comprobarlo sin salir al casco.

—La consola de armamento dice lo mismo, capi —dijo Alex—. Y los cañones de defensa en punta están a tope de munición. Bueno, menos...

«Menos la ráfaga que disparaste contra los hombres que mataron a Gomez.»

—Ah, capitán, cuando pusimos a Kelly en la bodega encontré una caja grande con las letras PAP impresas en un lado. Según el manifiesto, significa «Paquete de Asalto Portátil». Parece ser que es como llaman en la armada a una caja grande llena de armas —dijo Naomi.

—Sí —confirmó Alex—. Es un equipo completo para ocho marines.

—Bien —dijo Holden—. Tenemos un motor Epstein apto para uso militar, así que podemos movernos a base de bien. Y si es verdad todo eso de las armas, también podemos defendernos. La siguiente pregunta es: ¿qué hacemos con esas cosas? Yo optaría por aceptar el refugio que nos ofrece el coronel Johnson. ¿Algo que decir?

—Otro que se apunta, capitán —dijo Amos—. Siempre he pensado que los cinturianos vivían bastante puteados. Supongo que me toca ser revolucionario una temporada.

—¿Remordimientos de terrícola, Amos? —dijo Naomi con una sonrisa.

—¿Qué coño significa eso?

—Nada, era broma —respondió ella—. Sé que te gusta nuestro bando porque quieres quedarte con nuestras mujeres.

Amos pilló el chiste y le devolvió la sonrisa.

—Vamos, es que menudos monumentos, con esas pedazo de piernas largas —dijo.

—Venga, ya está bien —los interrumpió Holden, levantando la mano—. Vamos dos votos a favor de Fred. ¿Alguien más?

Naomi levantó la mano.

—Voto por Fred —dijo.

—¿Alex? ¿Tú qué opinas? —preguntó Holden.

El piloto marciano se reclinó en la silla y se rascó la cabeza.

—No es que tenga ningún sitio al que ir, así que supongo que me quedaré con vosotros —dijo—. Pero espero que esto no vaya a ser otra temporada de obedecer órdenes a ciegas.

—No será así —respondió Holden—. Ahora tengo una nave con armas y la próxima vez que alguien me ordene hacer algo, pienso usarlas.

Después de la cena, Holden dio un paseo largo y pausado por su nueva nave. Abrió todas las puertas, miró en cada taquilla, encendió todas las consolas y comprobó todas las lecturas. Pasó un rato en ingeniería al lado del reactor de fusión y cerró los ojos para acostumbrarse a la vibración casi subliminal que despedía. Si tenía algo estropeado, quería sentirlo por sus propios medios antes de que sonara ninguna alarma. Se detuvo también a tocar la gran variedad de herramientas del taller mecánico y luego subió a la cubierta de personal, vagó por los camarotes hasta que encontró uno que le gustara y deshizo la cama para marcar que ya estaba ocupado. También encontró algunos monos que parecían ser de su talla y los metió en la taquilla de su nueva habitación.

Se dio una segunda ducha y dejó que el agua caliente derritiera la tensión que tenía en la espalda desde hacía tres semanas. Mientras volvía a su camarote, pasó los dedos por la pared para sentir la suavidad de la espuma ignífuga y de la membrana antimetralla que cubrían los mamparos de acero blindado. Cuando llegó a su camarote, Alex y Amos ya habían elegido también y estaban instalándose.

—¿Qué camarote ha cogido Naomi? —preguntó.

Amos se encogió de hombros.

—Sigue arriba en el centro de mando, trasteando con algo.

Holden decidió aplazar un poco el sueño y subir por la escalerilla automática de la quilla —«¡Tenemos ascensor!»— hasta la cubierta de operaciones. Naomi estaba sentada en el suelo ante un panel abierto y centenares de piececitas y cables que había colocado bien ordenados a su alrededor. Tenía la mirada fija en algo dentro del compartimento abierto.

—Oye, Naomi, deberías dormir un poco. ¿En qué andas metida?

Ella señaló el compartimento con un gesto vago.

—El transpondedor —respondió.

Holden se acercó y se sentó en el suelo a su lado.

—Dime cómo puedo ayudarte.

Naomi le pasó su terminal portátil. En la pantalla tenía abiertas las instrucciones de Fred para cambiar la señal del transpondedor.

—Ya está listo. He conectado la consola al puerto de datos del transpondedor como dice ahí. También he configurado el programa para ejecutar la reescritura que describe. Ya se pueden introducir el nuevo código del transpondedor y los datos de registro de la nave. Ya he tecleado el nuevo nombre. ¿Lo eligió Fred?

—No, yo.

—Ah, muy bien. Pero... —Su voz se atenuó y señaló de nuevo el transpondedor.

—¿Qué ocurre? —preguntó Holden.

—Jim, estas cosas no se fabrican para que se trastee con ellas. La versión civil de este dispositivo se funde hasta convertirse en una masa de silicona si detecta algún intento de modificación. ¿Quién sabe lo que hará la versión militar? ¿Soltar la botella magnética en el reactor? ¿Convertirnos en una supernova?

Naomi se giró para mirarlo.

—Ya lo tengo todo listo, pero ahora estoy pensando que no deberíamos activarlo —dijo—. No sabemos qué ocurrirá si falla.

Holden se levantó del suelo y se acercó a la consola del ordenador. Había un programa que Naomi había llamado Trans01 listo para ejecutarse. Titubeó un instante y luego pulsó el botón para ejecutarlo. La nave no se vaporizó.

—Pues supongo que Fred quiere que sigamos vivos —dijo Holden.

Naomi se desplomó y soltó un suspiro largo y ruidoso.

—¿Ves? Por este tipo de cosas nunca podría estar yo al mando —dijo.

—¿No te gusta tomar decisiones difíciles sin tener toda la información necesaria?

—Yo diría que no soy una suicida irresponsable —replicó mientras empezaba a montar de nuevo la carcasa del transpondedor.

Holden dio un golpe al botón de comunicaciones de la pared.

—Tripulación, bienvenidos a bordo del carguero de gases *Rocinante*.

—¿Qué significado tiene el nombre? —dijo Naomi después de que Holden soltara el botón.

—Significa que tenemos que ponernos a buscar molinos —dijo Holden por encima del hombro mientras se dirigía a la escalerilla automática.

Tycho Manufacturing and Engineering Concern había sido una de las primeras grandes empresas que llegó al Cinturón. Al principio de la expansión, los ingenieros de Tycho y una flota de naves capturaron un pequeño cometa y lo dejaron en una órbita estable como método de abastecimiento de agua, décadas antes de que naves como la *Canterbury* empezaran a traer hielo de los campos interminables de los anillos de Saturno. Fue la hazaña de ingeniería a gran escala más ardua y compleja que la humanidad había realizado hasta lo siguiente que hicieron.

Casi a modo de bis, Tycho había incrustado los gigantescos motores de reacción en la roca de Ceres y Eros y había pasado más de una década enseñando a rotar a los asteroides. También les habían encargado el proyecto de crear una red de ciudades flotantes en la parte alta de la atmósfera de Venus antes de que los derechos para su desarrollo cayeran en un laberinto legal que ya se prolongaba más de ocho décadas. Se había hablado de instalar ascensores espaciales en la Tierra y en Marte, pero todavía no había nada en marcha. Si alguien tenía entre manos un trabajo de ingeniería en el Cinturón que parecía imposible y podía permitírselo, se lo encargaba a Tycho.

La estación Tycho, la central de la empresa en el Cinturón,

era una estructura anular inmensa construida alrededor de una esfera de medio kilómetro de diámetro, con más de sesenta y cinco millones de metros cúbicos de espacio de almacenaje y fabricación en su interior. Los dos habitáculos en forma de anillo que rodeaban la esfera rotaban en sentidos inversos y proporcionaban espacio suficiente para quince mil trabajadores y sus familias. La parte superior de la esfera de fabricación estaba engalanada con media docena de grúas de construcción gigantes que parecían capaces de partir en dos un carguero pesado. La parte inferior tenía un saliente de cincuenta metros de largo que albergaba un reactor de fusión y un sistema de motores equivalentes a los de una nave insignia, lo que convertía a la estación Tycho en la plataforma de construcción móvil más grande del Sistema Solar. Cada uno de los compartimentos de los anillos gigantes estaba construido con un sistema rotatorio que permitía a los habitáculos reorientarse hacia la gravedad de impulso cuando se detenía la rotación de los anillos y la estación viajaba hasta su próximo lugar de trabajo.

Holden sabía todo esto y, aun así, la estación le quitó el aliento cuando la vio por primera vez. No fue por el tamaño, sino por la idea de que cuatro generaciones de las personas más inteligentes del Sistema Solar habían vivido y trabajado allí para ayudar a que la humanidad saliera hacia los planetas exteriores, solo con la ayuda de su fuerza de voluntad.

—Parece un bicharraco enorme —dijo Amos.

Holden empezó a protestar, pero era cierto que se parecía a una araña gigante: tenía un vientre gordo y bulboso y patas que brotaban de la coronilla.

—Pasad de la estación, mirad ese pedazo de monstruo —dijo Alex.

La nave que estaban construyendo hacía que la estación pareciera enana por comparación. La señal del radar láser informó a Holden de que aquella nave medía más de dos kilómetros de largo y medio de ancho. Era gruesa y redondeada, como la colilla de un cigarrillo pero hecha de acero. A través de la rejilla del armazón se podían ver los compartimentos internos y la maquinaria en diversas fases de construcción, pero los motores parecían estar completos y ya se había acoplado el casco sobre la proa. A lo largo estaba pintado el nombre con letras blancas y gigantescas: *Nauvoo*.

—¿Así que ese es el cacharro con el que los mormones van a viajar a Tau Ceti? —preguntó Amos, y soltó un silbido de asombro—. Los tienen cuadrados esos cabrones. Ni siquiera se sabe con seguridad que haya un planeta que valga un comino después de ese viaje de cien años.

—Pues parecen bastante seguros —repuso Holden—. Y si fueran tontos, no habrían reunido el dinero necesario para construir una nave así. Yo les deseo toda la suerte del mundo.

—Van a viajar hacia las estrellas. Es imposible no envidiarlos.

—Bueno, quizá sus tataratataranietos consigan llegar a una estrella, singular, si antes no mueren de hambre mientras orbitan alrededor de una roca inservible —dijo Amos—. Tampoco nos pongamos románticos ahora.

Señaló la inmensa batería de comunicaciones que sobresalía por un flanco de la *Nauvoo*.

—¿Os apostáis algo a que eso fue lo que nos envió el mensaje láser tamaño ojete? —dijo Amos.

Alex asintió.

—Si quieres enviar mensajes privados a casa a unos pocos años luz de distancia, necesitas una buena coherencia de rayo. Seguro que bajaron la potencia para no agujerearnos la nave.

Holden se levantó del asiento de copiloto y pasó junto a Amos.

—Alex, mira a ver si nos dejan atracar.

Atracar fue sorprendentemente sencillo. El control de la estación los dirigió hacia un embarcadero en un lado de la esfera y luego se mantuvo en línea para guiarlos hacia dentro hasta que Alex pudo encajar el conducto de abordaje a la esclusa de aire. La torre de control no dijo nada de todo el armamento que llevaban encima para tratarse de un carguero ni de que no tuvieran ningún depósito para almacenar gases comprimidos. Los ayudó a atracar y les deseó buenos días.

Holden se puso el traje de presurización, hizo una excursión rápida a la bodega y luego se reunió con los demás dentro de la puerta interior de la esclusa de aire de la *Rocinante* cargado con una gran bolsa de lona.

—Poneos los trajes. A partir de ahora ese será el protocolo a seguir por esta tripulación cada vez que lleguemos a algún lugar nuevo. Y coged una de estas —dijo mientras sacaba pistolas y cargadores de la bolsa—. Escondedla en algún bolsillo o en vuestra bolsa si queréis, pero yo llevaré la mía al descubierto.

Naomi frunció el ceño.

—¿No es un poco... brusco?

—Estoy cansado de que nos mangoneen —dijo Holden—. La *Roci* es un buen primer paso hacia nuestra independencia, y pienso llevarme conmigo un pedacito de ella. Considéralo un amuleto de buena suerte.

—Que te cagas —dijo Amos mientras se amarraba al muslo una de las pistolas.

Alex metió la suya en el bolsillo del traje. Naomi arrugó la nariz y rechazó la última pistola. Holden la volvió a meter en la bolsa, guio a la tripulación hacia la esclusa y activó el sistema de apertura. Un hombre mayor, de piel oscura y complexión recia los esperaba al otro lado. Cuando salieron, sonrió.

—Bienvenidos a la estación Tycho —dijo el Carnicero de la Estación Anderson—. Podéis llamarme Fred.

18

Miller

La destrucción de la *Donnager* cayó sobre Ceres como un martillo sobre un gong. Las noticias estaban hasta arriba de imágenes telescópicas en alta resolución de la batalla, casi todas (si no todas) falsas. En el Cinturón se especulaba sobre una flota secreta de la APE. A las seis naves que habían derribado la nave insignia marciana se las consideraba héroes y mártires. Consignas como «Lo hicimos una vez y podemos repetirlo» y «Lanza unas rocas» aparecían hasta en los lugares de apariencia más inocente.

Con la *Canterbury*, el Cinturón se había olvidado de su autocomplacencia, pero la *Donnager* había conseguido algo peor. Había hecho que se olvidara del miedo. Los cinturianos habían conseguido una victoria repentina, inesperada y decisiva. Todo parecía posible y la esperanza los seducía.

Aquello habría asustado más a Miller de estar sobrio.

La alarma de Miller llevaba sonando diez minutos. Si se atendía lo suficiente, podían distinguirse tonos bajos y altos en torno al zumbido. Había un tono cada vez más agudo y una animada percusión constante por debajo, y hasta una suave melodía detrás de aquel estruendo. Ilusiones. Alucinaciones auditivas. La voz del remolino.

La botella de bourbon fúngico de imitación estaba en la mesilla de noche, donde lo normal era que hubiera una garrafa de agua. Aún quedaban un par de dedos en el fondo. Miller reflexionó sobre el color cobrizo del líquido y la sensación que le daría en la boca.

Lo mejor de perder la ilusión, pensó, era que podías dejar de fingir. Los años que había pasado convenciéndose de que era una persona respetada, bueno en su trabajo y que todos sus sacrificios tenían motivo se habían desmoronado, y ya solo le quedaba la prístina certeza de que era un alcohólico funcional que había apartado todo lo bueno de su vida para hacer hueco a la anestesia. Shaddid sabía que era un fraude. Muss lo consideraba el precio a pagar por no acostarse con alguien que no le gustaba. El único que quizá lo respetara de verdad era Havelock, un terrícola. Era una sensación pacífica, a su manera. Podía dejar de esforzarse por mantener las apariencias. Si se quedaba en la cama escuchando el zumbido de la alarma, se limitaba a cumplir las expectativas. No había de qué avergonzarse.

Y, aun así, sabía que todavía tenía trabajo pendiente. Estiró el brazo y apagó la alarma. Justo antes de que dejara de sonar, escuchó en ella una voz suave pero insistente. La voz de una mujer. No sabía qué había dicho, pero como en realidad solo estaba en su cabeza, ya tendría ocasión de explicarse en otro momento.

Salió de la cama, se tragó unos analgésicos y un mejunje rehidratante, se arrastró hacia la ducha y gastó la cuota de día y medio de agua caliente mientras permanecía allí de pie, mirando cómo se le enrojecían las piernas. Se vistió con la última muda de ropa limpia que le quedaba. Desayunó una barrita de levadura prensada y edulcorante de uva. Agarró el bourbon de la mesilla de noche y lo tiró en el reciclador sin terminarlo, solo para demostrarse a sí mismo que aún podía.

Muss lo esperaba en su escritorio. Levantó la cabeza cuando Miller se sentó.

—Sigo esperando los resultados de la violación en el dieciocho —dijo ella—. Me dijeron que estarían para la hora del almuerzo.

—Veremos —respondió Miller.

—Tengo una posible testigo. Una chica que estuvo con la víctima esa misma tarde. En el testimonio aseguró que se marchó antes de que pasara nada, pero no concuerda con los vídeos de seguridad.

—¿Quieres que esté presente en el interrogatorio? —preguntó Miller.

—Todavía no, pero te llamaré cuando necesite un poco de espectáculo.

—Me parece bien.

Miller no vio cómo se marchaba. Después de un largo momento con la mirada perdida, abrió su partición de disco, vio el trabajo que tenía pendiente y empezó a ordenar el escritorio.

Mientras trabajaba, en su cabeza no dejaba de recordar por millonésima vez aquella reunión larga y humillante con Shaddid y Dawes. «Tenemos a Holden —había dicho Dawes—. Usted no puede ni descubrir lo que ocurrió con sus trajes antidisturbios.» Miller jugueteó con las palabras, como hurgando con la lengua en un hueco de la encía. La cruda realidad. Otra vez.

Aun así, aquellas palabras también podían ser mentira. Podría tratarse de un cuento pensado para hacerlo sentir inferior. Al fin y al cabo, no había pruebas de que Holden y su tripulación hubieran sobrevivido. ¿Qué pruebas podía haber? La *Donnager* había desaparecido y, con ella, todos sus registros. Para demostrarlo, tendría que haber una nave que hubiera conseguido escapar. O bien un módulo de salvamento o bien una de las naves de escolta marcianas. Pero era imposible que una nave lo hubiera conseguido y no se hubiera convertido en la comidilla de todas las noticias y emisiones pirata. Era algo que no se podía ocultar.

O, bueno, en realidad claro que se podía. Pero no sería fácil. Miró de reojo la comisaría vacía. Venga, a ver. ¿Cómo ocultar una nave superviviente?

Miller sacó una carta de navegación interactiva barata que se había comprado cinco años antes para calcular tiempos de travesía en un caso de contrabando e introdujo la fecha y la posición de la destrucción de la *Donnager*. Todo lo que no volara con propulsión Epstein todavía estaría por la zona, y en ese caso las naves de guerra marcianas lo hubieran recogido o convertido en radiación ambiental a aquellas alturas. Por lo que, si aquello no era solo una jugada de Dawes, la nave contaba con un motor Epstein. Hizo unos cálculos rápidos. Con un buen motor, se podría llegar a Ceres en poco menos de un mes. Pongamos tres semanas para ir sobre seguro.

Comprobó los datos durante casi diez minutos, pero no se le ocurría un siguiente paso, así que se levantó a coger un café y abrió el vídeo de la entrevista de Muss y él con un trabajador cinturiano. La cara del hombre era larga y cadavérica y denotaba una crueldad sutil. La grabadora no estaba bien enfocada y la imagen no dejaba de moverse. Muss había preguntado al hombre qué había visto, y Miller se inclinó hacia delante para leer la transcripción de las respuestas, buscando palabras que el programa no hubiera identificado bien. Treinta segundos después, el trabajador decía «maldita zorra», pero la transcripción rezaba «mazmorra». Miller la corrigió, pero no lograba dejar de darle vueltas a la cabeza.

Quizás unas ochocientas o novecientas naves llegaran a Ceres cada día. Pongamos mil para ir sobre seguro. Añadiendo un par de días a cada lado de la marca de las tres semanas, resultaban solo unas cuatro mil entradas. Un coñazo, sí, pero no imposible. Ganímedes también iba a ser una putada. Con tanta agricultura, llegarían cientos de transportes al día. Aun así, no llegaría a duplicar la carga de trabajo. Eros, Tycho, Palas. ¿Cuántas naves atracaban en Palas a diario?

Se había perdido casi dos minutos de la grabación. Empezó de nuevo y se obligó a prestar atención, pero media hora después se rindió.

Los diez puertos más transitados con dos días de margen antes y después de la llegada estimada de una nave con motor Epstein que hubiera partido cuando y donde destruyeron la *Donnager* sumaban un total de veintiocho mil registros de embarque, más o menos. Pero podía reducirlo a diecisiete mil si no contaba las estaciones ni los puertos controlados por el ejército marciano ni las estaciones de investigación con personal mayoritariamente procedente de los planetas interiores. ¿Cuánto le llevaría comprobar todos los registros de embarque uno a uno, si al final era tan estúpido como para decidirse a hacerlo? Podrían ser unos ciento dieciocho días... y eso sin comer ni dormir. Dedicándole diez horas de trabajo diario sin hacer nada más, era posible que lo consiguiera en menos de un año. No mucho menos.

Pero no. Había más formas de reducir la lista. Solo buscaba naves que tuvieran motores Epstein. Gran parte del tráfico de cualquiera de esos puertos sería local. Naves con antorchas de fusión pilotadas por prospectores y mensajeros de distancias cortas. La economía de los viajes espaciales obligaba a que los vuelos largos los realizaran naves mucho mayores y en menor cantidad. Por lo que, haciendo una estimación conservadora, se podía reducir la lista a una cuarta parte y así volver a una cantidad cercana a los cuatro mil de antes. Eran todavía cientos de horas de trabajo, pero quizá se le ocurriera algún otro filtro con el que hacerse una lista de probables sospechosos... Por ejemplo, que la nave no hubiera emitido su plan de vuelo antes de la destrucción de la *Donnager*.

El interfaz de consulta de los registros de embarque era antiguo, incómodo y un poco diferente según si buscaba en Eros, Ganímedes, Palas o en los demás. Miller enlazó la solicitud de información a siete casos diferentes, entre los que había uno de hacía un mes en el que solo había colaborado de asesor. Los registros de embarque eran públicos, por lo que tampoco le hacía falta borrar sus huellas valiéndose de su condición de inspector. Lo normal sería que el seguimiento que le hacía Shaddid no se extendiera a las búsquedas de información en registros públicos. Y, aunque así fuera, puede que consiguiera respuestas antes de que lo pillaran.

Era imposible tener un golpe de suerte si no se buscaba. Además, no le quedaba demasiado que perder. Cuando conectaron con él desde el laboratorio y se abrió la ventana de conversación en el terminal, Miller casi pegó un brinco. La técnica era una mujer de pelo grisáceo pero con la cara muy joven.

—¿Miller? ¿Muss está contigo?

—Qué va —respondió Miller—. Está en un interrogatorio.

Estaba bastante seguro de que eso era lo que le había dicho. La técnica hizo un gesto de indiferencia.

—Pues no responde al terminal. Quería decirte que hemos identificado la muestra de la violación que nos enviasteis. No fue su novio. Fue su jefe.

Miller asintió.

—¿Has pedido la orden? —preguntó.

—Sí, ya está en el archivo.

Miller lo abrió. «STAR HELIX, EN REPRESENTACIÓN DE LA ESTACIÓN CERES, AUTORIZA Y ORDENA LA DETENCIÓN DE IMMANUEL CORVUS DOWD, SOSPECHOSO DEL INCIDENTE DE SEGURIDAD CCS-4949231.» La firma digital del juez estaba debajo en verde. Miller sintió que afloraba a sus labios una lenta sonrisa.

—Gracias —dijo.

De camino a la salida de la comisaría, uno de la brigada antidrogas le preguntó adónde iba. Le dijo que a almorzar.

La Gestoría Arranha tenía sus oficinas en la parte más cuidada del barrio gubernamental del sector siete. No era un lugar en el que Miller se sintiera cómodo, pero la orden valía para toda la estación. Miller se dirigió al secretario del mostrador (un cinturiano apuesto con un traje estampado de estrellas) y le dijo que necesitaba hablar con Immanuel Corvus Dowd. La piel oscura del secretario se tornó de un color ceniciento. Miller se apartó, sin bloquear la salida pero sin alejarse demasiado.

Veinte minutos después, un anciano con un buen traje entró por la puerta principal, se detuvo delante de Miller y lo miró de arriba abajo.

—¿Inspector Miller? —dijo el hombre.

—Usted debe de ser el abogado de Dowd —aventuró Miller con tono animado.

—Lo soy, y me gustaría...

—No me diga —lo interrumpió Miller—. Esto hay que hacerlo ahora.

El amplio despacho estaba limpio y tenía paredes azul celeste retroiluminadas. Dowd estaba sentado al otro lado de la mesa. Era tan joven como para conservar su arrogancia, pero también tan viejo como para estar asustado. Miller lo saludó con la cabeza.

—¿Es usted Immanuel Corvus Dowd? —preguntó.

—Antes de que continúe, inspector —dijo el abogado—, mi cliente está inmerso en unas negociaciones de muy alto nivel. Su cartera de clientes incluye algunas de las personas más influyentes de la guerra. Antes de que haga cualquier acusación, debería tener en cuenta que puedo solicitar la revisión, y así lo haré, de todo lo que haya hecho. Y si hay el más mínimo error, deberá asumir las consecuencias.

—Señor Dowd —dijo Miller—, lo que estoy a punto de hacerle es, literalmente, el único buen momento del día para mí. Le estaría muy agradecido si se resistiera a la detención.

—¿Harry? —dijo Dowd, mirando a su abogado. Le vaciló un poco la voz.

El abogado negó con la cabeza.

Cuando volvieron a la carreta de policía, Miller se tomó un momento largo. Dowd, esposado en la parte trasera donde todo el que pasaba cerca podía verlo, estaba en silencio. Miller sacó su terminal portátil y apuntó la hora del arresto, las protestas del abogado y algún que otro comentario. Una joven con traje de oficina color crema titubeaba delante de la gestoría. Miller no la reconoció. No formaba parte del caso de violación, o al menos no del mismo en el que él trabajaba. Su cara estaba inexpresiva y tranquila como la de un guerrero. Miller se giró y estiró el cuello para mirar a Dowd, que parecía humillado y no miraba atrás. La mujer cruzó la mirada con Miller. Asintió una vez. «Gracias.»

Él también asintió. «Es mi trabajo.» La mujer cruzó la puerta.

Dos horas después, Miller terminó el papeleo y envió a Dowd al calabozo.

Tres horas y media después, recibió los primeros registros de embarque que había pedido.

Cinco horas después, el gobierno de Ceres se vino abajo.

A pesar de estar hasta arriba, la comisaría estaba en silencio. Había inspectores, nuevos investigadores, agentes y los trabajadores de la oficina, gente de todos los rangos, reunida allí delante de Shaddid. Ella estaba en un atril, con el pelo recogido. Llevaba puesto el uniforme de Star Helix, pero había quitado la insignia. Le temblaba la voz.

—Ya os habréis enterado todos, pero a partir de ahora es oficial. Naciones Unidas, atendiendo a las peticiones de Marte, va a retirar la vigilancia... y la protección de la estación Ceres. Será una transición pacífica. No un golpe de Estado. Repito. No es un golpe de Estado. La Tierra se retira de aquí, no sale expulsada.

—Eso es mentira, señora —gritó alguien.

Shaddid levantó la mano.

—Hay muchas habladurías —afirmó Shaddid—. No quiero oírles repetir ninguna. El gobernador hará el anuncio oficial al comienzo del próximo turno, entonces nos darán más detalles. Hasta que nos digan lo contrario, el contrato de Star Helix sigue vigente. Se está formando un gobierno provisional con miembros de las empresas locales y representantes de los sindicatos. Todavía representamos la ley en Ceres y espero que se comporten como es debido. Se presentarán a todos sus turnos. Llegarán a su hora. Actuarán como profesionales y sin salirse de los procedimientos habituales.

Miller desvió la mirada hacia Muss. El pelo de su compañera todavía conservaba la forma de la almohada. Daba la impresión de que ambos se habían caído de la cama.

—¿Alguna pregunta? —dijo Shaddid con una voz que parecía implicar que no debería haberlas.

«¿Quién va a pagar a Star Helix? —pensó Miller—. ¿Qué leyes tenemos que hacer cumplir? ¿Qué información ha hecho que la Tierra crea que retirarse del mayor puerto comercial del Cinturón es buena idea?»

«Ah, y ¿ahora quién va a negociar ese tratado de paz?»

Muss, que vio que Miller la miraba, sonrió.

—Supongo que nos han jodido —dijo Miller.

—Tenía que pasar —afirmó Muss—. Será mejor que me vaya. Tengo que parar en un sitio.

—¿Cerca del núcleo?

Muss no respondió, porque no estaba obligada a ello. En Ceres no había leyes, había policía. Miller volvió a su hueco. La estación zumbaba y la piedra bajo sus pies vibraba por las incontables sujeciones de embarque, los núcleos del reactor, los tubos, los recicladores y los sistemas neumáticos. La piedra estaba viva, y se había olvidado de todos los pequeños detalles que lo confirmaban. Allí vivían seis millones de personas, personas que respiraban aquel aire. Menos que una ciudad de tamaño medio de la Tierra. Se preguntó si los consideraban prescindibles.

¿La cosa estaba tan mal que los planetas interiores habían aceptado entregar una estación de aquel calibre? Parecía que sí, dado que la Tierra abandonaba Ceres. La APE iba a hacerse con el control, quisiera o no. El vacío de poder era demasiado evidente. Y entonces Marte lo denunciaría como un golpe de Estado de la APE. Y luego... ¿Y luego qué? ¿Abordar la estación e imponer la ley marcial? Esa era la respuesta buena. ¿Lanzar una bomba nuclear y convertirla en polvo? Tampoco le parecía muy factible. Allí se manejaba mucho dinero. Solo con las tasas que pagaban las naves por atracar se podría mantener la economía de un país pequeño. Y Shaddid y Dawes, por mucho que a Miller le costara aceptarlo, tenían razón. Ceres bajo contrato con la Tierra habría sido la mejor manera de conseguir un tratado de paz.

¿Habría alguien en la Tierra que no quisiera la paz? ¿Alguien o algo con el poder suficiente para activar la burocracia glacial de Naciones Unidas?

—¿De qué va esto, Julie? —dijo al aire vacío—. ¿Qué viste ahí fuera que tenga tanto valor como para que Marte y el Cinturón se destruyan entre sí?

La estación zumbaba con un sonido discreto y constante, demasiado bajo para que Miller escuchara las voces que había en él.

Muss no fue a trabajar por la mañana, pero Miller tenía un mensaje en su sistema avisando de que entraría tarde. La palabra «limpieza» era la única explicación.

A simple vista, las cosas no habían cambiado en la comisaría. Llegaba la misma gente al mismo sitio y se ponía a hacer lo mismo. Pero no, no era cierto. Los ánimos estaban por todo lo alto.

La gente sonreía, reía en voz alta y hacía bromas. Era el descontrolado subidón del pánico obligado a pasar por un tamiz de normalidad. Aquello no duraría demasiado.

Ellos eran lo único que separaba a Ceres de la anarquía. Eran la ley. El punto de inflexión entre que sobrevivieran seis millones de personas y que algún cabrón desquiciado abriera todas las esclusas de aire o envenenara los recicladores descansaba sobre los hombros de unas treinta mil personas. De gente como él. Quizás él también debería haberse unido, haberse puesto a la altura de los acontecimientos como todos los demás. Pero la verdad era que el simple hecho de pensar en ello lo agotaba.

Shaddid pasó a su lado y le dio un golpecito en el hombro. Él suspiró, se levantó de la silla y la siguió. Dawes volvía a estar en el despacho, con aspecto nervioso y cara de no haber dormido. Miller lo saludó con la cabeza. Shaddid se cruzó de brazos y lo miró con ojos más suaves y menos acusadores de lo habitual.

—Esto va a ser difícil —dijo la capitana—. Más difícil que cualquier cosa a la que nos hayamos enfrentado antes. Necesito un equipo en el que pueda confiar a ciegas. Es una situación extraordinaria. ¿Lo entiende?

—Claro —respondió—. No hay problema. Dejaré de beber y me espabilaré.

—Miller, sé que en el fondo no es mala persona y que llegó a ser muy buen policía. Pero no confío en usted y no tenemos tiempo para empezar de cero —dijo Shaddid con la voz más cercana a la amabilidad que le había oído jamás—. Está despedido.

19

Holden

Fred estaba solo, con la mano extendida hacia ellos y una amplia sonrisa en su cara. No había guardias con rifles de asalto detrás de él. Holden estrechó la mano de Fred y se echó a reír. Fred mantuvo la sonrisa, confundido, pero dejó que Holden mantuviera el apretón y esperó a que le explicara qué le parecía tan divertido.

—Lo siento, es que no tiene ni idea de lo agradable que es esta sensación —dijo Holden—. Es literalmente la primera vez en más de un mes que salgo de una nave sin que explote detrás de mí.

Fred también rio, una risa sincera que parecía surgir de algún lugar de su abdomen.

—Aquí estaréis a salvo. Somos la estación mejor protegida de los planetas exteriores —dijo después.

—¿Porque sois de la APE? —preguntó Holden.

Fred negó con la cabeza.

—No. Porque contribuimos a las campañas de políticos de la Tierra y Marte con sumas que pondrían en evidencia a la familia Hilton —dijo—. Si alguien nos atacara, la mitad de la asamblea de la ONU y todo el Congreso de Marte clamarían venganza. Es el problema de la política. Tus enemigos suelen ser tus aliados. Y viceversa.

Fred señaló la puerta que tenía detrás e hizo un gesto para que todos le siguieran. El viaje fue corto pero a mitad de camino volvió la gravedad en un desconcertante barrido. Holden dio un traspié. Fred puso cara de circunstancias.

—Lo siento, debería habéroslo advertido. En la parte central no hay gravedad y puede ser un poco incómodo entrar en la gravedad rotacional del anillo la primera vez.

—No pasa nada —dijo Holden.

Le pareció ver cómo Naomi sonreía un instante, pero quizá fuera su imaginación.

Un momento después se abrió la puerta del ascensor y llegaron a un pasillo amplio y enmoquetado con las paredes de color verde claro. El aire tenía el tranquilizador aroma a purificador de aire y cola para moquetas. A Holden no le habría sorprendido que estuvieran bombeando aquel olor a «estación espacial nueva» por los conductos de aire. Las puertas que había en el pasillo estaban hechas de madera falsa, distinguible de la real solo por el hecho de que nadie tenía tanto dinero como para permitírsela. De toda la tripulación, casi con toda certeza Holden era el único que había crecido en una casa con muebles y elementos de madera real. Amos creció en Baltimore. Allí no habían visto un árbol desde hacía más de un siglo.

Holden se quitó el casco y se volvió para indicar a su tripulación que hiciera lo mismo, pero ya lo habían hecho. Amos miró a ambos lados del pasillo y silbó.

—Menuda chabola, Fred —dijo.

—Seguidme, os llevaré a vuestras habitaciones —respondió Fred mientras los guiaba por el pasillo. Siguió hablando mientras andaban—. La estación Tycho ha pasado por varios reacondicionamientos durante el último siglo, como supondréis, pero lo básico no ha cambiado mucho. El diseño era brillante desde el principio. Malthus Tycho fue un ingeniero genial. Su nieto Bredon es el director actual de la compañía. No está en la estación ahora mismo. Ha bajado al pozo en la Luna para negociar algo muy importante.

—Parece que aquí no hay tiempo para aburrirse, con ese monstruo aparcado ahí fuera —dijo Holden—. Y, bueno, con una guerra en marcha.

Unas personas con monos de varios colores pasaron a su lado, charlando animadas. El pasillo era tan amplio que nadie tuvo que ceder el paso. Fred saludó.

—Acaba de terminar el primer turno, así que estamos en hora punta —dijo—. De hecho, ya nos preparamos para hacer cosas nuevas. La *Nauvoo* está casi lista. Los colonos empezarán a embarcar en seis meses y siempre hay que tener el siguiente proyecto en el punto de mira. La Tycho gasta once millones de dólares de la ONU al día cuando está operativa, saquemos beneficios o no. Es un buen pico. Y lo de la guerra... esperamos que sea algo temporal.

—Y ahora estáis acogiendo refugiados. Eso no va a ayudar —dijo Holden.

Fred rio.

—Cuatro personas más no van a arruinarnos —dijo.

Holden se detuvo y obligó a los demás a frenar en seco detrás de él. Fred dio algunos pasos más antes de darse cuenta y luego se dio la vuelta con expresión sorprendida.

—No te hagas el tonto —dijo Holden—. Aparte de una nave de guerra marciana robada que vale miles de millones de dólares, no tenemos nada de valor. Todo el mundo cree que estamos muertos. Cualquier acceso a nuestras cuentas lo sacaría de su error, y lo siento, pero no creo que vivamos en un universo en el que un altruista arregla todos nuestros problemas económicos de la noche a la mañana por pura bondad. Así que o nos dices por qué asumes el riesgo de acogernos o volvemos a la nave y nos metemos a piratas.

—Eso, seremos el azote de la flota mercante marciana —gruñó Amos detrás de él. Parecía contento.

Fred levantó las manos. Su mirada aún mostraba dureza, pero también un respeto divertido.

—No es nada turbio, tenéis mi palabra —dijo—. Estáis armados y el cuerpo de seguridad de la estación os permitirá llevar las armas a cualquier parte. Eso ya debería indicaros que no estoy jugando sucio. Pero vayamos a instalaros antes de seguir hablando, ¿vale?

Holden no se movió. Otro grupo de trabajadores atravesó el pasillo y miró la escena con curiosidad al pasar junto a ellos.

—¿Todo bien, Fred? —dijo uno de ellos.

Fred asintió y los saludó con impaciencia.

—Salgamos del pasillo al menos.

—Pero no vamos a deshacer las maletas hasta tener respuestas —replicó Holden.

—Bien. Ya casi hemos llegado —dijo Fred.

Los sacó de allí a un paso algo más rápido. Se detuvo al lado de un pequeño entrante en el pasillo con dos puertas. Abrió una de ellas pasando una tarjeta y guio a los cuatro a una gran suite residencial con un salón espacioso y muchos asientos.

—El baño es esa puerta del fondo a la izquierda. La habitación es la de la derecha. También hay una pequeña cocina por ahí —dijo Fred mientras iba señalando.

Holden se sentó en un sillón reclinable grande y marrón y se echó hacia atrás. En un bolsillo del reposabrazos había un mando a distancia. Supuso que servía para controlar la enorme pantalla que cubría una de las paredes casi al completo. Naomi y Amos se sentaron en asientos parecidos al suyo y Alex se dejó caer en un sofá de dos plazas de un color crema que contrastaba bien con lo demás.

—¿Cómodos? —preguntó Fred mientras acercaba una silla del comedor para seis personas y se sentaba delante de Holden.

—Se está bien —dijo Holden, un poco a la defensiva—. Pero mi nave tiene una cafetera muy buena.

—Supongo que los sobornos no servirán, entonces. ¿Estáis cómodos, de todos modos? Os hemos reservado dos suites, una con este diseño más básico y otra con dos habitaciones. No tenía muy claro cómo se... esto... iban a repartir las camas... y... —Fred dejó la frase en el aire, incómodo.

—Tranquila, jefa, puedes dormir conmigo —dijo Amos mientras le guiñaba el ojo a Naomi.

Naomi solo le devolvió una sonrisa tenue.

—Vale, Fred, ya nos has sacado de las calles —dijo Naomi—. Ahora responde a las preguntas del capitán.

Fred asintió. Luego se levantó y carraspeó. Parecía que repasara algo en su cabeza. Cuando empezó a hablar, la fachada de persona dicharachera desapareció por completo. Su voz contenía una autoridad adusta.

—La guerra entre Marte y el Cinturón es un suicidio. Aunque todos los saltarrocas del Cinturón estuvieran armados, sería imposible estar a la altura de la flota marciana. Puede que consiguiéramos acabar con algunos mediante algún que otro truco y con ataques suicidas, eso sí. Es posible que Marte se viera forzado a lanzar una bomba nuclear contra una de nuestras estaciones para ver si captábamos la indirecta. Pero nosotros podríamos enganchar misiles químicos a un par de cientos de rocas del tamaño de literas y hacer caer el Armagedón sobre las ciudades abovedadas marcianas.

Fred hizo una pausa, como si buscara las palabras adecuadas, y luego se volvió a sentar en la silla.

—Es algo que pasan por alto los que alientan la guerra. Es de lo que no quiere hablar nadie. Todo aquel que no viva en una nave espacial tendrá una vulnerabilidad estructural. Tycho, Eros, Palas, Ceres. Las estaciones no pueden esquivar un ataque de misiles. Y si todos los ciudadanos enemigos viven al fondo de pozos de gravedad inmensos, tampoco es que haga falta que nosotros apuntemos demasiado bien. Einstein tenía razón. La próxima guerra se librará con piedras. Y el Cinturón tiene piedras capaces de convertir la superficie de Marte en un mar de magma.

»Por ahora, todo el mundo se ha comportado y solo han disparado a algunas naves. Muy caballeroso todo. Pero tarde o temprano, uno u otro bando se verá presionado a tomar medidas desesperadas.

Holden se inclinó hacia delante y la superficie resbaladiza de su traje de aislamiento hizo una estridencia vergonzosa al rozar con la textura de cuero del asiento. Nadie se rio.

—Estoy de acuerdo. Pero ¿qué tenemos que ver nosotros con todo eso? —preguntó.

—Ya se han cortado demasiados cuellos —dijo Fred.

«Cuello cortado. Shed.»

Holden hizo una mueca al captar la referencia no intencionada, pero guardó silencio.

—La *Canterbury* —continuó Fred—. La *Donnager*. La gente no se va a olvidar de esas naves. Ni tampoco de los miles de inocentes.

—Parece que haya descartado las únicas dos opciones, jefe —dijo Alex—. Ni guerra ni paz.

—Hay una tercera alternativa. Una sociedad civilizada tiene otra forma de tratar con este tipo de cosas —dijo Fred—. Un juicio penal.

Amos soltó un bufido estruendoso y Holden tuvo que aguantarse para no sonreír.

—¿Estás de broma o qué, joder? —preguntó Amos—. ¿Cómo coño pretendes llevar a juicio a una puta nave furtiva marciana? ¿Preguntamos a las demás naves furtivas dónde estaban en el momento de los hechos y comprobamos sus coartadas?

Fred levantó una mano.

—Dejad de pensar en la destrucción de la *Canterbury* como un acto de guerra —dijo—. Fue un crimen. La gente está teniendo reacciones exageradas, pero, cuando la situación se normalice, se tranquilizarán. Ambos bandos verán dónde los llevaría todo esto y buscarán otra salida. Hay un intervalo de tiempo en el que los elementos más cuerdos pueden investigar los acontecimientos, negociar jurisdicciones y responsabilizar a un grupo o grupos con el consenso de ambos bandos. Un juicio. Es la única manera de salir de la situación sin que haya millones de muertos ni se derrumbe la infraestructura de la especie humana.

Holden se encogió de hombros, un gesto que casi no se percibió debido al traje de aislamiento pesado que llevaba.

—Muy bien, pongamos que termina en juicio. Aun así, sigues sin responder a mis preguntas.

Fred señaló a Holden y luego al resto de la tripulación uno a uno.

—Vosotros sois el as en la manga. Vosotros cuatro sois los únicos testigos presenciales de la destrucción de ambas naves. Cuando llegue el juicio voy a necesitaros, y también vuestros testimonios por escrito. Ya tengo influencia por nuestros contactos políticos, pero gracias a vosotros podría conseguir que se nos tuviera en cuenta de verdad. Todo desembocará en nuevos tratados del Cinturón con los planetas interiores. Podremos conseguir en meses lo que llevo soñando desde hace décadas.

—Y quieres aprovechar nuestro valor como testigos para meterte en el meollo y que esos tratados tengan la pinta que te interesa —dijo Holden.

—Sí. Y estoy dispuesto a proporcionaros protección, refugio y acceso libre a toda mi estación hasta que llegue ese momento.

Holden respiró muy hondo, se levantó y empezó a desabrocharse el traje.

—Venga, vale. Es tan interesado que me lo creo —dijo—. Vamos a instalarnos.

Naomi cantaba en el karaoke. Solo pensar en ello hacía que la cabeza de Holden diera vueltas. Naomi. Karaoke. Incluso después de todo lo que les había ocurrido aquel mes, pensar en Naomi subida a un escenario con un micrófono en una mano y una especie de Martini fucsia en la otra mientras cantaba una canción *punk* cinturiana de los Filtro Mohoso, era la cosa más extraña que había visto nunca. Terminó la canción con algunos aplausos y piropos, bajó del escenario con torpeza y se dejó caer frente a él en el reservado.

Levantó la bebida, derramó más de la mitad en la mesa y engulló la otra de un solo trago.

—¿Qué *ta pareshido*? —preguntó Naomi, haciendo un gesto al camarero para que le sirviera otra.

—Horroroso —respondió Holden.

—No, en serio.

—En serio, ha sido una de las versiones más horrorosas de una de las canciones más terribles que he oído nunca.

Naomi negó con la cabeza y le hizo una pedorreta, indignada. Su pelo oscuro le cubría la cara y, cuando el camarero le trajo el segundo Martini de colores brillantes, se peleó con los mechones para echar un trago. Terminó por recogérselo detrás con la mano mientras bebía.

—Es que no lo pillas —dijo—. Es así a propósito. Esa es la clave.

—Entonces ha sido la mejor versión de esa canción que he oído nunca —se corrigió Holden.

—¡Ahí le has dado! —Naomi echó un vistazo por el bar—. ¿Dónde están Amos y Alex?

—Amos ha encontrado a la que estoy seguro de que es la prostituta más cara que he visto nunca. Y Alex juega a los dardos ahí detrás. Antes ha dicho no sé qué sobre la superioridad de los marcianos con los dardos. Supongo que terminarán por matarlo y tirarlo por una esclusa.

Otro cantante subió al escenario y canturreó lo que parecía una *power ballad* vietnamita. Naomi lo miró durante un rato mientras daba sorbos a su bebida.

—Quizá deberíamos ir a salvarle —dijo.

—¿A quién?

—A Alex. ¿Por qué tendríamos que ir a salvar a Amos?

—Porque estoy bastante seguro de que ha dicho a la prostituta que los gastos corren a cargo de Fred.

—Pues planeemos una misión de rescate para salvarlos a ambos —dijo Naomi justo antes de beberse el resto del cóctel—. Pero voy a necesitar más combustible para el rescate.

Volvió a hacer aspavientos al camarero, pero Holden estiró el brazo, le agarró la mano y la puso contra la mesa.

—Quizá deberíamos coger un poco de aire —dijo.

La cara de Naomi se llenó de ira por un instante. Luego retiró la mano.

—El aire lo cogerás tú. Yo acabo de ver cómo destruyen dos naves y matan a mis amigos delante de mis narices y he pasado tres semanas sin hacer nada para llegar hasta aquí. Así que no. Voy a pedir otra copa y luego cantaré otra vez. El público me adora —dijo Naomi.

—¿Y si montamos esa misión de rescate?

—Es una causa perdida. Amos morirá asesinado a manos de prostitutas espaciales, pero al menos lo hará del mismo modo en que vivió.

Naomi se levantó de la mesa, pidió otro Martini en la barra y se dirigió hacia el escenario del karaoke. Holden vio cómo se marchaba, terminó el whisky que removía desde hacía dos horas y se levantó.

Por un momento imaginó cómo trastabillaba con ella hacia

la habitación y se dejaban caer juntos en la cama. Por la mañana se habría arrepentido de haberse aprovechado de la situación, pero aun así lo habría hecho. Naomi lo miraba desde el escenario y él se dio cuenta de que no había dejado de mirarla. Hizo un saludo vago con la mano y luego fue hacia la puerta acompañado solo con sus fantasmas, Ade, el capitán McDowell, Gomez, Kelly y Shed, para hacerle compañía.

La habitación era cómoda, enorme y deprimente. Llevaba menos de cinco minutos echado en la cama cuando se levantó y volvió a salir por la puerta. Anduvo por el pasillo durante media hora, localizando las grandes intersecciones que llevaban a otras partes del anillo. Vio una tienda de electrónica, una tetería y un local que al entrar resultó ser un burdel muy caro. Rechazó el menú en vídeo de los servicios que le ofreció el empleado del mostrador y continuó andando sin rumbo mientras se preguntaba si Amos estaría dentro.

Estaba a medio camino de un pasillo en el que no había estado antes cuando un pequeño grupo de chicas adolescentes pasó a su lado. Por sus caras habría dicho que no pasaban de los catorce años, pero ya eran tan altas como él. Se callaron al pasar a su lado, rieron en alto cuando lo dejaron atrás y luego aceleraron el paso. Tycho era una ciudad y, de pronto, se sintió un extranjero, sin saber adónde ir ni qué hacer.

No le sorprendió, al levantar la cabeza de su vagabundeo, encontrarse delante del ascensor que llevaba al embarcadero. Pulsó el botón, entró y recordó encender sus botas magnéticas justo a tiempo para evitar salir despedido cuando la gravedad giró a un lado antes de desaparecer.

A pesar de que solo tenía la nave desde hacía tres semanas, volver a la *Rocinante* era como volver a casa. Ascendió mediante toques suaves en la escalerilla de la quilla y llegó hasta la cabina. Se insertó en el asiento del copiloto, se puso el arnés y cerró los ojos.

La nave estaba en silencio. Al tener el reactor apagado y no haber nadie a bordo, todo estaba tranquilo. El conducto de abordaje flexible que conectaba la *Roci* con la estación casi no transmitía vibraciones a la nave. Holden podía cerrar los ojos, flotar en sus correas y desconectar de todo lo que le rodeaba.

Habría sido una sensación pacífica de no ser porque cada vez que cerraba los ojos desde hacía un mes, lo que veía detrás de sus párpados era a Ade guiñándole un ojo antes de desaparecer convertida en polvo. En su cabeza no dejaba de escuchar la voz de McDowell intentando salvar su nave hasta el último segundo. Se preguntó si seguirían allí el resto de su vida, atormentándolo cada vez que encontrara un momento de calma.

Recordó a los viejos lobos de su época en la armada. Vividores canosos que podían dormir entre ronquidos a dos metros del lugar en que sus compañeros de tripulación jugaban una acalorada partida de póquer o veían vídeos con el volumen muy alto. En el momento, había supuesto que era porque estaban acostumbrados, porque el cuerpo se adaptaba a descansar en un ambiente en el que siempre había barullo. Pero empezaba a preguntarse si quizás aquellos veteranos preferían tener siempre ruido alrededor.

Si era una manera de alejarse de todos los compañeros que habían perdido. Tal vez volvieran a casa después de sus veinte años de servicio y nunca pudieran volver a dormir bien. Abrió los ojos y vio una pequeña señal verde que parpadeaba en la consola del piloto.

Era la única luz de toda la estancia y no iluminaba nada, pero su lento parpadeo gradual lo reconfortaba de alguna manera. Como si se tratara del silencioso latido del corazón de la nave.

Se intentó convencer de que Fred tenía razón, de que un juicio era lo más deseable. Pero quería poner a aquella nave furtiva frente al punto de mira de Alex. Quería que esa tripulación desconocida pasara por el terror de ver que todas las tácticas defensivas habían fallado, que los torpedos estaban a pocos segundos de impactar y que no podían hacer absolutamente nada para detenerlos.

Quería que dieran el mismo último respingo temeroso que había oído por el micrófono de Ade.

Por unos momentos, desplazó a los fantasmas de su mente con violentas fantasías vengativas. Cuando dejó de funcionar, flotó hasta la cubierta de la tripulación, se amarró a su catre e intentó dormir. La *Rocinante* le cantó una nana de recicladores de aire y silencio.

20

Miller

Miller estaba sentado en la terraza de una cafetería, con el techo del túnel sobre su cabeza. La hierba crecía alta y de un color apagado en las zonas comunes y el techo brillaba blanco gracias a las luces de espectro total. La estación Ceres pendía de un hilo. La mecánica orbital y la inercia la mantenían físicamente donde siempre había estado, pero el relato sobre ella había cambiado. Sus defensas en punta eran las mismas. La fuerza tensil con que se cerraban las puertas blindadas del embarcadero, también. Lo único que había desaparecido era el escudo pasajero de la estabilidad política, y aquello lo era todo.

Miller se inclinó hacia delante y dio un sorbo al café.

Había niños jugando en las zonas comunes. O lo que consideraba niños, aunque recordó que a esa edad él ya se tenía por adulto. Quince o dieciséis años. Llevaban brazaletes de la APE. Los chicos gritaban enfadados sobre tiranía y libertad y las chicas miraban cómo se pavoneaban. La misma imagen antigua y animal, ya fuera en una roca giratoria rodeada de vacío o en una minúscula reserva de chimpancés en la Tierra. Incluso en el Cinturón, los jóvenes se sentían invulnerables, inmortales, convencidos hasta la médula de que para ellos las cosas serían diferentes. De que las leyes de la física les darían un respiro, los misiles nunca impactarían, el aire nunca escaparía siseando hacia la nada. Eso podía pasar a otra gente, a los cazas remendados de la APE, a los transportadores de agua, a las cañoneras marcianas, a la *Scopuli*, la *Canterbury*, la *Donnager* y a los cientos de otras naves destruidas en escaramuzas desde que el sistema se había convertido en un campo de batalla, pero no a ellos. Y cuando la juventud tenía la suerte de sobrevivir a su optimismo, por lo menos a Miller solo le quedaban un poco de miedo, un poco de envidia y la sensación abrumadora de la fragilidad de la vida. Pero tenía en la cuenta una cantidad equivalente a tres nóminas de la empresa y mucho tiempo libre. Y aquel café no estaba mal.

—¿Necesita algo, señor? —preguntó el camarero. No parecía mayor que los niños del césped.

Miller negó con la cabeza.

Habían pasado cinco días desde que Star Helix le rescindiera el contrato. El gobernador de Ceres había huido escondido en un transporte antes de que la noticia se hiciera pública. La Alianza de Planetas Exteriores había anunciado la inclusión de Ceres entre los territorios oficiales de la APE y nadie se había opuesto. Miller había pasado borracho su primer día como desempleado, pero aquella embriaguez daba la extraña sensación de ser por inercia. Se había dado a la botella porque era lo normal, porque era lo que tenías que hacer cuando perdías el trabajo que te definía como persona.

El segundo día tuvo que superar la resaca. El tercero, ya estaba aburrido. Por toda la estación, las fuerzas de seguridad seguían el protocolo que había esperado, el de pacificación preventiva. Los pocos disturbios y protestas políticas terminaban rápido y mal, lo que no importaba demasiado a los ciudadanos de Ceres. Tenían los ojos puestos en las pantallas, en la guerra. Que unos cuantos lugareños acabaran con los apaleados huesos en el calabozo sin una acusación oficial no era digno de atención. Y Miller no era responsable de nada de todo aquello.

El cuarto día comprobó su terminal y descubrió que había recibido respuesta a un ochenta por ciento de sus solicitudes de registros de embarque antes de que Shaddid le restringiera el acceso. Tenía más de mil entradas y cualquiera de ellas podía ser la única pista que le quedaba para dar con Julie Mao. Por el momento no había en camino bombas nucleares marcianas para destruir Ceres. Ni exigencias de rendición. Ni fuerzas de abordaje. Todo podía cambiar en cualquier momento, pero mientras tanto, Miller se tomaba un café y comprobaba los registros de las naves, más o menos al ritmo de uno cada quince minutos. Miller calculó que, si la nave de Holden era la última de la lista, la encontraría en unas seis semanas.

La *Adrianópolis*, una nave prospectora de tercera generación, había atracado en Palas dentro del tiempo de llegada que investigaba. Miller comprobó el registro público y se volvió a frustrar por la poca información que podía sacar de allí, comparada con la que había en las bases de datos de seguridad. La nave era propiedad de Strego Anthony Abramowitz. Acumulaba ocho multas por mantenimiento irregular y tenía prohibida la entrada en Eros y Ceres por considerarse un peligro para los embarcaderos. Aquel tipo era un imbécil y una bomba de relojería, pero el plan de vuelo parecía legítimo y el historial de la nave tenía la profundidad suficiente para no parecer recién inventado. Miller borró la entrada.

La *Putísimo Amo*, una nave de transporte que trazaba el triángulo entre la Luna, Ganímedes y el Cinturón. Era propiedad de la empresa Métete En Tus Putos Asuntos, con sede en la Luna. Una consulta a los registros públicos de Ganímedes mostró que había salido del embarcadero a la hora señalada, pero no se había molestado en registrar un plan de vuelo. Miller dio un golpecito en la pantalla con una uña. No era precisamente la forma en que él intentaría pasar desapercibido. Cualquier autoridad detendría y registraría la nave solo por gusto. Borró la entrada.

Su terminal emitió un sonido. Había recibido un mensaje. Miller lo abrió. Una de las chicas de las zonas comunes chilló y el resto se rio. Un gorrión pasó por delante de él con sus alas zumbando en la brisa constante que salía de los recicladores de aire.

Havelock tenía mejor aspecto que cuando estaba en Ceres. Más feliz. Ya no tenía ojeras y sus rasgos se habían suavizado un poco, como si la necesidad de demostrar su valía en el Cinturón hubiera cambiado la morfología de sus huesos y estuvieran volviendo a su forma natural.

—¡Miller! —exclamó en la grabación—. Me enteré de que la Tierra se marchaba de Ceres justo antes de recibir tu mensaje. Qué mala suerte. Siento que Shaddid te haya echado. Entre nosotros, es una estúpida pretenciosa. He oído rumores de que la Tierra está haciendo todo lo posible para quedarse al margen de la guerra, hasta renunciar a cualquier estación que pueda convertirse en territorio disputado. Ya sabes de qué va el tema. Es como tener un pit bull a un lado y un rottweiler en el otro: lo primero que haces es soltar el filete.

Miller se rio entre dientes.

—Me han contratado en seguridad Protogen, en plan gilipolleces tipo ejército privado de gran empresa, ya sabes. Pero la paga compensa tener que aguantar sus delirios de grandeza. Se supone que me han contratado para estar en Ganímedes, pero con todo lo que está pasando, vete a saber dónde leches acabo. Resulta que Protogen tiene una base de entrenamiento en el Cinturón. No lo sabía hasta ahora, pero en teoría es un gimnasio de primera. Me he enterado de que buscan personal y, si quieres, te recomiendo. Cuando quieras puedo ponerte en contacto con la reclutadora e intentar sacarte de esa maldita roca.

Havelock sonrió.

—Cuídate, compañero —dijo el terrícola—. Espero tu respuesta.

Protogen. Pinkwater. Al Abbiq. Eran pequeñas empresas de seguridad que las grandes compañías transorbitales usaban como ejércitos privados y tropas mercenarias según sus necesidades. AnnanSec era la que gestionaba la seguridad de Palas desde hacía años, pero era marciana. Era posible que la APE buscara personal, pero a él no lo contratarían.

Habían pasado años desde la última vez que había tenido que buscar trabajo. Había dado por hecho que esos tiempos no volverían, que moriría trabajando en el contrato de seguridad de la estación Ceres. Expulsado por los acontecimientos, todo le daba la extraña sensación de estar flotando. Como de vivir en el instante que transcurre entre recibir un golpe y sentir el dolor. Necesitaba encontrar otro trabajo. Necesitaba hacer algo más que enviar mensajes a antiguos compañeros. Había más empresas. Había bares en Ceres que contratarían a un ex policía como portero. Había mercados grises que emplearían a cualquiera capaz de darles una apariencia un poco más legal.

Lo que menos sentido tenía era quedarse sentado contemplando a las chicas del parque y buscando pistas para un caso en el que nunca tuvo órdenes de profundizar.

La *Dagón* había entrado en Ceres solo un poco antes del intervalo de llegadas. Era propiedad del Colectivo Glapión, que estaba bastante seguro de que era una tapadera de la APE. Encajaba, pero habían enviado el plan de vuelo unas horas después de la destrucción de la *Donnager* y el registro de salida de Ío parecía legítimo. Miller trasladó su entrada a un archivo en el que iba acumulando las naves que merecían un segundo vistazo.

La *Rocinante* pertenecía al Conglomerado Silencieux Courant de la Luna y era un transportador de gases que había atracado en Tycho apenas unas horas antes del final de su intervalo de llegadas. Silencieux Courant era una entidad empresarial de tamaño medio sin relaciones evidentes con la APE y el plan de vuelo desde Palas era plausible. Miller puso el dedo sobre el botón de borrar, pero vaciló. Se reclinó en el asiento.

¿Qué hacía un transportador de gases viajando entre Palas y Tycho? Ambas estaciones consumían gases, no los suministraban. Viajar de un consumidor a otro sin parar para abastecerse era una buena forma de no llegar a cubrir las tasas de amarre. Solicitó el plan de vuelo que había llevado a la *Rocinante* hasta Palas desde donde se encontrara antes y esperó. Si había una copia local de los registros en el servidor de Ceres, la solicitud no tardaría más de un minuto o dos. La barra de progreso estimaba que sería hora y media, por lo que parecía que la habían reenviado a los sistemas del embarcadero de Palas. No se encontraba en los registros locales.

Miller se frotó el mentón. Llevaba cinco días sin afeitarse y aquello casi se podía empezar a considerar una barba. Notó que empezaba una sonrisa. Buscó la definición de «Rocinante». Significaba literalmente «ya no es un caballo de trabajo» y en la primera entrada aparecía como el nombre del caballo de Don Quijote.

—¿Estás ahí, Holden? —preguntó Miller a la pantalla—. ¿Vas de cabeza hacia los molinos?

—¿Señor? —dijo el camarero, pero Miller le indicó que se marchara con un gesto de la mano.

Le quedaban centenares de entradas por consultar y decenas en su carpeta del segundo vistazo. Miller se olvidó de ellas y se concentró en aquella entrada de Tycho, como si solo con su fuerza de voluntad pudiera hacer que apareciera más información en la pantalla. Luego abrió despacio el mensaje de Havelock, pulsó el botón de responder y miró hacia el agujerito negro de la cámara del terminal.

—Hola, compañero —dijo—. Gracias por la oferta. Igual te tomo la palabra, pero tengo que resolver unos asuntillos antes de lanzarme. Ya sabes cómo va. Pero sí que me puedes hacer un favor... Necesito seguir la pista a una nave, la *Rocinante*, y solo tengo acceso a las bases de datos públicas. Eso y que, cuando oigas esto, es posible que Ceres ya esté en guerra abierta con Marte. En fin, quién sabe. Bueno, que si pudieras poner una vigilancia de nivel uno a los planes de vuelo de esa nave y avisarme si surge cualquier cosa... te lo pagaré con una copa algún día.

Hizo una pausa. Tenía que haber algo más que decir.

—Cuídate mucho, compañero.

Revisó el mensaje. En el vídeo parecía cansado, su sonrisa un tanto falsa y la voz más alta de lo que había pensado. Pero había dicho todo lo que quería. Lo envió.

A eso había quedado reducido. Le habían quitado el acceso, confiscado su arma oficial (aunque tenía otro par de recambio en su hueco) y se le acababa el dinero. Tenía que maniobrar y cobrarse favores para cosas que antes eran rutinarias y engañar al sistema para conseguir lo mínimo. Había sido policía, pero lo habían convertido en ratoncito. «Pero ojo —pensó mientras se reclinaba en la silla—. Este ratoncito lo ha hecho bastante bien.»

El sonido de la detonación llegó desde la dirección de giro, seguido de voces iracundas. Los chicos de las zonas comunes dejaron de jugar al pillapilla y se quedaron mirando. Miller se levantó. Había humo, pero no alcanzaba a ver llamas. La brisa arreció cuando los extractores de aire de la estación aumentaron la potencia para absorber todas las partículas posibles y que los sensores no detectaran que había posibilidad de avivar un fuego. Se oyeron tres disparos muy seguidos y las voces empezaron a sonar como un cántico irregular. Miller no podía entender qué decían, pero el ritmo era más que revelador. No era un accidente, no era un fuego, no era una brecha. Solo era un disturbio.

Los jóvenes andaban hacia la aglomeración. Miller agarró a una chica por el hombro. Tendría dieciséis años si acaso, los ojos de un tono casi negro y la cara con una forma perfecta de corazón.

—No vayas —le dijo—. Reúne a tus amigos y marchaos de aquí.

La chica lo miró. La mano de Miller seguía en su brazo y a lo lejos se escuchaba el alboroto.

—No puedes ayudar —dijo él.

La joven se liberó de Miller.

—Tengo que intentarlo, ¿vale? —dijo—. *Você poderia tentar, ¿sabes?* —«Tú también podrías.»

—Eso acabo de hacer —dijo Miller mientras guardaba su terminal y se marchaba. Detrás de él, se intensificaron los sonidos de la revuelta, pero supuso que la policía ya se encargaría de todo.

A lo largo de las catorce horas siguientes, se informó en la red de cinco revueltas más en la estación, algunas con daños estructurales menores. Alguien de quien nunca había oído hablar anunció un toque de queda en tres fases: aquellos que estuvieran fuera de su hueco más de dos horas antes o después del trabajo podían ser arrestados. A algún mandamás se le había ocurrido que podía encerrar a seis millones de personas para conseguir paz y estabilidad. Se preguntó qué pensaría Shaddid de aquello.

Fuera de Ceres, las cosas iban a peor. Un grupo de prospectores simpatizantes de la APE había tomado los laboratorios de investigación astronómica del espacio profundo de Tritón. Habían vuelto los instrumentos hacia el interior y estaban emitiendo las coordenadas de todas las naves marcianas del Sistema Solar e imágenes en alta definición de la superficie de Marte, incluso de chicas que tomaban el sol en *topless* en los parques abovedados. Se decía que un grupo de misiles nucleares iba de camino a la estación y la convertiría en polvo brillante antes de una semana. La Tierra incrementaba su paso de caracol y tanto las empresas terrícolas como las selenitas estaban retirándose a sus pozos de gravedad. No todas, ni siquiera la mitad, pero las suficientes para transmitir alto y claro el mensaje terrícola: «No queremos saber nada.» Marte pedía solidaridad y el Cinturón, justicia, aunque muchas veces no hacía más que mandar a tomar por culo a la cuna de la humanidad.

La cosa todavía no estaba fuera de control, pero cada vez le faltaba menos. Unos pocos incidentes más y daría igual cómo hubiera empezado. Daría igual lo que estuviera en juego. Marte sabía que el Cinturón no podía ganar, y el Cinturón sabía que no tenía nada que perder. Aquella era la receta de una muerte segura a una escala que la humanidad no había conocido jamás.

Y al igual que Ceres, Miller tampoco tenía mucho que hacer al respecto. Pero podía encontrar a James Holden, descubrir qué le había ocurrido a la *Scopuli* y seguir las pistas hasta Julie Mao. Era inspector, aquel era su trabajo.

Fue a hacer las maletas en su hueco y mientras se deshacía de toda la basura que había acumulado a lo largo de décadas, adherida al lugar como una corteza, habló con ella. Intentó explicarle por qué lo iba a abandonar todo para encontrarla. Después de descubrir la *Rocinante*, se le hizo imposible evitar la palabra «quijotesco».

La Julie imaginaria rio o se sintió emocionada. Pensó que estaba delante de un hombrecillo triste y patético que había hecho de perseguirla lo más cercano a un propósito en la vida que podía tener. Lo despreció como un mero instrumento de sus padres. Lloró y lo rodeó con sus brazos. Se sentó con él en un observatorio casi inimaginable para ver las estrellas.

Miller metió todo lo que tenía en una mochila. Dos mudas

de ropa, sus papeles y su terminal portátil. Una foto de Candace en los buenos tiempos. La copia física de todos los documentos del caso de Julie que había podido hacer antes de que Shaddid borrara su partición, incluyendo tres fotos de la chica. Pensó que todas sus vivencias deberían haber dado para más, pero luego cambió de opinión. Era probable que fuera la cantidad adecuada.

Pasó un día más en la estación e ignoró el toque de queda para despedirse de las pocas personas que creía que echaría de menos o lo echarían de menos a él. Se sorprendió cuando Muss, a la que encontró en un bar de policías con ambiente tenso e incómodo, estalló en lágrimas y se abrazó a él hasta que le dolieron las costillas.

Reservó un pasaje a la estación Tycho. El catre le costó la cuarta parte del dinero que le quedaba. Pensó, y no por primera vez, que iba a tener que dar con Julie muy rápido o encontrar un trabajo que le financiara la investigación. Pero todavía tenía un poco de margen y el universo ya no era lo suficientemente estable para que los planes a largo plazo sirvieran más que como humor negro.

Como si lo hubiera escuchado, su terminal sonó mientras estaba en la cola para embarcar en el transporte.

—Hola, compañero —dijo Havelock—. ¿Sabes ese favor que me habías pedido? Pues tengo algo. Tu cacharro acaba de registrar un plan de vuelo hacia Eros. Te envío adjuntos los datos públicos. Cuando pueda te enviaré los suculentos, pero estos de Protogen son gente estricta. He hablado de ti a la reclutadora y parecía interesada. Así que ya me dirás, ¿eh? Hablamos pronto.

«Eros.»

«Genial.»

Miller asintió a la mujer que tenía detrás, salió de la cola y anduvo hacia la taquilla. Cuando encontró una pantalla libre, ya se anunciaba la última llamada del embarque para la estación Tycho. Miller devolvió el pasaje para que le reembolsaran un porcentaje y pagó la tercera parte de sus fondos restantes por un pasaje a Eros. Pero podría haber sido peor. Podría haber estado en camino antes de que lo avisaran. Tenía que empezar a ver las cosas por el lado bueno.

Escuchó un sonido parecido al suave resonar de un triángulo de metal que confirmaba que había recibido el pasaje.

—Espero estar en el buen camino —dijo a Julie—. Si Holden no está allí, me voy a sentir muy estúpido.

En la mente de Miller, Julie sonrió con pesar.

«En la vida hay que arriesgarse», le respondió.

21

Holden

Las naves eran pequeñas. El espacio siempre era un lujo, e incluso en un monstruo como la *Donnager*, los pasillos y los compartimentos eran incómodos y estrechos. En la *Rocinante*, las únicas estancias donde Holden podía estirar los brazos sin tocar dos paredes eran la cocina y la bodega. Ninguna persona que se dedicara a viajar podía ser claustrofóbica, pero hasta el más curtido de los prospectores del Cinturón había sentido el estrés creciente de estar confinado en una nave. Era la misma y antigua respuesta a la tensión de un animal enjaulado, la certeza inconsciente de no poder desplazarte a ningún sitio que no vieras desde el lugar en el que te encontrabas. Salir de la nave en un embarcadero era una forma repentina y a veces hasta abrumadora de liberar aquella tensión.

Y solía hacerse con juegos para beber.

Como todos los navegantes profesionales, Holden a veces culminaba los viajes largos bebiendo hasta caer rendido. Más de una vez había entrado en un burdel para no abandonarlo hasta la expulsión por no tener dinero en la cuenta, con la ingle dolorida y la próstata más seca que el desierto del Sáhara. Por eso, cuando Amos entró en su habitación tambaleándose a los tres días de llegar a la estación, Holden sabía muy bien cómo se sentía el mecánico.

Holden y Alex estaban sentados en el mismo sofá, viendo las noticias. Dos presentadores hablaban sobre los actos de cinturianos con palabras como «criminal», «terrorista» o «sabotaje».

De los marcianos se decía que eran «pacificadores». Era un canal de noticias marciano. Amos resopló y se derrumbó en el sofá. Holden silenció la pantalla.

—¿Disfrutando del permiso en tierra, marinero? —preguntó Holden con una sonrisa.

—Última vez que bebo —gimió Amos.

—Naomi va a traer algo para comer que ha comprado en ese restaurante de *sushi* —dijo Alex—. Buen pescado crudo envuelto en algas falsas.

Amos volvió a gemir.

—Qué malo eres, Alex —dijo Holden—. Deja morir en paz el hígado de nuestro compañero.

La puerta de la suite volvió a abrirse deslizándose a un lado y Naomi entró con una montaña de cajas blancas.

—Ha llegado la comida —dijo.

Alex abrió todas las cajas y empezó a repartir platitos desechables.

—Cada vez que te toca ir a por comida, compras rollitos de salmón. Es síntoma de falta de imaginación —dijo Holden mientras empezaba a echarse comida en el plato.

—Me gusta el salmón —replicó Naomi.

Las voces cesaron mientras comían y en la habitación quedó solo el sonido de los palillos de plástico y el chapoteo de la comida al sumergirse en la soja y el *wasabi*. Cuando terminaron, Holden se limpió los ojos, que le lloraban por el ardor sinusal, y reclinó del todo su butaca. Amos metió un palillo por dentro del yeso que tenía en la pierna para rascarse.

—La verdad es que la escayola esta os quedó bien —dijo—. Ahora mismo es la parte del cuerpo que menos me duele.

Naomi cogió el mando a distancia del reposabrazos de Holden y volvió a activar el sonido, para luego empezar a pasar los canales. Alex cerró los ojos, se tumbó en el sofá de dos plazas con las manos entrelazadas sobre el estómago y suspiró satisfecho. Holden sintió una molestia súbita e irracional con su tripulación por sentirse tan cómoda.

—Bueno, ¿creéis que ya nos hemos aprovechado lo suficiente de Fred? —preguntó—. Yo creo que sí.

—Pero ¿de qué coño habla? —dijo Amos, negando con la cabeza—. Yo solo acabo de empezar.

—Lo que quiero decir —explicó Holden— es cuánto tiempo tenemos pensado quedarnos en Tycho bebiendo, yendo de putas y comiendo *sushi* a cuenta de Fred.

—¿Todo el que podamos? —sugirió Alex.

—Eso es que tienes un plan mejor, entonces —dedujo Naomi.

—No tengo un plan, pero me gustaría volver a la acción. La ira de la justicia y los sueños de venganza nos corroían las entrañas cuando llegamos y, algunas mamadas y resacas después, parece que nos hayamos olvidado de todo.

—Es que... para eso de la venganza hace falta tener a alguien del que vengarse, capi —dijo Alex—. Y, por si no se ha fijado, de eso ahora mismo estamos un poco escasos.

—Esa nave sigue ahí fuera, en algún lugar. Igual que la gente que dio la orden de disparar —dijo Holden.

—Pues nada —respondió Alex, despacio—. Entonces, ¿despegamos y empezamos a volar en círculos hasta que topemos con ellos?

Naomi se rio y le tiró un paquete de soja.

—No sé lo que tenemos que hacer —respondió Holden—. Pero quedarnos aquí sentados mientras la gente que destruyó nuestra nave sigue haciendo vete a saber qué me vuelve loco.

—Llevamos aquí tres días —dijo Naomi—. Nos merecemos camas cómodas, comida decente y desfogarnos un poco. No intentes darnos remordimientos.

—Además, Fred dice que ya pillaremos a esos cabrones en el juicio —apuntó Amos.

—Si es que hay juicio —repuso Holden—. No es seguro. Podría no haberlo hasta dentro de meses o quizás años. Y aun así, lo único que quiere Fred es conseguir esos acuerdos. Podría usar también la amnistía como moneda de cambio.

—Pues no es que tardaras mucho en aceptar sus condiciones, Jim —dijo Naomi—. ¿Has cambiado de opinión?

—Fred quería nuestros testimonios a cambio de dejarnos descansar y recuperarnos, y me pareció un buen acuerdo. Pero no por eso creo que un juicio sea la solución a todo ni quiero quedarme al margen hasta que llegue.

Señaló el sofá de imitación de cuero y la pantalla gigante que casi ocupaba una pared.

—Además, esto puede ser una prisión. Una muy cómoda, pero mientras Fred controle los cierres del monedero, puede hacer lo que quiera con nosotros. No os equivoquéis.

Naomi enarcó una ceja y se puso seria.

—¿Qué opciones tenemos, señor? —preguntó—. ¿Marcharnos?

Holden se cruzó de brazos mientras repasaba en la cabeza todo lo que había dicho como si lo oyera por primera vez. Decir las cosas en voz alta las hacía parecer más claras.

—Creo que deberíamos buscar trabajo —dijo—. Tenemos una buena nave. Y lo más importante, es escurridiza. Es rápida. Y podemos volar sin transpondedor si nos hace falta. Mucha gente necesita llevar cosas de un lugar a otro cuando hay una guerra en marcha. Podríamos hacer algo mientras esperamos el juicio de Fred, y de paso ganaríamos un poco de dinero para salir del aprieto. Y mientras viajamos podemos estar ojo avizor por si nos enteráramos de algo. Quién sabe lo que encontraríamos. Además, ¿cuánto tiempo podéis aguantar la vida de rata de estación vosotros tres?

Hubo un momento de silencio.

—Yo quizá podría ratear... ¿una semana más? —respondió Amos.

—No es mala idea, capi —dijo Alex, asintiendo.

—Tú decides, capitán —dijo Naomi—. Yo seguiré contigo y me gusta eso de volver a ganar mi propio dinero. Pero espero que no tengas mucha prisa. Me vendrían muy bien unos pocos días libres más.

Holden dio una palmada y se puso en pie de un salto.

—Claro que no —dijo—. Tener un plan lo cambia todo. Es más fácil disfrutar del tiempo libre si sé que va a terminar.

Alex y Amos se levantaron a la vez y fueron hacia la puerta. Alex había ganado unos dólares con los dardos y Amos y él tenían intención de convertirlo en más dinero en las mesas de juego.

—No me esperes levantada, jefa —dijo Amos a Naomi—. Creo que hoy es mi día de suerte.

Se fueron y Holden se dirigió a la pequeña cocina que había en un rincón para hacer café. Naomi lo siguió.

—Una cosa más —dijo Naomi.

Holden abrió el paquete sellado de café y el potente aroma inundó la estancia.

—Dispara —dijo él.

—Fred va a encargarse del cuerpo de Kelly. Lo mantendrá aquí en estasis hasta que se haga público que hemos sobrevivido. Luego lo enviará de vuelta a Marte.

Holden llenó la cafetera con agua del grifo y encendió la máquina, que empezó a borbotear.

—Bien. El teniente Kelly merece todo el respeto y la dignidad que le podamos prestar.

—Sigo pensando en el cubo de datos que llevaba consigo. No he podido reventarlo. Utiliza una especie de supercifrado militar que me da dolor de cabeza, por lo que...

—Suéltalo —dijo Holden, frunciendo el ceño.

—Me gustaría dárselo a Fred. Sé que es arriesgado. No tenemos ni idea de qué contiene y, por encantador y hospitalario que se muestre, Fred no deja de ser de la APE. Pero también fue un militar de alto rango de la ONU y tiene por aquí a gente muy cualificada. Es posible que pueda abrirlo.

Holden se lo pensó un momento y luego asintió.

—Vale, déjame darle un par de vueltas. Quiero saber qué intentaba sacar Yao de la nave, pero...

—Ya.

Compartieron un silencio cordial mientras salía el café. Cuando terminó, Holden lo vertió en dos tazas y pasó una a Naomi.

—Capitán —dijo ella, y luego hizo una pausa—. Jim. Hasta el momento he sido una segunda de mierda. He estado estresada o cagada de miedo un ochenta por ciento del tiempo.

—Pues has hecho muy buen trabajo ocultándolo —respondió Holden.

Naomi ignoró el cumplido con un gesto de la cabeza.

—Y también he presionado mucho con algunas cosas que quizá no debería.

—No tiene importancia.

—Espera, déjame terminar —dijo—. Quiero que sepas que creo que has hecho un trabajo magnífico para mantenernos con vida. Nos has tenido centrados en los problemas que podemos resolver en lugar de dejar que nos compadezcamos. Mantienes a todo el mundo orbitando a tu alrededor. No todos pueden hacerlo, yo no podría, y nos hacía mucha falta esa estabilidad.

Holden sintió una descarga de orgullo. No se lo esperaba, ni se lo creía del todo, pero, aun así, hizo que se sintiera bien.

—Gracias —dijo.

—No puedo hablar por Amos o Alex, pero yo me quedo contigo. No eres solo capitán porque McDowell haya muerto. Para mí, eres nuestro capitán. Que lo sepas.

Naomi miró hacia el suelo y se ruborizó como si acabara de confesarle una cosa diferente. Quizá lo hubiera hecho.

—Intentaré no cagarla —respondió Holden.

—Le estaría muy agradecida, señor.

El despacho de Fred Johnson era como su dueño: grande, amenazador y repleto de cosas pendientes. La habitación podría medir fácilmente dos metros cuadrados y medio, lo que la hacía más grande que cualquier compartimento de la *Rocinante*. El escritorio era de madera de verdad, parecía tener al menos cien años y olía a aceite de limón. Holden se sentó en una silla que solo era un poco más baja que la de Fred y observó los montículos de archivadores y documentos que cubrían toda superficie plana.

Fred lo había mandado a buscar y pasó los primeros diez minutos desde su llegada hablando por teléfono. Fuera lo que fuese de lo que hablaba, sonaba muy técnico. Holden supuso que estaba relacionado con la gigantesca nave generacional que había fuera. No le molestaba que lo ignoraran unos minutos, ya que la pared que Fred tenía detrás estaba recubierta del todo por una pantalla de altísima definición que fingía ser una ventana. Mostraba una vista espectacular de la *Nauvoo* moviéndose a medida que giraba la estación. Fred estropeó aquel momento cuando colgó el teléfono.

—Lo siento —dijo—. Los sistemas de procesado atmosférico han sido un problemón desde el principio. Cuando vas a viajar más de cien años con solo el aire que puedas cargar, la tolerancia a la pérdida es... más estricta de lo normal. Y a veces cuesta transmitir la importancia de esos detalles a las subcontratas.

—Disfrutaba de las vistas —dijo Holden, haciendo un gesto a las pantallas.

—Empiezo a tener dudas de que podamos terminarla dentro de plazo.

—¿Por qué?

Fred suspiró y la silla chirrió cuando se inclinó hacia atrás.

—Por la guerra entre Marte y el Cinturón.

—¿Escasez de materiales?

—No solo eso. Las emisiones pirata que dicen hablar en nombre de la APE están frenéticas. Los prospectores del Cinturón con lanzatorpedos caseros están atacando naves de guerra marcianas. Los aniquilan como represalia, pero algunos de esos torpedos dan en el blanco y han matado marcianos.

—Lo que quiere decir que Marte se pondrá a disparar primero.

Fred asintió y luego se levantó y empezó a andar por la estancia.

—Y, entonces, hasta los buenos ciudadanos con negocios legales podrían empezar a preocuparse si tienen que salir de casa —dijo—. Por ahora, este mes ya tenemos más de una docena de envíos con retraso, y me preocupa que pasen de retrasos a cancelaciones.

—¿Sabes? Yo he estado dando vueltas a lo mismo —dijo Holden.

Fred hizo como si no lo hubiera escuchado.

—No es la primera vez que me pasa —continuó Fred—. Una nave no identificada va hacia ti y te obliga a decidir. Nadie quiere pulsar el botón. He visto naves haciéndose más y más grandes en la mira mientras tengo el dedo puesto en el gatillo. Recuerdo suplicarles que se detuvieran.

Holden no dijo nada. Él también había pasado por lo mismo. No había nada que decir. Fred quedó en silencio unos instantes. Luego negó con la cabeza y se enderezó.

—Tengo que pedirte un favor —dijo.

—Siempre puedes pedirlo, Fred. Ese derecho nos lo has pagado —respondió Holden.

—Necesito que me prestes la nave.

—¿La *Roci*? —preguntó Holden—. ¿Para qué?

—Tengo que recoger una cosa y traerla aquí, y para ello necesito una nave que pueda pasar desapercibida y colarse entre las naves piquete marcianas si fuera necesario.

—Sin duda la *Rocinante* es la mejor nave para ello, pero eso no responde a mi pregunta. ¿Para qué?

Fred dio la espalda a Holden y miró hacia la pantalla panorámica. El morro de la *Nauvoo* justo estaba perdiéndose de vista y dejó solo la monótona y estrellada negrura de la eternidad.

—Necesito recoger a alguien en Eros —respondió—. Alguien importante. Tengo gente que puede hacerlo, pero las únicas naves que tenemos son cargueros ligeros y algunas lanzaderas pequeñas. Ninguna puede hacer el viaje lo bastante deprisa ni tener la esperanza de escapar si surge algún problema.

—¿Esa persona tiene nombre? O sea, no dejas de repetir que no buscas bronca, pero la otra particularidad de mi nave es que es la única de aquí que tiene armas. Y estoy seguro de que la APE tiene una lista bien surtida de cosas que le gustaría destruir.

—No confías en mí.

—Para nada.

Fred dio otra media vuelta y agarró el respaldar de la silla. Tenía los nudillos blancos. Holden se preguntó si se había pasado de la raya.

—Mira —dijo Holden—. Me gusta todo eso que dices sobre paz y juicios. Reniegas de las transmisiones piratas. Tienes una estación decente llena de buena gente. No tengo razones para dudar de que eres como dices ser, pero llevamos aquí tres días y la primera vez que me cuentas tus planes ya me pides prestada mi nave para una misión secreta. Lo siento. Si entro en esto, tengo que saberlo todo. Sin secretos. Aunque tuviera pruebas, que no las tengo, de que tus intenciones son buenas, seguiría sin gustarme ni un pelo todo este ambiente misterioso.

Fred lo miró unos segundos. Luego rodeó su silla y se sentó. Holden reparó en que se estaba dando golpecitos nerviosos con los dedos en los muslos y se obligó a detenerse. Fred bajó la mirada a la mano de Holden y luego volvió a levantarla. Lo miró fijamente.

Holden carraspeó.

—Mira, aquí el que manda eres tú. Aunque no tuviera ni idea de tu pasado, seguirías acojonándome, así que no hace falta que te pongas serio. Ahora, da igual lo asustado que esté, no me voy a bajar del burro.

La risa que esperaba Holden no llegó. Intentó tragar saliva sin hacer ruido.

—Estoy seguro de que todos los capitanes que te han tenido bajo sus órdenes han pensado que eras un grano enorme en el culo —dijo Fred por fin.

—Como supongo que refleja mi historial —dijo Holden, con un alivio que intentó ocultar.

—Necesito volar a Eros, recoger a un hombre llamado Lionel Polanski y traerlo a Tycho.

—Si le pisamos, solo será una semana —dijo Holden, calculando el viaje de cabeza.

—Lo que complica la misión es el hecho de que Lionel en realidad no existe.

—Vale, ahora sí que estoy confuso —confesó Holden.

—¿No querías saberlo todo? —dijo Fred con una voz que se cargó de relajada ferocidad—. Pues te lo cuento todo. Lionel Polanski solo existe en los documentos y es propietario de cosas que el señor Tycho no quiere poseer. Como una nave mensajera llamada *Scopuli*.

Holden se inclinó hacia delante en la silla y tensó el gesto.

—Ahora sí que tienes toda mi atención —dijo.

—El propietario inexistente de la *Scopuli* se ha registrado en una pensión de mala muerte en uno de los peores niveles de Eros. Acabamos de recibir el aviso. Tenemos que dar por hecho que quienquiera que haya alquilado la habitación conoce a fondo nuestras operaciones, necesita ayuda y no puede pedirla en voz alta.

—Podemos ponernos en marcha dentro de una hora —dijo Holden, casi sin aliento.

Fred levantó las manos en un gesto tan cinturiano que chocaba en un terrícola.

—¿Desde cuándo sois vosotros quienes se ponen en marcha? —preguntó Fred.

—No voy a prestar mi nave, pero sí que la puedo alquilar. De hecho, mi tripulación y yo estábamos hablando de ponernos a buscar trabajo. Contrátanos y deduce lo que veas justo por los servicios que nos has prestado hasta el momento.

—No —dijo Fred—. A vosotros os necesito.

—No es cierto —replicó Holden—. Necesitas nuestros testimonios grabados. Y no vamos a quedarnos aquí sentados un año o dos sin hacer nada hasta que vuelva a reinar la cordura. Te grabaremos nuestros testimonios en vídeo y firmaremos todas las declaraciones juradas que hagan falta para asegurar su autenticidad, pero vamos a marcharnos y buscar trabajo de un modo u otro. Ya puestos, aprovéchalo.

—No —repitió Fred—. Sois demasiado valiosos como para poner en peligro vuestras vidas.

—¿Qué tal si añado al trato el cubo de datos que la capitana de la *Donnager* intentaba salvar?

Volvió a hacerse el silencio, pero tenía un matiz diferente.

—Mira —dijo Holden para presionar—. Necesitas una nave como la *Roci* y yo tengo una. Necesitas una tripulación y también tengo una. Y seguro que tienes las mismas ganas que yo de saber qué hay en ese cubo.

—Es demasiado arriesgado.

—Tu otra opción es meternos en el calabozo e incautar la nave. Eso también tiene sus riesgos.

Fred se rio. Holden empezó a sentirse relajado.

—Seguiréis teniendo el mismo problema que cuando llegas-

teis —dijo Fred—. Tu nave tiene aspecto de cañonera, indepen-
dientemente de lo que diga el transpondedor.

Holden se puso en pie de un salto y cogió una hoja de papel
del escritorio de Fred. Empezó a escribir en ella con un bolígrafo que cogió de un lapicero decorado.

—Eso lo tengo pensado. Aquí tienes unas instalaciones de
fabricación completas. Y se supone que la nave es un carguero
de gases ligero. De modo que... —dijo mientras dibujaba un
boceto rápido de la nave—. Si le agregamos unos cuantos depósitos de gas comprimido alrededor del casco en dos hileras, sirven para ocultar los cañones. Luego volvemos a pintarlo todo y
le soldamos cuatro salientes para que el perfil no se corresponda
con el que tienen almacenado los programas de reconocimiento. Quedará horrible y joderá la aerodinámica, pero tampoco es
que tengamos pensado volar en atmósfera por el momento. Pa-
recerá justo lo que es: una chapuza improvisada por unos cuantos cinturianos.

Acercó el papel a Fred, que empezó a reírse con ganas, ya
fuera por lo ridículo del dibujo o de todo el plan.

—Menuda sorpresa podrías darle a un pirata con una nave
así —dijo—. Si hacemos esto, tu tripulación y tú grabaréis mis
testimonios, os contrataré como autónomos para viajes como
el de Eros y os presentaréis cuando empiecen las negociaciones
de paz y os llame.

—Hecho.

—También quiero derecho de oferta frente a cualquiera que
pretenda contrataros. No aceptaréis contratos sin escuchar mi
contraoferta.

Holden extendió la mano y Fred se la estrechó.

—Me gusta hacer negocios contigo, Fred.

Cuando Holden salió del despacho, Fred ya había abierto
un canal de comunicaciones con la gente de sus talleres. Holden
sacó su terminal portátil y llamó a Naomi.

—¿Sí? —dijo ella.

—Coge a los niños, nos vamos a Eros.

22

Miller

El transporte a Eros era pequeño, barato y estaba abarrotado. Los recicladores de aire expulsaban un aroma a plástico y resina propio de los modelos industriales de larga duración, un olor que Miller siempre relacionaba con almacenes y depósitos de combustible. Las luces eran LED baratos y tintados de un color similar al rosa que, supuestamente, realzaban la figura, pero que en realidad hacían que todo el mundo pareciera un filete poco hecho. No había camarotes, solo filas y filas de asientos laminados y dos grandes paredes con cinco columnas de catres que los pasajeros podían usar en turnos ininterrumpidos. Miller nunca había estado antes en un transporte tan cutre, pero sabía cómo funcionaban. Si había pelea, la tripulación de la nave soltaría gas lacrimógeno en el habitáculo para dejar inconscientes a todos los pasajeros y recluir a los implicados. Era un sistema draconiano, pero solía servir para que los pasajeros se comportaran. El bar siempre estaba abierto y las bebidas eran baratas. No mucho tiempo antes, eso último habría tentado a Miller.

Pero en lugar de eso, estaba sentado en uno de los largos asientos y tenía en la mano su terminal portátil. El caso de Julie Mao, o al menos lo que había podido reconstruir de él, brillaba en la pantalla. Su fotografía, orgullosa y sonriente delante de la *Jabalí*, fechas, registros, el entrenamiento en jiu-jitsu. Parecía muy poca cosa si se tenía en cuenta lo importante que se había vuelto aquella mujer en la vida de Miller.

Un aviso de noticias surgió por la parte izquierda del terminal. La guerra entre Marte y el Cinturón se había intensificado, incidente a incidente, pero la secesión de la estación Ceres era la noticia principal. Los comentaristas marcianos no dejaban de criticar a la Tierra por no apoyar a su planeta interior aliado o, al menos, por no haber cedido el contrato de seguridad en Ceres a Marte. Las variadas reacciones del Cinturón recorrían todo el espectro desde el placer de ver que la influencia de la Tierra se retraía hasta su pozo de gravedad hasta un estridente conato de pánico por el abandono de la neutralidad de Ceres, pasando por teorías conspiratorias que aseguraban que la Tierra estaba avivando la guerra para sus propios fines.

Miller prefería no opinar aún.

—Me recuerdan a los bancos de una iglesia.

Miller miró a su alrededor. El hombre que se había sentado a su lado aparentaba más o menos su edad, a juzgar por el mechón canoso y el vientre flácido. Por la sonrisa del hombre, Miller supo que era un misionero que se dedicaba a salvar almas en el vacío. O quizá lo supiera por la chapa con el nombre y la Biblia.

—Los asientos, quiero decir —aclaró el misionero—. Siempre me recuerdan a cuando iba a la iglesia, por la forma en la que están alineados, así en filas. Solo que en vez de púlpito aquí tenemos catres.

—Nuestra Señora de Acortarlo Durmiendo —dijo Miller, sabiendo que lo arrastraban a una conversación pero incapaz de contenerse.

El misionero se rio.

—Algo así —dijo—. ¿Va a la iglesia?

—Hace años que no —dijo—. Era metodista en mis tiempos. ¿Usted qué sabor vende?

El misionero levantó las manos en un gesto apaciguador que se remontaba a las llanuras africanas del pleistoceno. «No tengo armas. No quiero pelea.»

—Yo solo vuelvo a Eros después de una conferencia en la Luna —dijo—. Mis días de proselitismo terminaron hace mucho.

—No creo que eso se pueda llegar a terminar.

—No lo hace. Al menos no de manera oficial. Pero después de décadas, llegas a un punto en el que comprendes que no hay diferencia entre intentarlo y no intentarlo. Yo sigo viajando. Sigo hablando con gente. A veces de Jesucristo. A veces de cocina. Si alguien está dispuesto a aceptar a Dios, no tengo que poner mucho de mi parte para ayudar. Si no lo están, ponerme pesado no sirve de nada. Así que, ¿para qué intentarlo?

—¿La gente habla de la guerra? —preguntó Miller.

—Bastante —dijo el misionero

—¿Hay alguien que la vea lógica?

—No, y no creo que sea posible ver la lógica a ninguna guerra. Es una locura que forma parte de nuestra naturaleza. En ocasiones se repite, en otras se sofoca.

—Parece una enfermedad.

—Como un herpes para la especie entera —dijo el misionero, entre risas—. Supongo que hay formas peores de verlo, pero me temo que mientras seamos humanos nos va a acompañar.

Miller miró sin pestañear su cara ancha y redondeada.

—¿Mientras seamos humanos? —preguntó.

—Algunos creemos que terminaremos convirtiéndonos en ángeles —dijo el misionero.

—Los metodistas, no.

—Ellos también, a su debido tiempo —dijo el hombre—. Pero sí, es probable que no se conviertan los primeros. ¿Y qué lo trae a Nuestra Señora de Acortarlo Durmiendo?

Miller suspiró y se reclinó en su asiento, aunque no cedía. Dos filas por detrás de él, una joven gritaba a dos chicos para que dejaran de saltar en los asientos, pero ellos hacían caso omiso. Un hombre detrás de ellos tosió. Miller inspiró hondo y soltó el aire poco a poco.

—Era policía en Ceres —respondió.

—Ah, el cambio de contrato.

—Eso mismo —confirmó Miller.

—¿Ha encontrado trabajo en Eros, entonces?

—Más bien voy a buscar a una vieja amiga —respondió Miller. Y luego, para su sorpresa, continuó—: Nací en Ceres. He vivido allí toda mi vida. Esta es la... ¿quinta? Sí, la quinta vez que salgo de la estación.

—¿Piensa volver?

—No —dijo Miller. Sonaba más seguro de lo que había pensado—. No, me parece que esa parte de mi vida ha terminado.

—Debe de ser difícil —dijo el misionero.

Miller se detuvo a rumiar el comentario. El hombre tenía razón: debería haber sido difícil. Todo lo que había tenido jamás se había esfumado. Su trabajo, su gente. Ya ni siquiera era policía, a pesar de que había facturado una pistola en el equipaje. Nunca volvería a comer en aquel puestecito de comida india al final del sector nueve. La recepcionista de la comisaría nunca volvería a saludarlo con la cabeza de camino a su escritorio. No pasaría más noches en los bares con el resto de policías, ni escucharía más historias subidas de tono sobre pechos extraños, ni volvería ver a niños haciendo volar cometas en los túneles de techo más alto. Se palpó como un médico buscando una inflamación. ¿Le dolía aquí? ¿Sentía la pérdida allá?

Pues no. Solo tenía una sensación de alivio tan intensa que llegaba a aturdirlo.

—Perdone —dijo el misionero, confuso—. ¿He dicho algo gracioso?

Eros tenía una población de un millón y medio de habitantes, algo más que los visitantes que solía haber en Ceres en cualquier momento. Tenía una forma parecida a la de una patata, por lo que había sido mucho más difícil ponerla a rotar y la velocidad en la superficie era muy superior a la de Ceres para conseguir la misma gravedad en el interior. Unos viejos astilleros sobresalían del asteroide como grandes telarañas de acero y carbón, tachonadas con luces de emergencia y sensores para llamar la atención de las naves que se acercaran demasiado. La red de cuevas internas de Eros había sido la cuna del Cinturón. Donde los minerales en bruto habían pasado por la fundición y la plataforma de recocido para convertirse en el armazón de transportadores de agua, cosechadores de gases o naves prospectoras. Eros había sido parada obligatoria para la primera generación de la expansión de la humanidad. Desde allí, el propio Sol no era más que otra estrella brillante entre miles de millones.

La economía del Cinturón se había desplazado. Había surgido la estación Ceres, que contaba con embarcaderos más modernos, más apoyo industrial y más gente. La industria del transporte se trasladó a Ceres mientras Eros quedaba como centro de fabricación y reparación de naves. El resultado fue tan predecible como la física. En Ceres, que una nave pasara más tiempo atracada significaba perder dinero, y eso se reflejaba en las tasas de amarre. En Eros, una nave podía atracar durante semanas o meses sin obstruir el tráfico. Si una tripulación necesitaba un lugar donde relajarse, estirar las piernas o dejar de verse las caras durante un tiempo, Eros era la mejor opción. Y dado que tenía las tasas más bajas, la estación Eros se valía de otros métodos para dejar sin blanca a sus visitantes: casinos, burdeles, galerías de tiro. En Eros se podía encontrar cualquier tipo de vicio convertido en negocio, y la economía del lugar no dejaba de expandirse como un hongo gracias a los intereses de los cinturianos.

Una curiosa casualidad en la mecánica orbital hizo que Miller llegara al lugar medio día antes que la *Rocinante*. Recorrió los casinos cutres, los bares de opiáceos y los clubs sexuales, las zonas donde había espectáculos de lucha y hombres y mujeres fingían dejarse inconscientes para entretener a las masas. Miller imaginaba que Julie andaba a su lado, con una sonrisa taimada igual que la suya cuando leía las grandes pantallas animadas. «RANDOLPH MAK, QUE HA TENIDO EN SU PODER EL CINTURÓN DE CAMPEÓN DE LUCHA LIBRE CINTURIANO DESDE HACE SEIS AÑOS, CONTRA EL MARCIANO KIVRIN CARMICHAEL. ¡LUCHA A MUERTE!»

«Seguro que no está amañado», dijo en su mente Julie con ironía.

«Me pregunto quién ganará», pensó Miller que le respondía y la imaginó riendo.

Se detuvo en un puesto ambulante y pidió dos neoyenes de

fideos de huevo con salsa negra y humeante en un cono. Una mano lo agarró por el hombro.

—Inspector Miller —dijo una voz que le sonó familiar—. Diría que estás fuera de su jurisdicción.

—Pero si es el inspector Sematimba —dijo Miller—. Qué me aspen. Seguro que dejas a las chicas temblando, si las abordas de este modo.

Sematimba rio. Era un hombre alto hasta para tratarse de un cinturiano y tenía la piel más oscura que Miller había visto jamás. Años antes, Sematimba y Miller se habían coordinado para un caso particularmente grotesco. Un traficante con un cargamento de drogas dejó de trabajar con su proveedor. Tres personas se vieron envueltas en el fuego cruzado en Ceres, pero el traficante consiguió escapar a Eros. La tradicional rivalidad y el aislamiento de las fuerzas de seguridad de cada estación casi permitieron que el culpable escapara. Solo Miller y Sematimba estuvieron dispuestos a ayudarse al margen de los canales oficiales.

—¿Qué te trae —preguntó Sematimba, apoyándose en una delgada barra de metal y señalando hacia el túnel— hasta el ombligo del Cinturón, a la gloriosa magnificencia de Eros?

—Sigo una pista —dijo Miller.

—Aquí todo va fatal —dijo Sematimba—. Desde que se retiraron los de Protogen, las cosas han ido de mal en peor.

—¿Y quién se encarga ahora de la seguridad?

—CPM —dijo Sematimba

—Ni idea de quiénes son.

—Carne Por la Machina —dijo Sematimba mientras fingía un semblante exagerado de machote. Se dio un golpe en el pecho y gruñó antes de dejar la imitación y seguir hablando—. Una nueva empresa de la Luna, aunque la mayor parte de los de a pie son cinturianos. Se las dan de tipos duros, pero la mayoría son principiantes. Mucho ruido y pocas pelotas. Protogen pertenecía a los planetas interiores y eso era un problema, pero al menos eran serios de cojones. Reventaban cabezas, pero mantenían la paz. Estos gilipollas son la mayor panda de matones corruptos para la que he trabajado. No creo que el consejo de gobernadores les renueve el contrato cuando expire. Yo no he dicho nada, pero es así.

—Un ex compañero mío acaba de entrar en Protogen —comentó Miller.

—No están mal —dijo Sematimba—. A veces me arrepiento de no haberme ido con ellos después del divorcio, ¿sabes?

—¿Por qué no lo hiciste?

—Ya sabes por qué. Nací aquí.

—Ya... —respondió Miller.

—Vaya, ¿no sabías quién lleva ahora todo este cotarro? Entonces no vienes a buscar trabajo.

—Qué va —dijo Miller—. Me voy a tomar un tiempo para despejarme y viajar un poco.

—¿Puedes permitírtelo?

—Diría que no, pero no me importa ir a lo barato. Solo un tiempo y eso. ¿Has oído algo de una tal Juliette Mao? La llaman Julie.

Sematimba negó con la cabeza.

—Mercancías Mao-Kwikowski —dijo Miller—. Salió del pozo y se hizo cinturiana. De la APE. Era un trabajo de secuestro.

—¿Era?

Miller se inclinó hacia atrás mientras su Julie imaginaria enarcaba las cejas.

—Se ha complicado un poco desde que me lo asignaron —explicó Miller—. Puede que esté relacionado con algo. Bastante grande.

—¿Cómo de grande? —preguntó Sematimba. De su semblante había desaparecido cualquier indicio de jocosidad. Se puso en modo policía. Cualquiera menos Miller se habría intimidado por la expresión vacua y casi irritada de aquel hombre.

—La guerra —respondió Miller.

Sematimba se cruzó de brazos.

—Venga ya —dijo.

—No es broma.

—Me considero amigo tuyo, viejo —dijo Sematimba—, pero no quiero ningún problema por aquí. Las cosas ya están bastante revueltas.

—Intentaré pasar desapercibido.

Sematimba asintió. En la lejanía del túnel sonó una alarma. Solo de seguridad, no ese otro sonido atronador que avisaba de las alertas ambientales. Sematimba miró hacia el túnel como si pudiera atravesar con la mirada la multitud, las bicicletas y los puestos de comida.

—Será mejor que eche un vistazo —dijo con resignación—. Seguro que alguno de mis compañeros agentes del orden ha roto alguna ventana para entretenerse.

—Tiene que ser un orgullo pertenecer a un equipo así —dijo Miller.

—¿Tú qué sabrás? —replicó Sematimba con una sonrisa—. Cualquier cosa que necesites...

—Lo mismo digo.

Miller vio cómo el policía se internaba en aquella marabunta de caos y humanidad. Era un hombre alto, pero la sordera colectiva de los viandantes ante el retumbar de la alarma lo hacía parecer insignificante. «Una piedra en el océano», rezaba el dicho. Una estrella entre millones.

Miller comprobó la hora y luego abrió los registros de embarque públicos. Se esperaba que la *Rocinante* llegara a su hora y ya aparecía el número de embarcadero en el que atracaría. Miller sorbió los últimos fideos, tiró el cono de gomaespuma embadurnado de salsa negra en un reciclador público, se dirigió hacia el aseo de caballeros más cercano y, cuando terminó con lo suyo, fue con paso rápido hacia el nivel del casino.

La estructura de Eros había cambiado desde su creación. Antes había sido como Ceres, una red de túneles planificados para maximizar la conectividad, pero Eros había pasado a seguir el flujo de dinero y todos los caminos llevaban hasta el nivel del casino. Para ir a cualquier sitio había que pasar por una amplia intersección llena de luces y pantallas. Póquer, blackjack, ruletas, altas peceras con truchas de premio para pescar y destripar, tragaperras mecánicas, tragaperras electrónicas, carreras de grillos, juegos de dados, pruebas de habilidad amañadas. Las luces deslumbrantes, los payasos bailarines de neón y los anuncios de las pantallas acribillaban la vista. Las atronadoras risotadas artificiales y las alegres campanadas y silbidos aseguraban al visitante que nunca iba a pasárselo mejor en la vida. Y, mientras tanto, el olor de miles de personas embutidas en un espacio demasiado pequeño competía con el aroma de la carne muy especiada y sintética que vendían en los carritos que pasaban por el pasillo. La avaricia y el diseño que priorizaba el casino habían convertido Eros en un recinto para ganado.

Que era justo lo que necesitaba Miller.

La estación de metro que llegaba del embarcadero tenía seis puertas amplias que se abrían directas al nivel del casino. Miller aceptó una bebida de una mujer con aspecto cansado que llevaba un tanga y los pechos al descubierto y se colocó cerca de una pantalla desde la que podía tener controladas las seis puertas. La tripulación de la *Rocinante* por fuerza tenía que pasar por una de ellas. Comprobó su terminal portátil. Los registros de embarque confirmaron que la nave había llegado hacía diez minutos. Miller fingió dar un sorbo a su bebida y se preparó para esperar.

23

Holden

El nivel del casino de Eros era un ataque directo a los sentidos.

Holden lo odiaba.

—Me encanta este sitio —dijo Amos con una sonrisa.

Holden tuvo que atravesar un grupo de jugadores de mediana edad que reían y gritaban para llegar hasta un pequeño espacio abierto en el que había una fila de consolas de pared de pago.

—Amos —dijo Holden—, vamos a ir a un nivel menos turístico, así que vigila nuestras espaldas. La pensión de mala muerte que buscamos está en un barrio peligroso.

Amos asintió.

—Entendido, capi.

Oculto entre Naomi, Alex y Amos, Holden se llevó la mano a la espalda para colocarse bien la pistola, que se le clavaba en la cadera. Los policías de Eros se ponían muy nerviosos si veían que alguien andaba por ahí con armas, pero ni de broma iba a buscar a «Lionel Polanski» a pecho descubierto. Amos y Alex también llevaban armas, aunque Amos la tenía en el bolsillo derecho de su chaqueta y no la soltaba nunca. Solo Naomi se negó rotundamente a llevar una.

Holden guio al grupo hacia las escaleras mecánicas más cercanas y Amos, que iba echando vistazos a su espalda de vez en cuando, cubría la retaguardia. Los casinos de Eros se extendían a lo largo de tres niveles que parecían interminables y, a pesar de que andaban lo más rápido que podían, les llevó media hora atravesar el ruido del gentío. El primer nivel por encima del casino era un barrio residencial desconcertantemente tranquilo y limpio tras dejar el caos y el estruendo. Holden se sentó en el borde de un tiesto con unos bonitos helechos para recuperar el aliento.

—Opino igual que tú, capitán. Pasar solo cinco minutos en ese sitio así ya me pone la cabeza como un bombo —dijo Naomi mientras se sentaba a su lado.

—¿Estáis de coña? —dijo Amos—. Ojalá tuviéramos más tiempo. Alex y yo casi le sacamos uno de los grandes a esos pardillos de las mesas de juego en Tycho. De aquí podríamos salir millonarios, joder.

—Ya te digo —dijo Alex, y dio un puñetazo en el hombro al fornido mecánico.

—Bueno, si esto de Polanski resulta ser un fiasco, tenéis mi permiso para ganar un millón de dólares en las mesas de juego. Yo os esperaré en la nave mientras tanto —respondió Holden.

El sistema de metro terminaba en el primer nivel del casino y no volvía a empezar hasta el nivel en el que estaban. Era posible no gastar dinero en las mesas, pero el diseño se aseguraba de castigar a los que elegían esa opción. Amos se sentó al lado de Holden cuando la tripulación se subió en el vagón y comenzó el trayecto hasta el hotel de Lionel.

—Alguien nos sigue, capi —dijo en tono casual—. No estaba seguro del todo hasta que lo he visto subir un par de vagones detrás de nosotos. Lo llevábamos pegado al culo también en el casino.

Holden suspiró y enterró su cara entre las manos.

—Vale, ¿qué aspecto tiene? —preguntó.

—Cinturiano. Unos cincuenta, o quizá cuarenta con mucho a sus espaldas. Camisa blanca y pantalones negros. Un sombrero ridículo.

—¿Policía?

—Seguro, aunque no le he visto la pistolera —dijo Amos.

—Vale. No lo pierdas de vista, pero tampoco te preocupes mucho. No estamos haciendo nada ilegal —dijo Holden.

—Aparte de llegar en una nave de guerra marciana robada, quieres decir, ¿no? —dijo Naomi.

—Supongo que te refieres a nuestro carguero de gases perfectamente legítimo, cuyos papeles y datos de registro dicen también que es perfectamente legítimo, ¿no? —replicó Holden con una sonrisita—. Pero bueno, si nos hubieran pillado, nos habrían detenido en el embarcadero, no se habrían puesto a seguirnos.

Una pantalla de la pared emitía un anuncio en el que unos relámpagos multicolores atravesaban un banco de nubes, intentando animar a Holden para que viajara a los maravillosos centros turísticos abovedados de Titán. Nunca había estado en Titán, pero de repente le dieron muchas ganas de ir. Le pareció idílico pasar unas semanas levantándose tarde, comiendo en buenos restaurantes y tirado en una hamaca viendo las coloridas tormentas atmosféricas de Titán desencadenarse sobre él. Qué narices, ya puestos a imaginar, añadió a Naomi acercándose a su hamaca con dos bebidas de apariencia afrutada en las manos.

Pero Naomi habló y lo arruinó todo.

—Nos bajamos aquí —dijo.

—Amos, vigila si nuestro amigo se baja del tren con nosotros —dijo Holden mientras se levantaba y andaba hacia la puerta.

Después de bajar y caminar unos metros por el pasillo, Amos susurró un «sí» a su espalda. Mierda. Estaba claro que los seguían, pero tampoco era motivo para no continuar con lo suyo y visitar a Lionel. Fred no les había pedido que hicieran nada con la persona que se hacía pasar por el propietario de la *Scopuli*. Y no podían arrestarlos por llamar a una puerta. Holden silbó en alto una melodía alegre mientras andaban, para demostrar a su tripulación y a la persona que los seguía que no estaba preocupado.

Se detuvo cuando vio la pensión.

Era sórdida y tenebrosa, el típico lugar donde hay atracos y cosas peores. Las luces fundidas creaban esquinas oscuras y no se veía ni a un solo turista. Se volvió para lanzar a Alex y a Amos sendas miradas significativas, y Amos movió la mano dentro del bolsillo. Alex metió la suya por debajo de su cazadora.

El recibidor era un habitáculo casi vacío, con un par de sillones al fondo junto a una mesa cubierta de revistas. Una mujer de

cara soñolienta estaba sentada leyendo una. En la pared más leja-
na había unos ascensores, al lado de una puerta con una inscripción que rezaba: «ESCALERAS.» En el centro estaba el mostrador
de recepción, donde, en lugar de un recepcionista humano, había un terminal táctil para que los huéspedes pagaran sus habitaciones.

Holden se detuvo frente al mostrador y giró la cabeza hacia
la mujer del sillón. Tenía el pelo canoso, pero rasgos agradeci-
dos y una figura atlética. En una pensión como aquella, debía de
significar que se trataba de una prostituta en sus últimos años
de carrera. Notó la mirada de Holden, pero le hizo caso omiso.

—¿Todavía nos siguen? —preguntó Holden en voz baja.

—Se ha quedado por fuera. Seguro que ahora vigila la puerta
—respondió Amos.

Holden asintió y pulsó el botón de consulta del terminal de
la recepción. El sencillo menú permitía enviar un mensaje a la
habitación de Lionel Polanski, pero Holden salió del sistema.
Sabían que Lionel seguía registrado en la pensión y Fred les había dado el número de la habitación. Si alguien se la estaba jugando, no era cuestión de avisarle antes de que Holden llamara
a su puerta.

—Vale, sigue aquí, así que vamos a... —dijo Holden, pero
calló al ver que la mujer del sillón se ponía de pie detrás de Alex,
que no había reparado en ella.

—Tenéis que venir conmigo —dijo la mujer con voz firme—.
Andad despacio hacia la escalera y permaneced a unos tres metros de mí todo el tiempo. Ahora.

—¿Eres policía? —dijo Holden, sin moverse.

—Soy la que tiene el arma —dijo ella, mientras en su mano
derecha aparecía una pistola pequeña como por arte de magia.
Apuntó a la cabeza de Alex—. Así que haced lo que os digo.

El arma era pequeña, de plástico y parecía funcionar con batería. Amos sacó su pesado lanzacachos y apuntó a la cara de la
mujer.

—Yo la tengo más grande —dijo.

—Amos, no... —fue todo lo que Naomi llegó a decir antes
de que la puerta de la escalera se abriera de repente y media do-

cena de hombres y mujeres armados con automáticas compactas entraran en la recepción y les ordenaran a gritos que soltaran las armas.

Holden empezó a levantar las manos, pero uno de ellos abrió fuego y su arma empezó a escupir balas tan deprisa que sonaba como si alguien rasgara cartulina: era imposible distinguir los disparos. Amos se echó al suelo. Una hilera de balazos dejaron agujeros en el pecho de la mujer que tenía el arma aturdidora y la derribaron hacia atrás. Cayó al suelo con un suave y definitivo golpe.

Holden agarró a Naomi por la mano y la arrastró hasta detrás del mostrador de recepción.

—¡Alto el fuego! ¡Alto el fuego! —gritó alguien del otro grupo, pero Amos ya les disparaba desde el suelo.

Holden oyó un grito de dolor y un insulto que anunciaban que seguramente habría dado a alguien. Amos rodó de lado hacia el mostrador, justo a tiempo para esquivar una ráfaga de proyectiles que destrozó el suelo y la pared e hizo temblar el mueble.

Holden cogió su arma, pero la mira frontal se le enganchó en el cinturón. Tiró para sacarla, rasgó su ropa interior, se puso de rodillas al borde del mostrador y echó un vistazo. Alex estaba tendido en el suelo al otro lado de un sillón, con el arma desenfundada y la cara blanca. Mientras Holden miraba, una ráfaga alcanzó el sillón, hizo volar el relleno por los aires y dejó una hilera de agujeros en la parte trasera, unos veinte centímetros sobre la cabeza de Alex. El piloto sacó su arma por el borde del sillón y disparó media docena de balas sin mirar, mientras gritaba.

—¡Malditos hijos de puta! —chilló también Amos, y luego rodó para salir del mostrador, disparó un par de veces y regresó a cubierto antes de que hubiera fuego de vuelta.

—¿Dónde están? —le gritó Holden.

—¡Han caído dos, el resto en la escalera! —vociferó Amos para imponerse al ruido de los disparos.

Como salida de la nada, una ráfaga de proyectiles estalló en el suelo al lado de la rodilla de Holden.

—¡Mierda, nos flanquean! —gritó Amos mientras se cubría mejor con el mostrador para alejarse de los disparos.

Holden se arrastró hacia el otro lado del mueble y miró hacia fuera.

Alguien avanzaba deprisa y en postura baja hacia la entrada del hotel. Holden se inclinó hacia fuera y le disparó un par de veces, pero tres armas diferentes le devolvieron el fuego desde la puerta de la escalera y tuvo que volver tras el mostrador.

—¡Alex, alguien viene hacia la entrada! —gritó Holden con toda la fuerza que le permitían sus pulmones, confiando en que el piloto pudiera pegarle un tiro antes de que el fuego cruzado los destrozara a todos.

Una pistola resonó tres veces en la entrada y Holden se arriesgó a mirar. El hombre del sombrero ridículo que los seguía estaba agachado en la puerta con un arma en la mano junto al flanqueador armado, que yacía quieto a sus pies. En lugar de mirar hacia ellos, apuntaba hacia la escalera.

—¡Que nadie dispare al del sombrero! —gritó Holden, antes de volver a ocultarse tras el mostrador.

Amos apoyó la espalda contra el mueble y extrajo el cargador de su arma.

—Ese tío tiene pinta de poli —dijo mientras rebuscaba en el bolsillo para sacar otro.

—Pues con más razón. Nada de disparar a policías —dijo Holden, y luego disparó unas cuantas veces hacia la puerta de la escalera.

—Puede que todos sean policías —dijo Naomi, que se había pasado toda la refriega tumbada en el suelo y cubriéndose la cabeza con los brazos.

Holden pegó unos tiros más y negó con la cabeza.

—Los policías no llevan ametralladoras pequeñas y fáciles de ocultar con las que emboscar a gente desde una escalera. A eso se le suele llamar escuadrón de la muerte —dijo, aunque sus palabras se apagaron debido a una ráfaga de disparos procedentes de la escalera. Después todo quedó en silencio unos segundos.

Holden se asomó justo a tiempo para ver cómo se cerraba la puerta.

—Me parece que se han asustado —dijo, aunque sin dejar de apuntar hacia allí—. Tiene que haber otra salida en alguna parte. Amos, no le quites ojo a la puerta. Si se abre, dispara sin pensar. —Tocó a Naomi en el hombro—. No te levantes.

Holden se puso en pie detrás del mostrador de recepción, que había quedado para el arrastre. El frontal tenía partes astilladas a través de las que se podía ver la piedra de debajo. Holden levantó su arma con el cañón hacia arriba y las manos abiertas. El hombre del sombrero se enderezó sin dejar de observar el cadáver que tenía a sus pies, y luego levantó la mirada al acercarse Holden.

—Gracias. Me llamo Jim Holden. ¿Y usted?

El hombre se quedó callado un segundo. Cuando habló, tenía la voz tranquila. Casi cansada.

—La policía vendrá pronto. Como no haga una llamada, nos meterán a todos en la cárcel.

—¿La policía no es usted?

El hombre rio. Fue un sonido breve y amargo, pero no exento de auténtico humor. Al parecer Holden había dicho algo gracioso.

—Qué va. Llámame Miller.

24

Miller

Miller miró el cadáver, al hombre al que acababa de matar, e intentó sentir algo por él. Sentía la adrenalina acelerando todavía su ritmo cardíaco. Sentía cierta sorpresa por haber sido partícipe de un tiroteo inesperado. Pero aparte de eso, su mente ya había activado el acostumbrado modo analítico. Un cebo en la recepción para que Holden y su tripulación no vieran nada muy amenazador. Unos paletos de gatillo fácil en la escalera como refuerzo para ella. Eso sí que les había salido de maravilla, sí.

La idea era una chapuza. Aquella emboscada era obra de gente que no sabía lo que hacía o que no tenía tiempo o recursos para hacer las cosas bien. Si no hubiera sido un esfuerzo improvisado, habrían secuestrado o matado a Holden y sus tres compañeros. Y también a él.

Los cuatro supervivientes de la *Canterbury* estaban de pie, rodeados por los restos del tiroteo como unos novatos después de su primera redada. Miller notó que su mente daba medio paso atrás para tener una perspectiva más general, pero sin centrarse en nada en particular. Holden era más bajo de lo que había esperado después de verlo en los vídeos. Debía de haberlo imaginado, ya que era terrícola. Tenía la clase de cara que no servía para mentir.

—Gracias. Me llamo Jim Holden. ¿Y usted?

Miller pensó seis respuestas diferentes, pero las rechazó todas. Otro de ellos, un hombre fornido y rapado, deambulaba por la habitación con la vista desenfocada, igual que la de Miller.

De los cuatro hombres de Holden, aquel parecía el único que había estado antes en un tiroteo como aquel.

—La policía vendrá pronto —dijo Miller—. Como no haga una llamada, nos meterán a todos en la cárcel.

El otro hombre, más alto, delgado y de aspecto indio, se había escondido detrás de un sillón. Ahora estaba acuclillado, con los ojos muy abiertos por el pánico. Holden también lo acusaba un poco, pero se le daba mejor mantener el control. «Es lo que tiene el liderazgo», pensó Miller.

—¿La policía no es usted?

Miller rio.

—Qué va —dijo Miller—. Llámame Miller.

—Vale —dijo la mujer—. Estos tipos han intentado matarnos. ¿Por qué?

Holden dio un paso corto hacia ella incluso antes de volverse para mirarla. Ella tenía la cara enrojecida y apretaba los gruesos labios hasta dejarlos pálidos y finos. Sus rasgos indicaban una gran diversidad racial muy poco común incluso en el crisol de culturas que era el Cinturón. No le temblaban las manos. El grandote era el que tenía más experiencia, pero en la clasificación de Miller ella tenía los mejores instintos.

—Ya —dijo Miller—. Ya me he dado cuenta.

Sacó su terminal portátil e hizo una llamada a Sematimba. El policía la aceptó unos segundos después.

—Semi —dijo Miller—. Lo siento mucho, pero ¿te acuerdas de lo de pasar desapercibido?

—¿Qué? —dijo el policía local, alargando la palabra hasta pronunciarla con tres sílabas.

—Pues no ha funcionado. Iba de camino a reunirme con una amiga...

—Reunirte con una amiga —repitió Sematimba.

Miller se imaginaba al hombre cruzado de brazos a pesar de que no se le veían en la pantalla.

—Y me he topado con unos turistas que estaban en el lugar equivocado en el momento equivocado. La cosa se ha ido de madre.

—¿Dónde estás? —preguntó Sematimba.

Miller le dijo en qué nivel se encontraba y la dirección. Se hizo un largo silencio mientras Sematimba comprobaba un programa de comunicaciones internas que Miller también usaba antes. El policía suspiró con fuerza.

—No veo nada. ¿Ha habido disparos?

Miller contempló el caos y la destrucción que tenía alrededor. Deberían haber saltado unas mil alertas diferentes con el primer disparo. Deberían tener encima a las fuerzas de seguridad.

—Alguno que otro —respondió Miller.

—Qué raro —dijo Sematimba—. No te muevas de ahí. Estoy de camino.

—Sin problemas —respondió Miller antes de desconectar.

—Muy bien —dijo Holden—. ¿Quién era ese?

—Un poli de verdad —respondió Miller—. Ya están de camino. Todo irá bien.

«O mejor dicho, creo que todo irá bien.» Se dio cuenta de que estaba lidiando con la situación como si todavía fuera su trabajo, como si aún formara parte de la maquinaria. Pero ya no era así, y fingir que sí que podría tener consecuencias.

—Es el que nos seguía —dijo la mujer a Holden, y luego se dirigió a Miller—. Nos estabas siguiendo.

—Sí —respondió Miller. No le parecía haber sonado decepcionado, pero el grandullón negó con la cabeza.

—Ha sido por el sombrero —dijo el grandullón—. Llamaba un poco la atención.

Miller se quitó el *pork pie* y lo contempló. Pues claro que había sido el grandote quien lo había calado. Los otros tres eran competentes pero principiantes, aunque Miller sabía que Holden había pasado un tiempo en la armada de la ONU. Pero Miller se lo habría apostado todo a que el historial del grandote era el más interesante.

—¿Por qué nos seguías? —preguntó Holden—. No me malinterpretes, agradezco que hayas disparado a los que nos tiroteaban, pero también me gustaría saberlo.

—Quería hablar con vosotros —dijo Miller—. Busco a alguien.

Se hizo el silencio. Holden sonrió.

—¿Alguien en concreto? —preguntó.

—Un miembro de la tripulación de la *Scopuli* —respondió Miller.

—¿La *Scopuli*? —repitió Holden. Hizo un amago de mirar a la mujer, pero se detuvo. Allí pasaba algo. La *Scopuli* significaba para él algo más de lo que Miller había visto en las noticias.

—No había nadie en la nave cuando llegamos —dijo la mujer.

—Hostia puta —dijo el que temblaba detrás del sillón. Era lo primero que salía de sus labios desde que terminó el tiroteo y lo repitió cinco o seis veces seguidas más.

—¿Y qué hay de vosotros? —preguntó Miller—. La *Donnager* os escupió hasta Tycho y ahora estáis aquí.

—¿Cómo sabes tú eso? —preguntó Holden.

—Es mi trabajo —respondió Miller—. Bueno, solía serlo.

Aquella respuesta no pareció bastar para el terrícola. El grandullón se había colocado detrás de Holden, con una expresión amistosa pero casi indescifrable en la cara: no hay problema hasta que haya problema, y entonces a lo mejor es un problemón. Miller asintió, en parte al grandullón y en parte para sí mismo.

—Tenía un contacto en la APE que me dijo que no habíais muerto en la *Donnager* —explicó Miller.

—¿Te lo contó así, sin más? —preguntó la mujer, conteniendo la ira.

—En aquel momento estaba poniendo sus cartas sobre la mesa —dijo Miller—. El caso es que me lo dijo y luego yo seguí esa pista. Y dentro de unos diez minutos voy a encargarme de que las fuerzas de seguridad de Eros no os metan a todos en un calabozo. Ni a mí. Por lo que, si hay algo que queráis decirme, como que qué hacéis aquí, por ejemplo, ahora es un buen momento.

El silencio solo se vio interrumpido por el sonido del reciclador de aire que trabajaba para limpiar el humo y las partículas. El del tembleque se puso en pie. Había algo en su porte que parecía militar. Ex algo, supuso Miller, pero no soldado raso.

Quizá de la armada, posiblemente marciano. Tenía ese deje tan característico en la voz.

—A la mierda todo, capi —dijo el grandullón—. Ha disparado a ese que nos flanqueaba. Puede que sea un capullo, pero me cae bien.

—Gracias, Amos —dijo Holden. Miller tomó nota mental. El grandullón se llamaba Amos. Holden se llevó las manos a la espalda y volvió a guardar la pistola en el cinturón.

—También hemos venido buscando a alguien —dijo—. Es probable que sea alguien de la *Scopuli*. Íbamos a comprobar su habitación cuando todo el mundo se ha puesto a dispararnos.

—¿Aquí? —se sorprendió Miller. Sintió un hormigueo en el estómago. No era esperanza, sino miedo—. ¿Hay alguien de la *Scopuli* en esta pensión de mala muerte?

—Eso creemos —respondió Holden.

Miller miró por las puertas frontales de la recepción. Se había congregado un pequeño grupo de curiosos en el túnel. Tenían los brazos cruzados y la mirada nerviosa. Sabía cómo se sentían. Sematimba y sus agentes estaban de camino. Los pistoleros que habían atacado a Holden y su tripulación no estaban preparando un segundo asalto, pero no por eso habían desaparecido. Podría llegar otra oleada. Quizá se habían retirado a una posición más ventajosa para esperar la siguiente jugada de Holden.

Pero ¿y si Julie estaba en la pensión en ese mismo momento? ¿Cómo iba a llegar hasta aquel punto para luego quedarse en la recepción? Se sorprendió con el arma todavía desenfundada. Qué poco profesional. Debería haberla guardado. El único que también la tenía fuera era el marciano. Miller negó con la cabeza. Qué desliz. Aquello tenía que acabar.

Aun así, todavía le quedaba más de medio cargador.

—¿En qué habitación? —preguntó.

Los pasillos de la pensión eran estrechos y agobiantes. Las paredes tenían ese brillo impermeable de la pintura de almacén, y la moqueta era de silicato de carbono, más duradera que la piedra descubierta. Miller y Holden iban delante, luego la mujer y el marciano (Naomi y Alex, se llamaban) y por último Amos, que miraba a menudo por encima del hombro. Miller se preguntó si alguien más aparte de Amos y él comprendía de qué modo estaban protegiendo al grupo. Holden parecía saberlo y también parecía que no le gustaba, ya que intentaba adelantarse.

Las puertas de las habitaciones eran láminas idénticas de fibra de vidrio, tan delgadas como para poder fabricarlas como churros. Miller había abierto a patadas centenares como aquellas a lo largo de su carrera. Algunas, las que pertenecían a huéspedes que llevaban allí mucho tiempo, estaban decoradas. Había un dibujo de flores de un color rojo imposible, una pizarra blanca con un cordel del que ya no colgaba un rotulador y una imitación barata de un dibujo animado que soltaba su frase más celebrada en un bucle infinito de luz tenue.

Desde un punto de vista táctico, aquello era una pesadilla. Podían emboscarlos desde las puertas que tenían delante y detrás y acabar con ellos en segundos. Pero no voló ningún cacho de metal, y de la única puerta que se abrió salió un hombre macilento de barba generosa, con los ojos deteriorados y la boca flácida. Miller le hizo un gesto con la cabeza cuando pasaron a su lado y él se lo devolvió, quizá más sorprendido de que alguien reconociera su presencia que de las pistolas desenfundadas. Holden se detuvo.

—Aquí es —murmuró—. Esta es la habitación.

Miller asintió. El grupo llegó en masa, pero Amos se quedó atrás mirando hacia el pasillo que se abría a sus espaldas. Miller comprobó la puerta. Sería fácil de tumbar de una patada. Bastaría un golpe fuerte justo encima del cerrojo. Luego podía entrar agachado por la izquierda y Amos erguido por la derecha. Deseó que Havelock estuviera allí. Aquellas tácticas eran más fáciles para los que habían entrenado juntos. Hizo señas a Amos para que se acercara.

Holden llamó a la puerta.

—Pero ¿qué estás...? —susurró Miller, enfadado, pero Holden no le hizo caso.

—¿Hola? —dijo Holden—. ¿Hay alguien?

Miller se puso tenso. No ocurrió nada. Ni una voz ni un disparo. Nada. Holden parecía muy tranquilo a pesar del riesgo que acababa de hacerles pasar.

Por la expresión de la cara de Naomi, Miller supuso que no era la primera vez que hacía cosas como aquella.

—¿Quiere que la abra? —preguntó Amos.

—Pues un poco sí —dijo Miller.

—Sí, tírala abajo —dijo Holden al mismo tiempo.

Amos los miró a ambos y no se movió hasta que Holden asintió. Luego Amos pasó entre los dos y dio una patada a la puerta, que se abrió de golpe mientras él trastabillaba hacia detrás y soltaba palabrotas.

—¿Estás bien? —preguntó Miller.

El grandullón asintió a pesar de que se había quedado pálido.

—Sí, me jodí la pierna no hace mucho. Acaban de quitarme el yeso. Siempre se me olvida —dijo.

Miller se volvió hacia la habitación. Dentro estaba oscuro como una cueva. No había ni una luz, ni siquiera el tenue brillo de los monitores o los dispositivos de detección. Miller entró con la pistola desenfundada. Holden le seguía de cerca. El suelo crepitaba como gravilla bajo sus pies y había un extraño olor acre que Miller asociaba a las pantallas rotas. De fondo llegaba otro olor mucho menos placentero. En ese último prefirió no pensar.

—¿Hola? —preguntó Miller—. ¿Hay alguien ahí?

—Enciende la luz —dijo Naomi desde detrás. Miller oyó cómo Holden tocaba la consola de pared, pero no se encendió ninguna luz.

—No funciona —dijo Holden.

El leve resplandor del pasillo no ayudaba mucho. Miller tenía el arma preparada en la mano derecha, lista para vaciarla hacia cualquier fogonazo que viera si alguien abría fuego desde la oscuridad. Con la izquierda, sacó su terminal portátil y pulsó con el pulgar hasta abrir la pantalla blanca de un procesador de texto. La habitación se iluminó en blanco y negro. A su lado, Holden hizo lo mismo.

Había una cama estrecha contra una pared y una pequeña bandeja a un lado. La cama estaba deshecha, como si alguien hubiera pasado mala noche. Había un armario abierto. Sin nada dentro. En el suelo, la forma abultada de un traje espacial vacío, como un maniquí decapitado. Una vieja consola de entretenimiento colgaba de la pared que estaba al otro lado del catre, con la pantalla destrozada por media docena de golpes. La pared estaba llena de socavones, resultado de intentos fallidos de machacar los soportes de los LED. Otro terminal portátil empezó a brillar, y luego otro. En la habitación empezaron a distinguirse colores tenues: el dorado barato de las paredes, el verde de las mantas y las sábanas. Debajo del catre había algo que brillaba. Un terminal portátil de modelo antiguo. Miller se agachó mientras los otros entraban.

—Mierda —dijo Amos.

—Vale —dijo Holden—. Que nadie toque nada. Punto. Nada de nada. —Era la cosa más sensata que Miller había escuchado decir a aquel hombre.

—Alguien ha plantado cara aquí como un cabrón —murmuró Amos.

—No —dijo Miller.

Aquello era vandalismo, como mucho. No había indicios de pelea. Sacó una fina bolsa de pruebas del bolsillo, la volteó en torno a su mano como un guante para luego coger con ella el terminal, volver a dar la vuelta al plástico y detonar la carga de cierre.

—¿Eso es... sangre? —preguntó Naomi, señalando el colchón cutre de gomaespuma. Había manchas húmedas en las sábanas y la almohada, menos anchas que un dedo pero oscuras. Demasiado oscuras hasta para tratarse de sangre.

—No —dijo Miller mientras se guardaba el terminal en el bolsillo.

El fluido señalaba un leve rastro hacia el baño. Miller levantó una mano para que los demás se quedaran atrás mientras él avanzaba poco a poco hacia la puerta entreabierta. Dentro del baño, aquel horrible olor de fondo era mucho más fuerte. Era un olor penetrante, orgánico e íntimo. Como el del estiércol en un invernadero, el de después del sexo o el de un matadero. O todos al mismo tiempo. El baño era de acero pulido, el mismo modelo que se usaba en las prisiones. Con lavamanos a juego. La luz LED que tenía encima y la del techo estaban destrozadas. El brillo de su terminal, equivalente al de una vela, resaltaba unos zarcillos negros que se extendían desde la ducha hacia aquellas luces rotas, retorcidos y ramificados como hojas esqueléticas.

En el plato de la ducha estaba tendido el cadáver de Juliette Andromeda Mao.

Tenía los ojos cerrados, por suerte. El corte de pelo era distinto al de las fotos que Miller había visto y le cambiaba la forma de la cara, pero era ella sin la menor duda. Estaba desnuda y casi no parecía humana. Unos extraños bucles de tejido complejo le salían de la boca, las orejas y la vagina. En las costillas y la columna vertebral le habían crecido unas espuelas con forma de cuchilla que le estiraban la pálida piel y parecían a punto de atravesarla. Unos tubos se extendían desde su espalda y su cuello para trepar por la pared del fondo. Había manado de ella una sustancia de un color marrón oscuro que había llenado el fondo de la ducha hasta casi tres centímetros de altura. Miller se sentó en silencio y deseó que lo que tenía delante no fuera cierto, deseó despertar de aquel sueño.

«¿Qué te han hecho —pensó—. Niña, ¿qué te han hecho?»

—Dios mío —dijo Naomi detrás de él.

—No toquéis nada —dijo Miller—. Salid de la habitación. Al pasillo. Ya.

La luz de la estancia contigua fue apagándose al alejarse los terminales portátiles. El juego de sombras dio por un instante la impresión que el cuerpo de Julie se había movido. Miller esperó, pero el torso no se movió a ritmo de respiración alguna. No hubo el menor temblor en los párpados. No ocurrió nada. Se levantó con cuidado, comprobó sus mangas y sus zapatos y luego salió al pasillo. Todos lo habían visto. Las expresiones de sus caras no dejaban lugar a dudas. E igual que él, ninguno de ellos tenía ni idea de lo que era aquello. Cerró con cuidado la puerta astillada y esperó a que llegara Sematimba. No tardó mucho.

Aparecieron por el pasillo cinco hombres con trajes antidisturbios y escopetas. Miller echó a andar hacia ellos con un porte que decía más que cualquier insignia. Vio cómo se tranquilizaban. Sematimba apareció detrás de ellos.

—¿Miller? —dijo—. ¿Qué coño pasa aquí? Habías dicho que no te moverías.

—Y no me he ido —respondió él—. Estos son los civiles que estaban abajo. Los muertos que hay en recepción se les han echado encima.

—¿Por qué? —preguntó Sematimba.

—A saber —dijo Miller—. Igual querían saquear sus cadáveres. El problema no es ese.

Sematimba enarcó las cejas.

—¿Hay cuatro cadáveres ahí abajo y dices que no son el problema?

Miller señaló con la cabeza hacia el pasillo.

—Hay un quinto aquí arriba — dijo—. Es la chica que buscaba.

La expresión de Sematimba se suavizó.

—Lo siento —dijo.

—Da igual —respondió Miller. No podía aceptar la compasión. No podía aceptar el consuelo. Bastaría una suave caricia para destrozarlo, así que eligió endurecerse—. Pero para esta vas a necesitar un forense.

—¿Tan mal está la cosa?

—Ni te lo imaginas —dijo Miller—. Escucha, Semi. Esto me supera. De verdad. ¿Los tíos armados de ahí abajo? Si no estuvieran conchabados con tu empresa de seguridad, las alarmas habrían sonado después del primer disparo. Esto ha sido una trampa y lo sabes. Esperaban a estos cuatro. Y ese bajito moreno que está ahí es James Holden. Ni siquiera debería estar vivo.

—¿El mismo Holden que empezó la guerra? —dijo Sematimba.

—Ese mismo —confirmó Miller—. Este asunto llega hondo. Hondo como para ahogarse. Y ya sabes lo que dicen de lanzarse a por un hombre que se ahoga, ¿verdad?

Sematimba miró hacia el pasillo. Asintió.

—Déjame ayudarte —dijo Sematimba, pero Miller negó con la cabeza.

—Estoy metido hasta el cuello. Tú haz como si no existiera. Lo que ha pasado aquí es que has recibido una llamada. Has encontrado este lugar. No me conoces, no los conoces a ellos y no tienes ni idea de lo que ha pasado. O eso o te lanzas y te ahogas conmigo. Tú eliges.

—No te vayas de la estación sin avisarme.

—Bien —afirmó Miller.

—Me parece bien tu plan —dijo Sematimba—. ¿Es Holden de verdad? —añadió al poco.

—Llama al forense —replicó Miller—. Confía en mí.

25

Holden

Miller hizo un gesto a Holden y se dirigió hacia el ascensor sin comprobar si lo seguía. No le gustaba aquella arrogancia, pero, aun así, fue tras él.

—Entonces —dijo Holden—, ¿acabamos de participar en un tiroteo con tres víctimas mortales y ahora nos vamos sin más? ¿Sin que nos interroguen ni nos tomen declaración? ¿Cómo puede ser?

—Cortesía profesional —respondió Miller, y Holden no supo determinar si bromeaba.

La puerta del ascensor se abrió con un tintineo amortiguado. Holden y el resto siguieron a Miller al interior. Naomi era la que estaba más cerca de los controles, así que extendió el brazo para pulsar el botón de recepción, pero temblaba tanto que tuvo que parar y cerrarla con fuerza. Después de respirar hondo, estiró un dedo firme y pulsó el botón.

—No me jodas. Ser ex policía no te da permiso para meterte en tiroteos —dijo Holden a Miller, que estaba de espaldas.

Miller no se movió, pero dio la impresión de encogerse un poco. Dio un suspiro largo y sentido. Parecía más demacrado que antes.

—Sematimba sabe cómo va esto. La mitad del trabajo consiste en saber cuándo hacer la vista gorda. Además, le he prometido que no nos iríamos de la estación sin ponerlo al corriente.

—Y una mierda —dijo Amos—. No puedes hacer promesas en nuestro nombre, tío.

El ascensor se detuvo y dejó a la vista la escena sangrienta del tiroteo. En la estancia había una docena de policías. Miller los saludó con la cabeza y ellos lo imitaron. Llevó a los miembros de la tripulación fuera de la recepción hacia el pasillo y se dio la vuelta.

—Eso ya lo aclararemos luego —dijo—. Ahora tenemos que encontrar un lugar en el que podamos hablar.

Holden accedió con un encogimiento de hombros.

—Vale, pero pagas tú.

Miller los llevó por el pasillo hasta la estación de metro. Mientras lo seguían, Naomi puso una mano en el brazo de Holden para que se retrasara un poco y dejara distancia con Miller.

—La conocía —dijo cuando estuvieron lo bastante lejos y Miller no podía oírlos.

—¿Quién conocía a quién?

—Él —dijo Naomi, señalando a Miller con la barbilla—. La conocía —repitió, inclinando la cabeza hacia la escena del crimen que tenían detrás.

—¿Cómo lo sabes? —preguntó Holden.

—No esperaba encontrarla ahí, pero sabía quién era. Verla como estaba lo ha dejado impactado.

—Anda, pues yo no lo he captado. El tipo parecía más fresco que una lechuga todo el rato.

—No. Eran amigos o algo así. Le está costando superarlo, así que no lo presiones mucho —dijo Naomi—. Puede que nos haga falta.

La habitación de hotel que alquiló Miller solo era un poco mejor que la que acababan de ver. Alex tiró derecho hacia el baño y cerró la puerta. El sonido del agua del lavabo no fue suficiente para ocultar el de las arcadas del piloto.

Holden se dejó caer en el desgastado edredón de la pequeña cama, obligando a Miller a sentarse en la única e incómoda silla de la habitación. Naomi se sentó junto a Holden en la cama y Amos se quedó de pie, merodeando por la habitación como un animal nervioso.

—Muy bien, habla —dijo Holden a Miller.

—Vamos a esperar a que terminen todos —replicó Miller, señalando el baño con la cabeza.

Alex salió poco después, con la cara pálida pero recién lavada.

—¿Estás bien, Alex? —preguntó Naomi con voz amable.

—Afirmativo, segunda —dijo Alex antes de sentarse en el suelo y apoyar la cabeza en las manos.

Holden miró a Miller y esperó. El hombre mayor pasó un minuto jugueteando con su sombrero antes de lanzarlo hacia un escritorio barato de plástico que sobresalía de la pared.

—Sabíais que Julie estaba en esa habitación. ¿Cómo? —dijo Miller.

—Ni siquiera sabíamos que se llamaba Julie —respondió Holden—. Solo que era alguien de la tripulación de la *Scopuli*.

—Pues tendrías que estar diciéndome cómo sabías eso— dijo Miller, con una aterradora intensidad en la mirada.

Holden hizo una pausa. Miller acababa de matar a alguien que había intentado matarlos, lo que por supuesto ayudaba a considerarlo un amigo, pero Holden no tenía intención de traicionar a Fred y su grupo por una corazonada. Dudó y luego le contó una verdad a medias.

—El propietario ficticio de la *Scopuli* estaba registrado en esa pensión —dijo—. Lo lógico era que fuera un miembro de la tripulación pidiendo ayuda mediante el nombre.

Miller asintió.

—¿Quién te lo dijo? —preguntó.

—Es algo que prefiero no contarte. Creímos que la información era legítima —respondió Holden—. La *Scopuli* fue el cebo que alguien usó para destruir la *Canterbury*. Supusimos que un tripulante de la *Scopuli* podría saber por qué todo el mundo intenta matarnos.

—Mierda —dijo Miller. Luego se reclinó en la silla y miró hacia el techo.

—Tú estabas buscando a Julie y esperabas que nosotros también la buscáramos, que quizá supiéramos algo —dijo Naomi, sin dar a sus palabras tono de pregunta.

—Sí —dijo Miller.

Le tocaba a Holden preguntar por qué.

—Sus padres contrataron a Ceres para encontrarla y enviarla a casa. Me asignaron el caso —explicó Miller.

—Entonces, ¿trabajas como agente de seguridad en Ceres?

—Trabajaba.

—¿Y qué haces aquí? —preguntó Holden.

—Su familia estaba metida en algo —respondió Miller—. Y yo odio los misterios. Lo llevo en la sangre.

—¿Y cómo supiste que era algo más que un caso de desaparición?

Hablar con Miller era como rascar una pared de granito con un cincel de goma. Miller sonrió sin humor.

—Me despidieron por indagar demasiado.

Holden decidió no dejarse irritar por la respuesta que no era respuesta de Miller.

—Hablemos del escuadrón de la muerte del hotel.

—Eso digo yo. ¿A qué coño ha venido? —exclamó Amos, que por fin dejó de deambular por la habitación. Alex sacó la cabeza de entre las manos y miró hacia arriba con interés por primera vez. Hasta Naomi se inclinó hacia delante en el borde de la cama.

—Ni idea —respondió Miller—. Pero alguien sabía que estabais de camino.

—Pues vaya con el poli. Gracias por la aclaración —dijo Amos, resoplando—. Es que ni de coña habríamos adivinado algo así por nuestra cuenta.

Holden lo ignoró.

—Pero no sabían para qué, o ya habrían subido a la habitación de Julie y cogido lo que fuera que buscaran.

—¿Eso quiere decir que Fred tiene una fuga? —preguntó Naomi.

—¿Fred? —dijo Miller.

—O quizás alguien más dedujo el asunto de Polanski pero no sabía el número de la habitación —respondió Holden.

—¿Y por qué entrar tan a saco pegando tiros? —preguntó Amos—. No tiene sentido dispararnos.

—Eso ha sido por error —dijo Miller—. Lo he visto bien desde fuera. Al desenfundar Amos, alguien ha reaccionado mal. Estaban gritando alto el fuego hasta que habéis empezado a responder.

Holden empezó a hacer cuentas con los dedos.

—Entonces alguien sabía que veníamos a Eros y que el viaje tenía que ver con la *Scopuli*. Sabían hasta qué pensión era, pero no el número de la habitación.

—Tampoco sabían nada de Lionel Polanski —apuntó Naomi—. O podrían haberlo buscado en recepción, como estábamos haciendo nosotros.

—Es verdad. Por eso han esperado a que llegáramos y tenían preparado un equipo de pistoleros para llevársenos. Pero entonces todo se ha ido a la mierda y ha acabado con un tiroteo en la recepción. Lo que está claro es que a ti no te esperaban, inspector, así que hay cosas que se les escapan.

—Cierto —afirmó Miller—. Tiene pinta de que ha sido todo muy apresurado. Querían pillaros y descubrir qué buscabais. Si hubieran tenido más tiempo, podrían haberse limitado a registrar el hotel. Quizá les habría llevado dos o tres días, pero era factible. No tenían tiempo, por lo que ir a por vosotros era lo más fácil.

Holden asintió.

—Bien —dijo—. Pero, aun así, eso quiere decir que ya tenían equipos en la estación. No me han parecido lugareños.

Miller calló un momento, con expresión desconcertada.

—Ahora que lo dices, a mí tampoco.

—Por lo que sea quien sea ya tenía equipos de pistoleros en Eros, y puede volver a enviarlos a por nosotros en cualquier momento —dijo Holden.

—Y la influencia suficiente en seguridad como para ponerse a disparar sin que acuda nadie —añadió Miller—. La policía no se había enterado de nada hasta que he llamado.

Holden inclinó la cabeza a un lado.

—Mierda, tenemos que salir de aquí pero ya —dijo.

—Esperad un minuto —dijo Alex casi gritando—. Un maldito minuto, joder. ¿Cómo es que nadie ha dicho nada de ese terrorífico espectáculo mutante que hemos visto en la habitación? ¿Es que soy el único que se ha fijado?

—Dios, sí. ¿Qué leches era eso? —preguntó Amos en voz baja.

Miller metió la mano en el bolsillo de su chaqueta y sacó la bolsa de pruebas con el terminal portátil de Julie.

—¿Alguno de vosotros sabe de trastos? —preguntó—. Quizá podamos descubrirlo.

—Supongo que yo podría acceder —dijo Naomi—. Pero ni de broma voy a tocarlo hasta que sepamos qué fue lo que le hizo eso y si es contagioso. No pienso arriesgarme a manejar nada que pueda haber tocado ella.

—No hace falta tocarlo. Deja la bolsa sellada y hazlo a través del plástico. La pantalla táctil debería responder.

Naomi lo pensó un momento y luego extendió la mano para coger la bolsa.

—Vale, dadme un minuto —dijo, y se puso a trabajar.

Miller volvió a apoyar la espalda en la silla y dejó escapar otro suspiro intenso.

—Otra cosa —dijo Holden—. ¿Conocías a Julie antes de esto? Naomi cree que encontrártela muerta te ha dejado muy tocado.

Miller negó con la cabeza despacio.

—Si te cae un caso como ese, investigas al individuo. Ya sabes, cosas personales. Lees su correo electrónico. Hablas con conocidos suyos. Te haces una idea general.

Miller dejó de hablar y se restregó los ojos con los pulgares. Holden optó por no presionarlo, pero Miller siguió de todos modos al poco tiempo.

—Julie era una buena chica —dijo, como si confesara algo—. Tenía una nave de carreras muy buena. Y yo... yo solo quería recuperarla con vida.

—Tiene contraseña —dijo Naomi, levantando el terminal—. Podría atacar el *hardware*, pero entonces tendría que abrir la carcasa.

Miller estiró la mano.

—Déjame intentarlo —dijo.

Naomi le pasó el terminal. Miller introdujo algunos caracteres y se lo devolvió.

—*Jabalí* —dijo Naomi—. ¿Eso qué es?

—Un trineo —respondió Miller.

—¿Este habla con nosotros? —dijo Amos, señalando a Miller con la barbilla—. Porque, joder, aquí no hay nadie más, pero os juro que no pillo ni la mitad de las putas cosas que dice.

—Lo siento —dijo Miller—. Suelo trabajar en solitario y he cogido malas costumbres.

Naomi hizo un gesto de indiferencia con las manos y siguió trabajando, ahora bajo la atenta mirada de Holden y Miller por encima de sus hombros.

—Tenía muchas cosas aquí dentro —dijo Naomi—. ¿Por dónde empiezo?

Miller señaló un archivo de texto que se llamaba NOTAS y estaba en el escritorio del terminal.

—Empieza por aquí —dijo—. Estaba obsesionada con organizar los archivos en carpetas. Si dejó eso en el escritorio es porque no sabía dónde meterlo.

Naomi tocó el documento para abrirlo. Se abrió un texto desorganizado que tenía aspecto de diario.

Lo primero que tienes que hacer es centrarte, joder. El pánico no ayuda. Nunca ayuda. Respira hondo, resuelve esto y actúa con cabeza. El miedo mata la mente. Je. Friki.

Pros de la lanzadera:
No tiene reactor, solo baterías. Radiación muy baja.
Suministros para ocho
Mucha masa de reacción

Contras de la lanzadera:
Sin Epstein ni antorcha
Comunicaciones no solo desactivadas, sino retiradas físicamente (un poco paranoicos con el tema de las filtraciones, ¿no, chicos?)

Eros es el puerto más cercano. ¿Íbamos hacia allí o a algún otro lugar? A hervores la nave irá muy lenta. Llegar a otro lugar llevaría unas siete semanas. Que sea Eros.

Tengo el virus de Febe, eso está claro. No sé cómo ha ocurrido, pero esa mierda marrón estaba por todas partes. Es anaeróbico, así que debo de haberlo tocado. Da igual, tú céntrate en resolver el problema.

Acabo de dormir TRES SEMANAS. Ni siquiera me he levantado a mear. ¿Qué coño puede provocar algo así?

Estoy muy jodida.

Cosas que tienes que recordar:
* BA834024112
* La radiación mata. No hay reactor en la lanzadera, pero ten las luces apagadas. No te quites el traje de aislamiento. El tarado del vídeo dice que este bicho come. No lo alimentes.
* Envía una señal. Pide ayuda. Trabajas para la gente más lista del sistema. Algo se les ocurrirá.
* Aléjate de las personas. No extiendas el virus. Todavía no toso esa baba marrón. No sé cuándo empezará a pasarme.
* Aléjate de los malos. Ya, como si supieras quiénes son. Vale, pues aléjate de todo el mundo. Iré de incógnito. ¿Qué tal... Polanski?

Mierda. Ya lo noto. Me ha subido la temperatura y me muero de hambre. No comas. No lo alimentes. ¿Al resfriado se le da de comer y la gripe se mata de hambre, o era al revés? Llegaré a Eros en un día y la ayuda ya está en camino. No dejes de luchar.

Estoy a salvo en Eros. Ya he mandado la señal. Espero que la central esté pendiente. Me duele la cabeza. Me pasa algo en la espalda. Tengo un bulto por encima de los riñones.

Darren se ha licuado. ¿Terminaré convertida en un traje lleno de gelatina?

Estoy fatal. Hay cosas que me sobresalen de la espalda y supuro esa sustancia marrón por todas partes. Tengo que quitarme el traje. Si alguien lee esto, que no deje que nadie toque ese pringue marrón. Que me incinere. Estoy ardiendo.

Naomi dejó el terminal, pero nadie dijo nada durante unos momentos.

—El virus de Febe. ¿Alguien sabe algo? —dijo Holden al cabo.

—En Febe había una estación científica —dijo Miller—. Pertenece a los planetas interiores, no se permitían cinturianos. Hubo un atentado. Murió mucha gente, pero...

—Julie dice que estaba en una lanzadera —dijo Naomi—. La *Scopuli* no tenía lanzadera.

—Tiene que haber otra nave —dedujo Alex—. Pudo sacar la lanzadera de otra nave.

—Vale —dijo Holden—. Subieron a otra nave, se infectaron con ese virus de Febe y el resto de la tripulación... Ni idea. ¿Murieron?

—Ella salió y no se dio cuenta de que estaba infectada hasta que ya iba en la lanzadera —continuó Naomi—. Vino aquí, envió la señal a Fred y murió en esa habitación a causa de la infección.

—No llegó a convertirse en un mejunje —añadió Holden—. Pero sí que acabó muy mal... Es que no sé. Esos tubos y las espuelas en los huesos... ¿Qué enfermedad hace algo así?

La pregunta se quedó en el aire. Nadie dijo nada. Holden sabía que todos estaban pensando lo mismo. Nadie había tocado nada en la habitación de la pensión. ¿Significaba eso que estaban a salvo o se habían contagiado de aquel maldito virus de Febe, fuera lo que fuese? Según Julie, era anaeróbico. Holden estaba bastante seguro de que significaba que no se podía contagiar a través del aire. Pero no seguro del todo.

—¿Dónde nos lleva todo esto, Jim? —preguntó Naomi.

—¿Qué tal Venus? —sugirió Holden, en voz más alta y tensa de lo que esperaba—. En Venus no está pasando nada interesante.

—No, en serio —dijo Naomi.

—Vale. En serio. Creo que Miller debería contarle a su amigo policía toda la historia y luego deberíamos salir zumbando de esta roca. Tiene pinta de arma biológica, ¿no? Alguien podría haberla robado de un laboratorio marciano, dejarla en una ciudad abovedada y, en un mes, todos los seres humanos del lugar estarían muertos.

Amos lo interrumpió con un gruñido.

—Aquí hay cosas que no cuadran, capi —dijo Amos—. Por ejemplo, ¿qué coño tiene que ver todo eso con destruir la *Cant* y la *Donnager*?

Holden miró a Naomi a los ojos.

—Ahora tenemos un lugar en el que buscar, ¿verdad? —le dijo.

—Sí que lo tenemos —respondió ella—. BA834024112. Eso es el nombre de una roca.

—¿Qué creéis que habrá en ella? —preguntó Alex.

—Si me gustaran las apuestas, diría que nos vamos a encontrar con la nave de la que robó la lanzadera —respondió Holden.

—Tiene sentido —dijo Naomi—. Todas las rocas del Cinturón están cartografiadas. Si quieres esconder algo, déjalo en órbita estable cerca de una y siempre podrás encontrarlo más adelante.

Miller se volvió hacia Holden, con la cara más macilenta aún.

—Si vas hacia allí, me apunto —dijo.

—¿Por qué? —preguntó Holden—. Sin ofender, pero ya has encontrado a la chica. Fin del trabajo, ¿no?

Miller lo miró, con los labios muy apretados.

—Tengo caso nuevo —dijo Miller—. Este consiste en descubrir quién la asesinó.

26

Miller

—Tu amigo policía ha puesto una orden de retención a mi nave —dijo Holden. Parecía muy enfadado.

A su alrededor, el restaurante del hotel bullía de actividad. Las prostitutas del turno anterior se mezclaban con los turistas y hombres de negocios del siguiente en el bufé barato de luces rosadas. El piloto y el grandullón (Alex y Amos) se disputaban el último bagel. Naomi estaba sentada al lado de Holden, con los brazos cruzados y una taza de café malo enfriándose delante.

—Hemos matado gente —dijo Miller sin alterarse.

—Creía que nos habías librado de eso con tu apretón de manos policial secreto —dijo Holden—. Así que, ¿por qué está retenida mi nave?

—¿Recuerdas cuando Sematimba dijo que no deberíamos irnos de la estación sin decírselo? —preguntó Miller.

—Recuerdo que tú hiciste algún trato con él —dijo Holden—. Pero no recuerdo haberlo aceptado yo.

—Mira, nos va a tener aquí hasta que se asegure de que no le despiden por dejarnos marchar. Cuando se haya cubierto las espaldas, tendremos vía libre. Hablemos sobre lo de alquilar un catre en tu nave.

Jim Holden y su segunda intercambiaron una mirada, uno de esos mensajes fugaces tan humanos que dicen mucho más que las palabras. Miller no los conocía tanto como para descodificarlo por completo, pero supuso que no estaban muy convencidos.

Y tenían razones para no estarlo. Miller había comprobado el saldo de su cuenta antes de llamarlos. Tenía suficiente para pasar otra noche en el hotel o pagar una buena cena, pero no para ambas cosas. Estaba gastándolo todo en un desayuno barato que Holden y su tripulación no necesitaban y seguramente tampoco disfrutaran, tratando de invertirlo en buena voluntad.

—Necesito estar muy muy seguro de entender lo que nos estás diciendo —dijo Holden mientras el grandullón, Amos, volvía y se sentaba a su lado con un bagel—. ¿Insinúas que a no ser que te deje ir en mi nave, tu amigo no nos dejará salir? Porque eso es chantaje.

—Extorsión —corrigió Amos.

—¿Qué? —dijo Holden.

—Que no es chantaje —dijo Naomi—. Eso sería si nos amenazara con hacer pública información que no quisiéramos que se conociera. Si es solo una amenaza, es extorsión.

—Y no, no insinúo eso —aclaró Miller—. ¿Movernos libremente por todo Eros mientras dure la investigación? Ningún problema. Pero abandonar la jurisdicción ya es otra cosa. No tengo la autoridad para reteneros aquí, ni tampoco para dejaros marchar. Solo os pido que me llevéis con vosotros cuando llegue el momento.

—¿Por qué? —preguntó Holden.

—Porque iréis hacia el asteroide de Julie —respondió Miller.

—Apuesto lo que sea a que no habrá ningún puerto —dijo Holden—. ¿Tenías planeado ir a algún otro sitio después?

—No se me dan muy bien los planes viables, la verdad. Aún no he pensado ninguno que saliera bien del todo.

—Ya lo creo —dijo Amos—. A nosotros nos han jodido de dieciocho formas distintas desde que nos metimos en esta mierda.

Holden juntó las manos sobre la mesa y empezó a dar golpecitos con un dedo, en un ritmo complicado, contra la superficie de hormigón con textura de madera. No era buena señal.

—Pareces..., bueno, pareces un viejo resentido y amargado,

pero he trabajado en transportadores de agua desde hace cinco años y son las características habituales en sus tripulantes.

—Pero... —dijo Miller, y dejó la palabra en el aire.

—Pero últimamente me han disparado mucho, y las ametralladoras de ayer fueron lo menos mortífero con lo que hemos tenido que lidiar —añadió Holden—. No voy a dejar entrar en mi nave a nadie a quien no le pueda confiar mi vida, y a ti en realidad no te conozco.

—Puedo conseguir el dinero —dijo Miller, con un nudo en el estómago—. Si es por dinero, puedo permitírmelo.

—No se trata de poner un precio —dijo Holden.

—¿Cómo que conseguir dinero? —preguntó Naomi, entornando los ojos—. ¿Estás diciendo que ahora mismo no lo tienes?

—Voy algo corto —dijo Miller—. Pero es temporal.

—¿Tienes ingresos? —preguntó Naomi.

—Digamos más bien que tengo una estrategia —respondió Miller—. En los embarcaderos hay montados unos cuantos chanchullos independientes. Los hay en todos los puertos. Juego clandestino, peleas, cosas así. La mayoría tiene el sistema bien montado. Me refiero a formas de sobornar a policías sin sobornar a policías de verdad.

—¿Ese es tu plan? —preguntó Holden con incredulidad—. ¿Ir a cobrar sobornos policiales?

Al otro lado del restaurante, una prostituta con traje rojo bostezó profusamente y el cliente que tenía enfrente frunció el ceño.

—No —dijo Miller a regañadientes—. Yo voy a las apuestas paralelas. Cuando entra un policía, apuesto a que va a ganar. Conozco a la mayoría. La casa también los conoce porque en realidad está pagándoles el soborno. Esas apuestan paralelas se hacen contra pringados que quieren dárselas de malotes metiéndose en el juego clandestino.

Incluso mientras lo decía, Miller sabía lo traído por los pelos que estaba sonando. Alex, el piloto, llegó y se sentó al lado de Miller. Tenía un café que olía fuerte y agrio.

—¿Cuál es el trato entonces? —preguntó Alex.

—No hay trato —dijo Holden—. No lo había y sigue sin haberlo.

—Funciona mejor de lo que parece —insistió Miller, pero en ese momento cuatro terminales portátiles sonaron al mismo tiempo.

Holden y Naomi volvieron a cruzar una mirada, menos cómplice que la anterior, y sacaron los terminales. Amos y Alex ya habían sacado los suyos. Miller entrevió el borde rojo y verde que indicaba que era o bien un mensaje importante o una felicitación navideña prematura.

Callaron un momento mientras lo leían y luego Amos silbó por lo bajo.

—¿Fase tres? —preguntó Naomi.

—No me gusta nada cómo suena —dijo Alex.

—¿Os importa si pregunto? —dijo Miller.

Holden le pasó el terminal por encima de la mesa. Era un mensaje de texto llano, enviado desde Tycho.

HEMOS DESCUBIERTO A UN TOPO EN EL PUESTO DE COMUNICACIONES DE TYCHO.

SE HA FILTRADO VUESTRA PRESENCIA Y DESTINO A UN GRUPO NO IDENTIFICADO DE EROS. TENED CUIDADO.

—Llega un poco tarde —comentó Miller.

—Sigue leyendo —dijo Holden.

EL CÓDIGO DE CIFRADO DEL TOPO HA PERMITIDO INTERCEPTAR UNA EMISIÓN ENCUBIERTA PROCEDENTE DE EROS HACE CINCO HORAS.

EL MENSAJE INTERCEPTADO ES EL SIGUIENTE: «HOLDEN HA ESCAPADO, PERO HEMOS RECUPERADO UNA MUESTRA DE LA CARGA. REPITO: MUESTRA DE LA CARGA RECUPERADA. PASAMOS A FASE TRES.»

—¿Alguna idea de lo que significa eso? —preguntó Holden.

—Yo no —dijo Miller, devolviéndole el terminal—. A no ser... que la muestra de la carga sea el cuerpo de Julie.

—Creo que podríamos dar por hecho que sí —afirmó Holden.

Miller empezó a dar golpecitos en la mesa con la punta de los dedos, imitando de manera inconsciente el ritmo de Holden, mientras su mente repasaba las posibles combinaciones.

—Esta cosa —dijo—, esta arma biológica o lo que sea, la estaban enviando aquí. Y aquí está. Bien. Pero no hay razón para destruir Eros. No tiene gran importancia en la guerra, si se compara con Ceres, Ganímedes o el astillero de Calisto. Y si quisieras destruir Eros, hay maneras más sencillas de hacerlo. Lanzar una bomba de fusión gigante sobre la superficie y hacer que estalle como un huevo, por ejemplo.

—No es una base militar, pero sí un núcleo de transporte —dijo Naomi—. Además, a diferencia de Ceres, no está controlada por la APE.

—Por tanto, van a sacarla de aquí —dijo Holden—. Se van a llevar esa muestra para infectar el que se supone que era el objetivo original y, cuando salgan de la estación, no habrá nada que podamos hacer para detenerlos.

Miller negó con la cabeza. Había algo en la cadena lógica que no le cuadraba. Se le escapaba algo. Su Julie imaginaria apareció al otro lado del salón, pero con los ojos opacos y unos filamentos negros que descendían por sus mejillas como lágrimas.

«¿Qué se me escapa, Julie? —pensó—. Sé que estoy viendo algo, pero no sé qué es.»

Sintieron una vibración pequeña y breve, menor que la del freno de un vagón de transporte. Vibraron algunos platos, aparecieron unas ondulaciones concéntricas en la taza de café de Naomi. El hotel quedó en silencio cuando miles de personas se dieron cuenta en el mismo y aterrador momento de lo vulnerables que eran.

—Va-le —dijo Amos—. ¿Qué coño ha sido eso?

Y en ese momento empezaron a sonar las alarmas de emergencia.

—O también puede que la fase tres sea otra cosa, claro —dijo Miller, alzando la voz por encima del ruido.

El sistema público de comunicación era farragoso por naturaleza. Enviaba la misma voz a consolas y altavoces que podían estar a un metro de distancia o casi al límite de audición. Aquello hacía que cada palabra resonara, como con un eco falso. Y por eso la voz del sistema de emergencia pronunciaba con mucho cuidado y vocalizaba bien cada palabra.

—Atención, por favor. Se ha decretado el cierre de emergencia en la estación Eros. Diríjanse de inmediato hacia el nivel del casino para confinamiento de seguridad radiológica. Cooperen con todo el personal de emergencia. Atención, por favor. Se ha decretado el cierre de emergencia en la estación Eros...

Y si nadie con autoridad lo cancelaba, aquel mensaje iba a seguir en bucle hasta que todos los hombres, mujeres, niños, animales e insectos de la estación acabaran reducidos a polvo y humedad. Era el peor de los casos, y Miller hizo lo que la experiencia de toda una vida en una roca presurizada le había enseñado. Se levantó de la mesa, salió al pasillo y avanzó hacia los pasadizos más amplios, ya atestados de personas. Holden y su tripulación le seguían los pasos.

—Ha sido una explosión —dijo Alex—. Como mínimo, el motor de una nave. Quizás una bomba nuclear.

—Van a destruir la estación —dijo Holden, con algo parecido al asombro en la voz—. Nunca pensé que echaría de menos cuando se limitaban a destruir las naves en las que estaba. Ahora han pasado a las estaciones.

—No la han destruido todavía —dijo Miller.

—¿Estás seguro? —preguntó Naomi.

—Puedo escuchar tu voz —respondió Miller—. Eso significa que tenemos aire.

—Hay esclusas —dijo Holden—. Pueden haber abierto un agujero en la estación y que se hayan cerrado las esclusas.

Una mujer empujó con fuerza el hombro de Miller para pasarle por delante. Si no tenían cuidado, aquello iba a convertirse en una estampida. Había demasiado miedo y muy poco espacio. Aún no se había desatado, pero el movimiento intranquilo de la gente, que vibraba como moléculas de agua a punto de hervir, ponía a Miller muy nervioso.

—Esto no es una nave —dijo Miller—. Es una estación. Estamos en una roca. Cualquier cosa tan grande como para llegar a las partes de la estación con atmósfera la haría reventar como un huevo. Un enorme huevo presurizado.

El gentío se detuvo al llegar a un túnel lleno. Iba a hacer falta un equipo de control de multitudes, y pronto. Por primera vez desde que se había marchado de Ceres, Miller deseó tener una placa. Alguien empujó a Amos hacia un lado para luego retirarse cuando el grandullón emitió un gruñido.

—Además —dijo Miller—, el peligro es la radiación. No hace falta ventilar el aire para matar a todo el mundo en la estación. Solo tienes que quemar unos pocos miles de billones de neutrones por todo el lugar y ya no hará falta preocuparse por la reserva de oxígeno.

—Gracias por los ánimos, hijo de puta.

—Las estaciones se construyen dentro de pedruscos por una razón —dijo Naomi—. No es fácil que la radiación atraviese tantos metros de roca.

—Una vez pasé un mes en un refugio radioactivo —dijo Alex mientras se abrían paso a través del gentío, cada vez más denso—. La nave en la que estaba tuvo un fallo de contención magnética. Los cierres automáticos no saltaron y el reactor estuvo en marcha casi un segundo de más. Fundió la sala de máquinas. Mató a cinco tripulantes que estaban en la cubierta de encima antes de que supieran que había un problema, y tardamos tres días en raspar los cuerpos del suelo fundido para poder enterrarlos. A los que quedamos nos metieron en refugios para dieciocho personas durante treinta y seis días mientras esperábamos a que un remolcador viniera a recogernos.

—Suena genial —dijo Holden.

—Al final seis de ellos se casaron y el resto nunca hemos vuelto a hablar entre nosotros —continuó Alex.

Alguien gritó por delante de ellos. No fue un grito de miedo ni de rabia. Era de frustración. De terror. Las cosas que Miller menos deseaba escuchar.

—Puede que este no sea nuestro mayor problema —dijo Miller, pero antes de que pudiera explicarse lo interrumpió una nueva voz que hasta se impuso al mensaje de emergencia en bucle.

—¡Muy bien! Somos las fuerzas de seguridad de Eros, *d'accord?* Tenemos una emergencia, así que hagan lo que les decimos y nadie saldrá herido.

«Ya era hora», pensó Miller.

—Estas son las órdenes —dijo aquella nueva voz—. Al próximo gilipollas que empiece a empujar, le pegaré un tiro. A moverse de manera ordenada. Prioridad uno: orden. Prioridad dos: ¡a moverse! ¡Venga, vamos!

Al principio no ocurrió nada. Aquel cúmulo de cuerpos estaba tan apretado que hasta al control de multitudes de mano más suelta le habría costado deshacerlo deprisa, pero un minuto después Miller vio cómo algunas cabezas al fondo del túnel empezaban a moverse y desaparecer. El aire del pasillo cada vez estaba más enrarecido y le llegó el olor a plástico caliente de los recicladores sobrecalentados al mismo tiempo en que se deshacía el cúmulo. Miller empezó a respirar mejor.

—¿Tienen refugios antirradiación? —preguntó una mujer detrás de ellos a su pareja, justo antes de perderse entre la multitud.

Naomi tiró de la manga de Miller.

—¿Tienen? —preguntó.

—Deberían, sí —dijo Miller—. Con espacio para quizás un cuarto de millón de personas, al que primero tendrán derecho el personal esencial y el médico.

—¿Y los demás? —preguntó Amos.

—Si sobreviven a lo que ocurra —terció Holden—, el personal de la estación salvará a tantos como pueda.

—Qué bien —dijo Amos—. Bueno, pues a tomar por culo. Vamos a por la *Roci,* ¿no?

—Ya te digo —respondió Holden.

Delante de ellos, la multitud de su túnel bullía y empezaba a mezclarse con otra marea de personas que venía de un nivel inferior. Cinco hombres de cuello recio con traje antidisturbios indicaban a la gente que avanzara. Dos de ellos apuntaban al gentío con armas. Miller estuvo muy tentado de acercarse y soltar un bofetón a aquellos idiotas. Apuntar con armas a la gente era una forma muy cuestionable de evitar que cundiera el pánico. Y uno de ellos era demasiado ancho para el traje y las cintas de velcro de su barriga se estiraban para tocarse como dos amantes en el momento de su separación.

Miller miró al suelo y aflojó el paso, con el fondo de su mente presa de una repentina actividad febril. Uno de aquellos policías agitó el arma por encima de la multitud, y otro, el gordo, se rio y dijo algo en coreano.

¿Qué había dicho Sematimba sobre aquella nueva fuerza de seguridad? Mucho ruido y pocas pelotas. Una nueva empresa de la Luna. Que los de a pie eran cinturianos. Corruptos.

El nombre. Tenían un nombre. CPM. Carne Por la Machina. Carne para la máquina. Uno de los policías que llevaban arma la bajó, se quitó el casco y se rascó con fuerza detrás de una oreja. Tenía el pelo negro y despeinado, un tatuaje en el cuello y una cicatriz que le bajaba desde un párpado hasta casi la articulación de la mandíbula.

Miller lo conocía. Un año y medio antes lo había detenido por agresión y pertenencia a asociación delictiva. Y el equipo que llevaban, la armadura, las porras, las armas antidisturbios, también le sonaba muchísimo. Dawes se había equivocado. Al final Miller había sido capaz de encontrar el equipo que habían robado.

Fuera lo que fuese todo aquello, llevaba mucho tiempo gestándose antes de que la *Canterbury* recibiera una llamada de auxilio de la *Scopuli*. Mucho tiempo antes de que Julie hubiera desaparecido. Y poner a un puñado de matones de la estación Ceres a cargo del control de multitudes en Eros con material robado de Ceres había formado parte del plan. La tercera fase.

«Uf —pensó—. Vaya. Esto no puede ser bueno.»

Miller se hizo a un lado y dejó espacio para que toda la gente posible se interpusiera entre él y el matón disfrazado de policía.

—Bajad al nivel del casino —gritó uno de los hombres armados para hacerse oír—. ¡Desde allí os llevaremos a los refugios antirradiación, pero primero hay que llegar al nivel del casino!

Holden y su tripulación no habían caído en que hubiera nada raro. Hablaban entre ellos, planeando cómo llegar a la nave y qué hacer cuando llegaran, especulando sobre quién podría haber atacado la estación y adónde llevarían el cadáver infectado y retorcido de Julie Mao. Miller contuvo el impulso de interrumpirlos. Necesitaba calmarse y pensar bien las cosas. No podían llamar la atención. Necesitaba esperar al momento adecuado.

Llegaron a una curva en el pasillo, que luego se hizo más amplio. La presión de la gente se suavizó un poco. Miller esperó hasta llegar a un punto negro para el control de multitudes, un lugar donde no los viera ningún falso agente de seguridad. Agarró a Holden por el codo.

—No vayáis —dijo.

27

Holden

—¿Cómo que no vayamos? —dijo Holden, liberándose de la mano de Miller que le atenazaba el codo—. Alguien acaba de lanzar una bomba nuclear a la estación. No podemos hacer nada contra algo de esa magnitud. Si no podemos llegar hasta la *Roci*, haremos todo lo que nos digan hasta que tengamos una oportunidad.

Miller dio un paso atrás y levantó las manos. A todas luces se esforzaba para no parecer amenazador, lo que cabreaba a Holden más aún. Detrás de él, los antidisturbios indicaban a la gente que abarrotaba los pasillos que se dirigiera hacia los casinos. En el ambiente resonaban las voces amplificadas electrónicamente de los policías que dirigían a las multitudes y el rumor de los ciudadanos ansiosos. Por encima de todo ello, el sistema público de comunicación pedía a todos que mantuvieran la calma y cooperaran con el personal de emergencia.

—¿Veis a aquel gorila de allá con el traje antidisturbios? —dijo Miller—. Se llama Gabby Smalls. Supervisa parte del chanchullo de protección que lleva la Rama Dorada en Ceres. También hace sus propios trabajitos y sospecho que ha tirado a más de uno por una esclusa de aire.

Holden miró hacia el hombre. Tenía los hombros anchos y el vientre prominente. Ahora que Miller lo había señalado, era verdad que algo en él gritaba que no era policía.

—No lo pillo —dijo Holden.

—Hace unos meses, cuando provocaste varias revueltas al

decir que Marte había destruido tu carguero de agua, descubrimos que...

—Nunca dije...

—... descubrimos que había desaparecido casi todo el equipamiento antidisturbios de Ceres. Unos meses antes de eso, empezaron a desaparecer matones de los bajos fondos. Acabo de descubrir dónde están ambas cosas.

Miller señaló hacia el equipo antidisturbios que llevaba puesto Gabby Smalls.

—Yo no iría hacia donde ese tipo esté enviando a la gente —continuó—. De verdad que no.

Un grupito de personas topó contra ellos y los adelantó.

—Y, entonces, ¿adónde vamos? —preguntó Naomi.

—Eso, porque si tengo que elegir entre matones o radiación, yo voto por los matones —dijo Alex, asintiendo con énfasis hacia Naomi.

Miller sacó el terminal portátil y lo levantó para que todos vieran la pantalla.

—No hay ningún aviso de radiación —dijo—. Lo que sea que ha pasado ahí fuera no ha puesto en peligro este nivel. Por lo menos no todavía. Así que vamos a calmarnos y pensarnos bien la jugada.

Holden dio la espalda a Miller, hizo un gesto a Naomi y se la llevó a un lado.

—Sigo pensando que deberíamos volver a la nave y salir de aquí. Jugárnosla para escapar de esos matones —le dijo en voz baja.

—Si es verdad que no hay peligro de radiación, estoy de acuerdo —dijo Naomi, asintiendo.

—Pues yo no estoy de acuerdo —dijo Miller, sin molestarse en disimular que había puesto la oreja—. Para eso tendríamos que cruzar tres niveles del casino llenos de matones con trajes antidisturbios. Nos dirán que entremos en uno de esos casinos por nuestra propia seguridad. Y cuando no lo hagamos, nos dejarán inconscientes a palos y nos meterán dentro de todas formas. Por nuestra propia seguridad.

Otra muchedumbre empezó a surgir de un pasillo adyacente y se dirigió hacia la presencia tranquilizadora de la policía y las luces rutilantes del casino. A Holden le costó impedir que lo arrastrara la marea de personas. Un hombre con dos maletas enormes chocó contra Naomi y casi la derribó. Holden la cogió de la mano.

—¿Qué alternativa tenemos? —preguntó a Miller.

Miller miró el pasillo de un lado a otro, como midiendo el flujo de personas. Señaló con la cabeza hacia una escotilla con rayas amarillas y negras que había al fondo de un pequeño pasillo de mantenimiento.

—Esa —dijo—. Dice ALTO VOLTAJE, así que los que vengan luego barriendo a los rezagados ni se van a fijar. No es el tipo de sitio donde se esconden los buenos ciudadanos.

—¿Puedes abrirla rápido? —preguntó Holden, mirando a Amos.

—¿Me dejas romperla?

— Si es necesario.

—Entonces seguro —dijo Amos mientras empezaba a dar empujones a la gente para acercarse a la escotilla de mantenimiento. Cuando llegó a la puerta, sacó la multiherramienta y arrancó el plástico barato que albergaba el lector de tarjetas. Después de retorcer y unir algunos cables, la escotilla se abrió con un siseo hidráulico—. Tachán. —Y añadió—: El lector ya no funciona, así que ahora puede entrar cualquiera.

—Ya nos preocuparemos de eso cuando toque —replicó Miller, y los guio a la luz tenue del pasillo que se abría al otro lado.

El pasillo de mantenimiento estaba lleno de cables eléctricos unidos con amarres de plástico. Se extendía a lo largo de unos diez o quince metros bajo una tenue luz roja y luego iba sumiéndose en la penumbra. La luz procedía de unos LED incrustados en los soportes de metal que sobresalían de la pared cada dos metros y servían para sujetar los cables. Naomi tuvo que agacharse para entrar. Medía unos cuatro centímetros más que el techo, por lo que apoyó la espalda contra la pared y se puso en cuclillas.

—Lo normal sería que hicieran los pasillos de mantenimiento para que pudieran trabajar los cinturianos —dijo, irritada.

Holden tocó la pared casi con admiración y resiguió con los dedos el número de identificación del pasillo que estaba grabado en la roca.

—Los cinturianos que construyeron este lugar no eran altos —respondió—. Por aquí pasa parte del tendido eléctrico principal. Este túnel es de la primera colonia cinturiana. La gente que lo abrió había crecido en gravedad.

Miller también tuvo que agachar la cabeza y sentarse en el suelo con un gruñido y los chasquidos de sus rodillas.

—Las clases de historia, para luego —dijo—. Vamos a intentar escapar de esta roca.

—Si veis alguno deshilachado, no lo toquéis. Ese cabronazo gordo de ahí es de un par de millones de voltios. Os licuaría toda la mierda que llevéis dentro en un segundo —dijo Amos, que estudiaba con afán los fajos de cables.

Alex se sentó al lado de Naomi e hizo una mueca de dolor cuando su culo entró en contacto con el suelo de fría piedra.

—Pues si deciden sellar la estación, es posible que dejen sin aire todos los pasillos de mantenimiento —dijo.

—Que sí, que ya —casi gritó Holden—. Es un escondrijo de mierda y encima incómodo. Y ahora tenéis mi permiso para dejar de dar la lata con el tema. —Se puso en cuclillas en el pasillo enfrente de Miller y le dijo—: Bien, inspector. ¿Ahora qué?

—Pues ahora esperamos a que pasen los que barren, salimos detrás de ellos e intentamos llegar al embarcadero —respondió Miller—. Será fácil evitar a la gente de los refugios, porque estarán a mucha profundidad. Lo complicado será cruzar los niveles del casino.

—¿Y no podemos movernos por estos túneles de mantenimiento? —sugirió Alex.

Amos negó con la cabeza:

—Sin un plano es imposible. Como nos perdamos aquí dentro, estamos jodidos.

Holden los ignoró.

—Vale, pues esperaremos a que todos entren en los refugios antirradiación y luego nos vamos —dijo.

Miller asintió y los dos hombres se miraron un momento. El aire que había entre ellos pareció ganar densidad y el silencio adquirió un significado propio. Miller levantó los hombros como si le picara la chaqueta.

—¿Por qué crees que un puñado de matones de Ceres lleva a todo el mundo hacia refugios antirradiación cuando no hay un peligro real de radiación? —preguntó Holden por fin—. ¿Y por qué la policía de Eros les deja hacerlo?

—Buenas preguntas —repuso Miller.

—Que usen a esos palurdos explica por qué fue tan mal el intento de secuestro en la pensión. No tienen pinta de profesionales.

—Qué va —dijo Miller—. Estas cosas caen lejos de su área de experiencia.

—¿Os queréis callar? —espetó Naomi.

Lo hicieron durante casi un minuto.

—Sería una tontería salir a ver cómo va la cosa —dijo Holden—, ¿verdad?

—Sí. Sea lo que sea que esté pasando en esos refugios, sabemos que es donde estarán todos los guardias y las patrullas —respondió Miller.

—Sí —dijo Holden.

—Capitán —llamó Naomi con voz preocupada.

—Aun así... —continuó Holden, hablando con Miller—. Habías dicho que no soportas los misterios.

—Ahí le has dado —respondió Miller, asintiendo con una ligera sonrisa—. Y tú, amigo, eres un maldito culo inquieto.

—Eso dicen.

—Madre mía —se quejó Naomi en voz baja.

—¿Qué pasa, jefa? —preguntó Amos.

—Que estos dos acaban de reventarnos el plan de huida —explicó Naomi. Luego le dijo a Holden—: Vosotros dos vais a ser muy perjudiciales uno para el otro y, por extensión, para nosotros.

—No —respondió Holden—. Vosotros no os venís. Tú quédate aquí con Amos y Alex. Dadnos unas... —Miró su terminal—. Unas tres horas para echar un vistazo y volver. Si no hemos vuelto...

—Os dejamos aquí con los matones y nosotros tres nos buscamos un trabajo en Tycho y vivimos felices y comemos perdices —terminó Naomi.

—Exacto —dijo Holden con una sonrisa—. Nada de hacerse el héroe.

—Ni me lo había planteado, señor.

Holden se agachó en las sombras por fuera de la escotilla de mantenimiento y observó cómo los matones de Ceres vestidos con trajes antidisturbios llevaban a los ciudadanos de Eros en pequeños grupos. El sistema de megafonía seguía anunciando la posibilidad del peligro de radiación y aconsejaba a los ciudadanos y visitantes de Eros que cooperaran con el personal de emergencia. Holden eligió un grupo y se disponía a seguirlo cuando Miller le puso una mano en el hombro.

—Espera —dijo—. Déjame hacer una llamada.

Marcó con prisa un número en su terminal portátil y unos momentos después apareció en la pantalla un mensaje en gris que rezaba: «Red no disponible.»

—¿No hay línea? —preguntó Holden.

—Es lo primero que haría yo también —respondió Miller.

—Entiendo —dijo Holden, a pesar de que en realidad no.

—Pues supongo que estamos solos —dijo Miller mientras sacaba el cargador de su pistola y empezaba a recargarlo con cartuchos que iba sacando de un bolsillo de su chaqueta.

Aunque ya había tenido tiroteos suficientes para el resto de su vida, Holden también sacó su arma y comprobó el cargador. Lo había cambiado después del incidente de la pensión y estaba lleno. Lo volvió a meter y colocó el arma de nuevo en el cinturón. Reparó en que Miller no enfundaba la suya, pero sí pasó a sostenerla cerca de la cadera, donde su chaqueta la cubría casi por completo.

Seguir a los grupos por la estación hacia los sectores interiores donde se encontraban los refugios no resultó difícil. Mientras se movieran en la misma dirección que la multitud, nadie se fijaría en ellos. Holden intentó recordar las muchas intersecciones de los pasillos en las que montaban guardia hombres con trajes antidisturbios. Regresar iba a ser mucho más complicado.

Cuando el grupo al que seguían se detuvo delante de unas grandes puertas de metal señalizadas con el antiguo símbolo de radiación, Holden y Miller se hicieron a un lado y se escondieron detrás de una enorme jardinera en la que crecían helechos y unos árboles raquíticos. Holden vio cómo los falsos antidisturbios ordenaban a la gente que entrara en el refugio y luego cerraban las puertas pasando una tarjeta. Se marcharon todos menos uno, que se quedó haciendo guardia junto a la puerta.

—¿Le preguntamos si nos deja entrar? —susurró Miller.

—Tú sígueme el juego —dijo Holden, y luego se levantó y empezó a andar hacia el guardia.

—Oye, comemierda, deberías estar en un refugio o en el casino, así que vuelve con tu puto grupo —dijo el guardia, con la mano en la empuñadura del arma.

Holden levantó las manos para tranquilizarlo, sonrió y siguió andando.

—Es que me he perdido. Me quedé atrás, no sé cómo. No soy de aquí, ya sabes —dijo.

El guardia señaló hacia el pasillo con la porra aturdidora que tenía en la mano izquierda.

—Tira por ahí hasta que llegues a una rampa hacia abajo —respondió.

Miller salió de la nada a la tenue luz del pasillo, con el arma desenfundada y apuntando a la cabeza del guardia. Se oyó bien alto cómo quitaba el seguro con el pulgar.

—¿Y qué te parece si nos unimos al grupo que ya está ahí dentro? —dijo—. Ábrenos.

El guardia miró a Miller con el rabillo del ojo sin girar la cabeza. Levantó las manos y soltó la porra.

—De verdad que no te interesa hacer eso, tío —dijo el policía falso.

—Pues a mí me parece que sí que le interesa —dijo Holden—. Deberías hacerle caso. No es un tipo muy simpático.

Miller apretó el cañón del arma contra la cabeza del guardia.

—¿Sabes a qué solíamos llamar «descerebrado» en la comisaría? —preguntó Miller—. A un disparo en la cabeza que hace que el cerebro de la víctima salga despedido del cráneo. Suele ocurrir cuando el arma homicida está muy cerca y apunta justo aquí. El gas no tiene por dónde escapar y empuja el cerebro por el orificio de salida.

—Me dijeron que una vez selladas no las volviera a abrir, tío —dijo el guardia, tan rápido que se le trababa la lengua—. Estaban muy serios con ese tema.

—Es la última vez que te lo voy a pedir —dijo Miller—. La próxima no me hará falta, porque usaré la tarjeta que recogeré de tu cadáver.

Holden giró al guardia contra la puerta y le quitó el arma que tenía en la pistolera del cinturón. Esperaba que las amenazas de Miller quedaran solo en eso, pero sospechaba que no.

—Abre la puerta y te dejaremos marchar. Te lo prometo —dijo Holden al guardia.

El hombre asintió y se acercó a la puerta, pasó la tarjeta y pulsó un código en el teclado numérico. Las pesadas puertas blindadas se abrieron. Al otro lado, la habitación estaba incluso más oscura que el pasillo. Había algunos LED de emergencia que emitían un brillo rojo y tétrico. En aquella luz tenue, Holden vio docenas... centenares de cuerpos tirados en el suelo, inmóviles.

—¿Están muertos? —preguntó.

—No tengo ni idea de... —dijo el guardia.

—Tú delante —lo interrumpió Miller, empujándolo dentro.

—Espera —dijo Holden—. No creo que sea buena idea entrar ahí.

Entonces ocurrieron tres cosas al mismo tiempo. El guardia dio cuatro pasos hacia delante y se derrumbó en el suelo. Miller estornudó con fuerza y luego empezó a tambalearse, como si estuviera borracho. Y los terminales portátiles de Holden y Miller empezaron a emitir un zumbido electrónico e irritante.

Miller se tambaleó hacia atrás.

—La puerta... —balbuceó.

Holden pulsó el botón y la puerta se volvió a cerrar.

—Gas —dijo Miller, y tosió—. Había gas ahí dentro.

El ex policía se apoyó en la pared del pasillo y tosió, mientras Holden sacaba su terminal portátil para apagar el zumbido. Pero el aviso que parpadeaba en la pantalla no era por contaminación del aire. Eran las venerables tres cuñas apuntando hacia dentro. Radiación. Mientras miraba, el símbolo, que debería ser de color blanco, pasó de naranja chillón a rojo oscuro.

Miller también estaba mirando el suyo, con una expresión indescifrable en el rostro.

—La hemos absorbido —dijo Holden.

—Creo que nunca había visto activarse el detector —dijo Miller, con la voz seca y temblorosa después del ataque de tos—. ¿Qué significa que esto se ponga rojo?

—Significa que dentro de unas seis horas cagaremos sangre —respondió Holden—. Tenemos que llegar a la nave. Tendrá el tratamiento que necesitamos.

—Pero... ¿qué coño... pasa? —dijo Miller.

Holden lo cogió por el brazo y lo guio de vuelta por el pasillo hacia las rampas. Le picaba el cuerpo y lo sentía caliente. No sabía si era a causa de la radiación o un efecto psicosomático. Con la dosis que acababa de recibir, se alegró de tener guardado esperma en Montana y en Europa.

Le picaron los huevos al pensarlo.

—Vale, tiran una bomba nuclear en la estación —dijo Holden—. O qué narices, a lo mejor les basta con fingir que la han tirado. Entonces traen aquí abajo a todo el mundo y los echan en refugios que solo son radioactivos por dentro. Y los gasean para que no griten.

—Hay formas más sencillas de matar gente —dijo Miller, con la respiración entrecortada mientras corrían pasillo abajo.

—Por tanto, tiene que ser más que eso —dijo Holden—. ¿Y el virus? ¿El que mató a esa chica? Se... alimentaba de radiación.

—Incubadoras —dijo Miller, asintiendo.

Llegaron a una de las rampas que llevaban a los niveles inferiores, pero un grupo de ciudadanos guiados por dos antidisturbios falsos subía en dirección contraria. Holden agarró a Miller y se hicieron a un lado para esconderse a la sombra de un puesto de fideos cerrado.

—Entonces, ¿crees que los están infectando? —susurró Holden mientras esperaban a que pasara el grupo—. Quizá les hayan suministrado medicación falsa antirradiación que contenía el virus. O a lo mejor ese mejunje marrón se ha extendido por el suelo de la estación. En ese caso, lo que fuera que vimos en la chica, en Julie...

Dejó de hablar cuando Miller se alejó para interceptar al grupo que subía por la rampa.

—Agente —dijo Miller a uno de los policías falsos.

Ambos se detuvieron.

—Deberías estar... —dijo uno de ellos.

Miller le pegó un tiro en la garganta, justo debajo del protector del casco. Luego se giró con habilidad y disparó al otro guardia en la cara interior del muslo, debajo de la ingle. El hombre cayó hacia detrás, gritando de dolor, y Miller fue hacia él y le volvió a disparar, en esta ocasión en el cuello.

Algunos ciudadanos empezaron a chillar. Miller los apuntó con el arma y se callaron.

—Bajad uno o dos niveles y buscad algún lugar para esconderos —dijo—. No cooperéis con esta gente, aunque vayan vestidos de policías. No están aquí para protegeros. Marchaos.

Los ciudadanos dudaron y luego echaron a correr. Miller sacó cartuchos del bolsillo y empezó a recargar los tres que había disparado. Holden hizo un amago de hablar, pero Miller lo interrumpió.

—Intenta disparar siempre a la garganta. A la mayoría de la gente el protector del casco y la pechera no les cubre el hueco. Si tienen el cuello protegido, entonces dispara a la cara interior del muslo. En esa parte del cuerpo la armadura es muy fina. Para tener mejor movilidad. A la mayoría te los puedes cargar de un solo tiro.

Holden asintió, como si todo aquello fuese de lo más razonable.

—Vale —dijo—. Vamos a intentar volver a la nave antes de que nos desangremos, ¿te parece? Y nada de seguir disparando a la gente si podemos evitarlo. —Su voz sonaba más tranquila de lo que estaba en realidad.

Miller volvió a encajar el cargador en el arma y subió una bala a la recámara.

—Yo creo que habrá mucha más gente que necesite un disparo antes de que esto acabe —dijo—. Pero vamos. Lo primero es lo primero.

28

Miller

La primera vez que Miller mató a alguien fue durante su tercer año como agente de seguridad. Tenía veintidós, se acababa de casar y estaban pensando en tener hijos. Como era el nuevo, le daban los peores trabajos: patrullar niveles tan exteriores que el efecto Coriolis le daba mareos, encargarse de peleas domésticas en huecos del tamaño de un contenedor o hacer guardia fuera de los calabozos para que los depredadores no violaran a los presos inconscientes. Las putadas de costumbre. Había sabido que le caerían encima. Había pensado que podía soportarlo.

Llamaron desde un restaurante ilegal que estaba casi en el centro de masas. Allí la gravedad era de menos de un décimo de g, poco más que un vestigio, y su oído interno había quedado trastocado y resentido por el cambio en la rotación. Si se paraba a pensarlo, aún podía recordar el sonido de las voces acaloradas, demasiado rápidas y arrastradas para distinguir las palabras. El olor a queso casero. Las delgadas volutas de humo que salían de la cutre parrilla eléctrica.

Había ocurrido rápido. El criminal salió del hueco con un arma en una mano y arrastrando a una mujer por el pelo con la otra. El compañero de Miller, un veterano con diez años de servicio llamado Carson, le gritó una advertencia. El criminal se dio la vuelta con el brazo del arma estirado como si fuese un doble para vídeos de acción.

En el entrenamiento, los instructores siempre decían que no había forma de saber cómo se iba a reaccionar hasta que llegara el momento. Matar a otro ser humano era difícil. Algunas personas no eran capaces. El arma del criminal rotó mientras el pistolero soltaba a la mujer y daba un grito. Resultó que, al menos para Miller, no había sido tan difícil.

Después del incidente, lo habían obligado a acudir a terapia. Lloró. Sufrió las pesadillas y los temblores y todo lo que sufrían en silencio los policías y sobre lo que nunca hablaban. Pero incluso entonces, todo parecía ocurrir en un segundo plano, como si estuviera demasiado borracho y se viera a sí mismo vomitando. Solo era una reacción física. Se le pasaría.

Lo importante era que sabía la respuesta a aquella pregunta. Sí, si le hacía falta, era capaz de quitar una vida.

No fue hasta ese momento, cuando recorría los pasillos de Eros, que sintió regocijo por hacerlo. Incluso cuando se había cargado a aquel pobre diablo en su primer tiroteo, había sentido tristeza y que lo hacía por trabajo. El placer de matar no le había llegado hasta después de ver a Julie, y tampoco es que fuera placer, sino más bien un breve receso del dolor.

Llevaba el arma baja. Holden empezó a bajar por la rampa y Miller lo siguió, dejando que el terrícola encabezara la marcha. Holden andaba más deprisa que él, con la condición física de alguien que vivía en una amplia gama de gravedades. Miller tenía la impresión de haber puesto nervioso a Holden, y se arrepentía un poco. No había sido su intención y necesitaba de verdad subir a su nave si quería descubrir los secretos de Julie.

Y también para no morir por las secuelas de la radiación durante las próximas horas, ya puestos, aunque le pareciera un motivo más secundario de lo que era en realidad.

—Bien —dijo Holden cuando llegaron al final de la rampa—. Necesitamos bajar más y hay un montón de guardias en el camino hacia Naomi, que van a sorprenderse mucho si ven a dos tipos andando en sentido contrario.

—Sí, es un problema —coincidió Miller.

—¿Alguna idea?

Miller frunció el ceño y miró hacia el suelo. El suelo de Eros era diferente al de Ceres. Era laminado y tenía motas doradas.

—Dudo que el metro funcione y, si lo hace, estará en modo

de emergencia y solo parará en ese corral que están montando en el casino. Así que no es una opción.

—¿Volvemos a los pasillos de mantenimiento?

—Si encontráramos uno que vaya entre niveles... —dijo Miller—. Será un poco peliagudo, pero me parece mejor que abrirnos paso a tiros a través de un par de docenas de gilipollas con armadura. ¿Cuánto tiempo tenemos antes de que tu amiga despegue?

Holden echó un vistazo a su terminal portátil. La alarma de radiación todavía mostraba un color rojo oscuro. Miller se preguntó cuánto tardaría en reiniciarse.

—Algo más de dos horas —respondió Holden—. Deberíamos llegar sin problema.

—Vamos a ver qué encontramos —dijo Miller.

Los pasillos más cercanos a los refugios antirradiación (o trampas mortales, o incubadoras) estaban vacíos. En los amplios pasajes construidos para almacenar el antiguo equipamiento de construcción con el que se había excavado Eros para hacerla habitable solo resonaban tétricos los pasos de Holden y Miller, además del zumbido de los recicladores de aire. Miller no se había dado cuenta cuando cesaron los avisos de emergencia, pero su ausencia empezó a darle una sensación funesta.

De haber estado en Ceres, habría sabido hacia dónde ir, dónde llevaban todos los caminos y cómo moverse mejor entre los niveles. En Eros, como mucho podía hacer hipótesis fundamentadas. Podría ser peor.

Pero notaba que estaba llevándoles más tiempo del que debería y, peor aún, aunque no hablaban sobre ello porque ninguno de los dos decía nada, que caminaban más lentamente de lo normal. Aún no cruzaba el umbral de la conciencia, pero Miller sabía que sus cuerpos empezaban a resentirse del daño causado por la radiación. Y aquello no iba a mejorar.

—Vale —dijo Holden—. Por aquí cerca tiene que haber una escotilla de mantenimiento.

—También podríamos mirar en la estación de metro —dijo Miller—. Los trenes viajan a través de vacío, pero puede que haya túneles de servicio paralelos.

—¿No crees que también los habrán cerrado en la gran redada?

—Es posible.

—¡Eh! ¡Vosotros dos! ¿Qué coño creéis que hacéis aquí arriba?

Miller miró hacia detrás por encima del hombro. Había dos hombres con trajes antidisturbios que les hacían gestos amenazadores. Holden susurró un comentario sarcástico. Miller entrecerró los ojos.

Lo importante era que aquellos hombres eran principiantes. Cuando vio que se dirigían hacia ellos, a Miller empezó a ocurrírsele una idea. Matarlos y quedarse sus trajes no serviría de gran cosa. Las quemaduras y la sangre revelarían que había ocurrido algo. Pero...

—Miller —dijo Holden, con voz preocupada.

—Ya —respondió él—. Lo sé.

—Os he preguntado que qué coño hacéis aquí —dijo uno de los matones—. La estación está en cierre de emergencia. Todo el mundo ha de bajar a los niveles del casino o subir a los refugios antirradiación.

—Solo buscábamos la manera de... hum... de bajar al casino —dijo Holden, sonriendo e intentando no sonar amenazador—. Es que no somos de por aquí y...

El guardia que estaba más cerca golpeó la pierna de Holden con la culata de su rifle. El terrícola se tambaleó y Miller disparó a su agresor justo debajo del protector del casco, antes de girarse hacia el que seguía en pie, que estaba boquiabierto.

—Eres Mikey Ko, ¿verdad? —dijo Miller.

La cara del hombre se volvió más pálida todavía. Holden gruñó y se enderezó.

—Soy el inspector Miller —dijo Miller—. Te pillé en Ceres hace unos cuatro años. Te pusiste contentillo en un bar. ¿El Tappan, puede ser? Pegaste a una chica con un taco de billar.

—Esto... —dijo el hombre con una sonrisa asustada—. Sí, te recuerdo. ¿Qué tal va todo?

—Bien y mal —respondió Miller—. Ya sabes cómo es esto. Dale el arma al terrícola.

Ko paseó la mirada de Miller a Holden y luego en sentido contrario, se humedeció los labios y sopesó sus posibilidades. Miller negó con la cabeza.

—Hablo en serio —dijo—. Dale el arma.

—Sí, claro. Sin problema.

Miller pensó que era la clase de hombre que podría haber matado a Julie. Estúpido. Corto de miras. Un hombre que en lugar de con alma, había nacido con intuición para aprovechar cualquier oportunidad. La Julie mental de Miller negó con la cabeza, disgustada y apesadumbrada, y Miller se preguntó si lo hacía por el matón que estaba entregando su fusil a Holden o por él. Quizá por los dos.

—¿De qué va este bolo, Mikey? —preguntó Miller.

—¿A qué te refieres? —dijo el guardia, haciéndose el tonto como si estuvieran en una sala de interrogatorios. Ganando tiempo. Como si en aquella situación tuviera sentido jugar a policías y ladrones. Como si no hubiera cambiado todo. A Miller le sorprendió notar un nudo en la garganta. No entendió a qué venía.

—El trabajo —explicó—. ¿En qué consiste el trabajo?

—No lo sé...

—Oye —dijo Miller con amabilidad—, que acabo de matar a tu compañero.

—Y es el tercero que mata hoy —añadió Holden—. Lo he visto.

Miller captó en los ojos la astucia, el cambio, el paso de una estrategia a otra. Estaba acostumbrado y para él era tan predecible como el fluir del agua.

—Tío —dijo Ko—, solo es un trabajo. Hace más o menos un año nos dijeron que íbamos a hacer algo grande. Pero nadie sabía lo que era. Hace unos meses empezaron a movilizar a la gente y a entrenarnos como si fuéramos policías, ¿sabes?

—¿Quién os entrenó? —preguntó Miller.

—Los de antes. Los que estaban contratados aquí antes que nosotros —dijo Ko.

—¿Protegen?

—Algo por el estilo, sí —respondió—. Luego ellos se marcharon y nos quedamos nosotros. Solo teníamos que sacar múscu-lo. Y algún que otro trabajillo de contrabando.

—¿Contrabando de qué?

—Muchas movidas —respondió Ko. Se empezaba a sentir seguro, a juzgar por su postura y su manera de hablar—. Equi-po de vigilancia, sistemas de comunicación, servidores de la le-che con sus propios programas de análisis integrados en gel. También equipo científico. Cosas para analizar el aire y el agua y mierdas de esas. Y también esos robots antiguos por control remoto que se usan para excavar en el vacío. Muchas movidas.

—¿Adónde se enviaban? —preguntó Holden.

—Aquí —dijo Ko mientras hacía un gesto que abarcaba el aire, la piedra, la estación entera—. Todo está aquí. Se pasaron meses instalándolo y luego no se supo nada durante semanas.

—¿Cómo que nada? —preguntó Miller.

—Nada de nada. Se ponen a prepararlo todo y luego nos hacen esperar con un dedo metido en el culo.

Algo les había ido mal. El virus de Febe no había llegado en su momento, pero luego había venido Julie y la cosa se había vuelto a poner en marcha, pensó Miller. Recordó el aspecto que tenía en el apartamento. Con aquellos largos zarcillos de lo que coño fuera, con espuelas óseas que casi le atravesaban la piel y aquel espumarajo de filamento negro que le supuraba por los ojos.

—Pero pagan bien —dijo Ko, poniéndose filosófico—. Y es-tuvo bien tener algo de tiempo libre.

Miller asintió, se acercó a él, metió el cañón del arma entre los paneles de armadura que cubrían el abdomen de Ko y disparó.

—¡Pero qué coño! —gritó Holden mientras Miller guarda-ba el arma en el bolsillo de la chaqueta.

—¿Qué creías que iba a pasar? —dijo Miller, acuclillándose al lado del hombre al que acababa de disparar—. No nos iba a dejar marchar.

—Ya, es verdad —reconoció Holden—. Pero...

—Ayúdame a levantarlo —dijo Miller mientras pasaba un brazo por detrás del hombro de Ko. El herido aulló cuando Mi-ller lo levantó.

—¿Qué?

—Que lo cojas del otro lado —dijo Miller—. Este hombre necesita atención médica, ¿verdad que sí?

—Esto... sí —respondió Holden.

—Pues cógelo por el otro lado.

El camino de vuelta a los refugios antirradiación no fue tan largo como Miller había esperado, lo que tenía cosas buenas y cosas malas. Lo bueno era que Ko seguía vivo y gritando. Había más probabilidades de que siguiera lúcido, que no era lo que Miller pretendía, pero cuando se acercaron al primer grupo de guardias los balbuceos de Ko le parecieron lo bastante dispersos para que el plan funcionara.

—¡Aquí! —gritó Miller—. ¡Necesitamos ayuda!

Cuatro guardias se miraron entre sí al principio de la rampa, empezaron a andar hacia ellos y dejaron de lado los protocolos de seguridad por culpa de la curiosidad. Holden jadeaba. Miller también. Y Ko no pesaba tanto. Mala señal.

—¿Qué leches pasa aquí? —dijo uno de los guardias.

—Ahí detrás hay un grupo atrincherado —dijo Miller—. Una resistencia. Creía que ya habíais limpiado este nivel.

—Eso no era cosa nuestra —dijo el guardia—. Nosotros solo nos ocupamos de que los grupos del casino lleguen a los refugios.

—Pues alguien la ha cagado —espetó Miller—. ¿Tenéis transporte?

Los guardias volvieron a mirarse.

—Podemos pedir uno —dijo uno desde detrás.

—Da igual —dijo Miller—. Vosotros id a buscar a los alborotadores.

—Espera un momento —dijo el primer guardia—. ¿Tú quién coño eres exactamente?

—Somos técnicos de Protogen —respondió Holden—. Reemplazábamos los sensores que han fallado. Se supone que este de aquí iba a ayudarnos.

—No sabía nada de eso —dijo el líder.

Miller deslizó un dedo debajo de la armadura de Ko y apretó. Ko gritó e intentó apartarse de él.

—Pues coméntaselo a tu jefe cuando tengas un rato libre —dijo Miller—. Venga. Llevemos a un médico a este capullo.

—¡Un momento! —exclamó el primer guardia.

Miller suspiró. Eran cuatro. Si soltaba a Ko y corría a cubrirse... pero tampoco es que hubiera mucha cobertura. Y a saber qué es lo que haría Holden en ese caso.

—¿Dónde están esos alborotadores? —preguntó el guardia.

Miller contuvo una sonrisa.

—Hay un hueco a un cuarto de *klick* en sentido antirrotatorio —respondió Miller—. El cadáver del otro aún está ahí. No tiene pérdida.

Miller continuó bajando por la rampa. Detrás de él, los guardias hablaban entre ellos, decidiendo qué hacer, a quién llamar, a quién enviar.

—Estás loco de remate —dijo Holden, mientras Ko seguía gimoteando, semiinconsciente.

Quizá tuviera razón.

«¿Cuándo? —se preguntó Miller—. ¿Cuándo deja alguien de ser humano?» Tenía que haber un momento que marcara la diferencia, una decisión que supusiera un antes y un después al tomarla. Como andar camino abajo por los niveles de Eros con el cuerpo sanguinolento de Ko en volandas entre Holden y él, reflexionó Miller. Era probable que fuese a morir por culpa de la radiación. Se había abierto camino a base de mentiras entre media docena de hombres que solo lo dejaban pasar porque estaban acostumbrados a que la gente les tuviera miedo y Miller no lo tenía. Había matado a tres personas en las últimas dos horas. Cuatro si contaba a Ko. Sí, mejor dejarlo en cuatro.

La parte analítica de su mente, la vocecilla tranquila que llevaba años cultivando, lo escudriñó y repasó todas las decisiones que había tomado. Todo lo que había hecho tenía sentido cuando lo hizo. Disparar a Ko. Disparar a los otros tres. Abandonar la seguridad de la guarida de la tripulación para investigar la evacuación. Emocionalmente, todo había encajado en su momento. Fue solo al analizarlo desde fuera cuando le pareció peligroso. Si hubiera visto hacer lo mismo a otra persona, como a Muss, Havelock o Sematimba, no le habría llevado más de un minuto pensar que se les había ido la olla. Pero como era él, le había costado algo más darse cuenta. Holden tenía razón. En algún momento había perdido los papeles.

Quería pensar que había sido por encontrar a Julie, ver lo que le había ocurrido y saber que no había podido salvarla, pero solo era porque parecía un momento emotivo. La verdad era que las decisiones que había tomado antes, como abandonar Ceres para perseguir a Julie, beber hasta que lo echaran o seguir siendo policía después de haber matado a su primera persona hacía tantos años, tampoco parecían tener sentido alguno si se estudiaban con objetividad. Había perdido un matrimonio con una mujer a la que había querido. Había vivido metido hasta las cejas entre la peor calaña de la humanidad. Sabía a ciencia cierta que era capaz de matar a otro ser humano. Y no había ningún punto del que pudiera decir que allí, en ese momento, había sido un hombre cuerdo y entero, y después ya no.

Quizá fuera un proceso acumulativo, como fumar. Con uno no pasaba nada. Con cinco tampoco gran cosa. Todas las emociones que había reprimido, todo el contacto humano que había rechazado, todo el amor, la amistad y los momentos de compasión de los que se había apartado habían ido haciendo mella en su personalidad. Hasta ese momento, había podido matar con impunidad. Afrontar su muerte inminente con una capacidad de negación que le permitía planear y actuar.

En su mente, Julie inclinó la cabeza a un lado, leyéndole los pensamientos. En su mente, Julie lo abrazó y Miller sintió el cuerpo de la chica contra el suyo en un contacto más reconfortante que erótico. Consuelo. Perdón.

Por eso la había buscado. Julie se había convertido en la parte de él que era capaz de tener sentimientos humanos. En el símbolo de lo que podría haber sido si no fuese lo que era. No había razón para pensar que aquella Julie imaginaria tuviera nada en común con la real. Seguro que conocerla habría sido una decepción para ambos.

Tenía que creerlo, igual que había tenido que creer en todas las cosas que le habían ido apartando poco a poco del amor.

Holden se detuvo y el cuerpo de Ko, ya cadáver, tiró de Miller y lo devolvió a sí mismo.

—¿Qué pasa? —preguntó.

Holden señaló con la cabeza un panel de acceso que tenían delante. Miller lo miró sin saber a qué se refería y luego comprendió. Lo habían conseguido. Habían llegado al refugio.

—¿Estás bien? —preguntó Holden.

—Sí —respondió Miller—. Tenía la cabeza en otra parte. Lo siento.

Soltó a Ko y el matón cayó al suelo con un sonido triste. A Miller se le había dormido el brazo. Lo agitó, pero no se le fue el cosquilleo. Le dieron vértigos y náuseas. «Los síntomas», pensó.

—¿Cómo vamos de tiempo? —preguntó Miller.

—Llegamos un poco tarde. Por cinco minutos. Pero no pasa nada —dijo Holden mientras abría la puerta.

Al otro lado, el lugar donde antes se encontraban Naomi, Alex y Amos estaba vacío.

—Joder —dijo Holden.

29

Holden

—Joder —dijo Holden—. Nos han dejado aquí —añadió luego.

No. Ella lo había dejado a él allí. Naomi le había asegurado que lo haría, pero con la realidad delante de sus narices, Holden se dio cuenta de que no la había creído. Pero allí estaba la prueba. El espacio vacío que antes había ocupado ella. El corazón se le aceleró, la garganta se le cerró y empezó a resollar. La sensación de malestar que le atenazaba el estómago podía deberse a la desesperanza o a que su colon estuviera desprendiéndose. Iba a morir sentado fuera de una pensión de mala muerte de Eros porque Naomi había hecho justo lo que había dicho que haría. Lo que él mismo le había ordenado hacer. Su rencor no atendía a razones.

—Estamos muertos —dijo mientras se sentaba en el borde de una jardinera llena de helechos.

—¿Cuánto tiempo nos queda? —preguntó Miller, mirando a ambos lados del pasillo y manoseando con nerviosismo el arma.

—Ni idea —respondió Holden mientras hacía un gesto hacia su terminal, donde todavía brillaba aquel símbolo de radiación rojo—. Unas horas antes de que empiece a afectarnos de verdad, creo, pero tampoco lo sé seguro. Joder, cómo me gustaría tener aquí a Shed.

—¿Shed?

—Un amigo —dijo Holden, que no tenía muchas ganas de dar explicaciones—. Un buen médico.

—Llámala —dijo Miller.

Holden miró su terminal y tocó la pantalla varias veces.

—La red sigue caída —dijo.

—Venga —dijo Miller—. Vamos a tu nave. A ver si aún sigue amarrada.

—Ya se habrán marchado. Naomi se asegurará de que la tripulación viva. Me lo ha advertido, pero...

—No importa. Vamos —dijo Miller. No dejaba de cambiar el pie de apoyo ni de mirar pasillo abajo mientras hablaba.

—Miller —dijo Holden, y luego calló.

Sin duda Miller estaba al límite y además había disparado a cuatro personas. El ex policía cada vez le daba más miedo a Holden. Como si le hubiera leído la mente, Miller se acercó a la jardinera donde Holden estaba sentado y lo miró desde sus dos metros de altura. Sonrió arrepentido y con una amabilidad desconcertante en la mirada. Holden casi prefería el gesto amenazador.

—Mira, yo creo que pueden pasar tres cosas —dijo Miller—. Una: encontramos tu nave aún en el embarcadero, cogemos las medicinas que necesitamos y a lo mejor sobrevivimos. Dos: intentamos llegar a la nave pero de camino encontramos a un montón de matones de la mafia y morimos gloriosamente en un tiroteo. Tres: nos quedamos aquí sentados hasta derramarnos por los ojos y los agujeros del culo.

Holden no dijo nada, solo miró hacia arriba para encarar al policía y frunció el ceño.

—Las dos primeras me gustan más que la última —añadió Miller, con un tono de voz que parecía una disculpa—. ¿Qué tal si te vienes?

Holden rio sin poder contenerse, pero Miller no parecía ofendido.

—Claro —dijo Holden—. Solo necesitaba autocompadecerme unos minutos. Venga, vamos a que nos mate la mafia.

Lo dijo con mucha más valentía de la que sentía en realidad. La verdad era que no quería morir. Hasta cuando estuvo en la marina, la idea de morir en acto de servicio le parecía distante y poco realista. No iban a destruir su nave y, en caso de que lo hicieran, siempre podría escapar en una lanzadera. Sin él, el universo no tenía ningún sentido. En ocasiones se había arriesgado y había visto cómo morían otros. Incluso gente a la que amaba. Y ahora, por primera vez, veía su muerte como algo factible.

Miró al policía. Conocía a aquel hombre desde hacía menos de un día, no confiaba en él y no estaba seguro de que le cayera demasiado bien. Pero iba a morir junto a esa persona. Holden se estremeció y se levantó mientras sacaba el arma del cinturón. Por debajo del pánico y del miedo, notaba una profunda sensación de calma. Esperaba que durara.

—Tú delante —dijo Holden—. Si salimos de esta, recuérdame que llame a mis madres.

Los casinos parecían un polvorín a punto de estallar. Si los planes de evacuación habían cumplido mínimamente su objetivo, habría más de un millón de personas aglomeradas en tres niveles de la estación. Unos hombres con caras de pocos amigos y trajes antidisturbios avanzaban entre las multitudes y decían a todos que se quedaran allí quietos hasta que los llevaran a los refugios antirradiación, con lo que los mantenían asustados. De vez en cuando sacaban de entre la multitud a un pequeño grupo de ciudadanos y se los llevaban. Saber hacia dónde hacía que a Holden le ardiera el estómago. Quería gritar que no eran policías y que estaban matando a personas. Pero una revuelta con tanta gente en un espacio tan reducido convertiría aquello en una picadora de carne. Quizás acabaría pasando de todos modos, pero no iba a ser él quien lo iniciara.

Lo hizo otra persona.

Holden alcanzó a oír unas voces alzadas, un rugido de indignación que se abrió paso entre la muchedumbre seguido de la voz amplificada electrónicamente de alguien con un casco antidisturbios, gritando a la gente que se echara atrás. Y luego un disparo, una breve pausa y una ráfaga. La gente chilló. La multitud que rodeaba a Holden y Miller se dividió: unos corrieron hacia el lugar donde se había originado el conflicto, pero la mayoría lo hizo en dirección contraria. La corriente de cuerpos volteó a Holden. Miller extendió un brazo y lo agarró por detrás de la camiseta con fuerza mientras le gritaba que no se alejara.

Unos metros más adelante, en la terraza de una cafetería delimitada por una valla de acero negro que llegaba a la cintura, un grupo de ciudadanos se las había ingeniado para separar a uno de los matones. Tenía la pistola desenfundada y retrocedía mientras les gritaba que se apartaran. Pero la gente no dejaba de avanzar, con la cara iluminada por el ebrio frenesí de la violencia de masas.

El matón disparó una vez y un cuerpo pequeño se tambaleó hacia delante y cayó al suelo a sus pies. Holden no distinguió si era niño o niña, pero no tendría más de trece o catorce años. El matón avanzó mientras miraba el cadáver del suelo y volvió a apuntarlos con el arma.

La gota colmó el vaso.

Holden echó a correr hacia el matón pasillo abajo, con el arma desenfundada y gritando a la gente que se apartara de su camino. Cuando estaba a unos siete metros de distancia, tuvo el suficiente hueco para empezar a disparar. La mitad de los tiros no dieron en el blanco y destrozaron el mostrador de la cafetería y las paredes; uno incluso hizo estallar una pila de platos de cerámica. Pero algunos de ellos alcanzaron al matón e hicieron que se tambaleara hacia atrás.

Holden saltó por encima de la valla de metal y derrapó hasta detenerse a unos tres metros del policía falso y su víctima. El arma de Holden disparó una última vez y luego la corredera quedó abierta, lo que indicaba que se había quedado sin munición.

El criminal no cayó. Se enderezó, bajó la mirada a su torso, la alzó de nuevo y apuntó con el arma hacia la cara de Holden, que tuvo tiempo de contar hasta tres balas aplastadas contra la pesada protección de la pechera del traje antidisturbios del criminal. «Morir gloriosamente en un tiroteo», pensó.

—Estúpido hijo de... —dijo el matón antes de que su cabeza estallara entre chorreras rojas. Se derrumbó al suelo.

—El hueco del cuello, no te olvides —dijo Miller detrás de él—. El peto es demasiado grueso para una pistola.

Holden se mareó de improviso y se dobló para coger aire. Le vino acidez a la garganta y tragó dos veces para evitar el vómito. Tenía miedo de que solo saliera sangre y piel del estómago. No necesitaba ver algo así en aquel momento.

—Gracias —consiguió decir mientras giraba la cabeza hacia Miller.

Miller asintió con gesto vago y luego se acercó al guardia y lo golpeó con el pie. Holden se enderezó y echó un vistazo por el pasillo, esperando encontrar la inevitable horda de matones vengativos y enfurecidos dispuestos a masacrarlos. No vio a ninguno. Miller y él estaban en pie en una zona tranquila dentro del Armagedón. Los rodeaba una oleada de violencia que no hacía sino incrementar. La gente corría en todas las direcciones y los matones gritaban con voces amplificadas y puntuaban sus amenazas con disparos a intervalos regulares. Pero solo había unos pocos cientos de ellos y varios miles de civiles asustados y enfurecidos. Miller señaló hacia aquel caos.

—Esto es lo que ocurre —dijo—. Le das este equipo a un puñado de bestias y se creen que saben lo que hacen.

Holden se agachó al lado de la criatura muerta. Era chico y tendría unos trece años, con rasgos asiáticos y pelo negro. Tenía una herida abierta en el pecho de la que salía un hilillo de sangre en lugar de fluir a borbotones. Holden se aseguró de que no tenía pulso, lo recogió de todos modos y miró a su alrededor buscando algún lugar cercano donde llevarlo.

—Está muerto —dijo Miller mientras reemplazaba el cartucho que había disparado.

—Y una mierda. No lo sabemos. Si lo llevamos a la nave, quizá...

Miller negó con la cabeza, con una expresión triste y distante en la cara mientras miraba al niño que Holden tenía en brazos.

—Le han dado con un arma de alto calibre en su centro de masas —dijo Miller—. Está muerto.

—Joder —dijo Holden.
—Deja de decir eso.

Una brillante señal de neón se iluminó sobre el pasillo que salía de los niveles del casino hacia las rampas que bajaban al embarcadero. GRACIAS POR JUGAR, rezaba. EN EROS SIEMPRE SE ES UN GANADOR. Debajo del neón había dos filas de hombres con armadura pesada que bloqueaban el camino. Quizás hubieran renunciado a controlar a las masas del casino, pero no iban a dejar que nadie saliera de allí.

Holden y Miller se agacharon detrás de un puesto de café que se había volcado a unos cientos de metros de distancia de los soldados. En ese momento, una docena de personas se abalanzó sobre los guardias, acabó hecha trizas por el fuego de las ametralladoras y cayó sobre la cubierta encima de los cuerpos de los que lo habían intentado antes.

—He contado treinta y cuatro —dijo Miller—. ¿De cuántos te podrías encargar?

Holden se giró para mirarlo con sorpresa, pero la cara que puso el ex policía dejó claro que estaba de broma.

—Venga, en serio, ¿cómo los evitamos? —preguntó Holden.

—Treinta hombres con ametralladoras y sin nada que les obstruya la visión. Sin cobertura digna de ese nombre en los últimos veinte metros, más o menos —dijo Miller—. No podemos pasar por ahí.

30

Miller

Se sentaron en el suelo con las espaldas apoyadas en una hilera de máquinas de *pachinko* a las que no jugaba nadie y contemplaron la violencia y la degeneración que los rodeaba como si se tratara de un partido de fútbol. Miller tenía el sombrero colgado en la rodilla alzada y sintió una vibración en la espalda cuando una de las pantallas empezó a mostrar las imágenes llamativas con las que embaucaba a los jugadores. Las luces no dejaban de brillar y resplandecer. A su lado, Holden resollaba como si acabara de correr un maratón. A su alrededor, como en un cuadro del Bosco, los niveles del casino de Eros se preparaban para la muerte.

Parecía que lo peor de los disturbios ya había pasado, al menos de momento. Había hombres y mujeres reunidos en pequeños grupos. Los guardias pasaban entre ellos dando zancadas, repartiendo amenazas y dispersando cualquier grupo demasiado numeroso o alborotado. Algo ardía tan rápido que los recicladores de aire no podían eliminar el olor a plástico derretido. La música bhangra se mezclaba con llantos, gritos y lamentos de desesperación. Un idiota no dejaba de gritar a un supuesto policía: era abogado y lo estaba grabando todo en vídeo, por lo que, fuera quien fuese el responsable, iba a tener graves problemas. Miller vio cómo un grupo de gente empezaba a reunirse alrededor de aquella confrontación. El tipo del traje antidisturbios escuchó, asintió y pegó un tiro al abogado en la rótula. La multitud se dispersó a excepción de una mujer, la esposa o la novia del abogado, que se agachó hacia él mientras gritaba. Y en la intimidad del cráneo de Miller, todo se desmadejaba poco a poco.

Se dio cuenta de que empezaba a desarrollar dos personalidades. Uno era el Miller al que estaba acostumbrado. El que pensaba qué iba a hacer cuando saliera de allí y cuál era el siguiente paso para encontrar la relación entre la estación Febe, Ceres, Eros y Juliette Mao, cómo enfocar el caso. Esa versión de él analizaba la multitud como habría estudiado el escenario de un crimen, buscando algún detalle o algún cambio que llamara su atención. Que le diera una pista para resolver el misterio. Era esa parte miope y estúpida de su persona que no podía concebir su propia muerte. La que pensaba que sin duda, sin ninguna duda, siempre habría un mañana.

El otro Miller era diferente. Más tranquilo, quizás algo más triste, pero en paz. Muchos años antes había leído un poema titulado «La muerte misma» y no había entendido su significado hasta aquel momento. Era como si en el centro de su psique se deshiciera un nudo. Todo el empeño que había puesto en mantener integridades —la de Ceres, la de su matrimonio, su carrera o la propia— se venía abajo. Aquel día había disparado y matado a más hombres que en toda su carrera como policía. Había empezado, solo empezado, a darse cuenta de que se había enamorado hasta las trancas del objetivo de su búsqueda después de saber con certeza que la había perdido. Ya no le quedaba duda de que el caos que había dedicado su vida a mantener a raya era mucho más fuerte, poderoso y abarcaba mucho más de lo que él sería capaz nunca. Ninguna concesión que pudiera hacer sería suficiente. Su muerte misma se desplegaba en él, como en un florecimiento que no requería esfuerzo. Era un alivio, un desahogo, una exhalación lenta y larga después de contener el aliento durante décadas.

Su vida era una ruina, pero daba igual porque se moría.

—Oye —dijo Holden, con la voz más firme de lo que Miller esperaba.

—¿Sí?

—¿Viste alguna vez *Misko y Marisko* de niño?

Miller frunció el ceño.

—¿La serie infantil? —preguntó.

—Esa en la que había cinco dinosaurios y el malo llevaba un sombrero grande y rosa —dijo Holden. Luego empezó a tararear una melodía animada y bailonga. Miller cerró los ojos y empezó a cantar. La canción había tenido letra, pero salió solo como una sucesión de subidas y bajadas, de carreras a lo largo de una tonalidad mayor en las que cualquier disonancia se solucionaba en la siguiente nota.

—Pues parece que sí —dijo Miller cuando terminaron de tararear.

—Me encantaba esa serie. Tendría ocho o nueve años cuando la vi por última vez —dijo Holden—. Es curioso cómo a uno se le quedan esas cosas.

—Ya —dijo Miller. Tosió y volvió la cabeza para escupir algo rojo—. ¿Cómo te encuentras?

—Creo que estoy bien —dijo Holden—. Mientras no me levante —añadió un momento después.

—¿Náuseas?

—Un poco, sí.

—Yo también.

—¿A qué viene esto? —preguntó Holden—. Quiero decir, ¿de qué va este asunto? ¿Por qué están haciendo estas cosas?

Era una buena pregunta. Masacrar Eros, o cualquier estación del Cinturón, era tarea bastante fácil. Cualquiera que supiera lo básico de mecánica orbital podía averiguar la manera de lanzar una piedra tan grande como para destrozar la estación. Con todo el esfuerzo que Protogen había puesto en aquella operación, podría haber cortado el suministro de aire, o llenarlo de drogas o hacer lo que les diera la gana. Aquello no era asesinato. No era ni siquiera genocidio.

Y luego estaba el asunto de todo aquel equipo de observación. Cámaras, sistemas de comunicación, sensores de agua y aire. Solo podía haber dos motivos para algo así. O esos locos de Protogen se excitaban viendo morir a gente o...

—No lo saben —dijo Miller.

—¿Cómo?

Se volvió para mirar a Holden. El primer Miller (el inspector, el optimista, el que siempre quería saberlo todo) era el que estaba al mando. Su muerte misma no se resistió, porque para qué iba a resistirse. No se resistía a nada. Miller levantó la mano, como si le diera una charla a un novato.

—No saben de qué va. O bueno... al menos no saben qué va a pasar. Esto no está organizado como una sala de tortura. Lo vigilan todo, ¿verdad? Los sensores de agua y de aire. Es una placa de Petri. No saben de lo que es capaz esa mierda que ha matado a Julie y hacen todo esto para descubrirlo.

Holden frunció el ceño.

—¿No tienen laboratorios? ¿O algún lugar donde puedan... no sé, inocular esa porquería a animales o algo? Porque hay que tener la mente tocada para diseñar un experimento como este.

—Quizá necesitaran un tamaño muestral bien grande —dijo Miller—. O quizá no tiene nada que ver con la gente y quieren saber qué le va a pasar a la estación.

—Me encanta el pensamiento positivo —dijo Holden.

La Julie Mao mental de Miller se apartó un mechón de pelo de los ojos. Tenía el ceño fruncido y parecía pensativa, fascinada y preocupada. Todo debía tener sentido. Era como uno de esos problemas básicos de mecánica orbital en los que todos los elementos parecían aleatorios hasta que las variables encajaban. Lo que antes era inexplicable se volvía inevitable. Julie le sonrió. La Julie de antes. Julie tal y como él imaginaba que había sido. El Miller que no se había rendido a la muerte le devolvió la sonrisa. Y entonces ella desapareció y su atención volvió al ruido de las máquinas de *pachinko* y a los tenues y diabólicos alaridos de la multitud.

Otro grupo (unos veinte hombres bajos y fornidos, como defensas de fútbol americano) se abalanzó sobre los mercenarios que protegían el camino hacia el embarcadero. Los pistoleros los masacraron.

—Si fuéramos suficientes —dijo Holden cuando se apagó el sonido de las ametralladoras—, podríamos conseguirlo. No podrían matarnos a todos.

—Para eso han organizado patrullas —replicó Miller—. Para

asegurarse de que nadie organice un grupo demasiado grande y tener la sartén por el mango.

—Pero si reuniéramos una muchedumbre, una muy grande, podríamos...

—Quizás —aceptó Miller.

Algo en su pecho chasqueó de una manera que no había sentido antes. Inspiró lenta y profundamente y volvió a sentirlo. Lo tenía ahí, al fondo de su pulmón izquierdo.

—Al menos Naomi ha conseguido escapar —dijo Holden.

—Sí, buena noticia.

—Es una persona increíble. Nunca pondría en peligro a Amos ni Alex si pudiera evitarlo. Vamos, que se lo toma muy en serio. Es una profesional. Una persona fuerte, ¿sabes? Digo que es muy...

—Y guapa, además —dijo Miller—. Tiene el pelo bonito. Unos ojos preciosos.

—No, no me refería a eso —aseguró Holden.

—¿No te parece una mujer guapa?

—Es mi segunda —dijo Holden—. Está... ya sabes...

—Prohibida.

Holden suspiró.

—¿Ha escapado, verdad?

—Casi seguro.

Quedaron en silencio. Uno de los defensas de fútbol se levantó, tosió y se retiró cojeando hacia el casino mientras dejaba a su paso el reguero de sangre de una herida en las costillas. La música bhangra había dado paso a un popurrí afropop con una voz grave y seductora que cantaba en idiomas que Miller no hablaba.

—Nos esperaría —dijo Holden—. ¿Tú no crees que nos esperaría?

—Casi seguro —dijo la muerte misma de Miller, sin preocuparse demasiado de si era mentira. Lo pensó un rato y luego se volvió de nuevo hacia Holden—. Oye. Quiero que sepas una cosa. La verdad es que no estoy en mi mejor momento.

—Bien.

—Vale.

El brillo naranja del cierre de seguridad que emitían las luces de la estación de metro por todo el nivel pasó a verde. Miller se incorporó, interesado. Tenía la espalda pegajosa, pero quizá solo fuera por el sudor. Había más gente que se había dado cuenta del cambio. Como una corriente en un tanque de agua, la atención de los que estaban cerca se desvió de los mercenarios que bloqueaban el acceso al embarcadero hacia las puertas de acero pulido de la estación de metro.

Las puertas se abrieron y aparecieron los primeros zombis. Hombres y mujeres con los ojos vidriosos y los músculos flácidos que salían a trompicones por las puertas abiertas. Miller había visto un vídeo documental sobre fiebres hemorrágicas que formaba parte del entrenamiento de la estación Ceres, y los afectados se movían igual: lánguidos, motivados, autónomos. Como perros rabiosos que se dejaran llevar por la enfermedad.

—Eh —dijo Miller, con la mano puesta sobre el hombro de Holden—. Mira, ya empieza.

Un anciano que llevaba el uniforme de los servicios de emergencia se acercó al batiburrillo de recién llegados. Extendió las manos hacia delante, como si pudiera contenerlos solo con su fuerza de voluntad. El primer zombi del grupo giró su mirada hueca hacia él y vomitó un chorro de mejunje marrón que resultaba muy familiar.

—Mira —dijo Holden.

—Lo he visto.

—¡No, mira!

En el nivel del casino, las luces de emergencia de la estación de metro volvían a la normalidad. Las puertas se abrían y la gente se arremolinaba en la entrada de los vagones abiertos y su promesa implícita y vacía de escapar, de alejarse de aquellos hombres y mujeres muertos que andaban hacia ellos.

—Zombis vomitadores —comentó Miller.

—Vienen de los refugios antirradiación —dijo Holden—. Esa cosa, ese organismo... se reproduce mejor con radiación, ¿verdad? Por eso cómo-se-llame estaba tan obsesionada con las luces y el traje de vacío.

—Se llamaba Julie. Y sí. Las incubadoras eran para eso. Para

— 323 —

esto mismo —dijo Miller antes de suspirar. Pensó en levantarse—. Bueno, al menos no moriremos por envenenamiento radiactivo.

—¿Y por qué no se han limitado a soltar esa mierda en el aire? —preguntó Holden.

—Es anaeróbico, ¿recuerdas? —explicó Miller—. El oxígeno en grandes cantidades lo mata.

El médico cubierto de vómito todavía intentaba tratar a los zombis vacilantes como pacientes. Como si todavía fueran humanos. Había manchas de aquel mejunje marrón en la ropa de la gente y las paredes. Las puertas del metro volvieron a abrirse y Miller vio cómo media docena de personas se internaban en un vagón de paredes marrones. La multitud se agitó, sin saber qué hacer, como si la conciencia de grupo hubiera llegado a su límite.

Un antidisturbios se abalanzó hacia delante y comenzó a disparar a los zombis. Los orificios de entrada y salida de las balas segregaban finos bucles de filamento negro, y los zombis no dejaban de caer. Miller rio entre dientes incluso antes de saber qué era lo que le hacía gracia. Holden lo miró.

—No lo sabían —dijo Miller—. A esos abusones con los trajes antidisturbios no van a sacarlos de aquí. Son carne para la máquina, igual que el resto de nosotros.

Holden dio un pequeño gruñido de aprobación. Miller asintió, pero algo le hacía cosquillas en el fondo de la mente. Iban a sacrificar a los matones de Ceres con las armaduras robadas, pero no necesariamente a todo el mundo. Se inclinó hacia delante.

El pasillo abovedado que llevaba al embarcadero seguía abarrotado de mercenarios en formación y con las armas preparadas. Si acaso, parecían más disciplinados que antes. Miller vio cómo uno de los de detrás, que tenía una insignia adicional en la armadura, empezaba a ladrar por un micrófono.

Miller había creído que toda esperanza había muerto. Que ya había jugado todas sus cartas. Pero entonces la muy cabrona había saltado de su tumba.

—Arriba —dijo Miller.

—¿Qué?

—Que te levantes. Van a retirarse.

—¿Quiénes?

Miller señaló a los mercenarios con la cabeza.

—Lo sabían —dijo Miller—. Míralos. No están asustados ni confusos. Esperaban que llegara este momento.

—¿Y por eso crees que van a retirarse?

—No se van a quedar aquí para siempre. Levanta.

Casi como si se hubiera dado la orden a sí mismo, Miller gruñó y se puso en pie a duras penas. Le dolían mucho las rodillas y la espalda. El chasquido del pulmón iba a peor. El estómago le hacía un ruido tenue y peliagudo que en otras circunstancias le habría preocupado. Cuando se empezó a mover pudo evaluar el alcance de los daños. Todavía no le había empezado a doler la piel, pero sabía que llegaría el momento. Como si se encontrara en el intervalo de tiempo entre una quemadura y la aparición de las ampollas. Si seguía vivo, le iba a doler.

Si seguía vivo, le iba a doler absolutamente todo.

Su muerte misma lo impulsaba. Sintió cómo se esfumaba aquella preciada sensación de libertad, de alivio y de tranquilidad. Incluso mientras su mente parlanchina y ajetreada seguía trabajando a toda máquina, el núcleo suave y magullado del alma de Miller lo animaba a tomarse un descanso, a sentarse y dejar que se esfumaran los problemas.

—¿Qué es lo que buscamos? —dijo Holden. Se había levantado. Le había estallado un vaso del ojo izquierdo y el blanco de la esclerótica se empezaba a volver de un color rojo brillante y carnoso.

«¿Qué es lo que buscamos?», repitió la muerte misma.

—Van a retirarse —respondió Miller a la primera pregunta—. Los seguiremos a una distancia prudencial, para que el que vaya último no se vea tentado a dispararnos.

—¿No crees que todo el mundo hará lo mismo? Quiero decir que, cuando se hayan ido, ¿no se podrá todo el mundo en marcha hacia el embarcadero?

—Supongo que sí —dijo Miller—. Así que intentemos colarnos por delante de la avalancha. Mira. Allí.

No era gran cosa. Poco más que un cambio en la postura de

los mercenarios, como si se hubiera alterado el centro de gravedad colectivo. Miller tosió. Dolía más de lo que habría debido.

«¿Qué es lo que buscamos? —volvió a preguntar su muerte misma, cada vez más insistente—. ¿Una respuesta? ¿Justicia? ¿Otra oportunidad para que el universo nos dé una patada en las pelotas? ¿Qué hay al otro lado de esa arcada de lo que no exista una versión más rápida, más limpia y menos dolorosa en el cañón de nuestra arma?»

El capitán de los mercenarios dio un disimulado paso atrás, salió corriendo por el pasillo exterior y se perdió de vista. En el lugar que había ocupado estaba Julie Mao, sentada y viéndolo marchar. Miró a Miller y le hizo señas para que avanzara.

—Todavía no —dijo.

—¿Cuándo? —preguntó Holden, y su voz sorprendió a Miller. La Julie de su cabeza desapareció, devolviéndolo al mundo real.

—Un poco más —dijo Miller.

Tenía que advertir al chaval. Era lo justo. Se encontraba en una situación muy mala y lo menos que podía hacer por su compañero era hacérselo saber. Miller carraspeó. También dolía.

«Es posible que empiece a tener alucinaciones o intente cometer actos suicidas. A lo mejor te toca dispararme.»

Holden lo miró. Las máquinas de *pachinko* los iluminaban con tonos azules y verdes y chillaban de gozo artificial.

—¿Qué pasa? —preguntó Holden.

—Nada. Intento mantener el equilibrio —dijo Miller.

Una mujer gritó a su espalda. Miller miró hacia atrás y la vio empujando a un zombi vomitador, pero ya tenía encima un poco de aquel mejunje marrón. Al fondo del túnel abovedado, los mercenarios empezaron a retirarse sin hacer ruido y a bajar por el pasillo.

—Venga —dijo Miller.

Holden y él anduvieron hacia la arcada y Miller se puso el sombrero. Voces altas, chillidos y el ruido grave y líquido de violentas náuseas. Los recicladores de aire estaban fallando y empezaba a respirarse un aroma penetrante y acre, como a ácido mezclado con caldo de carne. Miller sintió algo parecido a una piedra en el zapato, pero estaba casi seguro de que si miraba encontraría un punto rojo donde su piel empezaba a abrirse.

Nadie les disparó. Nadie les dio el alto.

Al llegar a la arcada, Miller llevó a Holden contra la pared, se agachó y asomó la cabeza por la esquina. Solo tardó un cuarto de segundo en comprobar que el amplio y largo pasillo estaba vacío. Los mercenarios ya habían terminado y dejaban Eros a su suerte. La puerta estaba abierta. Tenían vía libre.

«Última oportunidad», pensó y se refería tanto a la última oportunidad para sobrevivir como para morir.

—¿Miller?

—Sí —respondió—. Tiene buena pinta. Venga, antes de que todo el mundo se entere.

31

Holden

Algo removía las entrañas a Holden. Lo ignoró y siguió con los ojos puestos en la espalda de Miller. El inspector larguirucho corría por el pasillo hacia el embarcadero, deteniéndose en las intersecciones para echar un vistazo por la esquina y mirar si había algún problema. Miller se había convertido en una máquina. Todo lo que Holden podía hacer era intentar seguirle el ritmo.

Los mercenarios que antes protegían la salida del casino iban delante, siempre a la misma distancia. Cuando ellos se movían, Miller iba detrás. Cuando bajaban el ritmo, Miller también lo hacía. Se abrían paso hacia el embarcadero, pero era probable que si en algún momento pensaban que algún ciudadano se les acercaba demasiado, abrieran fuego. Sin duda también dispararían a cualquiera que se interpusiera en su camino. Ya lo habían hecho con dos personas que habían corrido hacia ellos. Ambos vomitaban aquel mejunje marrón. «¿De dónde han salido esos zombis vomitadores para llegar aquí tan deprisa?»

—¿Cómo han llegado aquí tan deprisa esos zombis vomitadores? —preguntó a la espalda de Miller.

El inspector hizo un gesto de indiferencia con la mano izquierda, sosteniendo todavía la pistola con la derecha.

—No creo que dentro de Julie hubiera tanta mugre de esa como para infectar toda la estación —respondió sin bajar el ritmo—. Supongo que eran la primera tanda. Los incubarían los primeros para conseguir el mejunje suficiente para infectar los refugios.

Tenía sentido. Y cuando la parte controlada del experimento se fue a la mierda, lo único que podían hacer era soltarlo contra la población. Cuando la gente se diera cuenta de lo que ocurría, la mitad de ellos ya estarían infectados. Después, solo era cuestión de tiempo.

Hicieron una breve pausa en una intersección y vieron cómo el líder del grupo de mercenarios se detenía cien metros por delante de ellos y hablaba por la radio un minuto. Holden aún resoplaba e intentaba recuperar el aliento cuando el grupo volvió a ponerse en movimiento, y Miller los imitó. Extendió el brazo para agarrar el cinturón del inspector y dejar que lo arrastrara. ¿De dónde sacaba la energía aquel cinturiano flacucho?

El inspector se detuvo. Tenía la mirada inexpresiva.

—Discuten —dijo Miller.

—¿Cómo?

—El líder del grupo y algunos de sus hombres. Discuten por algo —explicó Miller.

—¿Y? —preguntó Holden, y luego tosió algo húmedo en la mano. Se la limpió en la parte trasera de los pantalones sin comprobar si era sangre. «Por favor, que no sea sangre.»

Miller volvió a hacer un gesto de indiferencia con la mano.

—Pues que no creo que todos estén en el mismo bando —dijo.

El grupo de mercenarios descendió por otro pasillo, y Miller los siguió, sin dejar de arrastrar consigo a Holden. Habían salido a los niveles exteriores, compuestos de almacenes, talleres y depósitos de reabastecimiento. Eran lugares donde, incluso en los buenos momentos, no se solía ver a mucha gente. El pasillo resonó como un mausoleo con sus pisadas. Por delante, el grupo de mercenarios dobló otra esquina y, antes de que Holden y Miller llegaran a la intersección, apareció ante ellos un hombre solitario.

No parecía estar armado, por lo que Miller continuó avanzando con cautela y sacó la mano de Holden de su cinto con gesto impaciente. Acto seguido, Miller levantó su mano izquierda en un gesto inconfundible de policía.

—Está paseándose por un lugar muy peligroso, señor —dijo.

El hombre ya se encontraba a menos de quince metros de

distancia y empezó a andar tambaleándose hacia ellos. Iba vestido de fiesta, con un esmoquin barato, una camisa de volantes y una pajarita color rojo chillón. Llevaba un zapato negro y brillante y solo un calcetín rojo en el otro pie. Un vómito de color marrón se derramaba por las comisuras de su boca y le había manchado el pecho de la camisa blanca.

—Mierda —dijo Miller mientras levantaba el arma.

Holden le agarró el brazo y tiró hacia abajo.

—Es inocente —dijo Holden, a quien la visión de aquel hombre herido e infectado le humedecía los ojos—. Es inocente.

—Sigue viniendo hacia nosotros.

—Pues camina más rápido —dijo Holden—. Si vuelves a disparar a alguien sin que te haya dado permiso, no te dejaré subir a mi nave. ¿Entendido?

—Créeme —dijo Miller—, morir es lo mejor que podría pasarle ahora mismo a ese tipo. No le haces ningún favor.

—Esa decisión no te corresponde —replicó Holden con un tono de voz que rozaba la auténtica ira.

Miller abrió la boca para responder, pero Holden levantó una mano y lo interrumpió.

—¿Quieres subir a la *Roci*? Pues yo soy el jefe. Sin preguntas y sin mierdas.

La sonrisilla de Miller se convirtió en una amplia sonrisa.

—Sí, señor —dijo—. Los mercenarios se nos adelantan. —Señaló hacia el pasillo.

Miller asintió y volvió a moverse con aquel ritmo firme y mecánico. Holden no se giró, pero siguió oyendo a sus espaldas durante mucho tiempo los llantos de aquel hombre al que Miller casi había disparado. Para tapar el sonido, que después de unos giros más por el pasillo era probable que solo existiera en su cabeza, volvió a tararear la canción de *Misko y Marisko*.

Madre Elise, la que se había quedado con él en casa de pequeño, le llevaba siempre algo de comer mientras veía la serie y luego se sentaba a su lado, le ponía la mano en la cabeza y jugueteaba con su pelo. Se reía incluso más que él con las payasadas de los dinosaurios. Una noche de Halloween le había hecho un gran sombrero rosado para que lo llevara como si fuera el malvado conde Mungo. Ahora que lo pensaba, ¿para qué quería aquel tipo capturar a los dinosaurios? Nunca le había quedado claro. Quizás es que le gustaban y ya está. En una ocasión había usado un rayo encogedor y...

Holden se dio de bruces contra la espalda de Miller. El inspector se había detenido de improviso y empezó a avanzar deprisa hacia un lado del pasillo, agachado para mantenerse oculto en las sombras. Holden hizo lo mismo. Unos treinta metros más adelante, el grupo de mercenarios había crecido mucho en número y se había dividido en dos facciones.

—Pues sí —dijo Miller—. Para mucha gente hoy está siendo un muy mal día.

Holden asintió y se limpió algo húmedo de la cara. Era sangre. No creía que el golpe contra la espalda de Miller hubiera sido tan fuerte como para hacerle sangrar la nariz, y tenía la impresión de que la hemorragia no cesaría por iniciativa propia. Las membranas mucosas empezaban a estar frágiles. ¿No era uno de los efectos de la radiación? Arrancó tiras de tela de la camisa y se las metió en las fosas nasales, sin dejar de mirar lo que ocurría al final del pasillo.

Había dos grupos diferenciados y parecían enfrascados en una discusión acalorada. En otra situación le habría dado igual. A Holden no le importaba demasiado la vida social de los mercenarios. Pero aquellos en particular, que ya sumaban casi un centenar, estaban muy armados y bloqueaban el pasillo que llevaba a su nave. Hechos que volvían sus diferencias dignas de atención.

—Creo que no se han ido todos los de Protogen —dijo Miller en voz baja, señalando uno de los dos grupos—. Los de la derecha no parecen ser de aquí.

Holden miró al grupo y asintió. Desde luego, eran soldados con un aspecto más profesional. Las armaduras eran de sus tallas. El otro grupo, en su mayor parte, parecía compuesto por hombres vestidos con trajes antidisturbios y solo unos pocos llevaban armadura de combate.

—¿Se te ocurre de qué pueden estar discutiendo? —preguntó Miller.

—«Oye, ¿podemos ir nosotros también?» —se burló Holden, imitando el acento de Ceres—. «Bueno, chicos..., es que necesitamos que os quedéis aquí y... esto... echéis un ojo. Pero de verdad que es muy seguro y de ninguna manera os transformaréis en zombis vomitadores.»

Consiguió que Miller riera entre dientes y al instante estalló una andanada de disparos en el pasillo. Los dos bandos estaban disparándose a bocajarro con armas automáticas. El ruido era ensordecedor. Los hombres gritaban y salían despedidos, salpicando el pasillo y a ellos mismos de sangre y carne. Holden se tiró al suelo pero siguió observando el tiroteo.

Después de aquel primer asalto, los supervivientes de ambos grupos empezaron a retirarse en direcciones opuestas, sin dejar de disparar mientras tanto. El suelo de la intersección estaba cubierto de cadáveres. Holden estimó que en el primer segundo del enfrentamiento habían muerto al menos veinte hombres. Los sonidos de disparos se hicieron más distantes a medida que ambos grupos se alejaban por el pasillo.

En la intersección, uno de los cuerpos del suelo se removió de repente y levantó la cabeza. Antes de que el herido pudiera ponerse en pie, apareció un agujero de bala en medio del protector del casco y volvió a caer al suelo con una definitiva flacidez.

—¿Dónde está tu nave? —preguntó Miller.

—El ascensor está al final de este pasillo —respondió Holden.

Miller escupió en el suelo una especie de flema sanguinolenta.

—Y el pasillo que cruza a este es ahora mismo una zona de guerra con soldados parapetados a ambos lados —dijo—. Supongo que podríamos intentar pasar corriendo y ya está.

—¿Tenemos otra opción? —preguntó Holden.

Miller miró su terminal.

—Ya pasan cincuenta y tres minutos del límite que puso Naomi —dijo—. ¿Cuánto tiempo más quieres perder?

—Mira, la verdad es que las matemáticas nunca se me han dado bien —respondió Holden—, pero diría que hay unos cuarenta tíos en cada una de las direcciones de ese pasillo. Un pasillo que tiene de ancho unos tres metros o tres y medio. Lo que quiere decir que ochenta tipos tendrán tres metros y medio de margen para dispararnos. Hasta con una suerte loca, recibiremos muchos balazos y moriremos. Será mejor que pensemos en un plan B.

Como para confirmar su argumentación, en el corredor perpendicular hubo otro intercambio de disparos que arrancaron trozos del gomoso aislamiento de las paredes e hicieron picadillo los cuerpos tirados en el suelo.

—Siguen retirándose —aseguró Miller—. Los disparos cada vez vienen de más lejos. Supongo que podríamos esperar a que se largaran. Si pudiéramos, claro.

Los harapos que Holden se había metido en la nariz no habían detenido la hemorragia, solo la habían contenido. Notaba un goteo continuo por la garganta que no dejaba de darle náuseas. Miller tenía razón. Estaban alcanzando el límite de su capacidad para esperar a que se marchara nadie.

—Joder, ojalá pudiéramos llamar a Naomi para comprobar si siguen ahí —dijo Holden, mirando el mensaje de su terminal que rezaba RED NO DISPONIBLE en letras parpadeantes.

—Calla —susurró Miller, llevándose un dedo a los labios. Señaló hacia atrás por el pasillo en el que estaban y Holden oyó unos pasos pesados que se acercaban.

—Invitados que llegan tarde —dijo Miller, y Holden asintió. Los dos hombres dieron media vuelta, apuntaron con sus armas hacia el pasillo y esperaron.

Un grupo de cuatro hombres con trajes antidisturbios de la policía apareció por la esquina. No llevaban las armas en la mano y dos de ellos iban sin casco. Al parecer no estaban al tanto de las recientes hostilidades. Holden esperó a que Miller disparara y, al ver que no lo hacía, se volvió hacia él. Cruzaron la mirada.

—No puedo pagarme el hotel —dijo Miller, casi a modo de disculpa. A Holden le costó medio segundo entender a qué se refería.

Holden le dio permiso disparando él primero. Apuntó hacia uno de los matones sin casco y le disparó en la cara. Luego continuó disparando al grupo hasta que la corredera del arma indicó que el cargador estaba vacío. Miller había empezado a disparar una fracción de segundo después de que Holden lo hiciera y también vació el cargador. Cuando terminaron, los cuatro matones yacían bocabajo en el suelo del pasillo. Holden soltó una bocanada tan larga que acabó convirtiéndose en un suspiro. Luego se sentó en el suelo.

Miller anduvo hacia los caídos y les dio golpecitos con el pie uno a uno mientras cambiaba el cargador del arma. Holden no se molestó en recargar la suya. Estaba harto de tiroteos. Se metió la pistola vacía en el bolsillo y se levantó para acercarse al policía. Se agachó y empezó a desabrochar la armadura que parecía menos dañada. Miller enarcó una ceja, pero no hizo nada para ayudarle.

—Si vamos a pasar corriendo —dijo Holden, tragando la mezcla de vómito y sangre que bajaba por su garganta mientras le quitaba la pechera y el espaldar al primero que había caído—, quizá nos venga bien ponernos estos trastos.

—Es posible —dijo Miller. Asintió y se arrodilló para desabrochar otra.

Holden se puso la armadura del muerto, intentando pensar que el reguero rosado que tenía en la parte trasera no había formado parte de los sesos de aquel hombre. Desabrochar las correas era agotador. Tenía los dedos dormidos y doloridos. Cogió las musleras pero luego las dejó en el suelo. Prefería correr sin impedimentos. Miller ya había terminado de acorazarse y cogió uno de los cascos que no estaban dañados. Holden encontró otro que solo tenía una muesca y se lo puso. Lo notó grasiento por dentro y agradeció haber perdido el sentido del olfato. Tenía la impresión de que el usuario anterior no se había bañado a menudo.

Miller trasteó en uno de los lados del casco hasta que consiguió encender la radio. La voz del policía llegó repetida a Holden una fracción de segundo después por los pequeños altavoces de su casco.

—¡Eh, vamos hacia el pasillo! ¡No disparéis! ¡Vamos a reunirnos con vosotros! —Apagó el micrófono con el pulgar y se volvió hacia Holden—. A lo mejor así uno de los bandos no nos dispara.

Regresaron por el pasillo y se detuvieron a unos diez metros de la intersección. Holden hizo una cuenta atrás desde tres y luego echó a correr lo mejor que pudo. Con una lentitud descorazonadora, como si tuviera las piernas llenas de plomo. Como si corriera a través del agua. Como si aquello fuera una pesadilla. Podía oír a Miller justo detrás de él, el ruido de sus pisadas contra el suelo de cemento, su respiración entrecortada.

Luego solo hubo el estruendo de los disparos. No alcanzó a confirmar si el plan de Miller había funcionado. No sabía desde qué dirección venían las balas. El ruido era constante y ensordecedor y empezó justo en el momento en que salió a la intersección. Cuando estaba a tres metros de llegar al otro lado, agachó la cabeza y saltó hacia delante. Con la baja gravedad que había en Eros, le dio la impresión de estar volando y, justo cuando estaba a punto de alcanzar su objetivo, una ráfaga de balas le acertó en la armadura sobre las costillas y lo lanzó contra la pared del pasillo con un terrible crujido. Se arrastró el resto del camino mientras las balas no dejaban de llover alrededor de sus piernas y una le atravesaba el gemelo.

Miller tropezó con él, voló unos metros hacia delante, cayó a plomo y se quedó quieto en el suelo. Holden se arrastró hacia él.

—¿Sigues vivo?

Miller asintió.

—Me han dado. Tengo el brazo roto. Seguimos —consiguió decir entre resoplidos.

Holden hizo lo que pudo para ponerse en pie. La pierna izquierda le dolía como el demonio por el músculo tensado en torno a la herida abierta. Ayudó a Miller a levantarse y luego se apoyó en él para cojear hacia el ascensor. El brazo izquierdo de Miller le colgaba contra el cuerpo y un reguero de sangre le caía de la mano.

Holden pulsó el botón para llamar el ascensor y Miller y él se apoyaron uno contra el otro mientras esperaban. Tarareó la canción de *Misko y Marisko* en voz baja y, poco después, Miller se unió a la melodía.

Holden pulsó el botón del atracadero de la *Rocinante* y esperó a que el ascensor se detuviera ante la puerta gris y lisa de una esclusa tras la que no había ninguna nave. Entonces por fin tendría permiso para tumbarse en el suelo y morir. Tenía ganas de que llegara aquel momento en el que pudiera dejar de esforzarse y sentir por fin un alivio que lo habría sorprendido si aún fuera capaz de sorprenderse. Miller lo soltó y se dejó caer resbalando en la pared del ascensor, dejando un rastro de sangre en el metal resplandeciente hasta acabar tirado de cualquier manera en el suelo. Tenía los ojos cerrados. Casi hasta podría estar durmiendo. Holden vio cómo el pecho del inspector se movía al ritmo de una respiración entrecortada y dolorida que poco a poco se hizo más suave y menos profunda.

Holden lo envidiaba, pero tenía que ver esa esclusa cerrada antes de rendirse en el suelo. Empezó a sentirse un tanto molesto con el ascensor por tardar tanto.

Se detuvo y las puertas se abrieron con un alegre tintineo.

Amos estaba al otro lado de la esclusa de aire con un rifle de asalto en cada mano y dos cinturones de cargadores colgando de sus hombros. Miró a Holden de arriba abajo, echó un vistazo rápido a Miller y luego volvió a Holden.

—Madre mía, capitán. Qué hechos mierda que están.

32

Miller

La mente de Miller volvió en sí despacio y después de varios intentos fallidos. En sueños intentaba resolver un puzle en el que las piezas no dejaban de cambiar de forma y cada vez que estaba a punto de poner la última, el sueño volvía a empezar. Lo primero que sintió fue el dolor de espalda, luego la pesadez de las extremidades y luego las náuseas. Cuanto más cerca estaba de la conciencia, más luchaba para posponerla. Unos dedos imaginarios intentaban completar el puzle y, antes de que pudiera hacer encajar todas las piezas, se le abrieron los ojos.

No podía mover la cabeza. Tenía algo en el cuello, un grueso fajo de tubos negros que salían de él y se extendían más allá de los límites de su visión. Intentó levantar los brazos para apartar aquel invasor vampírico, pero no pudo.

«Lo he cogido —pensó con una punzada de miedo—. Estoy infectado.»

Una mujer apareció por su izquierda. Le sorprendió que no fuera Julie. Tenía la piel de un marrón oscuro y los ojos negros con un levísimo pliegue epicántico. Le sonrió. El pelo negro le bajaba por un lado de la cara.

Bajaba. Existía un abajo. Había gravedad. Estaban en propulsión. Aquello parecía muy importante, pero no sabía bien por qué.

—Hola, inspector —saludó Naomi—. Bienvenido.

«¿Dónde estoy?», intentó decir pero notaba la garganta sólida. Abarrotada como una estación de metro en hora punta.

—No intentes levantarte ni hablar —dijo ella—. Llevas inconsciente unas treinta y seis horas. Lo bueno es que tenemos una enfermería con un sistema de categoría militar y suministros para unos quince soldados marcianos. Creo que entre el capitán y tú nos habremos fundido como la mitad.

El capitán. Holden. Exacto. Se habían metido en una pelea. En un pasillo, con gente que les disparaba. Y también había alguien enfermo. Recordaba una mujer cubierta de vómito marrón y con los ojos vidriosos, pero no sabía si en alguna pesadilla o fuera.

Naomi seguía hablando. Decía algo sobre transfusiones completas de sangre y daño celular. Miller intentó levantar la mano para tenderla hacia ella, pero se lo impedía una correa. El dolor de su espalda venía de los riñones, y se preguntó qué sería exactamente lo que le filtraban de la sangre. Miller cerró los ojos y se durmió antes de llegar a plantearse si quería descansar.

No lo atormentó ningún sueño. Despertó cuando algo que tenía muy metido en la garganta se movió, le rozó la laringe y salió. Sin abrir los ojos, rodó a un lado, tosió, vomitó y volvió a la posición inicial.

Cuando despertó, respiraba sin ayuda. Sentía la garganta dolorida y maltratada, pero ya no tenía las manos atadas. Aún le salían tubos de drenaje de la tripa y el costado, y también un catéter del tamaño de un lápiz que asomaba de su pene. Nada le dolía más de lo normal, así que supuso que llevaba encima buena parte de los tranquilizantes que existían. No tenía puesta su ropa, y lo único que preservaba su modestia era una bata de papel y el yeso pétreo e inamovible que le habían colocado en el brazo izquierdo. Alguien había dejado su sombrero en la cama de al lado.

Ahora que podía ver bien la enfermería, le recordaba a la sala de un hospital de una serie de entretenimiento de alto presupuesto. No era un hospital, era como la versión en blanco y negro mates de lo que se suponía que tenía que ser un hospital. Había pantallas que colgaban de armazones complejos e informaban sobre su presión sanguínea, concentración de ácidos nucleicos, oxigenación y balance de fluidos. También había dos cuentas atrás en marcha, una hasta la próxima dosis de autofágicos y otra para los analgésicos. Al otro lado del pasillo, en otro puesto, las constantes de Holden eran similares.

El capitán parecía un fantasma. Tenía la piel pálida y la esclerótica roja, con cientos de pequeñas hemorragias. Su cara estaba hinchada por los esteroides.

—¿Qué tal? —dijo Miller.

Holden levantó una mano y lo saludó con parsimonia.

—Lo conseguimos —siguió diciendo Miller, con una voz que sonaba a papel de lija.

—Pues sí —dijo Holden.

—Casi no lo contamos.

—Ajá.

Miller asintió. La breve conversación lo había dejado sin fuerzas. Se volvió a tumbar y cayó, si no dormido, al menos inconsciente. Justo antes de que su mente volviera al olvido, sonrió. Lo había conseguido. Estaba en la nave de Holden. E iban a investigar la pista que les había dejado Julie.

Unas voces lo despertaron.

—Pues quizá no deberías.

Era la mujer, Naomi. A una parte de Miller le molestó que lo despertaran, pero había algo en la voz de la chica..., no era miedo ni ira, pero se les parecía lo suficiente para interesarle. No se movió, ni siquiera terminó de nadar hacia la conciencia. Pero sí que escuchó.

—Lo necesito —dijo Holden. Tenía la voz flemosa, como si necesitara toser—. Lo que ocurrió en Eros... me ha dado perspectiva. Estaba reprimiendo una cosa.

—Capitán...

—No, escucha. Cuando estaba ahí dentro y pensaba que lo único que me quedaba en la vida era media hora de máquinas de *pachinko* amañadas y luego la muerte..., en ese momento me di cuenta de cuáles eran las cosas de las que me arrepentía, ¿sabes? Todas esas que habría querido hacer y para las que nunca tuve el valor. Ahora que lo sé, no puedo dejarlo de lado. No puedo fingir que no está ahí.

—Capitán —repitió Naomi, con aquel tono de voz todavía más presente.

«No se lo digas, desgraciado», pensó Miller.

—Estoy enamorado de ti, Naomi —dijo Holden.

La pausa que siguió no duró más de un latido.

—No, señor —respondió Naomi—. No lo está.

—Lo estoy. Sé lo que piensas. Que he pasado por una experiencia muy traumática y que ahora estoy haciendo todo eso de dar importancia a la vida y a las relaciones, y quizás en parte sí que sea un poco culpa de eso. Pero créeme que sé lo que siento. Y cuando estaba allí abajo, sabía que lo que más quería era volver a verte.

—Capitán, ¿cuánto tiempo llevamos trabajando juntos?

—¿Cómo? Pues no lo sé exactamente...

—Así, a ojo.

—Pues ocho misiones y media vienen a ser casi cinco años —respondió Holden.

Miller captó la confusión en su voz.

—Bien. Y en ese tiempo, ¿con cuántas personas de la tripulación has compartido catre?

—¿Importa?

—Solo un poco.

—Pues con unas cuantas.

—¿Más de doce?

—No —dijo, aunque no sonaba seguro.

—Pongamos diez —dijo Naomi.

—De acuerdo, pero esto es diferente. Ahora no me refiero a un revolcón de a bordo para pasar el rato. Desde que...

Miller se imaginó que la mujer habría levantado la mano, o agarrado la de Holden, o quizá solo lo había mirado. Pero algo hizo que dejara de hablar.

—¿Y sabe cuándo me enamoré yo de usted, señor?

Pena. Lo que constreñía la voz de la mujer era eso. Pena. Decepción. Remordimiento.

—Cuándo... cuándo te...

—Puedo decirte el día exacto —dijo Naomi—. Llevabas unas siete semanas en tu primera misión. Yo seguía cabreada porque un terrícola hubiera salido de la eclíptica y me hubiera quitado el puesto de segunda. Al principio no me caías muy bien. Te veía demasiado encantador, demasiado guapo y demasiado cómodo en mi puesto también. Pero luego hubo una partida de póquer en la sala de máquinas. Tú, yo, aquellos dos selenitas de ingeniería y Kamala Trask. ¿Te acuerdas de Trask?

—La técnica de comunicaciones. La que...

—La que tenía la figura de una nevera. La de la cara de cachorrito de bulldog.

—La recuerdo.

—Estaba loquita por ti. Se pasó todas las noches de aquella misión llorando hasta caer rendida. No estaba en aquella partida porque le gustara el póquer. Solo quería respirar el mismo aire que tú, y todos lo sabíamos. Tú incluido. Y esa noche estuve muy atenta a los dos, y vi cómo no le dabas alas ni una sola vez. No le diste el menor motivo para creer que tenía posibilidades contigo. Y, aun así, la trataste con respeto. Fue la primera vez que pensé que quizá serías un buen segundo y también la primera vez que deseé ser la chica con la que compartieras catre al final del turno.

—¿Por Trask?

—Por eso y porque tiene usted un culo estupendo, señor. Lo que quiero decir es que hemos volado juntos más de cuatro años y me hubiera ido contigo en cualquier momento si me lo hubieras pedido.

—No lo sabía —dijo Holden. Sonó un poco asfixiado.

—Ni tampoco me lo preguntaste. Siempre tenías el punto de mira en alguna otra parte. Y creo que las cinturianas no te parecemos muy atractivas. Hasta la *Cant*... hasta que solo quedamos cinco. He visto cómo me miras. Sé muy bien lo que significan esas miradas, porque me he tirado cuatro años al otro lado de ellas. Pero solo he conseguido llamar tu atención siendo la única mujer a bordo, y con eso no me basta.

—No sé si...

—No, señor, no lo sabe. A eso voy. He visto cómo seduces a muchas mujeres y sé cómo lo haces. Te fijas en ellas y te excitan. Luego te vas convenciendo de que tenéis una conexión especial y, para cuando ya lo crees, ellas también suelen pensar que es cierto. Luego os acostáis un tiempo y esa conexión empieza a marchitarse un poco. Uno de los dos dice algo sobre «profesionalidad» o «poner límites» o se empieza a preocupar por la opinión de la tripulación y todo se va al traste. Luego a ellas les sigues gustando. A todas. Lo haces todo tan bien que ni siquiera sienten que puedan odiarte por ello.

—No es verdad.

—Lo es. Y hasta que te des cuenta de que no tienes que amar a todas las que te llevas a la cama, nunca voy a saber si me quieres o si solo quieres acostarte conmigo. Y no pienso acostarme contigo hasta que tú sepas lo que es. Y si tuviera que apostar, no sería al amor.

—Es que...

—Si quieres acostarte conmigo, sé sincero —dijo Naomi—. Respétame al menos lo bastante para eso. ¿Vale?

Miller tosió. Fue sin querer, ni siquiera se había dado cuenta de que iba a hacerlo. Sintió un apretón en el estómago, se le cerró la garganta y tosió con fuerza y flemas. Le fue difícil parar. Se incorporó, con los ojos llorosos por el esfuerzo. Holden seguía tumbado en la cama. Naomi estaba sentada en la cama de al lado, sonriendo como si no hubiera habido nada que oír a hurtadillas. Las pantallas de Holden indicaban que le habían aumentado las pulsaciones y la presión sanguínea. Miller solo esperaba que aquel pobre diablo no hubiera tenido una erección con el catéter puesto.

—Eh, inspector —dijo Naomi—. ¿Cómo te sientes?

Miller asintió.

—He estado peor —dijo—. No, en realidad no, pero estoy bien. ¿Fue muy grave? —añadió poco después.

—Estabais muertos —respondió Naomi—. En serio, tuvimos que puentear más de una vez los filtros de triaje de la enfermería con los dos. El sistema no dejaba de activar los cuidados para enfermos terminales y poneros hasta arriba de morfina.

Lo dijo en tono de broma, pero Miller se lo creyó. Intentó sentarse en la cama. Aún sentía el cuerpo muy pesado, pero no distinguía si era por lo débil que estaba o por la propulsión de la nave. Holden estaba callado y apretaba la mandíbula. Miller fingió no darse cuenta.

—¿Cuál es el diagnóstico a largo plazo?

—Vais a tener que haceros revisiones mensuales para buscaros cánceres de por vida. El capitán tiene un nuevo implante que le sustituye la tiroides, porque la suya estaba frita. A ti hemos tenido que quitarte casi cincuenta centímetros de intestino delgado porque no dejaba de sangrar. Durante un tiempo os saldrán moretones con facilidad y, si queríais tener hijos, espero que tengáis esperma guardado en algún banco, porque vuestros soldaditos ahora tienen dos cabezas.

Miller rio entre dientes. La alarma parpadeó en sus pantallas para luego volver a apagarse.

—Hablas como si supieras de medicina —dijo.

—Qué va. Soy ingeniera. Pero he leído vuestros datos todos los días, así que me he ido haciendo con la jerga. Ojalá Shed siguiera con nosotros —dijo Naomi, con una tristeza que Miller no le había oído nunca en la voz.

Era la segunda vez que alguien mencionaba a Shed. Ahí había una historia que contar, pero Miller lo dejó pasar.

—¿Se nos va a caer el pelo? —preguntó.

—Quizá —respondió Naomi—. El sistema os ha atiborrado de los medicamentos que se supone que lo impiden, pero si han muerto los folículos, no hay nada que hacer.

—Bueno, al menos todavía tengo mi sombrero. ¿Qué ha pasado con Eros?

La falsa tranquilidad de Naomi le falló.

—Está acabada —dijo Holden desde la cama, girándose para mirar a Miller—. Diría que fuimos la última nave en salir. La estación no responde a las llamadas y los sistemas automáticos la han puesto en cuarentena.

—¿Naves de rescate? —preguntó Miller, y volvió a toser. Todavía tenía la garganta irritada.

—Imposible —dijo Naomi—. Había un millón y medio de personas en la estación. Nadie tiene los recursos suficientes para una operación de rescate de esa envergadura.

—A fin de cuentas —dijo Holden—, hay una guerra en marcha.

Los sistemas de la nave atenuaron la intensidad de las luces para simular la noche. Miller yacía en la cama. El sistema de la enfermería le había cambiado el tratamiento y durante las últimas tres horas había alternado entre las fiebres altas y un frío que hacía que le castañetearan los dientes. Le dolían los dientes y las raíces de las uñas de las manos y los pies. Dormir no era una opción, así que se quedó tumbado en la penumbra e intentó aclararse las ideas.

Se preguntó qué habrían pensado sus antiguos compañeros de su conducta en Eros. Havelock. Muss. Intentó imaginarlos en su lugar. Había matado gente, y lo había hecho a sangre fría. Eros se había convertido en una escabechina y, cuando la gente que encarna la ley te quiere ver muerto, las leyes dejan de aplicarse. Y algunos de aquellos cabrones muertos eran los que habían acabado con Julie.

Por tanto, los había matado por venganza. ¿De verdad había caído tan bajo? En caso afirmativo, era una pena. Intentó imaginar a Julie sentándose a su lado como había hecho Naomi con Holden. Era como si hubiera estado esperando la invitación. Julie Mao, a la que nunca había conocido. La chica levantó una mano para saludarlo.

«¿Y nosotros qué —le preguntó Miller mientras miraba sus ojos negros e irreales—. ¿Te quiero o tengo tantas ganas de quererte que no distingo entre las dos cosas?»

—Oye, Miller —dijo Holden, y Julie desapareció—. ¿Estás despierto?

—Sí. No puedo dormir.

—Yo tampoco.

Se quedaron callados un momento. El sistema de la enfermería daba su zumbido continuo. A Miller empezó a picarle el brazo izquierdo por debajo del yeso cuando el tejido emprendió otra ronda de crecimiento forzado.

—¿Lo llevas bien? —preguntó Miller.

—¿Por qué no iba a llevarlo? —respondió Holden con cierta brusquedad.

—Mataste a ese tío —dijo Miller—. En la estación. Le disparaste. O sea, sé que ya habías disparado a personas antes. En la pensión aquella. Pero hacia el final de todo, pegaste un tiro en la cara a una persona.

—Eso hice, sí.

—¿Y no te da problemas?

—Ninguno —respondió Holden, demasiado rápido.

Los recicladores de aire zumbaban. El tensiómetro que Miller llevaba en el brazo bueno le dio un apretón parecido al de una mano. Holden se quedó callado, pero forzando la mirada Miller vio que tenía la tensión alta y que había un repunte en su actividad cerebral.

—Siempre nos obligaban a cogernos unos días libres —dijo Miller.

—¿Qué?

—Cuando disparábamos a alguien. Murieran o no, siempre nos obligaban a cogernos la baja. Entregar el arma. Ir a hablar con el loquero.

—Burocracia —dijo Holden.

—Tienen parte de razón —continuó Miller—. Disparar a alguien te afecta de algún modo. Matarlo... es incluso peor. Da igual que actúes en defensa propia o que no tuvieras elección. O quizá sí que haya una pequeña diferencia, pero no hace que desaparezca.

—Pues parece que tú lo has superado.

—Tal vez —dijo Miller—. Escucha, ¿sabes las cosas que te dije en Eros sobre cómo matar a alguien? ¿Y lo de que dejándolos vivos no les hacías ningún favor? Pues las lamento todas.

—¿Crees que te equivocaste?

—No me equivoqué. Pero sigo lamentando que ocurriera.

—Vale.

—Madre mía. Mira, lo que quiero decir es que es bueno que te afecte. Es bueno que no puedas dejar de verlo ni oírlo. Que algo así te atormente un poco es justo lo que tiene que ocurrir.

Holden guardó silencio un momento. Cuando habló, tenía un tono lúgubre como un cementerio.

—Había matado a gente antes. Pero... ya sabes, eran puntitos en la pantalla de un radar. No...

—No es lo mismo, ¿verdad?

—No lo es —respondió Holden—. ¿Se llega a superar?

«A veces», pensó Miller.

—No —dijo—. No mientras sigas teniendo alma.

—Vale. Gracias.

—¿Puedo preguntar otra cosa?

—¿Sí?

—Sé que no es asunto mío, pero yo no me rendiría con ella. Vale que no entiendas el sexo, el amor o a las mujeres, pero eso solo significa que naciste con polla. ¿Y esa chica? ¿Naomi? Parece de las que merecen dedicarles un poco de esfuerzo. ¿Sabes?

—Vale —dijo Holden. Y luego—: ¿Podríamos no hablar de esto nunca más?

—Claro.

La nave rechinó y la gravedad cambió un grado hacia la derecha de Miller. Corrección de rumbo. Nada interesante. Miller cerró los ojos e intentó dormirse. Tenía la cabeza llena de muertos y de Julie y de amor y de sexo. Holden había dicho algo sobre la guerra que era importante, pero Miller no sabía cómo encajar las piezas. No dejaban de transformarse. Miller suspiró y cambió el peso del cuerpo, lo que hizo que obstruyera un tubo de drenaje y tuviera que volver a la posición inicial para que dejara de sonar la alarma.

Cuando el tensiómetro volvió a activarse, fue Julie quien le cogió el brazo, quien se acercó tanto que sus labios llegaron a rozarle la oreja. Abrió los ojos y en su mente vio al mismo tiempo a la chica imaginaria y los monitores que habría tapado con su cuerpo si de verdad hubiera estado allí.

«Yo también te quiero —dijo ella—, y de verdad que cuidaré de ti.»

Sonrió al ver cambiar los números cuando se le aceleró el corazón.

33

Holden

Miller y Holden siguieron tumbados en la enfermería otros cinco días mientras, a su alrededor, el Sistema Solar se venía abajo. Los informes sobre la destrucción de Eros variaban entre el colapso ecológico a gran escala causado por la falta de suministros consecuencia de la guerra hasta un ataque marciano encubierto o un accidente en un laboratorio de armas biológicas del Cinturón. Los análisis de los planetas interiores sostenían que la APE y los terroristas como ellos por fin habían demostrado lo peligrosos que podían llegar a resultar para la inocente población civil. El Cinturón echaba la culpa a Marte o a los encargados de mantenimiento de Eros o a la APE por no impedirlo.

Luego un grupo de fragatas marcianas bloquearon Palas, una revuelta en Ganímedes terminó con dieciséis muertos y el nuevo gobierno de Ceres anunció que todas las naves atracadas registradas en Marte serían requisadas. Las amenazas y las acusaciones, siempre sintonizadas al constante sonido de fondo humano de los tambores de guerra, cambiaron de tema. Lo de Eros había sido una tragedia y un crimen, pero se había terminado y nuevos peligros acechaban en cada rincón del espacio humano.

Holden apagó las noticias, se revolvió en su catre e intentó despertar a Miller con la mirada. No funcionó. A pesar de haber estado expuesto a grandes cantidades de radiación, no había obtenido superpoderes. Miller empezó a roncar.

Holden se incorporó para estimar la gravedad. Menos de un

cuarto de g. Por lo visto, Alex no tenía prisa. Naomi estaba dándoles tiempo a él y a Miller para que se recuperaran antes de llegar al asteroide mágico y misterioso de Julie.

«Mierda.»

«Naomi.»

Sus últimas visitas a la enfermería habían sido incómodas. Nunca volvió a salir el tema de su fallido gesto romántico, pero Holden notaba entre ellos una barrera de la que se arrepentía mucho. Y cada vez que ella se marchaba, Miller apartaba la mirada de él y suspiraba, lo que lo hacía sentir todavía peor.

Pero no podría evitarla para siempre, por muy imbécil que se sintiera. Sacó los pies de la cama y empujó hacia el suelo. Notaba las piernas débiles, pero no insensibles. Le dolían las plantas de los pies, aunque bastante menos que casi todo el resto del cuerpo. Se levantó dejando una mano sobre la cama y comprobó su equilibrio. Se bamboleó un poco, pero se mantuvo erguido. Dio dos pasos que le confirmaron que era posible andar con la baja gravedad que tenían. El catéter de la intravenosa tiró de su brazo. Ya solo estaba conectado a una bolsa de algo que tenía una ligera tonalidad azul. No sabía lo que era, pero después de que Naomi le explicara lo cerca que había estado de morir, supuso que sería importante. Lo sacó del gancho de la pared y lo sostuvo en alto con la mano izquierda. La habitación olía a una mezcla entre antiséptico y diarrea. Se alegraba de marcharse.

—¿Adónde vas? —preguntó Miller, con voz soñolienta.

—Por ahí. —Holden se inundó del repentino y visceral recuerdo de tener quince años.

—Vale —dijo Miller, y rodó para ponerse de lado.

La escotilla de la enfermería estaba a unos cuatro metros de la escalerilla central, y Holden recorrió aquella distancia arrastrando los pies despacio y con cuidado, mientras sus zapatos de papel raspaban repetitivos y siseantes contra el suelo de metal enmoquetado. La escalerilla fue demasiado para él. A pesar de que el centro de mando solo estaba una cubierta más arriba, la escalada de tres metros le habría parecido de miles. Pulsó el botón para llamar la escalerilla automática y, en unos segundos, apareció una escotilla que se abrió en el suelo con un zumbido eléctrico. Holden intentó montar, pero solo llegó una especie de caída en cámara lenta que lo dejó agarrado a la escalerilla y de rodillas sobre la plataforma. Detuvo el mecanismo, se irguió, lo volvió a activar y subió hasta la cubierta en lo que confiaba en que fuera una pose menos derrotada y con más dignidad de capitán.

—Por Dios, capitán, sigue estando hecho mierda —dijo Amos cuando se detuvo la escalerilla. El mecánico estaba despatarrado entre dos sillas en el puesto de sensores y masticaba algo parecido a una tira de cuero.

—No dejas de repetírmelo.

—Porque no ha dejado de ser cierto.

—Amos, ¿no tienes trabajo que hacer? —dijo Naomi. Estaba sentada frente a un ordenador y miraba algo que brillaba en la pantalla. No había levantado la cabeza al llegar Holden a la cubierta. Mala señal.

—Qué va. Esta es la nave más aburrida en la que me he enrolado, jefa. No se rompe nada, no hay ningún escape, ni siquiera tiene piezas sueltas que suenen y molesten —respondió Amos mientras se metía en la boca el último trozo de su tentempié y se relamía.

—Siempre hay polvo que limpiar —replicó Naomi, y luego tocó algo en la pantalla que tenía delante. Amos miró hacia Holden y luego de nuevo hacia ella.

—Pues eso me recuerda que tengo que bajar a la sala de máquinas y comprobar... una cosa que tenía que mirar —dijo Amos, poniéndose en pie—. Con permiso, capi.

Pasó al lado de Holden, subió a la escalerilla y se marchó en dirección a la popa. La escotilla de la cubierta se cerró detrás de él.

—¿Qué tal? —preguntó Holden a Naomi cuando Amos se hubo marchado.

—¿Qué tal? —respondió Naomi sin darse la vuelta.

Aquello tampoco era buena señal. Cuando Naomi había dicho a Amos que se marchara, Holden esperaba que quisiera hablar, pero no parecía el caso. Holden suspiró y llegó con dificultades hasta la silla que Naomi tenía al lado. Se dejó caer en ella, mientras las piernas le cosquilleaban como si acabara de correr un kilómetro en lugar de dar veinte pasos a trompicones. Naomi tenía el pelo suelto y Holden no podía verle la cara. Le dieron ganas de echárselo a un lado, pero tenía miedo de que le rompiera el codo con una técnica de kung-fu cinturiano si lo intentaba.

—Mira, Naomi —empezó a decir, pero ella lo ignoró y pulsó un botón de la consola. Holden se sorprendió al ver que la cara de Fred aparecía en la pantalla que tenían delante—. ¿Ese es Fred? —dijo, ya que no se le ocurría nada que fuese incluso más estúpido.

—Tienes que ver esto. Ha llegado de Tycho hace unas horas por mensaje láser después de que les informara sobre nuestra situación.

Naomi tocó el botón de reproducir de la pantalla y la cara de Fred cobró vida.

—Naomi, parece que habéis tenido algunas complicaciones. Se habla mucho sobre el cierre de seguridad de la estación y esa supuesta explosión nuclear. Nadie sabe qué conclusión sacar. Mantennos informados. Mientras tanto, hemos conseguido acceder a aquel cubo de datos que dejasteis aquí, aunque no creo que sea de mucha ayuda. Parecen poco más que datos de los sensores de la *Donnager*, electromagnéticos en su mayor parte. Hemos buscado mensajes ocultos, pero ni mi personal más inteligente ha encontrado nada. Os envío los datos. Avisad si encontráis algo. Tycho, cambio y corto.

La pantalla quedó a oscuras.

—¿Qué pinta tienen los datos? —preguntó Holden.

—Justo lo que ha dicho él —respondió Naomi—. Datos de sensores EM de la *Donnager* durante la persecución de las seis naves y la propia batalla. He echado un ojo a los registros en crudo por si veía algo oculto, pero no aparece nada por mucho que busque. También he puesto a la *Roci* a analizarlos hace dos horas, por si encontramos algún patrón. Tiene unos programas muy buenos para ese tipo de cosas. Pero hasta el momento, nada.

Volvió a tocar la pantalla y aquellos datos en bruto empezaron a pasar más rápido de lo que Holden podía seguirlos. En una pequeña ventana, el programa de reconocimiento de patrones intentaba encontrar un significado a todo aquello. Holden se quedó mirándolo un minuto, pero no dejaba de desenfocársele la vista.

—El teniente Kelly murió por estos datos —dijo—. Abandonó la nave mientras sus compañeros aún luchaban. Un marine no haría algo así a menos que fuera importante.

Naomi hizo un encogimiento de hombros extendiendo las manos y señaló la pantalla con resignación.

—Es lo que había en el cubo —dijo—. Quizá se haya usado esteganografía, pero no tenemos otro conjunto de datos con el que compararlo.

Holden empezó a darse golpes en el muslo, olvidados por el momento el dolor y sus fracasos amorosos.

—Vale, supongamos que estos datos son todo lo que hay. Que no ocultan nada. ¿Qué significaría esta información para la armada marciana?

Naomi se reclinó en la silla y cerró los ojos para pensar, mientras con un dedo jugueteaba con un mechón de pelo en la sien.

—Son datos electromagnéticos en su mayor parte, por lo que hay mucha signatura de máquinas. La radiación de los motores es la mejor forma de seguir la pista a otras naves, por lo que su signatura revela dónde estaba cada una en todo momento durante la batalla. ¿Datos tácticos?

—Quizá —respondió Holden—. ¿Serían tan importantes como para que Kelly escapara con ellos?

Naomi respiró hondo y soltó el aire poco a poco.

—Lo dudo —respondió.

—Y yo.

Algo llamó a la puerta de su mente consciente, pidiendo permiso para entrar.

—¿A qué vino lo de Amos? —preguntó.

—¿Amos?

—Que estuviera en la esclusa con dos armas cuando llegamos —dijo Holden.

—Hubo algún que otro problema volviendo a la nave.

—¿Problema para quién? —preguntó Holden.

Naomi llegó a sonreír al oírlo.

—Unos hombres malos no querían que nos saltáramos el protocolo de retención de la *Roci*. Y Amos tuvo que discutir con ellos. ¿No creería que seguíamos allí porque lo esperábamos a usted, verdad, señor?

¿Había la insinuación de una sonrisa en su voz? ¿Un matiz de coqueteo? ¿Flirteaba? Holden intentó no sonreír.

—¿Qué ha dicho la *Roci* sobre los datos al pasárselos? —preguntó Holden.

—Esto —dijo Naomi mientras tocaba algo en su consola. En la pantalla empezaron a aparecer listas largas de datos en formato de texto—. Muchos datos electromagnéticos y de espectro lumínico, alguna que otra fuga debida a los daños...

Holden soltó un grito. Naomi lo miró.

—Mira que soy tonto —dijo Holden.

—Sin duda. Ahora explícate.

Holden tocó la pantalla y empezó a subir y bajar por los datos. Tocó una larga lista de números y letras y se inclinó hacia atrás mientras sonreía.

—Mira, aquí está —dijo.

—¿Aquí está qué?

—La estructura del casco no es la única métrica de reconocimiento. Es la más precisa, pero también la que tiene menos alcance y... —Señaló a su alrededor, a la *Rocinante*—. También es la más fácil de burlar. La siguiente mejor es la signatura del motor. Es imposible ocultar los patrones de radiación y de calor. Y, además, son fáciles de captar incluso a muchísima distancia.

Holden encendió la pantalla que tenía frente a su silla, abrió la base de datos de amigos y enemigos de la nave y la enlazó a los datos de la pantalla de Naomi.

—En eso consiste el mensaje, Naomi. Está diciendo a Marte quién destruyó la *Donnager*, enseñándole cuál era la signatura de su motor.

—¿Y por qué no escribir en un simple archivo de texto «Nos destruyó tal o cual»? —preguntó Naomi con el ceño fruncido.

Holden se inclinó hacia delante en silencio, y abrió la boca, volvió a cerrarla y se reclinó de nuevo en la silla con un suspiro.

—No lo sé.

Un siseo hidráulico anunció que se acababa de abrir la escotilla. Naomi miró hacia la escalerilla que Holden tenía detrás.

—Ahí viene Miller —dijo.

Holden se giró y vio cómo el inspector terminaba de ascender trabajosamente desde la cubierta de enfermería. Parecía un pollo desplumado, con la piel de color rosa pálido y de gallina en algunas partes. La bata de papel no le quedaba nada bien con el sombrero.

—También hay una automática —dijo Holden.

—Ojalá lo hubiera sabido antes —respondió Miller mientras trepaba a la cubierta del centro de mando entre resoplidos—. ¿Ya hemos llegado?

—Intentamos resolver un misterio —dijo Holden.

—Odio los misterios —dijo Miller, y luego se levantó y fue hacia una silla.

—Pues a ver si nos resuelves este. Supón que has descubierto quién asesinó a alguien. No puedes detenerlo tú, así que le pasas la información a un compañero. Pero en lugar de darle el nombre y punto, le envías todas las pistas. ¿Por qué?

Miller tosió y se rascó la barbilla. Tenía la vista fija en algo, como si leyera una pantalla que Holden no pudiera ver.

—Porque no confío en mí mismo. Quiero que mi compañero llegue a la misma conclusión que yo sin imponerle ningún sesgo. Le doy los puntos y espero a ver qué hace cuando los conecte.

—Sobre todo si equivocarse tiene consecuencias —dijo Naomi.

—No está nada bien equivocarse con un caso de asesinato —respondió Miller, asintiendo—. No es muy profesional.

La consola de Holden pitó.

—Mierda, ya sé por qué tenían cuidado —dijo después de leer la pantalla—. Según la *Roci*, son motores normales de cruceros ligeros construidos por Astilleros Bush.

—¿Eran naves terrícolas? —dijo Naomi—. Pero si no tenían nada que lo indicara ni... ¡Qué hijos de puta!

Era la primera vez que Holden la oía vociferar, y lo entendía. Si eran naves de operaciones encubiertas de la AONU las que habían destruido la *Donnager*, significaría que la Tierra estaba detrás de todo. Quizás incluso de cargarse la *Canterbury*. Significaría que las naves de guerra marcianas estaban matando cinturianos sin motivo. Cinturianos como Naomi.

Holden se inclinó hacia delante, abrió la pantalla de comunicaciones y seleccionó una emisión pública. Miller contuvo el aliento.

—¿Ese botón que acabas de pulsar no sirve para lo que creo, verdad? —dijo.

—Voy a terminar la misión de Kelly, ya que él no puede.

—No tengo ni puta idea de quién es ese Kelly —dijo Miller—, pero dime por favor que su misión no consistía en emitir esos datos a todo el Sistema Solar.

—La gente tiene que saber lo que ocurre —respondió Holden.

—Sí, pero quizá nosotros deberíamos saber de verdad qué coño ocurre antes de decírselo —dijo Miller, ya sin un atisbo de cansancio en la voz—. ¿Cómo puedes ser tan ingenuo?

—Oye —dijo Holden, pero Miller continuó.

—¿Encontrasteis una batería marciana, verdad? Así que se lo contaste a todo el Sistema Solar e hiciste estallar la mayor guerra de la historia de la humanidad. Solo que resulta que no fueron los marcianos quienes la habían dejado allí. Luego, un puñado de naves misteriosas destruye la *Donnager* y Marte echa la culpa al Cinturón, pero, mira por dónde, el Cinturón ni siquiera sabía que era capaz de destruir un crucero de batalla marciano.

Holden abrió la boca, pero Miller cogió una botellita de café que Amos había dejado en la consola y se la tiró a la cara.

—¡Que me dejes terminar! Y ahora has encontrado datos que implican a la Tierra y lo primero que haces es contárselo a todo el universo para que Marte y el Cinturón metan a la Tierra en este tinglado, convirtiendo así la mayor guerra de todos los tiempos en una todavía peor. ¿De verdad no ves un modelo que se repite?

—Yo sí —dijo Naomi.

—¿Y qué crees que va a ocurrir? —preguntó Miller—. ¡Esta

gente trabaja así! Hicieron que la *Canterbury* pareciera obra de Marte. No lo era. Luego que la *Donnager* pareciera cosa del Cinturón. Tampoco lo era. ¿Y ahora parece que todo el condenado asunto es por culpa de la Tierra? Cíñete al modelo. ¡Es probable que no lo sea! Nunca jamás hagas una acusación de esa envergadura hasta que no tengas todas las pruebas. Lo que tienes que hacer es observar. Escuchar. Callarte la boca, joder, y cuando lo sepas seguro, entonces podrás plantear el caso.

El inspector volvió a sentarse, con gesto exhausto. Sudaba. La cubierta quedó en silencio.

—¿Has terminado? —preguntó Holden.

Miller asintió, respirando con dificultad.

—Es posible que me haya dislocado algo.

—Yo no voy a acusar a nadie de hacer nada —dijo Holden—. No estoy intentando plantear ningún caso. Pongamos que hago públicos los datos. Ya no son secretos. Hacían algo en Eros y no querían que los interrumpieran. Como Marte y el Cinturón estaban disparándose entre ellos, cualquiera que tuviera recursos para ayudar estaba ocupado en otra parte.

—Y al publicarlos, implicas a la Tierra en todo esto —puntualizó Miller.

—Quizá —reconoció Holden—. Pero es verdad que los asesinos usaron naves que, al menos en parte, se construyeron en los astilleros orbitales de la Tierra. A lo mejor alguien lo investiga. Y esa, justo esa es la razón de hacerlo. Si todo el mundo lo sabe todo, no habrá ningún secreto.

—Ya, bueno —dijo Miller.

Holden lo ignoró.

—Alguien terminará por descubrir la verdad. Montar algo tan gordo depende del secretismo para funcionar, por lo que revelar todos los secretos les terminará haciendo daño. Es la única forma de detener esto de verdad y para siempre.

Miller suspiró, asintió, se quitó el sombrero y se rascó el cuero cabelludo.

—Yo solo tenía pensado tirarlos por una esclusa de aire —dijo.

BA834024112 no era ninguna maravilla de asteroide. Tendría apenas treinta metros de diámetro y hacía tiempo que se había inspeccionado y declarado completamente vacío de cualquier mineral útil o valioso. Existía en el registro solo para que las naves no chocaran con él. Y Julie había dejado enganchada una nave valorada en miles de millones cuando había usado su pequeña lanzadera para viajar a Eros.

De cerca, la nave que había dejado varada la *Scopuli* y secuestrado a su tripulación parecía un tiburón. Era alargada, estrecha y negra del todo, lo que la hacía casi imposible de distinguir a simple vista contra la negrura del espacio. Las curvas deflectoras de radar de su casco le daban un aspecto aerodinámico muy poco habitual en los vehículos espaciales. A Holden le ponía los pelos de punta, pero era bonita.

—Cabrones —susurró Amos, rodeado por la tripulación reunida en la cabina de la *Rocinante* para verla.

—La *Roci* ni siquiera la detecta, capi —dijo Alex—. Con el radar láser lo único que recibo es una ligera señal de calor sobre el asteroide.

—Lo mismo que vio Becca antes de que cayera la *Cant* —dijo Naomi.

—La lanzadera no está, así que supongo que esta es la nave furtiva atada a una roca que buscamos —añadió Alex.

Holden tamborileó con los dedos en el respaldo de la silla de Alex un momento cuando pasó flotando sobre la cabeza del piloto.

—Seguro que está llena de zombis vomitadores —dijo al fin.

—¿Quieres ir a comprobarlo? —preguntó Miller.

—Ya lo creo —dijo Holden.

34

Miller

El traje de aislamiento era mejor de lo que Miller estaba acostumbrado. Solo había salido al exterior unas pocas veces en todos los años que había pasado en Ceres, y el equipo de Star Helix era antiguo: junturas corrugadas y gruesas, unidad de suministro de aire independiente, guantes que dejaban las manos a treinta grados menos que el resto del cuerpo. Los trajes de la *Rocinante* eran militares y recientes, no más voluminosos que el equipamiento antidisturbios normal y tenían un soporte vital integrado que seguro que mantendría los dedos calientes hasta si le volaban la mano de un disparo. Miller flotaba, agarrado con una mano a una correa de la esclusa de aire, y flexionó los dedos mientras observaba la textura rugosa de las junturas de los nudillos.

No le pareció suficiente.

—De acuerdo, Alex —dijo Holden—. Estamos en posición. Que la *Roci* llame a la puerta.

Sintieron una vibración intensa y profunda. Naomi tuvo que apoyarse en la pared curva de la esclusa de aire para no perder el equilibrio. Amos se adelantó para abrir camino, con un rifle automático sin retroceso en las manos. Cuando giró el cuello, Miller oyó por la radio cómo le crujían las vértebras. Era la única forma en que podría haberlo escuchado, ya que estaban en vacío.

—Bien, capitán —dijo Alex—. Ya nos hemos acoplado. Pero el protocolo de anulación de seguridad habitual ha fallado, así que dadme un segundo... para...

—¿Hay algún problema? —preguntó Holden.

—Hecho. Ya está. Conectados —respondió Alex—. A ver... Parece que no hay mucho que respirar ahí dentro —añadió poco después.

—¿Ni trazas?

—Nada. Puro vacío —dijo Alex—. Tiene las dos esclusas abiertas.

—Vale, chicos —dijo Holden—. Cuidado con el suministro de aire. Vamos.

Miller respiró hondo. La puerta exterior de la esclusa de aire pasó de una suave tonalidad roja a una verde. Holden la abrió, y Amos se lanzó hacia delante, con el capitán a sus espaldas. Miller hizo un gesto con la cabeza a Naomi. «Las señoritas primero.»

El tubo de conexión estaba reforzado y era capaz de desviar los disparos láser del enemigo y ralentizar proyectiles. Amos aterrizó en la otra nave al mismo tiempo que la esclusa de la *Rocinante* se cerraba detrás de ellos. Miller tuvo un instante de vértigo al sentir que la nave que tenían enfrente pasaba de estar delante a estar debajo, como si cayeran hacia ella.

—¿Estás bien? —preguntó Naomi.

Miller asintió mientras Amos cruzaba la esclusa de la otra nave. Fueron entrando uno a uno.

La nave no tenía energía. Las luces de sus trajes de aislamiento bailaban sobre las curvas sutiles y casi aerodinámicas de los mamparos, las paredes acolchadas y las grises taquillas de almacenamiento de trajes. Una de ellas estaba deformada, como si algo o alguien la hubiera forzado desde el interior. Amos avanzó despacio. En circunstancias normales, el vacío habría bastado para descartar que pudiera saltarles algo encima. Pero en aquellos momentos, Miller no las tenía todas consigo.

—Está todo desconectado —dijo Holden.

—Puede que haya algún sistema de emergencia en la sala de máquinas —dijo Amos.

—Que queda a tomar por saco de aquí —añadió Holden.

—Muy probable.

—Vayamos con cuidado —dijo Holden.

—Yo voy al centro de mando —propuso Naomi—. Si hay algo que funcione con batería, podría...

—No, no vas —la interrumpió Holden—. No vamos a separarnos hasta que no sepamos a qué nos enfrentamos. Seguimos juntos.

Amos siguió descendiendo e internándose en la oscuridad. Holden se impulsó detrás de él. Miller los siguió. Por el lenguaje corporal de Naomi no podía distinguir si estaba enfadada o aliviada.

La cocina estaba vacía, pero había indicios de pelea aquí y allá. Una silla con la pata doblada. Un raspón extenso y aserrado que bajaba por una pared donde algo afilado había levantado la pintura. Dos agujeros de bala en la parte alta del mamparo, que indicaban tiros fallados. Miller sacó una mano, se agarró a una mesa y giró despacio.

—¿Miller? —dijo Holden—. ¿No vienes?

—Mira esto —dijo Miller.

Era un vertido oscuro como el ámbar, escamoso y brillante como el vidrio a la luz de su linterna. Holden flotó hacia él.

—¿Vómito de zombi? —preguntó Holden.

—Eso parece.

—Pues entonces supongo que estamos en la nave buena. Para según qué definición de «buena».

Los camarotes estaban silenciosos y vacíos. Los inspeccionaron uno a uno, pero no había enseres personales. Ni un terminal ni fotos ni la menor indicación de quiénes eran los hombres y mujeres que habían vivido, respirado y, probablemente, muerto en la nave. Lo único que diferenciaba el camarote del capitán era que tenía un catre un poco más grande y una caja fuerte.

La nave contaba con un compartimiento central enorme tan alto y amplio como el casco de la *Rocinante*, donde la oscuridad estaba dominada por doce cilindros inmensos recubiertos de pasarelas estrechas y andamios. Miller vio que Naomi endurecía la expresión.

—¿Qué son? —le preguntó.

—Tubos de torpedos —respondió Naomi.

—¿Tubos de torpedos? —dijo Miller—. Pero, madre mía, ¿cuántos llevaban aquí? ¿Un millón?

—Doce —dijo Naomi—. Solo doce.

—Para destruir naves insignia —dijo Amos—. Creados para acabar de un solo tiro con cualquier cosa que tengas en el punto de mira.

—¿Cosas como la *Donnager*? —preguntó Miller.

Holden se volvió hacia él y Miller vio sus rasgos iluminados por las luces interiores del casco.

—O la *Canterbury* —dijo.

Los cuatro pasaron en silencio entre los anchos tubos negros.

En los talleres mecánicos y de fabricación, las señales de violencia eran más notables. Había sangre en el suelo y en las paredes, además de grandes franjas de aquella resina dorada que antes había sido vómito. Había un uniforme hecho un ovillo, cuya tela se había empapado en algo antes de que el frío espacio la congelara. Las costumbres adquiridas después de años de investigar escenarios del crimen le revelaron docenas de detalles: las marcas de arañazos en el suelo y en las puertas del ascensor, las salpicaduras de sangre y vómito, las huellas. Entre todas componían la historia.

—Están en ingeniería —dijo Miller.

—¿Quiénes? —preguntó Holden.

—La tripulación. O quien estuviera en la nave. Todos excepto esa —dijo, señalando media huella que se dirigía hacia el ascensor—. Si os fijáis, las huellas de esa mujer están encima de todas las demás. Y ahí, cuando pisó esa sangre, ya estaba seca. La descascarilló, no la arrastró.

—¿Cómo sabes que son de una mujer? —preguntó Holden.

—Porque son de Julie —respondió Miller.

—Bueno, sean quienes sean los que están en ingeniería, llevan mucho tiempo comiendo vacío —dijo Amos—. ¿Vamos a echar un vistazo?

Nadie dijo que sí, pero todos flotaron hacia delante. La escotilla estaba abierta. La oscuridad del otro lado era todavía más densa, más ominosa y personal que la que había en el resto de la nave abandonada, o quizá solo fuera fruto de la imaginación de Miller. Dudó e intentó hacer aparecer la imagen de Julie, pero no lo consiguió.

Flotar hacia la cubierta de ingeniería era como nadar al interior de una cueva. Miller vio las demás linternas bailando en las paredes y consolas, buscando algún control que tuviera energía o al que se le pudiera hacer llegar. Apuntó el haz de su linterna hacia el centro de la estancia y la oscuridad la consumió.

—Tenemos baterías, capi —dijo Amos—. Y... parece que apagaron el reactor. Adrede.

—¿Crees que puedes volver a activarlo?

—Quiero hacerle un diagnóstico —respondió Amos—. Puede que lo apagaran por algún motivo y no quiero enterarme a las malas.

—Bien pensado.

—Pero creo que al menos... podría conseguir algo de... venga ya, no me jodas.

Se encendieron unas luces cerúleas por toda la cubierta. El brillo repentino cegó a Miller durante unos instantes. Su vista regresó acompañada de una confusión creciente. Naomi se atragantó y Holden ahogó un grito. Algo al fondo de la cabeza de Miller empezó a dar unos alaridos que tuvo que esforzarse en silenciar. Estaban en el escenario de un crimen. Solo eran cuerpos.

Pero en realidad eran algo más.

Tenían delante el reactor, quiescente e inactivo. A su alrededor, una capa de carne humana. Distinguió brazos y manos con los dedos tan abiertos que dolía tan solo mirarlos. Una larga y serpenteante columna vertebral, con las costillas extendidas como las patas de un pérfido insecto. Intentó buscar un sentido a lo que veía. Había visto hombres eviscerados otras veces. Sabía que aquella espiral alargada y viscosa de la izquierda eran unos intestinos. Alcanzó a ver el punto donde el intestino delgado se ensanchaba para formar el intestino grueso. La silueta familiar de una calavera lo miraba a él.

Pero allí, entre toda la acostumbrada anatomía de la muerte y el desmembramiento, había otras cosas: espirales de nautilo, amplias franjas de suave filamento negro, una superficie blanquecina de lo que podría haber sido piel cortada que tenía una docena de agujeros con forma de branquias, un miembro a medio formar que parecía al mismo tiempo un insecto y un feto pero no era ninguna de las dos cosas. Aquella carne muerta y congelada recubría el reactor como la piel de una naranja. La tripulación de la nave furtiva. Quizá también la de la *Scopuli*.

Todos menos Julie.

—Vaya —dijo Amos—. Esto podría llevarme más tiempo del que pensaba, capi.

—No pasa nada —dijo Holden. A través de la radio su voz sonaba temblorosa—. No es necesario.

—No es problema. Mientras ninguna de esas cosas tan raras se le haya metido dentro, el reactor debería inicializarse sin problemas.

—¿No te importa estar tan cerca de... eso? —preguntó Holden.

—La verdad, capi, ni me fijo. Deme unos veinte minutos y confirmaré si podemos conectar la energía o hace falta tirar un cable desde la *Roci*.

—Bien —respondió Holden. Y luego su voz volvió a sonar más firme—. Vale, pero no toques nada de eso otro.

—No tenía pensado hacerlo.

Regresaron flotando por la escotilla. Holden iba delante, luego Naomi y Miller, el último.

—¿Esto es...? —preguntó Naomi, pero su propia tos la interrumpió—. ¿Esto es lo que está pasando en Eros?

—Es probable —respondió Miller.

—Amos —dijo Holden—. ¿Te queda bastante batería para encender los ordenadores?

Hubo un silencio. Miller respiró hondo y notó el aroma a ozono y plástico del sistema de respiración del traje.

—Creo que sí —respondió Amos, titubeando—. Pero sería mejor encender primero el reactor...

—Primero los ordenadores.

—Usted es el capitán, capi —dijo Amos—. Deme cinco segundos.

Siguieron flotando hacia arriba... no, de regreso hacia la esclusa y llegaron a la cubierta de operaciones. Miller se quedó un poco atrás y observó que la trayectoria de Holden lo iba acercando y alejando de Naomi.

«Protector y tímido a la vez —pensó Miller—. Mala combinación.»

Julie lo esperaba en la esclusa de aire. No desde un primer momento, claro. Miller se metió en el conducto mientras en la cabeza daba vueltas a todo lo que había visto, como si se tratara de un caso. Un caso cualquiera. Al pasar, le llamó la atención la taquilla de almacenamiento rota. Dentro no había traje. Le vino a la mente el apartamento de Eros, aquel en el que Julie había muerto. Allí había un traje de aislamiento. Entonces Julie apareció a su lado, saliendo de la taquilla con leves toques en las paredes.

«¿Qué hacías ahí dentro?», pensó.

—No hay calabozos —dijo.

—¿Cómo dices? —preguntó Holden.

—Me acabo de dar cuenta —continuó Miller—. La nave no tiene calabozos. No está hecha para transportar prisioneros.

Holden asintió con un gruñido.

—Eso hace que me pregunte qué pretendían hacer con la tripulación de la *Scopuli* —dijo Naomi. Aunque su tono denotaba que no le hacía ninguna falta preguntárselo.

—No creo que tuvieran nada preparado —dijo Miller despacio—. Todo esto... fue improvisado.

—¿Improvisado? —preguntó Naomi.

—La nave llevaba en su interior algo infeccioso sin las medidas necesarias para contenerlo. Llevaba también prisioneros sin un calabozo donde encerrarlos. Está claro que iban tomando decisiones sobre la marcha.

—O quizá tuvieran prisa —dijo Holden—. Pudo ocurrir algo que los obligara a ir más rápido. Pero lo que hicieron en Eros tenía que llevar pensado desde hacía meses. Quizás años. Así que a lo mejor tuvieron un imprevisto de última hora.

—Sería interesante saber cuál —dijo Miller.

Comparado con el resto de la nave, la cubierta del centro de mando parecía pacífica. Normal. Los ordenadores habían terminado sus diagnósticos y las pantallas brillaban con tranquilidad. Naomi se acercó a una mientras agarraba el respaldo de la silla con una mano, para que el contacto de sus dedos con la pantalla no la apartara.

—A ver qué puedo hacer —dijo—. Vosotros id a ver el puente.

Hubo un silencio cargado de significado.

—No me va a pasar nada —dijo Naomi.

—De acuerdo. Ya sé que... Es... Vamos, Miller.

Miller dejó que el capitán flotara delante de él hacia el puente. Las pantallas mostraban los resultados de unos diagnósticos tan habituales que hasta Miller los reconoció. Aquel espacio era más amplio de lo que había imaginado y contaba con cinco puestos con asientos de colisión personalizados para los cuerpos de otras personas. Holden se ató las correas en uno. Miller flotó un poco por la cubierta. No había nada que le pareciera fuera de lugar, ni sangre ni sillas rotas ni acolchado arrancado de las paredes. La trifulca había tenido lugar cerca del reactor. Todavía seguía sin tener claro lo que significaba aquello. Se sentó en lo que suponía que era el puesto de seguridad y abrió un canal de comunicaciones privado con Holden.

—¿Buscas algo en particular?

—Informes. Registros —dijo Holden, sin extenderse—. Cualquier cosa útil. ¿Tú?

—Voy a intentar acceder a las grabaciones de la nave.

—¿Para encontrar...?

—Lo que encontró Julie —dijo Miller.

El sistema de seguridad suponía que cualquiera que estuviera sentado en aquella consola tenía acceso a los vídeos de bajo nivel. Aun así, le llevó media hora hacerse con la estructura de comandos y la interfaz de consulta. Cuando lo tuvo controlado, no le fue difícil. La marca de tiempo del registro lo llevó al vídeo del día en que la *Scopuli* había desaparecido. En la cámara de seguridad de la esclusa de aire vio cómo escoltaban dentro a la tripulación, cinturianos en su mayoría. Los secuestradores iban con armadura y los protectores del casco bajados. Miller se preguntó si lo harían para ocultar sus identidades. Eso sería un indicio de que pensaban mantener con vida a la tripulación. O quizá solo les preocupara que los tripulantes hicieran un último intento de resistirse. La tripulación de la *Scopuli* no llevaba trajes de aislamiento ni armadura. Algunos de ellos ni siquiera llevaban uniforme.

Pero Julie sí.

Era extraño verla moverse. Con una sensación de distanciamiento, Miller se dio cuenta de que nunca antes la había visto en movimiento. Todas las fotografías que tenía en el archivo de Ceres eran estáticas. Y ahora la veía, flotando junto a los compatriotas que había elegido, con el pelo negro recogido y la mandíbula apretada. Parecía muy pequeña comparada con la tripulación y los hombres con armadura que la rodeaban. Una niñita rica que había dado la espalda a su fortuna y su categoría social para ponerse de parte de los cinturianos oprimidos. Una chica que había dicho a su madre que vendiera la *Jabalí*, la nave que adoraba, en vez de ceder al chantaje emocional. En movimiento parecía un poco distinta a la versión de ella que había construido en su mente —la forma en la que echaba los hombros hacia atrás, esa manía de estirar los dedos de los pies hacia el suelo aunque estuviera en gravedad cero—, pero su apariencia era la misma. Miller sintió como si estuviera rellenando los huecos con nuevos detalles y no volviendo a imaginar a la mujer desde cero.

Los guardias dijeron algo que no oyó porque el audio de seguridad reproducía el vacío, y la tripulación de la *Scopuli* pareció horrorizarse. Luego, a regañadientes, el capitán empezó a quitarse el uniforme. Estaban desnudando a los prisioneros. Miller negó con la cabeza.

—Mala idea.

—¿Qué? —dijo Holden.

—Nada. Perdona.

Julie se quedó quieta. Un guardia fue hacia ella con las piernas apoyadas en la pared. Hacia Julie, que ya había sufrido quizás una violación o quizás algo igual de malo. Que luego aprendió jiu-jitsu para sentirse más segura. Quizá los guardias creyeran que se resistía por pudor. Quizá temieran que ocultara un arma debajo de la ropa. En cualquier caso, intentaron obligarla. Un guardia la empujó y ella se agarró a su brazo como si la vida le fuera en ello. Miller hizo una mueca de dolor cuando vio que el codo del hombre se doblaba en una posición imposible, pero también sonrió.

«Esa es mi chica —pensó—. Dales caña.»

Y lo hizo. Durante casi cuarenta segundos, la esclusa de aire se convirtió en un campo de batalla. Incluso algunos de la tripulación de la *Scopuli* que se habían rendido intentaron ayudarla. Pero Julie no vio cómo un hombre de anchos hombros se abalanzaba hacia ella por detrás. Miller sintió como el guante de la armadura de aquel hombre se estrellaba contra la sien de Julie. No la dejó inconsciente, pero sí aturdida. Los hombres armados la desnudaron con frialdad profesional y, cuando vieron que no tenía armas ni dispositivos de comunicación, le dieron un mono y la empujaron al interior de una taquilla. Al resto los llevaron hacia dentro de la nave. Miller comprobó la marca de tiempo y cambió de cámara.

Llevaron a los prisioneros a la cocina y los ataron a las mesas. Uno de los guardias habló durante un minuto, pero tenía el protector del casco bajado y la única pista para Miller sobre los contenidos de aquel sermón fueron las reacciones de la tripulación: absoluta incredulidad, confusión, rabia y miedo. El guardia podía estar diciendo cualquier cosa.

Miller empezó a saltarse partes del vídeo. Primero unas horas y luego unas más. La nave estaba en propulsión y los prisioneros estaban sentados de verdad a las mesas en lugar de flotar a su alrededor. Cambió a otras cámaras de la nave. La taquilla de Julie seguía cerrada. Si no supiera que no podía ser, la habría dado por muerta.

Volvió a pasar hacia delante el vídeo.

Ciento treinta y dos horas después, la tripulación de la *Scopuli* le echó huevos. Miller lo vio en sus posturas incluso antes de que empezara la violencia. No era la primera vez que veía un motín en un calabozo, y los prisioneros tenían la misma apariencia taciturna pero nerviosa. La cámara enfocaba hacia la pared en la que antes había visto los agujeros de bala. Todavía no estaban allí. Lo estarían. Un hombre apareció en la imagen con una bandeja de raciones de comida.

«Ya empieza», pensó Miller.

El combate fue corto y violento. Los prisioneros no pudieron hacer nada. Miller vio cómo arrastraban a uno de ellos, un hombre rubio, hacia la esclusa y lo lanzaban al espacio. Al resto los ataron muy bien. Algunos lloraban. Otros gritaban. Miller pasó el vídeo hacia delante.

Tenía que estar en alguna parte. Aquel momento en el que aquella cosa, fuera lo que fuese, se desataba. Pero quizás había ocurrido ya en algún camarote sin cámara o llevaba allí desde el principio. Cuando se cumplieron casi ciento sesenta horas exactas de cautiverio de Julie en la taquilla, un hombre con un mono blanco, ojos vidriosos y paso inseguro salió dando tumbos de los camarotes y vomitó sobre uno de los guardias.

—¡Su puta madre! —gritó Amos.

Miller se había levantado de la silla sin siquiera saber qué había pasado. Holden también lo había hecho.

—¿Amos? —llamó Holden—. Dime algo.

—Un momento —respondió Amos—. Vale, no pasa nada, capi. Solo que estos cabrones arrancaron partes de la protección del reactor. Ya está operativo, pero me he irradiado más de lo que me habría gustado.

—Vuelve a la *Roci* —dijo Holden.

Miller se impulsó contra la pared y bajó de nuevo hacia los puestos de control.

—Sin ánimo de ofender, señor, pero no creo que empiece a mear sangre ni nada raro —dijo Amos—. Ha sido más el susto que otra cosa. Si empieza a picarme, me vuelvo, pero creo que puedo conseguir algo de atmósfera en el taller mecánico si me deja unos minutos.

Miller vio la indecisión en la cara de Holden. Podía decirle que era una orden o podía dejarlo estar.

—Vale, Amos. Pero si te empiezas a marear o lo que sea, y lo que sea es lo que sea, vete a la enfermería.

—Señor, sí, señor.

—Alex, no pierdas de vista las lecturas médicas de Amos. Avísanos si ves algo raro —dijo Holden por el canal de comunicaciones general.

—Recibido —respondió Alex con su acento perezoso.

—¿Has encontrado algo? —preguntó Holden a Miller por el canal privado.

—Nada que no esperara —respondió Miller—. ¿Y tú?

—Pues sí. Echa un vistazo.

Miller se impulsó hacia la pantalla en la que trabajaba Holden, que volvió a su puesto y empezó a abrir ventanas de datos.

—Estaba pensando que alguien tuvo que caer el último —dijo Holden—. Quiero decir, tuvo que haber alguien que fuese el menos enfermo cuando esa cosa se desató. Así que he repasado el directorio para ver qué actividad hubo antes de la desconexión.

—¿Y?

—Hay un estallido de actividad que pareció tener lugar un par de días antes de que el sistema se desconectara. Luego no hay nada durante dos días enteros. Y, luego, un pequeño repunte. Muchos diagnósticos de sistema y acceso a archivos. Luego alguien se saltó los códigos de seguridad y dejó a la nave sin atmósfera.

—Esa era Julie.

—Eso pensaba —dijo Holden—. Pero algunos de los datos a los que accedió... Mierda, ¿dónde estaba? Estaba aquí hace... Vale. Aquí. Mira esto.

La pantalla parpadeó, los controles se pusieron en modo de espera y apareció un emblema verde y dorado en alta definición. Era el logotipo corporativo de Protogen, con una consigna que Miller no había visto antes. «Los primeros. Los más rápidos. Más lejos.»

—¿Qué marca de tiempo tiene ese archivo? —preguntó Miller.

—El original se creó hace unos dos años —respondió Holden—. Esta copia se grabó hace ocho meses.

El emblema desapareció y en su lugar vieron a un hombre de aspecto apacible sentado en un escritorio. Era moreno, con algún que otro reflejo gris en las sienes y una boca que parecía acostumbrada a sonreír. Asintió a la cámara. La sonrisa no le llegaba a los ojos, que estaban tan vacíos como los de un tiburón.

«Un sociópata», pensó Miller.

Los labios del hombre empezaron a moverse sin sonido.

—Coño —gruñó Holden, y activó un interruptor para que el audio se transmitiera a sus trajes. Rebobinó el vídeo y volvió a reproducirlo.

—Señor Dresden —dijo el hombre—, me gustaría agradecerle a usted y al resto de miembros de la junta el tiempo que han dedicado a revisar esta información. Su apoyo, tanto financiero como de otros tipos, ha sido determinante para los maravillosos descubrimientos que hemos realizado en este proyecto. Mientras que mi equipo ha sido la cara visible, por así decirlo, el compromiso absoluto de Protogen con el avance científico es lo que ha hecho posible nuestro trabajo.

»Les seré sincero, señores. La protomolécula de Febe ha superado todas nuestras expectativas. Creo de verdad que puede representar un avance tecnológico decisivo. Sé que las exageraciones son algo común en este tipo de presentaciones corporativas. Pero tengan en cuenta que mis palabras están meticulosamente elegidas y meditadas: Protogen podría convertirse en la entidad más importante y poderosa de la historia de la humanidad. Pero hará falta iniciativa, ambición y audacia.

—Se refiere a matar gente —dijo Miller.

—¿Ya habías visto el vídeo? —preguntó Holden.

Miller negó con la cabeza. El vídeo cambió. El hombre desapareció poco a poco y lo reemplazó una animación. Una representación gráfica del Sistema Solar. Las órbitas estaban marcadas con unas franjas anchas de colores sobre el plano de la eclíptica. La cámara virtual se alejó de los planetas interiores, donde supuestamente se encontraban el señor Dresden y los miembros de la junta, y se dirigió hacia los gigantes gaseosos.

—Aquellos de la junta que no conozcan el proyecto, sepan que hace ocho años se realizó el primer aterrizaje tripulado en Febe —dijo el sociópata.

La cámara se acercó a Saturno y el planeta y sus anillos pasaron a toda velocidad en un triunfo del diseño gráfico sobre la precisión.

—Al ser una pequeña luna helada, se suponía que Febe terminaría siendo una fuente de agua, como lo son los anillos. El gobierno marciano había encargado un estudio científico, más por completitud burocrática que con la esperanza de conseguir beneficios económicos. Se tomaron muestras del núcleo y, cuando hallaron anomalías en los silicatos, hablaron con Protogen para que cofinanciara unas instalaciones de investigación a largo plazo.

La luna en sí, Febe, llenó la imagen y la cámara la rodeó despacio para verla desde todos los ángulos como a una prostituta en un burdel barato. Estaba llena de marcas de cráteres y era indistinguible de otros miles de asteroides y planetesimales que Miller había visto antes.

—Debido a la órbita extraeclíptica de Febe —continuó el sociópata—, una teoría asegura que se trata de un cuerpo celeste que se originó en el cinturón de Kuiper y fue atraído por Saturno cuando pasó por el Sistema Solar. La existencia de estructuras complejas de silicio en el hielo interior, junto a los indicios de otras estructuras resistentes a los impactos dentro del propio cuerpo celeste, nos han obligado a replantearnos dicha teoría.

»Empleando técnicas de análisis propiedad de Protogen que todavía no hemos compartido con el equipo de Marte, hemos determinado que, sin lugar a dudas, lo que están viendo no es un planetesimal formado de manera natural, sino un arma. Un arma diseñada para transportar una carga efectiva a través de las profundidades del espacio interplanetario y que llegó a la Tierra hace unos dos mil trescientos millones de años, cuando la vida del planeta estaba en sus primeros estadios. Y la carga, señores míos, es esta.

La pantalla pasó a mostrar un gráfico que Miller no pudo descifrar. Parecía sacado de un texto médico sobre virus, pero con estructuras más anchas y rizadas que eran tan bonitas como improbables.

—Lo primero que nos llamó la atención de la protomolécula

fue su capacidad para conservar su estructura primaria en una amplia variedad de condiciones mediante cambios secundarios y terciarios. También mostró afinidad con estructuras de carbono y de silicio. Su actividad sugería que no se trataba de un ser vivo, sino de un conjunto de instrucciones dispersas diseñadas para adaptarse y guiar a otros sistemas replicadores. Las pruebas con animales indican que sus efectos no se reducen a los replicadores simples, sino que, de hecho, aceptan escalado.

—Pruebas con animales —repitió Miller—. ¿Qué hicieron, tirarlo encima de un gato?

—Todo lo cual implica —continuó el sociópata— que existe una biosfera mayor de la que nuestro sistema es solo una parte de ella, y que la protomolécula es artefacto de ese entorno. Solo eso, estarán de acuerdo conmigo, bastaría para revolucionar la percepción que la humanidad tiene del universo. Pero les aseguro que es lo de menos. Si los caprichos de la mecánica orbital no hubieran capturado a Febe, la vida tal y como la conocemos no existiría. Pero existiría otra cosa. Las primeras formas de vida celular de la Tierra habrían sido secuestradas, reprogramadas según el dictado de partes contenidas en la estructura de la protomolécula.

El sociópata volvió a aparecer. Por primera vez aparecieron arrugas de sonrisa en el contorno de sus ojos, como parodias de sí mismas. Miller sintió un odio instintivo que se apoderó de su cuerpo y se conocía de sobra para identificar muy bien aquella sensación. Tenía miedo.

—Protogen se encuentra en una posición privilegiada para apoderarse no solo de la primera tecnología de origen genuinamente extraterrestre, sino de un mecanismo prefabricado para la manipulación de seres vivos y de los primeros indicios de la naturaleza de la biosfera extendida, a la que llamaré biosfera galáctica. Bajo la dirección de manos humanas, sus aplicaciones son infinitas. Creo que la oportunidad que se nos ofrece, y no solo a nosotros, sino también a la propia vida, es más profunda y transformadora que ninguna anterior en nuestra historia. Es más, el control de esta tecnología representará la base de todo poder político y económico de ahora en adelante.

»Les insto a que tengan en cuenta los detalles técnicos que esbozo en los datos adjuntos. Tomar medidas inmediatas para comprender la programación, mecanismos y propósito de la protomolécula, además de sus posibles aplicaciones directas en seres humanos, marcará la diferencia entre un futuro liderado por Protogen o pasar desapercibidos. Les insto también a que tomen medidas inmediatas y decididas para obtener el control exclusivo de la protomolécula y dar comienzo a las pruebas a gran escala.

»Gracias por su tiempo y su atención.

El sociópata volvió a sonreír y reapareció el emblema de la empresa. «Los primeros. Los más rápidos. Más lejos.» Miller tenía el corazón acelerado.

—Vale. Bien —dijo—. No me jodas —añadió luego.

—Protogen, protomolécula —dijo Holden—. No tenían ni idea de lo que hace, pero le pusieron su etiqueta como si la hubieran creado ellos. Encontraron un arma alienígena y lo primero que se les ocurrió fue una marca.

—Sí, nos ha quedado claro que estos tipos son unos arrogantes de cuidado —dijo Miller, asintiendo.

—Yo no és que sea científico —dijo Holden—, pero diría que soltar un supervirus alienígena en una estación espacial no es buena idea.

—Han pasado dos años —dijo Miller—. Han hecho pruebas, han... vaya, no tengo ni pajolera idea de lo que han estado haciendo. Pero se decidieron por Eros. Y todo el mundo sabe lo que ocurrió en Eros. Fue culpa del otro bando. No había naves de investigación ni de rescate porque solo pensaban en enfrentarse entre ellos o en proteger algo. ¿Esta guerra? No es más que una distracción.

—Y Protogen está... ¿dedicándose a qué?

—Ver lo que hace su juguetito cuando lo sacan a pasear, supongo —respondió Miller.

Quedaron un rato en silencio. Holden lo rompió.

—Tenemos a una empresa que parece algo escasa de conciencia institucional, pero tiene tantos contratos de investigación gubernamentales que podría considerarse una rama privada del

Ejército. ¿Hasta dónde serán capaces de llegar para conseguir el Santo Grial?

—Los primeros. Los más rápidos. Más lejos —respondió Miller.

—Exacto.

—Chicos —dijo Naomi—. Deberíais bajar aquí. Creo que he encontrado algo.

35

Holden

—He encontrado los registros de comunicaciones —dijo
Naomi cuando Holden y Miller entraron flotando en la habitación detrás de ella.

Holden le puso una mano en el hombro, la retiró y se odió
por haberla retirado. Una semana antes a ella no le habría importado un simple gesto de afecto como aquel, y él no habría
tenido miedo de su reacción. Lamentó la distancia que ahora había entre ellos, pero solo un poco menos de lo que se habría arrepentido de no haberle dicho nada. Quería que lo supiera.

—¿Has encontrado algo interesante? —dijo, en lugar de darle más vueltas.

Naomi tocó la pantalla y apareció un registro.

—Iban muy en serio con las normas de comunicación —dijo
mientras señalaba una lista de fechas y horas—. No emitieron
nada por radio, solo mediante mensajes láser y siempre con dobles sentidos, con muchas frases en clave evidentes.

La boca de Miller se movió dentro del casco. Holden tocó
su protector facial. Miller puso los ojos en blanco, indignado
consigo mismo, y luego activó su conexión con el canal general
de comunicaciones.

—Perdón. No estoy acostumbrado a los trajes —dijo—.
¿Qué es eso tan bueno que hemos descubierto?

—No demasiado, pero la última comunicación está en texto
llano —dijo Naomi mientras tocaba la última fila de la lista.

ESTACIÓN THOTH

LA TRIPULACIÓN DEGENERA. SE ESPERA QUE LAS BA-
JAS SEAN DE UN 100 %. LOS MATERIALES ESTÁN SEGUROS.
ESTABILIZANDO RUTA Y VELOCIDAD. SE ADJUNTAN DATOS
VECTORIALES. PELIGRO EXTREMO DE CONTAMINACIÓN
PARA LOS EQUIPOS DE ENTRADA.

CAP. HIGGINS

Holden lo leyó varias veces y se imaginó cómo el capitán
Higgins veía extenderse la infección entre sus tripulantes sin
poder hacer nada para detenerla. A sus hombres vomitando por
toda aquella caja de metal sellada contra el vacío, cuando el contacto de una sola molécula de aquella sustancia con la piel era
una sentencia de muerte. Zarcillos cubiertos de filamentos negros saliendo de sus ojos y sus bocas. Y luego aquella... especie
de sopa que cubría el reactor. Se permitió un escalofrío y agradeció que Miller no pudiera verlo a través del traje de vacío.

—O sea, que el Higgins este se dio cuenta de que su tripulación se transformaba en un grupo de zombis vomitadores y
envió un mensaje de despedida a sus jefes, ¿no? —dijo Miller,
rompiendo las ensoñaciones de Holden—. ¿Qué son esos datos
vectoriales que dice?

—Sabía que iban a morir todos, así que dio a los suyos una
manera de recuperar la nave —explicó Holden.

—Pero no lo consiguieron, porque está aquí, porque Julie
tomó el control y la llevó a otro lugar —dijo Miller—. Lo que
quiere decir que todavía la buscan, ¿no?

Holden no le hizo caso y volvió a poner la mano en el hombro de Naomi, con la esperanza de parecer amistoso y natural.

—Tenemos los mensajes láser y la información vectorial
—dijo—. ¿Se envió todo al mismo sitio?

—Más o menos —respondió Naomi, haciendo un gesto afirmativo con la mano derecha—. No al mismo lugar, pero sí a ciertos puntos concretos del Cinturón. Si nos basamos en los cambios
de dirección y en los momentos en que se enviaron, en realidad
a un solo punto del Cinturón que se desplaza, y no en una órbita
estable.

—¿A una nave?

Naomi repitió el asentimiento.

—Es probable —respondió—. He echado un vistazo a las localizaciones y no encuentro nada en el registro que pueda encajar. Ni estaciones ni rocas habitadas. Tendría sentido que fuera una nave, pero...

Holden esperó a que Naomi terminara la frase, pero Miller se inclinó hacia delante con impaciencia.

—Pero ¿qué? —preguntó.

—Pero ¿cómo sabían dónde iba a estar? —respondió ella—. No tienen mensajes entrantes. Si esa supuesta nave se movía de forma aleatoria por el Cinturón, ¿cómo sabían dónde enviar los mensajes?

Holden le apretó el hombro, con tanta suavidad que quizá ni lo notara a través del grueso traje de aislamiento, y luego se impulsó y flotó hacia el techo.

—Por tanto, no es aleatorio —dijo—. Tenían algún tipo de mapa que les indicara dónde iba a estar esa cosa cuando enviaran los mensajes láser. Podría ser una de sus naves furtivas.

Naomi se giró en la silla y levantó la mirada hacia él.

—O podría ser una estación.

—Es el laboratorio —terció Miller—. Si están haciendo un experimento en Eros, necesitan cerca a los de las batas blancas.

—Naomi —dijo Holden—. «Los materiales están seguros.» Hay una caja fuerte en el camarote del capitán que sigue cerrada. ¿Crees que podrás abrirla?

Naomi hizo un gesto vago con una mano.

—No lo sé —respondió—. Quizá. Supongo que Amos podría reventarla con los explosivos que encontramos en aquella caja de armas grande.

Holden rio.

—Bueno, como es posible que esté llena de pequeños viales de espantosos virus alienígenas, creo que voy a vetar los explosivos.

Naomi cerró el registro de comunicaciones y abrió el menú de sistemas generales de la nave.

—Puedo comprobar si el ordenador tiene acceso a la caja —dijo—. Quizá así la abra, aunque llevará tiempo.

—A ver qué puedes hacer —dijo Holden—. Te dejamos trabajar.

Holden volvió a bajar desde el techo y se impulsó hacia la escotilla del puesto de mando. La atravesó y llegó hasta el pasillo que estaba al otro lado. Un momento después, Miller lo siguió. El inspector puso los pies en la cubierta con sus botas magnéticas activadas y luego miró a Holden, como si esperara algo.

Holden bajó flotando hacia la cubierta y se puso a su lado.

—¿Qué opinas? —preguntó—. ¿Será todo obra de Protogen o es otra de esas veces en la que parece que tenemos un culpable y por tanto no lo es?

Miller se quedó en silencio y respiró hondo dos veces.

—Esto sí que huele a auténtico —dijo Miller, casi como si lo lamentara.

Amos apareció por la escalerilla. Venía de abajo y llevaba consigo un estuche grande de metal.

—Oiga, capi —dijo—. He encontrado un estuche lleno de bolas de combustible para el reactor en el taller mecánico. Creo que nos vendría bien llevárnoslas.

—Buen trabajo —dijo Holden, levantando una mano para indicar a Miller que esperara—. Llévalas a la *Roci*. Por cierto, necesito que prepares un plan para destruir esta nave.

—¿Cómo dice? —preguntó Amos—. Esto vale una burrada de pasta, capitán. ¿Un bombardero furtivo? En la APE serían capaces de vender a sus abuelas por algo así. Y seis tubos de esos aún tienen pececitos dentro. Pueden destruir naves insignia y hasta reventarían una luna pequeña. Qué digo abuelas, la APE prostituiría a sus hijas para conseguir un equipo así. ¿Para qué coño vamos a destruirlo?

Holden lo miró, incrédulo.

—¿Te has olvidado de lo que hay en la sala de máquinas? —preguntó.

—Venga ya, capi —resopló Amos—. Toda esa mierda está congelada. Deme un par de horas con un soplete, la corto en pedacitos y la tiramos por la esclusa de aire. Nave como nueva.

La imagen mental de Amos cortando en pedacitos los cuerpos consumidos de la antigua tripulación de la nave con un soplete de plasma y luego lanzándolos con alegría por la esclusa de aire colmó el vaso y lanzó a Holden al reino de la náusea desbocada. La capacidad del mecánico grandullón para no ver nada que no le interesara posiblemente fuera útil cuando tenía que arrastrarse por los compartimentos estrechos y grasientos de los motores. Su capacidad para restar toda la importancia a la terrible mutilación de varias decenas de personas hacía que la repulsión de Holden amenazara con transformarse en rabia.

—Aun sin tener en cuenta el estropicio —dijo— y la posibilidad de acabar infectados por lo que provocó ese estropicio, también está el hecho de que hay gente que busca a la desesperada esta nave furtiva tan cara y, por el momento, Alex no logra detectar la nave que la busca.

Dejó de hablar y asintió hacia Amos mientras el mecánico daba vueltas a lo que acababa de decir. En la cara de Amos vio que hacía un esfuerzo para unir todas las piezas: «Hemos encontrado una nave furtiva. Hay gente que busca esta nave furtiva. No vemos a los otros que la buscan.»

«Mierda.»

Amos se quedó pálido.

—Vale —respondió—. Voy a preparar el reactor para hacerla explotar. —Bajó la mirada para ver la hora en la pantalla del antebrazo del traje—. Mierda, llevamos aquí mucho tiempo. Será mejor que nos pongamos las pilas.

—Eso es —afirmó Miller.

Naomi era buena. Muy buena. Holden lo sabía desde que empezó a trabajar en la *Canterbury* y, con el paso del tiempo, había agregado esa afirmación a su lista de hechos irrefutables, en la que había cosas como «en el espacio hace frío» o «la gravedad va hacia abajo». Cuando algo dejaba de funcionar en el carguero de agua, pedía a Naomi que lo arreglara y dejaba de preocuparse por ello. A veces ella le decía que no podía arreglarlo, pero nunca era más que una táctica negociadora. Tenían una breve conversación y ella le pedía repuestos o que contratara a un ayudante la próxima vez que atracaran, eso era todo. No había ningún problema electrónico o relacionado con las partes de la nave que ella no pudiera resolver.

—No puedo abrir la caja fuerte —dijo Naomi.

Estaba flotando junto a la caja en el camarote del capitán, con un pie descansando sobre el catre para no perder el equilibrio al gesticular. Holden estaba en el suelo con las botas magnéticas activadas. Miller se encontraba en la puerta de la escotilla que daba al pasillo.

—¿Qué necesitarías? —preguntó Holden.

—Si no me dejas hacerla estallar o cortarla, no puedo abrirla.

Holden negó con la cabeza, pero o Naomi no lo vio o no le hizo caso.

—La caja fuerte está diseñada para abrirse cuando se reproduce un patrón de campos magnéticos muy específico en el metal de la parte frontal —explicó—. Alguien tiene una llave diseñada para emitirlo, pero esa llave no está en la nave.

—Está en esa estación —dijo Miller—. No enviarían la caja para allá si no pudieran abrirla.

Holden miró la caja fuerte de la pared durante unos instantes, mientras tamborileaba con los dedos en el mamparo que tenía al lado.

—¿Qué probabilidad hay de activar una trampa si la abrimos a la fuerza? —dijo.

—Una probabilidad cojonuda, capi —dijo Amos. Escuchaba desde la sala de torpedos mientras trasteaba con el pequeño reactor de fusión que alimentaba uno de los seis torpedos restantes para obligarlo a entrar en estado crítico. Trabajar en el reactor principal de la nave era demasiado peligroso si le faltaban partes de la carcasa.

—Naomi, de verdad que necesito abrir esa caja para sacar las notas de investigación y las muestras que contiene —dijo Holden.

—No sabes lo que hay dentro —dijo Miller, y luego rio—. Bueno, está claro que habrá lo que dices, pero no nos servirá de nada si nos hacen estallar o, peor aún, si un proyectil impregnado de ese mejunje atraviesa nuestros bonitos trajes.

—Me la llevo —respondió Holden y luego sacó un trozo de

tiza del bolsillo del traje y dibujó un círculo alrededor de la caja fuerte en el mamparo—. Naomi, haz un agujerito en el mamparo y mira a ver si hay algo que vaya a impedirnos sacar de ahí la dichosa caja y llevárnosla.

—Habrá que sacar la mitad de la pared.

—De acuerdo.

Naomi frunció el ceño, hizo un gesto con las manos, sonrió y afirmó con una mano.

—Vale, pues —dijo—. ¿Piensas llevársela a la gente de Fred?

Miller volvió a reír con un chirrido rasposo y sin gracia que incomodó a Holden. El inspector había estado viendo el vídeo de la pelea de Julie Mao con los secuestradores una y otra vez mientras esperaban a que Naomi y Amos terminaran su trabajo. Dio a Holden la inquietante impresión de que Miller estaba memorizando el metraje, como a modo de combustible para un plan posterior.

—Marte os dejaría en paz si le dierais esto a cambio —dijo Miller—. Dicen que Marte es buen planeta para vivir si eres rico.

—¡Ricos, y una polla! —gruñó Amos mientras trabajaba con algo en las cubiertas inferiores—. Nos pondrían estatuas y todo.

—Tenemos un acuerdo con Fred para dejar que nos presente una oferta mejor en cualquier contrato —dijo Holden—. No es que esto sea un contrato propiamente dicho, pero...

Naomi sonrió y guiñó un ojo a Holden.

—¿Qué vamos a ser, señor? —repuso con un leve tono de burla en la voz—. ¿Héroes de la APE? ¿Multimillonarios de Marte? ¿Montamos una empresa de biotecnología? ¿Qué estamos haciendo aquí?

Holden se alejó de la caja fuerte y se impulsó hacia la esclusa de aire donde estaba el soplete junto al resto de herramientas.

—Todavía no lo sé —dijo—. Lo que sí sé es que sienta bien volver a tener opciones.

Amos volvió a pulsar el botón. No apareció ninguna estrella nueva en la oscuridad. Los sensores de radiación y de infrarrojos tampoco se iluminaron.

—¿Se supone que ahora era cuando explotaba, no? —preguntó Holden.

—Sí, joder —respondió Amos, antes de pulsar el botón del cajetín negro que tenía en la mano por tercera vez—. Tampoco es que sea una cosa exacta. Los motores de esos misiles son lo más simple que hay. Poco más que un reactor con una pared menos. No se puede predecir del todo...

—Esto tiene poca ciencia —dijo Holden, riendo.

—¿Cómo? —preguntó Amos, a punto de enfadarse si se estaba burlando de él.

—Ya sabes: «Tiene poca ciencia» —se explicó Holden—. Como diciendo: «No es difícil.» Pero tú sí que tienes ciencia, Amos. Ciencia de verdad. Te ganas la vida trabajando con reactores de fusión y motores de naves espaciales. Hace un par de siglos, la gente habría hecho cola para ofrecerte a sus hijos a cambio de tus conocimientos.

—Pero qué co... —empezó a decir Amos, pero se interrumpió cuando un nuevo sol se iluminó de repente fuera de la cabina, para luego desvanecerse igual de rápido—. ¿Ve? Le había dicho que funcionaría, joder.

—Nunca lo he dudado —respondió Holden. Dio un golpecito a Amos en uno de sus hombros fornidos y puso rumbo a popa por la escalerilla de tripulación.

—¿A qué cojones ha venido eso? —preguntó Amos al aire mientras el capitán se alejaba.

Holden pasó por la cubierta del centro de operaciones. La silla de Naomi estaba vacía. Le había ordenado que durmiera un poco. La caja fuerte de la nave furtiva estaba allí, amarrada a unas correas fijadas en la cubierta. Fuera de su pared parecía más grande. Negra y de una solidez impenetrable. El tipo de contenedor en el que se podía guardar la perdición de todo el Sistema Solar.

Holden se acercó flotando y le susurró:

—Ábrete, sésamo.

La caja fuerte no reaccionó, pero en ese momento se abrió la escotilla de la cubierta y Miller se impulsó hacia el interior. Había cambiado el traje de aislamiento por un mono azul que olía a rancio y su inevitable sombrero. Algo en la expresión de su cara incomodó a Holden. Más de lo normal.

—Hola —dijo Holden.

Miller saludó con la cabeza, se impulsó hacia uno de los puestos de trabajo y se abrochó a una silla.

—¿Ya hemos decidido nuestro destino? —preguntó.

—No. He pedido a Alex que haga cálculos para algunas posibilidades, pero todavía no me he decidido.

—¿Has visto las noticias? —preguntó el inspector.

Holden negó con la cabeza y luego se dirigió hacia una silla en el otro extremo del compartimento. Algo en la expresión de Miller le daba escalofríos.

—No —dijo—. ¿Qué ha ocurrido?

—No titubeas, Holden. Creo que es algo que admiro de ti.

—Venga, dime —dijo Holden.

—No, en serio. Hay mucha gente que dice tener principios. «La familia es lo más importante», y luego se follan a una puta de cincuenta dólares cuando cobran el sueldo. «El país es lo primero», pero luego evaden impuestos. Pero tú no. Tú dices que todo el mundo tiene que saberlo todo, y vaya si eres fiel a tu palabra.

Miller esperó a que respondiera, pero Holden no sabía qué decir. Parecía que el inspector llevaba tiempo preparando aquel discurso. Creyó que lo mejor era dejarlo terminar.

—Veamos. Marte descubre que quizá la Tierra se haya puesto a construir naves a escondidas, naves sin bandera. Es posible que algunas de ellas destruyeran una nave insignia marciana. Supongo que entonces Marte llamaría para preguntar. Digo yo, porque por algo existe la Armada de la Coalición Tierra-Marte, la hegemonía feliz de toda la vida. Llevan casi cien años juntos imponiendo la ley en el Sistema Solar. Es más que probable que sus oficiales se acuesten juntos y todo. Por tanto, seguro que es un malentendido, ¿verdad?

—Correcto —dijo Holden, y esperó.

—Total, que Marte llama —continuó Miller—. Bueno, no lo sé seguro, pero supongo que la cosa empezaría así. Una llamada de un pez gordo de Marte a otro de la Tierra.

—Parece razonable —dijo Holden.

—¿Qué crees que respondería la Tierra?

—No lo sé.

Miller extendió la mano y encendió una pantalla. Luego abrió un archivo con su nombre cuya marca de tiempo era de hacía menos de una hora. Una grabación de un canal de noticias marciano en la que se veía el cielo nocturno a través de una cúpula del planeta. El cielo estaba lleno de haces y borrones luminosos. En la parte inferior de la pantalla, la franja de titulares decía que las naves terrícolas en órbita alrededor de Marte habían empezado a disparar contra sus contrapartidas marcianas de repente y sin previo aviso. Los haces que se veían en el cielo eran misiles. Los borrones, explosiones de las naves.

Luego un inmenso brillo blanco convirtió la noche marciana en día durante unos segundos y la franja inferior anunció que la estación de Deimos donde se encontraba el radar de larga distancia acababa de ser destruida.

Holden se sentó para ver aquella pantalla en la que se emitía el fin del Sistema Solar a todo color y comentado por expertos. Esperaba que aquellos haces de luces terminaran por descender hacia el propio planeta, que las cúpulas estallaran bajo el fuego nuclear, pero parecía que alguien había preferido contenerse y la batalla se limitó a los ciclos.

No podía seguir así para siempre.

—¿Insinúas que esto es culpa mía? —preguntó Holden—. ¿Que si no hubiera emitido esa información, todas esas naves seguirían intactas? ¿Que esa gente seguiría viva?

—Eso mismo, sí. Y que si los tipos malos querían desviar la atención de Eros, lo han conseguido.

36

Miller

Las crónicas de guerra llegaban desde todas partes. Miller veía los vídeos de cinco en cinco, en pequeñas ventanas que llenaban la pantalla de su terminal. En Marte estaban estupefactos, sorprendidos y confusos. La guerra entre Marte y el Cinturón, el conflicto más grande y peligroso de la historia de la humanidad, había pasado de repente a un segundo plano. Las reacciones de los portavoces de las fuerzas de seguridad de la Tierra iban desde la calma y los discursos racionales sobre defensa preventiva a la ira demente y las acusaciones a Marte de no ser más que una panda de follaniños. El ataque a Deimos había convertido la luna en un anillo de gravilla que se expandía poco a poco en la órbita del astro destruido, en un borrón en el cielo marciano. Aquello había vuelto a cambiar las tornas.

Miller observó el ataque durante diez horas, hasta que terminó por convertirse en un asedio. La armada marciana, desperdigada por todo el Sistema Solar, volvía a su planeta quemando a toda máquina. Las comunicaciones de la APE lo consideraban una victoria y seguro que había gente que lo creía. Llegaban imágenes procedentes de las naves, de sus sensores. Naves de guerra destrozadas, con los flancos destruidos por explosiones de alta energía, rotando en sus irregulares órbitas mortuorias. Enfermerías como las de la *Roci* llenas de niños y niñas que no tendrían ni la mitad de su edad y sangraban, ardían y morían. Cada ciclo llegaban nuevos vídeos y más detalles sobre muerte y destrucción. Y cada vez que llegaba uno de esos nuevos vídeos, Miller se inclinaba hacia delante con la mano en la boca y esperaba escuchar las palabras. El acontecimiento que señalaría el fin de todo.

Pero seguía sin oírlas y cada hora que pasaba traía un rayo de esperanza que le hacía pensar que quizá, solo quizá, no pasaría nunca.

—Eh —dijo Amos—. ¿Has dormido algo?

Miller miró hacia arriba, con el cuello rígido. El mecánico, con las arrugas de la almohada grabadas aún en las mejillas y la frente, lo miraba desde el umbral de la puerta del camarote.

—¿Qué? —dijo Miller, y luego—: Ah, no. He estado... viendo vídeos.

—¿Alguien ha tirado alguna roca?

—Todavía no. Sigue siendo orbital o más lejano.

—Pues menuda mierda de apocalipsis que se están montando.

—Dales tiempo. Es el primero que intentan.

El mecánico negó con su cabeza ancha, pero Miller vio alivio por debajo de la fingida decepción. Mientras todavía hubiera cúpulas en Marte y la biosfera de la Tierra no se viera amenazada, la humanidad no estaba muerta. Miller no pudo evitar preguntarse qué esperaban que pasara los habitantes del Cinturón, si habían logrado convencerse a sí mismos de que podían vivir indefinidamente en las duras burbujas ecológicas de los asteroides.

—¿Quieres una birra? —preguntó Amos.

—¿Desayunas cerveza?

—Puedes imaginar que es tu hora de la cena —respondió Amos.

El mecánico tenía razón. Miller necesitaba dormir. Desde que habían destruido la nave furtiva, solo había sido capaz de echarse una siesta, y se la habían echado a perder unos sueños muy raros. Le daba bostezos hasta la mera idea de bostezar, pero la tensión que tenía en las entrañas hacía más probable que dedicara el día a ver vídeos que a descansar.

—Creo que vuelve a acercarse más a la del desayuno —respondió Miller.

—¿Quieres desayunar cerveza? —preguntó Amos.

—Claro.

Andar por la *Rocinante* tenía cierto aire surrealista después de lo que había ocurrido. El quedo zumbido de los recicladores, la suavidad del aire. El trayecto hacia la nave de Julie había sido una neblina de analgésicos y malestar. El tiempo que habían pasado antes en Eros, una pesadilla que se negaba a desaparecer. Caminar por aquellos pasillos espartanos y funcionales mientras la gravedad del impulso le mantenía suavemente los pies en el suelo y había muy pocas probabilidades de que alguien intentara matarlo le inquietaba. Si imaginaba a Julie andando a su lado, no estaba tan mal.

Estaba comiendo cuando su terminal emitió un sonido de aviso, el recordatorio automático de que necesitaba una nueva limpieza de sangre. Se puso en pie, se ajustó el sombrero y fue a que las agujas y los inyectores a presión le hicieran pasar un mal trago. El capitán ya estaba allí conectado a uno de los puestos cuando llegó Miller.

Holden tenía cara de haber dormido, pero no muy bien. No tenía las mismas ojeras que adornaban los ojos de Miller, pero sí los hombros tensos y el ceño más fruncido de lo habitual. Miller se preguntó si habría sido demasiado duro con el chaval. Un «te lo dije» no estaba de más, pero poner sobre sus hombros el peso de la muerte de inocentes y el caos de una civilización que fracasa quizá fuera demasiado para un solo hombre.

O quizás aún seguía encandilado con Naomi.

Holden levantó la mano que no tenía envuelta en instrumental médico.

—Buenos días —saludó Miller.

—¿Qué tal?

—¿Ya has decidido dónde vamos?

—Aún no.

—Cada vez se hace más complicado llegar a Marte —dijo Miller, mientras se acomodaba en su acostumbrado sitio del puesto médico—. Si es lo que tienes en mente, será mejor que te des prisa.

—Por si Marte deja de existir, ¿no?

—Por ejemplo —dijo Miller.

Las agujas salieron poco a poco de sus armazones articulados. Miller miró hacia el techo para evitar ponerse nervioso mientras se abrían camino hacia sus venas. Sintió el pinchazo un instante, luego un dolor leve y embotado y luego un entumecimiento. La pantalla que tenía encima estaba pensada para mostrar sus constantes vitales a unos médicos que estaban viendo morir a jóvenes soldados a kilómetros de altura sobre el monte Olimpo.

—¿Crees que pararán? —preguntó Holden—. Me refiero a que la Tierra tiene que estar haciendo esto porque Protogen ha untado a generales, senadores o lo que sea, ¿verdad? Es todo porque quieren ser los únicos que posean esta cosa. Si Marte también la consigue, Protogen no tendría ninguna razón para luchar.

Miller parpadeó. Antes de que eligiera su respuesta entre: «Si pasa eso, intentarán destruir Marte por completo», «Ya es demasiado tarde para eso» o «¿Hasta dónde llega su ingenuidad, capitán?», Holden continuó hablando.

—A la mierda. Tenemos archivos de datos y voy a emitirlos.

La respuesta de Miller llegó por acto reflejo.

—No, de eso ni hablar.

Holden se apoyó para incorporarse un poco, con una expresión nublada por la ira.

—Comprendo que puedas tener una razonable diferencia de opinión conmigo —dijo—, pero esta sigue siendo mi nave. Solo eres un pasajero.

—Cierto —dijo Miller—. Pero sé que te cuesta disparar a los demás y vas a tener que dispararme si te decides a liberar esos datos.

—¿Voy a tener que qué?

La sangre nueva empezó a fluir en el cuerpo de Miller como un reguero de agua helada arrastrándose hacia su corazón. Los monitores cambiaron a un nuevo patrón que contabilizaba las células anómalas a medida que iban llegando a sus filtros.

—Que vas a tener que dispararme —repitió Miller, más despacio—. Hasta el momento has tenido dos oportunidades para no destruir el Sistema Solar y la has cagado en las dos. No quiero verte expulsado por triple falta.

—Creo que te haces una idea exagerada de la influencia que puede tener el segundo de a bordo de un transportador de agua a largas distancias. Es cierto que hay una guerra y es cierto que tengo algo que ver. Pero el Cinturón ya odiaba a los planetas interiores mucho antes de que atacaran la *Cant*.

—Pero ahora también has enfrentado a los planetas interiores —dijo Miller.

Holden inclinó la cabeza a un lado.

—La Tierra siempre ha odiado a Marte —dijo Holden, como si afirmara que el agua mojaba—. Cuando estaba en la armada hacíamos pronósticos. Planes de batalla por si la Tierra y Marte se ponían a ello en serio alguna vez. La Tierra tenía las de perder. A no ser que atacaran primero, con todas sus fuerzas y no dieran tregua, la Tierra perdía siempre.

Quizá fuera la distancia. O quizá su falta de imaginación, pero Miller nunca había pensado que los planetas interiores pudieran estar tan divididos.

—¿En serio? —dijo.

—Marte es una colonia, pero tienen los mejores juguetes y todo el mundo lo sabe —respondió Holden—. Todo lo que ocurre ahí fuera lleva gestándose cien años. Si no hubiera estado ahí desde el principio, esto no podría haber ocurrido.

—¿Así te excusas? ¿«El polvorín no es mío, yo solo llevaba la cerilla»?

—No estoy poniendo excusas —replicó Holden. Sus pulsaciones y presión sanguínea se dispararon.

—Ya hemos hablado de esto —dijo Miller—. Así que déjame preguntarte qué te hace pensar que esta vez será diferente.

Miller sintió cómo las agujas de su brazo se calentaban casi al límite del dolor. No sabía si era lo normal, si se iba a sentir de la misma manera con cada lavado de sangre.

—Que esta vez de verdad es diferente —dijo Holden—. Toda esa mierda que ocurre ahí fuera es consecuencia de información incompleta. Marte y el Cinturón no se habrían enfrentado si hubieran sabido todo lo que sabemos ahora. La Tierra y Marte no estarían disparándose si todo el mundo supiera que el conflicto forma parte del plan de un tercero. El problema no es que la gente sepa demasiado, es que no saben lo suficiente.

Algo siseó y Miller sintió que lo recorría una oleada de relajación química. No le apetecía nada, pero tampoco tenía forma de retirar los medicamentos.

—No puedes soltar información a la gente sin más —dijo Miller—. Tienes que saber cuáles son sus implicaciones. Qué efecto va a tener. Recuerdo un caso en Ceres, una niña a la que asesinaron. Durante las primeras dieciocho horas todo apuntaba a que había sido el padre. Era un delincuente, un borracho. Fue el último que la vio con vida. Todos los indicios clásicos. Pero una hora después nos dieron un soplo. Resultó que el padre debía mucho dinero a uno de los gremios locales. Todo se complicó en un momento y se multiplicaron los sospechosos. ¿Crees que, si hubiera ido gritando a los cuatro vientos todo lo que sabía, el padre habría seguido con vida cuando nos llegó el soplo? ¿O que alguien habría atado cabos y tomado la decisión evidente?

El puesto médico de Miller dio un pitido. Otro cáncer nuevo. Lo ignoró. El ciclo de Holden estaba a punto de terminar y la rojez de sus mejillas decía tanto sobre la sangre fresca y sana que corría por sus venas como de su estado emocional.

—Así es como piensan ellos —dijo Holden.

—¿Quiénes?

—Protogen. Quizás estéis en bandos diferentes, pero jugáis a lo mismo. Si todo el mundo aireara todo lo que sabe, nada de esto estaría ocurriendo. Si el primer técnico de laboratorio de Febe que encontró algo extraño hubiera entrado en el sistema y dicho: «Eh, mirad todos qué raro es esto», ahora no estarían pasando estas cosas.

—Ya, claro —dijo Miller—, porque decirle a todo el mundo que hay un virus alienígena que quiere matarnos es buena forma de mantener la paz y el orden.

—Miller —respondió Holden—. No pretendo que entres en pánico, pero hay un virus alienígena. Y quiere matarnos.

Miller negó con la cabeza y sonrió, como si Holden hubiera dicho algo gracioso.

—Vale, mira, a lo mejor no puedo apuntarte con un arma y obligarte a hacer lo correcto, pero déjame preguntarte una cosa, ¿quieres?

—Bien —respondió Holden.

Miller se echó hacia atrás. Las drogas estaban lastrándole los párpados.

—¿Qué ocurre? —preguntó Miller.

Se hizo un largo silencio. El sistema médico volvió a emitir un sonido. Otra oleada de frío recorrió las venas maltratadas de Miller.

—¿Qué ocurre? —repitió Holden.

Miller pensó que quizá debería haber sido más específico. Se obligó a abrir los ojos de nuevo.

—Imagina que liberas toda la información que tenemos. ¿Qué ocurre?

—Se acaba la guerra y la gente va a por Protogen.

—Refutable, pero continúa. ¿Qué ocurre después?

Holden quedó en silencio unos instantes.

—La gente empieza a buscar el virus de Febe —respondió.

—Se ponen a experimentar. A pegarse por él. Si ese cabroncete es tan valioso como dicen los de Protogen, la guerra es imparable. Lo único que puedes hacer es cambiarla.

Holden frunció el ceño y se le destacaron arrugas de enfado en las comisuras de los labios y el contorno de los ojos. Miller vio cómo una parte del idealismo de aquel hombre se venía abajo y se sintió mal por alegrarse.

—¿Y qué ocurre si vamos a Marte? —continuó Miller, en voz baja—. Vendemos la protomolécula por más dinero del que nunca habríamos imaginado. O quizá nos disparen y ya está. Marte gana el enfrentamiento contra la Tierra y el Cinturón. Bien, ¿y si vamos a la APE? Son la mayor esperanza del Cinturón para independizarse, pero también una panda de fanáticos la mitad de los cuales cree que pueden sobrevivir sin la Tierra. Y no lo dudes, seguro que también nos dispararían. O también puedes dar toda la información a todo el mundo y hacer como si, pase lo que pase después, tú no tuvieras nada que ver.

—Existe una decisión correcta —dijo Holden.

—No tienes una decisión correcta, amigo —dijo Miller—. Tienes un montón de opciones que quizá sean un poco menos incorrectas.

El lavado de sangre de Holden terminó. El capitán se sacó las agujas del brazo y dejó que se retrajeran aquellos pequeños tentáculos metálicos. Se bajó la manga mientras su expresión se suavizaba.

—La gente tiene derecho a saber lo que ocurre —dijo—. Lo que tú argumentas se reduce a pensar que la gente no es tan inteligente como para saber qué hacer con la información.

—¿Crees que alguien ha usado una emisión tuya para algo que no sea una excusa para atacar a alguien que ya le caía mal? Darles otra razón no hará que dejen de matarse entre ellos —dijo Miller—. Estas guerras las empezaste tú, capitán. No significa que puedas detenerlas, pero al menos tienes que intentarlo.

—¿Y cómo se supone que puedo hacerlo? —preguntó Holden. La angustia de su voz podía ser ira. También podía ser una súplica.

Algo cambió en el estómago de Miller, como si un órgano inflamado se hubiera relajado lo suficiente para volver a su sitio. No se había dado cuenta de que se sentía mal hasta que de pronto volvió a sentirse bien.

—Preguntándote a ti mismo «¿qué ocurre?» —dijo Miller—. Preguntándote qué es lo que haría Naomi.

Holden rio en voz alta.

—¿Así es como tomas las decisiones tú?

Miller dejó que se le cerraran los ojos. Juliette Mao estaba allí, sentada en el sofá de su viejo apartamento en Ceres. Peleando contra la tripulación de la nave furtiva. Abierta en canal por el virus alienígena en el suelo del plato de ducha.

—Algo por el estilo —dijo Miller.

Esa noche llegó un informe de Ceres, toda una novedad frente a las habituales notas de prensa en conflicto. El consejo de gobierno de la APE anunció que había erradicado una célula de espías marcianos. El vídeo mostraba los cadáveres que flotaban fuera de una esclusa industrial en lo que parecía ser el viejo embarcadero del sector seis. En la distancia, las víctimas casi parecían estar en paz. La imagen pasó de improviso a mostrar a la jefa de seguridad. La capitana Shaddid parecía mayor. Más firme.

—Sentimos habernos visto obligados a actuar así —anunció a todo el mundo en todas partes—. Pero la causa de la libertad no admite medias tintas.

«A esto hemos llegado —pensó Miller mientras se frotaba la barbilla con una mano—. A los pogromos. Solo hará falta decapitar a unos centenares más, solo a unos millares más, solo a unas decenas de millares y entonces seremos libres.»

Sonó una tenue alarma y, un momento después, la gravedad varió algunos grados a la izquierda de Miller. Un viraje. Holden había tomado una decisión.

Encontró al capitán solo y mirando un monitor en el centro de mando. La luz iluminaba su cara desde abajo y arrojaba sombras a sus ojos. También le hacía parecer mayor.

—¿Has hecho ya tu emisión? —preguntó Miller.

—Qué va. No somos más que una nave. Si contamos a todo el mundo lo que es esta cosa y que la tenemos, acabarán con nosotros antes que con Protogen.

—Parece probable —dijo Miller, mientras gruñía al sentarse en un puesto vacío. El asiento erguido se reclinó—. Hemos puesto rumbo a alguna parte.

—No pienso confiar en ellos —continuó Holden—. No voy a confiar esa caja fuerte a nadie.

—Bien pensado, supongo.

—Vamos a la estación Tycho. Allí hay alguien en quien... confío.

—¿Confías?

—Bueno, alguien en quien no desconfío activamente.

—¿Naomi cree que es lo correcto?

—No sé. No le he preguntado, pero diría que sí.

—Suficiente —dijo Miller.

Holden levantó la vista del monitor por primera vez.

—¿Tú sabes qué es lo correcto?

—Sí.

—¿Y qué es?

—Poner esa caja fuerte en trayectoria de colisión contra el Sol y encontrar un modo de que nunca nadie vuelva a Eros ni a Febe —respondió Miller—. Hacer como si nada de esto hubiera pasado.

—¿Y por qué no lo estamos haciendo?

Miller asintió despacio.

—¿A quién se le ocurriría deshacerse del Santo Grial?

37

Holden

Alex dejó a la *Rocinante* a tres cuartos de g durante dos horas mientras la tripulación preparaba la comida y cenaba. La volvería a poner a tres g cuando terminara el descanso, pero entretanto, Holden disfrutó de poder estar en pie a una gravedad similar a la de la Tierra. Era un poco demasiado intensa para Naomi y Miller, pero ninguno se quejó. Ambos entendían las prisas.

Cuando la gravedad se redujo desde la aplastante alta aceleración, los tripulantes se fueron reuniendo en la cocina y empezaron a preparar la cena. Naomi mezcló huevos falsos con queso falso. Amos usó pasta de tomate y sus últimos champiñones frescos para cocinar una salsa de tomate que olía como si fuera auténtica. Alex, que estaba de guardia, había pasado los controles del centro de mando a una consola de la cocina y estaba sentado en la mesa de al lado mientras echaba aquella pasta de queso falso y la salsa roja en unos tallarines, con la esperanza de que el resultado final se pareciera a una lasaña. A Holden le había tocado encargarse del horno y, mientras los demás preparaban la lasaña, horneó unos bultos congelados de masa para hacer pan. El olor que desprendía la cocina no era distinto del todo al de la comida de verdad.

Miller había seguido a la tripulación a la cocina, pero parecía incomodarlo la idea de pedir algo que hacer, de modo que puso la mesa y luego se sentó. No es que evitara la mirada de Holden, pero tampoco se esforzaba en llamar su atención. Habían acordado tácitamente no poner ningún canal de noticias. Holden sabía a ciencia cierta que todos irían a comprobar qué había pasado con la guerra tan pronto como terminara la cena, pero en aquel momento trabajaban juntos en un silencio amistoso.

Cuando terminaron de prepararlo todo, Holden acabó su turno de pan e inició el de meter y sacar fuentes de lasaña en el horno. Naomi se sentó al lado de Alex y empezó a hablar en voz baja con él sobre algo que había visto en la pantalla del centro de mando. Holden dividió su atención entre ella y la lasaña. Naomi rio por algo que había dicho Alex y jugueteó con su pelo. Holden sintió que se le encogía el estómago.

Con el rabillo del ojo, le pareció ver que Miller se fijaba en él. Cuando lo miró, el inspector se había vuelto hacia otro lado, con una sonrisilla en la cara. Naomi volvió a reír. Había puesto una mano en el brazo de Alex y el piloto se había sonrojado y hablaba lo más rápido que le permitía la pachorra de su absurdo acento marciano. Parecían amigos, lo que al mismo tiempo alegraba a Holden y le daba unos celos terribles. Se preguntó si Naomi volvería a ser su amiga alguna vez.

Naomi lo pilló mirándola y le dedicó un guiño conspiratorio que quizá tuviera mucho más sentido si Holden hubiera oído lo que decía Alex. Sonrió y le devolvió el guiño, agradeciendo que lo incluyera en aquel momento. Un crepitar que venía del interior del horno llamó su atención. La lasaña había empezado a burbujear y se derramaba por los bordes de los platos.

Se puso los guantes de cocina y abrió el horno.

—La sopa está lista —dijo, mientras sacaba la primera tanda y la ponía sobre la mesa.

—Pues menuda pinta de mierda que tiene la sopa —dijo Amos.

—Ya, bueno —dijo Holden—. Solo es lo que madre Tamara solía decir cuando terminaba de cocinar. No sé de dónde viene la frase.

—¿Una de tus tres madres se encargaba de la comida? Qué clásico —dijo Naomi con una sonrisilla.

—Bueno, se turnaba más o menos equitativamente con Caesar, uno de mis padres.

Naomi le dedicó una sonrisa, aquella vez de verdad.

—Suena bien —dijo Naomi—. Eso de tener una familia así de grande.

—Sí que estaba bien —respondió él, con la imagen mental de un bombardeo nuclear destruyendo la granja en la que había crecido y reduciendo su familia a cenizas. Si aquello llegaba a ocurrir, estaba seguro de que Miller se encargaría de recordarle que era culpa suya. No confiaba en poder discutírselo de nuevo.

Mientras comían, Holden sintió que la tensión del ambiente se relajaba un poco. Amos eructó muy fuerte y, cuando todos se quejaron, les respondió con un eructo aún más fuerte. Alex volvió a contar el chiste con el que había hecho reír a Naomi. Hasta Miller se dejó llevar por el buen ambiente y contó una historia larga y poco creíble sobre cómo una investigación de un queso del mercado negro terminó con un tiroteo contra nueve australianos desnudos en un burdel ilegal. Cuando terminó de contarla, Naomi se reía tanto que se babeó encima y Amos no dejaba de repetir «¡No me jodas!», como si fuera un mantra.

La historia era entretenida y la manera seca de contarla del inspector ayudaba al relato, pero Holden solo escuchaba a medias. Observaba a su tripulación, veía la tensión desapareciendo de sus caras y sus hombros. A pesar de que Amos y él eran de la Tierra, le daba la impresión de que Amos había olvidado su planeta natal desde el momento en que había subido a bordo de una nave. Alex era de Marte y sin duda seguía orgulloso de sus orígenes. Un solo error de uno de los bandos y ambos planetas podían acabar convertidos en vertederos nucleares para cuando terminaran de cenar. Pero en aquel momento no eran más que amigos que comían juntos. Así era como tenía que ser. Era por lo que Holden debía luchar para mantenerlo.

—Ahora que lo dices, recuerdo esa escasez de queso —dijo Naomi cuando Miller terminó de hablar—. En todo el Cinturón. ¿Fue culpa tuya?

—Bueno, si solo se hubieran dedicado a pasar queso de contrabando, no habríamos tenido el problema —respondió Miller—. Pero tenían la costumbre de disparar a otros contrabandistas de queso, y esas cosas llaman la atención de la policía. Son malas para el negocio.

—¿Por culpa del puto queso? —dijo Amos, mientras su tenedor resonaba al caer sobre el plato—. No me jodas. Entiendo que sea haga con drogas o apuestas... ¡pero con queso!

—Las apuestas son legales en muchos sitios —dijo Miller—. Y cualquiera que sepa un poco de química puede fabricarte casi la droga que quieras en su bañera. No hay forma de controlar los suministros.

—El queso de verdad viene de la Tierra o de Marte —añadió Naomi—. Y después de los costes de distribución y el cincuenta por ciento que se lleva la Coalición en impuestos, al final es más caro que las bolas de combustible.

—Terminamos con ciento treinta kilos de cheddar Vermont en el almacén de pruebas —dijo Miller—. Vendido a precio de calle, alguien podría haberse comprado su propia nave. Ese mismo día desapareció. Lo registramos como desechos. Nadie dijo nada y todo el mundo se fue a casa con una cuña. —El inspector se reclinó en la silla, con la mirada distante y una sonrisa en los labios—. Madre mía, qué queso más bueno.

—Pues el falso, como este, sabe a culo —dijo Amos. Luego añadió al momento—: No te ofendas, jefa. Te ha salido muy bien. Pero eso de pelearse por queso me sigue pareciendo raro.

—Por eso destruyeron Eros —dijo Naomi.

Miller asintió, pero no dijo nada.

—¿Por qué dices eso? —preguntó Amos.

—¿Cuánto tiempo llevas volando? —contraatacó Naomi.

—No sé —respondió Amos, mientras apretaba los labios y calculaba de cabeza—. ¿Puede que unos veinticinco años?

—Y has volado con muchos cinturianos, ¿verdad?

—Claro —dijo Amos—. Son los mejores compañeros de tripulación. Quitándome a mí, por supuesto.

—Llevas veinticinco años volando con nosotros, te caemos bien, has aprendido el dialecto. Estoy segura de que podrías pedir una cerveza y una puta en cualquier estación del Cinturón. Vamos, que si fueras un poco más alto y mucho más delgado, hasta podrías hacerte pasar por uno de nosotros.

Amos sonrió, tomándoselo como un cumplido.

—Pero sigues sin entendernos —continuó Naomi—. No del todo. Alguien que creció al aire libre nunca lo hará. Y por eso son capaces de matar a un millón y medio de nosotros para descubrir qué hace ese virus.

—Oye, oye —interrumpió Alex—. ¿Vas en serio? ¿Crees de verdad que hay tantas diferencias entre interianos y exterianos?

—Pues claro que sí —dijo Miller—. Somos demasiado altos, demasiado flacos, tenemos la cabeza grande y las articulaciones protuberantes.

Holden se dio cuenta de que Naomi lo miraba desde el otro lado de la mesa, con una expresión reflexiva. «Me gusta tu cabeza», pensó Holden hacia ella, pero al ver que no le cambiaba la cara, supo que la radiación tampoco le había dado poderes telepáticos.

—Ya casi tenemos nuestro propio idioma —continuó Miller—. ¿Has visto alguna vez a un terrícola pidiendo indicaciones en lo hondo?

—«*Tu* va en rotatoria, *pow*, *tu* Schlauch *acima* e *ido*» —dijo Naomi con un marcado acento cinturiano.

—Ve en dirección rotatoria a la estación de metro y desde allí podrás volver al embarcadero —dijo Amos—. ¿Qué coño tiene de difícil?

—Yo tenía un compañero que no lo habría entendido después de pasar dos años en Ceres —dijo Miller—. Y no es que Havelock fuera tonto. Es solo que... no era de allí.

Holden los escuchaba hablar mientras empujaba la pasta fría por su plato con un mendrugo de pan.

—Vale, lo pillamos —dijo—. Sois raros. Pero matar a un millón y medio de personas por cuatro diferencias óseas y un dialecto...

—La humanidad se ha hecho esas perrerías desde tiempos inmemoriales y por razones más absurdas —dijo Miller—. Si así te quedas más tranquilo, muchos de nosotros pensamos que sois achaparrados y microcefálicos.

Alex negó con la cabeza.

—Es que no le veo ningún sentido a soltar ese virus, ni aunque odiaran a todos y cada uno de los humanos de Eros por motivos personales. ¿Quién sabe lo que hará esa cosa?

Naomi fue al fregadero y se lavó las manos. El chorro de agua llamó la atención de todos.

—He estado dándole vueltas a eso —dijo mientas se giraba y se secaba las manos con un trapo—. A las razones para hacerlo, me refiero.

Miller empezó a hablar, pero Holden lo acalló con un gesto rápido y esperó a que Naomi continuara.

—Bueno —dijo ella—. Creo que se podría comparar con un problema informático. Si ese virus, nanomáquina, protomolécula o lo que quiera que sea ha sido diseñado, tiene que tener un propósito, ¿verdad?

—Verdad —afirmó Holden.

—Y parece que intenta hacer algo, algo complejo. No tiene sentido tomarse tantas molestias solo para matar gente. Esos cambios que provoca parecen ser intencionados, pero... creo que no completos.

—Creo que te sigo —dijo Holden. Alex y Amos asintieron con él, pero permanecieron en silencio.

—Por lo que puede que el problema sea que la protomolécula todavía no es lo bastante inteligente. Se pueden comprimir muchos datos en un espacio pequeño, pero para procesarlos hace falta espacio, a no ser que tengas un ordenador cuántico. La forma más fácil de procesarlos en máquinas pequeñas es distribuirlos. Quizá la protomolécula no ha terminado el trabajo porque no es tan inteligente. Todavía.

—No ha infectado a los suficientes —dijo Alex.

—Exacto —dijo Naomi mientras tiraba el trapo en la papelera de debajo del fregadero—. Así que lo que haces es darle mucha biomasa para trabajar y ver qué es lo que pretende hacer.

—Según el tipo del vídeo, iba a apropiarse de la vida en la Tierra y eliminarnos —dijo Miller.

—Y esa es la razón —concluyó Holden—, por la que Eros era el lugar perfecto. Mucha biomasa en un tubo de ensayo cerrado al vacío. Y si se les iba de las manos, ya había una guerra en marcha y muchas naves y misiles preparados para hacer picadillo Eros si se convertía en una amenaza. Qué mejor que otro contrincante para olvidarnos de nuestras diferencias.

—Joder —dijo Amos—. Hay que estar enfermo, pero enfermo de cojones.

—Bueno, pero probablemente haya ocurrido así —dijo Holden—, sigo sin creer que se haya reunido tanta gente mala en un mismo sitio para llevarlo a cabo. Esto no es cosa de un solo hombre. Es obra de decenas, quizá cientos, de personas muy inteligentes. ¿Qué pasa, que Protogen ha ido por ahí reclutando a todos los Stalin y Jack el Destripador en potencia que encontraba?

—Ya se lo preguntaré al señor Dresden —dijo Miller, con una expresión indescifrable en la cara— cuando por fin lo conozca.

Los anillos acondicionados para la vida de Tycho giraban con serenidad alrededor de la hinchada fábrica globular sin gravedad del centro. Las enormes grúas que brotaban de la parte superior manipulaban una gigantesca pieza del casco para colocarla en un costado de la *Nauvoo*. Holden, que miraba la estación desde las pantallas del puesto de mando mientras Alex se encargaba del atraque, sintió una especie de alivio. Hasta el momento, Tycho era el único lugar en el que nadie había intentado dispararles, hacerlos estallar ni vomitarles mejunje encima, por lo que casi lo podían considerar un hogar.

Holden miró la caja fuerte, firmemente sujeta a la cubierta, y esperó no haber sentenciado a muerte a todos los de la estación por llevarla hasta allí.

Como si le hubiera oído, Miller se impulsó desde la escotilla de la cubierta y flotó hacia la caja fuerte. Lanzó a Holden una mirada cargada de significado.

—No digas nada. Sé lo que piensas —dijo Holden.

Miller hizo un gesto con las manos y flotó hacia un puesto del centro de mando.

—Qué grande —dijo, refiriéndose a la imagen de la *Nauvoo* en la pantalla de Holden.

—Es una nave generacional —dijo Holden—. Nos llevará a las estrellas.

—O a una muerte solitaria en un largo viaje hacia ninguna parte —replicó Miller.

—Bueno —dijo Holden—. Para algunas especies la gran aventura espacial consiste en disparar balas llenas de virus a sus vecinos. Creo que la nuestra es, como mínimo, mucho más noble.

Miller pareció pensárselo, asintió y se quedó mirando cómo crecía la estación Tycho a medida que Alex acercaba la nave hacia ella. El inspector tenía una mano apoyada en la consola para compensar las pequeñas descargas de gravedad que recibían de todas las direcciones debido a las maniobras del piloto. Holden estaba amarrado en su silla. Ni siquiera concentrándose podía manejarse la mitad de bien en la ingravidez debido a los acelerones intermitentes. Su cabeza no podía olvidar los veintitantos años que había pasado en gravedad constante.

Naomi tenía razón. Era muy fácil ver a los cinturianos como extraterrestres. Vaya, es que si se les diera tiempo para desarrollar un sistema eficiente y asequible de almacenamiento y reciclaje de oxígeno y redujeran los trajes de aislamiento a los mínimos necesarios para el calor, los cinturianos podrían llegar a pasar más tiempo fuera de las naves y las estaciones que dentro.

Quizá por eso se les ahogaba tanto con impuestos. El pajarito había salido de la jaula, pero tampoco había que permitirle estirar demasiado las alas, no fuera a olvidar que tenía dueño.

—¿Confías en ese tal Fred? —preguntó Miller.

—Más o menos —respondió Holden—. La última vez que lo vimos nos trató bien, a diferencia del resto, que quería matarnos o encerrarnos.

Miller gruñó, como si aquello no significara nada.

—Es de la APE, ¿verdad?

—Sí —respondió Holden—. Pero creo que de la APE de verdad. No de esos vaqueros que quieren liarse a tiros con los interianos. Ni de esos locos que se escuchan por la radio hablando de guerra. Fred es político.

—¿Y de los que mantienen Ceres a raya?

—No sé —respondió Holden—. A esos no los conozco. Pero Fred es nuestra mejor opción. La menos mala.

—Suficiente —dijo Miller—. Sabes que no vamos a encontrar una solución política a lo de Protogen, ¿verdad?

—Ya —dijo Holden mientras se empezaba a desabrochar el arnés y la *Roci* entraba en su atracadero entre ruidos metálicos—. Pero Fred no es solo un político.

Fred estaba sentado al otro lado de un escritorio grande de madera, leyendo las notas que Holden había escrito sobre Eros, la búsqueda de Julie y el descubrimiento de la nave furtiva. Miller, sentado al otro lado, miraba a Fred como un entomólogo intentando determinar si la especie de insecto que acababa de descubrir picaba. Holden estaba más apartado, a la derecha de Fred, e intentaba no mirar continuamente el reloj de su terminal portátil. En la pantalla gigante que había detrás del escritorio, la *Nauvoo* pasaba flotando como los huesos de metal de un Leviatán muerto y putrefacto. Holden veía los pequeños destellos de brillante luz azul cuando los obreros usaban los soldadores en el casco o la estructura. Empezó a contarlos para mantenerse ocupado.

Cuando iba por cuarenta y tres, una pequeña lanzadera apareció en su campo de visión, transportando vigas de acero en un par de pesados brazos manipuladores, en dirección a la nave generacional en construcción. La lanzadera se perdió en la distancia hasta tener el tamaño de la punta de un bolígrafo y luego se detuvo. En la mente de Holden, la *Nauvoo* pasó de ser una nave grande relativamente cercana a una nave gigantesca que estaba muy lejos. Sintió una breve oleada de vértigo.

Su terminal portátil sonó casi al mismo tiempo que el de Miller. Ni siquiera lo miró, solo tocó la pantalla para silenciarlo. Ya formaba parte de su rutina. Sacó dos píldoras azules de un botellín y se las tragó sin líquido. Oyó que Miller también sacaba las píldoras de su botellín. El sistema médico de la nave se las dispensaba cada semana y les advertía que dejar de tomárselas en el momento indicado podía provocarles una muerte terrible. Así que se las tomaban. Tendrían que hacerlo durante el resto de su vida. Saltarse unas pocas supondría que el resto de su vida no durara demasiado.

Fred terminó de leer y dejó su terminal portátil en el escritorio antes de frotarse los ojos con las palmas de las manos unos segundos. Holden lo veía envejecido desde la última vez que había estado con él.

—Jim, admito que no tengo ni idea de qué hacer con esta información —dijo, por fin.

Miller miró a Holden y articuló un «Jim» con cara extrañada. Holden lo ignoró.

—¿Has leído el comentario de Naomi al final? —preguntó Holden.

—¿Lo de la red de nanovirus para incrementar la potencia de procesamiento?

—Sí, esa parte —respondió Holden—. Tiene sentido, Fred.

Fred soltó una risa anodina y luego clavó un dedo en el terminal.

—Eso —dijo— solo tiene sentido para un psicópata. Nadie cuerdo haría algo así. Crean lo que crean que pueden sacar si lo hacen.

Miller carraspeó.

—¿Quiere añadir algo, señor Muller? —preguntó Fred.

—Miller —corrigió el inspector—. Sí. Lo primero, y con todos mis respetos, no sea ingenuo. El genocidio es algo muy viejo. Segundo, los hechos no son cuestionables. Protogen ha infectado la estación Eros con una enfermedad alienígena letal y están registrando los resultados. Las razones dan igual. Hay que detenerlos.

—Y, además —añadió Holden—, creemos que podemos localizar su estación de seguimiento.

Fred se reclinó en la silla y el cuero falso y la estructura de metal rechinaron por el peso a pesar de que se encontraban a un tercio de g.

—¿Detenerlos cómo? —preguntó. Fred lo sabía. Solo quería que lo dijeran en voz alta. Miller le siguió el juego.

—Pues viajaremos a esa estación y les pegaremos un tiro.

—¿«Viajaremos» quiénes? —preguntó Fred.

—Hay mucho fanático de la APE que quiere liarse a tiros con la Tierra y con Marte —dijo Holden—. Les daremos unos tipos malos de verdad a los que disparar.

Fred asintió sin que el gesto implicara que estuviera de acuerdo con nada.

—¿Y la muestra? ¿Qué hay de la caja fuerte del capitán? —preguntó Fred.

—Eso es mío —respondió Holden—. No pienso negociar con ella.

Fred volvió a reír, aunque en esa ocasión con algo de humor. Miller parpadeó con sorpresa y reprimió una sonrisa.

—¿Por qué debería aceptar algo así?

Holden levantó la cabeza y sonrió.

—¿Y si te digo que he escondido la caja fuerte en un planetesimal lleno de trampas con plutonio suficiente para reducir a partículas a cualquiera que la toque, aunque logre encontrarla? —replicó.

Fred lo miró un instante.

—Pero no lo has hecho —dijo.

—Pues no —respondió Holden—. Pero podría haberte dicho que sí.

—Eres demasiado sincero —dijo Fred.

—Y tú no puedes confiarle algo tan inmenso a nadie. Sabes lo que voy a hacer con ella y, por eso, hasta que podamos acordar algo mejor, vas a dejar que me la quede.

Fred asintió.

—Sí —dijo—. Supongo que sí.

38

Miller

A través de la cubierta de observación podía contemplarse cómo la mastodóntica *Nauvoo* se iba construyendo poco a poco. Miller estaba sentado en el borde de un cómodo sofá, con los dedos entrelazados sobre la rodilla y mirando aquel impresionante paisaje. Después del tiempo que había pasado en la nave de Holden y antes en Eros, con su arquitectura antigua y claustrofóbica, una vista tan amplia le parecía artificial. La cubierta donde estaba era más ancha que la *Rocinante* y estaba decorada con unos bonitos helechos y unas hiedras talladas. El silencio de los recicladores de aire era inquietante y, a pesar de que la gravedad de rotación era similar a la de Ceres, el efecto Coriolis le parecía un tanto extraño.

Había pasado en el Cinturón toda su vida y nunca había estado en un lugar tan meticulosamente diseñado para hacer un alarde sutil de riqueza y poder. Era agradable mientras no le diera demasiadas vueltas.

No era el único al que le gustaban los espacios abiertos de Tycho. Unas docenas de trabajadores de la estación estaban sentados en grupos o paseaban juntos. Una hora antes, Amos y Alex habían pasado por allí, inmersos en una conversación, por lo que cuando se levantó y se dirigió hacia el embarcadero, no le sorprendió mucho encontrarse con Naomi, sentada junto a un bol de comida que se enfriaba en una bandeja a su lado. Tenía la mirada fija en su terminal portátil.

—¿Qué tal? —dijo Miller.

Naomi levantó la cabeza, lo reconoció y le dedicó una sonrisa distraída.

—Hola —respondió.

Miller señaló con la barbilla el terminal portátil e hizo un gesto inquisitivo.

—Datos de comunicación de esa nave —respondió ella. Miller se dio cuenta de que siempre se refería a ella como «esa nave». Igual que muchos llamarían a una truculenta escena del crimen «ese lugar»—. Son todo mensajes láser, así que creía que no sería muy complicado triangularlos. Pero...

—Pero ¿sí que lo es?

Naomi enarcó las cejas y suspiró.

—He trazado órbitas —dijo Naomi—. Pero no encajan. Aunque podrían ser drones repetidores. Objetivos móviles hacia cuyas posiciones estuvieran calibrados los sistemas de la nave y que luego reenviaran el mensaje a la estación. O a otro dron y luego a la estación. O a saber.

—¿Hay paquetes de datos recibidos desde Eros?

—Supongo —respondió Naomi—. Pero no creo que vaya a ser más fácil encontrarles el sentido que a esto.

—¿Tus amigos de la APE no pueden hacer algo? —preguntó Miller—. Tienen más potencia de procesamiento que estos sistemas portátiles. Y seguro que también tienen un mapa de actividad del Cinturón más preciso.

—Es posible —respondió.

Miller no estaba seguro de si Naomi no confiaba en ese Fred al que Holden los había entregado o si sencillamente necesitaba sentir que la investigación seguía en sus manos. Se le ocurrió decirle que lo dejara estar un tiempo, que pasara el relevo a los demás, pero no creyó tener la autoridad moral para aconsejarle algo así.

—¿Qué pasa? —preguntó Naomi, con una sonrisa dubitativa en los labios. Miller parpadeó—. Tenías una sonrisita —continuó—. Creo que nunca te había visto sonreír. Al menos no por algo divertido.

—Pensaba en una cosa que me dijo una vez un compañero sobre olvidar un caso cuando te apartan de él.

—¿Y qué te dijo?

—Que es como dejar una cagada a medias.

—Se le daban bien los discursos, veo.

—No estaba mal para ser terrícola —dijo Miller, y en ese instante le vino algo a la cabeza—. Ay, madre. Puede que haya descubierto algo.

Havelock se reunió con él en una sala cifrada desechable albergada en una granja de servidores de Ganímedes. La latencia les impedía mantener una conversación en tiempo real. Se parecía más a dejarse mensajes, pero era suficiente. La espera ponía muy nervioso a Miller. Estaba sentado y había configurado su terminal para actualizar cada tres segundos.

—¿Quiere algo más? —preguntó la mujer—. ¿Otro bourbon?

—Estaría bien —dijo Miller, mientras comprobaba si Havelock había respondido. Todavía no.

Al igual que la cubierta de observación, el bar también tenía vistas a la *Nauvoo*, aunque desde un ángulo un poco diferente. La gigantesca nave se veía escorzada y unos arcos de energía la iluminaban en los lugares donde se cocían las capas de cerámica. Un grupo de fanáticos religiosos se iba a embarcar en aquella enorme nave, en aquel microcosmos autosuficiente, para lanzarse hacia la oscuridad de las estrellas. En ella vivirían y morirían varias generaciones y, si al final del viaje tenían la remotísima suerte de encontrar un planeta en el que mereciera la pena vivir, quienes salieran de la nave nunca habrían conocido la Tierra, Marte o el Cinturón. Ya serían alienígenas. Y si se encontraban en aquel lugar con lo que quiera que hubiera creado la protomolécula, ¿qué ocurriría?

¿Morirían todos de la misma forma que Julie?

Había vida ahí fuera. Ahora tenían pruebas de ello. ¿Y qué le decía el hecho de que la prueba tuviera forma de arma? Aparte de que quizás habría que avisar a los mormones de dónde estaban enviando a sus tataranietos.

Rio para sí mismo al caer en la cuenta de que era justo lo que habría dicho Holden.

El bourbon llegó al mismo tiempo que le sonó el terminal portátil. El archivo de vídeo tenía un cifrado por capas y tardó casi un minuto en desempaquetarse. Solo eso ya era buena señal.

Se abrió el archivo y vio a Havelock mirando a la pantalla con una sonrisa. Estaba en mejor forma que en Ceres, a juzgar por lo marcado de su mandíbula. También estaba más moreno, pero Miller no sabía si era un cambio solo cosmético o si su antiguo compañero se había dado baños de luz solar falsa. Daba igual. Hacía que el terrícola pareciese rico y delgado.

—¿Qué tal, compañero? —dijo Havelock—. Me alegro de saber de ti. Después de lo que ocurrió con Shaddid y la APE, temía que ahora estuviéramos en bandos diferentes. Menos mal que te largaste de allí antes de que empezara a volar mierda.

»Yo sigo con Protogen y tengo que reconocer que estos tíos dan un poco de miedo. O sea, ya he trabajado antes en seguridad y sé distinguir cuando alguien se toma las cosas muy en serio. Estos tíos no son policías. Son militares. ¿Sabes a qué me refiero?

»Se supone que oficialmente no debería saber nada sobre una estación en el Cinturón, pero ya sabes cómo va. Soy terrícola, y aquí hay mucha gente tocándome las narices por haber estado en Ceres. Y por trabajar con esos caravacío. Cosas como esa, ya sabes. Pero tal y como está el ambiente aquí, es mejor caer bien a los malos. Así es el trabajo.

Hablaba con una expresión de disculpa en la cara. Miller lo entendía. Trabajar en algunas empresas era como estar en prisión. Tenías que adoptar los puntos de vista de la gente que te rodeaba. Quizá contrataran a cinturianos, pero nunca estarían cómodos con ellos. Como había ocurrido con él en Ceres, pero al revés. Si Havelock había tenido que hacerse amigo de unos mercenarios interianos que pasaban las noches partiendo la cara a cinturianos fuera de los bares, se habría hecho amigo.

Pero hacerse amigo de ellos no significaba que fuera uno de ellos.

—Entre tú y yo, sí, hay una estación de operaciones encubiertas en el Cinturón. No he oído que nadie la llamara Thoth, pero podría ser. Es una especie de laboratorio de investigación y desarrollo secreto muy acojonante. Hay muchos científicos, pero no es un sitio enorme. «Discreto» sería la palabra buena, creo. Tiene muchas defensas automáticas, pero no demasiado personal de seguridad.

»Supongo que entenderás que darte las coordenadas es como firmar mi sentencia de muerte, así que borra el archivo cuando las tengas y luego tú y yo pasaremos mucho, mucho tiempo sin hablar.

El archivo de datos no ocupaba mucho. Tres líneas de direcciones orbitales en texto llano. Miller lo copió en su terminal portátil y lo borró del servidor de Ganímedes. El bourbon seguía al lado de su mano y se lo bebió de un trago. Sintió un calor en el pecho y no supo si era a causa del alcohol o de la sensación de victoria.

Encendió la cámara del terminal portátil.

—Gracias. Te debo una. Esto valdrá para saldar parte de esa deuda. ¿Quieres saber qué ocurrió en Eros? Pues Protogen está metida en ello y es algo muy gordo. Si tienes la oportunidad de cancelar tu contrato, hazlo. Y si intentan destinarte a esa estación de operaciones encubiertas, no vayas.

Miller frunció el ceño. La triste realidad era que Havelock era el último compañero de verdad que había tenido. El único que lo había tratado como a un igual. El tipo de inspector que el propio Miller había creído ser.

—Cuídate, compañero —dijo. Luego cortó la grabación, la cifró y la envió. Algo le decía que aquella era la última vez que iba a hablar con Havelock.

Envió una solicitud de conexión a Holden y apareció en la pantalla la cara simpática, encantadora y algo ingenua del capitán.

—Miller —dijo Holden—. ¿Va todo bien?

—Claro. Genial. Pero tengo que hablar con tu amiguito Fred. ¿Podrías organizarlo?

Holden frunció el ceño y asintió al mismo tiempo.

—Claro. ¿Ha pasado algo?

—Tengo la localización de la estación Thoth —respondió Miller.

—¿Que tienes qué?

Miller asintió.

—¿De dónde coño la has sacado?

Miller sonrió.

—Si te doy esa información y se filtra, podrían matar a un buen hombre —dijo—. ¿Ves cómo funcionan estas cosas?

Mientras esperaba a Fred junto a Holden y Naomi, Miller cayó en la cuenta de que conocía a muchísimos combatientes de los planetas interiores que luchaban contra dichos planetas interiores. O al menos, no por ellos. Fred, en teoría un miembro de alto rango de la APE. Havelock. Tres cuartas partes de la tripulación de la *Rocinante*. Juliette Mao.

No era lo que habría esperado, pero quizá fuese una forma miope de pensar. Estaba mirando las cosas de la misma manera que lo hacían Shaddid o Protogen. Había dos bandos luchando —eso sí que era cierto—, pero no eran los planetas interiores contra los cinturianos. Eran quienes pensaban que era buena idea matar a gente de apariencia o comportamiento distinto contra quienes no.

O quizás ese otro análisis también fuera una mierda. Porque si él tuviera la oportunidad de tirar por una esclusa de aire a los científicos de Protogen, a la junta directiva y a quienquiera que fuese el capullo ese de Dresden, sabía que solo se lo plantearía medio segundo antes de arrojarlos a todos al vacío. Aquello lo dejaba fuera del bando de los buenos.

—Señor Miller, ¿qué puedo hacer por usted?

Fred. El terrícola de la APE. Llevaba una camisa azul de botones y unos pantalones de vestir de calidad. Podría haber pasado por un arquitecto o un gerente de cierta importancia en muchas empresas decentes y respetables. Miller intentó imaginárselo coordinando una batalla.

—Convénzame de que tiene lo que hay que tener para destruir esa estación de Protogen —dijo Miller—. Y luego le diré dónde se encuentra.

Las cejas de Fred se elevaron un milímetro.

—Venga a mi despacho —dijo.

Miller fue. Holden y Naomi lo siguieron. Fred fue el primero que habló cuando las puertas se cerraron detrás de ellos.

—No sé muy bien qué es lo que queréis de mí. No estoy acostumbrado a que mis planes de batalla sean de dominio público.

—Tenemos intención de atacar una estación —dijo Miller—. Una con unas defensas muy buenas y quizá con más de esas naves que destruyeron la *Canterbury*. No quiero ofenderle, pero diría que a un puñado de principiantes como la APE le viene un poco grande.

—Esto... ¿Miller? —advirtió Holden. Miller levantó una mano para interrumpirlo.

—Puedo indicarle dónde está la estación Thoth —continuó Miller—. Pero si lo hago y resulta que no tienen la potencia de fuego para acabar con ella, morirá mucha gente y no resolveremos nada. No estoy dispuesto a eso.

Fred inclinó la cabeza a un lado, como un perro ante un sonido desacostumbrado. Naomi y Holden cruzaron una mirada que Miller no supo descifrar.

—Estamos en guerra —dijo Miller, entrando en materia—. Ya he trabajado antes con la APE y la verdad es que se les dan mucho mejor las gilipolleces en plan guerrilla que coordinar algo serio de verdad. La mitad de los que aseguran formar parte de su organización son pirados que tienen a mano una radio. Soy consciente de que manejan ustedes mucho dinero. Solo hace falta ver este bonito despacho. Pero de lo que no soy consciente, y necesito serlo, es de que tengan lo que hay que tener para machacar a esos cabrones. Tomar una estación no es un juego. Y no me importa cuántas simulaciones hayan realizado. Esto es real. Si voy a ayudarles, tengo que estar seguro de que pueden con ello.

Se hizo un largo silencio.

—¿Miller? —dijo Naomi—. Sabes quién es Fred, ¿verdad?

—El portavoz de la APE en Tycho —respondió Miller—. No es que eso me tranquilice demasiado.

—Es Fred Johnson —dijo Holden, poniendo énfasis en el apellido.

Las cejas de Fred se elevaron otro milímetro. Miller frunció el ceño y se cruzó de brazos.

—El coronel Frederick Lucius Johnson —aclaró Naomi.

Miller parpadeó.

—¿El Carnicero de la Estación Anderson? —preguntó.

—El mismo —respondió Fred—. He hablado con el consejo central de la APE. Tenemos disponible un transporte con tropas más que suficientes para asegurar la estación. Nuestro soporte aéreo será un torpedero marciano de última tecnología.

—¿La *Roci*? —preguntó Miller.

—La *Rocinante* —confirmó Fred—. Y aunque no se lo crea, le aseguro que sé lo que hago.

Miller se miró los pies y luego cruzó la mirada con Holden.

—Conque ese Fred Johnson —dijo.

—Pensé que lo sabías —respondió Holden.

—Vaya. Pues anda que ahora no me siento como un idiota —dijo Miller.

—Ya se le pasará —dijo Fred—. ¿Tiene alguna exigencia más?

—No —respondió Miller—. Bueno, sí. Quiero estar en el ataque por tierra. Quiero estar ahí cuando nos enfrentemos al personal de la estación.

—¿Está seguro? —preguntó Fred—. Tomar una estación no es un juego. ¿Qué le hace pensar que tiene lo que hay que tener?

Miller hizo un gesto con las manos.

—Una de las cosas que hay que tener son las coordenadas —dijo Miller—. Y yo las tengo.

Fred rio.

—Señor Miller, si le apetece ir a la estación y que lo que quiera que nos espere allí intente matarlo junto a los demás, no seré yo quien se lo impida.

—Gracias —respondió Miller. Levantó el terminal portátil y envió a Fred el archivo de texto llano con las coordenadas—. Ahí tiene. Mi fuente es fiable, pero no ha conseguido los datos de primera mano. Deberíamos confirmarlas antes de partir.

—No soy un principiante —dijo el coronel Fred Johnson, mirando el archivo.

Miller asintió, se ajustó el sombrero y se marchó. Naomi y

Holden salieron cada uno a un lado suyo. Cuando llegaron hasta el pasillo público, limpio y amplio, Miller miró a su derecha, a los ojos de Holden.

—Pensaba que lo sabías, de verdad —dijo Holden.

Ocho días después, llegó el mensaje. El carguero *Guy Molinari* había llegado, a rebosar de soldados de la APE. Las coordenadas de Havelock se habían verificado. Allí fuera había algo, sin la menor duda, y parecía estar recolectando datos en mensajes láser que recibía de Eros. Si Miller quería formar parte de todo aquello, había llegado el momento de partir.

Estaba sentado en su camarote de la *Rocinante*, posiblemente por última vez. Comprendió, con una pequeña punzada que aunaba sorpresa y pena, que iba a echar de menos aquel lugar. Holden, a pesar de todos sus errores y las quejas de Miller, era un buen tipo. Estaba metido en algo que le superaba y no era del todo consciente del hecho, pero Miller podía pensar en más de una persona que se ajustara a esa descripción. También iba a echar de menos el acento raro y forzado de Alex y las casuales obscenidades que soltaba Amos. Y le habría gustado saber cómo acabaría el tema de Naomi con el capitán.

Irse de allí le recordaba cosas que ya sabía: que no tenía ni idea de qué iba a ocurrir ahora, que no le quedaba mucho dinero y que, aunque estaba seguro de que podría regresar de la estación Thoth, después tendría que improvisar sobre la marcha el lugar al que iría y cómo llegaría a él. Quizás encontraría otra nave en la que alistarse. Quizá tendría que buscarse un trabajo y ahorrar algo de dinero para cubrir sus nuevas necesidades médicas.

Comprobó el cargador del arma. Metió sus mudas de ropa en la misma maleta pequeña y maltrecha con la que había salido de Ceres. Todas sus posesiones seguían cabiendo dentro.

Apagó las luces y cruzó el pequeño pasillo hacia la escalerilla automática. Holden estaba en la cocina, con los nervios a flor de piel. Las arrugas de sus ojos reflejaban el pavor que sentía por la batalla que estaba a punto de comenzar.

—Bueno —dijo Miller—. Allá vamos, ¿eh?

—Sí —dijo Holden.

—Menuda aventura ha sido —dijo Miller—. No siempre ha sido agradable, pero...

—Ajá.

—Despídete del resto por mí —pidió Miller.

—Lo haré —prometió Holden. Y cuando Miller echó a andar hacia la escalerilla, añadió—: Si sobrevivimos todos, ¿dónde nos vemos?

Miller se volvió.

—No te entiendo —dijo.

—Sí, lo sé. Mira, confío en Fred, o no habría venido aquí. Creo que es una persona honorable y no intentará jugárnosla. Pero eso no quiere decir que confíe en toda la APE. Cuando esto termine, quiero a toda la tripulación reunida. Por si tenemos que salir de aquí a toda prisa.

Miller sintió un dolor debajo del esternón. No fue muy fuerte, solo una punzada repentina. Sintió cómo se le cerraba la garganta. Tosió para aclarársela.

—Contactaré contigo cuando aseguremos la estación —dijo Miller.

—Bien, pero no tardes mucho. Como quede en pie un burdel en la estación Thoth, voy a necesitar ayuda para sacar de ahí a Amos.

Miller abrió la boca para responder, la cerró y volvió a intentarlo.

—Sí, mi capitán —dijo, forzando el tono humorístico.

—Ten cuidado —dijo Holden.

Miller se marchó. Se detuvo en el pasillo que unía la nave con la estación hasta que estuvo seguro de haber dejado de llorar. Luego siguió hacia el carguero y el ataque.

39

Holden

La *Rocinante* cruzaba rauda el espacio como un peso muerto, rotando sobre los tres ejes. Tenía el reactor apagado y estaba despresurizada, por lo que no irradiaba calor ni ruido electromagnético. De no ser porque avanzaba hacia la estación Thoth a considerablemente mayor velocidad que un disparo de fusil, la nave sería indistinguible de las rocas del Cinturón. Casi medio millón de kilómetros por detrás de ella, la *Guy Molinari* declaraba a voz en grito la inocencia de la *Roci* a cualquiera que escuchara y desaceleraba despacio con sus motores.

La radio estaba apagada y Holden no podía oír lo que decían, pero había ayudado a escribir el mensaje, así que resonaba en su cabeza de todos modos. «¡Advertencia! Una detonación accidental en el carguero *Guy Molinari* ha soltado un contenedor de carga. Advertencia a todas las naves en su trayectoria: el contenedor viaja a gran velocidad y sin control independiente. ¡Advertencia!»

Había habido argumentos en contra de emitir aquella nota. Como la estación Thoth era secreta, usarían solo sensores pasivos. Escanear en todas direcciones con radares o radares láser los iluminaría como un faro. Era posible que, con el reactor apagado, la *Rocinante* se acercara a la estación sin llamar la atención. Pero Fred había decidido que, si llegaban a verlos por cualquier razón, sería lo bastante sospechoso como para que lanzaran un contraataque inmediato. Por lo que, en lugar de jugar al sigilo, habían decidido montar un escándalo y aprovechar la confusión.

Si tenían suerte, los sistemas de seguridad de la estación Thoth los escanearían, confirmarían que no eran más que un pedazo de metal enorme que se desplazaba en vector fijo y al parecer carecía de sistemas de soporte vital y los ignorarían el tiempo suficiente para que pudieran acercarse. De lejos, era probable que la *Roci* no tuviera nada que hacer contra los sistemas de defensa de la estación, pero, de cerca, la pequeña nave maniobrable podía dar pasadas contra la estación y destrozarla. Todo lo que necesitaban de su tapadera era que les brindara tiempo mientras el equipo de seguridad de la estación intentaba averiguar qué pasaba.

Fred, y por extensión todos los participantes en el ataque, confiaba en que la estación no abriera fuego hasta tener la certeza absoluta de que la atacaban. Protogen se había tomado muchas molestias para ocultar su laboratorio de investigación en el Cinturón. Desde el momento en que lanzaran el primer misil, habrían perdido el anonimato para siempre. Con una guerra en marcha, habría sistemas de monitorización que detectaran las trazas de sus antorchas de fusión y sintieran curiosidad. Disparar era el último recurso de la estación Thoth.

En teoría.

Holden estaba sentado a solas y respiraba en la pequeña burbuja de aire contenida en su casco. Sabía que, en caso de que se equivocaran, nunca llegarían a saberlo. La *Roci* volaba a ciegas. No había contacto por radio. Alex tenía un reloj analógico con un frontal que brillaba en la oscuridad y había memorizado el plan al dedillo. No podían enfrentarse a la tecnología de la Thoth, por lo que volaban de la manera menos tecnológica posible. Si se equivocaban y la estación les disparaba, la *Roci* quedaría destruida sin previo aviso. Holden había salido en una ocasión con una budista que afirmaba que la muerte era solo otro estado del ser y que lo que la gente temía en realidad era lo desconocido de la transición entre un estado y otro. Morir sin previo aviso era preferible, ya que eliminaba todo miedo.

Pero Holden se veía en condiciones de refutar esa argumentación.

Volvió a repasar el plan para mantenerse ocupado. Cuando

estuvieran a tiro de piedra de la estación Thoth, Alex encendería el reactor y realizaría una maniobra de frenado a casi diez g. La *Guy Molinari* empezaría a escupir estática por radio e interferencias láser a la estación para confundir sus sistemas de objetivo durante los momentos que la *Roci* necesitara para posicionarse en trayectoria de ataque. Entonces la *Roci* se encargaría de las defensas de la estación y desactivaría todo aquello que pudiera destruir la *Molinari*, mientras el carguero se abalanzaba sobre la estación para abrir una brecha en el casco y desplegar las tropas de asalto.

Aquel plan podía fallar de muchísimas formas.

Si la estación decidía disparar antes de tiempo, podría destruir la *Roci* antes de que empezara la batalla. Si los sistemas de objetivo de la estación eran capaces de superar la estática de radio y las interferencias láser, podrían empezar a disparar mientras la *Roci* seguía colocándose en posición. Y aunque todo aquello fuera a pedir de boca, faltaban las tropas de asalto, que tenían que entrar en la estación y combatir pasillo a pasillo hasta alcanzar el centro neurálgico y tomar el control. Aquellas misiones de asalto aterrorizaban hasta a los mejores marines de los planetas interiores, y con razón. Atravesar sin cobertura pasillos de metal con los que no estabas familiarizado mientras el enemigo te emboscaba en cada intersección era una manera muy eficiente de que murieran muchas personas. En las simulaciones de entrenamiento de la armada terrícola, Holden nunca vio a los marines conseguir un resultado que bajara del sesenta por ciento de bajas. Y aquellos eran marines interianos con años de entrenamiento y equipo a la última. Lo que llevaban ellos era vaqueros de la APE con el equipamiento que hubieran podido agenciarse en el último momento.

Pero ni siquiera eso era lo que de verdad preocupaba a Holden.

Lo que más le preocupaba era la zona amplia y algo más caliente del espacio que se encontraba a unas decenas de metros de la estación Thoth. La *Molinari* la había detectado y los había avisado antes de soltarlos. Como ya habían visto naves furtivas, nadie de la *Roci* dudaba de que se tratara de una.

El ataque a la estación ya iba a ser complicado, hasta de cerca, situación en la que su objetivo se quedaría casi sin ventajas. Pero Holden no tenía ganas de esquivar los proyectiles de una torpedera al mismo tiempo. Alex le había asegurado que si se acercaban lo suficiente a la estación, era probable que la fragata no les disparara por miedo a dañar Thoth y que la enorme maniobrabilidad de la *Roci* sería todo un reto para la otra nave, más grande y con armamento más pesado. Había dicho que las fragatas furtivas eran armas estratégicas, no tácticas. Y Holden se había reprimido para no responder: «¿Y entonces para qué quieren una allí?»

Holden echó un vistazo a su muñeca y resopló frustrado en la oscuridad total del centro de mando. Su traje estaba apagado, tanto los cronómetros como las luces. El único sistema que funcionaba era el de flujo de aire, y porque era estrictamente mecánico. Si algo iba mal, no habría lucecitas de alerta: se quedaría sin aire y moriría.

Alzó la vista hacia la oscuridad del compartimento.

—Venga ya. ¿Cuánto queda? —dijo.

Como si le respondieran, las luces empezaron a parpadear a su alrededor. Oyó una ráfaga de estática en su casco y luego el deje característico de la voz de Alex.

—Comunicaciones internas activadas.

Holden empezó a pulsar interruptores para reactivar el resto de sistemas.

—Reactor —dijo.

—Dos minutos —respondió Amos desde la sala de máquinas.

—Ordenador principal.

—Reinicio completo en treinta segundos —respondió Naomi mientras le saludaba desde el otro lado de la cubierta del centro de mando. Ya había suficiente luz para verse las caras.

—¿Pistolitas?

Por el canal de comunicaciones llegó la risa sincera de Alex.

—Las armas están de camino —respondió—. Cuando Naomi me devuelva el ordenador de puntería, todo estará a punto para empezar a repartir.

Escuchar cómo todos se preparaban después de la larga y silenciosa oscuridad de la aproximación lo tranquilizó. Poder mirar a su alrededor y ver cómo Naomi trabajaba en sus cosas hizo que desapareciera un temor que ni sabía que había sentido.

—El ordenador de puntería ya debería funcionar —dijo Naomi.

—Recibido —respondió Alex—. Miras activadas. Radar activado. Radar láser activado... Joder, ¿has visto eso, Naomi?

—Lo veo —respondió ella—. Capitán, recibimos lecturas del motor de la nave furtiva. También calientan motores.

—Era de esperar —dijo Holden—. Seguid a lo vuestro.

—Un minuto —dijo Amos.

Holden encendió su consola y abrió la pantalla táctica. En la mira, la estación Thoth no era más que un círculo apagado, pero tenía encima un punto que empezaba a calentarse y a adquirir la forma aproximada del casco de una nave.

—Alex, eso no se parece a la fragata que vimos la última vez —dijo Holden—. ¿Ya la ha reconocido la *Roci*?

—Todavía no, capi, pero está en ello.

—Treinta segundos —dijo Amos.

—Llegan búsquedas por radar láser desde la estación —dijo Naomi—. Emitiendo interferencias.

Holden vio en la pantalla cómo Naomi intentaba imitar la longitud de onda con que la estación intentaba localizarlos y empezaba a rociar Thoth con la batería de láseres de la *Roci* para confundir las señales de retorno.

—Quince segundos —dijo Amos.

—Vale, amarraos, chicos —dijo Alex—. Un zumo para todos.

Antes incluso de que Alex terminara de hablar, Holden sintió una docena de pinchazos y la silla empezó a suministrarle las drogas que lo mantendrían vivo durante la inminente deceleración. La piel se le estiró y se le calentó y sintió cómo los huevos se le metían en la barriga. Alex parecía estar hablando en cámara lenta.

—Cinco... cuatro... tres... dos...

No llegó a decir «uno», y Holden sintió cómo media tonelada de peso le golpeaba el pecho y temblaba como un gigante al reír cuando el motor de la *Roci* frenó a diez g. Holden creyó sentir de verdad que los pulmones rozaban contra su caja torácica mientras su pecho intentaba hundirse. Pero la silla lo acogió en su suave abrazo de gel y las drogas mantuvieron su corazón latiendo y su cerebro procesando. No se desmayó. Si la maniobra en g alta lo mataba, estaría bien despierto y lúcido durante el proceso.

En su casco solo escuchaba balbuceos y respiraciones pesadas, y no venían solo de él. Amos consiguió soltar medio insulto antes de verse obligado a cerrar la boca con fuerza. Holden no oía el temblor de la *Roci* al realizar el esforzado viraje, pero sí que lo sintió en su asiento. La nave era dura de pelar. Más que cualquiera de ellos. Llevarían mucho tiempo muertos antes de que la nave acelerara lo suficiente para dañarse a sí misma.

Todo se tranquilizó tan de improviso que Holden estuvo a punto de vomitar. Pero las drogas que circulaban por su organismo también lo evitaron. Respiró hondo y el cartílago de su esternón chasqueó dolorosamente al volver a su lugar.

—Informad —murmuró. Le dolía la mandíbula.

—Batería de comunicaciones en el punto de mira —respondió Alex de inmediato. Las baterías de comunicaciones y el sistema de objetivo de la estación Thoth ocupaban los primeros puestos de su lista de prioridades.

—Todo listo —dijo Amos debajo de él.

—Señor —dijo Naomi, con un tono de alarma en la voz.

—Mierda, ya lo veo —dijo Alex.

Holden hizo que su consola mostrara la imagen de la de Naomi para ver a qué se refería. En su pantalla, la *Roci* por fin había descubierto por qué no había podido identificar a la nave furtiva.

Había dos naves, no un torpedero grande y gordo en torno al que pudieran bailar y al que reducir a chatarra de cerca. No, habría sido demasiado fácil. Se trataba de dos naves mucho más pequeñas y aparcadas muy cerca para engañar a los sensores enemigos. Y las dos estaban encendiendo los motores y empezando a separarse.

«Bien —pensó Holden—. Toca plan nuevo.»

—Alex, llama su atención —dijo—. No podemos dejar que vayan a por la *Molinari*.

—Recibido —respondió Alex—. Fuego.

Holden sintió el temblor de la *Roci* cuando Alex disparó un torpedo a una de las dos naves. Eran pequeñas, variaban rápido de velocidad y vector y el torpedo se había lanzado con prisa y desde un ángulo malo. No iba a dar en el blanco, pero la *Roci* sí que aparecería en los visores de todo el mundo como una amenaza. Eso era bueno.

Las naves pequeñas se separaron en sentidos opuestos a máxima aceleración, lanzando señuelos e interferencias láser a su paso. El torpedo osciló y luego salió disparado en una dirección aleatoria.

—Naomi, Alex, ¿alguna idea de a qué nos enfrentamos? —preguntó Holden.

—La *Roci* todavía no las ha identificado —respondió Naomi.

—El diseño del casco es nuevo —dijo Alex al mismo tiempo—. Pero vuelan como si fueran interceptores rápidos. Supongo que tendrán uno o dos torpedos en la panza y un cañón de riel montado en la quilla.

Eran más rápidas y maniobrables que la *Roci*, pero solo podrían disparar en una dirección.

—Alex, acércate a...

La orden de Holden se interrumpió cuando la *Rocinante* tembló y dio un envite brusco a un lado que lo arrojó contra sus amarres y le magulló las costillas.

—¡Nos han dado! —gritaron Amos y Alex al mismo tiempo.

—La estación nos ha disparado con algún tipo de cañón Gauss pesado —explicó Naomi.

—Daños —pidió Holden.

—Nos ha atravesado, capi —respondió Amos—. Cocina y taller mecánico. Tenemos avisos amarillos en los sistemas, pero nada que vaya a acabar con nosotros.

Lo de «nada que vaya a acabar con nosotros» sonaba bien, pero Holden lo lamentó por su cafetera.

—Alex —dijo—, olvida las naves pequeñas. Ve a por la batería de comunicaciones.

—Recibido —respondió Alex, y la *Roci* dio un bandazo cuando el piloto viró para apuntar con los torpedos a la estación.

—Naomi, cuando el primer caza se acerque para atacar, dale en la cara con el láser de comunicaciones a toda potencia y empieza a soltar señuelos.

—Sí, señor —respondió ella.

El láser quizá fuera suficiente para confundir sus sistemas de puntería durante unos segundos.

—La estación abre fuego con los CDP —informó Alex—. Vamos a tener turbulencias.

Holden cambió en su pantalla la imagen de la de Naomi por la de Alex y vio miles de bolas de luz que se movían a una velocidad endiablada mientras la estación Thoth rotaba al fondo. Los analizadores de amenaza de la *Roci* mostraban los proyectiles de los cañones de defensa en punta con luces brillantes en el visor de Alex. Se movían a muchísima velocidad, pero con los avisos luminosos y los barridos que hacía el sistema, el piloto al menos podía ver de dónde venían los disparos y en qué dirección se desplazaban. Alex reaccionó a la amenaza con una habilidad magistral y se apartó del lugar al que se dirigían los proyectiles de los CDP con movimientos rápidos y casi aleatorios que obligaban a los sistemas de objetivo automáticos de los cañones de defensa en punta a reajustarse sin tregua.

Para Holden, tenía todo el aspecto de un juego. De la estación espacial salían unas bolas de luz muy rápidas que formaban una especie de cadenas parecidas a collares de perlas largos y estrechos. La nave se movía sin descanso entre los huecos que cada collar dejaba a su paso y escapaba hacia un nuevo hueco antes de que la alcanzara otro collar. Pero Holden sabía que, en realidad, cada bola de luz era un proyectil de wolframio revestido de teflón y con el corazón de uranio empobrecido, viajando a miles de metros por segundo. Si Alex perdía en aquel juego, se enterarían cuando la *Rocinante* quedara reducida a chatarra.

Holden se llevó un susto de muerte cuando escuchó la voz de Amos.

—Joder, capi, tenemos una fuga en alguna parte. Tres impulsores de maniobra de babor pierden presión de agua. Voy a hacer un apaño.

—Recibido, Amos. Hazlo rápido —respondió Holden.

—Ánimo ahí abajo, Amos —dijo Naomi.

Amos resopló.

Holden vio en la consola cómo la estación Thoth se hacía más grande en la mira. Era probable que los dos cazas vinieran siguiéndolos por detrás. Pensarlo hizo que le picara la nuca, pero intentó mantenerse concentrado. La *Roci* no tenía torpedos suficientes para que Alex empezara a lanzarlos contra la estación desde lejos y esperar que alguno de ellos superara los disparos de las defensas en punta. El piloto tenía que acercarse lo suficiente para que los cañones no destruyeran los torpedos.

Una luz azul resaltó una parte del eje central de la estación en el visor. La zona resaltada se amplió en una subventana. Holden vio las parabólicas y las antenas que conformaban las baterías de comunicaciones y de objetivo.

—Fuego —dijo Alex, y la *Roci* vibró al disparar su segundo torpedo.

El cuerpo de Holden se agitó con fuerza en las sujeciones y luego se golpeó contra la silla cuando Alex hizo que la *Roci* realizara una serie de maniobras repentinas y luego dio un acelerón para evitar la última ráfaga de los CDP. Holden vio en pantalla cómo el punto rojo que representaba el torpedo se dirigía hacia la estación y se clavaba en la batería de comunicaciones. Una luz cegadora dejó la pantalla en blanco un segundo y luego volvió a la normalidad. Casi al mismo tiempo, los CDP dejaron de disparar.

—Buen ti... —llegó a decir Holden justo antes de que Naomi lo interrumpiera.

—¡Tango uno ha disparado! ¡Tenemos dos pepinos!

Holden volvió a pasar a la pantalla de Naomi y vio que el sistema de amenaza marcaba a los dos cazas y dos objetos mucho más rápidos y pequeños que se dirigían en trayectoria de intercepción hacia la *Roci*.

—¡Alex! —gritó Holden.

—Visto, jefe. Paso a defensiva.

Holden se volvió a golpear con fuerza contra la silla cuando Alex aumentó la velocidad. El zumbido constante del motor pareció carraspear, y Holden se dio cuenta de que se debía a los disparos incesantes de sus propios CDP, que intentaban destruir los misiles que los perseguían.

—Puta mierda —dijo Amos, con un tono que sonó casi tranquilo.

—¿Dónde estás? —preguntó Holden antes de pasar la cámara del traje de Amos a su pantalla.

El mecánico se encontraba en un conducto estrecho poco iluminado y lleno de tuberías, lo que quería decir que estaba entre los cascos interno y externo. Delante de él tenía una tubería rota que parecía un hueso partido. Cerca de ella flotaba un soldador. La nave se sacudió con fuerza y el mecánico rebotó contra las paredes del conducto estrecho. Alex gritó de alegría por el comunicador.

—¡Los misiles no nos han dado! —exclamó.

—Dile a Alex que deje de dar bandazos —dijo Amos—. Así me cuesta conservar las herramientas.

—¡Amos, vuelve a tu asiento de colisión! —gritó Naomi.

—Lo siento, jefa —respondió Amos con un gruñido mientras arrancaba un extremo de la tubería rota—. Si no arreglo esto y perdemos presión, Alex no podrá girar a estribor. Eso sería un putadón.

—Sigue trabajando, Amos —dijo Holden, ignorando las protestas de Naomi—. Pero agárrate bien. Esto va a ponerse feo.

—Recibido —dijo Amos.

Holden volvió a pasar a la pantalla del visor de Alex.

—Holden —dijo Naomi con miedo en la voz—. Amos va a...

—Hace su trabajo. Haz tú el tuyo. Alex, tenemos que librarnos de esas dos antes de que llegue la *Molinari*. Dame una trayectoria de intercepción con una y démosle caña.

—Recibido, capi —dijo Alex—. Iré por Tango dos. Me vendría bien un poco de ayuda con Tango uno.

—Tango uno es la prioridad de Naomi —respondió Holden—. Haz lo que puedas para mantenerla alejado de nuestra cola mientras nos cargamos a su amiga.

—Recibido —dijo Naomi con voz tensa.

Holden pasó a la cámara del casco de Amos, pero parecía que al mecánico las cosas no le iban mal. Había cortado la cañería dañada con el soldador y tenía una de repuesto flotando cerca.

—Amarra esa cañería, Amos —dijo Holden.

—Con todo el respeto, capitán —respondió Amos—, los protocolos de seguridad me pueden lamer el culo. Voy a acabar rápido y salir pitando de aquí.

Holden dudó. Si Alex tenía que corregir el rumbo, la cañería flotante podía convertirse en un proyectil tan masivo como para matar a Amos o hacer un agujero en la *Roci*. «Es Amos —pensó—. Sabe lo que se hace.»

Holden cambió a la pantalla de Naomi y vio cómo lanzaba todo lo que podía dar el sistema de comunicaciones al pequeño interceptor, para cegarlo con luces y estática de radio. Holden volvió a su pantalla táctica. La *Roci* y Tango dos volaban la una hacia la otra a velocidades suicidas. Cuando superaron el punto en que ya era imposible evitar los proyectiles, Tango dos lanzó sus dos misiles. Alex centró los CDP en los misiles y mantuvo la trayectoria de intercepción sin disparar los misiles de la *Roci*.

—Alex, ¿por qué no disparamos? —preguntó Holden.

—Vamos a destruir sus torpedos y luego nos acercaremos para que los CDP la hagan picadillo —respondió el piloto.

—¿Por qué?

—Tenemos los torpedos que tenemos y no hay manera de reabastecerlos. No tiene sentido desperdiciarlos con estos pringados.

Los torpedos entrantes trazaban sendos arcos en la pantalla de Holden, que sintió cómo los CDP de la *Roci* disparaban para destruirlos.

—Alex —dijo—, no hemos pagado nada por la nave. Gástalos con alegría. Si muero porque te ha dado por ahorrar munición, voy a tener que abrirte expediente.

—Bueno, visto así... —dijo Alex—. Fuego —añadió.

El punto rojo de su torpedo se dirigió hacia Tango dos. Los misiles entrantes se acercaron más y más, y entonces uno de ellos desapareció de la pantalla.

—Mierda —dijo Alex con voz inexpresiva, y la *Rocinante* dio un giro tan cerrado que Holden se rompió la nariz dentro del casco. Las luces amarillas de emergencia empezaron a iluminar los mamparos, aunque, como se había vaciado el aire de la nave, Holden por suerte no pudo oír las alarmas que intentaban hacerlo vibrar. La pantalla táctica parpadeó, se apagó y volvió a encenderse al cabo de un segundo. Cuando regresó la imagen, tanto Tango dos como los tres torpedos habían desaparecido. Tango uno seguía presionándolos desde popa.

—¡Daños! —gritó Holden, confiando en que todavía funcionaran las comunicaciones.

—Daños graves en el casco exterior —dijo Naomi—. Hemos perdido cuatro impulsores de maniobra. Un CDP no responde. También hemos perdido reservas de oxígeno y la escotilla de tripulación está hecha una piltrafa.

—¿Por qué seguimos vivos? —preguntó Holden mientras echaba un vistazo al informe de daños y luego a la cámara del traje de Amos.

—El pepino no nos ha dado —dijo Alex—. Lo ha pillado el CDP, pero por muy poco. Ha detonado y nos ha salpicado de lo lindo.

No parecía que Amos se estuviera moviendo.

—¡Amos! ¡Informa!

—Sí, sí, aquí estoy, capitán. Me agarraba por si nos zarandeaban así de nuevo. Creo que me he roto una costilla con un soporte del casco, pero tengo puesto el arnés. Joder, menos mal que no he perdido el tiempo con esa cañería.

Holden no le respondió. Cambió a su pantalla táctica y vio cómo Tango uno se acercaba a toda velocidad. Se había quedado sin torpedos, pero a corta distancia aún podía partirlos en dos con su cañón.

—Alex, ¿puedes darnos media vuelta y destrozar a ese caza? —preguntó Holden.

—Estoy en ello. No es que tengamos mucha maniobrabilidad —respondió Alex antes de que la *Roci* empezará a rotar con una serie de sacudidas.

Holden cambió a la pantalla de un telescopio y amplió la

imagen del caza que se les acercaba. De cerca, la boca de su cañón tenía un diámetro que parecía tan grande como el de un pasillo de Ceres y apuntaba justo hacia él.

—Alex —dijo.

—Estoy en ello, jefe, pero la *Roci* está tocada.

El cañón de la nave enemiga resplandeció al abrirse y prepararse para abrir fuego.

—Alex, cárgatela. ¡Venga, venga, venga!

—Fuego —dijo el piloto, y la *Rocinante* vibró.

La consola de Holden volvió automáticamente a la pantalla táctica. El torpedo de la *Roci* avanzó hacia el caza casi al mismo tiempo que este abría fuego. Unos puntos rojos que representaban los proyectiles avanzaron por la pantalla a una velocidad imposible de seguir.

—¡Impac...! —gritó, y la *Rocinante* se abrió a su alrededor.

Holden recuperó la conciencia.

El interior de la nave estaba lleno de restos que flotaban y virutas de metal supercalentado que parecían una lluvia de chispas a cámara lenta. Al no haber aire, rebotaban en las paredes y seguían flotando mientras se enfriaban poco a poco, como luciérnagas perezosas. Tuvo el neblinoso recuerdo de la esquina de un monitor de pared desprendiéndose, rebotando en tres mamparos y luego, con una carambola digna de récord mundial, dándole a él justo debajo del esternón. Miró hacia abajo y vio cómo el pedacito de monitor flotaba a unos centímetros de él, pero no le había perforado el traje. Le dolía la tripa.

La consola del centro de mando que estaba al lado de Naomi tenía un agujero y supuraba un líquido verde en pequeñas bolas que se alejaban flotando en gravedad cero. Holden miró el agujero en la silla y su contrapartida del mamparo, y se dio cuenta de que el proyectil debía de haber pasado a unos centímetros de la pierna de Naomi. Sintió un escalofrío y luego náuseas.

—¿Qué coño ha sido eso? —preguntó Amos en voz baja—. ¿Y qué os parece no volver a repetirlo?

—¿Alex? —preguntó Holden.

—Aquí estoy, capi —respondió el piloto con una calma inquietante.

—Mi consola no funciona —dijo Holden—. ¿Hemos destruido a ese hijo de puta?

—Sí, capi, destruido. Sobre media docena de sus proyectiles ha alcanzado la *Roci*. Parece que nos han atravesado de proa a popa. La membrana antimetralla de los mamparos funciona de lujo, ¿eh?

La voz de Alex había empezado a temblar. Lo que significaban sus palabras era: «Deberíamos haber muerto todos.»

—Abre un canal con Fred, Naomi —pidió Holden.

Naomi no se movió.

—¿Naomi?

—Vale. Fred —dijo. Y luego tocó la pantalla.

El casco de Holden emitió estática durante unos segundos, y luego llegó la voz de Fred.

—Aquí *Guy Molinari*. Me alegro de que sigáis vivos.

—Recibido. Podéis empezar el asalto. Avisad cuando podamos llegar cojeando a un muelle de la estación.

—Recibido —respondió Fred—. Os buscaremos un lugar acogedor para aterrizar. Corto.

Holden tiró del control que soltaba los amarres de la silla y se dejó llevar flotando hacia el techo.

«Vale, Miller, te toca.»

40

Miller

—*Oi, pampaw* —dijo el chico que había en el asiento de colisión a la derecha de Miller—. Se abre, vas y disparas, ¿eh?

La armadura de combate del chico era de un verde ceniza, con sellos de presión articulados en las junturas y unas franjas en las placas frontales, donde un cuchillo o una *flechette* había arañado el acabado. Detrás del protector facial se veía el rostro de un chico que no pasaría de los quince años. Los gestos que hacía con las manos revelaban una infancia dentro de un traje de aislamiento, y hablaba un perfecto cinturiano criollo.

—Tranquilo —dijo Miller—. He tenido la cosa movidita últimamente. Me apañaré.

—*Mu mu* bien —dijo el chico—. Pero deja al *foca* delante y que no pasen ni rastrojos, ¿eh?

«Nadie de Marte ni de la Tierra tendría ni idea de lo que dices —pensó Miller—. Joder, una de cada dos personas en Ceres tendrían vergüenza ajena de un acento tan cerrado. No me extraña que no les importe que mueras.»

—Me parece bien —respondió Miller—. Tú delante, yo intentaré evitar que te disparen por la espalda.

El chico sonrió. Miller había visto a miles como él. Chicos en la última etapa de su adolescencia, que apenas empezaban a contener el habitual ímpetu juvenil que los llevaba a arriesgarse para impresionar a las chicas. Pero también vivían en el Cinturón, donde un error podía significar la muerte. Había visto a miles de ellos. Había arrestado a cientos. Y también había visto cómo metían a una docena de ellos en bolsas para guardar materiales peligrosos.

Se inclinó hacia delante para echar un vistazo a las largas filas de asientos de colisión con suspensión cardán que recubrían la panza de la *Guy Molinari*. Miller estimó que habría entre noventa y cien asientos. Por lo que era muy probable que, para la hora de la cena, hubiera visto morir a un par de docenas.

—¿Cómo te llamas, chico?

—Diogo.

—Miller —dijo él mientras le ofrecía la mano para estrechársela. La armadura de batalla marciana de alta calidad que se había llevado de la *Rocinante* le permitía flexionar más los dedos que la del chico.

La verdad era que Miller no estaba en forma para aquel ataque. A veces sentía náuseas sin venir a cuento y le dolía el brazo cuando sus niveles de analgésicos en sangre empezaban a descender. Pero sí que se manejaba con las armas y era probable que supiera más de asaltar pasillos que la gran mayoría de aquellos saltarrocas y acaparadores de minerales de la APE que iban con él, como Diogo. Esperaba que fuera suficiente.

Se oyó un fogonazo de estática por el sistema de comunicaciones de la nave.

—Aquí, Fred. Soporte aéreo nos ha dado luz verde y atacaremos en diez minutos. Empezamos con las últimas comprobaciones.

Miller se reclinó en su asiento. El ambiente se llenó de los chasquidos y castañeteos de cientos de armaduras, armas de mano y armas de asalto. Él ya había revisado su material suficientes veces y no le apetecía volver a hacerlo.

En unos minutos llegaría el acelerón y le inyectarían el mínimo necesario de aquel cóctel de drogas para alta gravedad, ya que pasarían de estar en aquellos asientos al combate armado casi de inmediato. No tenía sentido que las tropas estuvieran más drogadas de lo necesario.

Julie estaba sentada en la pared a su lado, con el pelo flotando como si estuviera bajo el agua. Imaginó un moteado de luces bañándole el rostro. Retrato de una piloto de pinaza como sirena. La chica sonrió ante aquella idea, y Miller le devolvió la sonrisa. Sabía que ella habría participado en algo así. Con Diogo, Fred y el resto de la milicia de la APE, aquellos patriotas del vacío; habría estado allí en un asiento de colisión, con una armadura prestada y de camino a la estación para que la mataran por un bien mayor. Miller sabía que él no lo habría hecho. Al menos no antes de conocerla, así que de alguna manera había ocupado su lugar. Se había convertido en ella.

«Lo han conseguido», dijo Julie, o quizá solo lo pensara. Si el asalto seguía adelante era porque la *Rocinante* había sobrevivido, al menos el tiempo suficiente para destruir las defensas. Miller asintió para darle la razón y se dejó llevar unos instantes por lo agradable de la idea, hasta que la gravedad del impulso lo empujó tan fuerte contra el asiento que casi quedó inconsciente y perdió la noción de lo que tenía alrededor. Notó el impulso de frenado y el giro de los asientos de colisión hacia el nuevo arriba. Las agujas atravesaron la piel de Miller. Sintió que ocurría algo importante y ruidoso, el resonar de la *Guy Molinari* como una campana gigantesca. La embestida para entrar en la estación. El mundo hizo un viraje brusco a la izquierda y el asiento giró por última vez cuando la nave empezó a rotar con la estación.

Alguien le gritaba.

—¡Vamos, vamos, vamos!

Miller levantó el rifle de asalto, palpó el arma de mano que llevaba sujeta al muslo y se unió a la caterva de cuerpos que se hacinaban contra la salida. Echaba de menos su sombrero.

El pasillo de mantenimiento cuya pared habían perforado era oscuro y estrecho. Los planos con los que habían trabajado los ingenieros de Tycho sugerían que no iban a encontrar resistencia hasta que llegaran a las partes habitadas de la estación. Se equivocaban. Miller entró a trompicones con los demás soldados de la APE justo a tiempo para ver cómo un láser de las defensas automáticas cortaba por la mitad a la primera hilera de hombres.

—¡Equipo tres! ¡Gas! —gritó Fred a viva voz por el comunicador, y media docena de estallidos de humo antiláser llenaron el aire. Cuando las defensas volvieron a disparar los láseres, las paredes se iluminaron con una iridiscencia caótica y el ambiente se llenó de olor a plástico quemado, pero no murió nadie. Miller continuó avanzando y subió por una rampa roja de metal. Estalló una carga térmica y una puerta de servicio se abrió de golpe.

Los pasillos de la estación Thoth eran anchos y espaciosos, con cuidadas enredaderas que crecían trazando espirales perfectas y hornacinas adornadas con bonsáis iluminados con buen gusto. Aquella luz tenue, de una tonalidad blanca y pura como la luz solar, daba al lugar una sensación de balneario o de la residencia privada de un rico. El suelo estaba enmoquetado.

El visor táctico de su armadura parpadeó y le indicó el camino que debía seguir durante el ataque. Las pulsaciones de Miller aumentaron, pero parecía tener la mente despejada por completo. En la primera intersección había una barrera antidisturbios con una docena de hombres vestidos con los uniformes de seguridad de Protogen. Las tropas de la APE no avanzaron y usaron la curva del techo como cobertura. El poco fuego enemigo que llegó lo hizo a la altura de las rodillas.

Las granadas eran circunferencias perfectas, sin siquiera un agujero en el lugar de donde habían sacado la anilla. En aquella alfombra industrial no rodaban tan bien como lo habrían hecho sobre piedra o baldosas, por lo que una de las tres estalló antes de alcanzar la barrera. Quedaron aturdidos como si les hubieran dado en las orejas con un martillo, ya que aquellos pasillos estrechos y cerrados canalizaban la onda expansiva hacia ellos casi tanto como hacia el enemigo. Pero la barrera quedó hecha añicos y los hombres de Protogen retrocedieron.

Mientras avanzaban a toda velocidad, Miller oyó cómo sus nuevos compatriotas temporales celebraban el sabor de aquella primera victoria. El sonido le llegaba apagado, como si estuvieran muy lejos. Quizá los auriculares no habían amortiguado la explosión tanto como deberían. Completar el ataque con los tímpanos reventados no iba a ser sencillo.

Pero entonces Fred habló, y su voz llegó lo bastante clara.

—¡No avancéis! ¡Atrás!

Casi fue suficiente. Las fuerzas de asalto de la APE dudaron cuando la orden de Fred tiró de ellos como una soga. No eran militares. Ni siquiera policías. Era una milicia irregular del Cinturón, poco acostumbrada a la disciplina y al respeto a la autoridad. Redujeron el paso y se volvieron más cautos. Así, al girar en la esquina no cayeron en la trampa.

El siguiente pasillo era largo y recto, llevaba (según el visor táctico) a una rampa de servicio ascendente que terminaba en el centro de control. Parecía vacío, pero a un tercio de la distancia hasta la curva del horizonte, empezaron a saltar por los aires pedazos raídos de moqueta. Un chico gruñó y cayó al lado de Miller.

—Usan proyectiles con poca metralla y los hacen rebotar en la curva —dijo Fred a todos por el comunicador—. Tiran en carambola. Permaneced agachados y haced justo lo que os diga.

La voz calmada del terrícola fue más efectiva que los gritos de antes. Miller pensó que quizá fuesen imaginaciones suyas, pero le pareció que también usaba un tono más grave, más firme, más seguro. El Carnicero de la Estación Anderson hacía lo que mejor se le daba, liderar sus tropas contra las tácticas y las estrategias que él mismo había ayudado a crear cuando militaba en el bando enemigo.

Las tropas de la APE avanzaron despacio, poco a poco y nivel a nivel. El aire se viciaba cada vez más con el humo y el polvo de los cascotes. Los amplios pasillos se abrieron hacia plazas y zonas abiertas, espaciosas como patios de cárcel y con tropas de Protogen en las torres de guardia. Los pasillos secundarios estaban cerrados y la seguridad de la estación intentaba obligarlos a llegar a zonas donde fueran pasto del fuego cruzado.

No funcionó. La APE abrió puertas a la fuerza y buscó cobertura en salas con bancos de trabajo que parecían algo a medio camino entre un aula y una fábrica. En dos ocasiones, al entrar los atacaron civiles sin armadura que seguían trabajando a pesar del asalto. Los chicos de la APE los hicieron picadillo. Parte de la mente de Miller, la parte que seguía siendo policía y no soldado, se crispó al verlo. Eran civiles. Matarlos era, como poco, de mala educación. Pero Julie le susurró desde el fondo de su conciencia: «Aquí no hay nadie inocente», y tuvo que reconocer que era cierto.

El centro de control se encontraba a un tercio de la altura del leve pozo de gravedad de la estación, y era la zona mejor defendida con la que habían topado hasta el momento. Miller y otros cinco, dirigidos por la voz omnisciente de Fred, se resguardaron en un pasillo estrecho de servicio y mantuvieron un fuego de contención constante por el pasillo principal que daba al centro de control, para asegurarse de que cualquier contraataque de Protogen no quedara sin respuesta. Miller comprobó su rifle de asalto y se sorprendió al ver toda la munición que le quedaba.

—*Oi, pampaw* —dijo el chico que estaba a su lado, y Miller sonrió al reconocer la voz de Diogo tras el protector facial—. Menuda fiesta, *passa?*

—Las he visto peores —respondió Miller. Intentó rascarse el codo que tenía herido, pero las placas de la armadura impedían que hiciera cualquier cosa satisfactoria.

—*Beccas tu?* —preguntó Diogo.

—Qué va, estoy bien. Es que este lugar... No tiene sentido. Parece un balneario, pero está construido como si fuera una prisión.

El chico hizo un gesto inquisitivo con las manos. Miller agitó el puño en respuesta, y fue aclarando sus ideas mientras hablaba.

—Es todo zonas abiertas y pasillos secundarios cerrados —dijo—. Si yo fuera a construir un lugar como este, lo que haría...

El aire resonó y Diogo cayó al suelo con la cabeza echada hacia atrás. Miller dio un grito y rodó. Detrás de ellos, en el pasillo secundario, dos siluetas con el uniforme de seguridad de Protogen se tiraron al suelo para cubrirse. Algo silbó en el aire cerca de la oreja izquierda de Miller. Otro objeto rebotó con la fuerza de un martillo en la pechera de su reluciente armadura marciana. No pensó en levantar el rifle de asalto, pero allí estaba, devolviendo los disparos como una extensión directa de su voluntad. Los otros tres soldados de la APE dieron media vuelta para ayudar.

—Atrás —ladró Miller—. No perdáis de vista el pasillo principal, joder. Yo me encargo de esto.

«Seré idiota —pensó Miller—. Idiota por dejar que nos vengan por detrás. Idiota por pararme a hablar en pleno tiroteo.» Debería haberlo pensado, pero, como había perdido la concentración, aquel chico estaba...

¿Riéndose?

Diogo se incorporó, levantó su rifle de asalto y empezó a disparar hacia el pasillo secundario. Se puso en pie tambaleándose y gritó de alegría como un chiquillo que acabara de salir de una atracción de feria. Un reguero de líquido blanco subía desde su clavícula hasta la parte derecha de su protección facial, detrás de la cual la cara de Diogo sonreía de oreja a oreja. Miller negó con la cabeza.

—¿Por qué coño usan munición antidisturbios? —se preguntó, tanto a sí mismo como al chico—. ¿Creen que esto es una revuelta?

—Equipos de vanguardia —dijo Fred en el oído de Miller—, preparados. Avanzamos en cinco. Cuatro. Tres. Dos. ¡Vamos!

«No tenemos ni idea de en qué nos metemos», pensó Miller mientras se unía a la desbocada carrera pasillo abajo hacia el objetivo final del ataque. Una rampa ancha llevaba hasta una serie de puertas de seguridad chapadas con fibra de madera. Algo explotó detrás de ellas, pero Miller mantuvo la cabeza gacha y no giró el cuello. La presión de los cuerpos que lo empujaban con todo tipo de armaduras se incrementó, y Miller tropezó con algo mullido. Un cuerpo con uniforme de Protogen.

—¡Necesitamos espacio! —dijo una mujer desde las primeras filas.

Miller se acercó a ella repartiendo empujones y codazos entre la multitud de soldados de la APE. La mujer volvió a vociferar mientras Miller llegaba.

—¿Cuál es el problema? —gritó Miller.

—No puedo abrirlas si tengo a todos estos chupapollas empujándome —respondió ella mientras levantaba un soldado que ya tenía un brillo blanco en el extremo.

Miller asintió y dejó su rifle de asalto colgando de la cinta a su espalda. Agarró dos de los hombros que tenía más cerca, los sacudió hasta llamar la atención de los soldados y encajó sus hombros entre los de ellos.

—Los técnicos necesitan un poco más de espacio —dijo Miller, y juntos avanzaron poco a poco hacia sus compañeros para empujarlos hacia atrás.

«¿Cuántas batallas a lo largo de la historia se han perdido por momentos como este? —se preguntó—. Con la victoria al alcance de la mano hasta que las fuerzas aliadas empiezan a entorpecerse entre ellas.» El soldador se encendió detrás de él y sintió la presión del calor como una mano en la espalda, incluso con armadura.

Al borde de la multitud, las armas automáticas borbotearon y se atragantaron.

—¿Cómo va por ahí atrás? —gritó Miller hacia su espalda.

La mujer no respondió. Parecía que habían pasado horas, aunque no podían haber sido más de cinco minutos. La neblina del metal caliente y las partículas de plástico impregnaban el aire.

El soldador hizo un ruido al apagarse. Por encima del hombro, Miller vio cómo el mamparo empezaba a combarse y abrirse. La técnica insertó un gato fino como un naipe en el hueco entre láminas, lo activó y se echó atrás. El material de la estación que los rodeaba rechinó cuando un nuevo conjunto de presiones y tensiones empezó a deformar el metal. El mamparo se abrió.

—¡Vamos! —bramó Miller.

Agachó la cabeza, se internó en el nuevo pasillo y empezó a ascender por una rampa enmoquetada hacia el centro de control. Una docena de hombres y mujeres levantaron las cabezas de sus puestos de trabajo y lo miraron aterrorizados, con los ojos muy abiertos.

—¡Quedáis detenidos! —gritó Miller mientras los soldados de la APE se arremolinaban a su alrededor—. Bueno, en realidad, no, pero... qué más da. ¡Manos arriba y apartaos de los controles!

Uno de los hombres, alto como un cinturiano pero fornido

como un interiano, suspiró. Llevaba un traje lustroso de lino y seda cruda, sin las marcas ni las dobleces de los fabricados por ordenador.

—Haced lo que dice —dijo el del traje de lino. En su voz se notaba una actitud molesta pero no asustada.

Miller entornó los ojos.

—¿Señor Dresden?

El del traje levantó una ceja depilada con esmero, se quedó quieto un momento y luego asintió.

—Le estaba buscando —dijo Miller.

Fred entró en el centro de control como si le perteneciera. Con los hombros más tensos y la columna un grado más erguida, el jefe de ingenieros de la estación Tycho había desaparecido, reemplazado por el general. Paseó la mirada por el centro de control y, entre parpadeos, absorbió todos los detalles. Luego hizo un gesto con la cabeza a un técnico de alto nivel de la APE.

—Todo asegurado, señor —dijo el técnico—. La estación es suya.

Miller rara vez había podido presenciar el momento de absolución de otro hombre. Era algo tan poco frecuente y tan absolutamente privado que rayaba en lo espiritual. Hacía décadas, aquel hombre (más joven, esbelto y con menos canas en el pelo) había tomado por la fuerza una estación espacial y se había embadurnado hasta las rodillas de las vísceras y la muerte de cinturianos, pero en ese momento Miller vislumbró la casi imperceptible relajación en su mandíbula y el ensanchamiento del pecho que indicaban el alivio de una carga. Quizá no hubiera desaparecido del todo, pero casi bastaba. Era más de lo que casi cualquiera podía conseguir en toda una vida.

Se preguntó cómo se sentiría si alguna vez llegaba a tener él la oportunidad.

—¿Miller? —llamó Fred—. Me han dicho que tiene a alguien con quien nos interesa hablar.

Dresden se levantó de su silla, haciendo caso omiso a las armas de mano y los fusiles que le apuntaban, como si tales menudencias no tuvieran nada que ver con él.

—Coronel Johnson —dijo Dresden—. Debería haber imaginado que un hombre de su calibre estaría detrás de todo esto. Me llamo Dresden.

Entregó a Fred una tarjeta de visita de color negro mate. Fred la cogió como por acto reflejo, pero no la miró.

—¿Es usted el responsable de esto?

Dresden sonrió con frialdad y miró a su alrededor antes de responder.

—Diría que usted es el responsable de al menos una parte —respondió—. Acaba de matar a un buen número de personas que solo hacían su trabajo. Pero ¿qué tal si dejamos a un lado las acusaciones morales y vamos al grano con lo que importa de verdad?

La sonrisa de Fred se extendió a sus ojos.

—¿Y a qué se refiere, para ser exactos?

—A los términos de la negociación —respondió Dresden—. Usted tiene experiencia. Sabe que su victoria aquí lo coloca en una posición insostenible. Protogen es una de las empresas más poderosas de la Tierra. La APE la acaba de atacar y, cuanto más dure esta situación, peores serán las represalias.

—¿Ah, sí?

—Por supuesto —dijo Dresden, desdeñando el tono de Fred con un gesto de la mano. Miller negó con la cabeza. Aquel hombre de verdad no entendía nada de lo que ocurría—. Ya ha tomado sus rehenes. Y en fin, aquí estamos. Podemos esperar a que la Tierra intente negociar con una docena de naves de batalla mientras ustedes les apuntan con sus fusiles o podemos acabar con esto ahora mismo.

—Me está preguntando... cuánto dinero quiero a cambio de que mi gente y yo nos marchemos —dijo Fred.

—Eso en caso de que quiera dinero —respondió Dresden, encogiéndose de hombros—. Armas. Decretos. Suministros médicos. Cualquier cosa que necesite para seguir con su pequeña guerra y que esto termine cuanto antes.

—Sé lo que hizo en Eros —dijo Fred sin levantar la voz.

Dresden rio entre dientes. El sonido puso a Miller la piel de gallina.

—Señor Johnson —dijo Dresden—. Nadie sabe lo que hemos hecho en Eros. Y jugar con usted me hace perder un tiempo precioso que podría dedicar a algo productivo en otra parte. Voy a decirle una cosa: ahora mismo se encuentra en la posición más ventajosa para negociar de la que gozará nunca. No le beneficia en nada alargarlo más.

—¿Y cuál es su oferta?

Dresden separó las manos.

—Cualquier cosa que desee, además de la amnistía. Siempre que se marchen y nos dejen volver al trabajo. Todos salimos ganando.

Fred rio con tristeza.

—A ver si lo he entendido bien —dijo—. ¿Me dará poder sobre todos los reinos del mundo con solo que me arrodille ante usted?

Dresden inclinó la cabeza a un lado.

—No capto la referencia.

41

Holden

La *Rocinante* atracó en la estación Thoth entre los estertores finales de los impulsores de maniobra que le quedaban. Holden sintió cómo las abrazaderas de embarque de la estación resonaban al atrapar el casco de la nave y entonces volvió la gravedad, aunque solo a un tercio de g. La detonación cercana del misil de plasma había destrozado la compuerta exterior de la esclusa de la tripulación y llenado la cámara de un gas supercalentado que la había dejado inservible. Por tanto, tendrían que abandonar la nave por la esclusa de carga, que estaba en la popa, y salir al espacio para llegar a la estación.

No había problema: al fin y al cabo, no se habían quitado los trajes de aislamiento. La *Roci* tenía demasiados agujeros para que el sistema de reciclado de aire pudiera hacerse cargo, y habían perdido las reservas de oxígeno que llevaban a bordo en la misma explosión que había destrozado la esclusa.

Alex bajó de la cabina con la cara oculta por el casco, pero su panza seguía siendo inconfundible incluso bajo el traje atmosférico. Naomi terminó de bloquear su puesto y desconectar la nave y siguió a Alex. Los tres descendieron por la escalerilla de tripulación hacia la popa. Allí los esperaba Amos, que estaba acoplando una mochila de maniobras extravehiculares en su traje y cargándola con nitrógeno comprimido de un tanque de almacenamiento. El mecánico había asegurado a Holden que la mochila de maniobra tenía la propulsión suficiente para contrarrestar el giro de la estación y llevarlos a una esclusa de aire.

Nadie dijo nada. Holden había esperado que hubiera charlas. Había esperado querer charlar él mismo. Pero los daños en la *Roci* parecían exigir silencio. Casi sobrecogimiento.

Holden se apoyó en el mamparo de la bodega y cerró los ojos. Solo oía el siseo constante de su suministro de aire y la débil estática del comunicador. Con la nariz rota y llena de sangre coagulada tampoco podía oler nada, y tenía un sabor metálico en la boca. Pero, aun así, no podía contener la sonrisa.

Habían ganado. Habían llegado volando hasta Protogen, resistido todo lo que les habían podido lanzar encima aquellos hijos de puta y les habían ensangrentado las narices a todos. En aquellos momentos los soldados de la APE estaban tomando la estación y disparando a quienes habían ayudado a destruir Eros.

Holden decidió que no pasaba nada por no tenerles la menor lástima. La complejidad moral de aquella situación había superado su capacidad para procesarla, de modo que optó por contentarse con el cálido brillo de la victoria.

Escuchó un chasquido por el comunicador.

—Listos para partir —dijo Amos.

Holden asintió, recordó que todavía tenía puesto el traje de aislamiento y dijo:

—Muy bien. Enganchaos todos.

Alex, Naomi y él sacaron cables de sus trajes y los engancharon a la amplia cintura de Amos, que activó el ciclo de apertura de la esclusa de la bodega y salió de la nave impulsado por nubecitas de gas. Al instante, la rotación de la estación los apartó de la nave, pero Amos tardó poco en hacerse con el control de todos y echó a volar de vuelta hacia la esclusa de aire de emergencia de Thoth.

Mientras Amos los hacía pasar al lado de la *Roci*, Holden estudió el exterior de la nave e intentó hacer un listado de lo que necesitarían para repararla. Había una docena de agujeros tanto en la proa como en la popa que se corresponderían con agujeros a lo largo de todo el interior de la nave. Lo más probable era que la munición Gauss que les había disparado el interceptor ni siquiera hubiera reducido significativamente su velocidad mientras atravesaba la *Roci*. La tripulación había tenido suerte de que ningún proyectil hubiera abierto un hueco en el reactor.

También había una abolladura enorme en la superestructura falsa que daba a la nave el aspecto de un transportador de gases comprimidos. Holden sabía que encontrarían otra igual de fea en el casco exterior blindado. El daño no había alcanzado el casco interior, o la nave se habría partido en dos.

Los daños que había sufrido la esclusa de aire y la pérdida total del oxígeno de los tanques de almacenamiento y los sistemas de reciclaje supondrían millones de dólares en reparaciones y semanas enteras en dique seco, siempre que pudieran llevar la nave a dique seco en alguna parte.

Quizá la *Molinari* podría remolcarlos.

Amos encendió tres veces seguidas la luz de emergencia amarilla de la mochila extravehicular y la esclusa de emergencia de la estación inició su ciclo de apertura. Flotó con ellos hacia dentro, donde los esperaban cuatro cinturianos con armaduras de combate.

Cuando la esclusa terminó de cerrarse, Holden se quitó el casco y se tocó la nariz. Parecía tener el doble de su tamaño habitual y le palpitaba con cada latido.

Naomi acercó las manos y le sujetó la cara poniendo los pulgares a ambos lados de su nariz, con una sorprendente suavidad. Le giró la cabeza a los dos lados para examinar la herida y luego lo soltó.

—Se te quedará torcida si no te haces una operación estética —dijo—. Aunque antes eras demasiado guapo, en realidad. Esto dará personalidad a tu cara.

Holden sintió que llegaba una lenta y amplia sonrisa, pero antes de poder responder, uno de los soldados de la APE les habló.

—He visto el combate, *frère*. Les habéis dado caña de la buena.

—Gracias —dijo Alex—. ¿Cómo va la cosa por aquí?

Le respondió el soldado con más cantidad de estrellas en su insignia de la APE.

—Hemos encontrado menos resistencia de la que esperábamos, pero las tropas de seguridad de Protogen han defendido cada metro del lugar. Algunos cerebritos han intentado atacarnos y todo. Hemos tenido que disparar a unos pocos. —Señaló la puerta interior de la esclusa de aire—. Fred está subiendo al centro de control. Os quiere allí arriba y rapidito.

—Te seguimos —respondió Holden, aunque su nariz lo transformó en un «de seguibod».

—¿Qué tal la pierna, capi? —preguntó Amos mientras andaban por un pasillo de la estación. Holden se dio cuenta de que había olvidado la cojera que le había dejado aquel tiro en el gemelo.

—Ya no duele, pero no flexiono muy bien el músculo —respondió—. ¿Qué tal la tuya?

Amos sonrió y miró la pierna que aún le cojeaba por la fractura que había sufrido en la *Donnager* unos meses antes.

—Poca cosa —respondió—. Lo que no te mata ni te molestas en contarlo.

Holden hizo un amago de responder, pero calló cuando el grupo dobló una esquina y contemplaron lo que parecía un matadero. Era obvio que iban detrás del grupo de asalto, porque el suelo de aquel pasillo estaba cubierto de cuerpos y las paredes, de agujeros de bala y quemaduras. A Holden le alivió ver más cuerpos vestidos con la armadura de los empleados de Protogen que con el equipo de la APE. Pero, aun así, la cantidad de cinturianos muertos que había en el suelo le revolvió el estómago.

Cuando pasó al lado del cadáver de un hombre vestido con una bata de laboratorio, tuvo que contenerse para no escupir al suelo. Los de seguridad quizá solo hubieran tomado la mala decisión de trabajar para el bando equivocado, pero los científicos de la estación habían matado a un millón y medio de personas solo para ver qué pasaba. No podían estar lo bastante muertos para el gusto de Holden.

Algo le llamó la atención y se detuvo. Al lado del científico muerto había un objeto parecido a un cuchillo de cocina.

—Anda —dijo Holden—. No habrá salido a atacaros con eso, ¿verdad?

—Pues sí. Menudo loco, ¿no? —dijo uno de sus escoltas—. Había oído lo de que en casa del herrero, cuchillo de palo, pero...

—El centro de control está ahí delante —dijo el soldado de mayor rango—. El general os espera.

Holden entró en el centro de control de la estación y vio a Fred, Miller, un grupo de tropas de la APE y un desconocido con un traje caro. Una fila de técnicos y trabajadores con el uniforme de Protogen y las muñecas esposadas salían escoltados del lugar. De la cubierta al techo, aquella sala estaba llena de pantallas, la mayoría de las cuales mostraban un aluvión de texto a una velocidad que hacía imposible leerlo.

—A ver si lo he entendido bien —estaba diciendo Fred—. ¿Me dará poder sobre todos los reinos del mundo con solo que me arrodille ante usted?

—No capto la referencia —respondió el desconocido.

Lo que fueran a decir a continuación se perdió cuando Miller vio a Holden y tocó a Fred en el hombro. Holden habría jurado que el inspector le dedicó una sonrisa afable, aunque era difícil de apreciar en su rostro arisco.

—Jim —dijo Fred, y lo animó a acercarse con un gesto. Estaba leyendo una tarjeta de visita de color negro mate—. Te presento a Antony Dresden, vicepresidente ejecutivo del Departamento de Investigación Biológica de Protogen y artífice del proyecto Eros.

El gilipollas del traje hasta extendió la mano, como si pensara que se la iba a estrechar. Holden casi ni lo miró.

—Fred —dijo Holden—. ¿Cuántas bajas?

—Pocas, para mi sorpresa.

—La mitad de los de seguridad tenían munición no letal —explicó Miller—. Antidisturbios. Balas pegajosas y tal.

Holden asintió, luego negó con la cabeza y frunció el ceño.

—He visto un montón de cuerpos de agentes de Protogen

en el pasillo de fuera. ¿Para qué contratar a tanto personal y luego darles armas con las que no pueden repeler un abordaje?

—Buena pregunta —coincidió Miller.

Dresden rio entre dientes y dijo:

—A esto me refería, señor Johnson. ¿Jim? Muy bien. Verás, Jim, el hecho de que no entiendas las particulares necesidades de seguridad de esta estación revela que no tienes ni idea de en qué te has metido. Y creo que lo sabes tan bien como yo. Como le decía a Fred...

—Lo que tienes que hacer es cerrar el puto pico, Antony —dijo Holden, sorprendido por la repentina oleada de furia.

Dresden puso cara de decepción. Aquel malnacido no tenía derecho a sentirse cómodo ni a dárselas de superior. Holden quería aterrorizarlo, que suplicara por su vida y dejara de burlarse de ellos con ese repelente acento culto que tenía.

—Amos, si me vuelve a hablar sin permiso, pártele la mandíbula.

—Será un placer, capitán —dijo Amos mientras avanzaba un poco.

Dresden sonrió con superioridad a aquella burda amenaza, pero mantuvo la boca cerrada.

—¿Qué sabemos? —preguntó Holden a Fred.

—Sabemos que enviaban los datos aquí desde Eros y sabemos que este mamarracho está al mando. Sabremos más cuando hayamos registrado el lugar.

Holden se volvió de nuevo hacia Dresden y observó su apariencia de noble europeo, su cuerpo esculpido en gimnasio y el caro corte de pelo. Incluso rodeado de hombres armados, Dresden conseguía dar la impresión de que seguía al mando. Holden se lo imaginó mirando el reloj y preguntándose cuánto más de su valioso tiempo le iba a arrebatar aquel abordaje de poca monta.

—Quiero preguntarle una cosa —dijo Holden.

—Te lo has ganado —dijo Fred con un asentimiento.

—¿Por qué? —preguntó Holden—. Quiero saber por qué.

La sonrisa de Dresden parecía casi compasiva, y se metió las manos en los bolsillos con la naturalidad de alguien charlando sobre deportes en un bar del embarcadero.

—«Por qué» es una pregunta muy amplia —dijo Dresden—. ¿Porque era la voluntad de Dios? ¿Podrías concretar un poco?

—¿Por qué Eros?

—Verás, Jim...

—Capitán Holden para usted. Soy el que encontró la nave que había perdido, de modo que he visto el vídeo de Febe. Sé lo que es la protomolécula.

—¡Vaya! —dijo Dresden mientras su sonrisa se volvía un poco más sincera—. Entonces debo agradecerle que nos entregara el agente viral en Eros. Perder la *Anubis* iba a retrasarnos meses enteros. Encontrar el cuerpo infectado ya en la estación fue un regalo caído del cielo.

«Lo sabía. Lo sabía, joder», pensó Holden.

—¿Por qué? —dijo en voz alta.

—Ya saben lo que es el agente —dijo Dresden, desconcertado por primera vez desde que Holden había entrado en aquella habitación—. No sé qué más quiere saber. Se trata del acontecimiento más importante que ha ocurrido jamás a la especie humana. Es al mismo tiempo la prueba de que no estamos solos en el universo y nuestra escapatoria de las limitaciones que nos atan a nuestras pequeñas burbujas de aire y roca.

—No me ha respondido —dijo Holden, enfadado porque su nariz rota volvía su voz un tanto cómica aunque quisiera sonar amenazador—. Quiero saber por qué mató a un millón y medio de personas.

Fred carraspeó, pero no lo interrumpió. Dresden miró hacia el coronel y luego de nuevo a Holden.

—Sí que le he respondido, capitán. Un millón y medio de personas son una minucia. Esto en lo que trabajamos es muchísimo más importante —dijo Dresden. Se acercó a una silla, se sentó y se subió el pantalón antes de cruzar las piernas para no tensar la tela—. ¿Sabe quién era Gengis Kan?

—¿Cómo? —preguntaron Holden y Fred casi al mismo tiempo. Miller no dejaba de mirar a Dresden con cara inexpresiva mientras daba golpecitos con el cañón de la pistola contra la pernera de su armadura.

—Gengis Kan. Según algunos historiadores, Gengis Kan fue responsable de la aniquilación de un cuarto de la población total de la Tierra durante su conquista —dijo Dresden—. Lo hizo para levantar un imperio que comenzó a desmoronarse desde el mismo momento en que falleció. A una escala actual, equivaldría a matar a casi diez mil millones de personas para afectar a una generación. Generación y media, quizá. En comparación, lo de Eros no llega ni a error de redondeo.

—Le da igual de verdad —dijo Fred con la voz tranquila.

—Y a diferencia de Kan, nosotros no lo hacemos para fundar un imperio efímero. Sé lo que piensan. Sé que creen que solo pensamos en nuestra propia grandeza y en el poder.

—¿No es lo que quieren? —preguntó Holden.

—Claro que sí —replicó Dresden, cortante—. Pero eso es pensar a corto plazo. Construir el mayor imperio de la humanidad es lo mismo que construir el mayor hormiguero del mundo. Algo insignificante. Ahí fuera existe una civilización que fabricó la protomolécula y nos la arrojó hace más de dos mil millones de años. Ya eran dioses en aquella época. ¿En qué se han convertido desde entonces, con otros dos mil millones de años para avanzar?

Holden escuchaba hablar a Dresden con creciente pavor. Parecía como si no fuera la primera vez que daba aquel discurso. Quizás incluso lo hubiera pronunciado muchas veces. Y había funcionado. Había convencido a personas en puestos de poder. Por eso Protogen disponía de naves furtivas fabricadas en astilleros de la Tierra y de un apoyo en apariencia ilimitado entre bambalinas.

—Tenemos muchísimo trabajo por delante para ponernos a la altura, caballeros —continuó Dresden—. Pero, por suerte, para ello contamos con la herramienta de nuestros enemigos.

—¿Ponernos a la altura? —preguntó un soldado a la izquierda de Holden. Dresden asintió y sonrió.

—La protomolécula puede alterar el organismo huésped a nivel molecular, realizar cambios genéticos sobre la marcha. No solo en el ADN, sino en cualquier replicador estable. Pero no es más que una máquina. No piensa, sigue instrucciones. Si aprendemos a alterar esa programación, podríamos convertirnos en los arquitectos de ese cambio.

Holden lo interrumpió.

—Si su objetivo era acabar con la vida de la Tierra y reemplazarla con lo que fuera que quisieran los creadores de la protomolécula, ¿por qué liberarla?

—Excelente pregunta —dijo Dresden, levantando un dedo como un profesor que se dispusiera a dar una clase—. La protomolécula no viene con manual de instrucciones. De hecho, nunca antes habíamos conseguido verla ejecutando su programa. La molécula necesita una considerable cantidad de masa antes de poder desarrollar la potencia de procesamiento suficiente para llevar a cabo su función. Sea la que sea.

Dresden señaló las pantallas llenas de datos que los rodeaban.

—Aquí vamos a verla trabajar. Veremos lo que pretende hacer. Veremos cómo lo hace. Y, con suerte, llegaremos a descubrir cómo cambiar su programación.

—Podrían hacer lo mismo con un cultivo de bacterias —dijo Holden.

—No me interesa recrear bacterias —respondió Dresden.

—Es un puto loco —dijo Amos, y dio otro paso hacia Dresden. Holden puso una mano, en el hombro del mecánico gigantón.

—Bueno —continuó Holden—, ¿y qué hará cuando descubra cómo funciona el virus?

—Todo. Los cinturianos podrán trabajar fuera de las naves sin llevar traje. Los humanos serán capaces de dormir durante cientos de años y viajar hacia las estrellas en naves coloniales. Dejaremos de estar atados a millones de años de evolución dentro de una atmósfera con una gravedad de un g y ser esclavos del agua y el oxígeno. Podremos elegir lo que queramos ser y reprogramarnos para serlo. Eso es lo que va a proporcionarnos la protomolécula.

Dresden se había levantado mientras daba aquel discurso y la cara le brillaba con el fanatismo de un profeta.

—Lo que estamos haciendo es la mejor y única esperanza

para la supervivencia de la humanidad. Cuando salgamos de aquí, nos enfrentaremos a dioses.

—¿Y si no salimos? —preguntó Fred. Parecía pensativo.

—Ya han disparado un arma apocalíptica contra nosotros una vez —respondió Dresden.

La habitación quedó en silencio un momento. Holden notó cómo se le escapaba la certeza. Odiaba cada punto de la argumentación de Dresden, pero de algún modo no acababa de poder refutarla. Estaba convencido de que algo en ella era erróneo por completo, pero no encontraba las palabras para expresarlo.

La voz de Naomi lo sobresaltó.

—¿A ellos los convenció? —preguntó.

—¿Perdón? —dijo Dresden.

—A los científicos. Los técnicos. Todas las personas necesarias para llevar el proyecto adelante. Ellos son quienes tuvieron que hacer todo esto. Tuvieron que ver el vídeo de toda esa gente muriendo en Eros. Tuvieron que diseñar esas cámaras de muerte radiactivas. Así que a menos que haya reunido a todos los asesinos en serie del Sistema Solar y les haya pagado los estudios, ¿cómo lo consiguió?

—Modificamos a nuestro equipo de científicos para eliminar las restricciones éticas.

Media docena de indicios encajaron en la cabeza de Holden.

—Sociópatas —dijo—. Los convirtió en sociópatas.

—Sociópatas altamente funcionales —matizó Dresden, asintiendo. Parecía disfrutar con la explicación—. Y extremadamente curiosos. Mientras los mantengamos ocupados con problemas interesantes para resolver y recursos ilimitados, se dan por satisfechos.

—Y un gran equipo de seguridad armado con munición antidisturbios para cuando no lo estén —añadió Fred.

—Sí, a veces hay complicaciones —dijo Dresden. Miró a su alrededor mientras un atisbo de arruga se formaba en su entrecejo—. Lo sé. Creen que es algo monstruoso, pero voy a salvar a la especie humana. Daré a la humanidad las estrellas. ¿Lo ven con malos ojos? Muy bien. Pero déjenme que les pregunte una cosa: ¿Pueden salvar Eros? A estas alturas.

—No —respondió Fred—, pero podemos...

—Desperdiciar los datos —dijo Dresden—. Pueden asegurarse de que todos los hombres, mujeres y niños que han muerto en Eros lo hayan hecho en vano.

La habitación quedó en silencio. Fred tenía el ceño fruncido y los brazos cruzados. Holden entendía el dilema que estaba afrontando en su mente. Todo lo que había dicho Dresden era espeluznante y repulsivo, pero sonaba demasiado a cierto.

—O bien —continuó Dresden—, podemos negociar un precio. Ustedes se marchan y yo sigo...

—Ya está. Suficiente —dijo Miller, que hablaba por primera vez desde que Dresden había empezado a dar su discurso. Holden miró al inspector. Los rasgos inexpresivos se habían vuelto pétreos. Ya no daba golpecitos con el cañón de la pistola contra su pierna.

«Ay, joder.»

42

Miller

Dresden no se lo esperaba. Hasta que Miller levantó la pistola, los ojos de aquel hombre no vieron ni un atisbo de amenaza. Todo lo que vio fue a Miller con algo en la mano, algo que resultó ser un arma. Un perro habría sabido que tenía que asustarse, pero Dresden no.

—¡Miller! —gritó Holden desde lejos—. ¡No!

Apretar el gatillo era fácil. Sintió un chasquido suave y cómo el metal rebotaba contra la palma de su mano cubierta por el guante acolchado. Luego lo hizo dos veces más. La cabeza de Dresden se impulsó hacia atrás y todo se inundó de rojo. La sangre salpicó una pantalla panorámica y ocultó los datos. Miller dio un paso al frente y disparó dos veces más en el pecho de Dresden, se detuvo un momento y luego enfundó la pistola.

La habitación quedó en silencio. Los soldados de la APE miraban a Miller o se miraban unos a otros, con sorpresa, a pesar de la violencia del asalto anterior. Aquella violencia era inesperada. Naomi y Amos miraban a Holden, y el capitán miraba el cadáver. Con aquellas magulladuras, la cara de Holden parecía una máscara que denotaba furia, ira o incluso desesperación. Miller lo comprendía. Hacer lo que había que hacer no era natural para Holden. Un tiempo atrás tampoco lo había sido para él.

El único que no parecía nervioso ni tener miedo era Fred. El coronel no sonreía ni tenía el ceño fruncido, pero tampoco apartó la mirada.

—¿A qué coño ha venido eso? —preguntó Holden, con su tono de voz nasal debido a la herida—. ¡Le has disparado a sangre fría!

—Así es —respondió Miller.

Holden negó con la cabeza.

—¿Y el juicio? ¿Dónde queda la justicia? ¿Acaso crees que te la puedes tomar por tu mano?

—Soy policía —respondió Miller, que se sorprendió por el tono de disculpa de su voz.

—¿Dónde ha quedado tu humanidad?

—Muy bien, caballeros —dijo Fred, en un tono que resonó debido al silencio que reinaba en la habitación—. Se terminó el espectáculo. Volvamos al trabajo. Quiero que venga el equipo de cifrado. Tenemos prisioneros que evacuar y una estación que desmontar.

Holden pasó la vista por Fred, Miller y el cadáver inerte de Dresden. Apretaba los dientes con rabia.

—Oye, Miller —dijo Holden.

—¿Dime? —respondió Miller con tranquilidad. Sabía lo que le esperaba.

—Mejor búscate la vida para volver a casa —dijo el capitán de la *Rocinante*, luego se giró y se marchó de la habitación ofendido. Su tripulación se marchó detrás. Miller vio cómo se marchaban y sintió una punzada de remordimiento en el pecho, aunque sabía que ya no había nada que pudiera hacer al respecto. Los perdió de vista cuando atravesaron el mamparo roto. Miller se giró hacia Fred.

—¿Me lleva usted?

—Tiene puesto nuestro uniforme —respondió Fred—. Como mucho le podemos dejar en la estación Tycho.

—Se lo agradecería —dijo Miller—. Sabe que hice lo correcto —añadió un momento después.

Fred no respondió. Sobraban las palabras.

La estación Thoth estaba maltrecha, pero no había quedado destruida. Todavía no. La información sobre la tripulación de sociópatas no tardó en hacerse pública y los soldados de la APE se tomaron la advertencia muy en serio. La fase de ocupación y de control de la estación duró cuarenta horas en lugar de las veinte que debería haber durado con prisioneros normales. Con humanos. Miller hizo lo que pudo para ayudar con el control de prisioneros.

Los chicos de la APE tenían buenas intenciones pero la mayoría nunca había gestionado prisioneros antes. No sabían cómo esposar a alguien por las muñecas y los codos para evitar que pusieran las manos por delante y estrangularlos. Tampoco sabían cómo retener a alguien con una soga atada al cuello sin hacer que se ahogara hasta morir, ya fuera por accidente o de manera intencionada. La mitad de ellos ni siquiera sabía cómo cachear. Miller conocía todo aquello como si se tratara de un juego de niños. En cinco horas había encontrado veinte cuchillos ocultos, solo entre los científicos. Apenas tenía que centrarse mucho en ello.

Llegó una segunda oleada de naves: transportadores de personal que parecía que se iban a despresurizar al más mínimo golpe, arrastreros de rescate que desmantelaban las protecciones y la superestructura de la estación, naves de suministros que empacaban y guardaban el valioso equipo y saqueaban los botiquines y las reservas de comida. Cuando las noticias de aquel asalto llegaron a la Tierra, la estación ya era poco más que un armazón y sus habitantes estaban resguardados en prisiones ilegales por todo el Cinturón.

Protogen lo descubriría más pronto que tarde, claro. Tenían puestos de avanzada a menos distancia que los planetas interiores. Pero sabía que no responderían hasta el momento exacto en el que pudieran sacar algo de provecho. Las matemáticas de la piratería y la guerra. Miller lo sabía, pero no le preocupaba demasiado. Aquellas decisiones las tendrían que tomar Fred y los suyos. Miller ya había tomado la iniciativa bastante por aquel día.

Poshumanos.

Era una palabra que colmaba las noticias cada cinco o seis años, y cada vez se refería a algo diferente. ¿Una hormona para la regeneración neuronal? Poshumanos. Robots sexuales con seudointeligencia integrada? Poshumanos. ¿Un mecanismo de enrutamiento con optimización automatizada? Poshumanos. Era una palabra que se usaba como reclamo publicitario, vacía e inútil, y el único significado que le encontraba él era que todas las personas que la usaban tenían muy poca idea de todo lo que los humanos eran capaces de hacer.

Pero ahora, mientras escoltaba a una docena de prisioneros vestidos con uniformes de Protogen a uno de los transportes atracados que se dirigían a vete a saber dónde, aquella palabra había adquirido un nuevo significado.

«¿Dónde ha quedado tu humanidad?»

Poshumano, en su acepción más literal, hacía referencia a algo que había dejado de ser humano. Sin tener en cuenta la protomolécula ni Protogen ni las fantasías pretenciosas tipo Mengele o Gengis Kan de Dresden, Miller pensaba que quizá fuera un adelantado a su tiempo. Que llevaba años siendo un poshumano.

Apuraron todo lo que pudieron, pero cuarenta horas después llegó el momento de marcharse. La APE había dejado la estación en los cimientos y era el momento de salir de allí antes de que apareciera alguien con ganas de vengarse. Miller estaba sentado en un asiento de colisión con la sangre llena de anfetaminas y a punto de perder la conciencia debido a la psicosis que le causaba la falta de sueño. Sintió la gravedad de la propulsión como si le pusieran una almohada en la cara. Casi ni era consciente de que lloraba. Aquello no significaba nada.

Aquella confusión mental hizo que Miller volviera a escuchar hablar a Dresden, con sus promesas, mentiras, verdades a medias y visiones. En la mente de Miller las palabras eran como un humo oscuro que se unía a los filamentos negros de la protomolécula. Las volutas se dirigían hacia Holden, Amos y Naomi. Intentó sacar el arma para detenerlos, para hacer lo que era necesario. Dio un grito de desesperación que lo despertó y entonces recordó que ya había ganado.

Julie estaba sentada a su lado y puso la mano fría en la frente. Le dedicó una sonrisa amable, comprensiva. Indulgente.

«Duerme», dijo Julie, y su mente descendió a las profundidades.

—*Oi, pampaw* —dijo Diogo—. *Acima* y fuera, *tu sais quoi?*

Era la décima mañana que Miller se levantaba en Tycho y la séptima que usaba la cama del apartamento tamaño armario de Diogo para dormir cuando él no estaba. Y por el tono de voz del chico debería ser una de las últimas. Aquello había empezado a oler a cuadra después de tres días. Rodó fuera de la cama estrecha, se atusó el pelo con la mano y asintió. Diogo se desnudó y se metió en la cama sin decir nada. Apestaba a licor y a marihuana barata cultivada en una bañera.

Miller comprobó en el terminal que el segundo turno había terminado hacía dos horas y que el tercero ya iba por la mitad de la mañana. Metió sus cosas en una maleta, apagó las luces que rodeaban a la silueta de Diogo, que ya roncaba, y se arrastró hacia las duchas públicas para gastarse algunos de los pocos créditos que le quedaban en intentar parecerse un poco menos a un vagabundo.

Lo mejor de su regreso a la estación Tycho había sido la inyección de capital en su cuenta. La APE, o sea Fred Johnson, le había pagado por el tiempo que pasó en Thoth. No lo pidió, y una parte de él quería rechazar el dinero. Si tuviera alternativa, seguramente lo habría hecho. Pero como no la había intentó estirar al máximo el dinero y disfrutar de la ironía. Ahora, la nómina de la capitana Shaddid y la suya las pagaban la misma entidad.

Durante los primeros días desde que había regresado a Tycho, Miller esperaba ver en las noticias el ataque a Thoth. EMPRESA DE LA TIERRA PIERDE UNA ESTACIÓN DE INVESTIGACIÓN A MANOS DE CINTURIANOS ENFURECIDOS, o algo por el estilo. Debería buscar un trabajo o un lugar en el que quedarse en el que no dependiera de la caridad. Quería hacerlo. Pero las horas pasaban y pasaban mientras él se sentaba en bares y cafeterías sin poder apartar la vista de las pantallas.

La armada marciana sufrió una serie de ataques reiterados por parte de los cinturianos. Una piedra superacelerada de media tonelada había obligado a cambiar de rumbo a dos de sus naves de batalla. También se había reducido la recolección de agua en los anillos de Saturno debido a que el trabajo se había detenido de manera ilegal, y por lo tanto era obra de traidores, o porque aquella era la respuesta natural a que se necesitaba más seguridad. Marte o la APE atacaron dos minas de la Tierra. Murieron cuatrocientas personas. El asedio de la Tierra a Marte ya duraba tres meses. Una coalición de científicos y especialistas en terraformación aseguraba que los procesos en cascada corrían peligro, que la guerra podía durar un año o dos, pero que la pérdida de suministros podía hacer retroceder el proceso de terraformación generaciones enteras. Todo el mundo le echaba la culpa a otro de lo ocurrido en Eros. De la estación Thoth no se decía nada.

Aunque se diría.

La mayor parte de la armada marciana seguía en los planetas exteriores, el asedio de la Tierra era algo pasajero. Se acababa el tiempo. O los marcianos volvían a casa e intentaban hacer frente a las naves más antiguas y lentas pero más numerosas de la Tierra o iban directos a por el planeta. La Tierra todavía era el hogar de miles de recursos que no se podían conseguir en ninguna otra parte, pero si alguien se aburría o se las daba de creído o se empezaba a desesperar, no tardarían demasiado en empezar a tirar piedras a aquel pozo de gravedad.

Y todo formaba parte de una distracción.

Todo aquello le recordó un viejo chiste. Miller no sabía dónde lo había escuchado. Una chica estaba en el funeral de su padre y se encontraba con un chico muy guapo. Hablaban y hacían buenas migas, pero él se marchaba antes de que ella le pidiera su número. La chica no sabía cómo volver a encontrarse con él.

Así que una semana después mataba a su madre.

Qué risa.

Aquella era la lógica que usaban Protogen, Dresden o Thoth. «Tenemos un problema» —decían—. Y la solución es esta.» El hecho de que requiriera derramar la sangre de los inocentes era tan trivial como el tipo de letra que se usaba para redactar los informes. Se habían desconectado de lo que los hacía humanos. Había desconectado de su mente los mecanismos que les hacían respetar cualquier vida que no fuera la suya. O que les indicaba su valor. O que les hacía pensar que valía la pena salvarlas. Y lo único que les había costado era cualquier relación con la humanidad.

Era curioso lo familiar que le sonaba todo aquello.

El chico que acababa de entrar al bar y lo había saludado con la cabeza era uno de los amigos de Diogo. Tendría unos veinte años o quizás algunos más. Un veterano de la estación Thoth, como Miller. No recordaba el nombre de aquel chico, pero lo había visto por ahí lo suficiente para saber que caminaba de una manera extraña. Una herida en el muslo. Miller pulsó el botón para silenciar las noticias de su terminal y se acercó.

—Oye —dijo, y el chico lo miró hacia arriba de forma brusca.

Tenía la expresión tensa, pero lo intentaba ocultar bajo una máscara de tranquilidad que parecía intencionada. Miller era el viejo abuelo de Diogo. El que, como sabían todos los que habían estado en Thoth, había matado al capullo más grande del universo. Aquello había mejorado su reputación, por lo que el chico sonrió y señaló con la cabeza el taburete que tenía al lado.

—Está la cosa calentita que no veas, ¿eh? —dijo Miller.

—Y no sabes ni la mitad —dijo el chico. Hablaba acortando las vocales. Su altura indicaba que era cinturiano, pero culto. Un técnico, lo más seguro. El chico pidió y apareció en el bar una bebida con un líquido transparente tan volátil que Miller vio cómo se evaporaba. El chico se lo bebió de un trago.

—No funciona —dijo Miller.

El chico lo miró. Miller hizo un gesto con las manos.

—Se suele decir que la bebida ayuda, pero no es verdad —explicó Miller.

—¿No?

—Qué va. El sexo a veces, si logras conseguir una chica que se quede a hablar después de hacerlo. O las prácticas de tiro. A veces sirven. La bebida no te hace sentir mejor. Solo hace que dejes de preocuparte por sentirte mal.

El chico se rio y negó con la cabeza. Estaba a punto de hablar, así que Miller se reclinó y dejó que el silencio hiciera el trabajo por él. Supuso que el chico habría matado a alguien, puede que en la estación Thoth, y aquello lo atormentaba. Pero en lugar de contarle la historia, cogió el terminal de Miller, introdujo unos códigos locales y se lo devolvió. Apareció un menú enorme con datos: en vídeo, en audio, presión y composición del aire, radiología. A Miller le llevó un momento comprender lo que veía. Habían pirateado la protección de los datos de Eros.

Lo que veía era la protomolécula en acción. El cadáver de Juliette Andromeda Mao a gran escala. La Julie que imaginaba parpadeó durante unos momentos a su espalda.

—¿Te has preguntado alguna vez si hiciste lo correcto cuando disparaste a aquel hombre? —preguntó el chico—. Mira eso.

Miller abrió uno de los archivos de datos. Apareció en pantalla un pasillo amplio, lo suficiente para que veinte personas anduvieran una al lado de otra. El suelo estaba húmedo y era ondulado, como la superficie de un canal. Algo pequeño rodaba con torpeza por aquella masa que cubría el suelo. Miller amplió la imagen y vio que era un torso humano: las costillas, la columna y unas tiras que habrían sido los intestinos pero que ahora eran los largos filamentos de la protomolécula; que se impulsaba gracias al muñón de uno de los brazos. No tenía cabeza. La barra del archivo indicaba que había sonido, así que Miller quitó el silencio. Se escuchó un silbido agudo y sin sentido que le recordó a unos niños con problemas mentales que canturreaban ensimismados.

—Todo está así —aclaró el chico—. Toda la estación está llena... de cosas raras como esa.

—¿Y qué es lo que hacen?

—Construir algo —dijo el chico. Luego se estremeció—. Pensé que tenías que verlo.

—¿Ah, sí? —dijo Miller, sin despegar la vista de la pantalla—. ¿Acaso te he hecho algo malo?

El chico rio.

—Todo el mundo cree que eres un héroe por matar a aquel hombre —dijo—. Todos piensan que deberíamos tirar a todos los prisioneros de la estación por una esclusa de aire.

«Es probable que debiéramos —pensó Miller—. En caso de que no consigamos que vuelvan a ser humanos.» Miller cambió de archivo. Apareció en la pantalla el nivel del casino en el que Holden y él habían estado, o al menos una sección muy similar. Una red de algo parecido a huesos conectaba el techo con la parte superior. Unas cosas de color azabache y de un metro de largo culebreaban entre ellas. Se oía un sonido semejante al del oleaje en una playa que había escuchado en algunas grabaciones. Volvió a cambiar. En el embarcadero, los mamparos rotos se habían cerrado y tenían incrustadas unas espirales de nautilo que parecían moverse cuando las miraba.

—Todo el mundo cree que eres un puto héroe —dijo el chico, y aquella vez dolió un poco. Miller negó con la cabeza.

—Qué va —dijo—. Solo soy alguien que solía ser policía.

¿Por qué enzarzarse en una refriega con una estación enemiga llena de personas y sistemas automáticos preparados para matarte le daba menos miedo que hablar con gente con la que había convivido durante semanas?

Y aun así...

Era la hora del tercer cambio de turno y el bar y la plataforma de observación estaban configurados para simular la noche. El bar olía a algo ahumado, pero no era humo. Un piano y un bajo se enfrentaban en un duelo mientras se escuchaba el lamento en árabe de un hombre. Unas luces tenues iluminaban las bases de las mesas y arrojaban sombras sobre las caras y los cuerpos de los clientes, realzaban sus piernas, barrigas y pechos. Como siempre, los astilleros que se veían a través de las ventanas eran un hervidero. Si se pasaba por allí, seguramente podría encontrar la *Rocinante*, que todavía se recuperaba de los daños. No la habían destruido y se encargaban de hacerla más resistente.

Amos y Naomi estaban en una mesa de la esquina. No había ni rastro de Alex. Tampoco de Holden. Así sería más fácil. No del todo fácil, pero mucho más. Se acercó a ellos. Naomi fue la primera en verlo, y Miller vio que tenía una expresión de incomodidad en la cara que intentó disimular al momento. Amos se giró para mirar lo mismo que ella y ni sus ojos se entrecerraron ni las comisuras de los labios formaron una sonrisa. Miller se rascó el brazo aunque no le picara.

—¿Qué tal? —saludó—. ¿Queréis que os invite a algo?

El silencio duró un instante más de lo que debería, y luego Naomi le dedicó una sonrisa forzada.

—Claro, pero solo una. Tenemos... que hacer una cosa. Para el capitán.

—Ah, es verdad —mintió Amos, con más torpeza de lo que lo había hecho Naomi y dejando claro lo que ocultaba aquella frase—. Esa cosa. Es importante.

Miller se sentó, levantó una mano para que el camarero los viera y, cuando les asintió, se inclinó hacia delante con los codos apoyados en la mesa. Tenía la misma postura que la que adquiría un luchador cuando se agachaba, pero sentado. Inclinado hacia delante con los brazos cubriéndole las zonas sensibles del cuello y el estómago. La posición que uno adquiría cuando esperaba un golpe.

El camarero llegó y repartió las cervezas. Miller las pagó con el dinero de la APE y dio un sorbo.

—¿Qué tal la nave? —preguntó al fin.

—Cada vez mejor —respondió Naomi—. Le dieron una buena tunda.

—Puede seguir volando —dijo Amos—. Es dura de cojones.

—Muy bien. ¿Cuándo... —empezó a decir Miller, pero luego se interrumpió a sí mismo y volvió a empezar la frase—. ¿Cuándo os marcháis?

—Cuando diga el capitán —dijo Amos, con indiferencia—. La nave ya no tiene escapes de aire, así que podría ser mañana mismo, si es que ha pensado algún lugar al que ir.

—Y también si nos deja Fred —añadió Naomi, y luego hizo una mueca de arrepentimiento, como si pensara que no debería haber dicho eso.

—¿Y eso? —preguntó Miller—. ¿La APE está presionando a Holden?

—Pensaba en voz alta —dijo Naomi—. No pasa nada. Mira, gracias por la bebida, Miller, pero deberíamos irnos.

Miller respiró despacio y soltó el aire poco a poco.

—Claro —respondió—. Bien.

—Ve tú —dijo Amos a Naomi—. Yo voy ahora.

Naomi lanzó una mirada llena de confusión al grandullón,

pero Amos solo le dedicó una sonrisa que podría haber significado cualquier cosa.

—Vale —dijo Naomi—. Pero no tardes, ¿eh? Hay que hacer eso.

—Sí, lo del capitán —dijo Amos—. No te preocupes.

Naomi se levantó y se marchó. Quedó patente que se esforzaba para no mirar atrás por encima del hombro. Miller miró a Amos. Las luces le daban al mecánico una ligera apariencia demoniaca.

—Naomi es una buena persona —dijo Amos—. Me gusta, ¿sabes? Es como mi hermana pequeña, pero más inteligente y también me la follaría si me dejara.

—Ya —dijo Miller—. A mí también me gusta.

—No es como nosotros —dijo Amos con un tono de voz despojado de humor o calidez.

—Por eso me gusta —explicó Miller. Dijo lo correcto. Amos asintió.

—Bueno, así está la cosa: para el capitán ahora mismo no vales una mierda.

El cúmulo de burbujas que se arremolinaban donde la cerveza tocaba el cristal brillaba a la luz tenue. Miller giró un poco el vaso y las miró sin apartar la vista de ellas.

—¿Porque maté a alguien que necesitaba? —preguntó Miller. La amargura de su voz no le sorprendió, pero sí que sonó más profunda de lo que pretendía. Amos no la notó o no le importó.

—Porque estás acostumbrado a hacerlo —dijo Amos—. El capi no es así. Matar gente sin hablar antes con ellos lo pone de los nervios. Lo hiciste mucho en Eros, pero... ahí ya sabes.

—Ya veo —respondió Miller.

—La estación Thoth no era Eros. El próximo lugar al que vayamos tampoco será Eros. Y Holden no te quiere a su lado.

—¿Y vosotros? —preguntó Miller.

—Nosotros tampoco —respondió Amos.

La voz no sonó antipática ni amable. Hablaba de la misma manera que lo hacía cuando se refería a los calibradores de una máquina. Hablaba como si aquello no fuera con él. Las palabras golpearon a Miller en el abdomen, justo donde esperaba que lo hicieran. Pero no fue capaz de bloquear el golpe.

—Quiero que sepas una cosa —continuó Amos—. Tú y yo nos parecemos mucho. Hemos visto mucho. Sé lo que soy y reconozco que mi brújula moral está bien jodida. Cuando era pequeño tenía una opinión diferente de las cosas, pero también podría haber sido uno de esos malditos bandidos de Thoth. Sé que el capitán no. No está en su naturaleza. Él es una persona justa, más que cualquiera que puedas encontrar por ahí. Y cuando dice que no te quiere con él, es así. Y la verdad es que creo que tiene razón. Estoy muy seguro de que sabe verlo mucho mejor que yo.

—Bien —dijo Miller.

—Bien —afirmó Amos. Acabó su cerveza. Luego terminó la de Naomi. Y luego se marchó y dejó solo a Miller, con el estómago vacío. En el exterior, la *Nauvoo* movió una batería de sensores para probar algo o solo para pavonearse. Miller esperó.

A su lado, Julie Mao se inclinó sobre la mesa en el mismo lugar en el que estaba sentado Amos.

«Bueno —dijo—. Parece que nos han dejado solos.»

—Eso parece —respondió Miller.

43

Holden

Una trabajadora de Tycho con un mono azul y una máscara de soldadura sellaba el agujero de uno de los mamparos de la cocina. Holden la miraba mientras con una mano se cubría los ojos para protegerlos del brillo azul insoportable del soplete. Cuando la placa de acero estuvo en su lugar, la soldadora se levantó la máscara para comprobar el trabajo. Tenía los ojos azules, la boca pequeña, cara de hada en forma de corazón y un mechón pelirrojo atado con una cola. Se llamaba Sam y era la líder del equipo de reparaciones de la *Rocinante*. Amos llevaba dos semanas detrás de ella y no había conseguido nada. Aquello alegraba a Holden, porque esa hada había resultado ser una de las mejores mecánicas que había conocido nunca y no le gustaba nada que se entretuviera con cualquier otra cosa que no fuera su nave.

—Perfecto —le dijo mientras pasaba una mano enguantada por el metal que se enfriaba.

—No está mal —dijo ella con indiferencia—. Lo dejaremos muy liso, lo pintaremos bien y nunca sabrá que le hicieron pupa —respondió con una voz grave que no casaba nada con su apariencia ni con su manía de usar expresiones infantiles con tono burlón. Holden supuso que la combinación entre su aspecto y la profesión a la que se dedicaba había hecho que mucha gente la infravalorara en el pasado. No quería cometer el mismo error.

—Has realizado un trabajo maravilloso, Sam —dijo. Le daba la impresión de que a Sam le faltaba algo, pero él nunca había preguntado y ella nunca se había ofrecido voluntaria—. No dejo de decirle a Fred la suerte que tenemos de que seas tú la que se encargue de esto.

—Quizá me den una estrella dorada en mi próximo informe de desempeño laboral —dijo mientras soltaba el soplete y se levantaba.

Holden pensó en algo que responder, pero no se le ocurrió nada.

—Lo siento —dijo ella mientras se giraba hacia Holden—. Agradezco que me halague delante del jefe. Y para ser sincera, es muy divertido trabajar con la pequeña. Es una navecita genial. Cualquiera de las nuestras habría quedado convertida en chatarra después de un ataque así.

—Estuvo muy cerca, casi no lo contamos —respondió Holden.

Sam asintió y luego empezó a quitarse el resto del equipamiento. Mientras lo hacía, Naomi bajó por la escalerilla desde las cubiertas superiores. Llevaba puesto un mono gris con un montón de herramientas de electricista que colgaban de él.

—¿Qué tal todo ahí arriba?

—A un noventa por ciento —dijo mientras cruzaba la cocina hacia el frigorífico y sacaba un zumo—. Más o menos. —Sacó otra botella y se la tiró a Sam, que la cogió con una mano.

—Naomi —dijo Sam mientras levantaba la botella como si brindara y se bebía la mitad de un trago.

—Sammy —respondió Naomi con una sonrisa.

Las dos se cayeron bien desde el primer momento, y ahora Naomi pasaba mucho de su tiempo libre con Sam y la gente de Tycho. Holden odiaba admitirlo, pero echaba de menos formar parte del único círculo social que tenía Naomi. Cuando pensaba en ello, como en aquel instante, le hacía sentir un capullo.

—¿Partida de Golgo esta noche? —dijo Sam después de que le diera el último trago a la bebida.

—Creo que esos pardillos del C7 están hartos de que les demos una tunda —respondió Naomi. Holden no entendía nada de todo aquello.

—Podemos dejarles ganar la primera —dijo Sam—. Hacer que muerdan el anzuelo, luego darles una buena y borrarlos del mapa.

—Me parece bien —respondió Naomi. Luego tiró la botella a la papelera de reciclaje y empezó a subir de nuevo por la escalerilla—. Nos vemos a las ocho, entonces. —Se despidió de Holden con un leve ademán—. Hasta luego, capitán.

—¿Cuándo crees que acabaréis? —preguntó Holden detrás de Sam mientras ella terminaba con las herramientas.

Sam hizo un gesto con las manos.

—Quizá podamos dejarla perfecta en unos días. Ya está lista para volar, si no interesa mucho la apariencia ni las cosas que no son esenciales.

—Gracias de nuevo —dijo Holden, estirando la mano para estrechársela a Sam mientras ella se daba la vuelta. Se la estrechó una vez, con firmeza y una mano encallecida—. Y espero que deis su merecido a esos pardillos del C7.

Le dedicó una sonrisa

—No le quepa duda.

Gracias a Fred Johnson, la APE había proporcionado a la tripulación un lugar donde quedarse mientras reparaban la *Roci* y también durante las semanas anteriores. Holden había llegado a sentirse como en casa en su camarote. Tycho tenía dinero y parecía que gastaban mucho en sus empleados. Holden disponía de tres habitaciones para él solo, además de un baño y una cocinilla apartada de las zonas públicas. En la mayoría de las estaciones tenías que ser gobernador para tener ese tipo de lujos, pero a Holden le daba la impresión de que aquello era el pan de cada día para los gerentes de Tycho.

Dejó su mono mugriento en el contenedor de la ropa sucia y se preparó una taza de café antes de entrar en su ducha privada. Una ducha todas las noches después del trabajo, otro lujo casi impensable. Era difícil no dejarse llevar y empezar a pensar en aquel período lleno de tranquilidad y en el que se reparaba la nave como su nueva normalidad, no como la pausa que era. Holden tenía que evitar pensar así.

El ataque de la Tierra a Marte colmó las noticias. Las cúpulas del planeta rojo seguían en pie, pero dos lluvias de meteoritos habían dejado llena de huecos la ladera del monte Olimpo. La Tierra decía que eran restos de Deimos; Marte que aquello era una amenaza deliberada y una provocación. Las naves marcianas que se encontraban en los gigantes gaseosos se dirigían a toda velocidad hacia los planetas interiores. Todo parecía indicar que la Tierra tendría que tomar la decisión de destruir Marte o retirarse. La APE declaraba que fuera quien fuese el ganador de la contienda, después irían a por ellos. Holden acababa de ayudar a Fred en lo que la Tierra catalogaría como el mayor acto de piratería de la historia del Cinturón.

Y un millón y medio de personas morían en Eros en aquellos momentos. Holden pensó en el vídeo de las noticias en el que se veía lo que le había ocurrido a la gente de la estación y le dieron escalofríos a pesar del agua caliente de la ducha.

Y también estaba el tema de los extraterrestres. Unos extraterrestres que habían intentado conquistar la Tierra hacía dos mil millones de años y habían errado el tiro porque Saturno se había interpuesto. «No podemos olvidarnos de los extraterrestres.» Todavía no había procesado aquella información, así que su cabeza seguía haciendo como si no existiera.

Holden cogió una toalla y encendió la pantalla de pared de su habitación mientras se secaba. El aire tenía el aroma del café, la humedad de la ducha y el ligero olor floral y de vegetación que Tycho bombeaba en todas las habitaciones. Holden intentó ver las noticias, pero en todas se especulaba sobre la guerra y no disponían de información nueva. Cambió a un programa competitivo con unas reglas incomprensibles y unos participantes que parecían tener deficiencias mentales. Cambió de canal y pasó por una serie de lo que diría que eran comedias, ya que los actores pausaban y asentían en los momentos en los que sabían que iban a sonar risas enlatadas.

Se dio cuenta de que apretaba los dientes porque le empezó a doler la mandíbula. Apagó la pantalla y tiró el mando a la cama de la habitación contigua. Se ató la toalla a la cintura, se preparó una taza de café y se dejó caer en el sofá justo cuando sonó el timbre de la puerta.

—¿Sí? —gritó lo más alto que pudo. No respondió nadie.

La estación Tycho estaba bien insonorizada. Se acercó a la puerta, se arregló un poco la toalla para taparse mejor y la abrió de un tirón.

Era Miller. Llevaba puesto un traje gris arrugado que era probable que hubiera traído de Ceres y jugueteaba con aquel estúpido sombrero en las manos.

—Qué tal, Holden... —empezó a decir, pero Holden lo interrumpió.

—¿Qué coño quieres? —dijo—. ¿En serio estás ahí plantado fuera de mi habitación con el sombrero en la mano?

Miller sonrió y luego se volvió a poner el sombrero en la cabeza.

—Siempre he pensado cómo me sentiría en un momento así, ¿sabes?

—Ahora lo sabes.

—¿Tienes un minuto? — preguntó Miller.

Holden hizo una pausa y miró con firmeza al inspector larguirucho, pero dejó de hacerlo al momento. Era probable que pesara veinte kilos más que Miller, pero era imposible intentar intimidar a una persona que medía treinta centímetros más que tú.

—Venga, pasa —dijo; luego entró en la habitación, dejando a Miller en el salón—. Deja que me vista. Ahí tienes café.

Holden no esperó a que respondiera, sino que cerró la puerta de la habitación y se sentó en la cama. Miller y él solo habían intercambiado unas pocas frases desde que volvieron a Tycho. Sabía que aquello no podía quedar así, por mucho que quisiera. Al menos le debía a Miller una conversación para decirle que no quería saber nada de él.

Se puso unos pantalones de algodón de abrigo y un jersey, se pasó la mano por el pelo húmedo y volvió al salón. Miller estaba sentado en el sofá con una taza humeante en las manos.

—Buen café —dijo el inspector.

—Bueno, ¿qué querías? —preguntó Holden mientras se sentaba en una silla frente a él.

—Bien... —dijo Miller después de dar un sorbo al café.

—Venga, esta es la conversación en la que me argumentas que hiciste lo correcto al disparar a un hombre desarmado en la cara y que yo soy muy inocente por no darme cuenta, ¿no?

—La verdad es que...

—Es que te lo dije, joder —continuó Holden, sorprendido por el rubor que iluminaba sus mejillas—. Que dejaras esa tontería de juez, jurado y verdugo o te tendrías que buscar otra nave. Y lo hiciste, aun así.

—Sí.

Aquella afirmación tan sincera cogió desprevenido a Holden.

—¿Por qué?

Miller dio otro trago al café y luego soltó la taza. Estiró la mano para quitarse el sombrero, lo dejó a su lado en el sofá y luego se reclinó.

—Iba a quedar impune.

—¿Perdón? —respondió Holden—. ¿Acaso no lo escuchaste confesar todo?

—Aquello no fue una confesión. Estaba presumiendo. Era intocable y lo sabía. Tenía muchísimo dinero. Muchísimo poder.

—Mentira. Nadie mata a un millón y medio de personas y sale impune.

—Lo hace mucha gente. Son culpables hasta la médula, pero siempre ocurre algo. Una prueba. Política. Tuve una compañera durante un tiempo, se llamaba Muss. Cuando la Tierra dejó de colaborar con Ceres...

—Para —lo interrumpió Holden—. No me importa. No quiero escuchar ninguna de esas historias en las que el hecho de ser policía te convierte en una persona más sabia, más profunda y capaz de dilucidar la verdadera condición humana. Has demostrado que lo único que te ha hecho es dejarte destrozado. ¿Vale?

—Pues vale.

—Dresden y los de Protogen pensaban que podían decidir quién vive y quién muere. ¿Te suena de algo? Y no me digas que esta vez fue diferente, porque es lo que dice siempre todo el mundo.

—No fue por venganza —dijo Miller, un poco acaloradamente.

—¿En serio? No tiene nada que ver con aquella chica del hotel, ¿verdad? Esa Julie Mao.

—Por eso quería capturarlo. Pero matarlo...

Miller suspiró, asintió y luego se levantó y abrió la puerta. Se detuvo en el umbral y se dio la vuelta, con una expresión de auténtica pena en la cara.

—Nos estaba convenciendo —dijo Miller—. Cuando dijo eso de llegar a las estrellas y protegernos de quienquiera que disparara esa cosa a la Tierra, empecé a pensar que quizá debiéramos dejarlo continuar. Que quizás aquello fuera demasiado grande para que se pudiera resumir en tener razón o no. No digo que me convenciera, pero me hizo dudar, ¿sabes? Dudé.

—Claro. Y por eso le disparaste.

—Sí.

Holden suspiró y luego se apoyó en la pared al lado de la puerta abierta con los brazos cruzados.

—Amos cree que eres una persona justa —afirmó Miller—. ¿Lo sabías?

—Amos cree que él es mala persona porque ha hecho cosas de las que se arrepiente —explicó Holden—. No confía en sí mismo, pero el hecho de que se preocupe por ello es la prueba de que no es mal tipo.

—Sí... —empezó a decir Miller, pero Holden lo interrumpió.

—Es capaz de reconocer su condición e intenta enmendarlo —dijo Holden—. ¿Pero tú? Tú solo muestras indiferencia.

—Dresden era...

—Esto no tiene nada que ver con Dresden, tiene que ver contigo —dijo Holden—. No puedo confiarte a la gente que me importa.

Holden miró a Miller y esperó a que respondiera, pero el policía solo asintió con tristeza, se puso el sombrero y se perdió de vista en la curva del pasillo. No miró atrás.

Holden volvió dentro e intentó relajarse, pero se sentía inquieto y agitado. Nunca habría salido de Eros sin la ayuda de Miller. Era algo indudable. Tratarlo de aquella manera estaba mal. Como dejar algo a medias.

Miller no dejaba de rascarse el cuero cabelludo cada vez que estaban juntos en la misma habitación. El policía era como un perro impredecible que bien podía lamerte una mano o arrancarte la pierna de un mordisco.

Holden pensó llamar a Fred para advertirle, pero en su lugar llamó a Naomi.

—¿Sí? —respondió después del segundo tono. Holden escuchó de fondo el barullo alcohólico de un bar.

—Naomi —dijo. Luego hizo una pausa e intentó pensar en una excusa para la llamada, pero no se le ocurrió ninguna—. Acaba de venir Miller.

—Sí, nos arrinconó a Amos y a mí hace un rato. ¿Qué quería?

—Ni idea —respondió Holden con un suspiro—. Quizá despedirse.

—¿Qué haces? —preguntó Naomi—. ¿Quieres que nos veamos?

—Sí. Sí quiero.

Al entrar, Holden no reconoció el bar, pero cuando pidió un whisky a un camarero que hacía gala de una simpatía muy profesional, se dio cuenta de que era el mismo lugar en el que vio a Naomi en el karaoke con aquella canción punk cinturiana. Parecía que habían pasado siglos. Naomi apareció por allí y se dejó caer frente a él en la mesa al mismo tiempo que llegaba la bebida. El camarero dedicó a Naomi una sonrisa inquisitiva.

—Uf, qué va —dijo ella al momento mientras hacía un gesto con las manos—. Suficiente por esta noche. Un vaso de agua, gracias.

—¿Cómo fue esa...? Bueno, ¿qué es el Golgo exactamente? ¿De qué va? —preguntó Holden mientras se marchaba el camarero.

—Es a lo que juegan aquí —dijo Naomi. Luego cogió el vaso de agua que le acababa de dejar el camarero y se bebió la mitad de un trago—. Es una mezcla entre dardos y fútbol. No lo conocía, pero parece que no se me da mal. Hemos ganado.

—Genial —dijo Holden—. Gracias por venir. Sé que es tarde, pero lo de Miller me ha dejado descolocado.

—Creo que quiere que le perdones.

—Porque soy una persona justa —dijo Holden con sarcasmo.

—Lo eres —dijo Naomi, sin ironía—. Sé que es un término grandilocuente, pero eres la persona que más se acerca a esa definición de las que he conocido.

—La he cagado —soltó Holden antes de arrepentirse—. Todos los que han intentado ayudarnos o a los que hemos intentado ayudar han muerto de forma estrepitosa. Y encima la maldita guerra. Y el capitán McDowell. Y Becca. Y Ade. Y Shed... —Tuvo que hacer una pausa debido al nudo que se le había hecho en la garganta.

Naomi asintió y luego se estiró sobre la mesa para cogerle la mano.

—Necesito una victoria, Naomi —continuó—. Necesito hacer algo que marque la diferencia. El destino, el karma, Dios o vete a saber qué me ha metido en esto, y necesito saber que puedo marcar una diferencia.

Naomi sonrió y le estrechó la mano.

—Estás muy guapo cuando te pones honrado —dijo—. Pero necesitas pensar en otras cosas de vez en cuando.

—Te burlas de mí.

—Sí —respondió ella—. Sin duda. ¿Quieres venir a mi casa?

—Pues... —empezó a decir Holden, y luego hizo una pausa para mirarla e intentar descubrir cuál era la broma. Naomi seguía sonriendo, con mirada embriagadora y un tanto traviesa. Mientras la miraba, un mechón de pelo le cubrió un ojo y se lo apartó sin dejar de mirarlo—. Un momento. ¿Cómo has dicho? Pensaba que...

—Dije que no me dijeras que me querías para acostarte conmigo —dijo Naomi—. Pero también dije que los últimos cuatro años solo tenías que pedirme que fuera a tu camarote. No pensé que fuera tan sutil y ya me he cansado de esperar.

Holden se inclinó hacia atrás e intentó centrarse en respirar. Naomi pasó de sonreír a poner una expresión del todo juguetona y levantó una ceja.

—¿Se encuentra bien, tripulante? —preguntó.

—Pensaba que querías evitarme —respondió cuando le salieron las palabras—. ¿Así es como me concedes esa victoria de la que te hablaba?

—Qué desconsiderado —dijo sin ningún rastro de enfado en la voz—. Llevo semanas esperando a que tomes la iniciativa, y la nave ya está casi reparada. No falta mucho para que te embarques en una misión absurda y esta vez no vas a tener tanta suerte.

—Pues... —empezó a decir.

—Si te pasara algo sin que lo hayamos intentado al menos una vez, me quedaría muy disgustada.

—Naomi, yo...

—Es fácil, Jim —dijo mientras lo cogía de la mano y lo atraía hacia ella. Se inclinó hacia delante hasta que sus caras quedaron una muy cerca de la otra—. Solo tienes que decir sí o no.

—Sí.

44

Miller

Miller estaba solo, sentado y miraba por las ventanas de observación con la vista perdida. No había probado trago del whisky de naturaleza fúngica que descansaba sobre la mesilla negra que tenía al lado desde que lo había comprado. En realidad no era una bebida, sino una manera de conseguir permiso para sentarse. En aquellos lugares siempre había algún que otro solitario, también en Ceres. Hombres y mujeres a los que había abandonado la suerte. Que no tenían adónde ir ni nadie a quien pedirle un favor. Que no estaban en contacto con la humanidad. Siempre había sentido empatía por esa gente, los consideraba almas gemelas.

Ahora él también formaba parte de aquella tribu de personas desconectadas del mundo.

Vio un brillo en la parte exterior de la gran nave generacional, quizás una batería de soldadura que había disparado una intrincada red de conexiones imperceptibles. Más allá de la *Nauvoo*, enclavada en la incansable actividad de la estación Tycho, vio el diámetro angular de medio grado de la *Rocinante*, la nave que llegó a considerar un hogar. Conocía la historia de Moisés y de cómo había buscado una tierra prometida a la que nunca llegó. Miller se preguntó cómo se habría sentido el viejo profeta en caso de llegar a ella, permanecer ahí un tiempo (ya fuera un día, una semana o un año) y que luego lo volvieran a dejar en el desierto. Seguro que habría sido mejor no haber salido nunca de aquel yermo. Se habría sentido más seguro.

A su lado, Julie Mao lo miraba desde el rincón de su mente que Miller había reservado para ella.

«Se supone que tenía que salvarte —pensó—. Que te encontraría y descubriría la verdad.»

«¿Y no lo has hecho?»

Miller le dedicó una sonrisa a pesar de la apatía que sentía y ella se la devolvió. Porque era cierto. La había encontrado, había encontrado al asesino y Holden tenía razón. Se había vengado. Había hecho todo lo que se había prometido a sí mismo. El problema era que no había servido para redimirse.

—¿Puedo ayudarle en algo?

Por unos momentos, Miller pensó que había sido Julie. La chica de compañía volvió a abrir la boca para preguntar, pero Miller negó con la cabeza. No podía. Y aunque fuera el caso, Miller tampoco se lo podía permitir.

«Sabías que no iba a durar —dijo Julie—. Holden. La tripulación. Sabías que estabas fuera de lugar. Tu lugar está aquí, conmigo.»

Sintió una inyección de adrenalina en su agotado corazón. La buscó a su alrededor, pero Julie ya no estaba. Aquellas alucinaciones no tenían sentido si se dejaba llevar por un instinto de supervivencia impostado. Pero aun así. «Tu lugar está aquí, conmigo.»

Se preguntó cuántos de los que conocía habrían tomado aquella decisión. Los policías tenían la tradición ancestral de suicidarse, una que se remontaba a mucho antes de que la humanidad hubiera abandonado su pozo de gravedad. Pensó en cómo había terminado: sin hogar, sin amigos y con las manos manchadas de sangre, mucha más en aquellos últimos meses que durante el resto de su carrera. El loquero de la empresa que daba las charlas anuales a los equipos de seguridad de Ceres lo llamaba «ideación suicida». Era algo a evitar, como las ladillas o el colesterol alto. Pero no era importante si se tenía cuidado.

Y él había tenido cuidado. Un tiempo. Y había acabado así.

Se levantó, dudó unos segundos y luego agarró el bourbon y se lo bebió de un trago. Valor en estado líquido, lo llamaban, y parecía funcionar. Sacó el terminal, envió una solicitud de conexión e intentó mantener la compostura. Todavía no había llegado a aquel punto y si tenía pensado seguir adelante con su vida, iba a necesitar un trabajo.

—*Je connais nichts, pampaw* —dijo Diogo. El chico llevaba una camiseta de malla y unos pantalones con un corte que serían la moda entre los jóvenes, pero que a él le parecían horrorosos. En su vida anterior, es probable que Miller lo hubiera tachado de demasiado joven como para serle de utilidad. Pero ahora Miller esperó. El hecho de tener al menos la promesa de conseguir su propio hueco, ya era algo por lo que merecía la pena confiar en Diogo. El silencio se alargó. Miller se obligó a no decir nada por miedo a parecer que mendigaba.

—Bueno... —dijo Diogo con precaución—. Mira. Hay un *homme* que podría. Solo *bras* y *oeil*.

—Guardia de seguridad me va bien —respondió Miller—. Cualquier cosa que me aporte un sueldo.

—*Il conversa a do*. Ya te diré.

—Te agradezco mucho todo el esfuerzo —dijo Miller, luego señaló la cama—. ¿Te importa si...?

—*Mon lit est votre lit* —dijo Diogo. Miller se tumbó.

Diogo entró en la pequeña ducha y el sonido del agua contra su piel ahogó el del reciclador de aire. Desde su matrimonio, Miller no había vivido a aquel nivel de intimidad con alguien ni cuando estaba a bordo de una nave. Aun así, todavía no consideraba a Diogo un amigo.

En Tycho había menos oportunidades de lo que había pensado, y tampoco es que tuviera muchos contactos. La poca gente que lo conocía no hablaría bien de él. Pero sin duda encontraría algo. Todo lo que necesitaba era reconvertirse, empezar de nuevo y ser alguien diferente de la persona que había sido.

Eso teniendo en cuenta que la Tierra o Marte (aquel que saliera bien parado en la guerra) no borrara del mapa la APE ni todas las estaciones que le eran leales. Y que la protomolécula no escapara de Eros para devastar un planeta. O una estación. O a él. Sintió un escalofrío cuando recordó que todavía había una muestra de aquello a bordo de la *Roci*. Si ocurría algo con aquello, Holden, Naomi, Alex y Amos podrían correr la misma suerte que Julie y reunirse con ella mucho antes que Miller.

Se convenció de que aquel ya no era su problema, pero aun así esperaba que les fuera bien. Lo deseaba aunque a él las cosas no le fueran tan bien.

—*Oi, pampaw* —dijo Diogo cuando se abrió la puerta que daba a la sala pública—. ¿Oíste que Eros ya se comunica?

Miller se incorporó sobre un hombro.

—*Oui* —continuó Diogo—. Sea lo que sea esa cosa, ahora manda mensajes. Con palabras y todo. Tengo un canal. ¿Escuchas?

«No —pensó Miller—. No, yo he estado en esos pasillos. He visto cómo acabó esa gente y lo que casi me pasa a mí. No quiero tener nada que ver con esa abominación.»

—Claro —dijo.

Diogo levantó su terminal portátil y trasteó un momento con él. El terminal de Miller emitió un sonido para indicar que había recibido la dirección de aquel canal.

—*Fille perdue* ha mezclado los sonidos a ritmo de bhangra —dijo Diogo mientras hacía un baile con las caderas—. Cañita, ¿eh?

Diogo y el resto de sin papeles de la APE habían asaltado una estación de investigación muy valiosa y encarado una de las empresas más malvadas y poderosas de la historia de todo lo que era malvado y poderoso. Pero lo único con lo que se habían quedado de todo aquello era con que se habían creado canciones con los gritos de los moribundos. De los muertos. Y se bailaban en los locales de baja estofa. «Me gustaría saber qué se siente —pensó Miller—, siendo un joven desalmado.»

Pero no. Aquello no estaba bien. Diogo era un buen chico. Algo inocente. Ya el universo se encargaría de corregirlo. A su debido tiempo.

—Cañita —repitió Miller. Diogo sonrió.

Miller esperó a que terminara de recibir la dirección del canal. Apagó las luces y dejó que la fuerza de gravedad que ejercía la rotación de la estación lo tirara en la pequeña cama. No quería escuchar aquello ni saber nada, pero tenía que hacerlo.

Al principio el sonido no le decía nada, era poco más que un graznido eléctrico y el silbido descontrolado de la estática. Pero poco a poco distinguió algo de fondo: música. Un coro de violas cuya distante melodía iba *in crescendo*. Y poco después, con la misma nitidez que si alguien hablara por un micrófono, escuchó una voz.

—Conejos y hámsteres. Desestabilizan los ecosistemas y son redondos y azules como la luz de la Luna. Agosto.

Estaba casi seguro de que aquella voz no pertenecía a una persona. Los sistemas informáticos de Eros eran capaces de generar un número ilimitado de dialectos y voces de manera muy convincente. Hombres, mujeres o niños. Y con los millones de horas de datos que habría grabados en los ordenadores y los sistemas de almacenamiento de la estación...

Escuchó otro graznido eléctrico, como el piar de un canario en bucle y superpuesto. Luego, otra voz (una femenina y agradable en esta ocasión) y de fondo un latido constante.

—El paciente se queja de taquicardias y sudores nocturnos. Informó de los síntomas hace tres meses, pero con el historial...

La voz dejó de escucharse, pero el latido de fondo aumentó de intensidad. Los sistemas de la estación morían, cambiaban y se volvían locos, como un anciano que tuviera el cerebro como un queso gruyer. Y como Protogen había puesto micrófonos en todas partes, Miller podía escuchar cómo tenía lugar el proceso.

—No se lo dije. No se lo dije. No se lo dije. El amanecer. Nunca he visto el amanecer.

Miller cerró los ojos y empezó a dejarse dormir, arrullado por la voz de Eros. Cuando estaba a punto de perder la conciencia, se imaginó a su lado un cuerpo vivo y cálido que respiraba despacio, al ritmo de los sonidos de la estática.

El gerente era un hombre delgado, debilucho y con un tupé encima de la frente que se asemejaba a una ola que nunca llegara a romper. La oficina se cernía sobre ellos y el zumbido de los sistemas de aire, agua y electricidad de la estación Tycho resonaba en los momentos más inadecuados. Se trataba de un negocio levantado entre conductos, algo barato e improvisado. De la peor calaña.

—Lo siento —dijo el gerente. Miller sintió cómo se le hacía un nudo en el estómago. Seguro que el universo tenía muchas humillaciones guardadas para él, pero nunca habría esperado una así. Aquello hizo que se enfadara.

—¿Cree que no puedo encargarme? —preguntó, todavía con voz calmada.

—No es eso —dijo el larguirucho—. Es que... Mire, entre usted y yo, lo que queremos es un pardillo. El hermanito tonto de alguien para vigilar este almacén. Usted tiene mucha experiencia. ¿Para qué necesitamos los protocolos antidisturbios? ¿O los procedimientos de investigación? O sea, es que no. Para esto ni siquiera se necesita un arma.

—No me importa —respondió Miller—. Me adapto a cualquier cosa.

El larguirucho suspiró y realizó el ademán de indiferencia cinturiano de forma exagerada.

—Búsquese algo mejor —dijo.

Miller intentó no reírse para no sonar desesperado. Miró la pared de plástico barato que el gerente tenía detrás hasta que hizo que el hombre se empezara a sentir incómodo. Estaba atrapado. Tenía demasiada experiencia para empezar de cero. Sabía demasiado, no había manera de dar un paso atrás y volver a empezar.

—Bien —dijo por fin, y al otro lado del escritorio el gerente respiró aliviado, no sin hacer ver que se avergonzaba de sentirse aliviado.

—¿Puedo preguntarle una cosa? —dijo el larguirucho—. ¿Por qué dejó el trabajo anterior?

—Ceres cambió de dueño —dijo Miller mientras se ponía el sombrero—. Y no me tuvieron en cuenta para el equipo nuevo. Sin más.

—¿Ceres?

El gerente parecía confundido, lo que también confundió a Miller. Echó un vistazo a su terminal portátil. Miró su currículo y vio que lo había incluido en su experiencia laboral. Era imposible que el gerente lo pasara por alto.

—Sí, trabajé allí.

—Sí, para la policía. Pero me refería a su trabajo anterior. Ya sabe, soy de aquí y puedo entender que no ponga que ha trabajado para la APE en su experiencia, pero debe saber que aquí todos sabemos que formó parte de aquello..., ya sabe, lo de la estación. Y eso.

—Cree que trabajé para la APE —afirmó Miller.

El larguirucho parpadeó.

—Lo hizo.

Después de todo, tenía razón.

Nada había cambiado en el despacho de Fred Johnson, pero al mismo tiempo todo lucía diferente. La decoración, el olor y la sensación de encontrarte en un cruce entre una sala de conferencias y un centro de mando. La nave generacional que se veía a través de la ventana ya estaba casi a mitad de su construcción, pero no era por eso. Las reglas del juego habían cambiado, y lo que antes era una guerra ahora era mucho más. Algo mayor. Un algo que hacía que los ojos de Fred tuvieran un brillo diferente y también le daba un talante distinto.

—Un hombre con sus habilidades podría sernos útil —afirmó Fred—. Siempre solemos tener problemas con las cosas pequeñas. Cachear a alguien y ese tipo de cosas. La seguridad de Tycho se puede encargar, pero cuando nos encontremos fuera de nuestras estaciones y pegando tiros en las de otros, vamos a tener un problema.

—¿Tiene pensado hacer ese tipo de cosas muy a menudo? —preguntó Miller, intentando hacer que sonara a broma. Fred no respondió. Julie se puso al lado del general unos momentos. Miller vio a la pareja a través del reflejo de las pantallas, el general pensativo y la aparición de la chica con cara de pasárselo en grande. Quizá Miller lo había entendido mal desde el principio, quizá las diferencias entre el Cinturón y los planetas interiores fueran más allá de las causas políticas y la gestión de recursos. Sabía mejor que nadie que la vida en el Cinturón era mucho más dura y peligrosa que en Marte o la Tierra. Y, aun así, invitaba a esa gente (los mejores) a vivir fuera de los pozos de gravedad que habitaba la humanidad y adentrarse en las tinieblas.

Ese impulso por explorar, llegar más allá, abandonar el hogar. Llegar hasta los confines del universo. Y, ahora que gracias a Protogen y Eros contaban con la oportunidad de convertirse en dioses, de reconfigurar la especie e ir más allá de los anhelos y los sueños que habían definido a los humanos; Miller no dejaba de preguntarse cómo los hombres como Fred eran capaces de sobreponerse a esa tentación.

—Mató a Dresden —dijo Fred—. Es un problema.

—Era necesario.

—No estoy seguro —respondió Fred, pero lo dijo con tono cauteloso. Como poniéndolo a prueba. Miller sonrió, con un deje de tristeza.

—Por eso era necesario —apuntó.

La risa corta y ahogada indicó a Miller que Fred lo entendía. Cuando el general se giró y continuó hablando, tenía una expresión muy seria en la cara.

—Cuando llegue el momento de las negociaciones, alguien va a tener que responder por ello. Mató a un hombre indefenso.

—Eso hice —respondió Miller.

—Cuando llegue el momento, le tiraré a los lobos en cuanto tenga oportunidad. No pienso protegerle.

—Nunca le pediría tal cosa —respondió Miller.

—¿Aunque termine con sus huesos de ex policía cinturiano en una prisión terrícola?

Aquello era un eufemismo, y ambos lo sabían. «Tu lugar está aquí, conmigo», había dicho Julie. Qué importaba entonces todo lo que le ocurriera antes de volver a ella.

—No me arrepiento de nada —dijo, y en un suspiro se sorprendió al darse cuenta de que lo decía casi convencido—. Si algún juez quiere preguntarme algo al respecto, responderé sin problema. He venido en busca de trabajo, no de protección.

Fred se sentó en su silla y entornó los ojos con aire pensativo. Miller se inclinó hacia delante en su asiento.

—Es una decisión difícil —dijo Fred—. Confío en sus palabras, pero me cuesta confiar en que hará tal y como dice. Contratarle puede ser arriesgado. Puede que afecte a mi capacidad para negociar la paz.

—Es un riesgo —aceptó Miller—, pero he estado en Eros y en la estación Thoth. He viajado en la *Rocinante* con Holden y su tripulación. No va a encontrar a nadie mejor para analizar la protomolécula, que conozca cómo nos hemos metido en este lío ni para informarle al respecto. Sí que puede achacarme que sé demasiado o que soy demasiado valioso como para dejarme escapar.

—O demasiado peligroso.

—Claro. Eso también.

Se hizo el silencio unos instantes. En la *Nauvoo*, un panel de luces realizó una pauta de pruebas con luces verdes y doradas y luego se volvió a apagar.

—Asistente de seguridad —dijo Fred—. Autónomo. No tendrá rango.

«Estoy hasta arriba de mierda hasta para la APE», pensó Miller, al que parecía resultarle un tanto gracioso.

—Si incluye un catre para mí solo, acepto —dijo. Solamente sería hasta que terminara la guerra. Después no sería más que carne para la máquina. No le importaba. Fred se inclinó hacia atrás. La silla chirrió un poco al cambiar de posición.

—Bien —dijo Fred—. Este es su primer encargo. Me gustaría conocer su opinión. ¿Cuál cree que es el peor de mis problemas?

—La contención —dijo Miller.

—¿Cree que puedo evitar la filtración de información sobre lo ocurrido en la estación Thoth y la protomolécula?

—Claro que no puede —dijo Miller—. Básicamente porque ya hay mucha gente que lo sabe. Por si fuera poco, uno de ellos es Holden y si todavía no ha emitido un comunicado por todas las frecuencias disponibles, lo hará pronto. Y, además, no puede firmar un tratado de paz sin dar explicaciones. Tarde o temprano, tendrá que salir a la luz.

—¿Y qué me recomienda?

Por unos instantes, Miller volvió a sentir aquella oscuridad y los balbuceos de la estación. Las voces de los muertos que lo llamaban desde el vacío.

—Defender Eros —dijo—. Todos los bandos van a querer muestras de la protomolécula.

Fred rio entre dientes.

—Bien pensado —dijo—. Pero ¿cómo haría usted para defender algo del tamaño de la estación Eros si la Tierra y Marte usan su armada?

No podía negar que tenía razón. Miller sintió una punzada de tristeza. Aunque Julie Mao (su Julie) estaba más que muerta, sintió que la traicionaba.

—Entonces tendrá que librarse de ella.

—¿Y cómo lo hacemos? —preguntó Fred—. Aunque la llenemos de cabezas nucleares, ¿quién nos asegura que algún resto no se abra camino hasta una colonia o un pozo de gravedad? Hacer explotar esa cosa sería como soplar un diente de león al viento.

Miller nunca había visto un diente de león, pero entendía el problema. Incluso el fragmento más pequeño de aquel mejunje que cubría Eros sería suficiente para que aquel terrible experimento pudiera volver a repetirse. Y el mejunje se alimentaba de radiación; llenar la estación de cabezas nucleares quizá llegara a ser contraproducente. Para asegurarse de que la protomolécula de Eros no se expandía necesitaban reducir la estación a la unidad constituyente más pequeña...

—Bueno... —dijo Miller.

—¿Bueno?

—Sí. Creo que esto no le va a gustar.

—Vamos a ver.

—Bien. Usted lo ha querido. Llevar Eros hasta el Sol.

—Hasta el Sol —repitió Fred—. ¿Tiene idea de cuánta masa tiene algo así?

Miller asintió hacia la amplitud de la ventana, hacia los astilleros que se encontraban en la distancia. Hacia la *Nauvoo*.

—Esa cosa debe de tener unos motores muy potentes —dijo Miller—. Dirija unas naves rápidas hacia la estación para asegurarse de que nadie llega antes que usted. Luego lleve la *Nauvoo* hacia la estación Eros y haga que la golpee en dirección al Sol.

La mirada de Fred se perdió en la distancia mientras lo pensaba y calculaba.

—Habría que asegurarse de que nadie se interpone en su camino hasta que llegue a la corona solar. Será difícil, pero la Tierra y Marte están igual de obsesionados por evitar que el otro se haga con algo así como por conseguirlo.

«Siento no haber podido hacerlo mejor, Julie —pensó—. Pero menudo funeral vas a tener.»

La respiración de Fred se hizo más lenta y profunda, y parpadeó como si intentara leer en la distancia algo que solo estuviera allí para él. Miller no lo interrumpió, ni cuando aquel silencio se volvió incómodo. Casi un minuto después, Fred soltó un suspiro corto y abrupto.

—A los mormones no les va a gustar nada —dijo.

45

Holden

Naomi hablaba en sueños. Aquella era una de las muchas cosas que Holden no sabía sobre ella antes de aquella noche. A pesar de que habían dormido en los asientos de colisión a unos metros de distancia en muchas ocasiones, nunca la había escuchado. Pero ahora apoyaba la cara en su pecho desnudo y sentía el movimiento de sus labios y las exhalaciones suaves y entrecortadas al pronunciar las palabras. Palabras que no llegaba a entender.

También vio que tenía una cicatriz en la espalda, justo encima de su nalga izquierda. Medía unos ocho centímetros de largo y tenía los bordes aserrados y ondulados, lo que indicaba que no había sido un corte, sino un desgarro. Naomi no era de esas a las que apuñalarían en una pelea de bar, así que seguro que habría sido cosa de trabajo. Quizá se encontrara escalando en algún lugar estrecho de la sala de máquinas en el momento en el que la nave tuvo que hacer alguna maniobra brusca. Un cirujano plástico habría podido borrársela en la primera consulta. El hecho de que no se hubiera preocupado ni le importara era otra de las cosas que Holden había aprendido sobre ella aquella noche.

Dejó de murmurar y se relamió los labios varias veces.

—Agua —dijo luego.

Holden se apartó de ella y se dirigió a la cocina, haciendo gala de la generosidad característica con la que se empezaban las relaciones. Durante las semanas siguientes, no sería capaz de evitar complacer todos los antojos de Naomi. Era un comportamiento que algunos hombres llevaban en los genes, como si el ADN quisiera asegurarse de que aquella primera vez no había ocurrido por casualidad.

La habitación de Naomi tenía una disposición diferente a la suya, y al no estar acostumbrado se sintió torpe a oscuras. Dio tumbos durante unos minutos hasta llegar al pequeño rincón donde estaba la cocina para buscar un vaso. Cuando lo encontró, lo llenó y regresó a la habitación, donde lo esperaba Naomi sentada en la cama. Tenía las sábanas arremolinadas en los muslos. Verla allí desnuda a la luz tenue de la habitación le provocó una erección repentina de la que se sintió avergonzado.

Naomi escudriñó de abajo arriba su cuerpo e hizo una pausa al llegar a la mitad, luego miró el vaso de agua.

—¿Eso es para mí? —preguntó.

Holden no sabía a qué se refería.

—Sí —se limitó a decir.

—¿Estás dormida?

Naomi tenía la cara en su estómago y respiraba lenta y profundamente, pero, para su sorpresa, respondió.

—No.

—¿Podemos hablar?

Naomi se apartó y subió en la cama hasta poner la cabeza a la altura de Holden en la almohada. El pelo le cubría los ojos, y Holden estiró la mano para retirárselo, un movimiento tan íntimo y privado que le hizo tragar un nudo que se le había hecho en la garganta.

—¿Esto va en serio? —preguntó Naomi, con los ojos entornados.

—Sí, así es —dijo, y la besó en la frente.

—Tuve mi última relación hace un año, más o menos —dijo Naomi—. Soy monógama en serie, así que por lo que a mí concierne, esto será un acuerdo de derechos de exclusividad hasta que uno de nosotros no quiera seguir en esa situación. Mientras me avises con anterioridad de que has decidido romper ese acuerdo, no me enfadaré. Estoy abierta a considerar que llegue a ser algo más que sexo, pero sé que eso es algo que tendrá que ocurrir a su ritmo, si es que llega a pasar. Tengo óvulos almacenados en Europa y en la Luna, si ese tema te preocupa. —Se apoyó en el hombro y lo miró desde arriba—. ¿Ha quedado todo claro? —preguntó.

—No —dijo él—. Pero acepto las condiciones.

Naomi se volvió a poner bocarriba y soltó un suspiro de alivio.

—Bien.

Holden quería abrazarla, pero hacía mucho calor y se sentía pegajoso debido al sudor, así que se limitó a estirar el brazo y cogerle la mano. Quería decirle que para él aquello significaba algo más, que ya no era solo sexo, pero solo le venían a la cabeza palabras cursis que sonaban forzadas.

—Gracias —dijo al final, pero ella ya roncaba apaciblemente.

Por la mañana volvieron a tener relaciones sexuales. Después de una noche larga en la que no habían dormido demasiado y en la que Holden se esforzó más que descansó, aquello le resultó muy placentero, como si el hecho de que no fuera sexo impresionante lo convirtiera en algo diferente, más divertido y más agradable de lo que habían hecho la noche anterior. Al terminar, Holden fue a la cocina, preparó café y se lo llevó a la cama en una bandeja. Bebieron sin dirigirse la palabra, como si toda la timidez que habían evitado la noche anterior los asaltara ahora a la luz de día artificial que irradiaban los LED.

Naomi soltó la taza de café y tocó el bulto que Holden aún tenía en la nariz, que se le había roto hacía poco y no había sanado bien.

—¿Queda feo? —preguntó Holden.

—No —respondió ella—. Antes era demasiado perfecta. Te da algo más de personalidad.

Holden rio.

—Eso suena a lo típico que diría alguien para describir a un obeso o a un profesor de historia.

Naomi sonrió y acarició con suavidad el pecho de Holden

con la punta de los dedos. No intentaba ponerlo a tono, sino inspeccionarlo ahora que el sexo ya no formaba parte de la ecuación. Holden intentó recordar la última vez que se había sentido tan a gusto durante la calma distante que llegaba después del sexo. Ya hacía planes para pasar el resto del día en la cama de Naomi y repasaba de cabeza la lista de restaurantes de la estación que enviaban comida a domicilio, pero de repente su terminal comenzó a sonar en la mesilla de noche.

—Ya estamos —dijo.

—No tienes por qué responder —dijo Naomi, y pasó a inspeccionar su vientre.

—¿Has visto lo que ha pasado los últimos meses, no? —preguntó Holden—. A menos que se hayan equivocado de número, es probable que sea para avisarnos de que el Sistema Solar se va al traste y tenemos cinco minutos para evacuar la estación.

Naomi lo besó en las costillas

—No tiene gracia —dijo.

Holden suspiró y cogió el terminal de la mesilla. El nombre de Fred parpadeaba en la pantalla mientras no dejaba de sonar.

—Es Fred —dijo.

Naomi dejó de besarlo y se incorporó.

—Vale, es probable que no sean buenas noticias.

Holden tocó la pantalla para aceptar la llamada.

—Fred —dijo.

—Jim, ven a verme tan pronto como te sea posible. Es importante.

—Vale —dijo Holden—. Estaré ahí en media hora.

Colgó y lanzó el terminal portátil al otro lado de la habitación, hacia la pila de ropa que había dejado a los pies de la cama.

—¿Debería ir yo también? —preguntó Naomi.

—¿Tú qué crees? No te voy a perder de vista nunca más.

—Vas a hacer que me asuste —respondió Naomi, pero lo dijo con una sonrisa en la cara.

La primera sorpresa desagradable con la que se encontró al llegar al despacho de Fred fue que Miller estaba allí sentado.

Holden lo saludó con un gesto de la cabeza y luego se dirigió a Fred.

—Aquí estamos. ¿Qué ocurre?

Fred los invitó a sentarse con un ademán.

—Hablábamos sobre qué hacer con Eros —dijo, una vez, se hubieron sentado.

Holden se encogió de hombros.

—Vale. ¿Y qué habéis pensado?

—Miller cree que alguien debería intentar atracar en ella y conseguir algunas muestras de la protomolécula.

—No me extrañaría dar con alguien así de estúpido —afirmó Holden al mismo tiempo que asentía con la cabeza.

Fred se levantó y pulsó algo en su escritorio. Las pantallas que mostraban el exterior y en las que se solía ver la construcción de la *Nauvoo*, pasaron a mostrar un mapa en dos dimensiones del Sistema Solar con pequeñas luces de diferentes colores que marcaban las posiciones de las flotas. Un airado enjambre de puntos verdes rodeaba Marte. Holden dio por hecho que los puntos verdes eran naves terrícolas. En el Cinturón y los planetas exteriores había muchos puntos rojos y amarillos. Era probable que los rojos se correspondieran con Marte.

—Buen mapa —dijo Holden—. ¿Es preciso?

—Lo bastante —respondió Fred. Dio unos toques rápidos en el escritorio y amplió una de las partes del Cinturón. En medio de la pantalla había un bulto en forma de patata llamado Eros. Dos pequeños puntos verdes se movían despacio hacia él a varios metros de distancia.

—Se trata del navío científico terrícola *Charles Lyell*, que se dirige a Eros a toda velocidad. Creemos que lo acompaña una nave escolta de clase fantasma.

—La prima de la *Roci* en la armada terrícola —aclaró Holden.

—Bueno, la clase fantasma es un modelo más antiguo y con el que se suelen realizar encargos de segunda, pero aun así está al mismo nivel de cualquier cosa que tengamos en la APE —respondió Fred.

—Pero sigue tratándose del tipo de nave que se usaría para

escoltar un navío científico —dijo Holden—. ¿Cómo han llegado ahí tan rápido? ¿Y por qué solo son dos?

Fred alejó el mapa hasta que se volvió a ver el Sistema Solar al completo.

—De casualidad. La *Lyell* volvía a la Tierra después de mapear los asteroides de una sección no correspondiente al Cinturón y se desvió hacia Eros. Estaba cerca, más que cualquier otro. La Tierra debe de haber visto la oportunidad de conseguir una muestra mientras el resto todavía pensaba qué hacer.

Holden echó un vistazo hacia Naomi, pero la expresión de su cara era ilegible. Miller lo miraba como si se tratara de un entomólogo que intentara averiguar dónde tenía el aguijón.

—¿Entonces lo saben? —preguntó Holden—. ¿Todo lo de Protogen y Eros?

—Suponemos que sí —respondió Fred.

—¿Y quieres que los persigamos? No dudo de que podamos, pero tampoco de que la Tierra tarde mucho en redirigir algunas naves más para protegerlas. No vamos a poder conseguir mucho tiempo.

Fred sonrió.

—No necesitamos mucho —dijo—. Tenemos un plan.

Holden asintió y esperó a que Fred se lo contara, pero este se volvió a sentar y se reclinó en la silla. Miller se levantó y cambió la imagen de la pantalla a una panorámica de la superficie de Eros.

«Ahora tenemos que descubrir por qué Fred sigue contando con este sabueso salvaje», pensó Holden, pero no dijo nada.

Miller señaló la imagen de Eros.

—Eros es una estación antigua. Hay muchas zonas inútiles. Muchos agujeros en la superficie, la mayoría pequeñas esclusas de aire de mantenimiento —dijo el ex inspector—. Hay un embarcadero grande en cada una de las cinco secciones de la estación. Queremos enviar seis grandes cargueros de suministros hacia Eros junto a la *Rocinante*. La *Roci* evitará que el navío científico atraque y los cargueros entrarán en la estación, uno en cada uno de los embarcaderos.

—¿Vais a hacer que entre alguien?

—Entrar no —respondió Miller—. Encima. Un trabajo en la superficie. Y el sexto buque de carga evacuará a las tripulaciones cuando el resto atraque. Cada uno de los buques de carga abandonados transportará varias docenas de cabezas nucleares de alto rendimiento que estarán conectadas a los sensores de movimiento de la nave. Cuando algo intente atracar en los muelles, habrá una explosión de fusión de unos cientos de megatones. Debería ser suficiente para destruir cualquier nave que intente acercarse, y si no lo es, los muelles quedarán tan destrozados que no se podrá atracar en ellos.

Naomi carraspeó.

—Tanto la ONU como Marte tienen brigadas de bombarderos. Descubrirán cómo superar esas trampas.

—Y perderán tiempo con ello —apuntó Fred.

Miller continuó como si no lo hubieran interrumpido.

—Las bombas son nuestra segunda medida de disuasión. La *Rocinante* es la primera; las bombas, la segunda. Vamos a intentar conseguir el máximo tiempo posible para que la gente de Fred prepare la *Nauvoo*.

—¿La *Nauvoo*? —preguntó Holden.

Un instante después Naomi silbó por lo bajo. Miller asintió hacia ella, como si aceptara un aplauso.

—Lanzaremos la *Nauvoo* con una trayectoria parabólica para que consiga velocidad. Chocará contra Eros a un ángulo y una velocidad determinados que harán que la estación salga despedida hacia el Sol. También harán que estallen las bombas. Entre la energía del impacto y la de las cabezas nucleares, suponemos que la superficie de Eros estará tan caliente y será tan radiactiva que evitará que cualquier cosa intente aterrizar en ella hasta que sea demasiado tarde —terminó Miller. Luego se volvió a sentar. Levantó la vista y esperó a que los demás reaccionaran.

—¿Ha sido idea tuya? —preguntó Holden a Miller.

—La parte de la *Nauvoo*. Pero no sabíamos nada de la *Lyell* cuando hablamos del tema por primera vez. Lo de las trampas está un poco improvisado, aunque creo que funcionará. Nos dará el tiempo suficiente.

—Estoy de acuerdo —dijo Holden—. Necesitamos evitar

que alguien se haga con la estación, y no se me ocurre una manera mejor. Nos apuntamos. Ahuyentaremos la nave científica mientras vosotros hacéis vuestro trabajo.

La silla de Fred chirrió cuando se inclinó hacia delante.

—Sabía que os apuntaríais. Miller no las tenía todas consigo.

—Supuse que te negarías a lanzar a un millón de personas en dirección al Sol —dijo el inspector con una sonrisa sin un atisbo de gracia.

—En esa estación no queda nada que se pueda llamar humano. ¿Y tú qué pintas en todo esto? ¿Ahora das consejos desde el banquillo?

Lo dijo de una manera más brusca de lo que pretendía, pero Miller no pareció ofenderse.

—Coordinaré la seguridad.

—¿Seguridad? ¿Para qué necesitan seguridad?

Miller sonrió. Sonreía igual que si le hubieran contado un buen chiste en un funeral.

—Por si algo se escapa de una esclusa de aire e intenta hacer autostop.

Holden frunció el ceño.

—No me gusta pensar que esas cosas puedan sobrevivir en el vacío. No me gusta nada.

—Eso dará un poco igual cuando convirtamos la superficie de Eros en una sauna de unos diez mil grados —respondió Miller—. Pero hasta entonces, mejor tener cuidado.

A Holden le habría gustado tener la misma confianza que veía en el inspector.

—¿Qué posibilidades hay de que el impacto y la detonación hagan trizas Eros y desperdiguen los pedazos por todo el Sistema Solar? —preguntó Naomi.

—Fred ha puesto a sus mejores ingenieros a calcularlo todo hasta el más mínimo detalle para asegurarse de que no ocurre tal cosa —respondió Miller—. Tycho ayudó con la construcción de Eros. Tienen los planos.

—Pues ahora —dijo Fred—, centrémonos en el último de los asuntos.

Holden esperó.

—Seguís teniendo la protomolécula —dijo Fred.

Holden asintió.

—¿Y?

—Y —respondió Fred—, pues que la última vez que salisteis casi destrozan vuestra nave. Cuando nos hayamos encargado de Eros, esa será la única muestra verificada de la que tengamos constancia, eso sin tener en cuenta lo que puede que todavía quede en Febe. No encuentro razón alguna para dejar que os la quedéis. Quiero que la dejéis aquí en Tycho cuando os marchéis.

Holden se levantó mientras negaba con la cabeza.

—Me gustas, Fred, pero no le voy a dar esa cosa a nadie que crea que puede usarla como moneda de cambio.

—No creo que tengas mucho... —empezó a decir Fred, pero Holden levantó un dedo para indicarle que se callara. Fred lo miró sorprendido mientras Holden sacaba el terminal y abría una conexión con la tripulación.

—Alex, Amos, ¿alguno de vosotros está en la nave?

—Yo estoy —dijo Amos un segundo después—. Estoy dando los últimos retoques a...

—Ciérrala —lo interrumpió Holden—. Ahora mismo. Precíntala. Si no te llamo de aquí a dentro de una hora o si alguien que no sea yo intenta subir a bordo, abandona el embarcadero y aléjate de Tycho lo más rápido que puedas. El rumbo lo eliges tú, y si tienes que disparar, que así sea. ¿Entendido?

—Alto y claro, capi —dijo Amos. Si Holden le hubiera pedido una taza de café, Amos habría utilizado el mismo tono.

Fred no dejaba de mirarlo con incredulidad.

—No me obligues a hacerlo, Fred —dijo Holden.

—Si crees que puedes amenazarme, te equivocas —dijo Fred con voz seca y amenazadora.

Miller rio.

—¿Dónde está la gracia? —preguntó Fred.

—No era una amenaza —respondió Miller.

—¿No? ¿Y entonces qué era?

—Una mera exposición de los hechos —dijo Miller. Se estiró despacio mientras hablaba—. Si Alex hubiera estado a bordo, habría pensado que el capitán intentaba intimidar a alguien y se habría retractado en el último momento. ¿Pero Amos? Amos escapará a tiro limpio si tiene que hacerlo, aunque ello conlleve que pierda la vida y destruyan la nave.

Fred frunció el ceño, y Miller negó con la cabeza.

—No es un farol —añadió Miller—. No lo provoque.

Fred entornó los ojos, y Holden se preguntó si se habría pasado con él. Seguro que no sería la primera persona a la que Fred Johnson ordenaba que le pegaran un tiro. Y tenía a Miller a unos metros. Aquel inspector desequilibrado no dudaría en dispararle si tuviera la impresión de que alguien estaba de acuerdo. El hecho de que Miller estuviera allí mermaba la confianza que Holden tenía en Fred.

Lo que hizo que se sorprendiera aún más cuando escuchó cómo Miller intercedió por él.

—Mire —dijo el inspector—. Está claro que Holden es la mejor persona que puede haber para encargarse de transportar algo así hasta que decida qué quiere hacer con ello.

—Convénzame —dijo Fred, con la voz aún llena de rabia.

—Cuando Eros vuele por los aires, tanto la *Roci* como él se van a quedar flotando en la nada. Y no sería de extrañar que alguien esté tan enfadado como para lanzarles una bomba sin pensárselo.

—¿Y entonces cómo es que dice que la muestra estará más segura con él? —preguntó Fred, pero Holden había entendido a qué se refería Miller.

—Puede que no estén tan dispuestos a destruirnos si les hago saber que tengo una muestra y los datos de Protogen —dijo.

—No conseguiremos que la muestra esté más segura —dijo Miller—. Pero habrá más posibilidades de que la misión sea un éxito. Y de eso se trata, ¿no? Además, es un idealista —continuó Miller—. Si le ofreces a Holden su peso en oro lo único que conseguirás será ofenderlo y hacer que piense que intentas sobornarlo.

Naomi rio. Miller la miró y compartió con ella una ligera sonrisa que no pasó de la comisura de sus labios.

—¿Insinúa que se puede confiar en él y en mí no? —preguntó Fred.

—Más bien me refería a su tripulación —respondió Miller—. El grupo de Holden es pequeño y le obedecen. Creen que es una persona justa, por lo que ellos también lo son.

—Mi gente también me obedece —dijo Fred.

Miller le dedicó una sonrisa cansada pero firme.

—En la APE hay mucha gente —dijo Miller.

—Es demasiado arriesgado —objetó Fred.

—Se ha equivocado de trabajo si no quiere correr riesgos —dijo Miller—. No digo que el plan sea bueno, pero sí que no encontrará otro mejor.

Los ojos entrecerrados de Fred brillaron con rabia y frustración a partes iguales. Reflexionó durante unos instantes en silencio antes de responder.

—Capitán Holden, me decepciona su falta de confianza después de todo lo que hemos hecho por usted y los suyos.

—Si la especie humana sigue existiendo dentro de un mes, le pediré perdón —respondió Holden.

—Marche hacia Eros con su tripulación antes de que cambie de opinión.

Holden se incorporó, asintió a Fred y se marchó. Naomi iba a su lado.

—Eso ha estado cerca —susurró Naomi.

—Creo que Fred ha estado a punto de ordenar a Miller que me disparara —dijo Holden ya fuera del despacho.

—Miller está de nuestra parte. ¿No te ha quedado claro?

46

Miller

Cuando Miller se había puesto del lado de Holden delante de su nuevo jefe, sabía que iba a haber consecuencias. Su relación con Fred y la APE ya era un tanto endeble, y señalar que Holden y su tripulación no solo tenían más dedicación sino que eran más dignos de confianza que la gente de Fred no era el tipo de cosa que se hacía cuando querías estrechar lazos. Que fuera la verdad solo empeoraba las cosas.

Esperaba que se vengara de alguna manera. Sería muy inocente de no pensarlo.

—¡Levantaos, hombres de Dios, en unido batallón! —cantaban los disidentes—. Llegue el día de hermandad y acabe la noche del error.

Miller se quitó el sombrero y se pasó la mano por el pelo, que era cada vez más escaso. Aquel no iba a ser un buen día.

El interior de la *Nauvoo* parecía más una tela de retales en proceso de lo que daba la impresión desde el exterior. Medía unos dos kilómetros de largo y los diseñadores la habían ideado como algo más que una nave enorme. Los grandes niveles se apilaban uno encima del otro, y las vigas de aleación se entremezclaban de manera orgánica con un paisaje similar al de un campo de pastoreo. La estructura era similar a la de las grandes catedrales de la Tierra y Marte, se elevaba en las alturas, lo que ayudaba con la estabilidad de la gravedad de la aceleración y con la gracia divina. No dejaba de ser una estructura de huesos de metal con sustrato agrícola, pero Miller era capaz de ver más allá.

Una nave generacional era todo un ejemplo de ambición desmedida y fe absoluta. Los mormones lo sabían y lo aceptaban. Habían construido una nave que, al mismo tiempo, era una plegaria y un festejo de su devoción. La *Nauvoo* iba a ser el mayor templo jamás construido por la humanidad. Uno que guiaría a la tripulación a través de abismos infranqueables en el espacio profundo, uno que se convertiría en la mayor oportunidad para alcanzar las estrellas.

O que lo habría sido, si no llega a ser por él.

—¿Quiere que los gaseemos, *pampaw*? —preguntó Diogo.

Miller pensó en los disidentes. Suponía que habría unos doscientos de ellos encadenados en los accesos y los conductos de ingeniería. Los ascensores de transporte y los telemanipuladores industriales estaban apagados, tenían las pantallas en negro y casi no tenían batería.

—Sí, deberíamos —suspiró Miller.

El equipo de seguridad (su equipo de seguridad) contaba con menos de tres docenas de integrantes. Hombres y mujeres que tenían en común el brazalete de la APE y diferían en entrenamiento, experiencia, fidelidad o política. Si los mormones se hubieran decidido por la violencia, aquello se habría convertido en un baño de sangre. Si se hubieran puesto los trajes de aislamiento, la protesta habría durado horas. Días, quizá. Pero en lugar de eso, tres minutos después de que Diogo diera la señal cuatro pequeños cometas trazaron un arco en gravedad cero que dejaba a su paso NNLP-alfa y tetrahidrocannabinol.

Era el método antidisturbios más amable y moderado del arsenal. Los disidentes que tuvieran trastornos respiratorios tendrían problemas, pero el resto tardaría media hora en entrar en un estado de relajación cercano al estupor y quedarían muy drogados. Miller nunca había usado aquella combinación de NNLPa y THC en Ceres. Si hubieran intentado tener reservas, seguro que se habrían usado en las fiestas de la comisaría. Intentó consolarse con aquella idea. Como si sirviera para compensar todas las vidas llenas de sueños y trabajo que iba a arrebatar.

Diogo se rio a su lado.

Les llevó unas tres horas hacer el primer barrido a la nave y otras cinco dar caza a los polizones que se hacinaban en los conductos y en habitaciones de seguridad y que esperaban sorprenderlos en el último momento y sabotear la misión. A estos últimos se los llevaron de la nave entre lágrimas y Miller pensó si en realidad no les habría salvado. Si uno de los logros de su vida había sido evitar que Fred Johnson decidiera entre evitar que un atajo de inocentes muriera en la *Nauvoo* o arriesgarse a que Eros cayera en manos de los planetas interiores, bienvenido fuera.

Cuando Miller dio el aviso, un equipo de técnicos de la APE entró en acción: reactivó los telemanipuladores y los transportes, arreglaron los cientos de pequeños actos de sabotaje que habrían evitado que se encendieran los motores de la *Nauvoo* y recogieron el equipo que no querían perder. Miller vio cómo ascensores industriales capaces de soportar el peso de una familia de cinco personas transportaban cajas y cajas y sacaban de la nave cosas que acababan de meter en ella. Los embarcaderos estaban tan activos como durante el segundo turno de Ceres. Miller casi esperaba ver a sus compañeros paseando entre los estibadores y los tubos de los ascensores mientras se suponía que mantenían la paz.

En los momentos tranquilos, conectaba su terminal portátil al canal de Eros. Cuando era niño, había una artista de variedades que estaba en todas partes... Jila Sorormaya, se llamaba. Recordaba que había pirateado los dispositivos de almacenamiento de datos y conectado su equipo de música a las transmisiones. Se metió en problemas cuando parte del código propietario de los dispositivos de almacenamiento quedó integrado en el de su música y la envió. En aquel momento Miller no le dio muchas vueltas, pensó que no era más que otro artista chiflado que había conseguido un trabajo de verdad y que el universo había pasado a ser un lugar un poco mejor.

Escuchar el canal de noticias de Eros (Radio Eros Libre, lo llamaba) le hizo pensar que quizás había sido un poco duro con la pobre Jila. Los gritos, la comunicación cruzada, la presencia constante de estática que se hacía más patente debido a las voces, todo aquello era inquietante pero cautivador. Como si aquel flujo de datos intermitente fuera la banda sonora de la corrupción.

... asciugare il pus e che possano sentirsi meglio...

... ja minä nousivat kuolleista ja halventaa kohtalo pakottaa minut ja siskoni...

... haz lo que tengas que hacer...

Escuchó el canal durante horas y se centró en las voces. Hubo un momento en el que aquello osciló de tal manera que parecía que fuera a perder la conexión, sonó como si el terminal estuviera a punto de romperse. Pero cuando continuó Miller se preguntó si aquellos momentos de silencio no serían en realidad código Morse. Se apoyó hacia atrás en el mamparo y vio sobre él la apabullante extensión de la *Nauvoo*. La nave estaba a medio construir y ya se iba a sacrificar. Julie estaba sentada a su lado y miraba hacia arriba. El pelo le flotaba por la cara y en sus ojos tenía una sonrisa permanente. No tenia ni idea de por qué todavía tenía una Juliette Andromeda Mao viva en su imaginación en lugar de un cadáver, pero lo agradecía.

«¿Habría sido algo maravilloso, verdad? —preguntó ella—. Viajar por el vacío sin traje. Dormir cientos de años y que te despierte la luz de un sol diferente.»

—Debería haber disparado antes a ese cabrón —dijo Miller en voz alta.

«Gracias a él podríamos haber viajado a las estrellas.»

Escuchó una voz diferente. Una voz humana llena de ira.

—¡El anticristo!

Miller parpadeó, volvió a la realidad y apagó el canal de Eros con el pulgar. Una nave de transporte de prisioneros se abría camino hacia el embarcadero, con docenas de técnicos mormones atados a varas de control. Uno de ellos era un joven con la cara llena de marcas y los ojos llenos de odio. Miraba a Miller.

—¡Eres el anticristo, maldito despojo humano! ¡Dios sabe quién eres! ¡Te recordará!

Miller lo saludó con el sombrero mientras pasaba a su lado.

—Las estrellas son un lugar mejor sin nosotros —dijo en voz tan baja que solo Julie lo escuchó.

Una docena de remolcadores volaban delante de la *Nauvoo* y formaban con los cables una red de nanotúbulos invisible en la distancia. Todo lo que veía Miller era aquel mastodonte, que casi parecía formar parte de la estación Tycho, y cómo los mamparos se soltaron de las bases con lentitud y empezaron a moverse. Los motores de los transportes iluminaron el espacio interior de la estación y parpadearon con una cadencia similar a la de las luces de un árbol de Navidad, como un parpadeo casi subliminal que recorriera las profundidades de los huesos metálicos de Tycho. En ocho horas, la *Nauvoo* estaría a la distancia suficiente para que los grandes motores pudieran activarse sin que los gases de escape pusieran en peligro la estación. Después de eso se encontraría a unas dos semanas de Eros.

Miller llegaría allí en ochenta horas.

—Oi, *pampaw* —dijo Diogo—. ¿Hecho, hecho?

—Sí —suspiró Miller—. Estoy preparado. Vamos a reunir a los demás.

El chico le dedicó una sonrisa. Desde que había empezado a liderar la operación de la *Nauvoo*, Diogo se había colocado unas decoraciones de plástico rojo brillante en tres de sus dientes frontales. Parece ser que aquello significaba mucho en la cultura de los jóvenes de la estación Tycho, era sinónimo de valentía y también de algo sexual. Miller se sintió aliviado cuando recordó que ya no compartía catre con el chico.

Ahora que dirigía una operación de seguridad para la APE, veía más clara la naturaleza irregular de aquella organización. Antes de llegar allí ya pensaba que la APE podía hacer frente a la Tierra o Marte en caso de guerra. Pero se percató de que tenían más dinero y recursos de lo que esperaba. También tenían a Fred Johnson. Ahora tenían Ceres, al menos todo el tiempo que pudieran mantenerla. Y también se habían enfrentado con éxito a la estación Thoth.

Y, aun así, los mismos chicos con los que había realizado aquel ataque habían formado parte del equipo antidisturbios de la *Nauvoo* y más de la mitad de ellos estarían en la nave de demolición que partiría hacia Eros. Aquello era algo que Havelock nunca podría comprender. Y, por la misma razón, Holden tampoco podría. Quizá nadie que hubiera vivido con la certeza y la ayuda de una atmósfera natural pudiera nunca llegar a aceptar el poder y la fragilidad de una sociedad basada en hacer lo que es necesario en cada momento, de ser más rápidos y más flexibles, como la APE. De ser una entidad articulada.

Si Fred no era capaz de conseguir aquel tratado de paz, la APE nunca podría hacer frente a la disciplina y la coordinación de una armada de los planetas interiores. Pero tampoco perderían nunca. La guerra no tendría fin.

Bueno, ¿acaso no era infinito el tiempo también?

¿Y qué cambiaría viajar a las estrellas?

De camino a su apartamento, aceptó una petición de llamada de su terminal portátil. Fred Johnson apareció en la pantalla, con cara de cansancio pero alerta.

—Miller —dijo.

—Nos preparamos para partir cuando todo esté listo.

—Están con la carga —respondió Fred—. Material fisionable suficiente para que no se pueda acceder a la superficie de Eros durante años. Tenga cuidado. Si uno de los chicos baja a fumar al lugar equivocado, no vamos a poder reemplazar las minas. No dará tiempo.

Nada de «moriríais todos». Lo importante eran las armas, no las personas.

—Claro, tendré cuidado —aseguró Miller.

—La *Rocinante* ya está de camino.

Miller no necesitaba saber aquello, así que Fred lo mencionaba por otra razón. Usó un tono de voz neutral que parecía una acusación. La única muestra confirmada de la protomolécula había abandonado el círculo de influencia de Fred.

—Partiremos para encontrarnos con ella a tiempo de evitar que cualquier cosa se acerque a Eros —respondió Miller—. No debería ser problema.

En la pequeña pantalla del terminal era difícil determinar si la sonrisa de Fred era sincera.

—Espero que sus amigos estén a la altura —dijo.

Miller tuvo una sensación rara, un pequeño vacío en el pecho.

—No son mis amigos —dijo con desinterés.

—¿No?

—Para ser más exactos, no tengo amigos. Más bien mucha gente con la que solía trabajar —respondió.

—Pues confía mucho en Holden —dijo Fred con un tono parecido al de una pregunta. O al de un desafío, al menos. Miller sonrió, sabía que Fred sentiría la misma inseguridad aunque le contara la verdad.

—No es confianza, he llegado a esa conclusión —dijo.

A Fred se le escapó una risa.

—Y por eso no tiene amigos, amigo.

—En parte —respondió Miller.

No tenía más que decir. Miller se desconectó. Ya casi había llegado a su hueco, de todas formas.

No era gran cosa. Un cubículo anónimo de la estación con menos personalidad que el sitio donde vivía en Ceres. Se sentó en su catre y comprobó en el terminal cuál era el estado de la nave de demolición. Sabía que tenía que subir a los muelles. Diogo y el resto estaban trabajando y aunque no era probable que el estupor de las drogas de las fiestas de antes de la misión les impidiera terminar a tiempo, era una posibilidad. Al menos ellos tenían una excusa.

Julie estaba donde no le alcanzaba la vista. Sentada sobre sus piernas. Era guapa. Era como Fred, Holden o Havelock. Alguien que había nacido en un pozo de gravedad y había decidido vivir en el Cinturón. Había muerto por tomar aquella decisión. Había llegado para buscar ayuda y había acabado como la culpable de la destrucción de Eros. Si se hubiera quedado allí, en aquella nave fantasma...

Inclinó la cabeza y el pelo le colgó ignorando la gravedad rotacional. Tenía una mirada inquisitiva. Y tenía razón, claro. Aquello quizá lo habría retrasado todo, pero no los habría detenido. Protogen y Dresden la habrían encontrado tarde o temprano. Lo habrían encontrado. O habrían vuelto para conseguir una muestra. No había nada que hacer.

Y Miller sabía (en lo más profundo de su ser) que Julie no era como el resto. Que ella entendía el Cinturón, a los cinturianos y su necesidad de avanzar. Si no hacia las estrellas, al menos a un lugar cercano. Miller nunca había experimentado los mismos lujos que ella y nunca lo haría. Pero ella les había dado la espalda. Había venido para quedarse, a pesar de saber que venderían su pinaza de carreras. Su infancia. Su orgullo.

Por eso la amaba.

Cuando Miller llegó al embarcadero, tenía claro que había ocurrido algo. Lo adivinó por los andares de los estibadores y la expresión a medio camino entre la diversión y el placer que tenían en sus caras. Miller fichó y se arrastró a través de la incómoda esclusa de aire tipo Ojino-Gouch, que tenía más de setenta años de antigüedad y era poco más amplia que un tubo lanzatorpedos, y llegó a la alborotada zona de la tripulación de la *Talbot Leeds*. La nave parecía el resultado de unir dos naves más pequeñas sin tener muy en cuenta el diseño. Los asientos de aceleración estaban apilados de tres en tres. El aire olía a sudor rancio y metal caliente. Alguien había fumado marihuana hacía tan poco tiempo que los recicladores aún no habían limpiado el aire del todo. Diogo estaba por allí, junto a media docena de chicos. Todos llevaban uniformes diferentes, pero lucían el brazalete de la APE.

—*Oi, pampaw!* Le he reservado el catre de arriba a *dir*.

—Gracias —respondió Miller—. Te lo agradezco.

Trece días. Iban a pasar trece días compartiendo aquel pequeño habitáculo con el equipo de demoliciones. Trece días estrujados contra esos asientos y con megatones de minas de fisión en la bodega de la nave. Y aun así sonreían. Miller se abrió hueco hasta el asiento de aceleración que le había reservado Diogo e hizo un gesto con la cabeza hacia los demás.

—¿Es el cumpleaños de alguien?

Diogo realizó un gesto con las manos muy elaborado.

—¿Por qué cojones estáis todos de tan buen humor? —preguntó Miller, con más brusquedad de la que pretendía. A Diogo no le ofendió y le dedicó una gran sonrisa blanca y roja.

—*Audi-nichts?*

—No, no lo he oído, si no no habría preguntado —dijo Miller.

—Marte hizo lo que tenía que hacer —dijo Diogo—. Lo he escuchado en el canal de Eros. Los arrinconaron y...

El chico golpeó la palma de su mano con el puño. Miller intentó descifrar lo que decía. ¿Había atacado Eros? ¿Se habían hecho cargo de Protogen?

«Claro. Protogen. Protogen y Marte.»

Miller asintió.

—La estación científica de Febe —dijo—. Marte la ha puesto en cuarentena.

—Eso una mierda, *pampaw*. La esterilizaron, ellos. La luna no está. Tiraron bombas nucleares y la redujeron a partículas subatómicas.

«Más les vale», pensó Miller. No era una luna muy grande. Si Marte la había destruido de verdad y quedaba algo de la protomolécula en alguno de los pedazos que...

—*Tu sais?* —dijo Diogo—. Ahora están de nuestra parte. Lo han entendido. Alianza Marte APE.

—¿No te creerás algo así?

—Qué va —dijo Diogo, muy tranquilo a pesar del hecho de que aquella esperanza era como mínimo muy vaga y casi imposible—. Pero soñar es gratis, *ou non?*

—¿Seguro que es gratis? —dijo Miller mientras se inclinaba hacia atrás.

El gel de aceleración era demasiado rígido para adaptarse a su cuerpo a la gravedad de un tercio de g que había en el embarcadero, pero tampoco era incómodo. Comprobó las noticias en su terminal portátil y vio que era cierto que alguien de la armada marciana había tomado aquella decisión. Era una decisión muy importante, y más teniendo en cuenta la guerra que ya estaba en marcha, pero la habían tomado. Saturno tenía una luna menos y un anillo más, uno pequeño y estrecho que no había terminado de formarse... y eso en caso de que hubiera quedado algo de materia después de las detonaciones. No es que Miller fuera un experto, pero en su opinión era como si las explosiones estuvieran pensadas para que los restos cayeran presa de la gravedad protectora y aplastante del gigante gaseoso.

Era estúpido pensar que aquello era la prueba de que el gobierno marciano no quería muestras de la protomolécula. Era ingenuo suponer que una organización tan amplia y compleja tenía una única opinión sobre cualquier tema, sobre todo si se trataba de algo tan peligroso y determinante como aquello.

Pero aun así...

Quizás era suficiente suponer que alguien del otro bando con influencia política y militar había visto las mismas pruebas que ellos y sacado las mismas conclusiones. Aquello dejaba lugar a la esperanza. Volvió a cambiar al canal de Eros en su terminal portátil. Escuchó un sonido fuerte y rítmico que zumbaba debajo de una cascada de ruido. Unas voces cuyo volumen fluctuaba. El flujo de datos era constante y se superponía, pero los servidores de reconocimiento de patrones hacían todo lo posible para sacar algo en claro de aquel embrollo. Julie lo cogió de la mano y la ilusión le pareció tan convincente que casi le fue sencillo imaginar que estaba ahí de verdad.

«Tu lugar está aquí, conmigo», dijo.

«Cuando acabe todo», pensó. No podía negar que seguía retrasando poner punto y final a aquel caso. Primero encontrar a Julie, luego vengarla y ahora acabar con el proyecto que le había arrebatado la vida, pero cuando lo consiguiera podría respirar tranquilo.

Solo tenía que hacer una cosa más.

Veinte minutos después, sonó la alarma. Treinta minutos después, se encendieron los motores y lo aplastaron contra el gel de aceleración con una fuerza capaz de destrozarle las articulaciones. Así durante trece días, con parones de un g cada cuatro horas para realizar las funciones biológicas. Y cuando llegaran, aquella tripulación de chicos para todo con poca experiencia se dedicaría a transportar minas nucleares capaces de hacerlos volar por los aires.

Pero al menos Julie estaría con él. No del todo, pero casi.

Soñar era gratis.

47

Holden

Ni siquiera el sabor a celulosa húmeda de los huevos revueltos reconstruidos artificialmente fue suficiente para arruinar el aire a satisfacción que desprendía Holden. Se metió en la boca un bocado de aquellos huevos falsos mientras intentaba no sonreír. Amos estaba sentado a su izquierda en la mesa de la cocina y comía relamiéndose con entusiasmo. A la derecha de Holden, Alex removía los huevos blanduzcos y una tostada falsa por el plato. Al otro lado de la mesa, Naomi dio un sorbo a una taza de té y lo miró a través de los mechones de su pelo. Reprimió las ganas de guiñarle un ojo.

Habían hablado sobre cuál era la mejor manera de darle la noticia a la tripulación, pero no habían llegado a un acuerdo. Holden odiaba los secretos. El hecho de que fuera un secreto lo hacía parecer algo malo o de lo que arrepentirse. Sus padres le habían enseñado que el sexo se practicaba en privado no porque fuera algo de lo que avergonzarse, sino porque era algo íntimo. Debido al hecho de tener cinco padres y tres madres, aquello siempre era un tema complicado en su casa, pero nunca le ocultaban las conversaciones cuando hablaban sobre quién se acostaba con quien. Aquello había hecho que odiara ocultar ese tipo de cosas.

Naomi, por otra parte, pensaba que no deberían hacer nada que alterara el frágil ecosistema que habían encontrado, y Holden confiaba en ella. Tenía una percepción de la dinámica de grupo de la que él carecía. Así que por ahora ella mandaba.

Además, tampoco quería ser antipático y dárselas de pretencioso.

—Naomi, ¿me puedes pasar la pimienta? —dijo con voz ambigua y profesional.

Amos levantó la cabeza y el tenedor repiqueteó muy fuerte cuando lo soltó en la mesa.

—¡No me jodas que estáis enrollados!

—Pues... —dijo Holden—. ¿Cómo?

—Las cosas están muy raras desde que volvimos a la *Roci*, pero no sabía por qué. ¡Es eso! Por fin estáis jugando al teto.

Holden parpadeó dos veces mientras miraba al mecánico grandullón, sin saber qué decir. Miró a Naomi para que le echara un cable, pero ella había agachado la cabeza y el pelo le cubría la cara por completo. Los hombros le temblaban, como si riera en silencio.

—Venga ya, capi —dijo Amos, con una sonrisa que iba de lado a lado de la cara—. Mire que ha tardado, coño. Si Naomi se me hubiera insinuado así, ni me lo habría planteado.

—Puaj —dijo Alex, que parecía no compartir la opinión entusiasta de Amos—. Vaya.

Naomi dejó de reír y se enjugó las lágrimas que le asomaban por los ojos.

—Nos habéis pillado —dijo.

—Mirad, chicos, es importante dejar claro que esto no puede afectar a nuestro... —empezó a decir Holden, pero Amos lo interrumpió con un resoplido.

—Oye, Alex —dijo Amos.

—¿Dime? —respondió Alex.

—¿Si la segunda se tira al capitán, dejarás de ser tan buen piloto?

—Ni de coña —dijo Alex, con una sonrisa y exagerando su acento.

—Qué curioso. Yo tampoco siento la necesidad de convertirme en un mecánico despistado.

Holden lo volvió a intentar.

—Creo que es importante que...

—¿Capi? —continuó Amos, ignorándolo—. Que sepa que

nos importa una mierda y no vamos a dejar de hacer nuestro trabajo. Disfrute, porque es probable que en unos días todos hayamos muerto.

—Bien —dijo Naomi—. Que sepáis que solo lo hago para que me den un ascenso. Aunque, bueno, ya soy la segunda de a bordo. Hala, ¿puedo ser capitana?

—No —dijo Holden, riendo—. Es un trabajo de mierda. Nunca te obligaría a algo así.

Naomi sonrió e hizo un gesto con las manos. «¿Ves? Hay veces que no tengo razón.» Holden miró a Alex, que le devolvía una mirada cargada de verdadero cariño. Le hacía feliz de verdad que Naomi y él estuvieran juntos. Todo parecía ir bien.

Eros giraba como una chapa en forma de patata y la gruesa roca del exterior ocultaba todas las barbaridades que contenía. Alex los aproximó para realizar un análisis más exhaustivo de la estación. En la pantalla de Holden, el asteroide se acercó hasta que estuvo tan cerca que parecía que podían tocarlo. En otro puesto del centro de mando, Naomi peinaba la superficie con el radar láser y buscaba cualquier cosa que supusiera un peligro para la tripulación de los cargueros de Tycho, que llegarían en unos días. En la pantalla táctica de Holden, la nave científica de la AONU no dejaba de brillar mientras realizaba la maniobra de frenado en dirección a Eros, con la escolta justo a su lado.

—¿Siguen sin responder, verdad? —preguntó Holden.

Naomi negó con la cabeza, tocó la pantalla y envió los datos de comunicaciones al puesto de Holden.

—Nada —dijo—. Pero nos han visto. Nos lanzan señales de radar desde hace unas horas.

Holden tamborileó en el reposabrazos de su silla y pensó en qué podían hacer. Era posible que las modificaciones en el casco que habían hecho los de Tycho a la *Roci* engañaran a los programas de reconocimiento de la fragata de la Tierra. Quizá la ignoraran al dejarla por un transportador de gas cinturiano que pasaba por allí. Pero la *Roci* viajaba sin transpondedor, lo que la convertía en ilegal, con independencia del aspecto que tuviera su casco. Le ponía nervioso imaginar que aquella fragata pudiera percatarse de que había una nave que intentaba pasar desapercibida. El Cinturón y los planetas interiores estaban en guerra abierta. Se trataba de una nave cinturiana sin identificación cerca de Eros mientras dos naves de la Tierra también viajaban hacia el lugar. Cualquier capitán con dos dedos de frente tendría sus sospechas.

Pero el silencio de la fragata también significaba otra cosa.

—Naomi, tengo el presentimiento de que esa fragata va a intentar atacarnos —dijo Holden, con un suspiro.

—Es lo que haría yo, sí —respondió Naomi.

Holden tamborileó un ritmo complicado en la silla y luego se puso el casco.

—Bueno, pues vamos a ser nosotros los que demos comienzo a la función.

Holden no quería que aquella conversación tuviera lugar en público, así que apuntó hacia la fragata terrestre con la batería de láseres de la *Rocinante* y realizó una petición de conexión. Unos segundos después, las palabras «conexión establecida» brillaron en verde y empezó a escuchar en sus auriculares el siseo quedo de la estática de fondo.

Holden esperó, pero la nave de la AONU no saludó. Querían que él hablara primero.

Apagó el micro y cambió al canal general de comunicaciones de la nave.

—Alex, en marcha. Mantennos a un g. Si no puedo engañar a estos tíos, vamos a liarnos a tiros. Prepárate para el ataque.

—Recibido —dijo Alex, arrastrando la palabra—. Preparo el zumo, por si las moscas.

Holden echó un vistazo al puesto de Naomi, pero ya había pasado a la pantalla táctica y estudiaba las mejores opciones de ataque de la *Roci* y la manera de obstaculizar las comunicaciones de las dos naves que se acercaban. Naomi solo había estado en una batalla, pero sus reacciones eran dignas del mejor de los veteranos. Holden le dedicó una sonrisa y se dio la vuelta antes de que ella se diera cuenta de que la miraba.

—¿Amos? —preguntó.

—Todo listo y preparado por aquí abajo, capi. La *Roci* tiene ganas de fiesta. Vamos a darles su merecido.

«Esperemos que no haya que hacerlo», pensó Holden.

Volvió a conectar el micrófono.

—Aquí el capitán James Holden de la *Rocinante*. Me gustaría charlar con el capitán de la fragata de la Armada de la Organización de las Naciones Unidas de nombre desconocido que tenemos cerca. Responda, por favor.

Hubo un silencio lleno de estática y luego se escuchó una voz.

—*Rocinante*. Abandone nuestra trayectoria de vuelo de inmediato. Si no empiezan a alejarse de Eros a la mayor velocidad que les sea posible, tendremos que abrir fuego.

La voz era de alguien joven. Una corbeta con la misión de escoltar a una nave que tenía que mapear un asteroide no requería edad ni rango. Quizás el capitán fuera un teniente sin contactos ni perspectivas de futuro. Era probable que no tuviera mucha experiencia, pero quizá pensara que un enfrentamiento directo era una buena posibilidad de probar su valía ante sus superiores. Y aquello complicó mucho más las circunstancias.

—Lo sentimos —dijo Holden—. Seguimos sin conocer su identificación o su nombre. Aun así, no puedo seguir sus órdenes. De hecho, no puedo permitir que nadie atraque en Eros. Voy a tener que pedirle que deje de acercarse a la estación.

—*Rocinante*. No creo que...

Holden se hizo con el control del sistema de objetivo de la *Roci* y apuntó hacia la nave con el láser.

—Déjeme explicarle un poco mejor la situación —dijo—. Lo que ve en sus sensores en estos momentos y lo que le confirman los sistemas de reconocimiento de su nave puede tener la apariencia de un transportador de gases cochambroso. Pero, vaya por dónde, ahora lo apunta con un sistema de objetivo láser de tecnología punta.

—No queremos...

—No mienta. Sé cuál es la situación. Así que este es el trato. A pesar de lo que pueda parecer, mi nave es más nueva, más rápida, más resistente y mejor que la suya. La única manera que tengo de demostrárselo es abriendo fuego, y no me gustaría tener que hacerlo.

—¿Eso es una amenaza, *Rocinante*? —Holden escuchó que preguntaba aquella voz joven por sus auriculares, con la mezcla perfecta de arrogancia e incredulidad.

—¿A su nave? No —respondió Holden—. Mi amenaza va dirigida a esa nave lenta, enorme y desarmada que se supone que protege. Siga volando hacia Eros y le descargaré todo mi arsenal. Le aseguro que borraré del mapa ese laboratorio científico volador. Y es posible que después acabe con nosotros, pero de igual manera su misión ya se habrá ido al traste. ¿No?

El silencio volvió a reinar en el canal, y lo único que indicaba que seguía abierto era el siseo de fondo que emitían las señales de radio.

Aquel silencio se vio interrumpido cuando se escuchó una voz por el canal general de comunicaciones de la nave.

—Se detienen, capitán —dijo Alex—. Han pisado a fondo el freno. Los sistemas indican que se detendrán a unos dos mil *klicks*. ¿Quiere que vuele hacia ellos?

—No, sigamos orbitando sobre Eros —respondió Holden.

—Recibido.

—Naomi —dijo Holden mientras giraba en su silla para mirarla de frente—. ¿Detectas algo más?

—Nada que se pueda ver entre los restos que suelta el escape. Pero podrían enviar mensajes láser en la otra dirección sin que nos enteráramos —respondió.

Holden se desconectó del canal general de comunicaciones de nave. Se rascó la cabeza unos momentos y luego se desabrochó del asiento.

—Bueno, los hemos detenido por ahora. Voy a evacuar y a por algo de beber. ¿Quieres?

—No se equivoca y lo sabes —le dijo Naomi esa misma noche.

Holden flotaba en gravedad cero sobre la cubierta del centro de mando, a unos metros de su puesto. Había apagado las luces y la iluminación del compartimento era tenue, similar a la luz de la Luna. Alex y Amos dormían dos cubiertas por debajo. Y por él, como si estaban a un millón de años luz.

Naomi flotaba cerca de su puesto, a unos dos metros escasos de él, tenía el pelo suelto y se arremolinaba a su alrededor como una nube negra. La consola que tenía situada detrás acentuaba los rasgos de su rostro: la frente amplia, la nariz chata, los labios grandes. Le pareció que tenía los ojos cerrados. En aquel momento sintió que eran los dos únicos habitantes del universo.

—¿Quién no se equivoca? —preguntó, por decir algo.

—Miller —respondió ella, como si fuera algo muy obvio.

—No tengo ni idea de lo que hablas.

Naomi rio y luego hizo un ademán con una mano para girar el cuerpo y mirar de frente a Holden mientras flotaban. Ahora tenía los ojos abiertos, aunque a las luces de la consola que tenía detrás parecían dos pozos negros.

—He pensado en Miller —continuó—. Lo traté muy mal en Tycho. Lo ignoré porque estabas enfadado con él. Merecía algo mejor.

—¿Por qué?

—Te salvó la vida en Eros.

Holden bufó, pero, aun así, ella siguió hablando.

—Cuando estabas en el ejército —dijo—, ¿qué se suponía que tenías que hacer cuando alguien de la tripulación se volvía loco? ¿Hacer cosas que pusieran en peligro a los demás?

Holden pensó que hablaban de Miller y respondió.

—Hay que detenerlo y apartarlo por ser un peligro para la nave y la tripulación. Pero Fred no...

Naomi lo interrumpió.

—¿Y si estás en una guerra? —preguntó—. ¿En medio de una batalla?

—Si no se le puede detener con facilidad, el jefe del turno tiene la obligación de proteger la nave y la tripulación a cualquier precio.

—¿Aunque haya que dispararle?

—Si es la única manera, sí —respondió Holden—. Pero solo si la situación es insostenible.

Naomi asintió con la mano y el gesto hizo que su cuerpo girara en otra dirección. Se detuvo con otro gesto inconsciente. Holden era muy bueno con la ingravidez, pero nunca llegaría a ese nivel.

—El Cinturón es una red —explicó Naomi—. Como una nave enorme. Tenemos nódulos que nos proveen de aire, agua, energía o materiales de construcción. Pueden estar a millones de kilómetros de distancia, pero eso no quiere decir que no sigan conectados.

—Ya sé por dónde vas —suspiró Holden—. Dresden era el loco y Miller le disparó para protegernos. Me intentó convencer de ello en Tycho, pero tampoco me lo tragué.

—¿Por qué no?

—Porque Dresden no era una amenaza inmediata —dijo Holden—. No era más que un hombrecillo malvado con un traje caro. Ni siquiera tenía un arma ni el dedo en el interruptor de una bomba. Y nunca confiaré en un hombre que cree que tiene derecho a tomar la decisión unilateral de ejecutar a una persona.

Holden apoyó el pie contra el mamparo con la fuerza justa para acercarse a Naomi, a una distancia a la que podía verle los ojos y ver cómo reaccionaba a sus palabras.

—Si esa nave científica vuelve a volar hacia Eros, tendré que dispararle todos los torpedos que tenemos y convencerme de que lo he hecho para proteger al resto del Sistema Solar. Pero no voy a disparar ahora como medida preventiva, porque eso sería asesinato. Miller asesinó a una persona.

Naomi sonrió, luego lo agarró por el traje espacial y lo acercó hacia ella para besarlo.

—Es posible que seas la mejor persona que conozco, pero eres demasiado inflexible con lo que crees que es correcto, y eso es lo que odias de Miller.

—¿Ah, sí?

—Sí —respondió ella—. Él también es inflexible, pero tiene una percepción diferente del funcionamiento de las cosas. Y eso es lo que odias. Para Miller, Dresden era una amenaza inmediata para la nave. Cada instante que siguiera vivo, era un instante en el que ponía en peligro a todos los que le rodeaban. Para Miller aquello fue en defensa propia.

—Pero se equivoca. Ese hombre estaba indefenso.

—Ese hombre pidió a la Armada de la Organización de las Naciones Unidas que proporcionara a su empresa las mejores naves —explicó Naomi—. Hizo que su empresa asesinara un millón y medio de personas. Todo lo que dijo Miller sobre que la protomolécula estaba mejor en nuestras manos se puede aplicar a Dresden. ¿Cuánto tardaría en encontrar a alguien de la APE al que pudiera comprar para escapar?

—Era un prisionero —dijo Holden, que empezaba a sentir que cada vez tenía menos razón.

—Era un monstruo con poder, contactos y aliados que habría pagado cualquier precio para que su proyecto científico siguiera adelante —explicó Naomi—. Y te digo esto como cinturiana. Miller no se equivocó.

Holden no respondió. Se limitó a flotar junto a Naomi, orbitando a su alrededor. No sabía si le enfadaba más el asesinato de Dresden o que Miller hubiera tomado una decisión con la que no estaba de acuerdo.

Y Miller lo sabía. Cuando Holden le había dicho que volviera a Tycho por su cuenta, había visto la expresión triste de perro sabueso en la cara del inspector. Miller sabía lo que le esperaba a continuación, y no intentó discutir ni enfrentarse a él. Aquello significaba que Miller había tomado esa decisión siendo consciente de lo que le iba a costar y estaba listo para aceptar las consecuencias. Todo aquello tenía un sentido. Holden no sabía exactamente qué, pero lo tenía. Un aviso rojo empezó a parpadear en la pared, y la consola de Naomi cobró vida y comenzó a volcar datos en la pantalla. Se agarró al respaldar de su silla para bajar y tocó varios comandos a toda prisa.

—Mierda —dijo.

—¿Qué pasa?

—Parece que la corbeta o la nave científica han pedido ayuda —dijo Naomi, señalando la pantalla—. Hay naves en camino por todo el sistema.

—¿Cuántas son? —preguntó Holden mientras intentaba echar un vistazo a la pantalla.

Naomi hizo un ruido con la garganta, a medio camino entre risa ahogada y carraspeo.

—Vamos a decir que todas.

48

Miller

—Eres y no eres —escuchó por el canal de Eros entre zumbidos aleatorios de estática—. Eres y no eres. Eres y no eres.

La pequeña nave vibraba y daba tumbos. Desde su asiento de colisión, uno de los técnicos de la APE soltó una ristra de improperios que llamó más la atención por el dechado de originalidad que por la rabia. Miller cerró los ojos e intentó evitar que los ajustes que realizaba la nave a microgravedad mientras atracaba le hicieran vomitar. Llevaba días viajando a una velocidad que hacía que le dolieran todas las articulaciones y los frenazos no habían sido para menos, por lo que ahora todos aquellos pequeños movimientos le parecían incómodos y aleatorios.

—Eres, eres, eres, eres, eres, eres, eres...

Pasó algo de tiempo escuchando las noticias. Tres días después de que dejaran Tycho, salió a la luz la relación entre Eros y Protogen. Para su sorpresa, Holden no había tenido nada que ver. Desde entonces, la empresa había pasado por negarlo todo, echarle la culpa a un subcontratista furtivo y pedir inmunidad acogiéndose a un estatuto de secretos de defensa de la Tierra. Parecía que las cosas no les iban bien. El asedio terrícola a Marte seguía en marcha, pero la atención se había centrado más en la lucha de poder dentro de la Tierra y la armada de Marte había reducido la velocidad, lo que daba a las fuerzas de la Tierra un poco más de tiempo antes de tener que tomar decisiones permanentes. Parecía que el Apocalipsis se había pospuesto un par de semanas. Miller no podía negar que aquello le parecía entretenido. Aunque también lo agotaba.

Empezó a escuchar la voz de Eros más a menudo. A veces también se conectaba a los canales de vídeo, pero lo normal era que escuchara. Después de horas y días, empezó a escuchar lo que diría que eran, no ya patrones, pero al menos estructuras comunes. Algunas de las voces que emitía la estación moribunda se repetían a menudo, supuso que eran presentadores y trabajadores de la industria del entretenimiento que estaban muy presentes en los archivos de audio. También descubrió que había algunas tendencias específicas que, a falta de un término mejor para describirlo, se podría decir que tenían una musicalidad propia. Horas de estática aleatoria y siseante que daban paso a algunas palabras o frases a las que Eros se atenazaba cada vez con más intensidad hasta que todo se hacía trizas y se volvía a recuperar la aleatoriedad.

—... eres, eres, eres, ERES, ERES, ERES...

«No eres», pensó Miller, justo en el momento en el que la nave vibró y levantó el estómago de Miller unos quince centímetros de donde estaba hacía un momento. Luego se escucharon una serie de ruidos metálicos y el quejido de una alarma que no duró demasiado.

—*Dieu! Dieu!* —gritó alguien—. ¡Las bombas *sont vamen rouge*! ¡Va a reventar! ¡Nos van a freír a *tout*!

Se escuchó la misma risilla que aquel chiste que se había repetido durante todo el viaje ocasionaba entre los pasajeros, y el chico que siempre lo explicaba, un cinturiano con acné que no tendría más de quince años, sonrió satisfecho ante su elocuencia. Si no dejaba de cagarla así, alguien iba a darle un golpe con una palanca antes de que regresaran a Tycho. Aunque Miller supuso que esa persona no sería él.

Una gran sacudida lo impulsó muy fuerte contra el asiento y luego volvió la gravedad, los 0,3 g a los que estaba acostumbrado. Quizás un poco más. Las esclusas de aire estaban en la parte inferior de la nave, por lo que el piloto antes tuvo que forcejear contra la superficie rotatoria del vientre de Eros. La gravedad rotacional hizo que lo que antes había sido el techo pasara a ser el suelo, y para transportar las bombas de fusión a los embarcaderos, tendrían que escalar para llegar a una roca fría y oscura que amenazaba con lanzarlos al vacío.

Qué agradable era la vida del saboteador.

Miller se puso el traje. Después de haber llevado los de calidad militar que había en la *Rocinante*, el variado equipamiento con el que contaba la APE parecía ropa de tercera mano. Su traje olía al cuerpo de otra persona y la protección facial de polietilentereftalato estaba deformada por un punto en el que se había roto y la habían reparado.

No quería pensar en cómo había acabado el pobre diablo que lo llevaba. Las botas magnéticas tenían una vieja capa de mugre y de plástico desgastado entre las placas de metal y el mecanismo de activación era tan viejo que Miller oía el chasquido que hacía al encenderse y apagarse casi antes de empezar a mover el pie. Le dio la impresión de que se iba a quedar enganchado a Eros con aquel traje y que nunca se podría soltar.

Aquello le arrancó una sonrisa. «Tu lugar está aquí, conmigo», dijo su Julie personal. Era verdad, y ahora que estaba allí sintió la seguridad de que no se iba a marchar. Había sido policía durante mucho tiempo y la idea de volver a encajar en la humanidad le daba ansiedad solo de pensarlo. Se encontraba allí para llevar a cabo la última parte de su misión. Después se acabó.

—*Oi! Pampaw!*

—Ya voy —respondió Miller—. Vamos a tranquilizarnos. No es que la estación se vaya a escapar.

—Un arcoíris es una circunferencia que no puedes ver en su totalidad. En su totalidad. En su totalidad —dijo Eros, cantando con una vocecilla infantil. Miller bajó el volumen del canal.

La superficie rocosa de la estación no era particularmente buena para el agarre de los trajes y los telemanipuladores. Dos de las otras naves habían atracado en los polos, donde no había gravedad rotacional contra la que luchar, pero el efecto Coriolis los dejaría a todos con náuseas. El equipo de Miller tuvo que desplazarse a través de las placas de metal del embarcadero y se aferraba a ellas como moscas que colgaran de un abismo estrellado.

Calcular la colocación de las bombas de fusión no era un trabajo sencillo. Si las bombas no emitían a la estación la energía suficiente, la superficie podría enfriarse tanto como para que alguien tuviera la oportunidad de atracar con un equipo científico antes de que la penumbra del Sol la alcanzara y también a las partes de la *Nauvoo* que se habrían adherido a ella. A pesar de contar con las mejores mentes de Tycho, también cabía la posibilidad de que las detonaciones no se sincronizaran. Si las oleadas de presión que viajarían por la roca se amplificaban de una manera que no habían sido capaces de predecir, la estación estallaría como un huevo y liberaría la protomolécula al vacío y a la inmensidad del Sistema Solar, como si se tratara de polvo al viento. La diferencia entre tener éxito y que ocurriera un desastre podía deberse a un error de cálculo de unos metros, literalmente.

Miller se abrió paso hasta la esclusa de aire y salió a la superficie de la estación. El primer grupo de técnicos ya colocaba sismógrafos, y las luces del equipo y de las pantallas le parecieron la cosa más brillante del universo. Miller colocó las botas en una extensión amplia de aleación de acero y cerámica y consiguió estirar la espalda gracias a la rotación. Después de pasar días en los asientos de aceleración, aquella libertad lo puso muy contento. Una de las técnicas levantó la mano, una expresión cinturiana con la que pretendía llamar la atención. Miller subió el volumen del traje.

—... tengo *insectes sur ma peau*...

Se apresuró para cambiar del canal de Eros al de su equipo.

—Hay que moverse —dijo la mujer—. Por aquí hay demasiada cerámica. Tenemos que llegar hasta el otro extremo del embarcadero.

—Creo que esto se extiende durante unos dos kilómetros —dijo Miller

—Así es —afirmó ella—. Podemos desengancharla y moverla a baja energía o remolcarla. Tenemos plomada suficiente.

—¿Qué es más rápido? No es que tengamos mucho tiempo.

—Remolcarla.

—Pues a remolcar —dijo Miller.

La nave se elevó despacio mientras veinte pequeños drones de transporte reptantes se aferraron al metal, como si arrastraran un enorme zepelín. La nave se quedaría con él aquí en la estación, amarrada a la roca como si se tratara de un sacrificio a los dioses. Miller caminaba junto a la tripulación cuando cruzaron las amplias puertas cerradas del muelle de carga. Solo escuchaba la sacudida eléctrica del entrechocar de los electroimanes de las suelas al pisar y al levantar los pies. Solo olía su propio cuerpo y el plástico del reciclador de aire. El metal bajo sus pies brillaba como si alguien lo hubiera limpiado. Hacía mucho tiempo que no había restos de polvo ni arenilla.

Trabajaron rápido para colocar la nave, armar las bombas e introducir los códigos de seguridad, y aunque no lo dijeran en voz alta, todos sabían que la *Nauvoo* se había convertido en un misil que se dirigía hacia ellos, cada vez a mayor velocidad.

Si otra nave descendía e intentaba desactivar la trampa, la nave enviaría una señal sincronizada al resto de naves bomba de la APE que cubrían toda la superficie de la roca. Y tres segundos después Eros quedaría limpia como una patena. También habían descargado el aire y los suministros sobrantes, los embalaron juntos y los dejaron listos para que alguien pudiera recogerlos. No había razón para desperdiciar recursos.

No apareció nada terrorífico arrastrándose desde una esclusa de aire para atacar a la tripulación, lo que convirtió a Miller en un elemento del todo prescindible para la misión. O quizá no. Quizás había valido la pena el viaje.

Cuando todo estaba en su lugar, Miller envió un mensaje de confirmación antes de desconectar los sistemas de la nave. El transporte en el que iban a regresar apareció en el cielo, como un punto de luz que cada vez era más brillante y se agrandó, para luego sacar la red de embarque en ingravidez, que parecía un manojo de andamios. Cuando se lo indicaron desde la nueva nave, el equipo de Miller apagó las botas y activaron unos simples propulsores de desplazamiento que tenían en los trajes o, los que tenían trajes más viejos, compartieron unas vainas de escape a vapor. Miller vio cómo se alejaban.

—Venga, *allons* y a casa, *pampaw* —dijo Diogo desde algún lugar. Miller no estaba seguro de cuál de aquellas siluetas que se alejaban era la del chico—. El tren no espera.

—Yo me quedo —dijo Miller.

—*Di quoi?*

—Ya lo he decidido. Me quedo.

Se hizo el silencio unos instantes. Miller sabía que iba a ocurrir algo así. Tenía los códigos de seguridad. Si era necesario podía escabullirse al interior de la vieja nave y encerrarse. Pero no quería llegar a eso. Sabía qué decir: volver a Tycho significaba convertirse en la marioneta política de las negociaciones de Fred Johnson, estaba viejo y cansado a un nivel que no se podía medir en años, había muerto en Eros una vez y lo único que quería era que acabara todo. Se lo había ganado. Diogo y los demás se lo debían.

Esperó a que el chico reaccionara para intentar convencerlo.

—Me parece bien —dijo Diogo—. *Buona morte.*

—*Buona morte* —repitió Miller. Y apagó la radio. El universo quedó en silencio. Debajo de él vio cómo las estrellas titilaban despacio mientras la estación seguía rotando. Una de aquellas luces era la *Rocinante*. Otras dos de ellas eran las naves que Holden tenía la misión de detener. Miller no las identificó. Julie flotaba a su lado, su pelo negro se extendía a través del vacío y las estrellas brillaban a través de su figura. Parecía tranquila.

«¿Y si tuvieras otra oportunidad? —dijo—. ¿Y si pudieras volver a empezar?»

—No lo haría —respondió él.

Vio cómo el transporte de la APE encendía los motores, que emitieron un brillo blanco y dorado, y la nave se alejó hasta convertirse en otra de aquellas estrellas. Una pequeña. Y luego desapareció. Miller se dio la vuelta y echó un vistazo hacia la noche infinita y el vacío insondable del paisaje lunar.

Solo tenía que quedarse con Julie unas horas más y luego ambos estarían a salvo. Todos estarían a salvo. Aquello era suficiente. Miller se dio cuenta de que sonreía y lloraba, las lágrimas le subían por la cara hasta el pelo.

«Ya verás que todo va a ir bien», dijo Julie.

—Lo sé —respondió Miller.

Permaneció en silencio durante casi una hora, hasta que se dio la vuelta y avanzó despacio por el peligroso camino de vuelta hacia la nave que iban a sacrificar. Entró por la esclusa de aire y se abrió paso hacia la luz tenue del interior. Quedaba atmósfera residual suficiente como para no necesitar el traje. Se desnudó, eligió uno de los asientos de aceleración y se acurrucó contra el gel azul y consistente. A menos de veinte metros, cinco dispositivos de fusión con la potencia suficiente para hacer explotar un sol esperaban la señal. Encima de él, toda la materia de la estación Eros que antes tenía forma humana había cambiado y se había reconfigurado, lo que había dado lugar a un batiburrillo de formas, como una de las pinturas de El Bosco a escala real. Y aún quedaba casi un día para que la *Nauvoo*, el martillo de Dios, colisionara contra él.

Miller encendió el traje para que sonara una de las viejas canciones pop que le gustaban cuando era joven y se dejó acunar por el sonido hasta dormirse. Los momentos en los que soñó, imaginó que encontraba un túnel en la parte trasera de su antiguo hueco de Ceres gracias al cual por fin, por fin, podía ser libre.

Su último desayuno consistió en una barrita de proteínas que ya estaba dura y una ración de chocolate que había conseguido de un paquete de supervivencia. Comió todo aquello con agua reciclada tibia que sabía a metal y a podredumbre. Las señales de Eros sonaban muy apagadas debido a las frecuencias oscilantes que emitía la estación que tenía sobre él, pero Miller consiguió escuchar lo suficiente para saber cómo estaban las cosas.

Holden había ganado, tal y como Miller esperaba que hiciera. La APE ya respondía a las miles de rabiosas acusaciones de la Tierra y Marte y, como ocurría siempre, también a las de otras facciones de la propia APE. Pero era demasiado tarde. La *Nauvoo* se encontraba a unas horas de distancia. El final era inevitable.

Miller se puso el traje una última vez, apagó las luces y volvió a acercarse a la esclusa. Durante un rato la puerta exterior no respondió y las luces de seguridad brillaron rojas, lo que hizo que sintiera una punzada de terror al pensar que pasaría allí sus últimos momentos, atrapado en un conducto como si fuera un torpedo listo para lanzarse. Pero volvió a activar la energía de la cerradura y la puerta se abrió.

El canal de Eros no decía nada, solo se escuchaba un suave murmullo parecido al de una corriente de agua sobre la piedra. Miller salió por la amplia abertura de los muelles de carga. Sobre él, el cielo giró y vio la *Nauvoo* del tamaño del Sol en el horizonte. Ni con el brazo estirado y la mano abierta del todo era capaz de cubrirse los ojos del resplandor de los motores. Activó las botas y contempló cómo la nave se acercaba. La Julie fantasma también la contemplaba a su lado.

Si había calculado bien, la *Nauvoo* impactaría en el centro del eje mayor de Eros. Miller podría verlo llegado el momento y aquello le hizo sentir en el pecho una emoción que le recordó a su juventud. Iba a ser todo un espectáculo. Ya ves. Sería algo digno de ver. Pensó en grabarlo. Con el traje podría crear un simple archivo de vídeo y retransmitir los datos en tiempo real. Pero no. Aquel momento era solo para él. Para él y para Julie. El resto de la humanidad tendría que contentarse con imaginárselo, si es que les llegaba a interesar.

El brillo intenso de la *Nauvoo* ya cubría una cuarta parte del cielo y, en su totalidad, ocupaba una extensión mayor que la del horizonte. El canal de Eros pasó de emitir un suave murmullo a algo mucho más sintético: un sonido que aumentaba de volumen de manera abrupta y sin razón aparente y que le recordaba a aquel barrido que realizaban las pantallas verdes de los radares en las películas antiguas. De fondo se escuchaban voces, pero no identificó las palabras ni el idioma.

La antorcha de la *Nauvoo* cubría ya la mitad del cielo, y las estrellas a su alrededor se apagaban debido al resplandor que emitía aquella aceleración. El traje de Miller emitió un sonido de alerta por radiación, pero lo apagó.

Con tripulación, la *Nauvoo* nunca habría sido capaz de quemar así, ni con los mejores asientos. La gravedad de aquel impulso era capaz de hacer papilla los huesos. Intentó adivinar a qué velocidad iría la nave cuando tuviera lugar el impacto.

Muy rápido. Aquello era lo único que importaba. Muy rápido.

En el centro de aquella flor de fuego, Miller vio un punto negro no más grande que la punta de un lápiz. La nave. Respiró hondo. Cuando cerró los ojos, notó que la luz roja atravesaba sus párpados. Cuando los volvió a abrir, la *Nauvoo* había aumentado de tamaño. Ya tenía forma. Parecía una aguja, una flecha, un misil. Un puño que surgía de las profundidades. Que él recordara, fue la primera vez en la vida que Miller se sobrecogió.

Eros gritó.

—¡NO ME TOQUES, JODER!

Poco a poco, la flor que se originaba en los motores de la nave cambió de forma, primero un círculo, luego un óvalo y por último un penacho enorme. La *Nauvoo* quedó de perfil y mostró su casco plateado. Miller miraba boquiabierto.

La *Nauvoo* había fallado el tiro. Se había desviado. Y ahora mismo, en aquel mismo momento, aceleraba en paralelo a Eros, no contra la estación. Pero Miller no vio que se activaran los impulsores de maniobra. ¿Cómo era posible que algo de ese tamaño y que se movía a tanta velocidad hubiera girado tan de improviso sin que la nave hubiera quedado destrozada? Solo la gravedad de la aceleración sería capaz de...

Miller miró hacia las estrellas, como si en ellas fuera a encontrar la respuesta. Y se sorprendió cuando fue así. La panorámica de la Vía Láctea era la misma, aquella extensión de estrellas no se había esfumado. Pero lo veía desde un ángulo diferente. Eros había girado debido a la rotación. Había variado su posición relativa con respecto a la eclíptica.

Cambiar de dirección en el último momento era impensable sin que la *Nauvoo* quedara destrozada. Y eso no era lo que había ocurrido. Eros tenía unas dimensiones de unos seiscientos kilómetros cúbicos. Antes de lo de Protogen había sido el segundo puerto en activo más grande del Cinturón.

Y con el mismo esfuerzo que si se deshiciera del magnetismo de las botas de Miller, la estación Eros esquivó el impacto.

49

Holden

—La hostia —dijo Amos, con voz apática.

—Jim —dijo Naomi desde detrás de Holden, pero él hizo un gesto para que guardara silencio y abrió un canal con Alex en la cabina.

—Alex, ¿acaba de pasar lo que indican los sensores?

—Sí, capi —respondió el piloto—. Tanto el radar como los visores confirman que Eros acaba de saltar unos doscientos *klicks* en dirección rotatoria en poco menos de un minuto.

—La hostia —repitió Amos, justo con el mismo tono indiferente. Los golpes metálicos de las escotillas de la cubierta abriéndose y cerrándose indicaban que Amos iba de camino a la escalerilla.

Holden ignoró el arrebato de rabia que sintió porque Amos abandonara su puesto. Ya se encargaría de eso más tarde. Necesitaba asegurarse de que la *Rocinante* y su tripulación no acababan de experimentar una alucinación grupal.

—Naomi, activa las comunicaciones —dijo.

Naomi se dio la vuelta en la silla para mirarlo de frente y su cara adquirió una expresión ceniciento.

—¿Cómo puedes estar tan tranquilo? —preguntó.

—El pánico no sirve de nada. Necesitamos saber qué ocurre antes de actuar en consecuencia. Por favor, activa las comunicaciones.

—La hostia —repitió Amos mientras subía a la cubierta del

centro de mando. La escotilla de la cubierta se cerró con un fuerte golpe.

—No recuerdo haberle dado la orden de que abandonara su puesto, tripulante —dijo Holden.

—Actuar en consecuencia —repitió Naomi, como si las palabras pertenecieran a un idioma extranjero que le costaba comprender—. Actuar en consecuencia.

Amos se dejó caer en una silla con tanta fuerza que el gel de amortiguación lo atrapó y evitó que rebotara.

—Eros es enorme —dijo Amos.

—Actuar en consecuencia —repitió Naomi, ahora para sí misma.

—Enorme de cojones —continuó Amos—. ¿Sabéis cuánta energía es necesaria para hacer girar esa roca? Llevó años hacerla rotar.

Holden se colocó los auriculares para dejar de escuchar a Amos y Naomi y volvió a llamar a Alex.

—Alex, ¿Eros sigue variando su velocidad?

—No, capi. Está ahí quieta, como una roca.

—Bien —respondió Holden—. Amos y Naomi están en la inopia. ¿Tú cómo estás?

—Le puedo asegurar que no voy a soltar los controles mientras ese cabrón siga suelto en el espacio.

«Dios bendiga el entrenamiento militar», pensó Holden.

—Bien. Mantennos a una distancia constante de unos cinco mil *klicks* mientras no te diga lo contrario. Si se vuelve a mover, avísame. Aunque sea un centímetro.

—Recibido, capi —dijo Alex.

Holden se quitó los auriculares y se dio la vuelta para encarar al resto de la tripulación. Amos miraba al techo, repasando datos con los dedos y la mirada perdida.

—... así de primeras no recuerdo cuál era la masa de Eros... —No hablaba con nadie en particular.

—Unos siete mil trillones de kilos —respondió Naomi—. Más o menos. Y la temperatura ha subido unos dos grados aproximadamente.

—Vaya —respondió el mecánico—. No se me da bien calcular de cabeza. ¿Cuánta energía haría falta para calentar dos grados tanta masa?

—Mucha —respondió Holden—. Así que pongámonos...

—Unos diez exajulios —respondió Naomi—. Eso a ojo, aunque diría que el orden de magnitud es el correcto.

Amos silbó.

—¿A qué equivalen diez exajulios? ¿A una bomba de fusión de dos gigatones?

—Equivale a unos cien kilos de energía pura —dijo Naomi, que empezaba a tranquilizarse—. Algo que se nos escapa de las manos. Pero al menos tenemos la certeza de que no han hecho magia.

Holden se aferró a aquellas palabras como si tuvieran presencia física.

Naomi era, de hecho, una de las personas más inteligentes que conocía. Acababa de medio articular uno de los temores que él llevaba rumiando desde que Eros había saltado hacia un lado: que fuera cosa de magia, que la protomolécula pudiera ignorar las leyes de la física. Porque si aquello era cierto, la humanidad no tendría nada que hacer.

—Explícate —dijo.

—Bueno —respondió ella mientras tecleaba—, calentar Eros no ha hecho que se mueva. Así que supongo que lo que hemos visto ha sido calor residual de lo que quiera que estuvieran haciendo.

—¿Y eso significa?

—Que todavía tiene entropía. Que no pueden transformar la masa en energía con eficiencia perfecta. Que sus mecanismos, procesos o lo que quiera que hayan utilizado para mover siete mil trillones de kilos de roca desperdicia algo de energía. Energía por valor de una bomba de dos gigatones.

—Ah.

—No se puede mover Eros doscientos kilómetros con una bomba de dos gigatones —resopló Amos.

—No, no se puede —respondió Naomi—. Eso ha sido un remanente. Una consecuencia del calor. Tiene una eficiencia extraordinaria, pero sigue sin ser perfecta. Lo que significa que se sigue aplicando la física. Por lo que podemos decir que no es magia.

—Pues mejor que lo fuera —dijo Amos.

Naomi miró a Holden.

—Entonces... —empezó a decir él antes de que Alex lo interrumpiera por el canal de comunicaciones de la nave.

—Capi, Eros se está moviendo otra vez.

—Síguela. Averigua la velocidad y trázame el rumbo tan pronto como puedas —dijo Holden mientras se giraba hacia su consola—. Amos, vuelve a ingeniería. Como vuelvas a dejar tu puesto sin que te dé una orden directa, haré que la segunda te mate a golpes con una llave para tubos.

La única respuesta fue el siseo de la escotilla de la cubierta al abrirse y el golpe que dio al cerrarse cuando el mecánico se marchó hacia abajo.

—Alex —dijo Holden, sin dejar de mirar los datos que mostraba la *Rocinante* sobre Eros—. Dime algo.

—Lo único que sabemos con seguridad es que va hacia el Sol —respondió Alex con voz calmada y profesional. Cuando Holden estaba en el ejército, había entrenado para ser oficial desde un principio. No estuvo en la escuela de pilotos militares, pero sabía que aquellos años de entrenamiento habían dividido el cerebro de Alex en dos mitades: problemas para pilotar y luego todo lo demás. Seguir a Eros y trazar su rumbo pertenecía al primer grupo. Que unos extraterrestres de fuera del Sistema Solar intentaran destruir la humanidad no era un problema de pilotaje y podía dejarlo de lado hasta el momento en el que abandonara la cabina. Puede que luego sufriera un ataque de histeria, pero hasta que llegara ese momento, Alex no dejaría de hacer su trabajo.

—Baja a cincuenta *klicks* y mantén una distancia constante —le dijo Holden.

—Es que... —empezó a decir Alex—, mantener una distancia constante puede ser difícil, capi. Eros acaba de desaparecer del radar.

Holden notó cómo se le cerraba la garganta.

—¿Cómo has dicho?

—Eros acaba de desaparecer del radar —repitió Alex, pero Holden ya había pulsado con fuerza el control de los sensores para comprobarlo por su cuenta. Con los telescopios se veía que la roca se seguía moviendo y respetaba su nuevo rumbo en dirección al Sol. Los registros térmicos indicaban que tenía una temperatura algo mayor que la del espacio. También seguía allí aquel canal lleno de voces y demencia que se originaba en la estación, aunque débil. Pero el radar indicaba que allí no había nada.

«Magia», repitió una vocecilla en su cabeza.

No, no era magia. Los humanos también contaban con naves furtivas. Solo era materia capaz de absorber la energía del radar en lugar de rebotarla. En ese momento, mantenerse dentro del alcance visual del asteroide se convirtió en lo más importante. Eros había demostrado que era capaz de moverse rápido y realizar maniobras impensables. Ahora encima era invisible a los radares. Aquello significaba que una roca del tamaño de una montaña podría llegar a desaparecer por completo.

Mientras la *Roci* perseguía a Eros en dirección al Sol, la gravedad empezó a ganar fuerza.

—¿Naomi?

Naomi levantó la vista y lo miró. Seguía habiendo angustia en su mirada, pero la mantenía a raya. Por el momento.

—¿Jim?

—Las comunicaciones. ¿Podrías...?

La inquietud que emanaba su semblante se convirtió en la imagen más reconfortante que había visto en horas. Naomi activó las comunicaciones en el puesto de Holden y él envió una solicitud de conexión.

—Corbeta de la AONU, aquí la *Rocinante*. Responda, por favor.

—Diga, *Rocinante* —dijo la otra nave después de medio minuto de estática.

—Llamamos para que nos confirmen los datos de nuestros sensores —dijo Holden. Luego transmitió los datos que indicaban el movimiento de Eros—. ¿Habéis visto lo mismo?

Otro retraso. Aquella vez de más tiempo.

—Recibido, *Rocinante*.

—Sé que nos acabamos de disparar, pero creo que podríamos dejar atrás nuestras diferencias —dijo Holden—. Sea como sea, vamos detrás de la roca. Si la perdemos de vista, puede que nunca podamos volver a encontrarla. ¿Queréis venir? Puede que nos convenga tener refuerzos si le da por dispararnos o cualquier otra cosa.

Otro retraso. Aquella vez de casi dos minutos. Luego se escuchó una voz diferente por la línea. De más edad, mujer y sin la arrogancia ni la rabia del hombre joven con el que había hablado hasta aquel momento.

—*Rocinante*, aquí la capitana McBride del navío de escolta de la AONU *Ravi*.

«Vaya —pensó Holden—. Llevaba todo aquel tiempo hablando con el primer oficial. Por fin le tocaba el turno a la capitana. Puede que aquello fuera buena señal.»

—He avisado al mando de la flota, pero tenemos un retraso de veintitrés minutos y esa roca no deja de acelerar. ¿Tiene algún plan?

—La verdad es que no, *Ravi*. Seguirla y reunir información hasta que tengamos la oportunidad de hacer algo que marque la diferencia. Pero si accede a venir con nosotros, a lo mejor conseguimos que los suyos no nos disparen por accidente mientras intentamos buscar una solución.

Hubo una pausa larga. Holden sabía que la capitana de la *Ravi* dudaba de que dijera la verdad después de las amenazas que había hecho al navío científico. ¿Y si Holden era en parte responsable de lo que ocurría? Sabía que él se preguntaría lo mismo si estuviera en la posición de la capitana.

—Mire —continuó—. Le he dicho mi nombre. James Holden. Serví como teniente de la AONU. Mi ficha debería estar en la base de datos. Verá que tengo cargos por traición, pero también que mi familia vive en Montana. Le aseguro que quiero evitar que esa roca golpee la Tierra tanto como usted.

El silencio al otro lado de la línea continuó durante algunos minutos más.

—Capitán —dijo ella—. Creo que a mis superiores les gustaría que no le quitara el ojo de encima. Les seguiremos hasta que los cerebritos descubran qué hacer.

Holden soltó un suspiro largo y ruidoso.

—Muchas gracias, McBride. No deje de intentar comunicarse con los suyos. Yo haré lo mismo. No creo que dos corbetas estén en posición de solucionar un problema así.

—Recibido —respondió la *Ravi*. Luego se desconectó.

—He abierto una comunicación con Tycho —dijo Naomi.

Holden se reclinó en la silla mientras la gravedad de la aceleración se hacía cada vez más patente y lo aplastaba contra ella. Tenía las tripas revueltas, indicativo de que no tenía ni idea de qué estaba haciendo, que los mejores planes habían fallado y que se acercaba su fin. La poca esperanza que sentía empezaba a desaparecer.

«¿Cómo puedes estar tan tranquilo?»

«Creo que vamos a presenciar el final de la especie humana —pensó Holden—. Llamaré a Fred para sentir que no soy el único que no tiene ni idea de qué hacer. Claro que no estoy tranquilo.»

«Voy a intentar no ser el único culpable.»

—¿A qué velocidad? —preguntó Fred Johnson con incredulidad.

—A cuatro g y subiendo —respondió Holden, con voz grave debido a la presión—. Ah, y ahora es invisible a los radares.

—¿A cuatro g? ¿Tienes idea del peso de Eros?

—Lo hemos... hablado —respondió Holden, que gracias a la aceleración podía disimular la impaciencia de su voz—. Queremos saber cuál es el siguiente paso. La *Nauvoo* ha fallado. El plan se ha ido a la mierda.

La presión volvió a aumentar de forma perceptible, ya que Alex acababa de acelerar para no perder de vista Eros. Dentro de poco ya no se podría hablar.

—¿Seguro que se dirige a la Tierra? —preguntó Fred.

—Alex y Naomi están seguros a un noventa por ciento. Es complicado confirmarlo cuando solo se puede contar con datos visuales. Pero confío en ellos. Yo también iría a un lugar en el que puedo infectar a treinta mil millones de personas más.

Treinta mil millones de personas. Ocho de ellos eran sus padres. Se imaginó a padre Tom con una maraña de conductos que supuraban aquel mejunje marrón. A las costillas de madre Elise arrastrándose en el suelo y estirando un brazo esquelético. ¿De qué sería capaz aquella cosa con tal cantidad de biomasa? ¿Podría mover la Tierra? ¿Apagar el Sol?

—Hay que avisarles —dijo Holden mientras intentaba no ahogarse con su propia lengua.

—¿No crees que ya lo saben?

—Ven una amenaza, pero es posible que no sepan que se trata de algo capaz de destruir toda la vida del Sistema Solar —dijo Holden—. ¿Querías una razón para sentarte a negociar? ¿Qué tal eso? O nos unimos o estamos acabados.

Fred quedó en silencio unos instantes. Mientras esperaba, la estática que se escuchaba de fondo parecía susurrar terribles presagios de forma misteriosa a Holden. «Recién llegado —decía—. Existo desde hace catorce mil millones de años. Si hubieras visto lo mismo que yo, no le darías tanta importancia a esta tontería.»

—Veré qué puedo hacer —dijo Fred, que interrumpió el breve sermón del universo—. Mientras tanto, ¿qué pensáis hacer vosotros?

«Ver cómo una roca nos deja atrás y contemplar la destrucción de la cuna de la humanidad.»

—Aceptamos sugerencias —respondió Holden.

—Quizá podáis detonar algunas de las bombas que el equipo de demoliciones colocó en la superficie. Puede que así se desvíe y ganemos algo de tiempo.

—Usan espoletas de proximidad y no se pueden desactivar —respondió Holden. La última de sus palabras se convirtió en un grito cuando la silla le clavó agujas en una docena de lugares diferentes y le inyectó fuego en la sangre. Alex había activado el zumo, lo que significaba que Eros no dejaba de acelerar. Le preocupó que se desmayaran. ¿Qué velocidad podía alcanzar? A pesar del zumo, no podrían soportar mucho tiempo una gravedad mayor de seis o siete g sin correr riesgos. A este ritmo, Eros acabaría por dejarlos atrás.

—Se pueden detonar a distancia —dijo Fred—. Miller tiene los códigos. Que el equipo de demoliciones calcule cuáles de ellas serán más efectivas.

—Recibido —respondió Holden—. Llamaré a Miller.

—Yo me encargo de los interianos —dijo Fred, que usó aquella palabra cinturiana de forma inconsciente—. Veré qué puedo hacer.

Holden se desconectó y luego abrió un canal con la nave de Miller.

—Qué pasa—dijo el encargado de las comunicaciones de la nave.

—Aquí Holden, de la *Rocinante*. Ponme con Miller.

—Esto... —dijo la voz—. Vale.

Se escuchó un chasquido, luego estática y luego el saludo de Miller, a lo lejos, como si siguiera con el casco puesto.

—Miller, aquí Holden. Tenemos que hablar sobre lo que acaba de ocurrir.

—Eros se ha movido.

La voz de Miller sonaba rara, distante, como si le costara concentrarse en la conversación. Aquello molestó a Holden, pero intentó reprimir su incomodidad. En aquellos momentos necesitaba a Miller, le gustara o no.

—Mira —dijo—, he hablado con Fred y quiere que me coordine con tu equipo de demoliciones. Tienes códigos para detonar en remoto. Si hacemos que exploten todas las bombas que se encuentran en uno de los lados, podremos hacer que varíe el rumbo. Ponme con tus especialistas y veré cómo lo hacemos.

—Esto... sí, parece una buena idea. Te envío los códigos —dijo Miller. Su voz había dejado de sonar distante, pero parecía que evitaba reírse. Como alguien que está a punto de soltar la frase más graciosa de un chiste muy bueno—. Pero no puedo ayudar con el tema de los especialistas.

—Joder, Miller, ¿también la has cagado con esa gente?

Miller rio, un sonido apacible y despreocupado que solo podía salir de alguien que no se viera afectado por una pila de g. Holden no había pillado el chiste.

—Sí —afirmó Miller—, es probable. Pero esa no es la razón. No estoy en la nave con ellos.

—¿Cómo?

—Sigo en Eros.

50

Miller

—¿Cómo que sigues en Eros? —preguntó Holden.

—Pues eso mismo —respondió Miller, que intentaba ocultar la vergüenza que sentía con un tono de voz lo más natural posible—. Estoy colgado bocabajo de los embarcaderos terciarios, donde atracamos una de las naves. Me siento como un maldito murciélago.

—Pero...

—Es curioso. No he sentido que esta cosa se haya movido. Lo normal sería que un acelerón como ese me hubiera dejado hecho papilla o lanzado al vacío. Pero nada.

—Vale, aguanta. Vamos a por ti.

—Holden —dijo Miller—. Déjalo, ¿vale?

El silencio duró poco más que unos segundos, pero iba cargado de significado. «No es seguro que la *Rocinante* se acerque a Eros, y he venido aquí a morir. No me lo pongas más difícil.»

—Ya, es que... —empezó a decir Holden. Luego continuó—: Bien. Deja que... Deja que me coordine con los científicos. Te... Joder. Te contaré lo que me digan.

—Un momento, una cosa —dijo Miller—. ¿Pretendéis que esta sinvergüenza cambie de trayectoria, verdad? Tened en cuenta que ya no es una roca. Ahora es una nave.

—Bien —dijo Holden—. Vale —concluyó un instante después.

Se escuchó un chasquido cuando se cortó la comunicación. Miller comprobó sus reservas de oxígeno. Le quedaban tres horas en el traje, pero podía dirigirse hacia la pequeña nave y rellenarlo antes de que se agotara. Entonces, ¿Eros se había movido? No había sido capaz de sentirlo, pero en la superficie curvada del asteroide vio muchos microasteroides que venían de la misma dirección y chocaban contra la superficie. Si la estación seguía acelerando, empezarían a venir más de ellos y a más velocidad. Tenía que resguardarse en la nave.

Se conectó al canal de Eros con el terminal portátil. Debajo de él, la estación trinaba y balbuceaba, se escuchaban vocales alargadas, como el canto de una ballena. Después del grito y la estática que se habían escuchado antes, ahora la voz de Eros sonaba tranquila. Se preguntó cómo mezclarían con música Diogo y sus amigos todos aquellos sonidos. Las baladas no parecían ser su estilo. Sintió un escozor incómodo en la zona lumbar y se revolvió en el traje para intentar rascarse. Sonrió, casi sin darse cuenta. Luego rio. Sintió una euforia pasajera.

Había vida extraterrestre en el universo, y él iba encima como una pulga sobre un perro. La estación Eros se había movido por voluntad propia y con mecanismos que no se podía ni imaginar. No sabía cuántos años habían pasado desde que no se sentía así de sobrecogido. Había olvidado aquella sensación. Estiró los brazos a ambos lados, como si tratara de abrazar el vacío insondable que le rodeaba.

Luego suspiró y se dio la vuelta hacia la nave.

Al volver a la protección de aquel cascarón, se quitó el traje espacial y conectó el suministro de aire a los recicladores para cargarlo. Como solo era para una persona, incluso un soporte vital que estuviera en las últimas habría sido capaz de tenerlo listo en menos de una hora. Las baterías de la nave seguían cargadas casi al máximo. Su terminal portátil sonó dos veces y le recordó que era la hora de tomarse la medicación anticáncer. Aquella que necesitaba desde la última vez que había estado en Eros. La que tendría que tomarse durante el resto de su vida. Qué gracia.

Las bombas de fusión se encontraban en la bodega de la nave: eran unas cajas grises de la mitad de ancho que de alto, ladrillos unidos por una argamasa de espuma adhesiva rosada. Miller pasó veinte minutos buscando en las taquillas de almacenamiento un bote de disolvente que siguiera lleno. Cuando usó el aerosol, que olía a ozono y aceite, la rígida espuma comenzó a disolverse. Miller se acuclilló al lado de las bombas y comió una barrita que tenía un gusto muy convincente a manzana. Julie estaba a su lado, con la cabeza apoyada en su hombro.

En alguna que otra ocasión Miller había tonteado con la idea de la fe. Sobre todo cuando era joven y curioso. Luego se volvió más viejo, sabio, desgastado y tuvo que sobrellevar la carga de un divorcio. Comprendía aquella necesidad de saber que había un ente superior, una inteligencia magnífica y llena de compasión capaz de verlo todo desde una perspectiva sin estrechez de miras ni maldad, capaz de hacer que todo pareciera estar en su sitio. Él también sentía esa necesidad, pero no era capaz de convencerse de su existencia.

Aun así, quizás aquello formara parte de algún plan. Quizás el universo lo había colocado en el lugar y el momento adecuados para hacer algo que nadie más podía hacer. Quizá todo el dolor y el sufrimiento por los que había pasado, todos los años desalentadores y devastadores que llevaba regodeándose en las miserias de su existencia, habían servido para llevarlo ahí, en aquel momento, ahora que ya estaba dispuesto a morir si aquello significaba ganar algo de tiempo para la humanidad.

«Es un pensamiento muy bonito», dijo Julie en su cabeza.

—Lo es —suspiró él. Cuando escuchó el sonido de su voz, la imagen de Julie se desvaneció, no era más que otra alucinación.

Las bombas eran más pesadas de lo que recordaba. De haber estado a un g, no podría haberlas movido. A un tercio le costaba, pero se las apañó. Cada centímetro parecía un infierno. Consiguió arrastrar una de ellas hasta un carrito y lo lanzó hacia la esclusa de aire. Eros se encontraba sobre él y podía escuchar sus murmullos.

Se vio obligado a descansar antes de seguir con aquel trabajo duro. La esclusa de aire era tan estrecha que solo cabían él o una de las bombas al mismo tiempo. Subió a la parte superior para salir por la puerta exterior de la esclusa y luego tuvo que levantar la bomba para sacarla fuera con unas correas que había hecho con una malla de cargamento. Cuando salió tuvo que atarlas a la nave con cepos magnéticos para que la rotación de Eros no las lanzara al vacío. Después de sacarlas y atarlas al carrito, se detuvo a descansar durante media hora.

La frecuencia de los impactos había aumentado, lo que indicaba que era cierto que Eros aceleraba. Cada uno de ellos era como el disparo de un rifle, capaz de atravesarlos a él o a la nave que había dejado atrás si tenía mala suerte. Pero había pocas posibilidades de que uno de aquellos impactos esporádicos llegara a matarlo, ya que era poco más que una hormiga que se desplazaba por la superficie. Además, cuando Eros saliera del Cinturón cesarían. ¿Eros saldría del Cinturón? Se dio cuenta de que no tenía ni idea de adónde se dirigía Eros. Supuso que a la Tierra. Era probable que Holden ya lo supiera.

Los hombros le dolían un poco debido al esfuerzo, pero no lo suficiente para no continuar. Le preocupaba haber cargado demasiado el carrito. Las ruedas eran más resistentes que sus botas magnéticas, pero podían romperse. El asteroide que tenía encima dio un bandazo, un movimiento nuevo y perturbador que no se volvió a repetir. En el terminal portátil se apagó el sonido del canal de Eros, lo que significaba que tenía una conexión entrante. Lo miró, hizo un gesto con las manos y aceptó la llamada.

—Naomi —dijo antes que ella—. ¿Qué tal te va?

—Hola —respondió.

Se hizo el silencio.

—Has hablado con Holden, ¿verdad?

—Así es —respondió ella—. No deja de buscar la manera de sacarte de esa cosa.

—Es un buen tipo —dijo Miller—. Despídete de él por mí, ¿vale?

El silencio se alargó tanto que Miller empezó a sentirse incómodo.

—¿Qué haces ahí? —preguntó ella, creyendo que habría respuesta a algo así. Que la vida de Miller podría resumirse en la respuesta a una simple pregunta. Miller le dio algunas vueltas y luego se limitó a responder a la pregunta.

—Pues tengo una bomba nuclear amarrada a un carrito de transporte. Voy a acercarla a una escotilla de acceso para meterla en la estación.

—Miller...

—El problema es que la tratamos como a una roca. Ahora sabemos que eso es simplificar demasiado, pero a la gente le va a costar un poco hacerse a la idea. Las armadas van a seguir pensando que esta cosa es una bola de billar enorme, pero en realidad es una rata.

Hablaba demasiado rápido. Las palabras le salían a borbotones. Si no le daba oportunidad, Naomi no podría responder y no tendría que escuchar su opinión. No tendría que escuchar cómo intentaba disuadirlo.

—Tiene que tener un diseño. Motores o centros de control. Algo. Si meto esto ahí dentro y lo acerco a lo que sea que controla esta cosa, podré destruirla. Volver a convertirla en una bola de billar. Aunque dure solo un tiempo, os daré una oportunidad al resto.

—Lo sabía —dijo Naomi—. Tiene sentido. Es lo correcto.

Miller rio entre dientes. Un impacto más duro de lo normal resonó en la nave a sus pies y las vibraciones le sacudieron los huesos. Un gas empezó a escaparse por aquel nuevo agujero. La estación se movía más rápido.

—Pues vale —dijo él—. Bien.

—Hablaba con Amos —dijo Naomi—. Vas a necesitar un interruptor de validación, para que, si te ocurre algo, la bomba no deje de activarse. Si tuvieras los códigos de acceso...

—Los tengo.

—Bien. Tengo una rutina que puedes usar en un terminal portátil. Tendrás que mantener el dedo en el botón de selección. Si lo sueltas durante cinco segundos, enviará la señal de activación. Si quieres, te la paso.

—¿Voy a tener que deambular por la estación con el dedo pulsando un botón?

La respuesta de Naomi parecía una disculpa.

—Puede que te maten con un tiro en la cabeza. O que te apresen. Cuanto más tiempo programemos, más tiempo tendrá la protomolécula para desactivar la bomba antes de que explote. Pero si necesitas más, se puede hacer.

Miller miró a la bomba que descansaba en el carrito por fuera de la esclusa de aire de la nave. Las lecturas emitieron un brillo verde y dorado. Suspiró y se le empañó el casco por dentro.

—No, da igual. Cinco está bien. Pásame la rutina. Y voy a necesitar modificarla, a no ser que esté preparada para armar y hacer estallar una bomba.

—Se puede configurar —dijo Naomi—. Tiene consola de comandos.

El terminal portátil resonó cuando recibió el archivo. Miller lo aceptó y lo ejecutó. Fue tan fácil como teclear el código de una puerta. Pensó que armar bombas de fusión para hacer que detonaran a su alrededor debía de ser más complicado.

—Listo —dijo—. Ya está todo. Bueno, todavía tengo que transportar esta malnacida, pero el resto ya está. ¿Cómo de rápido va esta cosa, por cierto?

—A este ritmo, no tardará en ir más rápido que la velocidad máxima de la *Roci*. Va a cuatro g y subiendo, y no parece que vaya a frenar.

—Pues no siento nada —dijo él.

—Yo siento lo de antes —dijo Naomi.

—Fue un momento incómodo. Hicimos lo que había que hacer. Como siempre.

—Como siempre —repitió ella.

Quedaron unos segundos en silencio.

—Gracias por la rutina —dijo Miller—. Dile a Amos que le agradezco la idea.

Se desconectó antes de que Naomi respondiera. A nadie le gustaban las despedidas largas. La bomba estaba en el carrito, los cepos magnéticos estaban activados y todo aquello estaba cubierto por una malla de metal. Anduvo despacio por la superficie metálica de los muelles de carga. Si el carrito se soltaba de Eros, no tendría la fuerza suficiente para aguantarlo. Además, si alguno de aquellos impactos que cada vez eran más frecuentes le golpeaba, sería como si le hubieran pegado un tiro, así que tampoco era buena idea quedarse quieto. Se quitó aquellas complicaciones de la cabeza y se puso manos a la obra. El traje le olió a plástico sobrecalentado durante diez minutos. Todas las barras de diagnóstico mostraban algún error, pero todo se arregló cuando los recicladores del traje hicieron su trabajo. No parecía que ocurriera nada raro con el suministro de aire. Otro misterio más que nunca resolvería.

Las estrellas titilaron en el abismo que tenía encima. Uno de aquellos puntos de luz era la Tierra. No sabía cuál de ellos.

La escotilla de servicio estaba construida en una elevación de la roca y el carrito de metal traqueteó como un adorno plateado en la oscuridad. Miller gruñó mientras empujaba el carrito, la bomba y su cuerpo cansado hacia arriba, hasta llegar a la curva, donde la gravedad rotacional volvió a impulsarlo hacia abajo en lugar de estirarle las rodillas y la espalda. Pulsó el código de la escotilla con determinación y se abrió.

Eros estaba ante él, con una oscuridad más profunda que la inmensidad del espacio.

Enlazó una llamada del terminal portátil a su traje para ponerse en contacto con Holden por la que creía que sería la última vez.

—Miller —respondió Holden de inmediato.

—Voy a entrar —dijo él.

—Un momento. Mira, es posible que podamos conseguir un carrito automático. Si la *Roci*...

—Mira, no te compliques. Ya estoy aquí y no sabemos la velocidad que puede alcanzar esta cosa. Hay que solucionar este problema, y lo vamos a hacer así.

Holden tampoco tenía muchas esperanzas de convencerlo. Ya de por sí. Pero Miller pensó que aquel gesto quizás hasta había sido sincero. Siempre intentaba salvar a todo el mundo hasta el final.

—Lo entiendo —dijo Holden.

—Bien. ¿Qué haréis cuando haya roto lo que quiera que me vaya a encontrar aquí dentro?

—Estamos buscando maneras de destruir la estación.

—Vale. No me gustaría tener que pasar por todo esto para nada.

—¿Hay... hay algo que quieras que haga cuando pase todo?

—Qué va —dijo Miller. Luego Julie apareció a su lado, con el pelo flotando a su alrededor, como si estuvieran sumergidos. Brilló con más luz que la que emanaban las estrellas—. Un momento. Sí. Algunas cosas. Los padres de Julie. Son los propietarios de Mercancías Mao-Kwikowski. Sabían lo de la guerra antes de que ocurriera. Tienen que estar relacionados con Protogen. Asegúrate de que no salen impunes. Y si los ves, diles que lo siento por no haberla encontrado a tiempo.

—De acuerdo —dijo Holden.

Miller se acuclilló en la oscuridad. ¿Algo más? ¿No debería haber algo más? ¿Un mensaje para Havelock, quizá? O para Muss. ¿Para Diogo y sus amigos de la APE?

—Vale —dijo Miller—. Pues ya está. Ha estado bien trabajar contigo.

—Siento que todo haya acabado así —dijo Holden. No se disculpaba por lo que había dicho o hecho, ni por sus elecciones ni por lo que había rechazado hacer.

—Ya —dijo Miller—. No tenías elección, ¿verdad?

Aquello fue lo más cercano a una despedida que se podía imaginar. Miller se desconectó, abrió el programa que le había enviado Naomi y lo ejecutó. Mientras lo hacía, volvió a escuchar el canal de Eros.

Escuchó un susurro quedo parecido al sonido de unas uñas deslizándose por una hoja de papel infinita. Encendió las luces del carrito y la entrada tenebrosa de Eros refulgió de un color gris industrial mientras las sombras se agitaban por los rincones. Se imaginó a Julie justo en la luz, como si fuera un faro. El brillo la iluminaba a ella y a todas las estructuras que tenía detrás, como si aquello se tratara de un sueño muy largo que estuviera a punto de terminar.

Desactivó los frenos, empujó y entró en Eros por última vez.

51

Holden

Holden sabía que los humanos podían tolerar fuerzas de alta gravedad durante cortos períodos de tiempo. Con los sistemas de seguridad apropiados, algunos profesionales habían sobrevivido a impactos de hasta veinticinco g.

También sabía que el problema de la alta gravedad durante espacios de tiempo prolongados era que la presión constante que ejercía en el sistema circulatorio intensificaba las complicaciones. Si llevabas cuarenta años con una zona débil en una arteria que podía llegar a convertirse en un aneurisma, tan solo unas horas a siete g podían hacer que estallara. Los vasos sanguíneos de los ojos también estallaban. Incluso los ojos podían deformarse y, en ocasiones, sufrir daños permanentes. Y también afectaba a los órganos huecos, como los pulmones o el tracto digestivo. Con la gravedad suficiente podían dejar de funcionar.

Y aunque las naves de combate podían maniobrar a muchos g durante un corto período de tiempo, cada minuto que pasaban en impulso multiplicaba el peligro.

Eros no necesitaba dispararles con nada. Lo único que tenía que hacer era acelerar hasta que sus cuerpos explotaran debido a la presión. La consola indicaba que se encontraban a cinco g, pero mientras la miraba subió a seis. No podían mantener el ritmo. Eros se iba a escapar. No podían hacer nada.

Pero, aun así, no le dio la orden a Alex de dejar de acelerar. Como si Naomi le leyera la mente, apareció un mensaje de texto con su nombre de usuario en la consola: «NO PODEMOS AGUANTAR MUCHO MÁS.»

«FRED ESTÁ EN ELLO. PUEDE QUE NECESITE TENERNOS DENTRO DEL ALCANCE DE EROS CUANDO SE LE OCURRA ALGÚN PLAN», respondió. Mover los dedos los milímetros necesarios para usar los controles que había en la silla para estas ocasiones le dolía de manera atroz.

«¿DENTRO DEL ALCANCE PARA QUÉ?», escribió Naomi.

Holden no respondió. No tenía ni idea. Tenía la sangre a rebosar de drogas que lo mantenían consciente y alerta a pesar de que su cuerpo estaba aplastado. Las drogas ejercían el efecto contradictorio de hacer que su cerebro reaccionara al doble de velocidad pero sin dejarle pensar. A Fred se le ocurriría algo. Había mucha gente inteligente dedicada a buscar una solución.

Y Miller.

Miller arrastraba una bomba de fusión por Eros en aquellos momentos. Cuando tu enemigo te superaba en tecnología, lo mejor era enfrentarse a él con los elementos más básicos. Quizás un inspector deprimido que arrastraba una bomba nuclear con un carrito fuera capaz de superar las defensas. Naomi había dicho que no era magia. Quizá Miller pudiera conseguirlo y darles la oportunidad que necesitaban.

Fuera como fuese, Holden tenía que estar allí, aunque solo fuera para mirar.

«FRED», escribió Naomi.

Holden aceptó la llamada. Fred lo miraba como si reprimiera una sonrisa.

—Holden —dijo—. ¿Qué tal os va?

«ESTAMOS A SEIS G. SUÉLTALO YA.»

—Bien. Resulta que la policía de la ONU ha investigado la red de Protogen para conseguir pistas que nos permitan saber qué coño pasa. ¿Sabes quién aparecía como el enemigo público número uno para los peces gordos de Protogen? Un servidor. Gracias a eso la Tierra me lo ha perdonado todo y ha vuelto a recibirme con los brazos abiertos. El enemigo de mi enemigo cree que soy un cabronazo pero honrado.

«CHACHI. ME VA REVENTAR EL BAZO. DATE PRISA.»

—No les gusta nada que Eros vaya a colisionar con la Tierra. Es algo que puede llevarlos a la extinción, aunque se tratara de una simple roca. Los de la ONU se han conectado al canal de Eros y están cagados de miedo.

«Y.»

—La Tierra se prepara para disparar todo su arsenal nuclear. Miles de bombas. Van a vaporizar esa roca. La armada se encargará de interceptar los restos del ataque y de esterilizar esa zona del espacio con más armas nucleares. Sé que es arriesgado, pero no nos queda otra.

Holden tuvo que reprimirse para no negar con la cabeza. No quería acabar con una mejilla pegada al asiento de por vida.

«EROS ESQUIVÓ LA *NAUVOO*. YA VA A SEIS G Y, SEGÚN NAOMI, MILLER NO SUFRE LOS EFECTOS DE LA ACELERACIÓN. NO SÉ POR QUÉ, PERO NO TIENE LAS MISMAS LIMITACIONES INERCIALES QUE NOSOTROS. ¿QUÉ TE HACE PENSAR QUE NO VOLVERÁ A ESQUIVAR? A ESA VELOCIDAD ES IMPOSIBLE QUE LOS MISILES PUEDAN DAR LA VUELTA PARA ALCANZARLA. ¿Y ADÓNDE VAIS A APUNTAR? EROS YA NO DA RETORNO EN EL RADAR.»

—Esa será tu parte de la misión. Necesitamos que intentes localizarla con los láseres de la nave. Así podremos usar los sistemas de objetivo de la *Rocinante* para guiar los misiles.

«SIENTO AGUARTE LA FIESTA, PERO NOS QUEDAREMOS FUERA DE JUEGO MUCHO ANTES DE QUE LLEGUEN LOS MISILES. NO PODEMOS SEGUIRLA DURANTE MUCHO MÁS, POR LO QUE NO PODREMOS GUIAR LOS MISILES POR VOSOTROS. Y CUANDO PERDAMOS CONTACTO VISUAL, NADIE TENDRÁ FORMA DE SABER DÓNDE SE ENCUENTRA EROS.»

—Pues tendrás que usar el piloto automático —dijo Fred.

Que era lo mismo que decir: «Pues tendréis que morir en esos mismos asientos.»

«SIEMPRE HE QUERIDO MORIR COMO UN MÁRTIR, PERO ¿QUÉ TE HACE PENSAR QUE LA *ROCI* PUEDE ELLA SOLA CON ESA COSA? NO VOY A SACRIFICAR A MI TRIPULACIÓN POR QUE NO SEAS CAPAZ DE PENSAR EN UN PLAN DECENTE.»

Fred se inclinó hacia la pantalla y entornó los ojos. Aquella era la primera vez que Holden veía el temor y la desesperación debajo de su máscara de normalidad.

—Sé lo que te estoy pidiendo, pero ya sabes cuáles son los riesgos. Así están las cosas. No te he llamado para decirte que no hay nada que hacer. O ayudas o te rindes. En una situación así, la expresión abogado del diablo no es más que sinónimo de gilipollas.

«Estoy aplastado contra mi asiento y es probable que sufra daños permanentes porque no voy a rendirme, miserable. Así que lo siento si no acepto que mi tripulación se sacrifique por una orden tuya.»

Tener que escribir todo lo que quería decir era bueno para reprimir los impulsos emocionales, así que en lugar de atacar a Fred por cuestionar su compromiso, Holden escribió: «ME LO VOY A PENSAR» y se desconectó.

El sistema de seguimiento óptico que vigilaba Eros le avisó de que el asteroide volvía a incrementar la velocidad. El gigante que tenía en el pecho incrementó la presión cuando Alex aceleró la *Rocinante* para que no se quedaran atrás. Un indicador rojo parpadeante avisó a Holden de que con la cantidad de tiempo que llevaban acelerando había un doce por ciento de probabilidades de que la tripulación sufriera un derrame. E iría a más. Si seguían así podría alcanzar el cien por cien. Intentó recordar la aceleración máxima teórica de la *Roci*. Alex ya la había llevado hasta doce g unos instantes cuando abandonaron la *Donnager*. El límite en realidad daba igual, era uno de esos números que se usaban para fardar sobre algo que nunca iba a ocurrir. ¿Quince g? ¿Veinte?

Miller no sentía ni un ápice de la aceleración. ¿Cómo de rápido se podía ir sin siquiera sentirlo?

Casi de manera inconsciente, Holden activó el interruptor de desconexión del motor principal. Unos segundos después tuvo la impresión de estar en caída libre y le dio un ataque de tos mientras sus órganos recuperaban la posición habitual dentro de su cuerpo. Cuando se recuperó lo suficiente para respirar hondo por primera vez en horas, escuchó a Alex por el canal de comunicaciones.

—Capi, ¿ha apagado los motores? —preguntó el piloto.

—Sí, he sido yo. Se acabó. Eros se va a escapar y no podemos hacer nada. Así solo vamos a prolongar lo inevitable y arriesgarnos a que muera alguien de la tripulación.

Naomi se giró en su silla y le dedicó una sonrisilla triste. Tenía un ojo morado por el acelerón.

—Hemos hecho todo lo que estaba en nuestra mano —dijo ella.

Holden se impulsó con tanta fuerza para levantarse del asiento que se hizo daño en los antebrazos con el techo. Luego se volvió a impulsar y apoyó la espalda contra un mamparo mientras se agarraba a un extintor. Naomi lo observaba desde el otro lado de la cubierta con la boca abierta por la sorpresa. Holden sabía que era probable que tuviera una pinta ridícula, como la de un niño malhumorado en plena pataleta, pero no podía hacer nada para evitarlo. Se soltó del extintor y flotó hacia el medio de la cubierta. No se había dado cuenta de que había dado golpes en el mamparo con la mano que le quedaba libre. Cuando fue consciente, descubrió que le dolía la mano.

—Me cago en todo —dijo—. Me cago en todo, joder.

—Hemos... —empezó a decir Naomi, pero Holden la interrumpió.

—¿Hemos hecho todo lo que estaba en nuestra mano? ¿Y eso qué coño importa? —La ira le nublaba la vista y la culpa no era solo de las drogas—. También hice todo lo que estaba en mi mano para ayudar a la *Canterbury*. También pensaba que hacía lo correcto cuando accedí a que nos llevaran a la *Donnager*. ¿Para qué coño han servido mis buenas intenciones?

Naomi se puso seria. Había cerrado los párpados y lo miraba con los ojos entornados. Apretó los labios hasta que casi se le quedaron blancos.

«Querían que os matara —pensó Holden—. Querían que matara a mi tripulación solo por si Eros no era capaz de llegar a los quince g. No puedo hacer algo así.» La culpa, la ira y la tristeza pugnaban entre ellas y dieron lugar a algo pasajero a lo que no estaba acostumbrado. No sabía cómo llamar a aquella sensación.

—Eres la última persona a la que esperaba escuchar auto-compadecerse —dijo Naomi, con voz seria—. Dónde está ese capitán que siempre se preguntaba: «¿Qué podemos hacer para que las cosas vayan mejor»?

Holden hizo varios gestos de impotencia.

—Venga, dime. Dime qué botón tengo que pulsar para evitar que maten a todos los habitantes de la Tierra. Dime y lo pulso.

«Solo si no te mata a ti también.»

Naomi se desabrochó el arnés y flotó hacia la escalerilla.

—Voy abajo a ver qué tal le va a Amos —dijo. Luego abrió la escotilla de la cubierta. Se detuvo—. Soy tu oficial de operaciones, Holden. Controlar las comunicaciones es parte de mi trabajo. Sé lo que te pidió Fred.

Holden parpadeó y Naomi se perdió de vista. La escotilla se cerró detrás de ella con el sonido habitual, pero le dio la impresión de que había sonado más fuerte.

Holden llamó a la cabina y le dijo a Alex que se tomara un descanso y se hiciera un café. Al bajar, el piloto pasó por la cubierta y daba la impresión de que quería hablar, pero Holden solo lo saludó con la mano. Alex se encogió de hombros y se marchó.

La sensación de descomposición de su estómago seguía ahí y se había convertido en verdadero pánico capaz de paralizarlo. Una parte enferma, rencorosa y masoquista de su mente insistía en hacerle ver imágenes de cómo Eros avanzaba hacia la Tierra. Descendía del cielo con un sonido atronador, como si la versión religiosa del apocalipsis se hiciera realidad, con fuego, terremotos y una lluvia pestilente. Pero cada vez que Eros chocaba contra la Tierra en las imágenes de su cabeza, lo que veía en realidad era la explosión de la *Canterbury*. Una luz blanca y cegadora que refulgía de improviso y luego el sonido de las piedras de hielo que golpeaban contra el casco, como si cayera granizo.

Marte sobreviviría a aquello, al menos un tiempo. Puede que algunas zonas del Cinturón aguantaran algo más. Era un pueblo de supervivientes, acostumbrados a aguantar con sobras y al límite de sus recursos. Pero, poco a poco, sin la Tierra, todo terminaría por arruinarse. Los humanos habían salido de aquel pozo de gravedad hacía mucho tiempo. El tiempo suficiente para desarrollar la tecnología que les habría permitido deshacerse de aquel cordón umbilical, pero no se habían molestado en hacerlo. A pesar de querer habitar cualquier rincón que pudieran alcanzar, la humanidad se había quedado estancada. Satisfecha con poder viajar en naves que había construido hacía medio siglo y con una tecnología que tampoco había avanzado desde aquellos tiempos.

La Tierra se centraba tanto en sus problemas que había ignorado a los vástagos que se habían marchado lejos, menos cuando necesitaba recursos. Marte había hecho que toda su tripulación se centrara en reformar el planeta y el planeta pasara de ser rojo a verde. En conseguir crear una nueva Tierra para cortar todos los lazos con la anterior. Y el Cinturón se había convertido en los barrios bajos del Sistema Solar. Allí todo el mundo se centraba en sobrevivir y no había tiempo para crear nada nuevo.

«Hemos encontrado la protomolécula en el momento que más daño nos puede hacer», pensó Holden.

Parecía un atajo. Una forma de evitar tener que trabajar, una manera de convertirse en dios de la noche a la mañana. Y había pasado tanto tiempo desde que la humanidad no se tenía que enfrentar a una amenaza que no fuera ella misma, que nadie tuvo las luces de sentir miedo. Lo había dicho Dresden: los que habían creado la protomolécula, la habían mandado a Febe y ahora la disparaban hacia la Tierra, ya eran dioses cuando los ancestros de la humanidad pensaban que la fotosíntesis y los flagelos eran tecnología punta. Pero Dresden había sido capaz de quitarles aquella vetusta arma de destrucción y convertirla en una herramienta, porque a fin de cuentas los humanos todavía eran unos monos curiosos. Todavía iban por ahí golpeando con un palo todo lo que encontraban para ver cuál era la reacción.

La ira que le nublaba la vista refulgía de color rojo y empezó a parpadear con un patrón demasiado constante. Terminó por darse cuenta de que en realidad se trataba de un aviso en su consola, que indicaba que tenía una llamada de la *Ravi*. Se impulsó en un asiento de colisión cercano, flotó hacia su puesto y aceptó la llamada.

—Aquí la *Rocinante*, *Ravi*, informe.

—Holden, ¿por qué nos hemos detenido? —preguntó McBride.

—Porque no íbamos a poder mantener el ritmo y empezaba a peligrar la vida de la tripulación —respondió. Él tampoco se lo creía mucho. Le sonaba cobarde. Parecía que McBride no se había dado cuenta.

—Recibido. Voy a solicitar nuevas órdenes. Le haré saber si hay algún cambio.

Holden se desconectó y miró impasible la consola. El sistema de seguimiento óptico hacía todo lo posible para no perder de vista a Eros. La *Roci* era una buena nave. Tecnología punta. Y como Alex había marcado el asteroide como amenaza, los sistemas daban todo de sí para seguirlo. Pero Eros se movía muy rápido, casi no emitía radiación y no devolvía la señal de los radares. Sus movimientos eran impredecibles y rápidos. Era cuestión de tiempo que la perdieran de vista, sobre todo si la propia Eros quería perderlos de vista.

Al lado de la información de seguimiento que aparecía en la consola, se abrió una pequeña ventana de datos para informarle de que la *Ravi* había conectado su transpondedor. Lo normal, hasta para un navío militar, era mantenerlos encendidos cuando no había ninguna amenaza a la vista o necesidad de pasar desapercibido. Era probable que el encargado de las comunicaciones de la pequeña corbeta de la AONU lo hubiera encendido por costumbre.

Y ahora la *Roci* la había detectado como un navío conocido y colocado en el sistema de amenaza como un punto verde parpadeante con su nombre encima. Holden lo miró perplejo durante un rato. Luego sintió que los ojos se le abrían como platos.

—Mierda —dijo Holden. Luego abrió el canal de comunicaciones de la nave—. Naomi, te necesito en el centro de mando.

—Creo que me voy a quedar aquí un rato más —respondió.

Holden pulsó en su consola el botón de alerta de batalla. Las luces de las cubiertas pasaron a una tonalidad roja y sonó una alarma tres veces.

—Segunda de a bordo Nagata, al centro de mando —dijo Holden. Ya luego la reprendería. Lo sabía. Pero ahora no había tiempo que perder.

Naomi llegó al centro de mando en menos de un minuto. Holden ya se había amarrado a su asiento de colisión y sacaba la pantalla de datos de comunicación. Naomi se impulsó hacia su asiento y también se abrochó. Le dedicó una mirada inquisitiva con la que parecía preguntar: «¿Al final también vamos a morir?», pero no dijo nada. Sabía que lo haría si se lo pedía. Sintió una punzada tanto de admiración por ella como de impaciencia. Por fin encontró lo que buscaba en los datos.

—Vale —dijo Holden—. Contactamos por radio con Miller después de que Eros desapareciera de los radares, ¿verdad?

—Verdad —dijo ella—. Pero su traje no tiene la potencia suficiente para transmitir a través de la superficie de Eros ni a tanta distancia, por lo que una de las naves atracada tenía que estar rebotando la señal.

—Lo que significa que lo que quiera que esté haciendo Eros para inutilizar los radares no afecta a las transmisiones de radio del exterior.

—Es muy probable —dijo Naomi, cada vez con más curiosidad en la voz.

—Todavía tenemos los códigos de control de los cinco cargueros de la APE que están en la superficie, ¿verdad?

—Sí, señor —dijo—. Vaya —añadió un momento después.

—Bien —dijo Holden mientras giraba su asiento hacia Naomi y la miraba con una sonrisa—. ¿Por qué la *Roci* y el resto de naves del sistema tienen un interruptor para desconectar los transpondedores?

—Para que el enemigo no pueda fijar los misiles con la señal del transpondedor y atacar —dijo, también sonriendo.

Holden volvió a colocar bien el asiento y empezó a abrir un canal con la estación Tycho.

—Segunda de a bordo, ¿sería tan amable de utilizar los códigos de control de Miller para volver a poner en marcha esos cinco cargueros de la APE y activar sus transpondedores? A menos que el visitante de Eros sea capaz de interferir las ondas de radio, creo que acabamos de encontrar la manera de ignorar el problema de la velocidad.

—Sí, capitán, sin problema —respondió Naomi. A pesar de que no la miraba directamente, Holden escuchó la alegría en su voz y aquello hizo que se le deshiciera el último nudo que le quedaba en el estómago. Tenían un plan. Iban a marcar la diferencia.

—Tenemos una llamada de la *Ravi* —dijo Naomi—. ¿Quieres que te la pase antes de conectar los transpondedores?

—Claro que sí.

Se escuchó un chasquido por la línea.

—Capitán Holden. Tenemos nuevas órdenes. Parece que vamos a tener que perseguir a esa cosa un rato más.

La voz de McBride casi no dejaba entrever que la acababan de mandar a una muerte segura. Sonaba estoica.

—Es posible que quiera esperar unos minutos antes de hacerlo —dijo Holden—. Tenemos una alternativa.

Mientras Naomi activaba los transpondedores de los cinco cargueros de la APE que Miller había dejado atracados en la superficie de Eros, Holden le contó el plan a McBride. Y, luego, por otra línea se lo contó a Fred. Cuando Fred le respondió con entusiasmo que tanto él como la armada de la ONU estaban de acuerdo con el plan, los cinco cargueros ya emitían su señal, que indicaba su posición a todo el Sistema Solar. Una hora después se disparó hacia Eros la mayor andanada de armamento nuclear de la historia de la humanidad.

«Vamos a ganar —pensó Holden mientras veía cómo los misiles se iluminaban como un enjambre de furiosos puntos rojos en el sistema de amenaza—. Vamos a destruir esa cosa.» Y, mejor aún, su tripulación llegaría hasta el final. No moriría nadie más.

A no ser...

—Una llamada de Miller —dijo Naomi—. Puede que se haya dado cuenta de que hemos activado las naves.

Holden sintió una punzada de dolor en el estómago. Miller

estaría allí, en Eros, cuando los misiles impactaran. No todos podrían celebrar la victoria que estaba por llegar.

—Hola, Miller. ¿Cómo vas por ahí? —preguntó Holden, incapaz de deshacerse del tono funesto de su voz.

La voz de Miller sonaba agitada y un tanto apagada debido a la estática, pero se oía lo suficientemente clara para que Holden escuchara el tono y se diera cuenta de que estaba a punto de aguarles la fiesta.

—Holden —dijo Miller—. Tenemos un problema.

52

Miller

Uno. Dos. Tres.

Miller pulsó el terminal portátil para reiniciar el disparador. Las puertas dobles que tenía delante habían sido uno de los miles de mecanismos automáticos que antes pasaban desapercibidos. Se habían deslizado por rieles magnéticos quizá durante años. Pero ahora estaban cubiertas por algo negro con la textura de una corteza de árbol que crecía por los extremos y deformaba el metal. Al otro lado de ellas se encontraban los pasillos del embarcadero, los almacenes y el casino. Todo aquello formaba parte de la estación Eros y ahora se había convertido en la avanzadilla de la invasión de una inteligencia alienígena. Pero para llegar hasta allí, Miller tenía que forzar una puerta atascada. En menos de cinco segundos. Mientras llevaba puesto un traje espacial.

Volvió a soltar el terminal portátil y se acercó rápido hacia la pequeña abertura que había entre las dos puertas. Uno. Dos. La puerta se movió un centímetro y arrancó unos copos de materia negra. Tres.

Cuatro.

Volvió a coger el terminal portátil y reinició el disparador.

Aquello era un desastre y no iba a funcionar.

Miller se sentó en el suelo al lado del carrito. El canal de Eros murmuraba, farfullaba y parecía no ser consciente de aquel pequeño invasor que arañaba la superficie de la estación. Miller respiró muy hondo. La puerta no se movió. Tenía que llegar al otro lado.

A Naomi no le iba a gustar aquello.

Con su mano libre, Miller soltó los amarres de tela metálica que rodeaban la bomba hasta que consiguió que quedara un poco suelta. La levantó despacio y con cuidado por una esquina. Luego, sin dejar de mirar el terminal portátil, lo metió debajo e hizo que la punta de metal presionara el botón de aceptar que aparecía en la pantalla táctil. El disparador se quedó en verde. Si la estación se movía, todavía tendría cinco segundos para pulsarlo.

Suficiente.

Miller intentó tirar de las puertas ayudándose con ambas manos. Cayeron más restos de aquella materia negra cuando consiguió hacer suficiente palanca para discernir qué había al otro lado. El pasillo que se veía era casi circular: aquella materia negra ocupaba las esquinas y hacía que el pasaje tuviera la apariencia de un vaso sanguíneo reseco. Las únicas luces eran las del casco de su traje y un millón de pequeños puntos relucientes que flotaban alrededor como mariposas. El canal de Eros dio un latido que lo hizo subir de volumen unos segundos y aquellas mariposas se retiraron unos instantes para luego volver. El traje espacial le indicó que el aire de aquel lugar era respirable y contaba con mayor concentración de argón, ozono y benceno de lo esperado.

Uno de aquellos puntos resplandecientes flotó a su lado, a merced de corrientes de aire que él no era capaz de apreciar. Miller lo ignoró, empujó las puertas y ensanchó aquel hueco centímetro a centímetro. Metió un brazo para tantear aquella corteza. Parecía tener la densidad suficiente para soportar el peso del carrito. Menos mal. Si aquel cieno alienígena hubiese sido menos denso, tendría que haber buscado otra manera de transportar la bomba. Aun así, iba a ser complicado arrastrar aquel carrito por la superficie redondeada.

«No hay descanso para los malvados —dijo Julie Mao en su mente—. No hay paz para los buenos.»

Volvió a ponerse manos a la obra.

Sudaba cuando consiguió que el hueco de la puerta fuera suficiente para pasar al otro lado. Le dolían los brazos y la espalda.

Aquella corteza negra también crecía por el pasillo y los tirabuzones apuntaban hacia la esclusa de aire, siempre por las esquinas, por el lugar donde la pared se unía con el suelo. Aquel brillo azul inundaba su alrededor. Eros intentaba dirigirse hacia fuera a la misma velocidad que él intentaba entrar. Quizá más rápido.

Miller empujó el carrito con ambas manos, sin dejar de mirar con atención el terminal. La bomba rebotó, pero no lo suficiente para dejar de pulsar el botón. Cuando llegó sin problemas al otro lado de la puerta, recuperó el terminal.

Uno. Dos.

El peso de la bomba hizo una pequeña muesca en la pantalla táctil, pero seguía funcionando. Miller se agarró del manillar del carrito, se inclinó hacia delante y sintió cómo aquella superficie orgánica e irregular lo obligaba a empujar con fuerza y hacía traquetear el carrito.

Ya había muerto una vez en aquel lugar. Lo habían envenenado. Disparado. Aquellas estancias, o unas muy parecidas, habían sido su campo de batalla. El suyo y el de Holden. Ahora eran muy diferentes.

Atravesó un espacio amplio y casi vacío. En aquel lugar la corteza era más fina y en algunas zonas se veían las paredes de metal del almacén. En el techo todavía brillaba un LED, una luz blanca y gélida que iluminaba la oscuridad.

El camino le llevó al nivel del casino, la arquitectura seguía al servicio de la economía. La corteza alienígena era casi inexistente, pero aquel lugar había cambiado. Las máquinas de *pachinko* seguían en fila pero destrozadas y fundidas, aunque algunas seguían pidiendo información financiera para desbloquear aquellas luces festivas y estridentes y los efectos de sonido bulliciosos. Las mesas de cartas seguían a la vista, pero debajo de los sombreros de unas setas formadas por un gel pegajoso y transparente. Las paredes y el techo alto como el de una catedral estaban revestidos de una especie de costillas negras recubiertas por unos pelillos con puntas brillantes que no emitían luz alguna.

Algo gritó, y Miller escuchó el sonido amortiguado a través de su traje. El canal de la estación se escuchaba mejor y a más vo-

lumen ahora que se encontraba en sus entrañas. Tuvo un recuerdo pasajero, volvió a su infancia y vio un vídeo en el que una
ballena gigantesca se había tragado a un niño.

Algo gris y del tamaño de dos puños de Miller pasó volando
a su lado a demasiada velocidad para verlo. No era un pájaro.
Otra cosa se escabulló detrás de una máquina expendedora vol-
cada. Se dio cuenta de lo que faltaba. En Eros había un millón
y medio de personas y muchas de ellas se encontraban allí, en
el nivel del casino, cuando dio comienzo aquel apocalipsis. Pero
allí no había cuerpos. O quizá sí. Se equivocaba. Aquella corteza negra y los millones de regueros oscuros que emitían un brillo suave y pelágico encima de él. Aquellos eran los cadáveres de
Eros, reinventados. Carne humana transformada. La alarma del
traje le indicó que empezaba a hiperventilar. Empezó a sentir
cómo la oscuridad le atenazaba con el rabillo del ojo.

Miller cayó de rodillas.

«No te desmayes, cabronazo —se dijo—. No te desmayes.
Y si lo haces, al menos déjate caer sobre el maldito disparador.»

Julie puso la mano sobre él. Casi podía sentirla y lo ayudó a
recuperar la compostura. Ella tenía razón. Solo eran cuerpos.
Muertos. Víctimas. Un pedazo de carne reciclada, igual que las
putas sin licencia apuñaladas que veía a menudo en los hoteles
de mala muerte de Ceres. Igual que los suicidas que se tiraban
por una esclusa de aire. En aquel caso, la protomolécula le había
dado a la carne una apariencia particular, pero aquello no cambiaba lo que era. Igual que tampoco cambiaba lo que era él.

—Cuando era policía —dijo a Julie; repetía algo que contaba
a todos los novatos que habían sido sus compañeros a lo largo
de su carrera—, no podías permitirte el lujo de tener sentimientos. Tenías que cumplir con tu deber.

«Pues cumple con tu deber», respondió ella, con amabilidad.

Asintió. Se puso en pie. «Cumple con tu deber.»

Como si lo hubiera escuchado, el sonido del traje cambió, el
canal de Eros se agudizó y se oyeron cientos de frecuencias diferentes que dieron lugar a una avalancha de sonidos en un idioma que creyó que era hindú. Humanos. «Hasta que los humanos

nos despierten», pensó, sin poder recordar de dónde venía aquella frase.

En algún lugar de la estación tenía que haber... algo.

Un mecanismo de control, un suministro de energía o lo que quiera que la protomolécula usara en lugar de un motor. No sabía qué aspecto tendría ni cómo destruirlo. No tenía ni idea de cómo funcionaba, aunque daba por hecho que si lo hacía explotar conseguiría algo.

«Vamos a centrarnos —dijo a Julie—. Vamos a centrarnos en lo que sabemos.»

Aquella cosa que crecía dentro de Eros y usaba la piedra como un exoesqueleto no articulado no había bloqueado los embarcaderos. No había salido del interior ni transformado las salas ni los pasillos del nivel del casino. Aquello indicaba que el diseño de la estación debía de ser muy parecido a como era antes. Bien.

Lo que usaba para mover la estación a través del espacio consumía muchísima energía. Bien.

«Pues encuentra el punto más caliente.» Con la mano libre comprobó el traje de aislamiento. La temperatura ambiente era de veintisiete grados: hacía calor, pero era soportable. Volvió al pasillo del embarcadero. La temperatura descendió menos de una centésima parte, pero descendió. Entendido. Comprobaría el resto de pasillos hasta encontrar el más caliente e iría por ahí. Cuando encontrara un lugar en la estación que estuviera a unos tres o cuatro grados más que el resto, habría llegado a su destino. Llevaría el carrito hasta allí, levantaría el pulgar y contaría hasta cinco.

Todo saldría bien.

Cuando regresó vio que algo dorado de aspecto suave similar a un brezo crecía alrededor de las ruedas. Miller lo arrancó lo mejor que pudo, pero, aun así, una de las ruedas comenzó a emitir un chirrido. No podía hacer nada.

Miller se adentró aún más en la estación; con una mano empujaba el carrito y con la otra pulsaba el botón del disparador en el terminal portátil.

—Es mía —dijo la voz mecánica de Eros. Repetía lo mismo desde hacía casi una hora—. Es mía. Es... mía.

—Vale —respondió Miller—. Pues quédatela.

Le dolía el hombro. El chirrido de la rueda del carrito había empeorado y ahora se escuchaba a más intensidad que los aullidos quejumbrosos de los condenados que resonaban por el canal de Eros. Empezó a sentir un hormigueo en el pulgar por la presión constante e implacable que tenía que ejercer para no aniquilarse a sí mismo todavía. Cada nivel que descendía, la gravedad rotacional se hacía más leve y el efecto Coriolis más patente. No era igual que en Ceres, pero sí parecido, y le hacía sentirse un poco más como en casa. Pensó en cómo sería volver cuando todo hubiera terminado. Se imaginó en su hueco con unas cervezas y música creada por un compositor de verdad, en lugar de aquella glosolalia demente e ininteligible de la estación muerta. Quizás algo de jazz ligero.

¿Quién iba a pensar que llegaría a apetecerle escuchar jazz ligero?

—Cogedme si podéis, gilipollas —dijo Eros—. Me largo, largo y largo. Me largo, largo y largo.

Los niveles interiores de la estación le eran más familiares, pero ahora también eran más extraños. Cuando dejó atrás aquella tumba gigantesca en la que se había convertido el nivel del casino, vio más lugares de la antigua Eros. Las paradas de metro seguían funcionando, anunciaban retrasos y pedían paciencia. Los recicladores de aire zumbaban. El suelo estaba relativamente limpio y despejado. Aquella sensación de normalidad hacía que las diferencias dieran más miedo aún. Una vegetación oscura en forma de espiral de nautilo cubría las paredes. Unos copos de aquella materia descendían de lo alto y revoloteaban como ceniza mecida por la gravedad rotacional. Eros todavía tenía gravedad rotacional, pero la enorme aceleración a la que viajaba por el espacio no ejercía gravedad ninguna. Miller prefirió no descubrir a qué se debía.

Un tropel de criaturas en forma de araña del tamaño de una pelota de béisbol atravesó el pasillo y dejó a su paso un rastro de cieno brillante y resbaladizo. Cuando se paró para apartar una de aquellas cosas que se había agarrado al carro se dio cuenta de que eran manos cercenadas con los huesos de la muñeca carbonizados y transformados. Una parte de su mente gritó de terror, pero era una muy distante y fue fácil ignorarla.

Tenía que respetar la protomolécula. Aquello era un trabajo acojonante para un organismo procariota y anaeróbico. Hizo una pausa para comprobar las lecturas de su traje. La temperatura había aumentado medio grado desde que había dejado atrás el casino y diez décimas desde que se encontraba en aquella sala. La radiación ambiental también aumentaba y su pobre cuerpo continuaba absorbiéndola. La concentración de benceno comenzaba a disminuir y su traje empezaba a registrar moléculas aromáticas más exóticas, como tetraceno, antraceno o naftaleno, pero con un comportamiento tan extraño que llegaba a confundir los sensores. Iba en la dirección correcta. Se inclinó hacia delante para empujar el carro, que se resistía como un niño impertinente. Recordó que la estructura del lugar era similar a la de Ceres, y conocía Ceres como la palma de su mano. Dentro de un nivel, o quizá dos, llegaría al lugar en el que se unían los sistemas de los niveles inferiores, que tenían más gravedad, con los sistemas de suministros y energía que funcionaban mejor a menos gravedad. Parecía un lugar adecuado para establecer un centro de mando y una base de operaciones. Un buen lugar para un cerebro.

—Me largo, largo y largo —repitió Eros—. Y largo.

Le pareció curiosa la manera en la que las ruinas del pasado servían de cimientos para todo lo que estaba por llegar. Era algo que ocurría en muchas otras ocasiones, una constante universal. En la antigüedad, cuando la humanidad todavía vivía en un pozo de gravedad, los caminos creados por el Imperio Romano habían terminado por asfaltarse y luego ferrocementarse casi sin alterar ni una curva. En Ceres, Eros y Tycho las herramientas de minería habían determinado el tamaño de los pasillos comunes, el suficiente para que hubiera espacio para los camiones y elevadores de la Tierra, que a su vez se habían diseñado para recorrer los caminos que tenían el tamaño necesario para un carro tirado por ganado.

Y ahora aquel extraterrestre, aquella cosa salida de una oscuridad insondable, crecía por los pasillos, conductos, líneas de metro y cañerías que habían creado un puñado de primates ambiciosos. Se preguntó qué habría ocurrido si la protomolécula no hubiera sido interceptada por Saturno y hubiera caído en el caldo primordial de la Tierra. Sin reactores de fusión ni motores de navegación ni cuerpos complejos de los que apropiarse. ¿Qué habría hecho en caso de tener que desarrollarse con un diseño evolutivo diferente?

«Miller —dijo Julie—. No te pares.»

Parpadeó. Se encontraba de pie en un pasillo vacío junto a la base de una rampa de acceso. No sabía cuánto tiempo llevaba perdido en sus pensamientos.

Quizás años.

Dejó escapar un suspiro y empezó a subir por la rampa. Los sistemas indicaban que la temperatura de los pasillos que tenía encima era mucho más alta. Casi tres grados. Se acercaba. Aunque no había luz. Levantó el pulgar, en el que todavía sentía aquel hormigueo y ya empezaba a quedársele dormido, encendió el pequeño LED que tenía el terminal portátil y volvió a pulsar el disparador justo antes de que la cuenta llegara a cuatro.

—Me largo y largo y... y... y y y y.

El canal de Eros chilló y se escuchó un coro de voces lastimeras en ruso e hindú que ahogaron el sonido de la primera y luego se vieron sofocadas por un aullido muy agudo. Parecido quizás al canto de una ballena. El traje de Miller le indicó con parsimonia que le quedaba media hora de oxígeno. Apagó el aviso.

La estación de transbordo estaba muy descuidada. Una vegetación blanquecina recorría los pasillos y formaba lianas. Insectos de formas reconocibles, como moscas, cucarachas o cachipollas, reptaban por aquellos cables blancos en oleadas sincronizadas. Unos tirabuzones articulados de algo similar a bilis se agitaban de un lado a otro y dejaban a su paso una capa de larvas escurridizas. Aquellas cosas eran tan víctimas de la protomolécula como la humanidad. Pobres diablos.

—No me podéis quitar la jaba li —dijo Eros, con una voz

que casi denotaba victoria—. No me podéis quitar la jaba li. Se larga y larga y larga.

La temperatura empezaba a aumentar a más velocidad. Le llevó unos minutos determinar que en dirección rotatoria parecía ser un poco más alta. Empujó el carrito. Volvió a sentir aquel chirrido, un pequeño traqueteo que hacía que le temblaran los huesos de la mano. Entre el peso de la bomba y que la dirección del carrito empezaba a fallar, cada vez le dolían más los hombros. Por lo menos no tendría que hacer el camino de vuelta.

Julie lo esperaba en la oscuridad y el delgado haz del rayo de luz de su terminal la atravesaba. El pelo flotaba a su alrededor, era de esperar: la gravedad rotacional no afectaba a los fantasmas de la mente. Tenía una expresión muy seria.

«¿Por qué lo sabe?», preguntó.

Miller hizo una pausa. A lo largo de su carrera se le habían aparecido las alucinaciones de testigos que hacían algo, quizá decían una frase o se reían de algo de lo que no debían, y en aquellos momentos algo en su mente hacía que viera el caso desde una nueva perspectiva.

Aquel era uno de esos momentos.

—No me podéis quitar la jaba li —graznó Eros.

«Hay que tener en cuenta que el cometa que transportó la protomolécula hacia el Sistema Solar era un peso muerto, no una nave —dijo Julie, sin que se movieran sus labios negros—. Era balística pura. Tan solo una bala de hielo con la protomolécula congelada en el interior. Iba dirigida a la Tierra, pero se desvió y Saturno la atrajo. Lo que iba dentro no era capaz de desviarla. Ni de moverla. Ni de dirigirla.»

—No era necesario —respondió Miller.

«Ahora sí que dirige. Va directa a la Tierra. ¿Cómo es que sabe el camino? ¿De dónde ha sacado esa información? También habla. ¿Cómo es que sabe gramática?»

«¿De quién es la voz de Eros?»

Miller cerró los ojos. El traje le indicó que solo le quedaban veinte minutos de aire.

—¡No me podéis quitar la *Jabalí*! ¡Se larga y larga y larga!

—Joder —dijo Miller—. Dios mío.

Soltó el carrito y dirigió hacia la rampa, las luces y los amplios pasillos. Todo temblaba, la estación vibraba como si estuviera al borde de la hipotermia. Pero no lo estaba, claro. El único que temblaba era él. La respuesta era la voz de Eros. Había estado allí desde el principio. Debería haberse dado cuenta.

Quizá sí que lo sabía.

La protomolécula no hablaba su idioma ni hindú ni ruso ni el resto de los que farfullaba. Todo formaba parte de las mentes y los programas de los muertos de Eros, codificado en las neuronas y en los programas de gramática que la protomolécula se había apropiado. Apropiado, no destruido. Conservaba la información y los idiomas, aquellas estructuras cognitivas complejas sobre las cuales se cimentaba, como el asfalto sobre los caminos que habían construido las legiones.

Los muertos de Eros no estaban muertos. Juliette Andromeda Mao estaba viva.

Se formó en su cara una sonrisa tan amplia que le dolieron las mejillas. Con el guante puesto, intentó realizar una llamada. La señal era demasiado débil. No alcanzaba. Aumentó la potencia de las comunicaciones de la nave de la superficie y consiguió conectarse.

La voz de Holden se escuchó al otro lado de la línea.

—Hola, Miller. ¿Cómo vas por ahí?

Su voz sonaba débil, como si se disculpara por algo. Como la de un enfermero de cuidados paliativos que intentara ser amable con los moribundos. Tuvo que reprimir una punzada de enfado y consiguió que la suya sonara firme.

—Holden —dijo—. Tenemos un problema.

53

Holden

—En realidad acabamos de descubrir cómo solucionar el problema —respondió Holden.

—No lo creo. Te enlazo las lecturas médicas de mi traje —dijo Miller.

Unos segundos después, cuatro columnas de números aparecieron en una pequeña ventana de la consola de Holden. Todo parecía bastante normal, quizás había algunas sutilezas que solo un experto, como Shed, pudiera interpretar correctamente.

—Vale —dijo Holden—. Genial. Veo que hay algo de radiación, pero de resto...

Miller lo interrumpió.

—¿Tengo hipoxia? —preguntó.

Los datos del traje indicaban 87 mm de Hb, por encima de los mínimos.

—No —respondió Holden.

—¿Algo que pueda provocar alucinaciones o hacer que me vuelva loco?

—No, que yo vea —respondió Holden, cada vez más impaciente—. ¿Por qué? ¿Ves cosas raras?

—No más de lo normal —respondió Miller—. Solo quería asegurarme, porque sé cuál va a ser tu respuesta cuando te diga una cosa.

Dejó de hablar, y la radio siseó y dio pequeños chasquidos en los oídos de Holden. Cuando Miller volvió a hablar después de unos segundos de silencio, su voz tenía un tono diferente. No llegaba a ser una súplica, pero era tan parecido que hizo que Holden se revolviera en su asiento.

—Está viva.

Solo había un sujeto femenino en el universo de Miller. Julie Mao.

—Esto... bien. La verdad es que no sé qué responder.

—Tendrás que aceptar que no tengo una crisis nerviosa ni un episodio psicótico ni nada por el estilo. Pero Julie está aquí. Es la que conduce Eros.

Holden volvió a mirar las lecturas médicas del traje, pero todavía eran normales, todos los valores excepto los de radiación aparecían en verde. La química de su sangre ni siquiera se correspondía a la de un tipo que arrastrara una bomba de fusión hasta su propio funeral.

—Miller, Julie está muerta. Vimos su cuerpo. Vimos lo que la protomolécula... es capaz de hacer.

—Vimos su cuerpo, sí. Y dimos por hecho que estaba muerta porque...

—No tenía pulso —continuó Holden—. Ni actividad cerebral ni metabolismo. Lo que le suele pasar a las personas muertas.

—¿Cómo sabemos lo que es la muerte para la protomolécula?

—Pues... —empezó a decir Holden. Luego se detuvo—. Supongo que no podemos saberlo. Pero el hecho de que no tenga pulso es un buen comienzo.

Miller rio.

—Tú también viste los vídeos, Holden. ¿Crees que aquellas cajas torácicas que se arrastraban con un brazo tenían pulso? Esta mierda nunca ha seguido nuestras reglas, ¿crees que va a empezar a hacerlo ahora?

Holden sonrió para sí mismo. Miller tenía razón.

—Bien. ¿Y qué te hace pensar que Julie no es otra de esas cajas torácicas o una masa de tentáculos?

—No lo descarto, pero no hablo de su cuerpo —respondió Miller—. Está aquí. Su conciencia. Cree que conduce su vieja pinaza de carreras. La *Jabalí*. Lleva farfullando sobre eso por la radio desde hace horas y no me había dado cuenta. Pero ahora que lo he hecho, todo encaja.

—¿Y por qué se dirige a la Tierra?

—No lo sé —respondió Miller, entre interesado y emocionado. Más vivo de lo que Holden lo había escuchado nunca—. Quizás es la protomolécula la que quiere llegar allí y se esté aprovechando de ella. Julie no es la primera persona que quedó infectada, pero sí la primera que sobrevivió el tiempo suficiente para actuar. Quizá sea el cristal semilla sobre el que la protomolécula ha decidido desarrollarse. No lo sé, pero puedo averiguarlo. Solo tengo que encontrarla y hablar con ella.

—Lo que necesitas es llevar esa bomba al lugar donde estén los controles y detonarla.

—No puedo hacer eso —dijo Miller. Claro que no podía.

«No importa —pensó Holden—. En poco menos de treinta horas quedarás reducido a partículas radiactivas.»

—Bueno. ¿Puedes encontrar a esa chica en menos de... —Holden comprobó en la *Roci* el tiempo que quedaba para el impacto de los misiles—. ¿Veintisiete horas?

—¿Por qué? ¿Qué ocurrirá dentro de veintisiete horas?

—La Tierra ha disparado todo su arsenal interplanetario contra Eros hace unas horas. Encendimos los transpondedores de los cinco cargueros que dejaste en la superficie y ha disparado contra ellos. La *Roci* calcula que con la curva de aceleración actual, impactarán dentro de veintisiete horas. La armada de Marte y la de la ONU se encuentran de camino para esterilizar la zona después de la explosión y asegurarse de que no haya nada que sobreviva o se escape.

—Madre mía.

—Ya —suspiró Holden—. Siento no habértelo dicho antes. Están pasando muchas cosas y me despisté.

La línea quedó en silencio otro rato largo.

—Puedes detenerlos —afirmó Miller—. Apaga los transpondedores.

Holden giró la silla hacia Naomi y vio en su cara la misma expresión de «¿qué acaba de decir?» que, supuso, tendría él. Pasó las lecturas médicas del traje a su consola y luego usó el sistema de la *Roci* para realizar un diagnóstico completo. Aquello solo podía significar una cosa. Naomi pensaba que algo no iba bien con Miller, algo que no se podía observar de primeras con un vistazo superficial a los datos. ¿Y si la protomolécula lo había infectado y lo usaba como otra manera más de lograr su objetivo?

—Imposible, Miller. Es nuestra última oportunidad. Si no lo hacemos, Eros entrará en la órbita de la Tierra y soltará ese mejunje marrón por todas partes. No podemos arriesgarnos.

—Mira —dijo Miller, con un tono de voz a medio camino entre la súplica de antes y la frustración que empezaba a sentir—, Julie está aquí. Si la encuentro a ella y la manera de comunicarme, seré capaz de detener esto sin ayuda de las bombas.

—¿Y qué harás? ¿Pedirle por favor a la protomolécula que no infecte la Tierra cuando está diseñada para ello? ¿Cuando forma parte de su naturaleza?

Miller hizo una pausa unos momentos antes de hablar de nuevo.

—Vale, Holden. Creo que ya sé qué ocurre. Esta cosa estaba diseñada para infectar organismos unicelulares. La forma de vida más básica, ¿no?

Holden se encogió de hombros, pero luego recordó que no era una videollamada.

—Continúa —dijo.

—No salió bien, pero la cabrona es lista y sabe adaptarse. Consiguió un huésped humano, un organismo pluricelular complejo. Aeróbico. Con un cerebro enorme. Y no estaba preparada para nada de eso. Desde aquel momento no ha hecho más que improvisar. ¿El desastre de la nave furtiva? Aquello no fue más que su primer intento. En aquel baño de Eros vimos lo que le hizo a Julie. Solo intentaba aprender qué hacer con nosotros.

—¿Adónde quieres llegar? —preguntó Holden. El tiempo no apremiaba ya que los misiles estaban a más de un día de distancia, pero fue incapaz de ocultar la impaciencia en su voz.

—Lo que quiero decir es que Eros no se ha convertido en lo

que pretendían los creadores de la protomolécula. Que aquel plan original se ha desarrollado sobre miles de millones de años de evolución. Y cuando uno improvisa, usa lo que tiene a mano. Lo que funciona. Julie es la plantilla. Su cerebro y sus emociones están por todas partes en esta cosa. Este viaje hacia la Tierra para ella no es más que una carrera. Solo balbucea sobre ganar y se ríe de vosotros porque no le podéis seguir el ritmo.

—Un momento —dijo Holden.

—Ella no cree que esté atacando la Tierra, solo que regresa a casa. Además, tampoco sabemos con exactitud que se dirija hacia allí. Podría estar de camino a la Luna. Creció allí y la protomolécula ha usado su cuerpo y su cerebro como base, por lo que ella también ha terminado infectando a esa cosa. Si tuviera la posibilidad de explicarle lo que ocurre, quizá pudiera negociar.

—¿Cómo sabes todo eso?

—Tengo un presentimiento —dijo Miller—. Se me dan los presentimientos.

Holden silbó mientras toda aquella información revoloteaba en su cabeza. Aquella nueva forma de ver las cosas le mareaba.

—Pero la protomolécula aún querrá cumplir su cometido original —dijo Holden—. Y no sabemos cuál es.

—Te puedo asegurar que no es destruir la humanidad. Las cosas que dispararon Febe hacia nosotros hace dos mil millones de años no tenían ni idea de lo que eran los humanos. Sea lo que sea, necesita biomasa y ahora la tiene.

Holden no pudo reprimir un resoplido.

—Venga ya. ¿Ahora me vienes con que no querían hacernos daño? ¿En serio? ¿Crees que si le comentamos a esa cosa que no queremos que aterrice en la Tierra, lo aceptará y se marchará a otro lugar?

—No es una cosa —dijo Miller—. Es ella.

Naomi miró a Holden y negó con la cabeza. No había encontrado nada extraño en el organismo de Miller.

—Joder, ya voy para un año metido en el caso —continuó

Miller—. Me he metido en su vida, he leído sus correos electrónicos y he conocido a sus amigos. La conozco. Es una persona muy inteligente. Y nos ama.

—¿A quiénes?

—A la gente. A la humanidad. Dejó de lado su vida de niña rica y se unió a la APE. Apoyó al Cinturón porque era lo correcto. Cuando se entere de lo que ocurre en realidad, es imposible que nos aniquile. Solo tengo que encontrar la forma de explicárselo. Puedo hacerlo. Dame una oportunidad.

Holden se pasó una mano por el pelo e hizo una mueca al descubrir que empezaba a tenerlo grasiento. Un día o dos a mucha gravedad no era compatible con la higiene regular.

—No puedo hacerlo —respondió Holden—. Hay mucho en juego. Seguimos adelante con nuestro plan. Lo siento.

—Va a ganar ella —dijo Miller.

—¿Cómo?

—O quizá no. Tenéis una potencia de fuego acojonante. Pero la protomolécula ha sido capaz de ignorar la inercia. ¿Y Julie? Julie es una luchadora, Holden. Yo apuesto por ella.

Holden había visto el vídeo en el que Julie se enfrentaba a aquellos hombres a bordo de la nave furtiva. Era metódica, implacable y luchaba sin cuartel. Había visto la ferocidad de su mirada al sentirse atrapada o amenazada. Lo único que había evitado que hiciera más daño a sus atacantes antes de que la apresaran era la armadura de combate que llevaban.

A Holden se le erizaron los pelillos de la nuca cuando se imaginó a Eros luchando así. Hasta el momento solo se había limitado a evitar sus golpes inútiles. ¿Qué pasaría cuando pasara a la acción?

—Encuéntrala —dijo Holden—. Y usa la bomba.

—Esa es la idea —respondió Miller—. Si no la convenzo. La encontraré y hablaré con ella. Si no lo consigo, la destruiré y vosotros podréis convertir Eros en cenizas. No me importa. Pero antes tienes que dejarme intentarlo a mi manera.

Holden contempló a Naomi, que también lo miraba. Tenía la cara pálida. A Holden le habría gustado poder descifrar una respuesta en aquella mirada, saber qué hacer en base a la opinión de Naomi. Pero no. La decisión la tenía que tomar él.

—¿Necesitas más de veintisiete horas? —preguntó Holden.

Escuchó que Miller espiraba con fuerza. Luego habló con voz agradecida, una gratitud que, a su manera, daba más miedo que la súplica de antes.

—No lo sé. Aquí abajo hay muchos miles de kilómetros de túneles y no funcionan los sistemas de transporte. Además, tengo que empujar este maldito carro a todas partes y no sé con exactitud lo que busco. Pero dame tiempo. Lo conseguiré.

—¿Y aceptas que si no logras convencerla tendrás que matarla? A ambos, a Julie y a ti.

—Acepto.

Holden calculó con la *Roci* cuánto tiempo quedaba para que Eros llegara a la Tierra con la aceleración actual. Los misiles de la Tierra iban mucho más rápido que Eros. Los misiles balísticos interplanetarios (IPBM) eran en realidad motores Epstein coronados por bombas nucleares. Los límites de su aceleración se correspondían con los límites de la tecnología Epstein. Si los misiles no impactaban, Eros tardaría una semana más en llegar a la Tierra, aunque siguiera acelerando a aquel ritmo.

Aquello les daba algo de margen.

—Un momento, estoy con una cosa —dijo Holden a Miller antes de silenciar la llamada—. Naomi, los misiles vuelan en línea recta hacia Eros y la *Roci* dice que tardarán unas veintisiete horas en impactar, más o menos. ¿Cuánto tiempo crees que podremos conseguir si hacemos que esa línea recta se transforme en una curva? ¿Y cuál es el arco máximo que le podemos dar a esa curva para que los misiles puedan alcanzar Eros antes de que esté demasiado cerca?

Naomi inclinó la cabeza y lo miró con curiosidad con los ojos entornados.

—¿Qué piensas hacer? —preguntó.

—Puede que quiera darle a Miller una oportunidad de evitar la primera guerra contra alienígenas.

—¿Confías en Miller? —dijo, muy sorprendida—. Pensabas que estaba loco. ¿Lo sacaste de la nave porque creías que era un psicópata asesino y ahora vas a dejar que represente a la humanidad ante una especie de deidad alienígena que quiere destruirnos?

Holden tuvo que reprimir una sonrisa. Decirle a una mujer enfadada que aquella rabia la hacía más atractiva solo serviría para estropear el momento. Y, además, necesitaba su beneplácito. Así sabría que estaba haciendo lo correcto.

—Me llegaste a decir que Miller tenía razón, aunque yo pensara que se equivocaba.

—Aquello no era una verdad universal —explicó Naomi, articulando las palabras poco a poco, como si hablara con un niño estúpido—. Dije que había hecho bien al disparar a Dresden, pero eso no quiere decir que Miller sea una persona estable. Va a suicidarse por voluntad propia, Jim. Está obsesionado con la muerte de esa chica. No puedo ni imaginarme lo que debe estar pasando por su cabeza en estos momentos.

—Tienes razón. Pero está en el lugar adecuado y tiene buen ojo para investigar y sacar cosas en claro. El tipo averiguó que estábamos en Eros con la única ayuda del nombre que elegimos para la nave. Es algo muy impresionante. No me conocía de nada y gracias a lo que descubrió sobre mí, supo que pondría a la nave el mismo nombre que el caballo de Don Quijote.

Naomi rio.

—¿En serio? ¿Es por eso?

—Así que si me dice que conoce a Julie, me lo creo.

Naomi hizo un amago de decir algo, pero hizo una pausa.

—¿Crees que ella será capaz de evitar los misiles? —dijo Naomi, más tranquila.

—Él cree que sí. Y también cree que puede convencerla para que no nos mate. Tengo que darle la oportunidad. Se lo debo.

—¿Aunque su error signifique la destrucción de la Tierra?

—No —respondió Holden—. Tanto no.

Naomi volvió a hacer una pausa. Se le pasó el enfado.

—Bien, pues quedamos en retrasar el impacto, no abortarlo.

—Eso, démosle algo de tiempo. ¿Cuánto?

Naomi frunció el ceño mientras miraba los datos. Holden casi vio cómo las opciones se abrían paso por su cabeza. La vio sonreír, sin un atisbo de la rabia de antes, que había quedado reemplazada por aquella mirada traviesa que ponía cuando sabía que se le había ocurrido algo muy ingenioso.

—Tanto como necesites.

—¿Que quieres hacer qué? —preguntó Fred.

—Desviar un poco los misiles para darle algo de tiempo a Miller, pero el suficiente para seguir teniendo la opción de destruir Eros en caso de que sea necesario —dijo Holden.

—Es fácil —añadió Naomi—. Te envío los detalles.

—Hacedme un resumen.

—La Tierra ha dirigido los misiles hacia los transpondedores de los cinco cargueros que están en Eros —dijo Naomi mientras hacía un esquema del plan en el vídeo de la llamada—. Tienes naves y estaciones por todo el Cinturón. Podrías usar el programa de reconfiguración de transpondedores que nos diste aquella vez para cambiar los códigos de los cargueros por los de otras naves y estaciones y crear así una nueva ruta que haga que los misiles den un rodeo antes de alcanzar Eros.

Fred negó con la cabeza.

—No funcionará. En el momento en el que la AONU vea lo que pretendemos, harán que los misiles dejen de seguir esa señal en particular e intentarán descubrir otra manera de apuntar hacia Eros —dijo—. Y también se enfadarán mucho con nosotros.

—Sí, lo de que se enfadarán ya lo daba por hecho —dijo Holden—. Pero no van a recuperar el control de los misiles. Justo cuando empieces a desviarlos, realizaremos un pirateo masivo a los misiles desde múltiples localizaciones.

—Para que crean que algún enemigo intenta engañarlos y desconecten la reprogramación al vuelo —afirmó Fred.

—Eso es —respondió Holden—. Les haremos creer que vamos a engañarlos para que corten las comunicaciones y, cuando lo hagan, será cuando los engañemos.

Fred volvió a negar con la cabeza, y aquella vez a Holden le dio la impresión de que tenía la expresión de un hombre asustado que quería huir poco a poco.

—Esto es algo inaceptable —dijo—. Miller no va a conseguir un trato milagroso con los alienígenas. Acabaremos destruyendo Eros con las bombas de igual manera. ¿Por qué retrasar lo inevitable?

—Porque —respondió Holden— empiezo a pensar que puede que sea menos peligroso si lo hacemos de esta manera. Si usamos los misiles sin destruir el centro de mando de Eros... o el cerebro o lo que sea que tenga, no sabremos si ha funcionado, y estoy seguro que así tenemos menos posibilidades. Miller es el único que puede hacerlo. Y esas son sus condiciones.

Fred dijo una obscenidad.

—Si Miller no consigue convencerla, la destruiremos. Tengo fe en él —dijo Holden—. Por favor, Fred. Conoces esos misiles tan bien como yo. O mejor. Llevan encima las bolas de combustible suficiente para recorrer el Sistema Solar al completo dos veces. No vamos a perder nada por darle a Miller un poco más de tiempo.

Fred negó con la cabeza por tercera vez. Holden vio cómo se ponía serio. No lo aceptaba. Pero antes de que dijera que no, Holden volvió a hablar.

—¿Recuerdas aquella caja con la muestra de la protomolécula y los datos del laboratorio? ¿Quieres saber qué precio le he puesto?

—Estás... —dijo Fred, alargando la frase—. Estás loco de remate, joder.

—¿La quieres o no? —preguntó Holden—. ¿Quieres entrar por la puerta grande en esa mesa de negociaciones? Pues ya sabes cuál es el precio. Dale la oportunidad a Miller y la muestra es tuya.

—Tengo curiosidad por saber cómo los convenciste —dijo Miller—. Pensaba que no tenía ninguna posibilidad.

—Da igual —respondió Holden—. Hemos conseguido el tiempo que necesitas. Encuentra a la chica y salva la humanidad. Esperamos tu llamada. —«Y también estamos listos para reducirte a partículas radiactivas si no llamas.» Aquellas palabras quedaron en el aire. No había necesidad de decirlas.

—Deberíamos ir pensando adónde ir si al final puedo hablar con ella —dijo Miller. Sonaba como un hombre que hubiera comprado un billete de lotería y perdido la esperanza—. Digo yo que tendrá que aparcar en algún lado.

«Si sobrevivimos. Si puedo salvarla. Si ocurre el milagro.»

Holden se encogió de hombros, aunque nadie lo vio.

—Dale Venus —dijo Holden—. Es un lugar horrible.

54

Miller

—Yo no y yo no —murmuró la voz de Eros. Juliette Mao, hablando en sueños—. Yo no y yo no y yo no...

—Venga ya —dijo Miller—. Venga ya, hijoputa. Tienes que estar aquí.

Las enfermerías tenían una vegetación frondosa y abundante de espirales negras llenas de filamentos de bronce y acero que ascendían por las paredes, se incrustaban en las mesas de reconocimiento y se alimentaban de las reservas de narcóticos, esteroides y antibióticos caídos de los armarios de suministros rotos. Miller hurgó en aquel desorden con una mano mientras la alarma de su traje no dejaba de sonar. El aire que respiraba tenía el aroma rancio característico de cuando había pasado demasiadas veces a través de los recicladores. Su pulgar, todavía apretado contra el disparador, cosquilleaba cuando no le dolía horrores.

Limpió algo parecido a un crecimiento de hongos de una caja de almacenamiento que todavía no se había roto y encontró el pestillo. Cuatro cilindros de gas médico: dos rojos, uno verde y uno azul. Miró los sellos. La protomolécula aún no se había hecho con ellos. El rojo era anestésico. El azul, nitrógeno. Cogió el verde. Todavía tenía puesto el protector esterilizado de la boquilla. Inhaló una larga y ruidosa bocanada de aquel aire enrarecido. Unas pocas horas más. Soltó su terminal portátil («un... dos...»), abrió el sello («tres...»), conectó la boquilla a la toma del traje («cuatro...») y volvió a poner un dedo en el terminal. Se levantó, sintiendo el frescor del tanque de oxígeno en la mano mientras el traje recalculaba su expectativa de vida. Diez minutos. Una hora. Cuatro horas. Cuando la presión del cilindro médico se igualó a la de su traje, lo desenganchó. Tenía cuatro horas más. Había conseguido cuatro horas más.

Era la tercera vez que conseguía un suministro de emergencia desde que había hablado con Holden. El primero lo había cogido en el puesto antiincendios. El segundo, en una unidad de reciclaje de apoyo. Si volvía al embarcadero, era probable que encontrara algo de oxígeno limpio en los armarios de suministros y en las naves atracadas. Si volvía a la superficie, habría de sobra en las naves de la APE.

Pero no tenía tiempo para ello. No estaba allí para encontrar aire, sino a Juliette. Se estiró. Los dolores en su cuello y su espalda amenazaban con convertirse en calambres. Los niveles de CO_2 del traje todavía eran demasiado elevados, a pesar del oxígeno nuevo que entraba en la mezcla. El traje necesitaba pasar mantenimiento y también un filtro nuevo. Pero esas cosas tendrían que esperar. En el carrito que tenía detrás, la bomba seguía a lo suyo.

Tenía que encontrarla. En algún lugar de aquel laberinto de pasillos y habitaciones, de aquella ciudad exánime, Juliette Mao los estaba llevando de vuelta a la Tierra. Había localizado cuatro puntos calientes. Tres de ellos habían sido buenos candidatos para su plan original de inmolación nuclear: fajos de cables y filamentos alienígenas negros que sobresalían de unos nódulos enormes de apariencia orgánica. El cuarto había sido el reactor barato de un laboratorio que estaba a punto de estallar. Le llevó quince minutos activar la desconexión de emergencia y quizá no debiera haber desperdiciado aquel tiempo. Pero fuera donde fuese, no había ni rastro de Julie. Ni siquiera había vuelto a ver a su Julie imaginaria, como si aquel fantasma ya no fuera necesario ahora que sabía que la mujer original seguía con vida. La echaba de menos aunque no fuera más que una alucinación.

Una oleada recorrió las enfermerías y vio cómo toda aquella vegetación alienígena se alzaba y descendía como limaduras de hierro al pasarles un imán por debajo. El corazón de Miller se aceleró y notó un subidón de adrenalina, pero aquello no volvió a ocurrir.

Tenía que encontrarla. Tenía que encontrarla y rápido. Podía sentir que el cansancio se apoderaba de él, como dientecillos que masticaban su conciencia poco a poco. Ya no estaba tan lúcido como debería. Allá en Ceres, habría vuelto a su hueco, dormido un día entero y afrontado aquel problema con el cuerpo y la mente descansados. Pero ahora no tenía esa opción.

Había vuelto al principio. Todo había vuelto a empezar. Antes, en la que ya parecía otra vida, había aceptado el encargo de encontrarla. No lo consiguió y decidió vengarse. Ahora tenía la oportunidad de volver a encontrarla, de salvarla. Y si no lo conseguía, allí estaba aquel carrito barato de ruedas estridentes para encargarse de la venganza.

Miller negó con la cabeza. Pasaba demasiados momentos como aquel, perdido en sus pensamientos. Volvió a agarrar con fuerza el carrito con la bomba de fusión, se inclinó hacia delante y salió de allí. A su alrededor, la estación rechinaba como suponía que rechinaban las antiguas embarcaciones marinas y sus maderos, azuzados por las olas de agua salada y por las grandes mareas fruto de la refriega incesante entre la Tierra y la Luna. Allí ocurría con la piedra, pero Miller no tenía ni idea de qué fuerzas actuaban. Esperaba que no fuera nada que interfiriera con la señal entre su terminal portátil y su cargamento. No quería quedar reducido a partículas sin querer.

Cada vez tenía más claro que no le daría tiempo a recorrer toda la estación. Lo había sabido desde el principio. Si Julie había conseguido llegar a algún lugar oculto y se había escondido en una hornacina o en cualquier agujero como un gato moribundo, no la iba a encontrar. Tendría que arriesgar, apostárselo todo a una carta. La voz de Eros cambió, pasó a estar compuesta de varias voces que cantaban algo en hindú. Un coro de niños, Eros armonizando consigo misma en una riqueza creciente de voces. Pero ahora que sabía que estaba Julie, oyó su voz entrelazada con las demás. Quizá siempre hubiera estado allí. La frustración que sentía rayaba el dolor físico. Sabía que la tenía muy cerca, pero no era capaz de llegar hasta ella.

Volvió al complejo de pasillos principales. Buscar en las enfermerías le había parecido buena idea. Plausible. Pero infructuosa. Había registrado dos biolaboratorios mercantiles. Nada. Lo intentó en la morgue, en los contenedores de residuos de la policía. Llegó hasta a registrar la sala de pruebas y vaciar un contenedor de plástico tras otro, dejando en el suelo un reguero de drogas de contrabando y armas confiscadas, como hojas de roble en uno de esos parques para ricos. Todo aquello había tenido un significado, todo había formado parte de un drama humano y esperaba allí el momento de salir a la palestra en un juicio o al menos en una audiencia. Un pequeño ensayo para el apocalipsis, ya pospuesto para siempre. Toda conclusión era intrascendente.

Una cosa plateada voló hacia él a más velocidad que la de un pájaro, luego otra y luego una bandada que pasó por encima de su cabeza. La luz se reflectaba en aquel metal animado, reluciente como las escamas de un pez. Miller contempló las improvisaciones de la molécula alienígena en el espacio que tenía encima.

«No te puedes detener aquí —dijo Holden—. Tienes que dejar de huir y seguir el camino correcto.»

Miller miró por encima del hombro. El capitán estaba allí, real y no, en el lugar donde habría visto a su Julie interior.

«Vaya, interesante», pensó Miller.

—Lo sé —dijo en voz alta—. Es que... no sé hacia dónde ha ido. Y bueno... te imaginarás. Este sitio es bastante grande.

«O la detienes tú o lo haré yo», dijo su Holden imaginario.

—Si supiera adónde se ha ido... —dijo Miller.

«No —respondió Holden—. No se ha ido.»

Miller se dio la vuelta para mirarlo. Aquella bandada plateada revoloteaba sobre su cabeza y estridulaba como un enjambre de insectos o un motor mal ajustado. El capitán parecía exhausto. La imaginación de Miller había añadido una sorprendente mancha de sangre a una comisura de los labios del hombre. Pero en un abrir y cerrar de ojos dejó de ser Holden y se transformó en Havelock. Otro terrícola. Su antiguo compañero. Y luego en Muss, con los ojos tan muertos como los del propio Miller.

Julie no se marchó a ninguna parte. Miller la había visto en la habitación de aquella pensión cuando aún creía que lo único que podía alzarse de la tumba era el mal olor. Hacía tiempo. La habían metido en una bolsa para cadáveres. Y luego se la habían llevado a alguna parte. Los científicos de Protogen habían requisado el cuerpo, recolectado la protomolécula y extendido aquella carne transformada de Julie por toda la estación, como abejas que polinizan un campo de flores silvestres. Habían dejado la estación a su merced, pero antes la habían llevado a algún lugar en el que creyeron que estaría a salvo.

Un lugar seguro. Querían contener aquella cosa hasta que estuvieran listos para distribuirla. Hacer como que podían contenerla. No era probable que se hubieran molestado en limpiar después de obtener lo que buscaban. No iba a quedar nadie más en todo el lugar que necesitara el espacio, así que lo más probable era que ella siguiera allí. Aquello reducía las posibilidades.

En los hospitales había salas de aislamiento, pero Protogen no habría querido usar instalaciones en las que médicos y enfermeros que no pertenecieran a la empresa pudieran preguntarse qué ocurría. Era un riesgo innecesario.

Muy bien.

Podrían haberlo preparado todo en una de las plantas de fabricación del embarcadero. Allí había muchos lugares que requerían trabajar con telemanipuladores, pero también corrían el riesgo de que los descubrieran o hicieran preguntas antes de que todo estuviera preparado.

«Un laboratorio de drogas —dijo Muss en su cabeza—. Tenía que ser un lugar privado y que pudieran controlar. Extraer el virus de la chica muerta y extraer el jugo de las semillas de amapola serán procesos químicos diferentes, pero no dejan de ser crímenes.»

—Bien visto —dijo Miller—. Y cerca del nivel del casino... No, no encaja. El casino fue la fase dos. La primera consistió en sembrar el miedo por la radiación. Metieron a un montón de personas en los refugios antirradiación y los cocinaron para que la protomolécula creciera grande y fuerte, y luego esas personas infectaron el nivel del casino.

«Entonces, ¿dónde pondrías tú un laboratorio de drogas para que quedara cerca de los refugios antirradiación?», preguntó Muss.

Aquel flujo cimbreante y plateado que tenía sobre la cabeza giró a la izquierda y luego a la derecha, surcando el aire. Empezaron a caer unos pequeños ribetes de metal que dejaban a su paso volutas de humo.

—¿Si tuviera acceso? En los controles medioambientales de reserva. Es una instalación de emergencia. Nadie pasa por allí a menos que haya que hacer inventario. Cuenta con el equipo necesario para un aislamiento. Allí sería sencillo.

«Y como Protogen se encargaba de la seguridad de Eros antes de poner al mando a esos matones de usar y tirar, pudieron organizarlo —dijo Muss, sonriendo sin alegría—. ¿Ves? Sabía que te las apañarías para descubrirlo.»

Duró menos de un segundo, pero Muss se transformó en Julie Mao, su Julie. Sonreía y era hermosa. Estaba radiante. El pelo flotaba a su alrededor como si nadara en gravedad cero. Luego desapareció. La alarma del traje le advirtió del entorno cada vez más corrosivo.

—Aguanta —dijo en aquella atmósfera abrasadora—. Ya casi estoy.

Habían pasado menos de treinta y tres horas desde que comprendió que Juliette Andromeda Mao no estaba muerta hasta que desactivó los sellos de emergencia y entró con su carrito en las instalaciones de control medioambiental de reserva de Eros. Aquel lugar tenía un aspecto limpio y sencillo, y había sido construido para minimizar errores, lo cual todavía se podía discernir debajo de la frondosidad de la protomolécula. A duras penas. Unos fajos de filamentos negros y unas espirales de nautilo suavizaban las esquinas entre las paredes, el techo y el suelo de la estancia. Del techo colgaban unos tirabuzones parecidos a musgo español. Las acostumbradas luces LED brillaban debajo de aquella vegetación, pero no iluminaban tanto como un enjambre de puntos azules y tenues que flotaba en el aire. Con el primer paso, el pie se le hundió hasta el tobillo. La bomba tendría que quedarse fuera. El traje le indicó que a su alrededor había una extraña mezcla de gases exóticos y moléculas aromáticas, pero él no olía más que a sí mismo.

Todas las habitaciones interiores estaban reformadas. Transformadas. Anduvo por las zonas de tratamiento de aguas residuales como un buzo en una gruta. Las luces azuladas oscilaban a su alrededor mientras caminaba y algunas se adhirieron a su traje y se quedaron allí brillando. Estuvo a punto de no apartarlas del protector de su casco por si lo dejaba embadurnado de luciérnagas muertas, pero al hacerlo volvieron a perderse en el aire. Los datos de reciclado de aire no dejaban de brillar y bullir de actividad, y sus mil alarmas e informes de incidentes ribeteaban la celosía de protomolécula que cubría los monitores. Escuchó el rumor de una corriente de agua cercana.

La encontró en un nódulo de análisis de materiales peligrosos, tumbada en un lecho de filamentos oscuros que salía de su columna vertebral y se confundía con el enorme almohadón de cuento de hadas que era su cabello. Unos pequeños puntos de luz azulada le brillaban en la cara, los brazos y los pechos. Las espuelas de huesos que antes le estiraban la piel se habían convertido en extensas, casi arquitectónicas conexiones con la exuberancia que la rodeaba. Le habían desaparecido las piernas, perdidas en el revoltijo de oscuras redes alienígenas. A Miller le recordó a una sirena que hubiera cambiado su aleta por toda una estación espacial. Tenía los ojos cerrados, pero los veía danzando y moviéndose debajo de los párpados. Y respiraba.

Miller se acercó a ella. No tenía del todo la misma cara que su Julie imaginaria. La de verdad tenía la mandíbula más amplia y la nariz no tan recta como la recordaba. Miller no se dio cuenta de que sollozaba hasta que hizo ademán de enjugarse las lágrimas y se golpeó el casco con la mano enguantada. Tuvo que apañarse parpadeando con fuerza hasta que se le aclaró la vista.

Tanto tiempo. Tantos viajes. Y allí estaba lo que había ido a buscar.

—Julie —dijo mientras ponía la mano libre en el hombro de la mujer—. Hola, Julie. Despierta. Necesito que despiertes.

Tenía los suministros médicos de su traje. Si hacía falta, podía inyectarle adrenalina o anfetaminas. Pero en lugar de eso la movió con suavidad, como había hecho con Candace las adormiladas mañanas de domingo, cuando aún era su esposa, en otra vida distante y casi olvidada. Julie frunció el ceño, abrió la boca, la cerró.

—Julie, tienes que despertarte.

Ella gimió y levantó un brazo en un intento infructuoso de apartarlo.

—Vuelve hacia mí —dijo Miller—. Tienes que volver.

Abrió los ojos. Ya no eran humanos: la esclerótica tenía talladas espirales de color rojo y negro, y el iris, la misma luminosidad azul de las luciérnagas. No era humana, pero todavía era Julie. Movió los labios sin emitir sonido. Hasta que por fin lo hizo.

—¿Dónde estoy?

—En la estación Eros —dijo Miller—. Ya no es lo que era. Ni siquiera está donde solía estar, pero...

Apretó la mano contra aquel lecho de filamentos para tantearlo y luego apoyó la cadera junto a ella como si se sentara en su cama. Notaba el cuerpo tan agotado que le dolía, y también más ligero de lo que debería notarlo. No como en gravedad baja. Aquella flotabilidad tan irreal no tenía nada que ver con la carne cansada.

Julie intentó hablar de nuevo. Se le hacía difícil, pero se detuvo y lo volvió a intentar.

—¿Quién eres?

—Cierto, no nos han presentado oficialmente, ¿verdad? Me llamo Miller. Antes trabajaba de inspector en Fuerzas de Seguridad Star Helix en Ceres. Tus padres nos contrataron, aunque en realidad fue más bien un favor entre las altas esferas. Se suponía que tenía que descubrir dónde te habías metido, capturarte y devolverte a tu pozo de gravedad en una nave.

—¿Un secuestro? —preguntó. Su voz sonaba con más fuerza. Tenía la mirada más centrada.

—Normal y corriente, sí —dijo Miller, y luego suspiró—. Aunque digamos que la cagué.

Julie cerró los ojos, pero continuó hablando.

—Me ocurrió algo.

—Sí. Te ocurrió algo.

—Tengo miedo.

—No, no, no. No tengas miedo. Todo va bien. De una manera así como retorcida, pero bien. Mira, en estos momentos la estación se dirige hacia la Tierra. A mucha velocidad.

—Soñé que competía en una carrera. Volvía a casa.

—Sí. Tenemos que hacer que pare.

Volvió a abrir los ojos. Parecía perdida, angustiada, sola. Una lágrima le resbaló por una mejilla desde el rabillo del ojo, brillando en azul.

—Dame la mano —dijo Miller—. De verdad, necesito que me sostengas una cosa.

Julie levantó la mano despacio, como un alga en una corriente suave. Miller cogió el terminal portátil, lo puso en la palma de la mano de Julie y le colocó el pulgar en el disparador.

—Déjalo ahí. No lo levantes.

—¿Qué es? —preguntó ella.

—Es una larga historia. Tú no levantes el dedo.

Las alarmas del traje se liaron a chillidos cuando desactivó los sellos del casco. El aire tenía un olor raro, como a acetato, comino y tan almizclero que le recordó a los animales en hibernación. Julie vio cómo se quitaba los guantes. Justo en ese momento, la protomolécula se enganchó a él, se internó en su piel y en sus ojos, dispuesta a hacerle lo mismo que había hecho a todos los habitantes de Eros. No le importó. Cogió el terminal portátil y entrelazó sus dedos con los de Julie.

—Tú eres la que conduce, Julie —dijo—. ¿Lo sabías? O sea, ¿eres consciente?

Notó los dedos de Julie fríos entre los suyos, pero no gélidos.

—Siento... siento algo —dijo ella—. ¿Como si tuviera hambre? No es hambre, pero... Como si quisiera algo. Quiero regresar a la Tierra.

—No podemos. Necesito que cambies de rumbo —objetó Miller. ¿Qué era lo que había dicho Holden? «Dale Venus»—. Ve hacia Venus.

—No es lo que quiere —respondió Julie.

—Es lo que podemos ofrecerle —dijo Miller, y al momento añadió—: No podemos volver a casa. Hay que ir a Venus.

Julie se quedó callada un tiempo.

—Eres una luchadora, Julie. Nunca has dejado que nadie te mangonee. No empieces ahora. Si vamos a la Tierra...

—Se los comerá también. Igual que ha hecho conmigo.

—Sí.

Levantó la cabeza para mirar a Miller.

—Sí —volvió a decir Miller—. Como te ha hecho a ti.

—¿Qué ocurrirá en Venus?

—Quizá muramos. No lo sé. Pero no nos llevaremos por delante a muchísima gente y nos aseguraremos de que nadie más se haga con esta mierda —dijo, señalando a su alrededor—. Y si no morimos, pues..., bueno, eso sería interesante.

—No creo que pueda hacerlo.

—Sí que puedes. Eres más inteligente que la cosa que ha hecho todo esto. Tienes el control. Llévanos a Venus.

Las luciérnagas revolotearon a su alrededor con su luz azul que palpitaba un poco: radiante y tenue, radiante y tenue. Miller lo vio en sus rasgos cuando tomó la decisión. A su alrededor las luces ganaron brillo, iluminaron la gruta de un suave azul y luego se atenuaron como estaban antes. Miller sintió que algo le atenazaba la nuca, como los primeros síntomas de un dolor de garganta. Se preguntó si tendría tiempo de desactivar la bomba. Luego miró a Julie. Juliette Andromeda Mao. Piloto de la APE. Heredera del trono empresarial de Mao-Kwikowski. El cristal semilla de un futuro que rebasaba sus sueños más descabellados. Tendría tiempo de sobra.

—Estoy asustada —dijo ella.

—No lo estés —respondió él.

—No sé qué es lo que va a ocurrir —dijo ella.

—Nadie lo sabe. Y, además, no vas a tener que hacerlo sola —le aseguró Miller.

—Siento algo en mi conciencia. Quiere algo que no comprendo. Es tan enorme...

Sin saber muy bien qué hacía, Miller besó el dorso de la mano de Julie. Un dolor empezaba a oprimirle el estómago. Sentía que estaba enfermo. Una náusea momentánea. Los primeros espasmos de su transformación en Eros.

—No te preocupes —dijo él—. Todo irá bien.

55

Holden

Holden soñaba.

Había tenido sueños lúcidos durante la mayor parte de su vida, por lo que cuando se vio a sí mismo en la cocina de sus padres en la vieja casa de Montana y hablando con Naomi, supo que soñaba. No alcanzaba a comprender del todo lo que estaba diciendo Naomi, pero siguió mirando cómo se apartaba una y otra vez el pelo de los ojos mientras comía galletas y bebía té. Y aunque descubrió que él no podía coger una galleta y darle un mordisco, sí que podía olerlas, y le gustaba recordar lo buenas que eran las galletas de avena con trocitos de chocolate de madre Elise.

Era un buen sueño.

La cocina se iluminó en rojo una vez y algo cambió. Holden sintió que algo iba mal, notó cómo el sueño se transformaba gradualmente de un recuerdo agradable en una pesadilla. Intentó decir algo a Naomi, pero no pudo articular las palabras. La habitación volvió a iluminarse en rojo, pero ella no pareció darse cuenta. Holden se levantó, se acercó a la ventana de la cocina y miró hacia fuera. Cuando la habitación se iluminó por tercera vez, vio qué era lo que lo provocaba. Caían meteoritos del cielo, dejando a su paso unas estelas ardientes del color de la sangre. Supo que eran pedazos desprendidos de Eros al estrellarse contra la atmósfera. Miller había fallado. El ataque nuclear había fallado.

Julie había vuelto a casa.

Se volvió para decirle a Naomi que huyera, pero unos zarcillos negros habían surgido del suelo, la habían envuelto y atravesaban su cuerpo por varios sitios. Le sobresalían por la boca y los ojos.

Holden intentó correr hacia ella, ayudarla, pero no se podía mover y, cuando miró abajo, vio que los zarcillos también habían salido allí para envolverlo. Tenía uno en torno a la cintura y otro entrando a la fuerza en su boca.

Despertó gritando en una habitación oscura que iluminaba una luz roja intermitente. Algo lo sostenía por la cintura. Entró en pánico y se lio a zarpazos hasta que estuvo a punto de arrancarse una uña de la mano izquierda, antes de que su mente racional le recordara dónde estaba. En la cubierta de operaciones, en su asiento, amarrado a gravedad cero.

Se metió el dedo en la boca para intentar aliviar la uña dolorida en la que se había hecho daño con una hebilla del asiento y respiró hondo varias veces por la nariz. La cubierta estaba vacía. Naomi dormía en su camarote. Alex y Amos no estaban de servicio y era probable que también durmieran. Habían pasado casi dos días sin dormir en la persecución a alta g de Eros. Holden había ordenado a todo el mundo que descansara y se había ofrecido a hacer la primera guardia.

Y se había quedado dormido al momento. Muy mal.

La habitación volvió a iluminarse en rojo. Holden sacudió la cabeza para despejarse y volvió a centrar su atención en la consola, donde parpadeaba una luz de emergencia roja. Tocó la pantalla para abrir el menú. Era un aviso de amenaza. Algo los apuntaba con un láser de objetivo.

Abrió la pantalla de amenaza y encendió los sensores activos. La *Ravi* era la única nave en millones de kilómetros a la redonda y también era la que apuntaba hacia ellos con aquel láser. Según los registros automáticos, había empezado a hacerlo pocos segundos antes.

Extendió el brazo para activar las comunicaciones y llamó a la *Ravi*, al mismo tiempo que resplandeció la luz de un mensaje entrante. Aceptó la conexión y, un segundo después, oyó la voz de McBride.

—*Rocinante*, deje de maniobrar de inmediato, abra la puerta exterior de la esclusa de aire y prepárese para un abordaje.

Holden frunció el ceño mientras miraba la consola. ¿Qué clase de broma era aquella?

—McBride, aquí Holden. Esto... ¿Qué?

—Holden, abra la puerta exterior de su esclusa de aire y prepárese para un abordaje. Si veo que activa algún sistema de defensa, dispararemos a su nave. ¿Me ha entendido?

—No —respondió Holden, sin poder reprimir el enfado en su tono—. No lo he entendido. Y no voy a permitir que nos aborden. ¿Qué coño pasa?

—El mando de la AONU me ha ordenado tomar el control de su nave. Es sospechoso de interferir con operaciones militares de la AONU, reclutar ilegalmente activos militares de la AONU y otros delitos que no me voy a molestar en enumerarle ahora mismo. Si no se rinde de inmediato, me veré obligada a disparar contra su nave.

—Vaya —dijo Holden. Los de la AONU habían descubierto que sus misiles cambiaban de rumbo, habían intentado reprogramarlos y habían visto que los misiles no hacían caso.

Se habían enfadado.

—McBride —dijo Holden un momento después—, abordarnos no servirá de nada. No podemos devolveros esos misiles. Y, además, no hay por qué hacerlo. Solo están dando un pequeño rodeo.

La risa de McBride sonó como el ladrido agudo de un perro a punto de morder.

—¿Un rodeo? —dijo—. ¡Ha puesto tres mil quinientos setenta y tres misiles balísticos interplanetarios termonucleares de alto rendimiento en manos de un traidor y criminal de guerra!

A Holden le costó un momento.

—¿Fred, dice? Creo que lo de traidor es pasarse un poco... McBride lo interrumpió.

—Desactive los transpondedores falsos que han desviado nuestros misiles de Eros y vuelva a activar los de la superficie o dispararemos contra su nave. Tiene diez minutos para acatar la orden.

La conexión se cortó con un chasquido. Holden miró la consola con algo entre la indignación y la incredulidad, luego se encogió de hombros e hizo sonar la alarma de batalla. Las luces de las cubiertas de toda la nave se volvieron de un rojo furioso y la bocina sonó tres veces. En menos de dos minutos, Alex subió con prisa por la escalerilla hasta la cabina y, medio minuto después, Naomi se dejó caer en su puesto del centro de mando.

Alex fue el primero en hablar.

—La *Ravi* está a cuatrocientos kilómetros —dijo—. Los radares láser indican que tiene abierto el tubo y nos ha fijado en la mira.

—No, repito, no abras nuestros tubos ni intentes fijar la *Ravi* como objetivo —dijo Holden, articulando bien las palabras—. Limítate a no perderla de vista y prepárate para pasar a defensa si parece que vaya a disparar. No hagamos nada para provocarlos.

—¿Empiezo a interferir? —preguntó Naomi detrás de él.

—No, sería un gesto agresivo. Pero prepara un paquete de contramedidas y ten el dedo puesto sobre el lanzador —dijo Holden—. Amos, ¿estás en ingeniería?

—Le recibo, capi. Estoy listo para bajar.

—Pon el reactor a máxima potencia y toma el control de los cañones de defensa en punta desde la consola que tienes ahí. Si nos disparan desde esta distancia, Alex no tendrá tiempo para posicionarse y atacar. Nada más que veas un punto rojo en la consola de amenaza, empiezas con los CDP de inmediato. ¿Entendido?

—Recibido —dijo Amos.

Holden soltó un largo suspiro entre dientes y luego volvió a abrir el canal con la *Ravi*.

—McBride, aquí Holden. No nos vamos a rendir, no vamos a dejar que nos abordéis y no vamos a acatar vuestras órdenes. ¿Ahora qué?

—Holden —dijo McBride—. Su reactor se activa. ¿Se están preparando para enfrentarse a nosotros?

—No, solo para intentar sobrevivir. ¿Por qué? ¿Es que vamos a pelear?

Otra risa breve y cortante.

—Holden —dijo McBride—. ¿Por qué me da la impresión de que no se está tomando esto en serio?

—Por supuesto que lo hago —respondió Holden—. No quiero morir y, lo crea o no, tampoco tengo ningún deseo de mataros. Los misiles están dando un pequeño rodeo, pero no creo que sea para ponerse así. No puedo aceptar sus demandas, pero tampoco me apetece pasar los próximos treinta años en una prisión militar. No gana nada disparándonos y contraatacaré si es necesario.

McBride interrumpió la conexión.

—Capitán —dijo Alex—. La *Ravi* empieza a maniobrar. Emiten interferencias. Creo que se preparan para echársenos encima.

«Mierda.» Con lo seguro que había estado Holden de que podía convencerla.

—Bien, a defender. Naomi, prepara esas contramedidas. ¿Amos? ¿Listo para pulsar el botón?

—Listo —respondió Amos.

—No lo pulses hasta que veas un lanzamiento de misil. No quiero animarlos.

Una gravedad repentina golpeó a Holden y lo empotró contra el asiento. Alex empezaba a maniobrar.

—A esta distancia quizá pueda voltearla. Evitar que pueda dispararnos —dijo el piloto.

—Hazlo, y abre los tubos.

—Recibido —dijo Alex, cuya calma de piloto profesional no podía ocultar del todo la emoción por la posible batalla en su voz.

—Nos he quitado de encima su láser de objetivo —dijo Naomi—. Su batería de láseres no tiene nada que hacer contra la de la *Roci*. Estoy ahogándolos a interferencias.

—Vivan los infladísimos presupuestos de defensa de Marte —respondió Holden.

La nave se sacudió con una repentina sucesión de maniobras bruscas.

—Mierda —dijo Alex, con la voz forzada por la aceleración

de sus giros cerrados—. La *Ravi* acaba de atacarnos con sus CDP.

Holden comprobó su pantalla de amenaza y vio las hileras de perlas que se dirigían hacia ellos. Habían conseguido evitar los disparos. La *Roci* indicaba que la distancia entre las naves era de trescientos setenta kilómetros, demasiada para que los sistemas de objetivo informáticos acertaran a una nave que maniobraba deprisa desde otra nave que también maniobraba.

—¿Devolvemos el fuego? —gritó Amos por el canal de comunicaciones.

—¡No! —gritó también Holden—. Si nos quisiera muertos, habría disparado los torpedos. No le des razones para querernos muertos.

—Capi, le estamos ganando el giro —dijo Alex—. La *Roci* es demasiado rápida para ellos. Los tendremos a tiro en menos de un minuto.

—Recibido —dijo Holden.

—¿Disparo? —preguntó Alex, cada vez con menos de su absurdo acento de vaquero marciano a medida que crecía la tensión.

—No.

—Acaban de apagar el láser de objetivo —dijo Naomi.

—Es decir, renuncian a superar nuestra interferencia —dijo Holden—. Y acaban de pasar los misiles a seguimiento por radar.

—No es tan preciso —dijo Naomi, esperanzada.

—Una corbeta como esa lleva doce pepinos mínimo. Solo tienen que darnos con uno para hacernos papilla. Y a esta distancia...

La consola de amenaza emitió un sonido agradable que indicaba que la *Roci* había calculado un conjunto de disparos plausibles contra la *Ravi*.

—¡Tengo señal! —gritó Alex—. ¿Disparo?

—¡No! —respondió Holden. Sabía que dentro de la *Ravi* estaba sonando el fuerte zumbido de aviso que indicaba que el enemigo los tenía en la mira.

«Quietos —suplicó—. No me obliguéis a destruiros, por favor.»

—Esto... —dijo Alex en voz baja—. Vaya.

—¿Jim? —llamó Naomi desde detrás de Holden, casi al mismo tiempo.

Antes de que pudiera preguntar nada, Alex volvió a hablar por el canal de comunicaciones.

—Eh, capitán, Eros acaba de volver.

—¿Qué? —dijo Holden mientras imaginaba al asteroide acercándose furtivo como un villano de dibujos animados a las dos naves enfrentadas.

—Eso —dijo Alex—. Eros. Acaba de reaparecer en el radar. Parece que ha apagado lo que quiera que estuviera haciendo para bloquear nuestros sensores.

—¿Y qué hace ahora? —preguntó Holden—. Quiero su rumbo.

Naomi activó la información de seguimiento en su consola y empezó a trabajar en ello, pero Alex terminó unos segundos antes.

—Sí —dijo Holden—. Bien visto. Está cambiando de rumbo. Sigue en dirección al Sol, pero se aleja del vector hacia la Tierra que seguía.

—Con esa velocidad y trayectoria —aportó Naomi—, diría que va en dirección a Venus.

—Anda ya —dijo Holden—. Pero si solo era un chiste.

—Uno bueno —respondió Naomi.

—Vale. Pues que alguien diga a McBride que ya no tiene por qué dispararnos.

—Un momento —dijo Alex con voz pensativa—. Si hemos dejado esos misiles incomunicados, no vamos a poder desactivarlos, ¿verdad? Me pregunto dónde terminará soltándolos Fred.

—A mí no me preguntes —dijo Amos—. Pero la Tierra se acaba de quedar desarmada. Tiene que darles una vergüenza de cojones.

—Consecuencias imprevistas —suspiró Naomi—. Siempre hay consecuencias imprevistas.

El impacto de Eros contra Venus fue el acontecimiento más emitido y grabado de la historia. Cuando el asteroide llegó hasta el segundo planeta más cercano al Sol había varios centenares de naves orbitando alrededor. Las naves militares intentaron evitar que las civiles se acercaran, pero fue imposible. Estaban muy superadas en número. El vídeo del descenso de Eros se grabó con las cámaras de los cañones militares, con los telescopios de las naves civiles y gracias a los observatorios de dos planetas y cinco lunas.

A Holden le habría gustado estar allí para verlo de cerca, pero Eros había acelerado aún más después del viraje, casi como si el asteroide se hubiera puesto impaciente al tener su destino a la vista. Holden y su tripulación se sentaron en la cocina de la *Rocinante* y vieron el vídeo en las noticias. Amos había sacado de algún lugar otra botella de tequila falso y la vertió con generosidad en las tazas de café. Alex los llevaba hacia Tycho con una cómoda aceleración de un tercio de g. Ya no había prisa.

Lo único que faltaba era ver los fuegos artificiales.

Holden estiró el brazo, cogió la mano de Naomi y la apretó con fuerza mientras el asteroide entraba en la órbita de Venus y parecía detenerse. Le pareció poder sentir a toda la especie humana conteniendo el aliento. Nadie sabía lo que Eros —no, lo que Julie— haría en ese momento. Holden había sido el último en hablar con Miller y ya no respondía a su terminal portátil. Nadie sabía con seguridad lo que había ocurrido en el asteroide.

Cuando llegó el final, fue hermoso.

En la órbita de Venus, Eros se deshizo como un puzle. El asteroide gigante se separó en una docena de pedazos que se alinearon en torno al ecuador del planeta formando un largo collar. Luego esos pedazos se dividieron a su vez en otra docena cada uno y luego en otra docena más, como una nube de semillas fractal y brillante que se extendió por toda la superficie del planeta y desapareció tras la gruesa capa de nubes que solía cubrir Venus.

—Vaya —dijo Amos con un tono de voz casi reverencial.

—Ha sido precioso —reconoció Naomi—. Un poco desconcertante, pero precioso.

—No se van a quedar allí para siempre —dijo Holden.

Alex se echó al gaznate el tequila que le quedaba en el vaso y luego lo rellenó.

—¿A qué te refieres, capi? —preguntó.

—Es una suposición, pero dudo de que las cosas que crearon la protomolécula quisieran dejarla almacenada aquí, sin más. Solo era el principio de un plan mayor. Hemos salvado la Tierra, Marte y el Cinturón. La pregunta es: ¿ahora qué pasará?

Naomi y Alex cruzaron las miradas. Amos frunció los labios. En la pantalla, unos arcos relampagueantes brillaban por toda la superficie de Venus.

—Capi —dijo Amos—, menudo aguafiestas está hecho.

Epílogo

Fred

Frederick Lucius Johnson. Ex coronel de las fuerzas armadas terrícolas, Carnicero de la Estación Anderson. Y ahora también de la estación Thoth. Primer ministro no electo de la APE. Se había enfrentado a la muerte muchas veces, había perdido amigos a causa de la violencia, la política y la traición. Había sobrevivido a cuatro intentos de asesinato, solo dos de los cuales figuraban en algún registro. Había matado a un pistolero usando solo un cuchillo de mesa. Había dado órdenes que habían costado la vida a cientos de personas y seguía pensando que había sido lo correcto.

Y, a pesar de todo, hablar en público seguía poniéndolo muy nervioso. No tenía sentido, pero así era.

«Señoras y señores, nos encontramos ante una encrucijada...»

—La general Sebastian vendrá a la recepción —dijo su secretaria personal—. Recuerde no preguntarle por su marido.

—¿Por qué? ¿No lo maté yo, verdad?

—No, señor. Pero se ha hecho público que tiene una aventura y la general está un poco sensible con el asunto.

—Ah, entonces a lo mejor quiere que lo mate.

—Podría ofrecérselo, señor.

El camerino era de colores rojo y ocre, tenía un sofá de cuero negro, una pared espejada y una mesa en la que descansaban fresas hidropónicas y agua potable de cuidadosa mineralización. La encargada de la seguridad de Ceres, una mujer con cara de pocos amigos llamada Shaddid, lo había escoltado desde el embarcadero hasta el edificio de conferencias tres horas antes. Desde aquel momento, Fred no había dejado de caminar de un lado a otro (tres pasos en una dirección, giro, tres pasos en la otra) como el capitán de un viejo barco en su alcázar.

En otros lugares de la estación, los representantes de las facciones que habían estado en conflicto tenían sus propias habitaciones y sus propios secretarios. La mayoría de ellos odiaban a Fred, lo que tampoco es que fuera un problema. La mayoría de ellos también le tenían miedo. No por su posición en la APE, claro. Era por la protomolécula.

La brecha política entre la Tierra y Marte posiblemente fuera irreparable. Las fuerzas terrestres leales a Protogen habían tramado una traición demasiado profunda para disculparse, y se habían perdido demasiadas vidas en ambos bandos como para que la paz venidera se pudiese parecer a lo que había habido antes. Los más ingenuos de la APE pensaban que les convenía, que era la oportunidad para manipular a un planeta contra otro. Pero Fred sabía que no. A menos que las tres fuerzas, la Tierra, Marte y el Cinturón, alcanzaran una auténtica paz, acabarían volviendo a caer sin remedio en una auténtica guerra.

Con solo que la Tierra o Marte percibieran al Cinturón como algo más que una molestia que aplastar después de haber humillado a su verdadero enemigo... Pero lo cierto era que el sentimiento antimarciano de la Tierra estaba más alto ahora que durante el conflicto abierto, y quedaban solo cuatro meses para que hubiera elecciones en Marte. Un cambio significativo de las políticas marcianas podía relajar las tensiones o empeorarlo todo sin medida. Era necesario que ambos bandos vieran las cosas con perspectiva. Fred se detuvo delante de un espejo, se atusó la túnica por enésima vez y sonrió.

—¿Cómo he acabado convertido en un maldito consejero matrimonial? —preguntó.

—¿Aún estamos hablando de la general Sebastian, señor?

—No, olvídelo. ¿Algo más que deba saber?

—Cabe la posibilidad de que Marte Azul intente sabotear su presentación. Con alborotadores y pancartas, nada de armas.

La capitana Shaddid tiene a varios de esos azules detenidos, pero se le puede haber escapado alguno.

—Muy bien.

—Tiene entrevistas concertadas con dos canales políticos locales y una agencia de noticias con base en Europa. Es muy posible que este último le pregunte por la estación Anderson.

—Muy bien. ¿Alguna novedad de Venus?

—Hay actividad en la superficie —dijo la secretaria.

—No ha muerto, entonces.

—Parece que no, señor.

—Maravilloso —dijo con amargura.

«Señoras y señores, nos encontramos ante una encrucijada. A un lado, tenemos la amenaza indiscutible de la aniquilación mutua, y al otro...»

«Al otro tenemos al hombre del saco que duerme en Venus y se prepara para salir de su pozo y masacrarnos a todos mientras dormimos. En mi poder tengo una muestra viva, que es la mejor, y única, oportunidad de descubrir qué es capaz de hacer y cuáles son sus intenciones. Una muestra que he escondido para que no vengáis a lo bruto y me la quitéis. Es por lo único que me estáis escuchando, ya puestos. Así que agradecería un pelín de respeto, ¿eh?»

El terminal de su secretaria gorjeó y la mujer lo consultó unos instantes.

—Es el capitán Holden, señor.

—¿Tengo que atenderle?

—Lo mejor sería hacer que se sintiera parte de esto, señor. Tiene ciertos antecedentes como emisor de notas de prensa aficionado.

—Bien. Hágalo pasar.

Las semanas transcurridas desde que la estación Eros se desmenuzara en los nubosos cielos de Venus habían sentado bien a Holden, pero los prolongados acelerones a alta gravedad como los que había mantenido la *Rocinante* en su persecución de Eros dejaban secuelas a largo plazo. Ya se le habían curado los vasos sanguíneos reventados de la esclerótica, y los cardenales de presión en torno a los ojos y en la nuca habían desaparecido. Solo las pequeñas vacilaciones al andar revelaban el profundo dolor de sus articulaciones, mientras los cartílagos recuperaban despacio su forma natural. En la época en la que Fred era un hombre diferente, lo llamaban pavoneo de aceleración.

—¿Qué tal? —dijo Holden—. Qué elegante. ¿Has visto las noticias de Venus? Han aparecido unas torres de cristal de dos kilómetros de altura. ¿Se te ocurre qué pueden ser?

—¿Culpa tuya? —sugirió Fred con tono amistoso—. Podrías haberle dicho a Miller que lo llevara al Sol.

—Claro, porque unas torres de cristal de dos kilómetros en la superficie del Sol darían menos miedo —repuso Holden—. ¿Eso de ahí son fresas?

—Sírvete —dijo Fred. A él no se le había abierto el apetito desde aquella mañana.

—Entonces —dijo Holden, con la boca llena de fruta—, ¿de verdad van a demandarme por esto?

—¿Por ceder unilateralmente todo el mineral y los derechos de explotación de un planeta entero a través de un canal público de radio?

—Sí —respondió Holden.

—Supongo que los legítimos propietarios de esos derechos no se lo pensarán dos veces antes de demandarte —dijo Fred—. Si llegan a ponerse de acuerdo en quiénes son.

—¿Puedes echarme una mano en ese tema? —preguntó Holden.

—Yo vengo como testigo —respondió Fred—. No soy el que dicta las leyes.

—Y, entonces, ¿qué es lo que hacéis todos aquí? ¿No se podría firmar algún tipo de amnistía? Hemos recuperado la protomolécula, seguido a Julie Mao hasta Eros, destruido Protogen y salvado la Tierra.

—¿Que vosotros habéis salvado la Tierra?

—Hemos ayudado —respondió Holden con un tono de voz más sombrío. La muerte de Miller todavía afectaba al capitán. Fred sabía cómo se sentía—. Fue un esfuerzo conjunto.

La secretaria personal de Fred carraspeó y miró hacia la puerta. Tenían que salir pronto.

—Haré lo que pueda —aseguró Fred—. Tengo otros muchos asuntos que tratar, pero haré lo que pueda.

—Y Marte no puede recuperar la *Roci* —añadió Holden—. Por derecho de rescate, ahora la nave es mía.

—Ellos no lo van a ver de esa manera, pero haré lo que pueda.

—No dejas de repetir eso.

—No deja de ser todo lo que puedo hacer.

—Y les hablarás de él, ¿verdad? —dijo Holden—. De Miller. Merece el reconocimiento.

—¿El cinturiano que volvió a Eros por voluntad propia para salvar la Tierra? Créeme que voy a hablarles de él largo y tendido.

—No «el cinturiano». Él. Josephus Aloisus Miller.

Holden había dejado de comer fresas gratis. Fred se cruzó de brazos.

—Has leído sobre él —dijo Fred.

—Sí, bueno. No lo conocía demasiado bien.

—Ni tú ni nadie —dijo Fred, y suavizó un poco el tono—. Sé que es injusto, pero no necesitamos a un hombre de verdad con una vida compleja. Necesitamos un símbolo para el Cinturón. Un icono.

—Señor —dijo la secretaria—, de verdad tenemos que irnos ya.

—Eso es lo que nos ha llevado a esta situación —protestó Holden—. Los iconos. Los símbolos. Las personas sin nombre. Todos aquellos científicos de Protogen solo pensaban en biomasa y poblaciones. No en Mary, la trabajadora de suministros que cultivaba flores en su tiempo libre. Ninguno de ellos supo que la mató.

—¿Y crees que no lo habrían hecho?

—Creo que, si iban a hacerlo, como mínimo debían saber su nombre. Todos sus nombres. Y tú le debes a Miller no convertirlo en algo que no era.

Fred no pudo evitar reír.

—Capitán —dijo Fred—, si me estás pidiendo que corrija mi discurso en la conferencia de paz y, en lugar de referirme a un noble cinturiano que sacrificó su vida para salvar la Tierra, les diga que por casualidad teníamos por allí a un ex policía suicida, comprendes mucho menos este proceso de lo que pensaba. El sacrificio de Miller es una herramienta, y pienso usarla.

—¿Aunque le arranques su identidad? —preguntó Holden—. ¿Aunque lo conviertas en algo que nunca fue?

—Sobre todo si lo convierto en algo que nunca fue —respondió Fred—. ¿Recuerdas cómo era?

Holden frunció el ceño y entonces algo brilló en sus ojos. Humor. Recuerdo.

—Era un grano en el culo, ¿verdad? —dijo Holden.

—Ese hombre podía recibir una visita de Dios acompañado de treinta ángeles en paños menores anunciando que a fin de cuentas el sexo es bueno y hacer que suene un poco deprimente.

—Era un buen hombre —dijo Holden.

—No lo era —dijo Fred—. Pero hacía su trabajo. Y a mí me toca hacer el mío.

—Dales caña —animó Holden—. Y la amnistía. No te olvides de la amnistía.

Fred recorrió el pasillo curvado, con su secretaria pisándole los talones. Las salas de conferencias estaban diseñadas para asuntos menores que aquel. Más banales. Para que los científicos de hidroponía tuvieran un respiro de sus parejas e hijos y se emborracharan con sus colegas mientras hablaban del cultivo de la soja. Para que los mineros se dieran lecciones unos a otros sobre minimizar los residuos y qué hacer con el relave. Para competiciones de grupos musicales de instituto. Pero en lugar de eso, aquellas alfombras y paredes de piedra pulida iban a convertirse en testigos de uno de los momentos más determinantes de la historia. Era culpa de Holden que aquellas estancias pequeñas y desgastadas le recordaran al difunto inspector. Antes no lo habían hecho.

Las delegaciones estaban sentadas en sus respectivos lados del pasillo central. Había representantes políticos y militares y secretarios generales de la Tierra y Marte, las dos grandes potencias que habían aceptado su invitación a Ceres, al Cinturón. Se consideraba territorio neutral porque ninguno de los dos bandos se lo tomaba tan en serio como para preocuparse por sus exigencias.

Toda la historia de la humanidad los había llevado allí, a aquel momento, y en los minutos siguientes el trabajo de Fred sería cambiar el curso de esa historia. Ya no tenía miedo. Sonriendo, subió al estrado, al podio.

Al púlpito.

Se oyó un aplauso breve y tenue. Algunas sonrisas y algún que otro ceño fruncido. Fred sonrió de oreja a oreja. Ya no era un hombre. Se había convertido en un símbolo, en un icono. En una narrativa sobre sí mismo y sobre las fuerzas que determinaban el destino del Sistema Solar.

Y, por un momento, se sintió tentado. En la fugaz vacilación entre tomar aire y empezar a hablar, una parte de él se preguntó qué ocurriría si se olvidaba de los patrones de la historia y les hablaba de sí mismo como individuo, del Joe Miller a quien había conocido brevemente, de la responsabilidad compartida por todos de derrumbar las imágenes preconcebidas que tenían los unos de los otros para descubrir a las personas auténticas, con sus defectos y sus dudas, que eran en realidad.

Habría sido una noble forma de fracasar.

—Señoras y señores —dijo—, nos encontramos ante una encrucijada. A un lado, tenemos la amenaza indiscutible de la aniquilación mutua, y al otro... —Hizo una pausa efectista.

»Y al otro, las estrellas.

Agradecimientos

Este libro, como si de la educación de un niño se tratara, ha dependido de muchas personas. Me gustaría mostrar mi más sincero agradecimiento a mis agentes: Shawna y Danny, y a mis editores DongWon y Darren. También fueron clave en los primeros momentos del libro Melinda, Emily, Terry, Ian, George, Steve, Walter y Victor, del grupo de escritores New Mexico Critical Mass. Y también Carrie, que leyó uno de los primeros borradores. Me gustaría agradecer especialmente a Ian que me ayudara con las matemáticas; no es responsable de los errores que haya podido cometer al respecto. También debo mucho a Tom, Sake Mike, el Mike que no Sake, Porter, Scott, Raja, Jeff, Mark, Dan y Joe. Gracias por ser lectores cero, chicos. Y para terminar, un reconocimiento especial a los guionistas de *Futurama* y a Bender Doblador Rodríguez por cuidar al niño mientras escribía.